Les Étrangers

Dean R. Koontz

Les Étrangers

ROMAN

*traduit de l'américain
par Jacques Guiod*

Albin Michel

Édition originale américaine :
STRANGERS
© 1986 by Nkui, Inc.
G. P. Putnam's Sons, New York

Traduction française :
© Éditions Albin Michel S.A., 1989
22, rue Huyghens 75014 Paris

Tous droits réservés. La loi du 11 mars 1957 interdit les copies ou reproductions destinées à une utilisation collective. Toute représentation ou reproduction intégrale ou partielle faite par quelque procédé que ce soit — photographie, photocopie, microfilm, bande magnétique, disque ou autre —, sans le consentement de l'auteur et de l'éditeur, est illicite et constitue une contrefaçon sanctionnée par les articles 425 et suivants du Code pénal.

ISBN 2-226-03544-3
ISSN 0290-3326

*Pour Bob Tanner,
dont l'enthousiasme lors d'une étape cruciale
fut plus important qu'il ne l'imagine.*

PREMIÈRE PARTIE

Le temps des visions

Un ami fidèle est une forte défense,
Un ami fidèle est une médecine pour la vie.

APOCRYPHE

De terribles ténèbres se sont abattues sur nous, mais nous ne devons pas y céder. Nous brandirons des lampes de courage et nous nous fraierons un chemin jusqu'à l'aube.

RÉSISTANT FRANÇAIS ANONYME (1943)

I
7 novembre-2 décembre

1.
Laguna Beach, Californie

Dominick Corvaisis s'endormit sous une couverture légère et un drap blanc apprêté, seul dans son lit, mais il se réveilla autre part — dans l'obscurité, tout au fond du placard de l'entrée, derrière les vestes et les manteaux. Il avait adopté la position du fœtus. Ses poings étaient serrés, les muscles de son cou et de ses bras tendus par un cauchemar dont il ne se souvenait pas.

Il ne se revoyait pas quittant le confort du matelas au beau milieu de la nuit, mais n'était pas pour autant surpris de s'être déplacé dans le noir. Cela lui était déjà arrivé à deux reprises, récemment.

Le somnambulisme était un état potentiellement dangereux qui avait fasciné les hommes tout au long de l'histoire et qui fascina Dom dès l'instant où il en fut victime. Il avait trouvé des références aux somnambules dans des écrits remontant à plus de mille avant J.-C. Les Perses croyaient que le corps errant du somnambule allait à la recherche de son esprit, lequel s'était détaché et dérivait dans la nuit. Les Européens de l'époque médiévale préféraient quant à eux évoquer la possession démoniaque ou la lycanthropie.

Dom Corvaisis n'était pas inquiet, seulement décontenancé, par ce trouble. Romancier, il ne pouvait qu'être intrigué par ces déambulations nocturnes : pour lui, toutes les expériences nouvelles viendraient un jour nourrir ses livres.

Cependant, et bien qu'il pût profiter un jour ou l'autre de l'aspect créatif de son propre somnambulisme, c'était *tout de même* un trouble. Il rampa hors du placard. La douleur qui paralysait son cou s'insinua dans ses épaules. Ses jambes étaient engourdies et il eut du mal à se redresser.

Une fois de plus, il se sentit tout penaud. Il avait beau savoir que les adultes étaient sujets à des crises de somnambulisme, il ne pouvait s'empêcher d'y voir une maladie de l'enfance. Comme faire pipi au lit.

Les pieds nus et vêtu en tout et pour tout de son pantalon de pyjama, il traversa le séjour et le couloir avant de regagner la chambre à coucher, puis la salle de bains. Dans le miroir, il se trouva l'air dissipé d'un libertin qui refait surface après huit jours de débauches effrénées.

En fait, ses vices étaient extraordinairement peu nombreux. Il ne fumait pas et ne cédait ni à la gourmandise ni à l'abus de médicaments. Il buvait peu. Il appréciait les femmes sans être coureur. Il croyait à la fidélité dans les relations. A vrai dire, il n'avait couché avec personne depuis bientôt quatre mois.

Il n'avait cette allure de décavé que lorsque ses escapades nocturnes le conduisaient vers le lit de fortune du placard. Il se sentait épuisé. Bien qu'endormi, il avait énormément marché.

Il s'assit au bord de la baignoire et plia la jambe pour vérifier l'état de la plante de son pied gauche. Puis il fit de même pour le pied droit. Ni l'une ni l'autre n'était griffée, sale ou entaillée. Il n'était donc pas sorti de la maison. A deux reprises, il s'était réveillé dans le placard, une fois la semaine précédente et une douzaine de jours auparavant. Cette fois encore, ses pieds étaient intacts.

Une bonne douche bien chaude le détendit. Il était grand et mince ; âgé de trente-cinq ans il avait la capacité de récupération de son âge. A la fin du petit déjeuner, il se sentit redevenu un homme. Enfin, presque.

Il termina son café dans le patio et contempla l'agréable panorama de Laguna Beach, qui s'étendait entre les collines et la mer, puis il se rendit dans son bureau, certain que son travail était la cause de ses promenades nocturnes. Pas tant le travail proprement dit que le succès étonnant de son premier roman, *Crépuscule à Babylone*, qu'il avait achevé en février dernier.

Son agent avait mis *Crépuscule* aux enchères et, au grand étonnement de Dom, un contrat avait été signé avec Random House, qui lui versa une avance particulièrement importante pour une première œuvre. En moins d'un mois, les droits du roman furent vendus au cinéma (ce qui lui permit de verser un acompte sur sa maison) et le Club du Livre choisit *Crépuscule* pour sa sélection mensuelle. Il avait passé sept laborieux mois à rédiger cette histoire à raison de soixante, soixante-dix, voire quatre-vingts heures de travail par semaine, sans compter les dix ans pendant lesquels il s'était *préparé* à ce travail d'écriture, mais il ne pouvait s'empêcher de constater la soudaineté de son succès qui l'arrachait soudain à sa douce pauvreté.

Dominick Corvaisis, pauvre jadis, contemplait parfois le nouveau riche qu'il était devenu dans un miroir ou une vitre éclatante de soleil ; il se trouvait bien imprudent et se demandait s'il avait vraiment mérité ce qui lui arrivait. Il redoutait parfois de connaître une grande déception. Avec les louanges était venue la tension nerveuse.

Crépuscule serait publié en février prochain. Serait-il bien accueilli et justifierait-il l'investissement de Random House ou se sentirait-il humilié par son échec ? Pourrait-il réitérer son exploit, ou *Crépuscule* n'était-il qu'un formidable coup de chance ?

A chaque heure de la journée, ces questions et bien d'autres encore tournoyaient dans son esprit tels des vautours, et il supposait qu'elles continueraient à le hanter pendant son sommeil. C'était pour cela qu'il marchait en dormant : il tentait d'échapper à ses éternels problèmes et recherchait un lieu secret où ses soucis ne le rejoindraient pas.

Assis à son bureau, il alluma son traitement de texte IBM et appela le chapitre dix-huit sur la première disquette de son nouveau livre — il ne lui avait pas encore donné de titre. Il s'était arrêté la veille au milieu de la sixième page du chapitre, mais eut la surprise de découvrir une page pleine alors qu'il l'avait laissée à moitié vide. Des lignes de texte inconnues s'affichaient sur l'écran de la machine.

Il cligna un instant des yeux devant le parfait alignement des lettres, puis secoua la tête comme pour nier l'évidence.

Sa nuque était trempée de sueur.

Ces lignes de la page six... il ne se rappelait pas avoir écrit *une chose pareille*. De plus, il y avait une septième page qu'il n'avait pas créée. Et aussi une huitième page.

Il fit défiler le texte sur l'écran. Ses mains se mirent à trembler. Tout ce texte supplémentaire, inconnu, n'était en fait que la répétition d'une phrase de deux mots :

J'ai peur. J'ai peur. J'ai peur. J'ai peur.

En double espacement, à raison de quatre phrases par ligne, de treize lignes page six, de vingt-sept page sept et encore de vingt-sept page huit, cela faisait 268 répétitions de la même phrase. Il était évident qu'il s'était installé devant son ordinateur pendant son sommeil et qu'il avait tapé 268 fois la même phrase. Seulement, il n'en avait aucun souvenir.

J'ai peur.

Peur de quoi ? D'être somnambule ? C'était une expérience déroutante, certes, mais il n'y avait tout de même pas de quoi susciter une telle terreur.

Il avait peur de la rapidité de son ascension littéraire et de retomber tout aussi rapidement dans l'oubli. Cependant, il ne pouvait s'empêcher de penser que tout cela n'avait rien à voir avec sa carrière, que la menace qui planait sur lui était une chose étrangère dont il n'avait pas encore conscience mais que son inconscient percevait déjà — un secret que son esprit cherchait à lui communiquer par le truchement de ces messages écrits pendant son sommeil.

Non, c'était absurde. Son imagination de romancier prenait le dessus. Le travail. C'était là le meilleur remède.

Et puis, il savait, pour avoir effectué des recherches sur le sujet, que la majorité des adultes somnambules vivaient la plupart du temps moins d'une demi-douzaine d'expériences réparties sur un maximum de six mois. Il y avait de grandes chances pour que son sommeil ne fût plus jamais perturbé par ces promenades nocturnes et qu'il ne se réveillât plus au fond d'un placard.

Il supprima les phrases inutiles et reprit le chapitre dix-huit.

Quand il consulta sa montre, il eut la surprise de voir qu'il était plus d'une heure de l'après-midi et qu'il avait passé l'heure du déjeuner.

La température était agréable et il prit son repas sur le patio. Les palmiers bruissaient dans le vent et l'air était chargé des senteurs des fleurs d'automne. L'océan resplendissait de soleil.

Dom termina sa bouteille de Coca et, se renversant soudain en arrière, éclata de rire en contemplant le ciel bleu. « Tu vois bien qu'il n'y a pas un nuage à l'horizon, alors pourquoi t'en fais-tu comme ça ? »

C'était le 7 novembre.

2.
Boston, Massachusetts

Le Dr Ginger Marie Weiss n'aurait jamais pensé qu'il pût se produire quelque chose dans la charcuterie Bernstein. C'est pourtant là que tout débuta, avec l'incident des gants noirs.

D'ordinaire, Ginger pouvait régler tous les problèmes qui se présentaient à elle. Elle relevait tous les défis que la vie lui lançait et se serait certainement ennuyée si son chemin n'avait été parsemé d'embûches. Elle n'avait toutefois jamais imaginé qu'elle serait un jour confrontée à une situation qu'elle ne pouvait prendre en main.

En plus des défis, la vie donne aussi des leçons, et certaines sont mieux accueillies que d'autres. Quelques-unes sont faciles à apprendre, d'autres plus compliquées.

D'autres encore sont dévastatrices.

Ginger était intelligente, jolie, ambitieuse, travailleuse et excellente cuisinière, mais son principal avantage dans la vie tenait à ce que personne ne la prenait au sérieux lors d'une première rencontre. Elle était mince, aérienne, esprit gracieux qui paraissait aussi inconsistant qu'elle était jolie. La plupart des gens la sous-estimaient pendant des semaines ou des mois et ne réalisaient que peu à peu qu'elle était une concurrente formidable, une collègue formidable — ou un adversaire formidable. C'est bien souvent à cause de sa taille que les gens sous-estimaient Ginger : avec un mètre cinquante-huit et quarante-six kilos, elle n'avait rien d'imposant et encore moins d'intimidant. Elle était bien proportionnée, mais n'avait rien d'une pin-up. Seulement, elle était blonde, et les reflets argentés de sa chevelure attiraient le regard des hommes qui la voyaient pour la première ou la centième fois. Même en plein soleil, ses cheveux évoquaient le clair de lune. Une chevelure d'une pâleur éthérée, des traits délicats, des yeux bleus nécessairement synonymes de douceur, un cou gracile à la Audrey Hepburn, de fines attaches, de longs doigts et une taille de guêpe — tout contribuait à donner cette fausse impression de fragilité. En outre, elle était calme et attentive par nature, deux qualités qu'on prenait souvent pour de la timidité. Sa voix était si douce, si harmonieuse qu'il n'était pas rare qu'on ne saisisse pas l'assurance et l'autorité qui animaient sa personne tout entière.

Ginger avait hérité ses cheveux blonds, ses yeux céruléens, sa beauté et son ambition de sa mère Anna, splendide Suédoise de près d'un mètre quatre-vingts.

« Tu es ma poupée dorée », lui avait dit Anna quand elle était entrée au lycée à l'âge de neuf ans, avec près de deux ans d'avance sur ses condisciples.

Ginger avait été la meilleure élève de sa classe et avait reçu pour la circonstance un parchemin écrit en lettres d'or. Avec deux camarades, elle avait assuré la partie récréative, juste avant la cérémonie de remise des prix, et avait joué deux morceaux au piano — du Mozart suivi d'un rag-time — qui avaient déclenché l'enthousiasme de l'assistance.

« Ma petite poupée dorée », ne cessa de répéter Anna dans la voiture qui les ramenait à la maison.

Jacob conduisait, les larmes aux yeux. Il avait toujours du mal à dissimuler ses émotions.

« Tu as tout pour toi, *bubbeleh*, dit Anna, tout ce qu'il y a de plus beau chez ton père et chez moi, et tu vas en faire des choses, c'est moi qui te le dis ! Le lycée, l'université et, ensuite, la faculté de droit ou la faculté de médecine, tu pourras faire tout ce que tu veux, tout ! »

Ses parents furent vraiment les seules personnes à ne *jamais* sous-estimer Ginger.

Ils arrivèrent devant la maison et s'engagèrent dans l'allée. Jacob pila devant la porte du garage. « Mais qu'est-ce que nous faisons là ? Notre fille unique est admise en sixième, notre fille qui, puisqu'elle peut absolument tout faire, épousera *probablement* le roi de Siam à moins qu'elle n'aille à cheval sur la lune, notre fille est première de sa classe et nous n'allons pas fêter cela ? Qu'est-ce que vous diriez d'aller à Manhattan prendre une coupe de champagne au Plaza ? Ou d'aller dîner au Waldorf ? Non, j'ai mieux encore, nous allons arroser l'événement chez Walgreen, au Paradis du Soda !

— Youpi ! » s'était écriée Ginger.

Les employés de chez Walgreen n'avaient jamais dû voir une famille aussi disparate : un père juif, à peine plus grand qu'un jockey, flanqué d'un nom allemand et d'un teint de Sépharade ;

une mère suédoise, blonde et outrageusement féminine, qui mesurait une bonne douzaine de centimètres de plus que son mari ; et leur enfant, une apparition, un elfe, aussi menue que sa mère était grande, aussi blonde que son père était brun.

Ginger aimait ses parents avec une telle intensité que, enfant, son vocabulaire ne lui avait jamais suffi à exprimer ses sentiments. Même adulte, elle ne pouvait trouver les mots pour dire ce qu'ils avaient représenté. Car tous deux l'avaient quittée, prématurément.

Quand Anna était morte dans un accident d'automobile, peu après le douzième anniversaire de Ginger, les parents de Jacob s'étaient tous dit que le père et la fille seraient totalement désemparés sans la Suédoise que le clan Weiss avait depuis longtemps cessé de considérer comme une intruse et pour qui il avait découvert à la fois respect et amour. Chacun savait qu'Anna était la force motrice de sa famille. C'est Anna qui avait pris le moins ambitieux des frères Weiss — Jacob le rêveur, Jacob le doux, Jacob qui avait tout le temps le nez dans un roman policier ou de science-fiction — et en avait fait quelqu'un. Ce n'était qu'un petit employé de bijouterie quand elle l'avait épousé ; quand elle mourut, il possédait deux boutiques bien à lui.

Après l'enterrement, la famille s'était réunie dans la grande maison de la tante Rachel, sur les hauteurs de Brooklyn. Dès qu'elle le put, Ginger alla s'isoler à l'office. Assise sur un tabouret parmi les senteurs des épices et priant Dieu pour qu'il lui rende sa mère, elle entendit la tante Francine parler à Rachel dans la cuisine. Fran évoquait l'avenir bien sombre qui attendait Jacob et sa petite fille dans un monde sans Anna.

« Il ne pourra pas faire marcher ses affaires, tu le sais bien, même quand le chagrin sera passé et qu'il se sera remis au travail. Pauvre *luftmensch*. Anna, c'était son bon sens, sa motivation, son meilleur conseiller. Dans moins de cinq ans, il aura tout perdu. »

C'était sous-estimer Ginger.

Il fallait quelqu'un pour faire la cuisine à la maison. Elle se mit donc à cuisiner, fort bien de surcroît. Elle prit totalement en charge son père, fit le ménage avec enthousiasme et efficacité. Et bien qu'elle n'eût que douze ans, elle apprit à tenir un budget. Elle n'avait pas treize ans que tous les comptes du foyer passaient déjà entre ses mains.

A quatorze ans, soit avec plus de trois années d'avance sur ses camarades, Ginger fut chargée de prononcer le traditionnel discours de fin d'études. Et quand on sut qu'elle était acceptée par plusieurs universités et avait opté pour l'université Barnard, chacun se dit qu'elle était peut-être un peu jeune pour avaler un morceau de cette taille.

Barnard était *effectivement* plus difficile que le lycée. Non seulement elle apprit plus vite que les autres étudiants, mais elle apprit surtout aussi bien que le meilleur de tous. Ses notes furent toujours largement au-dessus de la moyenne et, quand elle n'eut *que* la moyenne, ce fut au cours du trimestre où Jacob eut sa première pancréatite et où elle alla le voir tous les soirs à l'hôpital.

Jacob vécut assez pour la voir obtenir son premier diplôme ; il était maigre, avec le teint cireux, quand elle obtint son parchemin de docteur en médecine, mais il s'accrocha assez à la vie pour assister à ses six premiers mois d'internat. Trois nouvelles crises de pancréatite vinrent finalement à bout de lui et il mourut d'un cancer du pancréas peu avant que Ginger ne décide d'abandonner la recherche pour se consacrer à la chirurgie au Boston Memorial Hospital.

Elle avait affronté cette période troublée comme tout ce que l'existence lui réservait et elle avait fini son internat avec des notes tout à fait excellentes et des recommandations plus impressionnantes encore.

Elle retarda sa nomination en allant passer deux ans à l'université de Stanford, en Californie, pour y étudier exclusivement la pathologie cardio-vasculaire. Après un mois de vacances — le congé le plus long qu'elle eût jamais pris —, elle regagna Boston et prit contact avec le Dr George Hannaby, responsable du service de chirurgie au Memorial Hospital, renommé pour ses innovations révolutionnaires en matière de traitement des maladies cardio-vasculaires. Elle fut engagée pour deux ans. Les dix-huit premiers mois de son affectation se déroulèrent sans la moindre anicroche.

Et puis, un mardi de novembre, elle se rendit à la charcuterie Bernstein pour y acheter quelques spécialités juives. Quelque chose de terrible arriva alors. L'incident des gants noirs. Et c'est là que tout commença.

Le mardi était son jour de repos. Les deux premiers mois qui suivirent son engagement au Memorial Hospital, elle alla même travailler pendant ses jours de congé parce qu'elle n'avait pas vraiment autre chose à faire. George Hannaby mit un terme à cette habitude dès qu'il en eut connaissance. Il lui dit que la pratique de la médecine était très épuisante et que tous les médecins avaient besoin de se reposer, même Ginger Weiss.

Depuis, chaque mardi, elle dormait une heure de plus, prenait une douche et buvait deux tasses de café en lisant le journal, installée à la table de cuisine devant la fenêtre donnant sur Mount Vernon Street. A dix heures, elle s'habillait, descendait jusqu'à la boutique de Bernstein, dans Charles Street, et achetait du pastrami, du pumpernickel, parfois de l'esturgeon fumé ou du fromage, en un mot toutes sortes de spécialités juives qu'elle rapportait chez elle et dégustait nonchalamment tout en lisant Agatha Christie, Mary Higgins Clark, John D. MacDonald ou, pourquoi pas, Robert Heinlein.

Ce sinistre mardi de novembre commença pourtant très bien — le ciel était couvert, mais l'air frais avait quelque chose de revigorant —, et elle se retrouva dans la charcuterie Bernstein (bondée comme d'habitude) à dix heures vingt et une. Ginger passa d'un comptoir à l'autre, inspectant les étagères chargées de boîtes de conserve, les vitrines réfrigérées pleines de charcuterie et de gâteaux. La boutique faisait penser à une cocotte laissant échapper les parfums les plus suaves et les sons les plus joyeux : pain chaud et cannelle, éclats de rire, ail et trèfle, conversations en anglais épicées de mots yiddish ou d'expressions branchées, amandes grillées et chou, café et cornichon, cliquetis des couverts. Quand Ginger eut acheté tout ce qu'elle désirait, elle régla à la caisse, enfila ses gants bleus tricotés, prit son sac, passa devant les tables où une douzaine de personnes prenaient un petit déjeuner tardif et se dirigea vers la sortie.

Elle tenait le sac à provisions sous son bras gauche et, de sa main libre, essaya de ranger son porte-monnaie dans le sac passé en bandoulière sur son épaule droite. Elle regardait son porte-monnaie quand elle arriva devant la porte. Un homme vêtu d'un manteau de tweed gris et d'une toque noire était entré au même instant, aussi distrait qu'elle. Ils se bousculèrent. Une bouffée d'air frais arriva de l'extérieur et elle fit un pas en arrière. L'homme rattrapa de justesse le sac à provisions de Ginger et posa une main sur son bras.

« Pardonnez-moi, dit-il. C'est ma faute.
— Non, c'est la mienne.
— Je rêvassais.
— Et moi, je ne regardais pas devant moi.
— Ça va ? fit-il.
— Très bien, je vous assure. »
Il lui rendit son sac à provisions.

Elle le remercia, prit le sac — et remarqua ses gants noirs. Ils étaient d'un luxe évident, taillés dans un cuir de belle qualité et si adroitement montés que les coutures se discernaient à peine, mais en dehors de cela, il n'y avait rien en eux qui pût expliquer la façon dont elle réagit en les voyant. Non, ils n'avaient rien d'inhabituel, d'étrange ou de menaçant. Et pourtant, elle se sentit *bel et bien* menacée. Non pas par l'homme. Il avait un visage rond, pâle et ordinaire, des yeux aimables dissimulés derrière de grosses lunettes d'écaille. Inexplicablement, de manière tout à fait irraisonnée, c'étaient les gants proprement dits qui l'avaient si subitement terrorisée. Sa respiration se bloqua, son cœur se mit à battre à tout rompre.

Le plus étrange de tout fut que chaque objet et chaque individu présent dans la boutique se dissipa peu à peu comme s'il n'était pas réel, mais des fragments d'un rêve qui s'effiloche au moment du réveil. Les clients prenant leur petit déjeuner, les étagères chargées de denrées, les vitrines, l'horloge murale avec sa publicité, le tonneau de cornichons, les tables et les chaises paraissaient vaciller et s'évanouir dans la brume qui semblait s'élever de quelque mystérieux domaine souterrain. Seuls les gants sinistres ne disparurent pas. En fait, comme elle les regardait fixement, ils devinrent plus détaillés, curieusement plus visibles, *plus réels*, et surtout, toujours plus menaçants.

« Mademoiselle ? » dit l'homme au visage rond. Sa voix semblait venir de très loin, de l'autre extrémité d'un interminable tunnel.

Les formes et les couleurs de la boutique tendaient toutes vers le blanc autour de Ginger, mais les sons eux ne s'estompèrent pas, de plus en plus bruyants au contraire, assourdissants, jusqu'à ce que ses oreilles s'emplissent d'un rugissement de conversations et de cliquetis de couverts, jusqu'à ce que le bruit feutré des assiettes et le ronronnement de la caisse enregistreuse fussent pareils à un roulement de tonnerre.

Elle ne pouvait détacher ses yeux des gants.

« Quelque chose qui ne va pas ? » demanda l'homme, tendant vaguement vers elle sa main gantée de noir.

Noirs, serrés, brillants... le grain du cuir à peine visible, des coutures très fines le long des doigts... la peau tendue sur les articulations...

Elle comprit subitement qu'elle devait s'enfuir ou périr. S'enfuir ou périr. Elle ne comprenait pas la nature du danger, mais savait seulement qu'elle devait fuir à toutes jambes ou mourir sur place.

Serrant son sac à provisions contre sa poitrine, elle se précipita vers la porte sans se rendre vraiment compte qu'elle avait presque jeté à terre l'homme aux gants. Elle ouvrit sans doute toute grande la porte, bien qu'elle ne s'en souvînt absolument pas, et se retrouva dans la rue, dans l'air frais de novembre. Alors, elle se mit à courir avec, à sa droite, le trafic de Charles Street — klaxons de voiture, rugissement des moteurs, crissement des pneus — et, à sa gauche, les vitrines de la charcuterie Bernstein.

Courir. Courir comme une dératée.

Provisoirement aveugle, sourde.

Perdue.

Quelques minutes plus tard, quand les brumes se dissipèrent, elle se retrouva dans Mount Vernon Street, appuyée contre la grille de fer forgé d'une demeure bourgeoise en briques rouges. Ses mains serraient nerveusement les torsades de métal, son front se pressait à la balustrade. Elle était en sueur et haletait. Sa bouche était sèche et amère. Sa gorge lui brûlait, sa poitrine lui faisait mal.

Quelque chose l'avait terrorisée.

Elle ne se rappelait pas quoi.

La peur disparut progressivement et sa respiration se fit plus régulière. Son cœur reprit son rythme normal.

La charcuterie Bernstein. Mais oui, c'était cela. On était mardi et elle était allée à la charcuterie Bernstein quand... quand quelque chose s'était produit.

Quoi ? Que s'était-il passé chez Bernstein ?

Et où était son sac à provisions ?

Elle lâcha la grille, leva les mains et s'essuya les yeux avec ses gants bleus.

Des gants. Non, *pas ceux-là*, pas ses propres gants. Le myope à la toque russe. Ses gants de cuir noir. C'était cela qui l'avait épouvantée.

Mais pourquoi avait-elle cédé à l'hystérie en les voyant ? Qu'avaient-ils de si effrayant ?

De l'autre côté de la rue, un couple d'un certain âge ne la quittait pas des yeux et elle se demanda ce qu'elle avait bien pu faire pour attirer à ce point leur attention. Malgré tous ses efforts, elle ne se souvenait absolument pas comment elle était arrivée jusqu'ici. Les trois dernières minutes — plus, peut-être — étaient totalement vides.

Gênée d'être ainsi observée, elle redescendit la rue. Au coin de Mount Vernon Street, elle retrouva son sac sur le trottoir.

Qu'est-ce qui m'arrive ?

Quelques paquets étaient à demi sortis du sac, mais aucun n'était déchiré et elle rangea soigneusement le tout.

Troublée par cette perte soudaine de sang-froid, elle entreprit de rentrer chez elle. Son souffle se transformait en vapeur dans l'air glacé. Après quelques pas, elle fit halte. Hésita. Puis reprit la direction de chez Bernstein.

Elle s'arrêta devant la charcuterie et dut attendre, une ou deux minutes, que l'homme à la toque et aux lunettes d'écaille en sorte, les bras chargés de provisions.

« Oh, fit-il, surpris. Écoutez, euh... est-ce que je me suis excusé ? A la façon dont vous êtes partie, je me suis dit que je n'en avais peut-être eu que *l'intention*, que je n'avais pas vraiment... »

Elle regarda sa main droite gantée serrer le sac à provisions. Il faisait des gestes de l'autre main pour parler, et elle vit cette main dessiner une vague forme dans l'air glacé. Les gants ne lui faisaient pas peur. Elle ne pouvait imaginer comment leur vue avait pu la plonger dans une telle panique.

« Tout va bien. Je vous attendais pour vous prier de m'excuser. J'ai été surprise et puis... ce n'est pas un matin comme les autres », dit-elle en se détournant rapidement. Quelques pas plus loin, elle lança par-dessus son épaule : « Bonne journée. »

Son appartement n'était pas très éloigné, mais le trajet lui fit l'effet d'un formidable périple dans d'immenses étendues d'asphalte.

Qu'est-ce qui m'arrive ?

La température de novembre ne pouvait expliquer le froid qu'elle ressentait.

Elle vivait à Beacon Hill, au deuxième étage d'une maison qui en comptait quatre et avait appartenu à un banquier du siècle dernier. Ginger privilégiait la constance et la stabilité — peut-être parce qu'elle avait perdu sa mère quand elle n'avait que douze ans.

Toujours frissonnante bien que son appartement fût bien chauffé, elle rangea les provisions dans l'armoire et le réfrigérateur, puis se rendit dans la salle de bains pour se regarder dans la glace. Elle était très pâle. Elle n'aimait pas l'air traqué, apeuré de ses yeux.

« Alors, qu'est-ce qui t'arrive, *shnook*? Tu t'es conduite comme une vraie *meshuggene*, permets-moi de te le dire. Complètement *farfufket*. Mais pourquoi? Hein? C'est toi le médecin, alors réponds! *Pourquoi*? »

C'était uniquement quand elle avait des problèmes qu'elle parsemait son discours de mots yiddish, comme si son inconscient accordait à cette langue la valeur d'un talisman, d'une protection contre le malheur et les catastrophes.

« Courir dans les rues, laisser tomber tes affaires, oublier où tu es, avoir peur de n'importe quoi, te comporter comme une vraie *farmishteh*, dit-elle avec dédain à son reflet. Les gens qui te voient comme ça doivent te prendre pour une *shikker*, et les gens ne vont pas consulter un médecin qui picole. *Nu*? »

La magie du yiddish lui fit du bien, mais pas assez pour redonner des couleurs à ses joues et calmer ses yeux fous. Elle cessa de trembler, mais avait toujours froid.

Elle se passa de l'eau sur le visage, brossa ses cheveux blond argenté, passa un pyjama et un peignoir — sa tenue habituelle pour le mardi. Elle alla dans la petite pièce faisant office de bureau, prit le gros dictionnaire médical sur l'étagère et l'ouvrit à la lettre F.

Fugue.

Elle savait ce que signifiait ce mot; ce qu'elle ne savait pas, c'est pourquoi elle était venue consulter le dictionnaire qui ne lui apprendrait rien de bien nouveau. Peut-être le dictionnaire faisait-il, lui aussi, office de talisman. Si elle regardait le mot imprimé, peut-être perdrait-il tout pouvoir sur elle. Et dire qu'elle se moquait des personnes superstitieuses. Enfin...

fugue [fyg]. *n. f.* (lat. *fugo,* fuite). Dissociation grave de la personnalité. Abandon du domicile ou de l'environnement quotidien sur une impulsion. Après la fin de l'état de fugue, il y a habituellement une perte de mémoire à propos des actes commis pendant la fugue proprement dite.

Elle referma le dictionnaire et le reposa sur l'étagère.
Peut-être était-elle trop stressée, trop accablée de travail. C'était cette surcharge qui avait provoqué cette fugue brève et unique. Un trou de deux ou trois minutes. Un petit avertissement, en fait. Elle continuerait à ne pas aller à l'hôpital le mardi et décrocherait une heure plus tôt tous les jours. Ses problèmes seraient ainsi réglés.

Elle avait travaillé très dur pour être le médecin que sa mère rêvait de la voir devenir, pour se distinguer et, par là même, honorer ses chers parents. Elle avait sacrifié beaucoup de choses pour en arriver à ce point : ses week-ends, ses vacances, la plupart des autres distractions. Et voici qu'il ne lui restait plus que six mois à faire avant de s'établir à son propre compte. Rien ne viendrait s'interposer dans ses projets. Rien ne viendrait lui voler son rêve.

Rien.

C'était le 12 novembre.

3.
Elko County, Nevada

Ernie Block avait peur dans le noir. L'obscurité d'une pièce n'était pas agréable, mais les ténèbres extérieures, l'immense noirceur de la nuit du nord du Nevada était ce qui le terrifiait le plus. Dans la journée, il privilégiait les pièces munies de lampes et percées de multiples fenêtres mais, la nuit, il leur préférait les pièces aveugles parce qu'il lui semblait que la nuit faisait pression contre les vitres comme une créature avide d'entrer pour le dévorer.

Il avait honte de lui. Il ne savait pas pourquoi il avait peur du noir depuis quelque temps, mais les faits étaient là : *il en avait peur.*

Des millions de personnes partageaient sa phobie, certes, mais la majorité d'entre eux étaient des enfants. Ernie avait cinquante-deux ans.

Le vendredi après-midi, lendemain de la fête de Thanksgiving, il travailla seul à la réception du motel parce que Faye était partie dans le Wisconsin rendre visite à Lucy, à Frank et à leurs petits-enfants. Elle ne reviendrait pas avant mardi prochain. En décembre, ils fermeraient l'établissement pendant une semaine et iraient tous les deux passer les fêtes de Noël à Milwaukee avec les enfants. Mais cette fois-ci, Faye était partie toute seule.

Elle manquait terriblement à Ernie. Elle lui manquait parce qu'elle était depuis trente et un ans sa femme *et* sa meilleure amie. Elle lui manquait parce qu'il l'aimait plus encore aujourd'hui qu'au jour de leur mariage. Et aussi parce que, sans Faye, les nuits lui paraissaient plus longues, plus profondes, plus sombres que jamais.

Vers deux heures et demie de l'après-midi, il finit de faire les chambres et de changer les draps. Le Tranquility Motel était prêt à accueillir de nouveaux clients. C'était la seule habitation à vingt kilomètres à la ronde, perchée sur une butte au nord de la nationale, étape idéale au milieu des champs de sauge qui cédaient bientôt la place aux prairies herbeuses. Elko était à une cinquantaine de kilomètres à l'est, Battle Mountain à plus de soixante à l'ouest. La ville de Carlin et le petit village de Beowawe étaient un peu plus proches, bien qu'Ernie ne pût les apercevoir du motel. En fait, même du parking, on ne voyait pas le moindre bâtiment, et il n'y avait probablement aucun motel dans les environs qui méritât mieux son nom que celui-ci.

Ernie était à la réception et faisait des raccords de peinture, couvrant les égratignures laissées sur le bois du comptoir par les clients au moment où ils remplissent leurs fiches. Le comptoir n'était pas vraiment en mauvais état. Il voulait seulement s'occuper en attendant l'arrivée des clients en fin d'après-midi. C'était cela ou ne cesser de penser que la nuit tombait tôt en novembre. Et alors, quand l'obscurité serait là, il serait aussi nerveux qu'un chat à qui on a attaché une boîte de conserve au bout de la queue.

La réception du motel était inondée de lumière. Chaque lampe était allumée depuis qu'il avait ouvert, à six heures trente du matin. Une lampe flexible était posée sur le bureau de chêne derrière le comptoir et projetait un rectangle pâle sur le buvard élimé. Une lanterne de cuivre était installée à même le sol à côté du meuble de rangement. De l'autre côté du comptoir, il y avait un présentoir avec des cartes postales, une étagère chargée d'une quarantaine de livres de poche, une autre avec des brochures touristiques, une unique machine à sous près de la porte et un canapé beige flanqué de part et d'autre de tables basses supportant de grosses lampes. Une suspension était accrochée au plafond. Une grande baie vitrée occupait la majeure partie du mur de façade du hall. Le motel était orienté sud/sud-ouest et, à cette heure du jour, les rayons déclinants du soleil coloraient d'ambre et de miel le mur blanc derrière le canapé, jouant avec le cristal des lampes et se reflétant dans les médaillons de bronze qui ornaient les tables.

Quand Faye était là, Ernie laissait toujours quelques lampes éteintes pour qu'elle n'ait pas à lui dire qu'il gaspillait l'énergie et à les éteindre elle-même — une ampoule éteinte le mettait mal à l'aise —, mais il s'y résolvait pourtant pour ne pas révéler son secret. Faye ne devait pas être au courant de la phobie qui était devenue sienne voici deux mois ; c'était tant mieux, parce qu'il avait honte de cette chose étrange qui lui arrivait et, surtout, parce qu'il ne voulait pas l'inquiéter. Il ne savait pas quelle était la cause de cette peur irrationnelle, mais il était certain d'en venir à bout, tôt ou tard.

Il refusait de croire que c'était grave. Il n'avait été que très rarement malade en cinquante-deux ans. Il était allé une seule fois à l'hôpital, après avoir reçu deux balles dans la cuisse, au Viêtnam. Il n'y avait jamais eu de malades mentaux dans sa famille et Ernest Eugene Block s'était bien juré de ne pas être le premier à aller se vautrer en pleurnichant sur le divan d'un psychiatre.

Tout avait commencé en septembre avec un vague malaise qui s'emparait de lui à la tombée de la nuit et ne disparaissait qu'au lever du jour. Vers la mi-octobre, le crépuscule déclencha chez lui une sorte de détresse spirituelle parfaitement inexplicable. Début novembre, la détresse se changea en peur et, au cours des deux dernières semaines, l'angoisse se mit à croître jusqu'à ce que ses jours ne fussent plus habités que par l'appréhension de la nuit qui ne manquerait pas de tomber. Depuis dix jours, il évitait de sortir après la tombée de la nuit.

Ernie Block était si grand et fort qu'il était ridicule d'imaginer qu'il pût avoir peur *de quoi que ce soit*. Il mesurait un bon mètre quatre-vingts et était si solidement bâti que son nom de famille faisait également office de surnom. Ses cheveux gris étaient coupés si court qu'on apercevait parfois la peau du crâne ; les traits de son visage étaient assez agréables, bien que si nets qu'on eût pu le croire sculpté dans le granit. Son cou épais, ses épaules et sa poitrine larges lui donnaient une allure massive, impressionnante. A l'époque où il était une vedette du football universitaire, les autres joueurs ne l'appelaient que le Taureau ; pendant les vingt-huit années qu'il avait passées dans les Marines, nul n'aurait songé à l'appeler autrement que « chef », même ceux qui étaient du même grade que lui. Mais tous auraient été étonnés de savoir que, maintenant, Ernie Block avait les mains moites dès que le soleil déclinait sur l'horizon.

Pour l'instant, Ernie s'efforçait de ne s'intéresser qu'aux réparations mineures à apporter au comptoir. Il acheva son travail vers quatre heures moins le quart. La qualité de la lumière avait changé. L'ambre et le miel tournaient à l'orange.

A quatre heures, il reçut ses premiers clients, un couple de son âge. Il fut un peu déçu de les voir prendre leur clef et se retirer aussitôt dans leur chambre.

La lumière était totalement orange à présent, orange foncé même, sans la moindre trace de jaune. Les quelques nuages d'altitude n'avaient plus l'allure de grands vaisseaux à la blanche voilure, mais de galions écarlates filant vers l'est et le Grand Bassin occupé par la majeure partie de l'État du Nevada.

Dix minutes plus tard, un homme au teint cadavérique entra dans le hall. Il travaillait pour le compte du cadastre et prit une chambre pour deux nuits.

Seul à nouveau, Ernie fit tout son possible pour ne pas regarder sa montre.

Pour ne pas regarder non plus par la fenêtre car, par-delà les vitres, le jour se mourait.

Je ne vais pas me mettre à céder à la panique, se dit-il. J'ai fait la guerre, j'ai vu des choses terribles et pourtant, *je suis toujours là*, aussi costaud que jamais. Je ne vais quand même pas craquer parce que la nuit tombe.

Vers cinq heures moins le quart, le soleil n'était plus orange foncé, mais rouge.

Son cœur battait de plus en plus vite et il eut l'impression que sa cage thoracique ne pourrait plus le contenir.

Il se dirigea vers son bureau, s'assit dans le fauteuil, ferma les yeux et respira profondément pour se calmer.

Il alluma la radio. Parfois, la musique lui faisait du bien. Kenny Rogers chantait la solitude.

Le soleil toucha l'horizon et disparut lentement. Le cramoisi de fin d'après-midi céda la place au bleu électrique, puis à un violet lumineux qui lui rappela les crépuscules à Singapour, ville où il avait passé deux ans à monter la garde devant l'ambassade.

Ce fut le crépuscule.

Pis encore, la nuit.

A l'extérieur, les lumières, dont l'enseigne bleu et vert facilement visible depuis la route, s'étaient allumées automatiquement avec la tombée du jour, mais cela ne rassura pas Ernie pour autant. L'aurore était à une éternité de là. En attendant, la nuit était seule maîtresse.

La température chuta très rapidement. Le thermostat du calorifère cliqueta à plusieurs reprises. Il ne faisait pas vraiment chaud, mais Ernie Block était en sueur.

A six heures, Sandy Sarver arriva du Tranquility Grille, qui se dressait un peu à l'ouest du motel. C'était un petit restaurant de routiers, au menu très limité. Sandy, trente-deux ans, et Ned, son mari, tenaient le restaurant pour le compte d'Ernie et de Faye. Sandy servait à table et Ned faisait la cuisine. Ils vivaient dans une roulotte aux environs de Beowawe et faisaient tous les jours le trajet aller et retour dans leur vieille camionnette Ford.

Ernie sursauta quand Sandy ouvrit la porte. Il avait le sentiment que les ténèbres extérieures allaient se jeter sur lui comme une panthère.

« Voilà votre dîner », dit Sandy en frissonnant à cause de l'air froid qu'elle avait fait entrer avec elle. Elle déposa sur le comptoir un carton contenant un cheeseburger, des frites, de la compote de pommes et une canette de bière.

« Merci, Sandy. »

Sandy Sarver n'était pas vraiment du genre à attirer le regard des hommes, et pourtant elle avait quelque chose. Ses jambes étaient un peu maigres, bien que pas trop désagréables à contempler. Quelques kilos de plus ne lui auraient pas fait de mal. Elle avait la poitrine plate, mais cela ne choquait pas. Tout son corps était en effet très mince, ses attaches délicates, son cou gracile. Ses cheveux bruns retombaient sans grâce sur ses épaules, probablement parce qu'elle les lavait au savon. Elle ne mettait jamais de maquillage, pas même de rouge à lèvres. Elle se rongeait les ongles et ne prenait pas soin de ses mains. Mais c'était une jeune femme vive et généreuse, de sorte qu'Ernie et Faye regrettaient qu'elle ne profitât pas un peu plus de la vie.

Ernie ouvrit le carton et commença à manger. « Ned fait vraiment les meilleurs cheeseburgers que je connaisse, dit-il.

— Un mari qui fait bien la cuisine, c'est une vraie bénédiction du ciel, répondit timidement Sandy. Surtout avec moi qui ne sais rien faire.

— Ne soyez pas si modeste, Sandy. »

Ernie aurait voulu trouver les mots pour la retenir un peu plus, mais elle posa la main sur la poignée de la porte.

« A plus tard, Ernie.

— Euh... il y a du monde, ce soir ?

— Un peu. Les gars vont bientôt arriver pour dîner. »

Un peu de cheeseburger resta coincé dans sa gorge quand elle ouvrit toute grande la porte. Elle l'exposait sans le vouloir aux dangers des ténèbres. L'air froid s'engouffra dans le hall.

« Vous allez bronzer avec toutes ces lampes, fit-elle en riant. Allez, bonsoir. »

Elle referma la porte derrière elle et il poussa un profond soupir. Il la vit passer devant les fenêtres et disparaître dans la nuit. Il ne se souvenait pas d'avoir jamais entendu Sandy se faire des compliments. Pauvre gosse... Elle était gentille, un peu sinistre cependant. Bien que ce soir, même la personne la plus sinistre eût été la bienvenue.

Appuyé au comptoir, Ernie consacra toute son attention à ce qu'il mangeait, mastiquant lentement et ne levant jamais les yeux. Il repoussa ainsi pendant quelque temps la peur irrationnelle qui faisait se contracter les muscles de son cou et déclenchait des sueurs froides le long de son dos.

Vers sept heures moins dix, huit des vingt chambres du motel étaient déjà prises. C'était la deuxième nuit d'un long week-end et les voyageurs étaient plus nombreux que d'habitude. En restant ouvert jusqu'à neuf heures du soir, il pourrait certainement louer huit autres chambres.

C'était trop lui demander. Ernie était un Marine — en retraite, certes, mais toujours un Marine —, un homme pour qui les mots « devoir » et « courage » étaient sacrés. Il n'avait jamais failli au Viêt-nam alors que les bombes pleuvaient et que les hommes s'effondraient tout autour de lui, mais il était incapable de tenir le motel ouvert jusqu'à neuf heures du soir. Il n'y avait pas de tentures devant les grandes baies vitrées, rien qui pût le protéger de la vision de la nuit. Chaque fois que la porte s'ouvrait, il mourait de peur de savoir qu'il n'y avait plus aucune barrière entre la nuit et lui.

Ses mains tremblaient. Son estomac se tordait. Il était si nerveux qu'il ne pouvait rester en place. Il déambula derrière le comptoir, déplaçant de menus objets.

Finalement, à sept heures et quart, cédant à son angoisse irrationnelle, il abaissa une manette afin de couper l'enseigne marquée CHAMBRES À LOUER et ferma à clef la porte d'entrée. Il éteignit une à une les lampes, évitant l'ombre qui s'installait là où la lumière avait régné, et battit en retraite vers le fond de la pièce. Un petit escalier conduisait à son appartement. Il s'efforça de monter les marches lentement, se disant que c'était ridicule d'avoir peur et qu'il n'y avait rien, *rien*, de tapi dans l'obscurité du hall. Pourtant, ce n'était pas comme cela qu'il réussirait à se rassurer, parce que ce n'était pas d'une chose dissimulée dans le noir qu'il avait peur, mais bien du noir lui-même ! Sa main se crispa sur la rampe, ses pas s'accélérèrent. Bientôt, il grimpa les marches deux à deux. Haletant, il se précipita dans son appartement, coupa l'interrupteur général du rez-de-chaussée et claqua si fort la porte derrière lui que toute la maison parut vaciller.

Ernie hoquetait et ne pouvait s'empêcher de trembler. Son dos et sa poitrine étaient trempés de sueur.

Courant de pièce en pièce, il alluma toutes les lampes, toutes les appliques, tous les lustres. Les doubles rideaux étaient restés tirés depuis la nuit précédente et il n'entrevit même pas l'obscurité qui cernait la maison de toutes parts.

Quand il se fut repris, il appela le Tranquility Grille pour dire à Sandy qu'il ne se sentait pas très bien et qu'il avait fermé plus tôt. Ce n'était pas la peine qu'ils passent ce soir lui apporter les factures, cela attendrait bien jusqu'à demain.

Écœuré par son odeur de transpiration, Ernie prit une douche, puis passa son pyjama et une robe de chambre.

Jusqu'ici, ses appréhensions ne l'avaient pas empêché de dormir dans une pièce sombre — deux ou trois bières l'avaient quand même aidé à plonger dans le sommeil. Mais depuis le départ de Faye pour le Wisconsin, deux jours auparavant, il n'avait pu dormir qu'avec une lampe de chevet. Et il savait qu'il en aurait encore besoin ce soir.

Que se passerait-il au retour de Faye ? Réussirait-il à se coucher dans le noir ?

Quand Faye éteindrait, se mettrait-il à hurler de terreur ?
La pensée d'une telle humiliation le fit serrer les mâchoires de fureur. Il marcha vers la fenêtre et posa une main sur le rideau. Hésita.

Il avait toujours été pour Faye un roc sur lequel se reposer. Pour lui, un homme ne devait pas être autre chose qu'un roc pour sa femme. Il ne la décevrait pas. Il viendrait à bout de son étrange malaise avant son retour du Wisconsin.

Un frisson le parcourut quand il songea à ce qu'il y avait derrière les carreaux, mais la seule façon d'en venir à bout était de l'affronter. Telle était la leçon que la vie lui avait enseignée : sois courageux, affronte ton ennemi, lance-toi dans la bagarre. Cette philosophie de l'action avait toujours été positive. Elle le serait encore aujourd'hui. Cette fenêtre donnait sur l'arrière du motel. De là, on ne voyait que des plaines et des collines inhabitées. La seule lumière était celle des étoiles.

Ernie tira le rideau. Il contempla la nuit et se dit que cette obscurité absolue n'était pas, en fin de compte, si terrible — profonde et pure, vaste et froide peut-être, mais en aucun cas malveillante et, surtout pas, menaçante à son égard.

Cependant, alors qu'il regardait par la fenêtre, immobile, incapable de bouger, des portions d'obscurité lui parurent... oui, se déplacer, *se condenser*, s'agglomérer en formes solides bien que peu visibles encore, amas de ténèbres palpitantes au sein même de la nuit, fantômes embusqués qui pouvaient à tout instant se précipiter en hurlant vers les vitres fragiles de la maison.

Il serra les mâchoires et appuya plus fort son front sur le carreau.

Et soudain, il se trouva au centre d'un vide si immense qu'il défiait toute tentative de description.

Et il ne put plus *respirer*.

C'était infiniment pire que tout ce qu'il avait connu auparavant. Une peur bien plus profonde. Souterraine. D'une violence inouïe. Une peur qui s'était assuré le contrôle absolu de sa personne.

Il poussa un hurlement et s'écarta brutalement de la fenêtre.

Il tomba à genoux. Les doubles rideaux se remirent en place dans un bruissement d'étoffe. A nouveau, la fenêtre était dissimulée, l'obscurité contenue. Tout autour de lui, ce n'était que lumière. Il secoua la tête, ébranlé, et respira profondément.

Il rampa jusqu'au lit et se jeta sur le matelas, où il resta longtemps immobile, n'entendant que les battements de son cœur pareils aux pas d'un coureur. Au lieu de résoudre son problème, l'affrontement n'avait fait que l'aggraver.

« Mais qu'est-ce qui se passe ici ? cria-t-il, tourné vers le plafond. Qu'est-ce qui m'arrive ? Mon Dieu, *qu'est-ce qui m'arrive ?* »

C'était le 22 novembre.

4.
Laguna Beach, Californie

Les crises de somnambulisme étaient de plus en plus fréquentes et ce problème était désormais au cœur de son existence. Il empiétait sur son travail. Le nouveau livre était mis de côté, lui qui avait si bien commencé et qui contenait quelques-unes des meilleures pages qu'il eût jamais écrites. Au cours des deux dernières semaines, il s'était réveillé neuf fois dans le placard, dont quatre fois les quatre dernières nuits. Son tourment avait cessé de l'intriguer ou de le passionner. Il avait désormais peur d'aller se coucher parce que, une fois endormi, il n'exerçait plus aucun contrôle sur lui-même.

Hier, vendredi, il était finalement allé voir un médecin, le Dr Paul Cobletz, à Newport Beach. D'un trait, il avait tout raconté à Cobletz de son somnambulisme, mais s'était trouvé incapable d'exprimer ce qu'il pouvait y avoir de sérieux et de profond dans sa préoccupation. Dom avait toujours été très secret : c'était la conséquence d'une enfance passée dans une douzaine de foyers d'adoption sous la tutelle de parents nourriciers parfois indifférents, voire hostiles. Il se refusait à partager ses pensées les plus intimes et ses opinions les plus importantes sauf par le truchement des personnages de ses livres.

De sorte que Cobletz ne s'était pas montré inquiet outre mesure. Après un examen médical approfondi, il annonça à Dom qu'il le trouvait dans une forme exceptionnelle. Il attribuait ses crises de somnambulisme au stress, à la publication prochaine de son ouvrage.

« Vous ne croyez pas que je devrais passer des examens ? demanda Dom.

— Vous êtes écrivain et vous laissez vagabonder votre imagination, c'est cela, hein ? dit Cobletz. Vous pensez à une tumeur au cerveau, je ne me trompe pas ?
— Eh bien... oui.
— Écoutez-moi, Dom, voilà ce que vous allez faire. Oublions les examens et encore plus la psychothérapie. Vous allez laisser tomber votre bouquin pendant quelques semaines. Ne vous creusez pas la tête, faites du sport, couchez-vous bien fatigué par votre journée et je vous assure qu'à ce rythme-là vous serez guéri en quelques jours. J'en suis convaincu. »

Le samedi, Dom commença le traitement que lui avait prescrit le Dr Cobletz et se consacra à des activités physiques avec encore plus d'acharnement que le médecin ne le lui avait recommandé. De sorte qu'il sombra dans un sommeil de plomb à l'instant même où il posa la tête sur l'oreiller. Le lendemain matin, il ne se réveilla pas dans le placard.
Il ne se réveilla pas non plus dans son lit. Cette fois-ci, il se trouvait dans le garage.
Il reprit conscience dans un état proche de la terreur, haletant, hoquetant, le cœur battant à tout rompre. Il avait la gorge sèche, les poings serrés. Il avait mal partout, ce qui s'expliquait en partie par l'excès d'exercices physiques de la veille, mais surtout par le fait qu'il avait dormi dans une position vraiment peu confortable. Pendant la nuit, il avait sans s'en rendre compte pris deux bâches sur une étagère et s'était recroquevillé dans un espace très étroit derrière l'établi. C'était là qu'il se trouvait, à présent, caché derrière les bâches.
« Caché » était le mot qui convenait. Il n'avait pas tiré les bâches sur lui comme des couvertures. Il s'était réfugié derrière l'établi et sous les bâches comme s'il cherchait à échapper à quelque chose.
Mais de quoi avait-il peur ?
Un rêve. Dans son cauchemar, il avait dû s'enfuir devant quelque terrible monstre. Oui, c'était cela. Le danger dans son cauchemar avait déclenché cette crise de somnambulisme. Quand, dans son rêve, il cherchait un endroit où se cacher, il se cachait également dans la réalité et rampait pour cela derrière l'établi.
Sa Firebird blanche prenait des airs fantomatiques dans la

lumière pâle qui pénétrait par la petite lucarne située au-dessus de la porte du garage. Rampant dans le garage, il se demanda s'il n'était pas lui-même un revenant.

Plus tard, dans sa chambre, alors qu'il se préparait à entrer dans la salle de bains, il découvrit quelque chose d'étrange. Des clous étaient éparpillés sur le tapis. De l'autre côté de la pièce, deux objets attirèrent son attention. Sous la fenêtre, dont les tentures avaient été écartées, était posée une boîte à clous à moitié vide. Et un marteau.

Il prit le marteau, le contempla d'un air songeur.

Qu'avait-il bien pu faire pendant la nuit ?

Il leva les yeux vers le rebord de la fenêtre et y vit trois clous resplendissant au soleil.

De toute évidence, il se préparait à fermer définitivement la fenêtre. Seigneur... Quelque chose l'avait effrayé au point qu'il décida de se claquemurer, de transformer sa maison en forteresse, mais, avant de pouvoir se mettre au travail, il avait été soudain *écrasé* par la peur et s'était enfui dans le garage pour se cacher derrière l'établi.

C'était le 24 novembre.

5.
Boston, Massachusetts

Après l'épisode des gants noirs, deux semaines s'écoulèrent sans le moindre incident.

Ses journées au Memorial Hospital étaient plus remplies que jamais. George Hannaby, patron du service de chirurgie — grand gaillard qui parlait lentement, marchait nonchalamment et paraissait irrémédiablement paresseux —, maintenait un rythme de travail très élevé et, bien que Ginger ne fût pas le seul médecin sous ses ordres, elle était la seule qui travaillât *exclusivement* pour lui. Elle l'assistait dans de très nombreuses opérations : greffes de l'aorte, amputations, pontages, embolectomie, shunts portocaves, thoracotomies, artériogrammes, installations de pacemakers provisoires ou permanents, etc.

George observait chacun de ses gestes et était prompt à noter la moindre défaillance, la moindre hésitation de sa part. Bien qu'il ressemblât à un bon gros nounours, c'était un professeur redoutable. Elle savait que ses critiques, très acerbes parfois, n'étaient motivées que par l'intérêt qu'il portait à son patient et elle ne les prenait jamais pour son propre compte. Le jour où elle obtiendrait l'approbation sans réserve de Hannaby, ce serait... ce serait comme si Dieu le Père en personne lui donnait sa bénédiction et son accord.

Le dernier lundi de novembre, soit treize jours après l'étrange incident des gants noirs, Ginger assista Hannaby pendant un triple pontage effectué sur Johnny O'Day, officier de police de cinquante-trois ans que des troubles cardio-vasculaires avaient mis à la retraite anticipée.

Ginger regarda ses mains. Elles ne tremblaient pas.

Mais elle-même ne cessait de frémir en son for intérieur.

L'opération se déroula pour le mieux. Deux petits haut-parleurs diffusaient du Bach. George Hannaby eut le geste sûr, rapide, et fit preuve plus que jamais d'un talent impressionnant. A deux reprises, il s'écarta pour demander à Ginger de prendre en charge une partie de l'opération.

Ginger se surprit par l'assurance qu'elle mit dans son geste ; sa tension intérieure ne se révélait que par une transpiration un peu supérieure à la moyenne. Heureusement que l'infirmière était là pour lui tamponner le front.

Quand ce fut fini, George dit tout en se lavant les mains : « Comme sur des roulettes. »

Elle se passa les mains sous l'eau chaude. « Vous avez toujours l'air si détendu, comme si... comme si vous n'étiez pas un chirurgien, mais un tailleur en train de transformer un costume.

— C'est peut-être l'impression que je donne, mais je suis toujours tendu, dit-il. C'est pour cela que je mets du Bach. Vous-même étiez très nerveuse aujourd'hui.

— C'est vrai.

— Exceptionnellement nerveuse. Cela arrive. Ce qui importe, c'est que cela n'affecte pas vos capacités. Vous avez été plus habile que jamais. Formidable, même. Il faut que vous détourniez votre tension à votre avantage.

— Je crois que j'apprends.

— Comme d'habitude, fit-il avec un sourire, vous vous montrez très dure avec vous-même. Au début, je pensais que vous feriez mieux d'abandonner la chirurgie pour vous faire bouchère dans un supermarché, mais je sais aujourd'hui que vous y arriverez. »

Elle s'efforça de lui rendre son sourire. Elle avait été plus que tendue. Elle avait été en proie à une peur noire et glacée qui aurait pu facilement la dominer. C'était bien différent d'une tension normale. Cette peur était une chose qu'elle n'avait jamais éprouvée auparavant, une chose que George Hannaby n'avait jamais connue, pas même dans la salle d'opération. Si cela se poursuivait, si cette peur devenait sa compagne permanente... que se passerait-il alors ?

Il était dix heures et demie du soir. Elle lisait au lit quand le téléphone sonna. Si l'appel était intervenu plus tôt, elle aurait été prise de panique et se serait immédiatement dit que Johnny O'Day n'avait pas survécu à l'opération. Elle n'avait cependant pas très envie de parler. « Désolée, moussiou, la madame Vaïsse pas à la maison. Moi pas parler bien anglais. Rappelez en avril, j'y vous prie.

— Si c'est censé être un accent espagnol, c'est vraiment nul, dit George Hannaby. Si c'est asiatique, c'est encore pire. Remerciez le ciel d'avoir choisi la médecine plutôt que le théâtre.

— En tout cas, vous auriez fait un critique dramatique de tout premier ordre.

— C'est parce que j'ai le raffinement, la culture et l'impartialité d'un homme de goût. Bon, écoutez-moi à présent : j'ai de bonnes nouvelles. Je crois que vous êtes prête.

— Prête ? Pour quoi faire ?

— La grosse affaire. Une greffe de l'aorte, dit-il.

— Vous voulez dire que... je ne vous assisterai pas ? Je ferai tout toute seule ?

— Seule et unique responsable.

— Une greffe de l'aorte ?

— Puisque je vous le dis. Vous ne vous êtes tout de même pas spécialisée en chirurgie cardio-vasculaire pour faire des appendicectomies jusqu'à la fin de vos jours, non ? »

Elle s'était redressée dans son lit. Son cœur battait plus vite et ses joues avaient rosi. « Quel jour ?

— La semaine prochaine. Il y a une patiente qui vient jeudi ou vendredi prochain. Elle s'appelle Fletcher. Nous pourrons étudier son dossier mercredi. Si tout va bien, nous pourrions nous décider pour lundi. Bien entendu, c'est vous qui déciderez des derniers examens et donnerez le feu vert.

— Seigneur !

— Vous vous en tirerez parfaitement bien.

— Je voudrais vous y voir.

— Et puis, je vous assisterai... si vous sentez que vous avez besoin de moi.

— Et vous me reprendrez si je flanche ?

— Ne soyez pas stupide, vous ne flancherez pas. »

Elle hésita un instant, puis dit : « Non, je ne flancherai pas.

— Je vous reconnais. Vous pouvez faire tout ce que votre esprit vous dicte, vous le savez.

— Même aller à cheval sur la lune.

— Quoi ?

— Oh, c'est une vieille plaisanterie...

— Écoutez, je sais que vous avez été à deux doigts de céder à la panique cet après-midi, mais ne vous inquiétez pas. Tout le monde passe par là. C'est le trac, c'est tout. Vous aviez toujours été très froide, très concentrée, et je croyais que vous n'auriez jamais le trac. Eh bien, c'est fait. Je suis sûr que vous y pensez toujours alors que, moi, je suis bien content que cela vous soit enfin arrivé. C'est une expérience irremplaçable. L'important, c'est que vous ayez su vous dominer.

— Merci, George. En plus de critique dramatique, vous feriez un super entraîneur de base-ball. »

Un peu plus tard, dans la chambre plongée dans l'obscurité, alors qu'elle oscillait entre le sommeil et la veille, Ginger comprit enfin pourquoi elle avait eu peur cet après-midi. Elle n'avait pas eu le trac. Bien que n'ayant pu l'admettre jusqu'à présent, elle avait craint de se retrouver dans le même état que quinze jours auparavant, dans la boutique de Bernstein. Elle avait craint d'être une nouvelle fois en état de fugue. Et si cela s'était produit alors qu'elle avait le scalpel à la main ou qu'elle recousait un greffon...

Pouvait-elle accepter la responsabilité d'être le maître d'œuvre d'une opération aussi délicate qu'une greffe de l'aorte ? Elle ne referait certainement jamais de crise. C'était un phénomène tout à fait passager. Mais oserait-elle mettre cette théorie à l'épreuve ?

Le sommeil parvint finalement à l'engloutir.

Le mardi, après une visite sans problème à la charcuterie juive, de bons petits plats et plusieurs heures passées à flemmarder avec un bon livre, Ginger recouvra toute sa confiance en soi et envisagea avec sérénité le défi qui lui était lancé.

Le mercredi, Johnny O'Day était de bonne humeur et se remettait parfaitement de son triple pontage. C'était *là* la récompense d'années d'études et d'efforts : la préservation de la vie, le rejet de la souffrance, le retour de l'espoir et du bonheur.

Elle assista Hannaby lors de la pose d'un stimulateur cardiaque avant d'effectuer seule un aortogramme. Elle se tint également aux côtés de George quand il reçut sept malades que des confrères lui avaient adressés.

Quand les patients furent partis, George et Ginger étudièrent pendant une demi-heure le dossier de la candidate à la greffe d'aorte — Viola Fletcher, cinquante-huit ans. Le dossier refermé, Ginger décida de faire entrer Mme Fletcher jeudi pour qu'elle subisse les ultimes examens. S'il n'y avait pas de contre-indications, l'opération pourrait avoir lieu lundi matin. George donna son accord.

La journée du mercredi passa très vite. Vers six heures et demie du soir, elle avait déjà abattu douze heures de travail, mais n'était pas fatiguée pour autant. En fait, elle n'avait pas très envie de quitter l'hôpital, bien qu'elle n'y eût officiellement plus rien à faire. George Hannaby était déjà parti. Mais Ginger s'attardait à bavarder avec les patients, à vérifier des relevés. En fin de compte, elle alla jusqu'au bureau de George et reprit le dossier de Viola Fletcher.

Les bureaux des médecins se trouvaient à l'arrière du bâtiment, un peu en dehors de l'hôpital proprement dit. A cette heure-là, les couloirs étaient déserts. Les semelles de caoutchouc de Ginger grinçaient sur le dallage. L'air sentait le désinfectant au pin.

La salle d'attente, les salles d'examen et le bureau de George Hannaby étaient plongés dans l'obscurité. Ginger n'eut pas besoin de faire la lumière. Elle connaissait par cœur la disposition du mobilier. Elle se contenta d'allumer la lampe de bureau. Elle avait les clefs de tous les meubles de rangement et il ne lui fallut qu'une minute pour retrouver le dossier de Viola Fletcher et s'asseoir au bureau de George.

Elle prit place dans le grand fauteuil de cuir, ouvrit tout grand le dossier. C'est alors qu'elle remarqua un objet qui mobilisa toute son attention et lui coupa littéralement le souffle. Il était posé sur le buvard vert du sous-main, à la limite de la zone d'ombre : c'était un ophtalmoscope, instrument servant à éclairer et à examiner le fond de l'œil. Il n'avait rien d'étrange — rien de malfaisant. Un médecin se servait habituellement d'un ophtalmoscope lors d'un examen de routine. Pourtant, la vue de celui-ci non seulement lui bloqua la respiration, mais l'emplit instantanément d'un formidable sentiment de danger.

Une sueur glacée lui coula le long du dos.

Son cœur tapait si fort que les coups semblaient venir de l'extérieur de son corps, comme si une grosse caisse jouait dans la rue.

Elle ne pouvait détacher ses yeux de l'objet. Comme cela s'était produit plus de deux semaines auparavant dans la charcuterie Bernstein lors de l'épisode des gants noirs, tous les autres objets du bureau de George commencèrent à se dissiper. Seul l'instrument brillant était visible dans le moindre détail.

Désorientée, rendue soudain claustrophobe par la chape de frayeur irrationnelle qui s'était abattue sur elle, elle repoussa violemment le fauteuil du bureau et se leva. Le souffle court, elle se sentait glacée jusqu'à la moelle des os.

La lentille de l'appareil ressemblait à un œil unique, inhumain.

Il faut courir ou périr, lui dit une petite voix. *Courir ou périr.*

Une brume fondit sur elle.

Plusieurs minutes s'écoulèrent. Quand elle reprit conscience, elle vit qu'elle se tenait dans l'escalier de secours, tout au bout du bâtiment administratif, entre deux étages. Elle ne se souvenait pas d'avoir quitté le bureau et pris l'escalier. Elle était assise sur une marche, tassée contre le béton du mur, le visage tourné vers la rampe métallique. Une ampoule brillait faiblement. Des marches montaient, des marches descendaient. Le silence eût régné en maître s'il n'y avait eu sa respiration.

Elle frissonna. Pas vraiment de peur, parce que la terreur aveugle l'avait abandonnée. Mais tout simplement de froid. Ses vêtements trempés de sueur lui collaient à la peau.

Elle leva la main et s'essuya le visage.

Elle se redressa, observa les escaliers. Elle ne savait pas à quel étage elle se trouvait. Au bout d'un instant, elle décida de monter.

Ses pas résonnèrent de façon lugubre.

Pour quelque raison inconnue, elle pensa à un tombeau.
« *Messhugene* », dit-elle d'une voix mal assurée.
C'était le 27 novembre.

6.
Chicago, Illinois

Il faisait froid en cette première matinée dominicale de décembre et le ciel gris et bas était annonciateur de neige.

Le père Cronin se leva à cinq heures et demie, dit sa prière, prit une douche, se rasa, mit sa soutane et sa barrette avant de quitter le presbytère, bréviaire à la main, sans même prendre la peine de passer un manteau. Il s'attarda un moment sous le porche à respirer à pleins poumons l'air frais de décembre.

Il avait trente ans, mais ses yeux verts et francs, ses cheveux roux et ses taches de rousseur le faisaient paraître bien plus jeune. Il avait vingt-cinq bons kilos de trop et, de l'enfance au séminaire en passant par le lycée, il s'était toujours vu surnommer Bouboule.

Quel que fût son véritable état émotionnel, le père Cronin avait pratiquement toujours l'air heureux. Son visage était celui d'un chérubin, dont les formes joufflues ne sont pas faites pour exprimer la colère ou la mélancolie. Ce matin-là, il avait l'air particulièrement satisfait de lui-même et du monde, bien qu'en fait il fût profondément troublé.

Il suivit un petit chemin dallé, longea des parterres de fleurs clairsemés où la terre apparaissait par endroits. Il ouvrit la porte de la sacristie et entra. L'odeur d'encens se mêlait à celle de la cire avec laquelle étaient soigneusement recouverts les boiseries et les objets précieux de l'église.

Le père Cronin n'eut pas besoin d'allumer. La petite flamme rouge et vacillante de la sacristie lui suffisait. Il s'agenouilla sur le prie-Dieu et inclina la tête. En silence, il implora le Seigneur de le rendre digne de sa tâche. Dans le temps, cette prière secrète, avant l'arrivée du sacristain et de l'enfant de chœur, ne manquait pas d'emplir son esprit de joie à l'idée de bientôt célébrer la messe. Mais aujourd'hui, comme pratiquement tous les jours depuis quatre mois, la joie le fuyait. Il n'éprouvait qu'un vide sinistre qui lui tordait le cœur et enfonçait un fer glacé dans ses entrailles.

Serrant les dents comme pour se plonger volontairement dans un état d'extase spirituelle, il réitéra sa prière, mais en vain.

Après s'être lavé les mains, le père Cronin déposa sa barrette sur le prie-Dieu et ouvrit l'armoire contenant les vêtements consacrés. C'était un homme sensible, doté d'une âme d'artiste, et il voyait dans la beauté grandiose du cérémonial l'écho subtil de la grâce divine. D'ordinaire, quand il arrangeait l'aube blanche de telle sorte qu'elle tombât parfaitement sur ses chevilles, un frisson sacré le parcourait à l'idée que *lui*, Brendan Cronin, allait accomplir le mystère sacré.

D'ordinaire, mais pas aujourd'hui. Et pas depuis plusieurs semaines.

Le père Cronin passa son aube avec aussi peu d'attention qu'un ouvrier enfilant son bleu de travail pour aller à l'usine.

Quatre mois plus tôt, début août, le père Brendan Cronin avait commencé à perdre la foi. L'imperceptible et pourtant implacable feu du doute s'était allumé en lui et consumait les choses auxquelles il croyait pourtant le plus.

Pour n'importe quel prêtre, la perte de la foi est un événement terrible, mais ce l'était plus encore pour Brendan Cronin. Simplement parce qu'il avait été *appelé* à la prêtrise très jeune. Maintenant, la foi évanouie, sa personne était tout entière vouée à l'office sacré, toutefois il savait qu'il ne pourrait continuer très longtemps à dire la messe, à prier et à réconforter les affligés alors que tout cela n'avait plus aucun sens.

Le père Cronin plaça l'étole autour de son cou. Au moment où il s'empara de la chasuble, la porte de la sacristie donnant sur la cour s'ouvrit et un jeune garçon se précipita dans la pièce, allumant l'électricité, ce que le prêtre avait négligé de faire.

« Bonjour, mon père !

— Bonjour, Kerry. Tu as l'air en forme, ce matin. »

A l'exception de ses cheveux qui étaient bien plus roux que ceux du père Cronin, Kerry McDevit aurait pu être un parent très proche du prêtre. Il était un peu grassouillet, avec des taches de rousseur et de grands yeux verts espiègles. « Ça va, mon père, mais il fait drôlement froid dehors, un vrai temps à se geler les...

— Ah oui ? A se geler quoi ?

— ... les oreilles, fit le garçon, embarrassé. Ce qui veut dire qu'il fait vraiment très très froid. »

En temps normal, Brendan se serait amusé de la gêne du garçon.

Son humeur était cependant telle qu'il n'afficha pas le moindre sourire. Kerry s'empressa de se dévêtir et de passer les habits de cérémonie.

Brendan prit le manipule, baisa la croix en son centre, la plaça sur son avant-bras gauche et ne ressentit rien. Une sensation de froid et de creux avait pris la place de la foi et de la joie d'autrefois.

Jusqu'à la fin août, il n'avait jamais douté de la sagesse de son engagement envers l'Église. Il s'était montré si brillant en étudiant à la fois les matières classiques et la théologie qu'on l'avait choisi pour compléter sa formation au Collège américain de Rome. Il aimait la Ville éternelle — son architecture, son histoire, sa population aimable. Après avoir été ordonné et accepté dans la Société de Jésus, il passa deux ans au Vatican en tant qu'assistant de Mgr Giuseppe Orbella, conseiller doctrinal de sa sainteté le pape. Cet honneur aurait pu être suivi d'une affectation auprès du cardinal de Chicago, mais le père Cronin avait demandé une cure dans une petite paroisse, comme n'importe quel autre prêtre. C'est ainsi qu'après une visite à l'évêque Santefiore de San Francisco — vieil ami de Mgr Orbella —, et des vacances pendant lesquelles il roula de San Francisco à Chicago, il arriva dans la paroisse Sainte-Bernadette, où il trouva beaucoup de plaisir à exécuter les tâches les plus humbles de la vie d'un curé. Sans jamais le moindre regret, le moindre doute.

Les yeux tournés vers l'enfant de chœur qui se vêtait, le père Cronin regretta la foi simple qui l'avait si longtemps soutenu et réconforté. L'avait-elle abandonné provisoirement ou l'avait-elle fui à tout jamais ?

Dès qu'il fut prêt, Kerry passa la porte de la sacristie donnant sur la chapelle. Il se retourna au bout de quelques pas. Le père Cronin ne le suivait pas.

Brendan Cronin hésita. Il apercevait par la porte le grand crucifix mural et la plate-forme de l'autel. La partie la plus sacrée de l'église lui semblait très étrange, comme s'il la découvrait objectivement pour la première fois. Et il ne comprit pas comment il avait pu y voir un territoire sacré. Ce n'était qu'un lieu banal, rien de plus. S'il passait cette porte et se mettait à débiter ses litanies, il ne serait rien d'autre qu'un hypocrite, il tromperait tous les membres de la congrégation.

Comment puis-je dire la messe alors que je ne crois plus ? se demanda Brendan.

Le calice dans la main gauche, la main droite posée sur la bourse et le voile, il serra le vase sacré contre lui et rejoignit finalement Kerry dans le sanctuaire, où le Christ en croix parut lui lancer un bref regard accusateur.

Comme à l'ordinaire, moins d'une centaine de personnes étaient venues pour la première messe. Leurs visages étaient anormalement pâles et radieux, comme si Dieu n'avait pas permis à de véritables fidèles d'entrer ce matin dans l'église et les avait remplacés par une cohorte d'anges susceptibles de témoigner du sacrilège d'un prêtre osant célébrer la messe bien qu'ayant perdu la foi.

Le désespoir du père Cronin empira au cours de la cérémonie. Dès l'instant où il prononça l'*Introibo ad altare Dei*, chaque phase de la messe lui infligea une douleur plus grande. Au moment où Kerry McDevit fit passer le missel d'un côté à l'autre de l'autel, le découragement du père Cronin fut si grand qu'il se sentit accablé. Son épuisement spirituel et émotionnel était tel qu'il pouvait à peine lever les bras, se concentrer sur l'Évangile, réciter les paroles sacrées. Au moment du canon, il bredouillait. Kerry le regardait, incrédule, et il était clair que l'assistance se doutait que quelque chose n'allait pas. Il était en sueur. Une ombre grise s'abattit sur lui, puis il se sentit glisser dans une spirale de ténèbres effrayantes.

C'est à l'instant de l'Élévation, au moment de dire les mots chargés du mystère de la transsubstantiation, qu'il s'en prit soudain à lui-même d'être incapable de croire, à l'Église de ne pas l'avoir mieux protégé du doute, à sa vie tout entière qui s'était perdue dans la recherche de mythes sans fondement ni signification. Sa colère monta, bouillonna et, tout à coup, se changea en *fureur*.

A son grand étonnement, il lança un cri affreux et projeta le calice dans le sanctuaire. Il heurta le mur avec un bruit métallique, répandant le vin consacré en tous sens, retombant aux pieds de la statue de la Vierge pour finir devant le lutrin sur lequel étaient posés les saints Évangiles.

Kerry McDevit recula, terrifié, et dans la nef, les dizaines de fidèles poussèrent un seul cri de surprise. Mais cela ne suffit pas à calmer Brendan Cronin. Cédant à la fureur qui était sa seule protection contre le désespoir et l'envie de suicide, il jeta à terre les hosties consacrées puis, hurlant toujours de colère et de douleur, il arracha son étole, la foula aux pieds et s'enfuit en courant dans la sacristie. Là, la colère le quitta aussi rapidement qu'elle était venue, le laissant dans la plus grande confusion.

C'était le 1er décembre.

7.
Laguna Beach, Californie

En ce premier dimanche de décembre, Dom Corvaisis déjeuna avec Parker Faine à la terrasse de Las Brisas, à une table ombragée dominant la mer éclaboussée de soleil. Le beau temps semblait vouloir durer. La brise marine leur apportait le cri des mouettes, le goût de la mer, le parfum des jasmins sauvages. Dominick fit à Parker le récit détaillé de sa lutte contre le somnambulisme.

Parker Faine était son meilleur ami, peut-être la seule personne au monde avec qui il pouvait discuter aussi librement. Et pourtant, ils n'avaient, en apparence tout au moins, absolument rien en commun. Dom était mince et musclé, Parker Faine trapu, gras et bedonnant. Toujours parfaitement rasé, Dom allait chez le coiffeur toutes les trois semaines, alors que Parker avait une barbe et des cheveux hirsutes qui le situaient à mi-chemin entre le catcheur professionnel et le beatnik des années cinquante. Dom buvait peu et s'enivrait rapidement alors que la capacité d'ingurgitation de Parker était légendaire. Bien que Dom fût solitaire par nature et lent à se faire des amis, Parker avait le don de passer pour une vieille connaissance une heure seulement après qu'on l'eut rencontré. Avec ses cinquante ans, Parker était de quinze ans l'aîné de Dom. Il était riche et célèbre depuis un quart de siècle et se sentait parfaitement à l'aise avec sa fortune et sa notoriété — en un mot, il ne comprenait absolument pas que Dom pouvait paniquer à l'idée que *Crépuscule à Babylone* allait lui apporter du même coup la gloire et l'argent.

Malgré tout ce qui les différenciait, ils étaient devenus rapidement amis parce qu'ils se ressemblaient en fait sur plusieurs points importants. Tous deux étaient artistes, non par choix ou par goût, mais parce qu'ils s'y sentaient poussés. L'un peignait avec des mots, l'autre avec des couleurs. Et puis, même si Parker se liait plus facilement que Dom, les deux hommes accordaient une place énorme à l'amitié.

Parker s'empiffrait littéralement de nachos dégoulinant de fromage, de guacamole et de crème aigre, tandis que Dom sirotait lentement une bouteille de Modelo Negra tout en faisant le récit de ses aventures involontaires. Il parlait à voix basse, bien que la discrétion ne fût absolument pas nécessaire. Les autres clients bavardaient bruyamment et ne s'occupaient pas de lui. Il ne toucha pas aux nachos. Ce matin, il s'était réveillé pour la quatrième fois derrière l'établi du garage, terrorisé, et cette incapacité permanente à se maîtriser lui ôtait toute envie, tout appétit. A la fin de son récit, il n'avait bu que la moitié de sa bière : le sombre breuvage mexicain lui paraissait totalement insipide.

Parker avait déjà, quant à lui, englouti trois doubles margaritas et en avait commandé un quatrième. L'attention du peintre n'était cependant pas émoussée par l'alcool qu'il avait consommé. « Dis donc, mon vieux, tu ne crois pas que tu aurais pu me parler de cela *il y a plusieurs semaines ?*

— Je me sentais un peu... ridicule.

— Foutaises ! » s'écria le peintre en balayant du revers de la main les arguments de son ami.

Le serveur mexicain déposa sur la table le margarita de Parker. Le cocktail fut avalé en une seconde.

« Rapportez-nous de ces délicieux nachos, et aussi plus de salsa, plus pimentée si vous avez. Et aussi une soucoupe d'oignons hachés. Un autre margarita pour moi et une bière pour mon malheureux ami !

— Ce n'est pas la peine, je n'ai même pas fini celle-là, dit Dom.

— C'est bien pour ça que tu es malheureux. Tu l'as depuis si longtemps qu'elle doit être tiédasse. »

D'ordinaire, Dom aurait ri de la jovialité de son ami mais, aujourd'hui, son enthousiasme permanent ne lui tirait même pas un sourire.

Parker se pencha au-dessus de la table pour se rapprocher de Dom et prit soudain un air grave. « Bon, mettons les choses à plat. On va essayer de trouver une explication et de voir ce que tu peux faire. Tu ne crois pas que c'est uniquement un problème de stress... à cause de la prochaine publication de ton bouquin ?

— J'y ai pensé, mais ce n'est pas possible. Ce que je veux dire, c'est que j'accepterais cette explication si mon problème était mineur. Mais les soucis que me donne *Crépuscule* ne sont pas assez intenses pour provoquer un comportement aussi inhabituel, aussi excessif... aussi *dingue*. Je me balade pratiquement toutes les nuits, mais ce n'est pas cela qui me préoccupe. C'est la profondeur de ma transe qui est incroyable. Il y a très peu de somnambules aussi comateux que moi, très peu aussi qui se lancent dans des travaux aussi compliqués. J'ai quand même essayé de boucher mes fenêtres ! On ne se claquemure pas dans sa maison parce qu'on a de petits soucis professionnels.

— Tu t'en fais peut-être plus pour ton bouquin que tu ne veux bien l'admettre.

— Écoute, Parker, tu ne vas quand même pas oser me dire que mes crises ne sont que la conséquence d'une overdose de boulot ?

— C'est vrai, admit-il.

— Je rentre dans le placard *pour m'y cacher*. Et quand je me retrouve derrière l'établi, quand je suis à moitié endormi, j'ai l'impression que quelque chose me traque, quelque chose qui me tuera s'il me découvre. Il y a quelques jours, j'ai voulu hurler, mais pas un son n'est sorti. Hier, je criais : " Allez-vous-en ! Allez-vous-en ! " Et aujourd'hui, avec le couteau...

— Le couteau ? fit Parker. Tu ne m'en as pas parlé.

— J'étais encore derrière l'établi. Seulement, j'avais un couteau à découper, je l'avais pris au râtelier, dans la cuisine.

— Pour te protéger, c'est sûr, mais de quoi ?

— De la chose... de celui qui me traque.

— Et *qui est-ce* qui te traque ?

— Je n'en sais absolument rien.

— Cette histoire ne me plaît pas. Tu aurais pu te blesser grièvement.

— Ce n'est pas cela qui m'inquiète le plus.

— Dans ce cas, qu'est-ce qui t'inquiète le plus ? »

Dom regarda autour de lui. « Je pourrais... je pourrais blesser quelqu'un. »

L'air incrédule, Parker Faine dit : « Tu prendrais un couteau de cuisine et tu irais tuer quelqu'un pendant ton sommeil ? Impossible ! » Il avala son margarita. « Tu es en train de sombrer dans le mélo. Comme si tu étais un type à commettre un crime...

— Je ne pensais pas non plus être un type à faire des crises de somnambulisme.

— Tout ça, c'est de la foutaise. Il y a une explication. Tu n'es pas dingue, en tout cas. Parce que les dingues ne doutent jamais d'être sains d'esprit.

— Je crois que je vais aller voir un psychiatre, un conseiller, passer des examens.

— Pour les examens, d'accord, mais pour le psychiatre, pas question. Tu es plus névrosé que psychotique, d'ailleurs. »
Le serveur apporta des nachos, de la salsa, des oignons et un autre margarita. Parker dégusta lentement les spécialités mexicaines avant de dire : « Je me demande si ton problème n'aurait pas un rapport avec ton changement il y a un an et demi.
— J'ai changé, moi ? Comment ? fit Dom, surpris.
— Tu sais très bien de quoi je veux parler. Quand on s'est rencontrés à Portland, il y a six ans, tu étais pâlichon, trouillard, une vraie limace, quoi.
— Une limace, moi ?
— Ouais, et tu ne peux pas dire le contraire. Tu étais brillant, talentueux, mais tu étais quand même une limace. Et tu sais pourquoi ? Eh bien, je vais te le dire. Tu avais peur de la compétition, des échecs, des succès, de la vie, en un mot. Tu voulais simplement faire ton petit bonhomme de chemin, le plus discrètement possible. Tu t'habillais comme monsieur Tout-le-Monde, tu parlais à mi-voix, tu faisais tout pour ne pas attirer l'attention. Tu te réfugiais dans le monde universitaire parce qu'il n'y avait pas trop de concurrence. En un mot, tu étais comme un lapin qui se planque dans son terrier.
— Dis donc, si j'étais la larve que tu décris, pourquoi as-tu eu envie qu'on devienne amis ? fit Dom, un peu excédé.
— Parce que je sais lire au-delà des apparences, mon pote. Je ne me suis pas laissé avoir par ton masque timide et insipide. J'ai senti qu'il y avait quelque chose de spécial en toi. Si je suis un artiste, c'est bien parce que je vois ce que les autres ne peuvent même pas imaginer.
— Tu dis que j'étais... insipide ?
— Oui, monsieur, un vrai pétochard ! Tu sais combien de temps tu as mis pour trouver la force de m'avouer que tu étais écrivain ? Trois mois !
— Je n'étais pas vraiment écrivain à l'époque...
— Tu avais des tiroirs pleins de nouvelles et tu n'avais même pas osé en envoyer une à un magazine. Pas seulement parce que tu craignais qu'on te la refuse. Non, tu redoutais qu'on te la prenne. La peur du succès, c'est ça. Combien de temps ai-je dû insister pour que tu en expédies quelques-unes aux revues littéraires ?
— Euh, je ne sais pas, moi...

— Eh bien, moi, si. Six mois ! Tu te rends compte ? Il a fallu que je te cajole, que je te supplie presque ! »

Parker n'avait cessé de manger tout en parlant. Sa barbe dégoulinait de crème, qu'il essuya du revers de la manche. Puis il engloutit son margarita et reposa bruyamment le verre sur la table. « Quand tes nouvelles ont commencé à se vendre, tu as voulu arrêter. Il a fallu que je te pousse tous les jours. Dès que j'ai eu le dos tourné, quand je suis allé en Oregon par exemple, tu es reparti te réfugier dans ton terrier ! »

Dom ne répliqua pas. Il savait que le peintre avait entièrement raison.

« Mais il y a un an et demi, tout a changé, dit Parker. Tout à coup, tu as laissé tomber l'enseignement pour te lancer dans le vide et devenir écrivain professionnel. Pratiquement du jour au lendemain, le petit fonctionnaire est devenu un bohémien. Pourquoi ? Tu ne t'es jamais vraiment penché sur la question. Hein, *pourquoi* ? »

Dominick fronça les sourcils et réfléchit un instant. Il fut étonné de constater qu'il n'y avait jamais pensé auparavant. « Je ne sais pas. Franchement, je ne sais pas. »

Il but une gorgée de bière, soupira : « J'ai quitté Portland à la fin du mois de juin, l'année dernière. J'avais attaché à ma voiture une petite remorque pleine de livres et de vêtements. Je me sentais de bonne humeur. Je ne considérais pas mon départ de Portland comme un échec. J'avais seulement l'impression de prendre un nouveau départ. J'attendais beaucoup de ce nouveau poste à Mountainview. En fait, je ne me souviens pas d'avoir été plus heureux que ce jour-là. »

Parker Faine hocha la tête d'un air approbateur. « Ça, tu pouvais l'être ! Tu allais te retrouver à un poste où l'on n'attendait rien de toi et où ton introversion serait mise sur le compte de ton tempérament d'artiste.

— Un terrier idéal, c'est ça ?

— Exactement. Et pourquoi as-tu quitté ton poste à Mountainview ?

— Je te l'ai déjà dit. A la dernière minute, je n'ai pu supporter l'idée de mener la même vie qu'auparavant. J'en ai eu assez d'être un lapin apeuré, comme tu dirais.

— Tu as voulu laisser tomber une vie qui ne te satisfaisait plus, d'accord, mais pourquoi l'as-tu fait *aussi subitement* ?

— Je n'en sais rien...

— Ah ! s'exclama Parker. Je savais bien que j'étais sur la bonne piste ! Les changements que tu as connus *alors* sont liés à tes problèmes *d'aujourd'hui*. Bon, continue. Tu as dit au doyen de Mountainview que tu ne voulais plus de ton poste.
— Il n'a pas beaucoup apprécié.
— Tu as pris un petit appartement en ville et tu as décidé de vivre de tes économies pendant que tu écrirais un roman, c'est bien cela ?
— Je n'avais pas beaucoup d'argent de côté, mais j'ai toujours été frugal.
— Tempérament impulsif. Goût du risque. Cela ne te ressemble pas, dit Parker. Pourquoi as-tu agi ainsi ? Qu'est-ce qui t'a fait changer ?
— C'est une évolution très lente... mais il fallait que je change.
— Il s'est passé quelque chose pendant le trajet de Portland à Mountainview. Quelque chose qui t'a donné un grand choc. Quoi ?
— Je t'assure que ç'a été un voyage sans histoire.
— Pas dans ta tête, en tout cas.
— J'étais très détendu, je regardais le paysage...
— *Amigo !* cria Parker à l'adresse du serveur. *Uno* margarita. Et une *cerveza* pour mon ami.
— Non, fit Dom, je n'ai...
— Je sais, tu n'as pas fini ta bière, mais tu vas la terminer et tu vas en boire encore une autre, et quand tu seras complètement détendu, on atteindra peut-être le fond du problème. Quand on fait deux crises de personnalité en moins d'un an et demi, les deux crises ne peuvent être que liées. »
Dom réfléchit un instant. « Des crises de personnalité ? Après tout, tu as peut-être raison... »

Ils quittèrent Las Brisas en fin d'après-midi sans avoir fourni le moindre élément de réponse. Le soir, Dom alla se coucher terrifié, se demandant où il se réveillerait le lendemain matin.

Et au matin, il fut littéralement propulsé hors du sommeil. Il poussa un hurlement strident et se trouva plongé dans une obscurité étouffante. Quelque chose l'avait touché, quelque chose de froid, de moite, d'étrange, *quelque chose de vivant*. Il frappa à l'aveuglette des pieds et des mains, parvint à se libérer et s'enfuit à quatre pattes, totalement paniqué, avant de heurter un mur. La pièce obscure résonnait de milliers de coups et de cris, insupportable cacophonie dont il ne pouvait identifier la source. Il rampa jusqu'à l'angle de deux murs, se plaqua à la paroi, tourné vers le noir, certain que la créature froide et moite allait se précipiter sur lui.

Qu'y avait-il dans la pièce avec lui ?

Le vacarme augmenta, et ce furent des cris redoublés, des coups frappés aux murs, un terrible craquement suivi d'un bruit de bois qui éclate, puis des coups à nouveau.

Dans les ténèbres, quelqu'un, quelque chose cria son nom — « *Dom !* » — et il comprit qu'on l'appelait depuis une ou deux minutes. « *Dominick, réponds-moi !* »

Un autre formidable craquement, il se réveilla. Le jour pénétrait désormais dans la pièce et il comprit que la voix était celle de Parker Faine, qui venait de forcer la porte et se tenait dans l'embrasure.

« Dominick, mon vieux, ça va ? »

Dom se rendit compte que, dans son sommeil, il avait non seulement fermé la porte à clef, mais aussi poussé devant un fauteuil et une table de nuit. Les meubles gisaient maintenant à terre.

Parker entra dans la chambre « Tu vas bien, t'es sûr ? Tu poussais des hurlements. On t'entendait depuis la route.

— J'ai rêvé.

— Un fameux cauchemar, oui !

— Je ne m'en souviens pas... » Dom était toujours assis par terre, le dos au mur, trop épuisé pour se relever. « Je suis bien content de te voir, tu sais, mais au fait, qu'est-ce que tu fiches ici ?

— Tu ne te rappelles pas ? Tu m'as téléphoné. Il y a dix minutes, tout au plus. Tu hurlais au secours. Tu disais qu'*ils* étaient là et qu'*ils* allaient te prendre. Et puis, tu as raccroché. »

Dominick sentit l'humiliation s'abattre sur ses épaules.

« Alors, tu m'as appelé dans ton sommeil ? dit le peintre. En tout cas, tu n'avais pas l'air... toi-même. J'aurais peut-être dû appeler la police, mais je me suis dit que c'était encore cette histoire de somnambulisme. Tu n'aurais sûrement pas apprécié de te réveiller devant une demi-douzaine de poulets.

— Je ne me maîtrise plus du tout, Parker. Il y a quelque chose en moi.

— J'en ai assez d'entendre ces idioties. »

Dom était effondré. Il se sentait sur le point de pleurer, mais parvint à se reprendre et dit d'une voix mourante : « Quelle heure est-il ?

— Un peu plus de quatre heures. »

Parker se tourna vers la fenêtre et fronça les sourcils. Dom suivit son regard et constata que les tentures étaient fermées et que l'armoire avait été poussée devant la fenêtre pour bloquer le passage. Il avait beaucoup travaillé dans son sommeil.

« Seigneur Jésus ! s'écria Parker en s'approchant du lit. Ça me plaît de moins en moins, ton histoire. »

Dom s'appuya au mur pour se relever et découvrit ce qui avait suscité l'exclamation de Parker. Sur le lit étaient posés, en plus du grand couteau de cuisine, deux couteaux de plus petite taille, l'automatique qu'il conservait habituellement dans le tiroir de sa table de nuit, un couperet, un marteau et la hache à couper du bois qu'il se souvenait d'avoir remisée dans le garage.

« Qu'est-ce que tu craignais tant ? Une invasion soviétique ? Qu'est-ce qui te fait si peur ? Dis-le-moi...

— Je n'en sais rien. Quelque chose dans mes cauchemars.

— Dis-moi au moins de quoi tu rêves.

— Je ne m'en souviens pas.

— Pas du tout ?

— Non. » Il frissonna de tout son corps.

Parker s'approcha et lui posa une main sur l'épaule. « Tu vas prendre une douche et t'habiller. Je vais te préparer un bon petit déjeuner. D'accord ? Et puis ensuite... je crois qu'on ferait bien de rendre une petite visite à ton médecin pour qu'il t'examine à nouveau. »

Dominick hocha la tête.

C'était le 2 décembre.

II
2-16 décembre

1.
Boston, Massachusetts

Viola Fletcher, institutrice de cinquante-huit ans, mère de deux enfants, épouse dévouée et femme d'esprit au rire communicatif, était allongée sur la table d'opération, inconsciente. Son sort était désormais entre les mains du Dr Ginger Weiss.

Toute la vie de Ginger n'avait été qu'une longue préparation à cet instant : pour la première fois, elle était responsable d'une opération majeure et, surtout, très complexe. Elle ne pouvait s'empêcher d'être très fière du chemin ainsi parcouru.

Mais elle était également à moitié morte de peur.

Mme Fletcher avait été anesthésiée et couverte de champs verts. A la droite de Ginger, Agatha Tandy était prête à lui passer les divers instruments, scalpels, pinces hémostatiques, etc. A sa gauche, une infirmière se chargerait de la désinfection. Deux autres infirmières, l'anesthésiste et son assistante attendaient également le début de l'opération.

George Hannaby se tenait de l'autre côté de la table. Il dégageait une aura de calme, de force et de compétence particulièrement rassurante.

Ginger tendit la main.

Agatha y plaça un scalpel.

La lumière joua avec le tranchant effilé. La main posée sur le trait dessiné sur le torse de la patiente, Ginger prit une profonde inspiration.

Le magnétophone de George était installé dans un coin de la salle et la musique de Bach s'échappait déjà des haut-parleurs.

Elle se souvint de l'ophtalmoscope, des gants noirs...

Ces incidents avaient été effrayants, certes, mais ils n'avaient pas réussi à détruire sa confiance en elle-même. Tout se déroulerait très bien.

La pendule murale indiquait sept heures quarante-deux. Il était temps de s'y mettre.

Elle pratiqua la première incision. Grâce aux pinces hémostatiques, aux clamps et à une adresse qui la surprenait toujours, elle alla plus profondément, taillant dans la peau, la graisse et le muscle jusqu'à atteindre le ventre de la patiente. L'incision fut bientôt assez large pour ses mains et celles de son assistant, George Hannaby, au cas où celui-ci aurait à intervenir. Les infirmières se rapprochèrent de la table, se saisirent des poignées sculptées des rétracteurs et tirèrent doucement pour écarter les lèvres de la blessure.

Agatha Tandy prit un tampon et essuya doucement la sueur du front de Ginger en prenant soin de ne pas toucher les verres grossissants de ses lunettes.

George sourit derrière son masque. Il ne suait pas. D'ailleurs, il suait rarement.

Ginger ôta les clamps et Agatha demanda de nouvelles compresses à une infirmière.

Entre les mouvements des concertos de Bach et à la fin de la bande, avant qu'elle soit retournée, on n'entendait que les exhalations sifflantes et les inhalations grondantes du respirateur. En effet, Viola Fletcher ne pouvait respirer par ses propres moyens, ses muscles étant paralysés par un médicament relaxant dérivé du curare. Bien qu'entièrement mécaniques, ces bruits avaient quelque chose d'envoûtant qui empêchait Ginger de vaincre son appréhension.

Une fois terminée l'excursion dans l'abdomen, elle palpa le côlon et le trouva sain. Grâce à des tampons de gaze fournis par Agatha, elle plaça les intestins dans les griffes d'un rétracteur qu'elle tendit à l'infirmière. Une fois dégagés, ils révélaient parfaitement l'aorte.

Issue du thorax, l'aorte pénétrait par le diaphragme, parallèlement à la colonne vertébrale. Au niveau des lombaires, elle se partageait en deux artères iliaques, lesquelles formaient les artères fémorales des jambes.

« Le voilà, dit Ginger. Exactement comme sur les radios. » Comme pour confirmer ses dires, elle se tourna vers les radios affichées sur un écran au pied de la table d'opération. « Un superbe anévrisme sacciforme, juste au-dessus de la selle aortique. »

Agatha lui épongea le front.

L'anévrisme, altération de la couche résistante de la paroi artérielle, avait permis à l'aorte d'enfler démesurément et de former un petit sac empli de sang qui battait comme un second cœur. Cet état entraînait une déglutition pénible, des difficultés respiratoires, un souffle court, des quintes de toux très douloureuses et des douleurs dans la poitrine. La rupture de l'anévrisme entraînait très rapidement la mort.

Les yeux fixés sur l'anévrisme, Ginger se sentit enveloppée d'un sentiment de mystère quasi religieux, comme si elle quittait le monde des hommes pour la sphère céleste où le sens de la vie lui serait enfin révélé. Son sentiment de puissance et de transcendance venait de ce qu'elle allait pouvoir affronter la mort — et la vaincre. La mort était tapie dans le corps de sa patiente, elle avait pris la forme de cet anévrisme pulsant, de ce sombre bouton qui attendait d'éclore, mais elle avait les capacités requises pour la circonscrire avant qu'il ne fût trop tard.

Agatha Tandy ouvrit un sachet stérile et en sortit une section d'aorte artificielle — petit tube épais se divisant en deux tubes plus minces, les artères iliaques. Le greffon était entièrement tissé en dacron. Ginger le posa au-dessus de la blessure, le tailla à l'aide de minuscules ciseaux et le rendit à la technicienne. Agatha le déposa dans un haricot de métal contenant du sang de la patiente et l'y agita pour bien l'imbiber.

Le greffon tremperait jusqu'à ce qu'il commence à coaguler. Une fois placé chez la patiente, Ginger laisserait le sang circuler un instant, le pincerait, laisserait coaguler encore un peu de sang, puis l'ôterait avant la fixation définitive. La fine couche de sang coagulé formerait ainsi une paroi imperméable qu'on ne pourrait bientôt plus distinguer de celle d'une véritable artère. Ce qu'il y avait d'étonnant, c'est que le dacron ne se contentait pas de remplacer la section endommagée de l'aorte ; il était en réalité bien supérieur à ce que la nature avait conçu. Dans cinq cents ans, quand il ne resterait plus de Viola Fletcher que quelques os usés par le temps, le greffon de dacron serait toujours intact, souple, résistant.

Agatha épongea le front de Ginger.

« Vous vous sentez comment ? demanda George.

— Bien.

— Tendue ?
— Pas vraiment, mentit-elle.
— C'est un vrai plaisir que de vous voir à l'œuvre, docteur, dit George.
— Je suis d'accord avec vous, fit l'une des infirmières.
— Moi aussi, dit une autre.
— Merci, fit Ginger, surprise et enchantée à la fois.
— Vous avez une grâce certaine, une légèreté dans le mouvement, une sensibilité dans l'œil et la main qui, je me dois de le dire, ne sont pas très répandues dans notre profession. »

Ginger savait qu'il ne formulait jamais un compliment qui ne fût pas sincère. Mais de la part d'un maître aussi réservé, cela confinait à la flatterie. George Hannaby était fier d'elle ! Les larmes lui seraient venues aux yeux si elle s'était trouvée en dehors de la salle d'opération mais ici, il lui fallait totalement maîtriser ses sentiments. Cependant, l'intensité de sa réaction à ses paroles lui fit comprendre à quel point il avait pu jouer le rôle de figure paternelle, et elle tira presque autant de satisfaction de son compliment que s'il venait de son véritable père, Jacob Weiss en personne.

Ginger se sentait plus détendue. Tout ne pouvait qu'aller pour le mieux, désormais.

Elle contrôla méthodiquement l'écoulement du sang dans l'aorte, exposant et pinçant successivement les vaisseaux secondaires, bloquant les vaisseaux les plus petits à l'aide de boucles de tubes de plastique extrêmement souples, posant des clamps sur les plus grosses artères, dont les artères iliaques et l'aorte proprement dite. En un peu moins d'une heure, elle arrêta tout flux sanguin vers les jambes de la patiente et l'anévrisme cessa de battre comme un cœur.

Avec un petit scalpel, elle fendit l'anévrisme, lequel se vida de son sang. L'aorte se dégonfla. Elle l'incisa tout le long de la paroi antérieure. A ce moment précis, la patiente était sans aorte, plus dépendante que jamais de son chirurgien. Il était impossible de reculer. A partir de cette seconde, la procédure opératoire devait être conduite avec le plus grand soin, mais aussi avec la plus extrême vivacité.

Le silence s'était abattu sur l'équipe. La bande magnétique s'était arrêtée et personne ne se serait permis de la changer. Le temps se mesurait aux grognements et aux sifflements du respirateur ainsi qu'aux bips sonores de l'ECG.

Ginger enleva le greffon de dacron du récipient de métal. Le sang avait coagulé exactement comme elle le désirait. Elle cousit la partie supérieure au tronc de l'aorte avec un fil extrêmement fin. Quand la partie haute du greffon fut bien en place, elle le laissa s'imprégner une nouvelle fois de sang.

Pendant toutes ces phases de l'opération, l'infirmière n'avait pas eu besoin de tamponner le front de Ginger. Elle ne suait plus — et elle espérait que George l'avait remarqué.

Sans que l'on eût besoin de lui dire que la musique était de nouveau nécessaire, une infirmière remit en marche le magnétophone.

Des heures de travail attendaient encore Ginger, mais elle ne manifesta pas la moindre lassitude. Méthodiquement, elle replia les champs et découvrit les cuisses de la patiente. Agatha se fit aider par une infirmière pour préparer le nouveau plateau d'instruments. Elle était prête à passer à Ginger tout ce qui lui serait indispensable à la pratique des deux incisions, une à chaque jambe de la patiente, juste sous l'aine. Ginger pinça des vaisseaux avant de dégager les artères fémorales. Comme elle l'avait fait auparavant pour l'aorte, elle utilisa des petits tubes élastiques et toutes sortes de clamps pour couper le passage du sang. Puis elle ouvrit les artères à l'endroit où les deux pattes du greffon viendraient s'attacher.

Revenant à l'abdomen, elle ôta les clamps de la partie inférieure du greffon de dacron, puis glissa les deux pattes sous la peau de l'aine jusqu'aux incisions pratiquées dans les artères fémorales. Elle cousit les deux extrémités, supprima les clamps pour rétablir tout le réseau vasculaire et vit avec délice l'aorte réparée battre au rythme du cœur. Elle peaufina son travail pendant une vingtaine de minutes, puis observa encore un peu le passage du sang. Il n'y avait pas le moindre signe d'hémorragie.

Enfin, elle dit : « Il est temps de refermer.

— Du beau boulot », fit George.

Ginger était heureuse de porter un masque pour dissimuler le sourire de satisfaction qui lui barrait le visage d'une oreille à l'autre.

Elle referma les incisions des jambes de la patiente. Elle reprit les intestins à l'infirmière qui les tenait depuis le début de l'opération, les remit bien en place dans la cavité abdominale et y jeta un dernier coup d'œil pour y déceler une éventuelle anomalie. Le reste fut facile : replacer la graisse et les muscles, refermer le tout, jusqu'à ce que l'incision originale fût suturée au catgut.

L'assistante de l'anesthésiste dévoila la tête de Viola Fletcher.

L'anesthésiste retira les bandes posées sur ses yeux et coupa l'anesthésie.

Une infirmière arrêta Bach au beau milieu d'un concerto.

Ginger regarda le visage de Mme Fletcher, pâle sans être vraiment fatigué. Elle avait toujours le masque, mais seul lui parvenait un mélange d'oxygène.

Les infirmières reculèrent et ôtèrent leurs gants.

La patiente remua faiblement les paupières et gémit.

« Viola ? dit Ginger ? Viola, vous m'entendez ? »

Elle n'ouvrit pas les yeux mais, bien qu'elle fût plus endormie qu'éveillée, elle remua les lèvres et dit d'une voix pâteuse : « Oui, docteur... »

Ginger reçut les félicitations de toute l'équipe et sortit de la salle en compagnie de George. Ils enlevèrent leurs gants, leurs masques, leurs bonnets. Une terrible fatigue s'abattit soudain sur elle. Son cou et ses épaules lui faisaient mal, son dos était douloureux. Ses jambes étaient raides, ses pieds engourdis.

« Mon Dieu, dit-elle, je suis claquée.

— Je m'en doute, dit George. Vous avez commencé à sept heures et demie et l'heure du déjeuner est largement dépassée. Une greffe d'aorte n'est pas une mince affaire.

— Et vous, vous vous sentez comme ça quand vous en faites une ?

— Bien sûr.

— Je crois que j'aurais pu travailler encore plusieurs heures.

— Normal, dit George, l'air amusé. Vous vous sentiez comme Dieu le Père, vous luttiez contre la mort, et nul ne se lasse jamais de ce genre d'activité. »

Devant les éviers, ils se débarrassèrent de leurs blouses et ouvrirent des paquets de savon.

Ginger commença à se laver les mains. Elle s'appuya contre l'évier et se pencha un peu en avant, de sorte qu'elle se trouva juste au-dessus de la bonde, de l'eau tourbillonnant dans la cuvette d'acier, des bulles de savon entraînées par l'eau, irrémédiablement, vers l'écoulement, du vortex redoutable, de la chute sans fin... Cette fois-ci, une peur irrationnelle s'empara d'elle plus brusquement encore que dans la charcuterie Bernstein ou le bureau de George, mercredi dernier. En un instant, son attention fut exclusivement attirée par la bonde, qui lui paraissait palpiter, enfler démesurément, comme si elle possédait soudain une vie propre.

Elle laissa tomber la savonnette, cria de terreur en se reculant de l'évier, heurta Agatha Tandy et poussa un nouveau cri. Elle entendit vaguement George l'appeler par son nom. Mais déjà, il disparaissait à la manière d'une image de cinéma dans un fondu enchaîné, pour ne plus laisser place qu'à des nuages, qu'à un brouillard qui l'enveloppa totalement.

Tout s'évanouissait, à l'exception de l'évier qui paraissait de seconde en seconde plus grand, plus solide, surréel. Elle se sentit en danger de mort. Et elle se mit à courir.

De tous côtés, la brume se refermait sur elle. Bientôt, elle ne sut absolument plus rien de ce qu'elle faisait.

La première chose dont elle eut conscience fut la neige. Les flocons fondaient sur son visage. Mais ce n'était pas uniquement à cause d'eux que ses joues étaient humides. Elle pleurait doucement.

Le froid la pénétrait lentement. L'air était glacial, bien qu'il n'y eût pas de vent. Il lui piquait le nez, lui desséchait les lèvres, lui mordait les mains. Elle frissonnait sans pouvoir se maîtriser.

Elle se rendit alors compte du béton sous ses pieds, du mur de brique contre son dos. Elle était assise par terre dans un coin, les genoux relevés contre le visage, les bras enserrant ses jambes — dans une position de défense et de terreur. La chaleur de son corps s'enfuyait au contact du sol et de la maçonnerie glacés, mais elle n'avait ni la force ni la volonté de se relever et de regagner l'intérieur du bâtiment.

Elle se souvint d'avoir regardé fixement la bonde de l'évier. En proie au désespoir le plus absolu, elle se rappela sa panique, sa collision avec Agatha Tandy, la surprise sur le visage de George Hannaby. Quant au reste... le vide total. Elle avait fui comme une démente devant ses collègues, c'était tout.

Elle s'appuya plus fort contre le mur de brique, juste à côté des portes métalliques donnant sur l'escalier de secours, souhaitant qu'il la vide de toute sa chaleur et que ce cauchemar soit enfin terminé.

Le lycée, la faculté de médecine, tous ces jours passés à travailler, tous ces sacrifices, tous ces espoirs et ces rêves réduits à néant. A la dernière minute, alors qu'une brillante carrière de chirurgien s'offrait à elle, elle avait trahi Anna, Jacob, George et elle-même. Elle ne pouvait plus nier la vérité ou ignorer ce qui était si évident : il y avait en elle quelque chose qui n'allait pas, quelque chose de très grave, qui pouvait mettre un terme brutal à toute sa vie professionnelle. Une psychose ? Une tumeur cérébrale ? Un anévrisme au cerveau ?

Les portes de l'escalier de secours s'ouvrirent lentement en grinçant et George Hannaby sortit dans la neige.

« Ginger ? fit-il d'une voix tremblante. Ginger, qu'est-ce qui ne va pas ? »

Elle ne put lui répondre que par un sanglot.

« Ginger, je vous en prie, dites-moi quelque chose, fit-il en se rapprochant d'elle. Qu'est-ce qui ne va pas ? Qu'est-ce que je peux faire ? Dites-le-moi, je vous en prie. »

Elle se mordit la lèvre pour ne pas pleurer, mais ses sanglots redoublèrent de plus belle. D'une voix mourante, elle parvint à balbutier : « Il y a quelque chose en moi...

— Quoi ? Qu'est-ce qu'il y a ?

— Je... je ne sais pas... »

Elle avait toujours su affronter seule les dangers auxquel elle était confrontée. Elle s'appelait Ginger Weiss, la petite poupée dorée. Elle était différente des autres et ne savait pas comment demander de l'aide.

Accroupi devant elle, George dit : « Quoi qu'il en soit, nous vous tirerons de là. Je sais que vous êtes très fière de votre indépendance. Vous m'écoutez ? Je me tiens toujours un peu à l'écart quand je suis avec vous parce que je sais que vous n'aimez pas beaucoup être aidée. Vous voulez tout faire par vous-même. Mais cette fois-ci, vous n'y arriverez pas toute seule. Je suis là, vous comprenez, et vous devrez compter avec moi, que cela vous plaise ou non.

— J'ai... j'ai tout gâché, je vous ai déçu...

— Oh non, dit-il avec un petit sourire, pas vous... Rita et moi n'avons que des fils mais si nous avions eu une fille, nous aurions aimé qu'elle vous ressemble. Vous êtes une jeune femme exceptionnelle, docteur Weiss, exceptionnelle. Me décevoir ? Ce serait pour moi un grand honneur si vous vouliez vous reposer sur moi, comme si vous étiez ma propre fille, et me laisser vous aider, comme si j'étais le père que vous avez perdu. »

Il lui tendit la main.

Elle la prit et la serra très fort.

C'était le lundi 2 décembre.

Il s'écoulerait encore de nombreuses semaines avant qu'elle n'apprenne que d'autres personnes, en bien d'autres endroits — tous des inconnus pour elle —, vivaient d'étranges variantes de son propre cauchemar.

2.
Trenton, New Jersey

Quelques minutes avant minuit, Jack Twist ouvrit la porte et quitta l'entrepôt. Le vent soufflait et il tombait une sale petite neige fondue. Au même moment, un homme descendit d'une camionnette Ford grise garée au pied de la plus proche rampe de chargement. L'arrivée du véhicule avait été dissimulée par le bruit d'un train de marchandises. L'extérieur de l'entrepôt était plongé dans l'obscurité, à l'exception de l'éclat jaunâtre de quelques ampoules de sûreté allumées en permanence, de jour comme de nuit. Malheureusement, l'une de ces ampoules était située juste au-dessus de la porte que venait de franchir Jack et éclairait jusqu'à la portière de droite de la camionnette.

L'homme avait une vraie tête d'avis de recherche : des mâchoires carrées, une bouche comme un trait, un nez aplati sous les coups et des petits yeux porcins. Un de ces individus impitoyables et serviles que la pègre utilisait comme hommes de main. En d'autres temps, il aurait été adepte du viol et du pillage dans les armées de Gengis Khan, un spécialiste de la torture sous les nazis, une brute dans les camps de la mort de Staline ou encore un de ces Morlock de l'avenir, tel que les décrit H. G. Wells dans sa *Machine à explorer le temps*. Pour Jack, ce type était synonyme d'ennuis sérieux.

Ils se surprirent mutuellement. Jack ne leva pas son calibre .38 pour lui mettre une balle entre les deux yeux, ainsi qu'il aurait dû le faire.
« Qu'est-ce que vous foutez là ? » demanda le Morlock. C'est alors qu'il vit le sac de toile que traînait Jack de la main gauche, le revolver dans sa main droite. Il haussa les sourcils d'étonnement. « Max ! » appela-t-il.
Max était probablement le conducteur de la camionnette, mais Jack n'attendit pas le moment des présentations officielles. Il se rua dans l'entrepôt, referma la porte derrière lui et se jeta sur le côté au cas où les balles se seraient mises à pleuvoir.
La seule partie éclairée de l'entrepôt était le petit bureau situé tout au bout de la grande bâtisse. Jack aperçut ses deux compagnons, Mort Gersh et Tommy Sung. Ils n'avaient pas l'air aussi réjouis que quelques minutes plus tôt.
Ils avaient réussi à s'immiscer dans le réseau très privé de la mafia en pénétrant dans ce bâtiment où venait s'entasser l'argent rapporté par la drogue dans la moitié de l'État du New Jersey. Des valises, des cartons et des sacs postaux bourrés de billets de banque étaient déposés à l'entrepôt par des dizaines de coursiers, plus spécialement le dimanche et le lundi. Le mardi, les comptables de la mafia arrivaient en costume Cardin pour calculer les bénéfices de la semaine écoulée. Tous les mercredis, des valises pleines de dollars partaient vers Miami, Los Angeles, New York et d'autres centres de la haute finance, où des spécialistes issus de Harvard et de l'université Columbia investissaient l'argent pour le blanchir — tout cela pour le compte de la mafia, ou plutôt de la *fratellanza,* de la « fraternité ». Jack, Mort et Tommy s'étaient tout simplement pointés au milieu des comptables avant de s'emparer de quatre gros sacs pleins de billets. « Mettons que nous soyons de nouveaux intermédiaires », avait dit Jack aux trois hommes de main qui, à présent, étaient ligotés dans le bureau de l'entrepôt. Mort et Tommy avaient éclaté de rire à cette plaisanterie.
Mais maintenant, Mort ne riait plus. Il avait cinquante ans, le ventre rebondi, les épaules tombantes, une calvitie naissante. Il portait un costume sombre, un chapeau en taupé et un pardessus gris. Il ne quittait jamais son costume et son chapeau ; en tout cas, Jack ne l'avait jamais vu vêtu différemment. Ce soir-là, Jack et Tommy avaient des jeans et des anoraks. Seul Mort ressemblait à

un personnage sorti tout droit d'un film avec Edward G. Robinson. Le bord de son chapeau était un peu affaissé et son costume légèrement élimé. Sa voix était lasse. Il dit : « Il y a quelqu'un dehors ? » quand Jack claqua la porte et se hâta de s'en écarter.

« Au moins deux types dans une Ford, répondit Jack.
— La mafia ?
— Je n'en ai vu qu'un, en fait, mais on aurait dit une expérience ratée de Frankenstein.
— Bah, les portes sont toutes bouclées.
— Ils doivent avoir les clefs. »

Les trois hommes quittèrent la lumière pour l'ombre plus propice d'une allée bordée de piles de caisses en bois et de cartons d'emballage posés sur des palettes. Les marchandises formaient des murailles de plus de six mètres de haut. L'entrepôt était immense et toutes sortes de marchandises y étaient stockées : postes de télévision par centaines, fours à micro-ondes, grille-pain par milliers, pièces détachées de tracteurs, éléments de cuisine, etc. C'était un établissement propre, bien rangé, mais l'atmosphère y était étrange, comme d'ailleurs dans tout entrepôt dont les employés sont partis. La neige fondue tombait de plus belle et chaque goutte faisait résonner les ardoises du toit, comme si une multitude d'infimes créatures cherchaient à percer les solives et les murs.

« Je t'avais bien dit que c'était de la folie de s'en prendre à la mafia », dit Tommy Sung. Il était métissé de Chinois et avait une trentaine d'années — quelques années de moins que Jack. « Les bijouteries, les fourgons blindés, je veux bien, même les banques, mais la mafia, il faut vraiment être dingue ! Autant rentrer dans un bar plein de Marines et cracher sur le drapeau !
— Tu nous a accompagnés, non ? fit Jack.
— Je sais. Ça arrive de se laisser entraîner, non ? »

D'une voix mourante, Mort dit : « Si une camionnette débarque à cette heure-ci, ça ne veut dire qu'une chose. Ils livrent quelque chose, de la coke ou de l'héro. Conclusion, il y a sûrement quelqu'un en plus du chauffeur et du gorille que tu as aperçu. Il y a au moins deux types à l'arrière armés d'Uzi modifiés, sinon pire.
— Pourquoi ils ne rentrent pas en force ? demanda Tommy.
— Parce qu'ils croient que nous sommes une dizaine et que nous avons des bazookas, expliqua Jack. Ils vont y aller en douceur.

— Une voiture qui sert au transport de la came a sûrement un émetteur, dit Mort. Ils ont déjà dû appeler des renforts.

— Tu veux dire que la mafia possède une flottille de véhicules reliés par radio, comme les taxis ou les flics ? s'enquit Tommy.

— Ils sont aussi bien équipés que tout le monde, répondit Mort, même mieux. »

Ils tendirent l'oreille pour tenter de capter des bruits de pas sur le béton de l'entrepôt, mais n'entendirent que la neige fondue qui tombait sur le toit.

Jack eut soudain l'impression que son calibre .38 était factice. Mort avait un 9 millimètres Smith & Wesson et Tommy, un Magnum modèle 19 qu'il avait rangé dans son anorak après avoir ligoté les hommes dans le bureau — après que la partie « facile » du boulot fut terminée. Ils étaient bien armés, mais que feraient-ils en face de pistolets-mitrailleurs ?

Les réflexions de Mort aboutirent à la même conclusion et il dit : « Ça sert à rien d'essayer de sortir par-derrière. Ils ont dû se séparer — deux devant et deux derrière. »

Les portes normales et les grands volets roulants étaient les seules issues. Il n'y avait pas d'autres ouvertures — aucune fenêtre, aucun vasistas — et il n'y avait pas non plus d'échelle menant au toit ou de remise souterraine disposant d'une entrée propre. Les trois hommes avaient soigneusement étudié les plans de l'entrepôt pour préparer leur coup et ils se savaient pris au piège.

« Qu'est-ce qu'on va faire ? » dit Tommy.

La question s'adressait à Jack Twist, pas à Mort, parce que Jack était l'organisateur de tous les coups auxquels il participait. En cas d'imprévu, chacun s'attendait à ce qu'une idée lumineuse jaillisse de son esprit.

Ils s'étaient introduits dans le bâtiment en utilisant une variante du cheval de Troie, le seul moyen de franchir les systèmes de sécurité branchés toutes les nuits. L'entrepôt servait à la drogue, mais c'était aussi une bâtisse tout à fait honnête, où s'entassaient les surplus de marchandises en attente d'inventaire. Jack avait ainsi pu, grâce à un ordinateur équipé d'un modem, entrer en contact avec l'appareillage informatique de l'entrepôt ; il avait créé de toutes pièces le dossier d'une société et annoncé l'arrivée le matin même d'une énorme caisse qui devait être remisée dans un endroit bien précis. Mort, Tommy et lui-même s'étaient cachés dans la caisse, laquelle était pourvue de cinq sorties au cas où elle aurait été prise en sandwich entre quatre caisses. Quelques minutes après onze heures du soir, ils avaient pris par surprise les hommes réunis dans le bureau.

Tommy dit : « Voilà ce que nous allons faire... »

Il courut jusqu'à l'interrupteur général pour couper tout éclairage dans l'entrepôt.

Jack et Mort tirèrent les quatre gros sacs bourrés de billets vers l'extrémité sud du bâtiment. Quatre camions étaient garés sur une aire dégagée. Ils seraient certainement chargés dès le lendemain matin. Tommy rejoignit bientôt ses deux compagnons et leur prit un sac à chacun.

Le bruit de la neige fondue sur le toit avait cessé, le vent ne soufflait plus en tempête. Tendant l'oreille, Jack crut entendre des crissements de freins à l'extérieur. Les renforts étaient-ils déjà là ?

Ils arrivèrent enfin près des camions, quatre monstres de dix-huit roues tournés chacun vers l'un des grands volets roulants.

Jack choisit un camion de la marque Mack, posa son sac à terre et grimpa dans la cabine. Il alluma sa lampe de poche et vit que les clefs de contact étaient sur le tableau de bord. Exactement ce à quoi il s'attendait. Les employés de l'entrepôt avaient une telle confiance dans leurs systèmes de sécurité qu'ils n'imaginaient pas un seul instant qu'on puisse leur voler un camion.

Jack et Mort visitèrent les cabines des trois autres véhicules et tournèrent les clefs de contact.

Tommy Sung empila les quatre sacs de billets sur la couchette aménagée à l'arrière de la cabine du Mack, puis laissa Jack s'installer au volant et Mort sur le siège de droite. Jack mit le contact. Les quatre camions grondaient à présent comme de gros insectes bourdonnant.

Lampe torche à la main, Tommy courut jusqu'à l'un des volets roulants, actionna le mécanisme d'ouverture. Puis, rasant les murs, il fit de même pour les trois autres volets. Jack l'observait, le souffle court, depuis la cabine du Mack. Quand il eut terminé, Tommy éteignit sa lampe et monta s'asseoir entre ses deux compagnons.

Dehors, les Morlock savaient que les portes s'ouvraient et ils entendaient le bruit des moteurs. Mais ils ne voyaient absolument rien. Tout était sombre et ils ne pouvaient distinguer lequel des véhicules servirait à prendre la fuite. Bien sûr, ils pourraient arroser *tous* les camions de leurs mitraillettes, mais Jack pensait qu'il s'écoulerait quelques précieuses secondes avant qu'ils ne décident de passer à l'action violente.

« Ces foutus volets sont trop lents », dit Mort.

La porte s'élevait doucement, révélant l'obscurité humide du paysage alentour.

Des silhouettes s'agitaient dans les ténèbres. Jack distingua deux hommes qui couraient, un pistolet-mitrailleur à la main. Ils se rapprochaient du volet métallique et peut-être allaient-ils tenter de pénétrer dans l'entrepôt. En tout cas, ils ne tiraient pas...

Devant le camion de Jack, la porte était à moitié relevée.

Ils virent alors venir de la gauche la petite camionnette Ford, tous feux éteints. Elle alla se placer entre le deuxième et le troisième volet, les roues avant sur le début de la rampe. Ses phares s'allumèrent, éclairant le quatrième portail.

« Baissez la tête, les gars », dit Jack en constatant que le volet était ouvert aux deux tiers.

C'était un peu risqué, mais tant pis. En moins d'une seconde, il accéléra, ôta le frein à main et embraya. Dehors, les hommes savaient que le camion tenterait une sortie par la première rampe. Jack entendit des balles claquer contre la carrosserie. Aucune d'elles ne toucha le réservoir ou le pare-brise.

Il était engagé sur la rampe de béton quand il vit un Dodge garé en travers. Les renforts étaient bel et bien arrivés.

Pas question de ralentir ou de faire du sentiment. Jack écrasa le champignon et ricana devant l'expression horrifiée des occupants du Dodge au moment où l'énorme Mack les percuta. Le choc fut si violent que la camionnette fut projetée plusieurs mètres en arrière avant d'exécuter une série de tonneaux.

Mort et Tommy heurtèrent le pare-brise, mais Jack ne ralentit pas pour autant. Le camion continua de foncer et trouva en face de lui une Buick bleu nuit à côté de laquelle étaient postés trois hommes, dont deux au moins étaient armés. Ils ouvrirent immédiatement le feu. Un des tireurs visa trop bas et ses balles claquèrent contre la calandre. L'autre visa trop haut, au-dessus du pare-brise, fracassant l'un des avertisseurs sonores.

Jack était pratiquement sur la Buick et les trois hommes s'écartèrent pour ne pas subir le sort de leurs compagnons. Les mains crispées sur le volant, Jack prit la grosse Buick par le côté et la fit pivoter plusieurs fois sur elle-même. La voie était libre.

Mort et Tommy se cramponnaient à la banquette. Mort saignait du nez et Tommy avait l'arcade sourcilière légèrement ouverte. Rien de grave.

« Pourquoi ça doit tourner chaque fois au vinaigre ? » fit Mort. Le coup qu'il avait reçu rendait sa voix encore plus gutturale.

« Tout a parfaitement marché, dit Jack. Ça a seulement été un peu plus excitant qu'on ne l'avait imaginé, c'est tout.

— J'ai horreur de l'excitation », dit Mort en plaquant un mouchoir sur son nez.

Jack jeta un coup d'œil au rétroviseur. Il aperçut la Ford qui exécutait une manœuvre. La Buick et le Dodge s'avéraient définitivement hors d'usage, mais la Ford était très rapide et il ne pouvait espérer la distancer avec son camion sur des routes de surcroît verglacées. Il manquait d'habitude pour conduire son véhicule à fond.

Il s'en faisait aussi pour tout un tas de petits bruits qui semblaient émaner de l'avant du camion. Les chocs avec le Dodge et la Buick avaient dû endommager le moteur. Il y avait une sorte de cliquetis. Et aussi un sifflement. Si le Mack les laissait subitement en plan, ils se feraient descendre à coup sûr par les Morlock.

Ils se trouvaient dans une vaste zone industrielle constituée d'entrepôts, de parkings, d'usines. La grand-rue menant à la ville était à un peu plus d'un kilomètre de là.

La Ford se rapprochait insensiblement. Il prit un virage très sec à droite et passa devant une série d'ateliers plongés dans l'obscurité.

« Mais bon Dieu, qu'est-ce que tu fous ? demanda Tommy.

— On ne peut pas leur échapper, répondit Jack.

— Et on ne peut pas non plus les rencontrer face à face, dit Mort à travers son mouchoir. N'oublie pas qu'ils ont des Uzi et qu'on n'a que des pétards.

— Faites-moi confiance », dit Jack.

Le camion contourna les ateliers. Deux camions étaient garés sur un petit parking. Jack exécuta une manœuvre très serrée et vint se ranger à côté d'eux. Il éteignit les phares, tapi dans l'ombre comme un chat qui attend une souris. L'avant du Mack était tourné vers la voie qu'emprunterait la Ford.

Une vague lueur apparut au loin. Puis ce furent deux faisceaux bien distincts. Jack était tendu : il lui fallait attendre le tout dernier moment pour lancer son monstre. Les phares de la Ford se dessinèrent au coin des bâtisses. « Accrochez-vous, les gars ! » dit Jack en écrasant l'accélérateur. Le Mack fit un bond en avant. Malheureusement, c'était un camion de fort tonnage, pas une voiture de course. La Ford allait plus vite que Jack ne le croyait et faillit échapper au monstre, mais le camion la percuta tout de même à l'arrière, assez violemment pour qu'elle fasse plusieurs tours sur elle-même sur le sol verglacé et s'arrête contre l'un des camions en stationnement.

Jack était quasiment certain que les occupants de la Ford n'étaient pas en mesure de se lancer à sa poursuite, mais il ne se donna pas le temps de vérifier sa théorie. Il repassa devant les ateliers, gagna la sortie de la zone industrielle et s'engagea sur la route.

Ils n'étaient plus suivis.

Ils roulèrent pendant quelques kilomètres jusqu'à une station-service Texaco désaffectée qu'ils avaient repérée quelques jours auparavant. Il alla ranger le camion derrière les bâtiments en ruine. Dès qu'il eut tiré le frein à main, Tommy sauta à terre et courut vers de petits immeubles résidentiels situés non loin de là. Le lundi précédent, il y avait garé une vieille Rabbit Volkswagen toute rouillée. Heureusement, le moteur était en meilleur état que la carrosserie. La VW les ramènerait sans encombre à Manhattan. Ensuite, ils l'abandonneraient.

Jack et Mort tirèrent les sacs de billets de la couchette et les descendirent de la cabine. Puis Mort remonta effacer toutes les empreintes qu'ils auraient pu laisser.

La Rabbit apparut quelques minutes plus tard et s'arrêta le long du camion. Ils chargèrent les sacs de billets dans le coffre et prirent place dans la voiture, Jack et Tommy à l'avant.

« Pour l'amour du ciel, essaie de ne pas te faire remarquer, dit Mort.

— Tu peux compter sur moi », fit Tommy.

Les pneus crissèrent au démarrage et ils se retrouvèrent rapidement sur la route. Mais la Rabbit prit mal son virage et glissa sur la chaussée, allant heurter légèrement un poteau avant de rebondir sur une voiture apparemment abandonnée.

« Pourquoi ça doit toujours tourner au vinaigre ? répéta Mort.

— Demande plutôt pourquoi il a fallu qu'il tombe cette saloperie de neige fondue », répliqua Tommy, excédé.

La Volkswagen se stabilisa et trouva bientôt la bretelle menant à la voie rapide. NEW YORK CITY. Ils étaient dans la bonne direction.

La voie rapide avait été sablée par les employés de la voirie. La Rabbit ne risquait plus de déraper. Tommy adopta une vitesse de croisière. Ils roulèrent ainsi pendant quelques kilomètres.

« Seigneur, quelle soirée, grommela Mort.

— Quelle soirée ? fit Jack. Alors qu'on est tous millionnaires ? Tu ne te rends pas compte qu'on a une fortune avec nous ? »

Effondré sous son chapeau en taupé tout humide, Mort grogna : « Je reconnais que ça peut enlever une épine du pied... »

Tommy et Sung éclatèrent de rire, imités bientôt par Mort.

« C'est le plus gros coup qu'on n'ait jamais fait, dit Jack. Net d'impôts, de surcroît ! »

Les trois hommes rirent longuement, puis redevinrent silencieux. Tommy dit enfin : « Jack, je t'assure, c'était vraiment un coup de maître. La façon dont tu as utilisé ton ordinateur pour créer une société bidon et faire livrer la caisse... sans parler du petit bidule électronique pour ouvrir le coffre... Tu es vraiment un sacré organisateur.

— Mieux que ça, dit Mort. Tu réagis au quart de poil au moindre problème. Tu penses à la vitesse de l'éclair, mon vieux. Si tu voulais devenir honnête et mettre tes talents au profit d'une bonne cause, je me demande jusqu'où tu irais.

— Une bonne cause ? dit Jack. S'enrichir, ce n'est pas une bonne cause, ça ?

— Tu sais bien de quoi je veux parler, reprit Mort.

— Je ne suis pas un héros, dit Jack. Je ne veux pas faire partie des gens honnêtes, comme on dit. Pour moi, ce sont tous des hypocrites. Ils parlent de liberté, de justice sociale, de vérité, de conscience, mais ils se marchent dessus à la moindre occasion. Et ça, ils ne veulent pas le reconnaître. Moi, je le reconnais : je veux être le *premier*, c'est aussi simple que cela. » Le ton de sa propre voix le surprit. « La bonne cause, hein ? Passe ta vie à te battre pour la bonne cause, et les honnêtes gens te baiseront tous à la moindre occasion. Qu'ils aillent se faire foutre !

— Oh ! là ! je ne voulais pas te mettre en colère », dit Mort.

Jack ne répondit pas. Il était perdu dans ses souvenirs. Des souvenirs plutôt amers. Au bout de plusieurs kilomètres, il répéta : « Je ne suis pas un héros. »

Quelques jours plus tard, quand il se souviendrait de ses

paroles, il se demanderait comment il avait fait pour se tromper autant sur son propre compte.

Il était une heure douze du matin, le mercredi 4 décembre.

3.
Chicago, Illinois

A huit heures vingt, en ce matin du jeudi 5 décembre, le père Stefan Wycazik avait déjà célébré la première messe, pris son petit déjeuner et gagné son bureau au rectorat. Le visage collé à la vitre de la fenêtre donnant sur la cour couverte de neige, il s'efforça d'oublier les problèmes de la paroisse.

Pourtant, ses pensées revenaient inexorablement vers le père Brendan Cronin. Le prêtre fou de la paroisse Sainte-Bernadette, comme le disaient déjà certains. Brendan Cronin. Cela n'avait pas de sens.

Le père Stefan Wycazik était prêtre depuis trente-deux ans et recteur de l'église Sainte-Bernadette depuis près de dix-huit ans. Il n'avait jamais été torturé par le doute. Ce concept même lui échappait.

La foi de granite du père Wycazik l'empêchait de comprendre pourquoi, dimanche dernier, à la première messe, la confiance en Dieu du père Cronin s'était ébranlée au point qu'il jette à terre les objets du culte. Devant près d'une centaine de fidèles. Heureusement que cela ne s'était pas produit au cours de la grand-messe.

Au tout début, lorsque Brendan Cronin était arrivé à Sainte-Bernadette, il y a un peu plus d'un an et demi, le père Wycazik n'avait pas voulu l'aimer.

Premièrement, parce que Cronin avait suivi ses études au Collège américain de Rome, qui passait à juste titre pour la meilleure école dépendant de la juridiction de l'Église. Mais bien que ce fût un honneur d'être invité à fréquenter cet établissement et que ses diplômés fussent considérés comme la crème des prêtres, ceux-ci se comportaient souvent en individus aux manières délicates, refusant de se salir les mains, avec une très haute opinion d'eux-mêmes. Pour eux, enseigner le catéchisme aux enfants avait quelque chose de dégradant. Et visiter les pauvres était pratiquement inconcevable pour quiconque avait connu la pompe romaine.

En plus du stigmate de son excellente éducation, le père Cronin était gros. Pas obèse, certes, mais bien rebondi, avec un visage rondouillard et des yeux verts qui semblaient révéler une âme paresseuse et facilement corruptible. Le père Wycazik était tout le contraire. C'était un Polonais grand et sec, et il n'y avait jamais eu de gros dans sa famille. Les Wycazik descendaient de mineurs polonais venus aux États-Unis au début du siècle et ayant toujours trimé dans les aciéries ou les carrières. Seul l'acharnement au travail permettait de prendre soin d'une multitude d'enfants, et les gens qui travaillent beaucoup ne sont jamais gros. Stefan Wycazik croyait dur comme fer qu'un homme digne de ce nom se devait d'être solide, mais mince, avec des bras noueux et des mains robustes.

Le père Wycazik fut très surpris de constater que Brendan Cronin était rude à la tâche. Son séjour à Rome ne lui avait fourré dans la tête ni prétentions ni opinions élitistes. Il était brillant, jovial, amusant et ne répugnait pas à visiter les pauvres, faire le catéchisme aux enfants et demander des secours. En fait, il était le meilleur prêtre que le père Wicazik eût connu en dix-huit ans.

C'est bien pour cela qu'il ne comprenait rien à l'éclat de Brendan et à l'accès de doute qui l'avait inspiré. Un défi s'imposait donc maintenant à lui, celui de ramener le père Cronin dans le giron de l'Église. Il avait joué ce rôle dès son entrée dans la prêtrise, il le jouerait une fois de plus, c'est tout.

Il reposait sa tasse de café quand on frappa à la porte du bureau. Un rapide coup d'œil à la lourde horloge installée sur la cheminée lui apprit qu'il était très exactement huit heures et demie. Le père Wycazik se tourna vers la porte et dit d'une voix douce : « Entrez, Brendan. »

Le père Brendan Cronin passa la porte. Il n'avait pas l'air moins bouleversé que les jours précédents, quand ils s'étaient retrouvés dans ce bureau pour discuter de sa foi défaillante et des moyens de la restaurer. Il était si pâle que ses taches de rousseur paraissaient rougeoyer, et ses cheveux semblaient plus roux que d'habitude.

« Asseyez-vous, Brendan. Du café ?

— Non, merci. »

Brendan alla prendre place dans un vieux fauteuil, face au bureau de Wycazik.

Avez-vous pris un solide petit déjeuner ? aurait voulu lui demander le père. Ou ne vous êtes-vous contenté que d'une tasse de café avalée à la hâte ?

Mais il ne voulait pas avoir l'air de materner ce prêtre âgé d'une trentaine d'années. Il préféra dire : « Vous avez lu ce que je vous ai recommandé ?

— Oui. »

Wycazik avait exempté Cronin de toute tâche paroissiale et lui avait donné des livres et des textes prouvant l'existence de Dieu et la folie de l'athéisme.

« Vous avez dû réfléchir à tout cela, dit le père Wycazik. Avez-vous trouvé quelque chose susceptible de... de vous aider ? »

Brendan soupira. Secoua la tête.

« Vous continuez à prier pour que le Seigneur vous assiste ?

— Oui, mais en vain.

— Vous continuez à rechercher les sources de votre doute ?

— Je n'en découvre aucune. »

Le père Wycazik était un peu frustré devant l'air taciturne du jeune prêtre. Cela ne lui ressemblait pas. D'ordinaire, Brendan était ouvert, volubile. Mais depuis dimanche, il était renfermé et s'était mis à parler lentement, comme si le moindre mot lui arrachait le cœur.

« Il doit bien y avoir quelque chose à l'origine de votre doute, insista le père Wycazik. Une petite graine, une ébauche...

— Il est là en moi, c'est tout, dit le père Cronin d'une voix très faible. Comme s'il avait toujours existé.

— Pourtant, ce n'est pas le cas. Vous *aviez* la foi. Quand cela a-t-il commencé ? En août, m'avez-vous dit. Mais qu'est-ce qui l'a déclenché ? Il a bien dû y avoir un incident ou une suite d'incidents qui vous ont mené à réviser votre philosophie.

— Non », fit Brendan Cronin dans un souffle.

Wycazik aurait voulu le saisir par son vêtement, le secouer, lui hurler après. Mais il dit avec beaucoup de patience : « De nombreux excellents prêtres ont connu semblables crises. Et certains saints ont parfois lutté avec l'Ange. Mais ils avaient tous deux choses en commun : la perte de leur foi était un processus très lent, qui pouvait parfois durer plusieurs années avant de déboucher sur une crise ; et tous pouvaient indiquer l'événement précis qui avait permis l'éclosion du doute. La mort injuste d'un enfant, par exemple. Ou une mère frappée par le cancer. Un assassinat. Un viol. Pourquoi Dieu permet-il la guerre dans le monde ? Pourquoi la guerre ? Les origines du doute sont innombrables et, bien que l'Église sache y répondre, la doctrine brutale est rarement un réconfort. Brendan, le doute naît *toujours* de contradictions spécifiques entre l'idée qu'on se fait de la pitié divine et la réalité des souffrances humaines.

— Ce n'est pas mon cas, fit Brendan.

— Et le seul moyen d'apaiser ce doute est de se concentrer sur les contradictions qui vous troublent et d'en discuter avec un guide spirituel.

— Ma foi ne s'est pas... effondrée sous moi comme... comme un plancher qui se dérobe parce qu'il était pourri et qu'on n'en savait rien.

— Vous n'avez pas pensé à la mort, à la maladie, à l'injustice ? Vous voulez dire que tout s'est écroulé d'un seul coup ?

— C'est cela, oui.

— *Balivernes!* » s'écria le père Wycazik en se levant si brutalement que Brendan Cronin en sursauta. Puis le silence retomba sur la pièce.

Cronin se hasarda alors à dire : « Mon père, ne m'en veuillez pas. J'ai beaucoup de respect pour vous et... cet accès de colère me fait mal. »

Wycazik se retourna lentement et, posant une main sur l'épaule du jeune prêtre, dit : « Je ne suis pas en colère après vous, Brendan. Inquiet, frustré de ne pouvoir vous venir en aide, mais pas en colère.

— Croyez-moi, mon père, je ne désire rien de plus que de trouver une issue mais, en vérité, mon doute n'est pas la conséquence d'une de ces choses que vous avez mentionnées. Je ne sais absolument pas d'où il vient. »

Wycazik hocha la tête, serra l'épaule de Brendan et regagna son fauteuil. Il resta un moment les yeux clos.

« Très bien, Brendan. Votre incapacité à identifier la cause de votre défaillance indique qu'il ne s'agit pas d'un problème d'ordre intellectuel ; par conséquent, aucune lecture ne vous sera utile. C'est un problème psychologique, les racines du mal sont implantées dans votre inconscient, où elles attendent d'être mises au jour. »

Le père Wycazik rouvrit les yeux et constata que le jeune prêtre était extrêmement intrigué par sa suggestion. Son esprit ne fonctionnait pas correctement, ce qui signifiait que ce n'était pas Dieu qui avait abandonné Brendan, mais Brendan qui avait manqué à ses engagements envers Dieu.

« Comme vous le savez certainement, le responsable provincial pour l'Illinois de la Société de Jésus est Lee Kellog. Mais ce que vous ne savez peut-être pas, c'est qu'il travaille avec deux psychiatres, tous deux jésuites, qui prennent en charge les problèmes mentaux et émotionnels des membres de notre ordre. Je pourrais faire en sorte que vous suiviez une analyse auprès de l'un de ces psychiatres.

— Vraiment ? fit Brendan.

— Oui. En dernier ressort, cependant. Si vous entamez une analyse, le responsable provincial transmettra votre nom au préfet de la discipline, qui fouillera toutes vos actions passées pour voir si vous n'avez pas violé l'un de vos vœux.

— Mais, jamais je n'ai...

— *Je le sais*, dit Wycazik d'un ton rassurant. Mais le préfet a pour mission d'être soupçonneux. Et ce n'est pas tout. Même si votre analyse réussit, le préfet vous suivra pendant des années encore, ce qui limitera vos perspectives. Et jusqu'à ce jour, Brendan, vous m'avez donné l'impression d'un prêtre qui pouvait monter très haut, devenir évêque, sinon plus.

— Oh non, pas moi, fit Brendan, certainement pas moi.

— Si, vous, et vous irez très loin si vous résolvez ce problème. Toutefois, vous serez suspect dès l'instant où le préfet de la discipline vous aura inscrit sur ses listes. Dans le meilleur des cas, vous ne finirez jamais plus haut que moi, simple curé de paroisse.

— Ce serait pour moi un honneur — et une vie bien remplie — que de finir à votre échelon.

— Vous pouvez aller plus loin et rendre de plus grands services à l'Église. Je ne veux pas que cette chance vous échappe. Je vous demande donc de me donner jusqu'à Noël pour tenter de trouver une solution. Finis les bavardages et les interminables discussions sur la nature du bien et du mal. S'il n'y a pas d'amélioration à Noël, je vous enverrai chez un psychiatre jésuite. D'accord ?

— D'accord, dit Brendan.

— Parfait ! » Le père Wycazik se leva et se frotta vigoureusement les mains comme pour se préparer à couper du bois ou s'atteler à quelque rude tâche. « Cela nous laisse plus de trois semaines. Pour la première semaine, vous abandonnerez vos

habits de prêtre, vous vous habillerez en civil et contacterez le Dr James McMurtry, à l'hôpital pour enfants Saint-Joseph. Il vous fera engager dans le personnel hospitalier.
— Comme aumônier ?
— Non, comme garçon de salle. Vous viderez les pots de chambre, changerez les draps, tout ce qu'on vous demandera. Seul le D^r McMurtry saura que vous êtes prêtre. »

Inconsciemment, Brendan passa un doigt derrière son col romain, troublé à l'idée de devoir l'ôter un jour — ce qui était certainement bon signe.

« Vous quitterez le rectorat jusqu'à Noël. Je vous donnerai de l'argent pour vos repas et une chambre d'hôtel bon marché. Vous travaillerez et vivrez dans le monde réel, loin de l'abri de la vie ecclésiastique. Maintenant, allez vous changer, faites vos valises et revenez me voir. Je vais appeler le D^r McMurtry pour arranger tout cela. »

Brendan soupira, se leva, marcha jusqu'à la porte. « Il y a quelque chose qui ressemble peut-être à un trouble psychologique. Je fais un rêve... toujours le même.
— Un rêve récurrent ? C'est très freudien.
— Je l'ai fait plusieurs fois depuis le mois d'août. Mais cette semaine-ci, je l'ai fait trois nuits sur quatre. C'est un rêve désagréable, très bref mais très intense. Je rêve de gants noirs.
— De gants noirs ?
— Je me trouve dans un lieu étrange, expliqua Brendan avec une grimace. Je ne sais pas où. Je suis couché dans un lit, me semble-t-il. Mes bras sont attachés. Mes jambes aussi. Je voudrais pouvoir m'enfuir. Il fait sombre, je ne vois pas grand-chose. Et tout à coup, ces mains...
— Des mains qui portent des gants noirs ? l'interrompit le père Wycazik.
— Oui. Des gants noirs, brillants. En vinyle ou en caoutchouc. Très serrés, moulants, pas du tout comme des gants ordinaires. »

Brendan lâcha la poignée de la porte, revint vers le milieu de la pièce et contempla ses propres mains, comme si cela pouvait l'aider à rassembler ses souvenirs. « Je ne sais pas à qui appartiennent ces mains... Je ne vois que les mains... les gants... jusqu'aux poignets seulement. Au-delà, tout est flou...
— L'homme aux gants noirs, est-ce qu'il vous dit quelque chose ? questionna Wycazik.

— Il ne parle jamais, fit Brendan en frissonnant. Il me touche, les gants sont lisses, froids. » Il mit soudain ses mains dans ses poches. Très intéressé, le père Wycazik se pencha en avant et dit : « *Où* ces gants vous touchent-ils ?
— Ils touchent... mon visage. Mon front, mes joues, mon cou... ma poitrine. Presque partout, en fait.
— Ils ne vous font pas de mal ?
— Non.
— Et pourtant, vous avez peur de ces gants, de l'homme qui les porte ?
— Je suis terrorisé, mais je ne sais pas pourquoi.
— On ne peut s'empêcher de voir tout ce qu'il y a de freudien dans un tel rêve.
— Je le suppose.
— Les rêves sont le moyen qu'utilise l'inconscient pour adresser des messages au conscient et, dans le cas qui nous intéresse, la symbolique freudienne est très évidente. Ce sont les mains du diable, qui cherchent à vous arracher à la grâce divine. Ou les mains de votre propre doute. Il se peut aussi que ce soient des symboles de tentation, des péchés qui recherchent votre indulgence. »
Brendan eut une sorte de sourire. « Particulièrement des péchés de chair puisque les mains me touchent presque partout... » Il retourna à la porte, s'apprêta à l'ouvrir et dit : « Écoutez, je vais vous dire quelque chose de curieux. Pour moi, ce rêve n'est pas symbolique, j'en suis pratiquement certain. Ces mains gantées ne sont rien de plus que des mains gantées, comprenez-vous ? Je pense que quelque part... je ne sais où, à cette époque-ci ou à une autre... ces gants étaient bien réels.
— Vous voulez dire que vous avez vécu une situation semblable ?
— Je ne sais pas, fit Brendan, les yeux baissés. Dans mon enfance peut-être. Cela n'a sûrement rien à voir avec ma crise spirituelle. Les deux choses sont certainement — probablement — sans rapport. »
Le père Wycazik secoua la tête, dubitatif. « Deux événements d'une telle importance, une crise spirituelle et un cauchemar récurrent, qui seraient sans rapport ? La coïncidence serait bien trop grande. Non, ce rêve est bel et bien symbolique et lié à votre doute. Votre inconscient vous annonce que vous allez devoir

livrer une vraie bataille. Mais c'est une bataille où vous ne serez pas seul. Je serai à vos côtés.

— Merci, mon père.

— Dieu aussi vous assistera. »

Le père Cronin hocha la tête, mais son visage n'indiquait pas qu'il était très convaincu. « Allez faire vos valises, à présent.

— J'ai l'impression de vous abandonner...

— Le père Gerrano et les sœurs m'aideront. Allez, partez. »

Dès qu'il fut seul, Wycazik tenta de se remettre au travail.

Des gants noirs. Ce n'était qu'un rêve, pas particulièrement effrayant en soi. Pourtant, la voix du père Cronin était si douloureuse quand il l'évoquait que le curé était affecté par la vision de ces gants noirs et luisants sortis de nulle part...

Dehors, la neige tombait.

C'était le jeudi 5 décembre.

4.
Boston, Massachussetts

Le vendredi, quatre jours après la fugue qu'elle avait faite à la suite de la greffe de l'aorte pratiquée sur Viola Fletcher, Ginger Weiss se trouvait toujours au Memorial Hospital, où elle avait été admise dès que George Hannaby l'avait retrouvée dans la rue. Trois jours durant, elle avait subi tous les examens possibles et imaginables. Les médecins firent le maximum pour déterminer la cause du mal — parce qu'ils se devaient de donner le meilleur d'eux-mêmes à leurs patients, mais aussi parce qu'elle était des leurs. Vendredi, à deux heures de l'après-midi, George Hannaby entra dans sa chambre avec les résultats des derniers examens et l'avis des spécialistes. Le fait qu'il fût venu en personne, plutôt que d'envoyer l'oncologiste ou le spécialiste du cerveau plus particulièrement concernés par son cas, ne pouvait signifier qu'une chose : la situation était particulièrement mauvaise — et pour la première fois de sa vie, Ginger le vit arriver sans grand plaisir.

Assise dans son lit, elle portait un pyjama bleu que Rita Hannaby était allée chercher en même temps qu'un certain nombre d'affaires dans l'appartement de Beacon Hill. Elle lisait un policier en livre de poche, l'air faussement désinvolte, comme si ses troubles n'étaient que la conséquence d'une maladie bénigne. Mais au fond d'elle-même, elle avait peur.

Ce que George avait à lui dire était si dur à entendre qu'elle n'eut subitement plus la force de se composer un personnage. D'une certaine façon, c'était encore pire que tout ce à quoi elle s'était attendue.

Ils n'avaient rien trouvé.

Ni maladie. Ni lésion interne. Ni tare congénitale. Rien.

George lui lut solennellement le résultat final et déclara que ses fugues incompréhensibles n'avaient pas la moindre cause pathologique. Et tout à coup, elle perdit la maîtrise de ses émotions. Elle se mit à pleurer, très doucement.

Une cause physique aurait pu être soignée. Une fois guérie, rien n'aurait pu l'empêcher de reprendre sa carrière de chirurgien.

Mais les conclusions des spécialistes lui disaient toutes la même chose : son problème était entièrement dans son esprit et c'était une maladie psychologique sur laquelle la chirurgie, les antibiotiques ou les drogues ne pouvaient rien. Ses chances de vivre à nouveau normalement étaient des plus minces, celles de vivre à tout jamais dans le trouble, affreusement élevées.

Tout près de toucher au but de sa vie, à quelques mois de se lancer à corps perdu dans la chirurgie, sa vie se brisait comme une coupe de cristal. Même si son état n'était pas aussi désespéré, même si la psychothérapie lui donnait la possibilité de se contrôler, elle ne se verrait jamais accorder le droit de pratiquer des interventions.

George tira des Kleenex de la boîte posée sur la table de nuit et les lui tendit. Il emplit un verre d'eau et dut insister pour lui faire prendre un Valium. Il lui tint la main et parla d'une voix douce, rassurante. Peu à peu, il la calma.

Quand elle eut recouvré la force de parler, elle dit : « Voyons, George, je n'ai pas été élevée dans une atmosphère psychologiquement destructrice. Notre maison était heureuse et j'ai eu plus que ma part d'amour et d'affection. Je n'ai eu aucun problème d'ordre physique, mental ou émotionnel. » Elle arracha des Kleenex et se moucha bruyamment. « Pourquoi moi ? Comment aurais-je pu, avec le passé que j'ai eu, me créer une psychose ? *Comment ?* J'ai eu une mère fantastique, un père exceptionnel, une enfance comblée. Comment puis-je me retrouver avec un mental aussi déglingué ? Ce n'est pas juste, non, et surtout, ce n'est pas *croyable*. »

Il s'assit au bord du lit. Il était si grand qu'il la dominait encore. « En premier lieu, les spécialistes m'ont dit que, pour toute une école de pensée, les maladies mentales sont la conséquence d'infimes modifications chimiques survenues dans les tissus du corps ou du cerveau, des modifications si infimes que nous ne pouvons les déceler ou les comprendre en l'état actuel des choses. Cela ne veut pas dire que vous êtes coincée par votre enfance. Et je ne crois pas que vous deviez remettre en cause toute votre existence. Deuxièmement, je ne suis pas convaincu — mais alors, pas du tout — que votre état ait à voir avec une psychose débilitante.

— Je vous en prie, George, ne me parlez pas comme à une attardée...

— Moi ? Ce n'est pas mon genre, vous le savez bien, fit-il un peu vexé. Je ne suis pas là pour vous amuser, je pense sincèrement ce que je dis. Nous n'avons pas trouvé la cause physique de votre problème, d'accord, mais cela ne veut pas dire qu'il n'y en a pas. Elle n'est peut-être pas assez évidente, c'est tout. Dans quelques semaines, mettons un mois, ou dès que la situation empirera, nous referons des examens. Et là, je vous parie tout ce que vous voulez que nous mettrons le doigt sur la cause de votre trouble.

— Vous le croyez vraiment ? Vous pensez que ce pourrait être une tumeur au cerveau ou un abcès si petit qu'il est encore indécelable ?

— Oui. Et je trouve cela bien plus facile à croire qu'à une quelconque perturbation psychologique. Vous êtes une des personnes les plus équilibrées que je connaisse. Et je ne vois pas comment vous pourriez souffrir d'une psychose ou d'une psycho-névrose qui ne se manifesterait pas en dehors de ces fugues. Les maladies mentales graves ne sont pas ponctuelles, elles perturbent toute la vie du patient. »

C'était une chose à laquelle elle n'avait jamais pensé. Cette théorie la réconforta quelque peu. En revanche, il était plutôt curieux d'espérer avoir une tumeur au cerveau, bien que cela s'opérât assez facilement. La folie, elle, se moquait bien du scalpel.

« Les semaines ou les mois qui viennent vont certainement être les plus durs de votre vie, dit-il. L'attente...

— Je suppose que je ne pourrai pas exercer.

— Non, mais rien ne vous empêche de m'assister au cabinet.

— Que penseront vos patients si je pique soudain une crise et me précipite en hurlant dans les couloirs ?

— Ce que pensent mes patients, c'est mon affaire. Pour le moment, vous allez vous reposer une ou deux semaines. Pas question de travailler. Ces derniers jours ont été éprouvants du point de vue physique et émotionnel.

— Éprouvants ? Je n'ai pas quitté mon lit !

— Peut-être, mais ce fut une expérience éprouvante. Je voudrais que vous veniez habiter chez nous pendant quelque temps.

— Mais, je...

— Attendez. Je sais que vous n'avez plus vos parents. Vous avez seulement une ou deux vagues tantes à New York et je ne crois pas que leur fréquentation soit idéale pour l'instant. Elles ne cesseraient de vous rappeler votre passé. »

Ginger ne dit rien, comme si elle réfléchissait.

« Nous avons une domestique à demeure, vous n'aurez même pas à faire votre lit. Et puis, la chambre d'amis a une vue magnifique sur la baie.

— Dans ce cas, fit-elle avec un sourire, je crois que je vais accepter votre proposition.

— Formidable !

— Vous ne savez pas ce que vous risquez, dit Ginger. Si l'endroit me plaît, je peux très bien appeler un peintre pour qu'il retapisse la chambre à mon goût.

— Le jour où je vois arriver un peintre, je vous flanque à la rue ! »

George éclata de rire et l'embrassa doucement sur la joue. « Je vais m'occuper des formalités de sortie pour que vous puissiez partir dans deux heures. Je vais aussi appeler Rita pour qu'elle vienne vous prendre. Ginger, je suis persuadé que vous pourrez surmonter cette épreuve. Mais de grâce, pas d'idées noires. »

Quand il eut quitté la pièce et que le bruit de ses pas eut disparu dans le couloir, elle fit de son mieux pour garder le sourire qui éclairait son visage depuis quelques minutes. Elle n'y parvint pas. Elle s'adossa à l'oreiller et contempla d'un air morose les dalles insonorisées du plafond.

Elle se sentait comme une invalide.
Elle se sentait perdue.
C'était le vendredi 6 décembre.

5.
Laguna Beach, Californie

Quand Dom, accompagné de Parker Faine, était retourné voir son médecin, le lundi 2 décembre au matin, le Dr Cobletz n'avait pas voulu faire procéder à de nouveaux examens. Dom ne présentait aucun signe de désordre physique. Il expliqua aux deux hommes qu'il y avait d'autres types de traitement à tenter avant de conclure à une lésion cérébrale qui pousserait l'écrivain à se barricader la nuit contre un ennemi invisible.

Suite à la précédente visite de Dom, le 23 novembre, le médecin s'était intéressé de plus près au somnambulisme et avait lu un certain nombre d'articles sur le sujet. Ce trouble était de courte durée chez le sujet adulte ; cependant, dans quelques cas assez rares, il pouvait devenir chronique et aller jusqu'à ressembler aux pires névroses. Une fois installé de manière permanente, le somnambulisme était bien plus difficile à guérir et pouvait devenir le facteur dominant de la vie de l'individu, générant en lui la crainte de la nuit et du sommeil et suscitant un sentiment d'impuissance débouchant parfois sur des désordres émotionnels plus graves encore.

Dom se sentait dans la zone limite. Il revoyait la barricade qu'il avait construite, l'arsenal déposé sur le lit.

Intrigué mais pas vraiment inquiet, Cobletz avait dit que la pratique de l'errance nocturne pouvait être brisée par l'administration d'un sédatif. Le patient guérissait habituellement dès qu'il pouvait passer plusieurs nuits tranquilles. Dans les cas chroniques, l'action du sédatif pouvait être renforcée par celle d'un antidépresseur dans la journée. Les gestes effectués par Dom dans son sommeil étant particulièrement troublants, le Dr Cobletz lui avait prescrit du Valium dans la journée et un comprimé de 15 mg de Dalmane au moment de se glisser dans ses draps.

Dans la voiture qui les ramenait à Laguna Beach, Parker Faine dit à Dom qu'il n'était pas très prudent de continuer à vivre seul. « Ma maison est immense. Je pourrai te surveiller. Ne crains rien, je ne jouerai pas les mères poules, mais je serai là en cas de pépin.

Et puis, nous aurons tout le temps pour parler de ton problème, de voir en quoi il est lié aux changements survenus l'été dernier, quand tu as laissé tomber ton job au Mountainview College. Je t'assure, il n'y a que moi qui puisse t'aider. Si je n'avais pas été peintre, je me serais fait psychiatre, j'ai vraiment le truc pour accoucher les gens ! »

Dom refusa. Il voulait rester chez lui, seul. Aller chez Parker, c'était rentrer dans cette tanière dont le peintre lui avait si souvent parlé.

Voilà ce qu'il décida le lundi matin.

Aujourd'hui, samedi 7 décembre, il semblait qu'il avait pris la décision correcte. Parfois, il avait besoin d'un Valium, mais pas toujours. Tous les soirs, il prenait un comprimé de Dalmane avec du lait ou du chocolat chaud. Le somnambulisme perturbait moins souvent ses nuits. Avant la chimiothérapie, il déambulait chaque nuit ; très récemment, il ne s'était promené que deux fois au petit jour, le mercredi et le vendredi matin.

De plus, ses activités nocturnes étaient moins étranges, moins troublantes aussi que précédemment. Il n'entassait plus d'armes, n'édifiait plus de barrage, ne tentait plus d'obstruer les fenêtres. Il avait tout simplement quitté son lit pour dormir dans le placard. Et là, il se réveillait glacé, paralysé par une terreur sans nom qui hantait ses rêves et dont il ne se souvenait en rien.

Grâce au ciel, le pire semblait passé.

Il se remit à écrire le jeudi et travailla au roman abandonné depuis trop longtemps.

Le vendredi, Tabitha Wycombe, son éditeur de New York, l'appela pour lui donner de bonnes nouvelles. Deux critiques étaient consacrées à *Crépuscule à Babylone* avant même sa parution et toutes deux étaient excellentes. En outre, le premier tirage serait encore plus important que prévu. Ils bavardèrent pendant près d'une demi-heure et, quand il raccrocha, Dom se sentit à nouveau sur les rails.

La nuit du samedi au dimanche fut marquée par une nouvelle évolution — en bien ou en mal, il était encore trop tôt pour le dire. Toutes les nuits où il avait marché dans son sommeil, il avait été incapable de se souvenir ne fût-ce que du plus petit détail des cauchemars qui le tiraient hors du lit. Ce samedi-là, il fut visité par un rêve terrifiant qui le poussa à se réfugier à l'autre bout de la maison, mais le plus étonnant fut qu'il se le rappela à son réveil — la dernière partie, tout au moins.

Il se trouvait dans une salle de bains mal éclairée. Autour de lui, tout était flou. Un homme invisible cherchait à le plaquer contre le mur et il se retrouva la tête au-dessus d'une cuvette de lavabo en porcelaine. Il était trop faible pour se tenir debout et quelqu'un le soutenait. Ses genoux cédaient sous son propre poids, son estomac se nouait. Un autre homme, invisible lui aussi, lui appuya sur la tête pour la lui enfoncer dans la cuvette. Il ne pouvait pas parler. Il respirait à peine. Il savait qu'il allait mourir. Bien que sa vision fût troublée, il pouvait voir en détail les chromes du lavabo, le robinet unique d'où coulait un peu d'eau, la bonde où se formait un minuscule tourbillon. Il était comme hypnotisé par ce tourbillon et ce trou dans lequel il se sentait aspiré. La terreur l'envahit quand il comprit qu'on voulait le faire passer par la bonde pour se débarrasser de lui, l'expédier dans quelque terrible machine qui le broierait en menus morceaux.

Il s'éveilla en hurlant. Il était dans sa propre salle de bains. Il avait marché dans son sommeil. Il se tenait au-dessus du lavabo et recula quand il découvrit le trou béant qui conduisait aux égouts. Il faillit tomber à la renverse dans la baignoire et se rattrapa de justesse à la patère.

Tremblant, haletant, il réussit à recouvrer son sang-froid et à contempler le lavabo. Un lavabo de porcelaine avec un robinet chromé. Rien que de très normal.

Ce n'était pas cette salle de bains qu'il avait vue en rêve.

Dominick s'aspergea le visage d'eau et regagna sa chambre. Le réveil-matin posé sur la table de nuit indiquait deux heures vingt-cinq.

Il était un peu tôt pour se lever. D'un autre côté, il ne voulait pas prendre le risque de se recoucher et de retomber dans ce cauchemar. Le flacon de Dalmane était rangé dans le tiroir de la table de nuit. Il n'était pas censé en prendre plus d'un comprimé par jour, mais la situation était exceptionnelle.

Il se rendit dans la salle de séjour et se versa du Chivas. Tout tremblant, il mit le comprimé dans sa bouche, avala le Chivas et retourna se coucher.

Alors qu'il sombrait dans le sommeil, il s'entendit murmurer. Ce qu'il disait était si étrange qu'il réussit à lutter momentanément contre l'action conjuguée du Chivas et du Dalmane.

« La lune, dit-il d'une voix pâteuse. La lune, la lune. » Il se demanda ce que cela pouvait bien signifier. Pourquoi avait-il dit « la lune » ? Il n'en savait rien. Et à nouveau, il répéta : « La lune, la lune… » Puis il s'endormit.

Il était trois heures onze du matin, le dimanche 8 décembre.

6.
New York

Cinq jours après avoir dérobé plus de trois millions de dollars à la *fratellanza,* Jack Twist alla rendre visite à une morte qui respirait encore.

A une heure de l'après-midi, dans un quartier respectable de l'East End, il gara sa Camaro dans le parking souterrain d'une clinique privée et prit l'ascenseur jusqu'au rez-de-chaussée. Là, l'employé de la réception lui délivra un laissez-passer de visiteur.

Cela ne ressemblait vraiment pas à une clinique. La partie réservée au public était décorée avec goût dans le style Art Déco. Il y avait deux petites œuvres originales d'Erté, des canapés, des fauteuils, des tables couvertes de magazines. Tout le mobilier avait un petit air 1920.

En fait, c'était même un peu trop luxueux. Les Erté, par exemple, n'étaient pas nécessaires. Et l'on aurait pu économiser sur beaucoup d'autres choses encore. Mais la direction pensait que cette image pourrait attirer une clientèle fortunée et permettre ainsi un bénéfice annuel de l'ordre de cent pour cent. Les patients étaient très diversifiés — schizophrènes catatoniques d'âge mûr, enfants autistes, comateux de tous âges — mais tous avaient deux points communs : leur état était chronique et ils appartenaient à des familles aisées susceptibles de leur prodiguer les meilleurs soins.

Jack n'aurait jamais pu régler les notes exorbitantes de la clinique s'il n'avait été un voleur très qualifié.

Tout au bout du couloir du quatrième étage, résidait dans la dernière chambre à droite la femme morte qui respirait encore. Jack posa la main sur la poignée de la porte, hésita un instant, prit une profonde inspiration et entra.

La chambre n'était pas aussi somptueuse que le hall. Elle n'était pas non plus meublée dans le style Art Déco, mais elle était pourtant très agréable et ressemblait plus à une chambre du Plaza avec son haut plafond et ses moulures blanches. Il y avait une petite cheminée blanche, des doubles rideaux vert pâle, une épaisse moquette, un canapé et deux chaises. Tout reposait sur le principe qu'un patient préfère ce genre d'environnement à une chambre d'hôpital classique. Nombre de patients ne savaient même pas où ils se trouvaient, mais les visiteurs se sentaient pour leur part plus à l'aise.

Le lit était la seule concession au milieu hospitalier, bien que les draps et les couvertures eussent de charmants dessins vert clair.

Seule la patiente gâchait l'atmosphère de douceur de la chambre.

Jack abaissa la barrière de protection, se pencha et embrassa sa femme sur la joue. Elle ne frémit pas. Il lui prit la main, mais elle ne réagit pas. Les doigts ne se plièrent pas. Du moins étaient-ils tièdes.

« Jenny ? C'est moi, Jenny. Comment vas-tu aujourd'hui ? Ça a l'air d'aller. Tu as l'air en forme, je trouve. »

En fait, pour quelqu'un qui était dans le coma depuis huit ans et qui n'avait pas fait un seul pas, ni vu un seul arbre, ni senti un seul rayon de soleil, elle avait l'air assez bien. Peut-être Jack était-il le seul à pouvoir sincèrement la trouver en forme. Elle n'était pas la beauté qu'elle avait été jadis, mais elle n'avait nullement l'apparence d'une personne ayant flirté aussi longtemps avec la mort.

Les seuls signes de vie étaient le lent mouvement de sa poitrine et, parfois, ceux de sa gorge quand elle déglutissait. Les dégâts causés au cerveau étaient irréversibles. Il n'y avait aucun espoir. Jack Twist le savait et acceptait la permanence de cet état.

Elle aurait eu un aspect bien pire sans les soins que lui prodiguaient chaque jour les infirmiers. Des masseurs venaient chaque jour pour entretenir son tonus musculaire — puisque c'était là tout ce qui lui restait.

Jack resta longtemps à ses côtés. Depuis des années, il venait deux ou trois fois par semaine et passait chaque fois plusieurs heures en sa compagnie. Et jamais il ne se lassait d'elle.

Il tira une chaise et s'installa tout près d'elle. Pendant une heure, il lui parla du film qu'il avait vu, des livres qu'il avait lus, du vent de l'hiver ou des boutiques parées pour Noël.

Elle ne lui adressa pas le moindre clin d'œil, pas le plus petit soupir. Elle était là comme toujours, immobile, immuable.

Malgré tout, il lui parlait parce qu'il espérait qu'un fragment de sa conscience pût survivre, lueur de compréhension dans le gouffre noir du coma. Les médecins lui avaient expliqué à plusieurs reprises que ses espoirs étaient vains, qu'elle n'avait plus aucune conscience du monde et que les seules images qu'elle pouvait entrevoir dans son esprit étaient la conséquence de court-circuits de synapse. Mais s'ils se trompaient, s'il n'y avait qu'une chance sur un million pour qu'ils se trompent, il ne pouvait la laisser dans ce terrible isolement.

A cinq heures et quart, il alla dans la salle de bains pour boire un verre d'eau et se regarda dans le miroir. Une fois de plus, il se demanda ce que Jenny avait bien pu lui trouver.

Il revint dans la chambre, dit au revoir à sa femme et promit de revenir très vite.

Au volant de sa Camaro, Jack Twist jeta des regards de mépris aux piétons et aux autres automobilistes. Tous ces hommes, ses frères, qui le considéreraient avec dédain, avec dégoût même s'ils apprenaient qu'il n'était qu'un voleur professionnel, bien que ce fût ce qu'ils leur avaient fait, à Jenny et à lui, qui l'avait engagé sur la voie du crime.

Il savait que la colère et l'amertume ne pouvaient rien résoudre, qu'elles ne changeaient rien et ne faisaient de mal qu'à lui seul. Il ne voulait pas être amer, même si, parfois, il ne pouvait s'en empêcher.

Il regagna son appartement après avoir dîné seul dans un restaurant chinois. Il vivait dans un luxueux deux-pièces de la Cinquième Avenue et ses fenêtres donnaient sur Central Park. Officiellement, l'appartement appartenait à une société établie au Liechtenstein, laquelle l'avait payé avec un chèque tiré sur une banque suisse ; chaque mois, les frais de copropriété étaient réglés par un chèque de la Bank of America. Jack Twist se faisait appeler Philippe Delon et les quelques voisins avec qui il échangeait quelques mots le croyaient l'héritier d'une riche famille française, envoyé en Amérique pour y faire des placements. Il parlait couramment français et était capable de discuter des heures en anglais avec un léger accent français. Bien entendu, la famille française n'existait pas, pas plus que la société installée au

Liechtenstein. Le compte en Suisse était celui de Jack et la fortune qu'il pouvait investir, celle qu'il avait dérobée à autrui. Jack Twist n'avait vraiment rien d'un banal voleur.

Il ôta le double fond d'un placard et en tira deux sacs qu'il porta dans la salle de séjour. Sans prendre la peine d'allumer la lumière, il les installa tout près de son fauteuil préféré. Il prit une bouteille de bière dans le réfrigérateur, l'ouvrit et resta un instant près de la fenêtre à contempler le reflet des néons du parc sur le sol couvert de neige.

Puis il alluma une lampe de chevet et ouvrit le plus petit des deux sacs avant d'en répandre le contenu.

Rien que des bijoux. Des boucles d'oreilles et des colliers en diamant, des bracelets en émeraude et diamant, d'autres en saphir. Des bagues, des broches, des épingles à cheveux, des pendentifs, tout en pierres précieuses.

C'était là le fruit d'un vol commis six semaines auparavant. Le travail de deux hommes, que son brio lui avait permis d'exécuter seul.

Le seul problème, c'est que cet exploit ne lui avait procuré aucun plaisir. D'ordinaire, une mission menée à son terme le mettait de bonne humeur plusieurs jours. Pour Jack Twist, un vol n'était pas un simple acte criminel : c'était surtout une vengeance contre le monde entier, contre ce qu'il leur avait fait, à Jenny et à lui. Jusqu'à l'âge de vingt-neuf ans, il avait tout donné à la société, à son pays, et pour seule récompense, il s'était retrouvé à moisir dans la geôle d'un dictateur d'Amérique centrale. Quant à Jenny... Il avait du mal à penser à l'état dans lequel il l'avait trouvée après son évasion. Maintenant, il ne donnait plus rien à la société, mais lui prenait, et ce avec une jouissance des plus intenses. Sa plus grande satisfaction consistait à briser les règles, à prendre ce qu'il voulait, à s'enfuir avec — jusqu'à il y a six semaines. Son forfait accompli, il n'avait pas éprouvé le moindre sentiment de triomphe. Ce manque d'enthousiasme lui faisait peur. Après tout, c'était à peu près sa seule raison de vivre.

Il joua quelques instants avec les bijoux précieux, mais cela le laissa froid. Il aurait dû s'en débarrasser tout de suite après le vol, mais il ne pouvait se résoudre à les vendre sans en avoir le plus petit plaisir.

L'autre sac contenait sa part de butin après le cambriolage dans l'entrepôt de la *fratellanza*. Ils n'avaient forcé qu'un des deux coffres, mais celui-ci abritait tout de même plus de trois millions de dollars en petites coupures.

Là encore, il aurait dû les blanchir en les versant sur son compte en Suisse. Mais il n'en avait pas non plus tiré de plaisir...

Il se sentait creux.

Quelque chose se produisait en lui, comme une dérive, un voyage vers l'inconnu.

Il rangea les billets dans le sac, éteignit la lumière et contempla à nouveau Central Park en buvant de la bière.

En plus de sa récente incapacité à jouir de ses larcins, il était visité depuis quelque temps déjà par un cauchemar, toujours le même. Cela avait commencé il y a six semaines, juste avant le cambriolage de la bijouterie, et le cauchemar était revenu une bonne demi-douzaine de fois.

Dans son rêve, il se voyait fuir devant un homme portant un casque de motard à visière fumée. Du moins, croyait-il qu'il s'agissait d'un casque de motard, parce qu'il n'en distinguait aucun détail ; de même, il ne voyait rien de son poursuivant. L'étranger lui courait après dans des pièces inconnues, des couloirs interminables et, surtout, sur une route déserte tracée au beau milieu d'un désert inondé par la clarté lunaire. Chaque fois, la panique montait en lui comme la pression dans une chaudière, dont l'explosion le faisait se réveiller.

L'homme au casque était un flic et Jack allait bientôt se faire prendre. Ce cauchemar était facile à interpréter. Trop facile en fait. Parce que Jack n'avait *jamais*, au cœur même du rêve, l'impression d'être poursuivi par un flic. Non, c'était autre chose.

Il espérait qu'il ne ferait pas ce rêve cette nuit-ci. La journée avait été suffisamment éprouvante.

Il prit une autre bière et revint près de la fenêtre.

C'était le 8 décembre et Jack Twist — ancien officier du corps d'élite des Rangers, ancien prisonnier d'une guerre oubliée, à qui un millier d'Indiens devaient la vie sans le savoir — se demanda s'il avait tout simplement perdu le courage de continuer à vivre. Si le vol ne lui procurait plus aucune sensation, il lui faudrait très vite retrouver un sens à sa vie.

7.
Elko County, Nevada

Ernie Block n'avait jamais roulé aussi vite entre Elko et le Tranquility Motel.

La dernière fois qu'il avait fait une telle pointe, c'était au Viêtnam, à l'époque où il travaillait pour les services secrets de la marine. Il était au volant d'une jeep et, croyant traverser un territoire allié, s'était tout à coup retrouvé sous le feu de l'ennemi. Les obus de mortier creusaient des cratères dans la chaussée, les balles sifflaient à ses oreilles et s'écrasaient sur la carrosserie. Il avait failli mourir vingt fois et s'en était tiré avec quelques égratignures et une surdité temporaire. Les quatre pneus crevés, la Jeep fonçait sur ses jantes.

La peur qu'il avait éprouvée alors n'était rien à côté de ce qu'il ressentait à présent. La nuit allait bientôt tomber. Juste après déjeuner, il avait pris son Dodge pour aller chercher des marchandises à Elko. Faye s'occupait de l'hôtel et lui-même avait tout le temps de faire l'aller et retour avant la nuit.

Mais il avait crevé un pneu à l'aller et perdu du temps à changer la roue. Ne voulant pas revenir sans roue de secours, il avait fait réparer la chambre à air à Elko et cela avait inexplicablement pris plus de deux heures. De sorte que le soleil déclinait déjà à l'ouest du Grand Bassin.

Il garda l'accélérateur au plancher pendant presque tout le trajet, frôlant les quelques véhicules qui venaient en sens inverse. Il savait qu'il ne pourrait rouler une fois la nuit tombée et qu'il lui faudrait s'arrêter sur le bas-côté. On le retrouverait alors au matin, les mains crispées sur le volant, les yeux fous d'avoir *toute une nuit* contemplé les ténèbres immenses du paysage.

Pendant les deux semaines et demie écoulées depuis Thanksgiving, il avait réussi à cacher à Faye sa peur irrationnelle du noir. Après le retour de sa femme du Wisconsin, Ernie avait eu de plus en plus de mal à dormir sans veilleuse, ce à quoi il s'était habitué pendant son absence. Heureusement, elle ne lui avait pas proposé d'aller au cinéma en ville. Il lui aurait fallu trouver une excuse.

Il gardait donc précieusement son secret.

Toute sa vie durant, dans les Marines ou ailleurs, il avait donné le meilleur de lui-même et fait tout ce qu'on exigeait de lui. Il n'allait tout de même pas flancher devant sa propre femme.

Faye dépendait de lui. Il ne pouvait se permettre de devenir un invalide mental, un fardeau. Chez les Block, les hommes ne laissaient jamais tomber leurs femmes. Jamais. C'était une chose impensable.

La route épousait le contour d'une colline. A moins de deux kilomètres de là, en direction du nord, se dressait le motel, unique bâtiment de ce vaste panorama. Ses néons bleus et verts étaient déjà allumés. Aucun spectacle ne l'avait autant réjoui.

Il ferait nuit noire dans dix minutes et il se dit qu'il serait vraiment stupide de se faire arrêter par un flic si près du but. Il leva le pied et l'aiguille du compteur retomba tout de suite : *cent quarante... cent vingt... cent...*

Il était à un bon kilomètre de chez lui quand quelque chose d'étrange lui arriva. Il tourna les yeux vers le sud, loin de la route, et retint subitement son souffle. Il ne savait pas ce qui l'étonnait à ce point. Quelque chose dans le paysage, sûrement. Quelque chose dans la façon dont la lumière et les ombres jouaient sur le flanc des collines. Il lui vint tout à coup l'idée qu'une parcelle de terrain bien particulière — à huit cents mètres de là, de l'autre côté de la nationale 80 — avait une importance suprême et, surtout, une relation avec les curieux changements survenus en lui au cours des derniers mois.

... quatre-vingts... soixante-dix... soixante...

C'était comme si le paysage lui disait : « Ici... c'est ici que tu trouveras en partie la réponse à tes problèmes... » Il n'y avait rien de plus absurde.

A son grand étonnement, il se gara le long de la route à quelques centaines de mètres de chez lui. Il descendit de voiture afin de traverser en direction de l'endroit mystérieux qui avait attiré son attention.

Il eut alors l'impression que quelque chose de formidable était sur le point de lui arriver, et cette pensée le fit frissonner.

Il laissa la camionnette derrière lui et, dans un état d'excitation qui le surprit lui-même, il marcha jusqu'au bas-côté en évitant de justesse plusieurs camions qui passèrent en rugissant.

Il s'immobilisa, se tourna vers le sud-ouest. Un vent glacé soufflait. Il ressentait un picotement dans la nuque.

Et peu à peu, il perdit le sentiment que quelque chose de capital allait se manifester. Une idée plus folle encore s'immisça en lui : la chose s'était *déjà* produite. Une chose qui expliquait sa peur irraisonnée de l'obscurité et qu'il avait systématiquement chassée de sa mémoire. Il n'était pourtant pas le genre de personne à évacuer ses souvenirs, si désagréables fussent-ils.

Quelque part, non loin de là, dans les immenses plaines du Nevada, quelque chose était advenu, qu'il avait oublié.

Tout à coup, le sentiment de déjà-vu l'abandonna. Le picotement cessa dans sa nuque. Son cœur se remit à battre à un rythme normal.

Abasourdi, il regarda le paysage, les chaos rocheux, les bandes de terre et d'arbres alternées. Il se demanda en quoi ils avaient bien pu le fasciner.

L'obscurité.

L'approche de la nuit frappa Ernie Block de plein fouet. Un instant, le magnétisme du lieu avait été plus fort que sa peur des ténèbres. Mais il venait de se rendre compte que la région orientale du ciel était d'un violet foncé presque noir et que l'occident ne jouirait plus que pendant quelques minutes d'une vague lueur blanchâtre.

Il poussa un cri de terreur et courut vers la route, traversant la chaussée comme un fou, risquant plusieurs fois de se faire renverser par des véhicules. Des pneus crissèrent, des klaxons vengeurs retentirent à ses oreilles. Arrivé devant le Dodge, il prit conscience de l'obscurité absolue qui régnait *sous* la camionnette. Elle voulait l'attirer, l'étouffer.

La portière s'ouvrit. Il grimpa sur la banquette, mit la fermeture de sécurité.

Il se sentait mieux mais, s'il n'avait pas été aussi près de chez lui, il serait certainement mort de froid parce que incapable de bouger. Il ne lui restait plus que quelques centaines de mètres à parcourir. Il mit pleins phares et l'obscurité recula quelque peu. Il n'avait pas le courage de revenir sur une voie rapide et préféra rouler au pas sur la bande d'arrêt d'urgence.

La bretelle de sortie était éclairée par des arcs au sodium. Il n'était plus très loin à présent. Cent cinquante mètres tout au plus. Et bientôt, il fut sur le parking du motel. Il gara la camionnette devant la réception, coupa les phares et le moteur.

Derrière les baies de la réception, il put voir Faye au comptoir. Il se précipita dans le bâtiment, referma violemment la porte derrière lui. Il lui adressa un sourire qu'il souhaitait convaincant.

« Je commençais à m'en faire, dit-elle en lui rendant son sourire.

— J'ai crevé », dit Ernie en ôtant son blouson.

Il se sentit quelque peu soulagé. La tombée du jour était plus facile à accepter quand il n'était pas seul. Faye lui donnait des forces, mais il se sentait encore un peu mal à l'aise.

Elle dit : « Tu m'as manqué.

— Je suis parti après déjeuner.

— Ça m'a semblé si long. Je dois être accro. Une dose d'Ernie toutes les deux ou trois heures, voilà ce qu'il me faut. »

Il s'approcha du comptoir et ils s'embrassèrent. Après trente et un ans de mariage, leurs baisers étaient toujours aussi passionnés, toujours aussi sincères.

« Tu as mis les guirlandes de Noël ? dit-il.

— Quoi, tu viens seulement de le remarquer ? »

Au-dessus du canapé, le mur était décoré de pommes de pin. Un grand Père Noël en carton était installé non loin du présentoir de cartes postales. Un petit traîneau et des rennes en céramique étaient posés sur le comptoir. Des boules multicolores et des guirlandes pendaient au plafond dans tout le hall.

« Il a fallu que tu montes à l'échelle, dit-il.

— J'ai pris un tabouret.

— Tout de même, tu aurais pu tomber. Tu aurais dû me laisser faire.

— Écoute, Ernie, je ne suis pas une faible femme. Vous autres, Marines, vous êtes tous un peu trop machos.

— Tu crois ? »

La porte s'ouvrit et un camionneur entra pour demander une chambre.

Ernie retint son souffle jusqu'à ce que la porte fût refermée.

Le routier portait un ensemble en jean, une ceinture pourvue d'une énorme boucle de cuivre et un chapeau dont le ruban en cuir était décoré de turquoises. Faye le complimenta pour son chapeau. Elle savait toujours détendre les étrangers pendant qu'ils remplissaient leurs fiches.

Ernie ne s'occupa pas du nouveau venu. Il essaya d'oublier la curieuse expérience qu'il venait de vivre et de ne pas penser aux ténèbres extérieures. Il passa derrière le comptoir, accrocha sa veste et se dirigea vers le bureau de chêne sur lequel était posé le courrier. Des factures, bien sûr. Des publicités. La lettre d'une œuvre charitable. Les premières cartes de vœux de l'année. Le chèque de sa pension d'ancien combattant.

Et puis, aussi, une enveloppe blanche sans adresse au dos. Elle ne renfermait qu'une photo en couleurs prise au Polaroïd devant le motel, tout près de la chambre 9. On y voyait trois personnes, un homme, une femme et un enfant. L'homme n'avait pas loin de la trentaine, il était très bronzé. La femme, une petite brune, était un peu plus jeune. Quant à la petite fille, très mignonne, elle ne devait pas avoir plus de cinq ou six ans. Tous trois souriaient à l'appareil photo. A en juger d'après les vêtements légers des personnages et la qualité de l'éclairage, la photo avait dû être prise en plein été.

Étonné, il retourna la photo pour voir s'il y avait quelque chose d'inscrit au dos. Rien, pas un mot. Et il n'y avait rien d'autre dans l'enveloppe, pas même une carte de visite permettant d'identifier l'expéditeur. La lettre avait été postée à Elko le 7 décembre, soit le samedi précédent.

Il regarda à nouveau les trois personnages et, bien que ne se souvenant absolument pas d'eux, il sentit un picotement dans sa nuque. Comme tout à l'heure, dans la campagne. Son cœur accéléra. Tremblant, il reposa la photo sur le bureau.

Faye bavardait toujours avec le routier. Elle prit une clef, la lui tendit.

Quand l'homme fut parti, Faye vint rejoindre Ernie. Il lui tendit la photo. « Qu'est-ce que tu dis de cela ?

— C'est la chambre 9, fit-elle. Ils ont dû passer quelque temps ici. » Elle observa l'homme, la femme, la petite fille. « Leurs visages ne me disent rien. Ce sont des étrangers pour moi.

— Dans ce cas, pourquoi enverraient-ils une photo sans même écrire un mot ?

— Ils ont dû penser que nous nous souviendrions d'eux.

— Il aurait fallu pour cela qu'ils aient séjourné plusieurs jours d'affilée. Non, ils ne me disent absolument rien. Je me serais pourtant souvenu de la gosse, il me semble », dit Ernie. Il aimait beaucoup les enfants et ceux-ci le lui rendaient bien. « Elle est belle comme tout, elle devrait faire du cinéma.

— Je croyais que tu te rappellerais plutôt la mère, dit Faye en riant.

— Le tampon est celui de la poste d'Elko, dit Ernie. Pourquoi quelqu'un d'Elko viendrait-il se reposer ici ?

— Peut-être qu'ils ne vivent pas à Elko. Ils ont dû venir cet été ou, plutôt, l'année dernière. Ils voulaient nous envoyer une photo. Ils sont récemment repassés par ici, mais ils n'ont pas eu le temps de nous la donner, alors ils l'ont mise à la poste.
— Sans la moindre explication ?
— C'est vrai que c'est bizarre, reconnut Faye.
— Et puis, c'est une Polaroïd. Il ne faut qu'une minute pour la développer. Ils auraient très bien pu nous la donner tout de suite. »

C'était le mardi 10 décembre.

8.
Chicago, Illinois

En dehors du Dr Jim McMurtry, aucun collaborateur de l'hôpital Saint-Joseph ne savait qui était le nouveau garçon de salle. Le père Wycazik avait obtenu le secret absolu de la part du praticien, ainsi que l'assurance solennelle que Brendan devrait travailler autant — et aussi durement — que tout autre employé du même rang. C'est ainsi que, le premier jour, il vida des bassins, changea des draps souillés, fit manger à la petite cuillère un enfant de huit ans partiellement paralysé, poussa des chaises roulantes, nettoya le vomi de deux petits cancéreux. Personne ne le chouchouta. Personne ne l'appela « mon père ». Pour tout le monde, infirmières, médecins ou malades, il s'appelait Brendan. Et il se sentait mal à l'aise, comme un imposteur entraîné malgré lui dans un bal masqué.

Ce premier jour, terrassé par le chagrin que lui inspiraient les petits malades, il se retira à deux reprises dans les toilettes pour pleurer. Les jambes tordues et les articulations gonflées des enfants atteints d'arthrite chronique, la chair flasque de ceux souffrant de dystrophie musculaire, les plaies suintantes des brûlés, les corps couverts d'ecchymoses et de bleus des enfants martyrisés par leurs parents — il pleura sur tout cela.

Le deuxième jour, ses collègues l'appelaient toujours Brendan, mais les enfants le surnommaient déjà Bouboule, vieux surnom qu'il leur avait révélé au fil d'une histoire amusante. Ils appréciaient ses plaisanteries, ses charades, et il parvenait toujours à tirer d'eux un sourire, ou du moins l'ébauche d'un sourire. Il ne pleura qu'une seule fois ce jour-là.

Le troisième jour, tout le monde l'appela Bouboule. Les enfants ne cessaient de le réclamer et les infirmiers avaient l'impression qu'il avait toujours fait partie de la maison. Il ne pleura que le soir, dans la chambre d'hôtel que lui avait fait louer le père Wycazik.

C'est le mercredi après-midi, le septième jour, qu'il comprit pourquoi Wycazik l'avait envoyé à Saint-Joseph. La révélation lui vint alors qu'il brossait les cheveux d'une petite fille de dix ans atteinte d'une maladie osseuse très rare.

Elle se prénommait Emmeline et était à juste titre fière de sa chevelure épaisse, brillante, couleur aile de corbeau — véritable défi à la maladie qui ravageait son corps. Elle aimait donner à ses cheveux les cent coups de brosse traditionnels mais, certains jours, ses poignets et ses doigts étaient si enflés qu'elle ne pouvait même pas tenir la brosse.

Le mercredi, Brendan l'assit dans un fauteuil roulant et la conduisit en salle de radioscopie. Les médecins désiraient constater l'effet produit par une nouvelle substance sur sa moelle osseuse. Il la ramena dans sa chambre une heure plus tard et se mit à lui brosser les cheveux. Emmeline regardait par la fenêtre, l'air lointain.

Quand il lui eut donné les cent coups de brosse nécessaires, plus une dizaine pour le plaisir pur de la petite fille, il la souleva du fauteuil et la déposa dans son lit. Au moment de tirer les couvertures sur les petites jambes déformées par la maladie, il se sentit en proie à la même fureur qui l'avait empli lors de la messe à l'église Sainte-Bernadette. S'il avait eu un calice à portée de la main, il n'aurait pas hésité à le projeter violemment contre le mur.

Emmeline haleta et Brendan eut le sentiment étrange qu'elle avait deviné ses pensées impies. Mais elle dit seulement : « Oh, Bouboule, tu t'es fait mal ?

— Pourquoi me dis-tu cela ?

— Tu t'es brûlé ? Regarde tes mains. Tu t'es brûlé aux mains ? »

Étonné, il regarda ses paumes et découvrit dans chacune d'elles un anneau rouge de chair gonflée, enflammée. Chaque anneau était nettement dessiné et mesurait bien cinq centimètres de diamètre. La bande circulaire de tissu irrité ne faisait pas plus d'un centimètre de large. A l'intérieur et à l'extérieur de celle-ci, la peau était absolument normale. Comme si les cercles avaient été dessinés sur son corps.

« C'est curieux », dit-il simplement.

Le Dr Stan Heeton était de garde aux urgences quand Brendan vint le trouver. Il examina avec intérêt les cercles rouges et lui dit : « Ça vous fait mal ?

— Non, absolument pas.

— Pas de démangeaisons ? De sensation de brûlure ? Ça vous chatouille, au moins. Non ? Vous avez déjà eu cela auparavant ?

— Non, jamais.

— Vous souffrez peut-être d'allergie ? A première vue, on dirait une brûlure superficielle. Vous ne vous souvenez pas d'avoir touché quelque chose de chaud ? Vous n'avez pas eu de contact avec un acide ? Vous m'avez dit que vous avez conduit une fillette à la radio.

— Oui, mais je ne suis pas resté dans la salle.

— Ça ne ressemble pas du tout à une brûlure par rayons. C'est peut-être une sorte de mycose, une forme de teigne, pourquoi pas... Non, vous auriez des démangeaisons...

— Vous n'avez aucune idée ? demanda Brendan.

— En tout cas, je ne crois pas que cela soit grave, dit le médecin. Je ne vois qu'une chose, une allergie non identifiée. Si cela persiste, je vous ferai passer les tests classiques. »

Il lâcha les mains de Brendan et alla s'installer à son bureau. Il commença de rédiger une ordonnance.

Brendan mit les mains dans les poches de sa blouse. Sans cesser d'écrire, le Dr Heeton dit : « Je vais commencer par le traitement le plus simple, une lotion à base de cortisone. Si ces marques ne s'atténuent pas dans quelques jours, revenez me voir. »

Il signa, arracha la feuille. « C'est sûrement une allergie. Faites-moi voir vos mains une dernière fois, avant de partir... »

Brendan sortit les mains de ses poches, les ouvrit.

« Bon sang ! » s'écria le médecin.

Les traces avaient disparu.

Cette nuit-là, dans sa chambre d'hôtel, Brendan fut à nouveau visité par le cauchemar dont il avait eu l'occasion de parler avec le père Wycazik. Il avait déjà perturbé son sommeil à deux reprises au cours de la semaine précédente.

Il rêva qu'il se trouvait dans un lieu étrange et qu'il avait les bras et les jambes immobilisés par des bandelettes. Une paire de mains surgissait du brouillard et se tendait vers lui. Des mains couvertes de gants noirs et luisants.

Il s'éveilla trempé de sueur. Il s'adossa au mur, reprit lentement son souffle. Il passa la paume de sa main droite sur son front et sursauta. Il alluma la lampe. Les cercles de chair enflammée étaient revenus.

Et comme il regardait fixement ses mains, les cercles s'effacèrent.

C'était le jeudi 12 décembre.

9.
Laguna Beach, Californie

Dom Corvaisis crut avoir dormi d'une seule traite quand il s'éveilla dans son lit dans la même position que la veille.

C'est seulement en s'installant devant son ordinateur qu'il découvrit qu'il s'était à nouveau promené dans son sommeil et que, de plus, il avait travaillé sur la disquette. Il lui était arrivé à plusieurs reprises de marcher tout endormi et de taper inlassablement les mêmes mots. C'est ainsi qu'il avait écrit : « J'ai peur. » Mais cette fois-ci, le message était différent :

> *La lune. La lune. La lune. La lune.*
> *La lune. La lune. La lune. La lune.*

Il avait répété plusieurs centaines de fois ces six lettres et il se souvint d'avoir prononcé ces mêmes mots au moment de s'endormir, dimanche dernier. Dominick resta longtemps les yeux rivés sur l'écran. Il n'avait pas la moindre idée de ce que les mots « la lune » pouvaient signifier. S'ils signifiaient quelque chose.

Le traitement à base de Valium et de Dalmane semblait bien lui convenir. Jusqu'à cette nuit, il n'avait pas connu de nouvelle crise de somnambulisme ; il n'avait pas non plus fait de cauchemar jusqu'au week-end, où il avait rêvé qu'on lui enfonçait la tête dans un lavabo. Il avait revu le Dr Cobletz et le médecin s'était réjoui de l'évolution de sa maladie.

Cobletz lui avait dit : « Je vais renouveler votre ordonnance, mais ne prenez surtout pas plus de deux comprimés de Valium par jour.

— Soyez sans crainte, mentit Dom.

— Et un seul Dalmane par nuit. Je ne veux pas que vous deveniez complètement drogué. Vos problèmes auront disparu au jour de l'an. »

Dom faisait confiance à son médecin et ne voulait pas le peiner en lui avouant qu'il lui arrivait de prendre du Valium toute la journée et que, certaines nuits, il s'octroyait trois comprimés de Dalmane accompagnés de bière ou de whisky. Le traitement faisait effet. Cela seul comptait.

Enfin, jusqu'à aujourd'hui...

La lune.

Frustré et furieux à la fois, il effaça les mots sur la disquette.

Il contempla longtemps l'écran désormais vide.

Puis il prit un Valium.

Ce matin-là, Dom ne travailla pas. A onze heures trente, Parker Faine et lui allèrent chercher Denny Ulmes et Nyugen Kao Tran, les deux garçons que leur avait confiés la branche locale des Grands Frères d'Amérique. Ils avaient prévu un après-midi de farniente sur la plage, un dîner chez Hamlet et, enfin, un film. Dom attendait cette sortie avec impatience.

C'est quelques années plus tôt, à Portland, qu'il s'était inscrit à l'association d'entraide des Grands Frères — sa seule participation à une œuvre sociale, la seule chose aussi qui pût le tirer hors de sa tanière.

Il avait passé sa propre enfance dans une série de foyers d'adoption, seul et de plus en plus secret. Il espérait un jour se marier et adopter des enfants. En attendant, le temps qu'il consacrait à ces gosses leur faisait du bien à eux comme à l'enfant qui vivait toujours en lui.

Nyugen Kao Tran préférait se faire appeler « Duke », comme John Wayne, dont il avait vu tous les films. Duke avait treize ans et c'était le plus jeune fils d'une famille de réfugiés du Sud-Est asiatique. Il était aussi vif et intelligent que souple et mince. Son père — après avoir survécu à la guerre, aux camps de concentration et à deux semaines en mer sur une coquille de noix — avait été tué trois ans plus tôt alors qu'il travaillait comme gardien de nuit dans un grand magasin.

Denny Ulmes, douze ans, était le « petit frère » de Parker. Son père était mort du cancer. Il était plus réservé que Duke, mais les deux garçons s'entendaient très bien. Dom et Parker combinaient souvent leurs sorties.

Ce jeudi après-midi, l'eau était trop froide pour se baigner et Parker organisa un tournoi de volley-ball, puis ils construisirent un château de sable auquel ne manquaient ni tourelles crénelées ni dragons menaçants.

En fin d'après-midi, ils allèrent manger un hamburger chez Hamlet, à Costa Mesa. Parker profita de ce que les deux garçons étaient partis aux toilettes pour dire : « Tu te sens bien ? Je t'ai trouvé un peu... distrait, oui, c'est cela.

— Je pense à beaucoup de choses, dit Dom. Mais ça va. Mes crises de somnambulisme ont pratiquement disparu. Les rêves aussi. Cobletz sait ce qu'il fait.

— Et ton bouquin, il avance ?

— Ça marche bien, oui, mentit Dom.

— Parfois, je te trouve bizarre, reprit Parker Faine. Tes médicaments... tu suis bien les prescriptions, n'est-ce pas ? »

La perspicacité du peintre déconcertait souvent Dom. « Il faudrait être dingue pour bouffer du Valium comme du sucre candi. » Parker le regarda avec intensité et décida de ne pas poursuivre sur ce terrain.

Le film était assez bon mais, pendant la première demi-heure, Dom sentit sa tension nerveuse augmenter. Sans aucune raison. Discrètement, il se rendit aux toilettes et prit un comprimé de Valium.

Cette nuit-là, les comprimés n'empêchèrent pas le rêve de revenir et il se souvint d'autre chose que de la partie finale, celle où des inconnus lui enfonçaient la tête dans un lavabo.

Dans son cauchemar, il était couché dans une chambre inconnue où semblait flotter une brume safran. A moins que ce brouillard couleur d'ambre ne fût que dans ses yeux. Il ne voyait pas très bien. Il y avait des meubles par-delà le lit et au moins deux personnes. Mais toutes ces formes se modifiaient et se fondaient les unes aux autres comme s'il s'agissait de liquide ou de fumée.

Les deux silhouettes s'approchèrent de lui. Elles paraissaient intéressées par son état et échangeaient des paroles. Il ne les comprit pas, bien qu'il sût qu'elles parlaient anglais. Une main froide le toucha. Il entendit un bruit de verre. Quelque part, une porte se referma.

Avec la brutalité d'un montage cinématographique, le décor du rêve changea et il se retrouva dans une cuisine ou une salle de bains. Les deux hommes criaient après lui, il ne comprenait rien à ce qu'ils disaient et ils essayaient de lui enfoncer la tête dans l'évier...

Dom s'éveilla. Tremblant, il alluma la lampe de chevet.

Aucune barricade. Pas le moindre signe de panique.

Deux heures neuf du matin. Une canette de bière tiède était posée sur la table de nuit. Il prit un comprimé de Dalmane.

Je vais mieux.

C'était le 13 décembre. Le vendredi 13 décembre.

10.
Elko County, Nevada

Le vendredi soir, soit trois jours après son étrange expérience sur la route nationale, Ernie Block ne pouvait pas dormir.

Il se leva en faisant le moins de bruit possible, s'assura que le rythme du souffle de Faye n'avait pas changé et s'enferma dans la salle de bains avant d'allumer la lumière. La lumière... Il prit place sur le siège des toilettes et resta ainsi une quinzaine de minutes, jouissant de la lumière électrique comme un lézard paressant au soleil sur un rocher.

Il lui fallait pourtant revenir dans la chambre. Si Faye s'éveillait et ne le trouvait pas à côté d'elle, elle pourrait commencer à se douter de quelque chose. Et il ne voulait en aucun cas éveiller ses soupçons.

Il tira la chaîne des toilettes bien que ne les ayant pas utilisées puis se leva les mains au lavabo. Il décrochait la serviette quand son regard fut attiré par la seule fenêtre de la pièce. Situé au-dessus de la baignoire, le vasistas était un rectangle d'un mètre de long sur soixante centimètres de large qui pouvait s'ouvrir vers l'extérieur et que retenait une ficelle robuste comme une corde de piano. Bien que le verre fût dépoli et ne permît pas de voir la nuit, un frisson parcourut Ernie. Mais il y avait pire encore que ce frisson. C'étaient les pensées qui défilaient à toute allure dans sa tête :

Le vasistas est assez grand pour me laisser passer, je pourrais sortir de là, me sauver, le toit de l'appentis est juste dessous, cela ne ferait pas une trop grande chute et ensuite, je serais libre, je pourrais quitter le motel et courir dans les collines, foncer vers l'est et trouver un ranch où je pourrais demander de l'aide...

Les pensées fugitives l'abandonnèrent et Ernie se rendit compte qu'il s'était éloigné du lavabo. Il ne se souvenait pas d'avoir bougé.

Il était anéanti par ce besoin de fuir. Devant qui ? Devant quoi ? Pourquoi ? Il se trouvait chez lui, dans sa propre maison. Il n'avait rien à redouter à l'intérieur de ces murs.

Il ne pouvait malgré tout détacher son regard de la fenêtre opaque. Il se sentait comme dans un rêve.

Sors de là, allez, tire-toi, profite de la chance qui t'est offerte, tu n'en auras jamais d'autres, sors de là, sors...

Sans s'en rendre compte, il monta dans la baignoire et se trouva le visage à hauteur du vasistas. La porcelaine était froide à ses pieds nus.

Tire le verrou, pousse la fenêtre, grimpe sur le rebord de la baignoire, un rétablissement et tu y es, on ne s'apercevra de ton absence que dans plusieurs minutes, ce n'est pas beaucoup mais c'est déjà suffisant, allez, vas-y...

Un sentiment de panique s'empara de lui. Ses entrailles se tordirent, son cœur cogna dans sa poitrine.

Sans savoir pourquoi il faisait cela, mais parfaitement incapable de s'arrêter, il tira le loquet du vasistas et poussa sur le panneau. La fenêtre s'ouvrit.

Il n'était pas seul.

Il y avait quelque chose de l'autre côté du vasistas, sur le toit, quelque chose qui avait un visage sombre, lisse, dépourvu de traits. Malgré son étonnement, Ernie se rendit compte qu'il s'agissait d'un homme portant un casque blanc doté d'une visière si teintée qu'elle en paraissait noire.

Une main gantée de noir traversa le vasistas comme pour se

refermer sur lui. Ernie poussa un cri et recula si subitement qu'il tomba à la renverse sur le bord de la baignoire. Titubant, il chercha à se rattraper au rideau de plastique de la douche et l'entraîna dans sa chute. Une douleur fulgurante lui déchira la hanche droite.

« *Ernie!* s'écria Faye en ouvrant la porte. Ernie, mon Dieu, qu'est-ce qui t'est arrivé ?

— N'approche pas, dit-il péniblement... Il y a quelqu'un dehors. »

L'air frais entrait en force par le vasistas et faisait bruisser le rideau à moitié déchiré. Faye frissonna, elle ne portait qu'un pyjama léger.

Ernie frissonna aussi, mais pour une tout autre raison. Le rêve avait cessé avec la douleur dans la hanche, il était soudain revenu à la réalité. Et il se demanda si la silhouette casquée n'était pas le produit de son imagination.

« Sur le toit ? demanda Faye. Derrière la fenêtre ? Qui était-ce ?

— Je n'en sais rien. » Ernie se frotta la hanche et jeta un coup d'œil par le vasistas entrouvert. Il ne vit personne.

« A quoi ressemblait-il ?

— Je ne sais pas au juste. Il était habillé en motard, avec un casque et des gants. » Ernie se rendit compte de ce que ses paroles pouvaient avoir d'absurde.

Il prit appui sur le rebord de la fenêtre afin de bien voir au-dehors. Il n'y avait personne sur le toit de l'appentis ni autour de la maison. Le visiteur s'était enfui — s'il avait jamais existé.

Et soudain, Ernie prit conscience de l'obscurité qui entourait le motel, des ténèbres dans lesquelles était plongé le paysage tout entier. Il émit un cri et lâcha le rebord de la fenêtre pour se réfugier au bout de la baignoire.

« Ferme ça, vite », dit Faye.

Les yeux clos pour ne plus entrevoir la nuit profonde, il trouva à tâtons le loquet et le poussa après avoir ramené le panneau.

Quand il sortit de la baignoire, il découvrit de l'inquiétude dans les yeux de Faye. De l'inquiétude et de l'étonnement. Cela n'avait rien que de très normal. Mais il y lut aussi la conscience de quelque chose d'autre.

Ils restèrent longtemps sans se parler. Puis Faye rompit le silence : « Est-ce que tu es prêt à tout me raconter ?

— Je viens de te le dire... j'ai cru voir un type sur le toit.

— Ce n'est pas de cela que je parle, Ernie, tu le sais bien. Est-ce que tu te sens assez fort pour me dire tout ce qui ne va pas, ce qui te tracasse depuis plusieurs mois ? »

Lui qui pensait avoir si bien dissimulé son état...

« Écoute, reprit-elle, tu es préoccupé. Et surtout, tu as peur.

— Je suis préoccupé, oui, mais je n'ai pas peur...

— Si, tu as peur », dit Faye. Il n'y avait absolument rien de méprisant dans sa voix. « Je ne t'ai vu qu'une seule fois dans cet état, Ernie. Quand Lucy avait cinq ans et qu'on craignait qu'elle ait la polio.

— C'est vrai, je crevais de trouille alors.

— Et depuis, rien ?

— Si, j'ai quelquefois eu peur quand on était chez les Viets.

— Tu n'en as rien laissé paraître. Écoute, Ernie, je ne te vois pas souvent dans cet état, alors quand tu as peur, *j'ai peur moi aussi*. Plus peur que toi, même, parce que je ne sais pas ce qui te tracasse, tu comprends ? Rester comme ça dans l'ignorance, c'est pire que tout... »

Les larmes lui vinrent aux yeux et Ernie dit : « Ne pleure pas, je t'en prie, tout va s'arranger. D'ailleurs, je me sens déjà mieux.

— Raconte-moi tout, *tout !*

— Comme tu voudras.

— *Maintenant !* »

Il l'avait sous-estimée et il s'en voulait. Elle l'avait suivi dans le monde entier, en Alaska, en Californie, au Viêt-nam, même à Beyrouth, et jamais elle ne s'était plaint de quoi que ce soit. Elle avait toujours été là quand il avait besoin d'elle. Elle était solide comme le roc, plus solide que lui, même. Mais il ne s'en était jamais vraiment rendu compte. Comment avait-il pu se tromper à ce point ?

« D'accord, je vais tout te raconter », dit-il, soulagé de pouvoir enfin partager son fardeau.

Faye fit du café. Ils étaient tous deux en pantoufles et robe de chambre, assis dans la cuisine. Elle pouvait voir qu'il était embarrassé. Il était très lent à donner des détails, mais elle buvait lentement son café, patiemment, pour lui donner toutes les chances d'épancher son cœur.

Elle savait depuis des mois que quelque chose n'allait pas, mais

Ernie avait continué à faire bonne figure, à montrer qu'il était pour la vie entière le Marine solide qui ne craint rien et sur qui les événements n'ont pas de prise.

Ces dernières semaines, surtout depuis son retour du Wisconsin où elle avait passé les fêtes de Thanksgiving, elle avait pris de plus en plus conscience de son refus, de son incapacité à sortir une fois la nuit tombée. Et il ne se sentait pas à l'aise dans une pièce où aucune ampoule n'était allumée.

Mais voici qu'ils se tenaient dans la cuisine, volets clos et lampes allumées. Faye écoutait attentivement Ernie, ne l'interrompant que lorsqu'il avait besoin d'un mot d'encouragement pour continuer. Rien de ce qu'il lui disait ne semblait trop fort pour elle. Bien au contraire, elle avait l'impression de connaître le mal qui le dévorait et le remède à y apporter.

Quand il eut achevé son récit, elle lui prit la main par-dessus la table. « Tu te souviens d'Helen Dorfman ? C'était il y a près de vingt-cinq ans. C'était notre logeuse, à l'époque où tu étais au camp de Pendleton.

— Oui, elle habitait au 1 Vine Street et nous, au 6. » Une petite lueur brilla dans son œil. « Elle avait un chat, il déposait souvent des souris devant notre porte.

— Oui, entre le journal et les bouteilles de lait.

— Je comprends pourquoi tu me parles d'Helen Dorfman, dit-il. Elle avait peur de sortir de sa maison, elle ne pouvait même plus aller sur sa propre pelouse.

— Cette pauvre femme souffrait d'agoraphobie, dit Faye. Une peur irrationnelle de l'espace. Elle était prisonnière dans sa propre demeure. A l'extérieur, elle était terrorisée. Les médecins parlent de peur panique, je crois.

— Une peur panique, répéta Ernie. Oui, ce doit être ça...

— Eh bien, Helen n'a pas fait d'agoraphobie avant trente-cinq ans, après la mort de son mari. Les phobies peuvent apparaître comme ça, à tout moment de la vie.

— C'est mieux que la sénilité précoce, en tout cas, admit Ernie. Mais bon sang, je ne veux pas passer le restant de mes jours à avoir peur du noir !

— Écoute, dit Faye, il y a vingt-cinq ans, on ne savait absolument rien des phobies. Les recherches n'étaient pas très avancées et il n'y avait aucun traitement efficace. Je suis persuadée que tout cela a changé aujourd'hui. »

Il demeura un instant silencieux.

« Faye, je ne suis pas dingue.

— Je le sais bien, idiot. »

Il répéta plusieurs fois le mot « phobie ». Il voulait sincèrement croire sa femme. Elle vit l'espoir renaître dans ses yeux.

« Pourtant, ce qui m'est arrivé sur la route jeudi dernier... Et cette hallucination... je suis sûr que c'est une hallucination, un motard sur le toit, tu penses ! Comment expliques-tu cela ? Qu'est-ce que cela vient faire dans ma phobie ?

— Je n'en sais rien, mais un expert devrait pouvoir rassembler les divers éléments. Je suis persuadée que ce n'est pas aussi inhabituel que tu le penses.

— Oui, fit-il après un instant de réflexion, mais je ne connais pas de...

— Ne t'en fais pas, dit-elle, j'ai déjà tout prévu. Il n'y a personne à Elko qui puisse traiter ce genre de problème. Ce qu'il nous faut, c'est un spécialiste, quelqu'un qui voit tous les jours des personnes atteintes de phobie. Il n'y en a sûrement pas non plus à Reno. Il faut une ville plus importante. Milwaukee devrait faire l'affaire. Nous pourrions habiter chez Lucy et Frank...

— En même temps, nous pourrions profiter un peu de Frank Junior et de Dorie, dit-il avec un sourire de satisfaction.

— Oui, nous devions aller chez eux pour Noël, eh bien, nous irons une semaine plus tôt. Nous allons même partir demain et, aussitôt arrivés à Milwaukee, nous chercherons un spécialiste. Si, au jour de l'an, je vois qu'il faut rester un peu plus longtemps, je ferai un saut ici et je mettrai quelqu'un à la tête du motel avant de te rejoindre.

— Si nous fermons une semaine plus tôt que prévu, Sandy et Ned vont perdre des clients. Nous ne pouvons quand même pas...

— Nous nous arrangerons avec eux s'ils ne font pas assez d'affaires. »

Ernie secoua la tête en souriant. « Tu as vraiment tout prévu, hein ? Tu m'étonneras toujours, je crois.

— Des fois, je m'étonne aussi moi-même, dit-elle en riant.

— Je remercie Dieu chaque jour de t'avoir rencontrée.

— Et moi, je ne regrette rien, Ernie. Je ne regretterai jamais rien.

— En tout cas, je me sens drôlement mieux maintenant que je

t'ai tout dit. Nous formons une équipe terrible, Faye. Ensemble, nous pouvons tout affronter. Pas vrai ?

— Oui, nous pouvons tout affronter. »

C'était le samedi 14 décembre et le jour allait bientôt se lever. Faye Block était certaine qu'ils viendraient à bout de leurs difficultés actuelles, de même qu'ils avaient toujours surmonté les problèmes qui s'étaient posés à eux.

Comme Ernie, elle ne pensait plus à la photographie non identifiée qu'ils avaient reçue par la poste, le jeudi précédent.

11.
Boston, Massachusetts

Sur la dentelle finement travaillée de la coiffeuse d'érable étaient posés un ophtalmoscope métallique et une paire de gants noirs.

Ginger Weiss se tenait devant la fenêtre, à gauche de la coiffeuse, et contemplait la baie dont les eaux grises étaient le reflet exact du ciel de décembre. Les rivages plus lointains se perdaient dans une brume matinale aux reflets nacrés. Tout au bout de la propriété de la maison Hannaby, au pied d'une pente rocheuse, un bassin privé empiétait sur la baie. Le bassin était recouvert de neige, tout comme la grande pelouse menant à la maison.

C'était une vaste demeure datant des années 1850, à laquelle des pièces avaient été ajoutées en 1892, en 1895 et, une dernière fois, en 1950. La route pour y accéder conduisait à un immense portique. De hautes marches aboutissaient à des portes massives. Piliers, pilastres et linteaux de granit ornaient chaque fenêtre, chaque porte ; une multitude de pignons hérissait le toit ; les balcons du deuxième étage donnaient sur la baie et la grande galerie vitrée du dernier étage contribuait à l'impression de majesté de l'ensemble.

Aucun chirurgien n'aurait jamais pu s'offrir une telle bâtisse, mais George Hannaby l'avait héritée de son père. Elle appartenait à la famille Hannaby depuis 1884. Elle avait même un nom — Baywatch —, comme les demeures ancestrales dans les romans anglais ; plus que tout, c'est cela qui forçait le respect à Ginger : à Brooklyn, dont elle était originaire, les maisons n'avaient pas de nom.

A l'hôpital, Ginger ne s'était jamais sentie mal à l'aise aux côtés de George. Il respirait l'autorité, la noblesse, certes, mais on sentait que ses racines étaient plantées dans l'humus commun. Ginger craignait que les choses fussent différentes à Baywatch, que l'héritage patricien de George ne reprenne le dessus et qu'il change d'attitude à son égard. Ses craintes étaient sans fondement, George était toujours le même. Les fantômes glorieux de la Nouvelle-Angleterre hantaient malgré tout les couloirs de la vaste demeure.

L'appartement d'amis — chambre, salon et salle de bains — que Ginger occupait depuis une dizaine de jours était plus simple que la plupart des autres pièces de Baywatch et Ginger s'y sentait pratiquement comme chez elle.

Ginger s'approcha de la coiffeuse et regarda fixement les gants noirs posés sur la dentelle. Ainsi qu'elle l'avait déjà fait à de très nombreuses reprises au cours des dix derniers jours, elle enfila les gants, plia les doigts et attendit que la peur la submerge. Mais ce n'était rien de plus que des gants très ordinaires, achetés le jour de son départ de l'hôpital et qui n'avaient en rien le pouvoir de la plonger dans l'état de fugue. Elle les ôta.

On frappa à la porte et Rita Hannaby dit : « Ginger, vous êtes prête ?

— J'arrive. »

Elle prit son sac sur le lit, sortit sur le palier.

« Vous êtes splendide ! s'écria Rita.

— A côté de vous, j'ai l'air mal fagotée.

— Oh, voyons ! Même si j'avais vingt ans de moins, je n'oserais pas me comparer à vous. Tenez, nous verrons bien qui les serveurs préfèrent au restaurant. »

Ginger n'était pas une adepte de la fausse modestie. Elle se savait attirante. Mais sa beauté était plus celle d'une fée, alors que Rita avait la grâce de celles qui peuvent prendre place sur un trône et se faire immédiatement respecter de tout un peuple.

Rita ne fit rien qui pût déclencher un complexe d'infériorité chez Ginger. Elle la traitait non pas comme une fille, mais comme une sœur et une égale. Ginger savait bien que le fait qu'elle ne se sentît pas à la hauteur était la conséquence directe de son état pathétique. Deux semaines auparavant, elle ne dépendait de personne. Mais voici qu'elle redevenait dépendante, incapable de veiller totalement sur elle. La bonne humeur de Rita Hannaby, les sorties soigneusement organisées et les bavardages de femme à femme ne suffisaient pas à faire oublier à Ginger que le destin avait à nouveau fait d'elle une enfant — et ce bien qu'elle eût plus de trente ans.

Ensemble, elles descendirent dans le hall de marbre, enfilèrent leurs manteaux puis franchirent la porte pour rejoindre la Mercedes rangée devant la porte. Herbert, qui tenait à la fois du majordome et de Vendredi, était allé chercher la voiture cinq minutes plus tôt et avait laissé tourner le moteur pour qu'il régnât une douce chaleur dans l'habitacle.

Rita conduisait avec sa prudence habituelle. Elle quitta le vieux quartier et les rues bordées d'arbres dénudés, puis s'engagea dans des rues plus animées. C'est là, dans State Street, que se trouvait le cabinet du Dr Immanuel Gudhausen. Ginger avait rendez-vous à onze heures trente. Elle l'avait déjà vu à deux reprises au cours de la semaine passée et devait revenir chez lui chaque lundi, mercredi et vendredi jusqu'à ce qu'ils eussent découvert l'origine de ses crises de fugue. Dans ses instants de découragement, Ginger se disait qu'elle irait consulter Gudhausen jusqu'à la fin de ses jours.

Rita avait l'intention de faire un peu de shopping pendant que Ginger serait chez le médecin. Elles iraient ensuite déjeuner dans un bon restaurant.

La Mercedes s'arrêta à un carrefour, à quelques mètres de l'intersection. Taxis, camions, voitures et autobus formaient un réseau très dense. Dans la Mercedes, la cacophonie de la ville était atténuée, mais ne disparaissait pas complètement. Quand Ginger regarda par la vitre pour découvrir la source d'un bruit particulièrement irritant, elle vit une grosse moto. Le motard tourna la tête vers elle, mais elle ne distingua pas son visage. Il portait un casque avec une visière teintée qui lui descendait jusqu'au menton.

Pour la première fois depuis dix jours, les brumes de l'amnésie enveloppèrent Ginger. Cette fois-ci, cela se produisit bien plus vite que lors de l'épisode des gants noirs, de l'ophtalmoscope ou de l'évier. A la vue de la visière lisse, impénétrable, son cœur fit un bond dans sa poitrine. Le souffle coupé, elle se sentit balayée par une formidable vague de terreur et s'évanouit.

Ginger prit d'abord conscience des klaxons. Klaxons de voitures, de camions, d'autobus. Semblables à des hurlements d'animaux ou des grondements sauvages. Gémissements, aboiements, plaintes, râles.

Elle ouvrit les yeux. Sa vision redevint nette. Elle était toujours dans la voiture. Le carrefour était là, mais les véhicules alentour n'étaient plus les mêmes. Plusieurs minutes s'étaient écoulées. La Mercedes occupait deux files à la fois, ce qui provoquait la colère des conducteurs.

Ginger s'entendit geindre.

Rita Hannaby était penchée au-dessus de la console séparant le siège du conducteur de celui du passager. Elle serrait les mains de Ginger entre les siennes. « Ginger ? Vous êtes là ? Ça va, Ginger ? »

Du sang. Après les klaxons furieux et la voix de Rita, Ginger prit conscience du sang qui souillait sa jupe verte et la manche de son manteau. Ses mains paraissaient gantées de sang, de même que celles de Rita.

« Oh, mon Dieu, dit Ginger.
— Ginger, vous êtes avec moi ? Vous êtes là, Ginger ? »

Elle avait un ongle cassé, la peau de la cuticule était arrachée et des écorchures lui barraient le dos, la paume et les doigts des deux mains. Apparemment, tout ce sang était celui de Rita.

« Ginger, dites-moi quelque chose. »

Les klaxons continuaient de retentir.

Ginger vit que la coiffure de Rita était en désordre. Une griffure balafrait son visage et du sang coulait sur son menton.

« Vous voilà revenue à vous, dit Rita avec un soulagement certain.
— Qu'est-ce que j'ai fait ?
— Rien de grave. Ce ne sont que des égratignures. Vous avez pris peur, vous avez tenté de sortir de la voiture. Je vous en ai empêchée, vous auriez pu être renversée. »

Le conducteur d'une voiture leur lança une bordée d'injures.

« Je vous ai blessée », dit Ginger. Elle se sentit submergée par le dégoût à l'idée d'avoir pu la frapper.

Les voitures continuaient de klaxonner d'impatience, mais Rita les ignora. Elle prit à nouveau les mains de Ginger, non pour la réanimer mais pour la réconforter. « Tout va bien, c'est fini maintenant. Un peu d'iode et ce ne sera plus qu'un mauvais souvenir. »

L'homme à la moto. La visière noire.

Ginger jeta un coup d'œil par la vitre. Le motard avait disparu. Après tout, il ne s'était pas montré menaçant. Ce n'était qu'un étranger dans la rue, rien de plus.

Des gants noirs, un ophtalmoscope, un évier et, à présent, la visière sombre d'un casque de moto. Pourquoi ces objets l'avaient-ils troublée à ce point ? Qu'avaient-ils en commun ? Et d'ailleurs, avaient-ils quelque chose en commun ?

Une larme coula sur sa joue et Ginger dit : « Je suis vraiment désolée.

— Mais non, voyons, ce n'est rien, répondit Rita. Je crois que je devrais me garer un peu mieux. » Elle prit une poignée de Kleenex dans la boîte à gants et essuya le volant maculé de sang.

Quatre épisodes tragiques en cinq semaines.

Elle ne pouvait plus se contenter de laisser s'écouler le temps, d'attendre que les mornes journées d'hiver se succèdent, que survienne une nouvelle crise ou qu'un psy lui explique ce qui n'allait pas.

C'était le lundi 16 décembre et Ginger se sentit soudain décidée à agir avant la cinquième crise. Elle ne savait pas ce qu'elle ferait, mais elle était persuadée de trouver une solution. Elle avait touché le fond ; elle avait connu la peur, l'humiliation, le désespoir, elle ne pourrait tomber plus bas. Elle ne pouvait plus que remonter, lutter jusqu'à la limite de ses forces pour quitter ce puits de ténèbres où elle s'était enfoncée.

III
Veille et jour de Noël

1.
Laguna Beach, Californie

Il était huit heures du matin, le mardi 24 décembre, quand Dom Corvaisis quitta son lit et pratiqua ses ablutions dans un brouillard quasi total, conséquence des nombreux comprimés de Valium et de Dolmane avalés la veille.

Pour la onzième nuit d'affilée, il n'avait été dérangé ni par une crise de somnambulisme ni par le cauchemar de l'évier. La chimiothérapie faisait merveille et il préférait dépendre de médicaments plutôt que déambuler dans son sommeil.

Il ne croyait pas courir le danger d'acquérir une dépendance physique — voire psychologique — par rapport au Valium ou au Dolmane. Oui, il avait *largement* dépassé les doses prescrites, mais il ne s'en souciait pas pour autant. A court de comprimés, il avait demandé une nouvelle ordonnance à Cobletz et s'était justifié en racontant que sa maison avait été cambriolée et que les médicaments avaient disparu en même temps que la télé et la chaîne stéréo. Dom avait *menti* à son médecin et il lui arrivait de juger très mal ce qu'il avait fait mais, la plupart du temps, dans le léger brouillard dans lequel il baignait en permanence, il s'accommodait parfaitement de la réalité.

Il n'osait pas penser à ce qui lui adviendrait en janvier si les crises de somnambulisme se poursuivaient après la fin de la chimiothérapie.

A dix heures, incapable de se concentrer sur son travail, il passa une veste en velours et sortit. La matinée était fraîche. Les plages seraient désertées jusqu'en avril.

Dom recevait surtout son courrier poste restante. Il était abonné à tant de revues qu'il avait loué non pas un petit coffre, mais une sorte de grand tiroir. En cette veille de Noël, son tiroir était plus qu'à moitié plein. Il prit le courrier avec l'intention de le dépouiller tranquillement devant un bon petit déjeuner.

Installé le long de la route dominant l'océan, le Cottage était un restaurant réputé depuis des décennies. A cette heure-ci, les clients matinaux étaient déjà partis et ceux du déjeuner, pas encore arrivés. Dom s'assit près de la grande baie vitrée. Il commanda deux œufs au bacon, des toasts, un café et un verre de jus de pamplemousse.

Tout en mangeant, il parcourut son courrier. En plus des magazines et des factures, il y avait une lettre de Lennart Sane, l'agent littéraire suédois qui s'occupait des droits de son roman pour la Scandinavie et la Hollande, et une grosse enveloppe matelassée envoyée par Random House. Il sut de quoi il s'agissait dès qu'il vit l'étiquette portant le nom de son éditeur. Il reposa le toast qu'il grignotait, déchira l'enveloppe et en tira un exemplaire de son premier roman. Nul homme ne peut savoir ce qu'une femme éprouve en prenant pour la première fois son enfant dans les bras, à l'exception peut-être du romancier qui a devant lui le premier exemplaire de sa toute première œuvre.

Dom posa le livre bien à plat sur la table et, sans le quitter des yeux, acheva son petit déjeuner. Ce n'est qu'une fois la dernière goutte de café bue qu'il put penser à autre chose. Il détourna son attention de *Crépuscule à Babylone* et s'intéressa aux autres lettres. Il y avait entre autres choses une enveloppe toute blanche sans mention d'expéditeur. Elle ne contenait qu'une seule page, avec deux phrases tapées à la machine :

Le somnambule serait bien avisé de rechercher dans le passé la source de ses problèmes. C'est là que réside le secret.

Il relut les deux phrases, abasourdi. La feuille de papier se froissa dans sa main quand un picotement désagréable s'éveilla dans sa nuque.

2.
Boston, Massachusetts

Ginger descendit du taxi et se retrouva devant un immeuble de six étages de style néogothique. Le vent lui cinglait le visage et les arbres dénudés de Newbury Street agitaient leurs branches dans un bruit d'ossements. Elle longea une grille de fer forgé et pénétra au 127, où s'était jadis dressé l'hôtel Agassiz, un des plus beaux sites historiques de la ville aujourd'hui transformé en immeuble d'habitation. Elle rendait visite à Pablo Jackson, un homme dont elle ne savait que ce qu'elle avait lu la veille dans le *Boston Globe*.

Elle avait quitté Baywatch peu après le départ de George pour l'hôpital et celui de Rita pour les boutiques ; elle craignait en effet qu'ils ne cherchent à la retenir. Ginger leur avait laissé un mot afin de leur expliquer son geste.

Ginger fut surprise quand Pablo Jackson ouvrit la porte. Pas parce qu'il était noir et octogénaire — cela, elle l'avait appris grâce à l'article du *Globe*. Non, elle fut surprise de le voir si solide, si massif. Il mesurait plus d'un mètre soixante-dix et l'âge n'avait pas vraiment eu d'effet sur lui. Il se tenait très droit, comme au garde-à-vous, et était vêtu d'une chemise blanche et d'un pantalon noir aux plis impeccables. Ses cheveux, encore très épais, étaient devenus si blancs qu'ils semblaient irradier une lumière irréelle. D'un pas de jeune homme, il précéda Ginger jusqu'au salon.

Elle prit place dans l'un des deux fauteuils installés de part et d'autre d'une table basse, devant la fenêtre. Elle refusa le café qu'il lui proposa et attaqua sans préambule : « Monsieur Jackson, je crains d'être venue ici sous un faux prétexte.

— Voilà un début intéressant », dit-il. Il croisa les jambes et posa bien à plat les mains sur les bras du fauteuil.

« Je ne suis pas journaliste, reprit-elle.

— Vous n'êtes pas envoyée par *People* ? Je m'en doutais. Je l'ai su dès que je vous ai vue. De nos jours, les journalistes sont soit trop onctueux, soit trop arrogants.

— J'ai besoin d'aide et vous seul pouvez m'en apporter.

— Une demoiselle en détresse ? » dit-il, amusé. Il n'avait l'air ni furieux ni gêné — c'était pourtant ce à quoi elle s'était attendue.

« J'avais peur que vous refusiez de me recevoir si je vous

avouais mes véritables raisons. Voyez-vous, je suis chirurgien au Memorial Hospital et j'ai su que vous pourriez m'aider dès que j'ai lu l'article du *Globe* vous concernant.

— Je serais ravi de vous aider même si vous n'étiez que simple vendeuse. Un vieil homme comme moi ne peut pas se permettre de repousser qui que ce soit... à moins de préférer parler aux murs. »

Ginger apprécia les efforts qu'il déployait pour la mettre à l'aise, bien qu'elle le soupçonnât d'avoir une vie sociale plus riche que la sienne propre.

« Et puis, même un vieux fossile comme moi ne voudrait évincer une jolie fille. Mais dites-moi à présent quelle sorte d'aide je suis le seul à pouvoir vous apporter ?

— Je dois d'abord savoir si tout ce qui est écrit dans l'article est exact.

— Aussi exact qu'un reportage puisse l'être, fit-il en haussant les épaules. Mes parents expatriés en France, ma mère chantant dans les cafés-concerts avant la Grande Guerre, la fréquentation d'artistes tels que Picasso, tout cela est vrai...

— Vous avez bien été illusionniste ?

— Pendant plus de cinquante ans. » Il eut un geste de la main si élégant que Ginger n'aurait pas été étonnée de le voir faire surgir quelque colombe. « J'étais très célèbre, peut-être même le meilleur. Pas ici, bien sûr, mais en Europe, oui.

— Au cours de votre numéro, vous hypnotisiez des membres de l'assistance ?

— Oui, cela impressionne toujours.

— Et maintenant, vous rendez service à la police en hypnotisant les témoins de crimes pour qu'ils se souviennent de détails fondamentaux ?

— On n'est venu me trouver que quatre fois au cours de ces dernières années, admit-il. Disons que je suis leur dernière chance.

— Vous les avez *effectivement* aidés ?

— Oui. Le journal est très précis sur ce point. Par exemple, un passant assiste à un crime et voit le tueur s'enfuir en voiture, mais il ne peut se rappeler le numéro d'immatriculation. Pourtant, il suffit qu'il l'ait entrevu un dixième de seconde pour que ce numéro s'inscrive dans son inconscient. Nous n'oublions vraiment jamais ce que nous voyons. Jamais. Si un hypnotiseur endort le sujet et le fait reculer dans le temps pour qu'il revive l'assassinat

et regarde bien la voiture, il dira le numéro de la plaque d'immatriculation.
— Toujours ?
— Pas toujours, mais il y a plus de succès que d'échecs.
— Je ne comprends pas pourquoi on fait appel à vous. Les psychiatres de la police pourraient employer l'hypnose, non ?
— Certainement, mais ce sont des psychiatres, pas des hypnotiseurs. L'hypnose n'est pas leur spécialité. Moi, je l'ai étudiée toute ma vie, j'ai développé mes propres techniques et j'ai souvent réussi là où les méthodes classiques échouent.
— Vous êtes donc un expert ?
— Oui, mais en quoi tout cela vous intéresse-t-il, docteur ? »
Ginger serrait son sac à main contre elle. Elle prit une profonde inspiration et raconta tout à Pablo Jackson. Quand elle eut achevé son récit, les articulations de ses doigts étaient blanches de crispation.
Le visage de Jackson passa par la surprise, l'intérêt puis l'inquiétude.
« Pauvre enfant ! s'écria-t-il. Mais c'est horrible ! Attendez-moi là un instant. »
Il s'absenta quelques secondes et revint avec deux verres de cognac. Elle voulut refuser le sien. « Merci, monsieur Jackson, je ne bois pas souvent et certainement pas à cette heure de la matinée.
— Appelez-moi Pablo. Combien d'heures avez-vous dormi cette nuit ? Pas beaucoup, hein ? De sorte que, pour vous, ce n'est déjà plus le matin, mais l'après-midi. Et pourquoi refuser un verre l'après-midi ? »
Ils burent leur cognac en silence.
« Pablo, je veux que vous m'hypnotisiez, je veux revenir à cette matinée du 12 novembre où je me suis rendue à la charcuterie Bernstein. Je veux que vous me questionniez sans arrêt jusqu'à ce que je sois capable de dire *pourquoi* ces gants noirs m'ont tant fait peur.
— Impossible, fit-il en secouant la tête, non, non.
— Je vous donnerai ce que...
— L'argent ne m'intéresse pas. Je suis magicien, pas psychiatre.
— J'ai déjà vu un psychiatre, le Dr Gudhausen, j'ai abordé le sujet avec lui, mais il a refusé.
— Il devait avoir ses raisons.
— Il dit qu'il est encore trop tôt pour opérer une régression. Il

reconnaît que cette technique thérapeutique pourrait m'aider à découvrir l'origine de mes crises, mais que je ne suis peut-être pas prête à affronter la vérité. Il dit qu'une confrontation prématurée avec la source de mes angoisses pourrait déboucher sur... une dépression totale.

— C'est parfaitement exact et je n'ai rien à ajouter à cela. Il sait ce qu'il fait, c'est tout.

— Pour la plupart de ses patients, peut-être, mais pas pour moi ! s'écria Ginger. Quand Gudhausen voudra bien pratiquer l'hypnose, dans un an peut-être, je ne serai plus assez saine d'esprit pour en tirer quelque profit. Je ne peux plus continuer comme cela, comprenez-vous ? Si vous refusez de m'aider, c'est vous qui serez responsable de ma dépression parce que vous auriez pu l'empêcher ! »

Elle s'effondra, le visage dans les mains, et sanglota doucement pendant quelques minutes.

Pablo Jackson lui prit doucement les mains et lui sourit. « Calmez-vous, mon enfant, calmez-vous. Vous m'avez convaincu. Les larmes de femme viennent toujours à bout des individus les plus durs. Je ferai tout ce qui est en mon pouvoir pour vous aider... même si je n'y crois pas beaucoup moi-même. »

« ... vous êtes dans un sommeil profond, profond, profond, parfaitement détendue, et vous allez répondre à mes questions, à toutes mes questions.

— Oui.

— Vous ne pouvez refuser de répondre, vous ne pouvez pas refuser... »

Pablo avait tiré les doubles rideaux devant la fenêtre et éteint toutes les lampes à l'exception de celle placée à côté du fauteuil de Ginger Weiss.

Il se tenait debout devant elle, le regard fixé sur son visage. Ginger avait fermé les yeux, mais ses paupières remuaient doucement, ce qui indiquait qu'elle était plongée dans un profond sommeil hypnotique.

Pablo regagna son propre fauteuil, croisa les jambes. « Ginger, pourquoi avez-vous eu peur des gants noirs ?

— Je n'en sais rien.

— Pourquoi avez-vous eu peur de l'ophtalmoscope ?
— Je n'en sais rien.
— Pourquoi avez-vous eu peur de l'évier ?
— Je n'en sais rien.
— Connaissiez-vous l'homme à la moto ?
— Non.
— Dans ce cas, pourquoi avez-vous eu peur de lui ?
— Je n'en sais rien.
— Très bien, Ginger, soupira Pablo. Nous allons essayer de remonter le temps. Vous allez reculer lentement mais sûrement dans le temps. Vous allez rajeunir, Ginger. D'ailleurs, c'est déjà commencé. Vous ne pouvez résister... le temps est comme un fleuve... il coule vers l'amont... irrésistiblement... nous ne sommes déjà plus le 24 décembre. C'est aujourd'hui lundi 23 décembre et l'horloge va toujours à rebours... un peu plus vite à présent... nous sommes le 21 décembre... le 20 décembre... le 19. » Il poursuivit ainsi jusqu'à ce qu'il eût ramené Ginger au 12 novembre. « Vous êtes dans la charcuterie Bernstein, Ginger, et vous attendez d'être servie. Vous sentez toutes ces bonnes odeurs ? » Elle hocha la tête. « Dites-moi ce que vous sentez. »

Un sourire se dessina sur ses lèvres. « Cela sent le pastrami et l'ail... le trèfle... les gâteaux au miel... » Toujours assise dans son fauteuil, les yeux clos, elle tourna la tête à droite puis à gauche comme pour découvrir de nouveaux parfums. « Le chocolat, oui, sentez-moi ce gâteau au chocolat !

— Il est vraiment délicieux, dit Pablo. Maintenant, payez ce que vous devez et dirigez-vous vers la porte. Pensez à votre sac.

— Je n'arrive pas à ranger mon porte-monnaie, dit-elle en fronçant les sourcils.

— Les produits que vous avez achetés vous embarrassent.

— Il faut que je range mon porte-monnaie.

— Et voilà que vous vous heurtez à l'homme à la toque. »
Ginger sursauta.
« Il rattrape votre sac à provisions qui va tomber.
— Oh !
— Il dit qu'il s'excuse, que c'est sa faute.
— Non, c'est la mienne, dit-elle. »
Pablo comprit que ce n'était pas à lui qu'elle s'adressait, mais à l'homme de la charcuterie, aussi réel aujourd'hui qu'à l'époque.
« Je ne regardais pas devant moi.

— Il vous rend votre sac à provisions, à présent. Vous le remerciez. » Le vieux magicien ne la quittait pas des yeux. C'est alors que vous remarquez... ses gants. »

Elle fit un bond dans son fauteuil et ouvrit tout grands les yeux. « Les gants, oh, mon Dieu, les gants !

— Parlez-moi des gants, Ginger.

— Ils sont... noirs... brillants...

— Quoi d'autre ?

— *Non !* hurla-t-elle, sur le point de se lever.

— Asseyez-vous, je vous en prie, dit Pablo. Ginger, je vous ordonne de vous asseoir et de vous ressaisir. »

Elle reprit place dans le fauteuil, les poings serrés. Ses yeux étaient toujours ouverts, mais ce n'était pas Pablo qu'ils voyaient. Seuls les gants noirs la fascinaient.

« Détendez-vous, à présent. Détendez-vous... là... vous êtes avec moi, Ginger ?

— Oui. » Sa respiration redevenait peu à peu normale, mais elle était toujours tendue. Ce qui surprit Pablo. D'ordinaire, les personnes qu'il hypnotisait lui obéissaient parfaitement quand il leur suggérait de se détendre. Ne pouvant obtenir plus de sa part, il répéta : « Parlez-moi des gants, Ginger.

— Oh, mon Dieu. » Le visage de la jeune femme se tordit de douleur.

« Détendez-vous et parlez-moi de ces gants. Pourquoi vous font-ils si peur ?

— Ne... ne les laissez pas me... me toucher... »

Elle se recroquevilla dans le fauteuil.

« Écoutez-moi, Ginger. Le temps est suspendu. L'horloge s'est arrêtée, tout s'est immobilisé, les gants ne peuvent pas vous toucher. J'ai le pouvoir de suspendre le temps, comprenez-vous ? Je l'ai arrêté, vous ne craignez rien. Vous m'entendez, Ginger ?

— Oui...

— Vous ne craignez absolument rien. » Pablo souffrait de voir tant souffrir une si jeune femme. « Le temps s'est arrêté pour que vous puissiez observer les gants sans craindre de les voir vous toucher. Regardez-les bien et dites-moi ce qu'ils ont d'effrayant. »

Tremblante, elle resta muette.

« Vous devez me répondre, Ginger. Pourquoi avez-vous peur de ces gants ? »

Elle émit une sorte de gémissement. Pablo eut une soudaine

inspiration. « Est-ce que c'est cette paire de gants-*ci* qui vous fait peur ?

— Non... pas exactement...

— Les gants que porte cet homme dans la charcuterie... ils vous rappellent une autre paire de gants, quelque chose que vous avez vu il y a longtemps ?

— Oui... oui...

— Quand cet autre incident a-t-il eu lieu ? Ginger, quels sont ces autres gants dont vous vous souvenez ?

— Je n'en sais rien.

— Si, vous le savez. » Pablo se leva et s'approcha de la fenêtre pour mieux observer la jeune femme. « Très bien... les aiguilles de l'horloge tournent à nouveau. Le temps va à rebours... il recule... il recule, jusqu'au jour où vous avez été effrayée *pour la première fois* par une paire de gants noirs. Vous dérivez dans le temps, Ginger... vous dérivez... vous y êtes à présent, à l'endroit précis, à l'instant précis où les gants noirs se manifestent à vous. »

Horrifiés, les yeux de Ginger fixaient un point de la pièce ; ce n'était plus la charcuterie Bernstein qu'elle voyait, mais un autre lieu, en un autre temps. Pablo la regardait avec inquiétude. « Où êtes-vous, Ginger ? » demanda-t-il. Comme elle demeurait silencieuse, il reprit : « Vous devez me dire où vous vous trouvez.

— Le visage, fit-elle d'une voix chevrotante. Le visage. Si lisse...

— Expliquez-vous, Ginger. Quel visage ? Dites-moi ce que vous voyez.

— Les gants noirs... le visage de verre fumé.

— Comme celui du motard ?

— Les gants... la visière. » Un spasme de terreur la parcourut des pieds à la tête.

« Calmez-vous, détendez-vous. Vous êtes en sécurité. En sécurité. Maintenant, où que vous soyez, voyez-vous un homme portant un casque et une visière ? Des gants noirs ?

— Hin, hin, hin, hin... » Elle ne répondit que par un gémissement effrayant qui se répéta plusieurs fois, comme une sourde incantation.

« Ginger, vous devez être parfaitement détendue. Rien ne peut vous faire de mal, vous êtes en sécurité. » Craignant de perdre bientôt tout contrôle sur elle et de devoir la sortir très vite de sa transe hypnotique, Pablo se rapprocha du fauteuil et s'agenouilla à côté de Ginger. Il lui prit la main. « Ginger, vous m'entendez ? Vous avez remonté le temps. Où êtes-vous, Ginger ? *Quand* êtes-vous ?

— Hin, hin, *hiiiiinnnnn.* » Elle poussa un cri pathétique, un écho du temps passé, la réponse à une terreur refoulée depuis longtemps.

La voix de Pablo se fit plus sévère. « J'ai la maîtrise absolue de votre personne, Ginger. Vous êtes plongée dans un profond sommeil et vous êtes sous mes ordres. Ginger, j'exige que vous me répondiez. »

Un nouveau spasme l'agita, plus fort que le précédent.

« Je vous demande de me répondre. Où êtes-vous, Ginger ?

— Nulle part.

— Où êtes-vous ?

— Nulle... part. » Tout à coup, elle cessa de trembler et se redressa dans son fauteuil. La terreur abandonna son visage, ses traits redevinrent lisses, détendus. D'une voix blanche, lointaine, elle dit : « Morte.

— Que voulez-vous dire ? Vous n'êtes pas morte.

— Morte, insista-t-elle, *morte.* »

Soudain, Pablo se rendit compte que sa respiration s'était ralentie. Il lui prit la main et fut étonné de la sentir si froide. Il appuya deux doigts sur son poignet : son pouls était lointain, *très lointain*. Affolé, il posa sa main sur la gorge de la jeune femme. Son cœur battait très doucement, très lentement.

Pour éviter de répondre à ses questions, elle semblait se retirer dans un sommeil bien plus profond que toute transe hypnotique, peut-être même dans le coma, dans un état d'oubli où elle n'entendrait plus sa voix. Il n'avait jamais assisté à semblable réaction. L'esprit opère des blocages autour des expériences traumatisantes, il le savait bien, mais à ce point... Se pouvait-il que Ginger voulût mourir pour échapper à ses questions ? La fuite absolue... Sous ses doigts, Pablo sentit le pouls faiblir.

« Ginger, écoutez-moi, dit-il d'une voix légèrement empreinte de panique. Vous n'avez pas à me répondre. Je ne vous poserai plus de questions. Vous pouvez revenir, je ne vous demanderai plus rien. »

Elle ne manifesta aucune réaction.

« Ginger, écoutez-moi ! il n'y aura plus de questions, c'est fini ! » Il lui parut détecter une légère accélération du rythme cardiaque. « Je ne m'intéresse plus aux gants noirs, Ginger, je ne m'intéresse plus à rien. Je veux seulement vous ramener dans le présent. Écoutez-moi, Ginger, je vous en prie, écoutez-moi. Je ne vous interrogerai plus. »

Le pouls battit un peu plus vite, son visage se colora lentement. En moins d'une minute, elle revint au 24 décembre.

Elle cligna des yeux. « Ça n'a pas marché, hein ? Vous n'avez pas pu me transporter dans le passé ?

— Si, dit-il d'une voix hésitante, ça a marché. Trop bien, même.

— Pablo, mais vous tremblez ! Qu'est-ce qui s'est passé ? Dites-moi tout ! »

Plus tard, à la porte de l'immeuble, alors que Ginger se préparait à monter dans le taxi que Pablo avait appelé, elle dit : « Je ne vois toujours pas de quoi il peut s'agir. Rien de si terrible ne m'est jamais arrivé, au point de préférer mourir plutôt que de le révéler.

— Votre passé recèle une expérience terriblement traumatisante, dit Pablo. Un incident impliquant un homme portant des gants noirs, un homme ayant " un visage de verre fumé ", comme vous l'avez dit vous-même. Peut-être un motard semblable à celui qui vous a effrayée. C'est un incident que vous avez enfoui très profondément... et que vous semblez déterminée à dissimuler à tout prix. Je crois sincèrement que vous devriez raconter à Gudhausen ce qui s'est passé aujourd'hui.

— Gudhausen est trop traditionnel, trop lent. C'est votre aide que je veux.

— Je ne reprendrai pas le risque de vous plonger dans une transe hypnotique et de vous questionner.

— A moins que vos recherches ne vous placent en face d'un cas similaire.

— Cela m'étonnerait. J'ai beaucoup lu depuis cinquante ans, vous savez, et je n'ai jamais entendu parler d'un cas semblable.

— Mais vous allez faire des recherches, hein ? Vous me l'avez promis.

— Je ferai de mon mieux.

— Et si vous découvrez que quelqu'un a inventé une technique vraiment efficace, vous me l'appliquerez, n'est-ce pas ?

— Vous ne croyez pas qu'il serait plus sage d'en parler au Dr Gudhausen ?
— Vous êtes mon seul espoir.
— Vous êtes vraiment têtue.
— Je sais ce que je veux, c'est tout. Je reviendrai jeudi.
— Non, pas jeudi, c'est trop court. Ces recherches vont prendre du temps et...
— D'accord, mais si vous ne m'avez pas appelée vendredi ou samedi, je reviendrai forcer votre porte. Souvenez-vous, vous êtes mon seul espoir.
— En attendant mieux.
— Vous vous sous-estimez, Pablo Jackson. » Elle l'embrassa sur la joue. « J'attends votre coup de fil.
— Au revoir.
— *Shalom.* »
En montant dans le taxi, elle se souvint de l'un des aphorismes préférés de son père, et son accès de bonne humeur ne dura pas longtemps : *C'est toujours avant la nuit qu'il fait le plus clair.*

3.
Chicago, Illinois

Winton Tolk était un grand flic noir d'allure joviale. Il descendit de la voiture de police pour acheter trois hamburgers et des Coca à la boutique du coin de la rue. Son associé, Paul Armes, resta au volant et le père Brendan Cronin ne quitta pas la banquette arrière. Brendan jeta un coup d'œil vers la boutique, mais ne put voir à l'intérieur : sur la vitrine étaient peints des rennes et des traîneaux, des angelots, des sapins et des guirlandes. Quelques flocons de neige s'étaient mis à tomber. La météo annonçait des chutes plus importantes aux environs de minuit. Cette année, Noël serait un Noël blanc.

Winton entra dans la boutique. Il sembla que les coups de feu éclatèrent au même instant. La vitrine s'effondra dans un fracas de verre.

« Nom de Dieu ! » s'écria Paul Armes. Il décrocha le fusil réglementaire, libéra le cran de sûreté et ouvrit la portière.

« Planque-toi ! » cria-t-il à Brendan, puis il se mit à ramper derrière la voiture.

Brendan ne put s'empêcher de regarder à l'extérieur, en direction de la porte de la boutique. Tout à coup, celle-ci s'ouvrit toute grande et deux hommes assez jeunes en sortirent, un Noir et un Blanc. Le Noir portait un bonnet en laine tricoté et un caban — mais surtout un fusil automatique à canon scié. Son compagnon, vêtu d'une veste de chasse, avait un revolver. Le Noir vit la voiture de police et porta sur elle son fusil. Brendan se trouvait juste en face du canon. Il y eut un éclair et la vitre avant de la voiture explosa en milliers de fragments. Brendan tomba à terre, terrorisé, le cœur affolé.

Le hasard avait voulu que Winton Tolk arrive en plein milieu d'un vol à main armé. Maintenant, il était probablement mort.

Couché sur le plancher de la voiture, Brendan entendit Paul. Armes crier : « Lâche ton arme ! »

Deux coups de feu retentirent. Ce n'était pas un bruit de fusil. Qui avait tiré, Paul ou le type à la veste de chasse ?

Un autre coup de feu. Un cri de douleur.

Brendan aurait voulu savoir, mais il était paralysé par la peur.

C'est à la suite d'un accord passé entre le père Wycazik et un capitaine de la police que Brendan circulait depuis cinq jours en compagnie de Paul Armes et de Winton Tolk. Vêtu d'un costume ordinaire, d'une cravate et d'un manteau, il était censé être un laïc travaillant pour l'Église catholique et observant sur le terrain l'application des programmes sociaux. Personne ne lui avait posé de questions. Le secteur de Winton et de Paul était le plus pauvre de toute la ville, le quartier des Noirs et des Indiens, mais aussi des Appalachiens et des Latino-Américains. Après cinq jours passés en leur compagnie, Brendan appréciait beaucoup les deux hommes et manifestait une grande sympathie pour les honnêtes gens travaillant parmi ces immeubles en ruine et ces rues sordides — et livrés en pâture aux chacals qui pullulaient littéralement. Il avait appris à s'attendre au pire avec les deux flics, mais la fusillade de ce soir dépassait tout ce qu'il avait pu voir auparavant.

Une autre balle fut tirée contre la voiture.

Brendan était recroquevillé et aurait voulu prier, mais les mots ne lui venaient pas. Dieu était toujours aussi lointain et il se sentait terriblement seul.

Dans la rue, Paul Armes cria : « Rends-toi !

— Merde ! » répliqua l'autre.

Il y eut alors plusieurs coups de feu, des bruits de pas, des fracas de verre brisé, des cris sauvages. On eût dit que la guerre civile ravageait le quartier. Puis encore un coup de feu. Un cri de douleur. Et le silence. Le silence absolu.

La portière avant de la voiture s'ouvrit brutalement.

Brendan poussa un cri de terreur.

« Reste planqué, dit Paul Armes en grimpant dans la voiture. J'en ai eu deux, mais il y en a peut-être d'autres à l'intérieur.

— Où est Winton ? » demanda Brendan.

Paul Armes ne répondit pas. Il décrocha le micro et appela le central pour demander du renfort et une ambulance.

Couché sur le côté à l'arrière du véhicule, Brendan ferma les yeux et revit avec une précision étonnante les photos que Winton Tolk transportait dans son portefeuille et montrait fièrement quand on lui parlait de sa famille — des photos de sa femme, Raynella, et de ses trois enfants.

« Les enfoirés », dit Paul Armes d'une voix tremblante.

Brendan entendit des cliquetis. Il comprit que Paul rechargeait son arme. « Winton a été tué ?

— Il y a de grandes chances.

— Il a peut-être besoin d'aide.

— Ils arrivent.

— Je veux dire... *maintenant*.

— On ne peut pas rentrer là-dedans, dit Paul. Il y en a peut-être un autre, ou deux, on n'en sait rien. Il faut attendre les renforts.

— Winton a peut-être besoin qu'on lui mette un garrot. Il risque de mourir pendant que...

— Tu ne crois pas que je le sais, non ? » lui lança Paul Armes, furieux. Il termina de recharger et se glissa hors de la voiture pour reprendre son poste.

Brendan Cronin ne cessait de penser à Winton Tolk gisant à terre et la colère montait en lui. S'il avait encore cru en Dieu, il se serait réfugié dans la prière. Mais il n'avait plus que lui-même à présent. Son cœur battait encore plus fort que tout à l'heure, quand les balles s'écrasaient contre la carrosserie. L'injustice dont avait été victime Winton le dévorait comme un acide.

Il sortit de la voiture et traversa le trottoir en direction de la boutique.

« Brendan ! cria Paul Armes. Arrête, ne fais pas de conneries ! »

Mais Brendan continua d'avancer, mû par sa rage et par la

pensée que Winton avait peut-être besoin d'être secouru tout de suite.

L'homme à la veste de chasse gisait à terre. Il avait reçu une balle dans la gorge et une autre dans la poitrine. Son arme reposait à côté de lui dans la neige.

« Cronin ! hurla Paul Armes. Reviens, nom de Dieu ! »

Brendan franchit la vitrine brisée. Il faisait sombre dans la boutique. Toutes les lumières étaient éteintes. Il ne vit personne. Cela ne voulait pas dire qu'il ne risquait rien en entrant.

« Cronin ! »

Brendan vit l'homme au caban étendu sous un monceau de verre. Il enjamba le corps et entra.

Au fond de la boutique, il y avait un petit comptoir, une desserte, un gril. Les cinq minuscules tables de l'établissement étaient renversées, de même que la dizaine de chaises. Le sol était jonché de vaisselle, de serviettes en papier, de pots de moutarde et de ketchup et de billets de banque. Il y avait aussi beaucoup de sang. Et Winton Tolk.

Sans prendre la moindre précaution, Brendan s'avança vers Winton et s'agenouilla à côté de lui. Il avait reçu deux balles en pleine poitrine. Deux coups de revolver, très certainement. Les blessures étaient profondes, un garrot n'y aurait rien fait. La chemise de Winton était noire de sang. Une grande mare s'étalait autour de son torse. Il semblait flotter dessus, comme sur un étang. Il était immobile, les yeux clos, inconscient ou mort.

« Winton ? » dit Brendan.

Le flic ne répondit pas. Ses paupières ne remuaient même pas.

En proie à une fureur semblable à celle qui l'avait poussé à rejeter violemment les objets du culte, Brendan Cronin posa les deux mains sur la gorge de Winton et palpa la carotide. Il ne décela pas la moindre trace de vie. « Il ne peut pas mourir, dit Brendan à voix basse, il ne le peut pas. » Il crut soudain percevoir une faible pulsation. Il mit alors les mains sur la poitrine et détecta un faible mouvement.

« Il est mort ? »

Brendan leva la tête et vit un homme penché au-dessus de lui, un Latino-Américain en tablier blanc. Certainement un serveur. Une femme apparut derrière le comptoir.

Des sirènes de police retentirent au loin.

Sous les mains de Brendan, les pulsations semblaient reprendre de la vigueur, mais c'était certainement une illusion. Il avait perdu trop de sang pour se rétablir aussi rapidement. Les fonctions vitales ne cesseraient de se détériorer en attendant l'arrivée des infirmiers.

Les sirènes n'étaient plus qu'à deux pâtés de maisons.

La neige entrait par la vitrine brisée.

Les employés se rapprochèrent.

Brendan posa à nouveau les mains sur la poitrine de Winton. Il sentit le sang couler entre ses doigts et sa colère céda soudain la place à un désespoir sans fin. Et il se mit à pleurer.

Winton Tolk hoqueta. Toussa. Ouvrit les yeux. Un souffle passa entre ses dents, sa gorge émit un grognement.

Surpris, Brendan palpa à nouveau la carotide. Les pulsations étaient très faibles, mais moins qu'auparavant bien que toujours aussi irrégulières.

Criant presque pour couvrir le bruit des sirènes, toutes proches à présent, Brendan dit : « Winton ? Winton, tu m'entends ? »

Le flic ne parut pas reconnaître Brendan — ni même savoir où il se trouvait. Il toussa à nouveau, plus violemment cette fois-ci.

Sa respiration s'améliorait. Il était dans un état lamentable, mais il était en vie. *En vie.*

Incroyable. Après avoir perdu tant de sang.

Dans la rue, les sirènes cessèrent de mugir. Brendan appela Paul Armes. Excité par l'espoir que Winton pût vivre mais pris de panique à l'idée que les infirmiers arrivent trop tard, il cria aux employés : « Allez les chercher, dites-leur qu'il est en vie ! »

L'homme au tablier hésita, se dirigea vers la porte d'entrée.

Brendan Cronin avait du sang plein les mains. Machinalement, il les essuya sur son manteau — et il se rendit alors compte que les cercles étaient revenus, exactement comme deux semaines plus tôt. Un à chaque paume. Deux cercles de chair boursouflée, enflammée.

Les flics et les infirmiers entrèrent en courant dans la boutique sans même prendre garde au corps du jeune Noir. Brendan s'écarta de leur chemin.

Il vit les infirmiers soulever le blessé, l'étendre sur une civière, l'emporter hors de la boutique.

Il vit un policier tirer sans ménagement le cadavre de l'homme à la veste pour laisser passer les infirmiers.

Il vit Paul Armes accompagner la civière jusqu'à l'ambulance.

Il vit que le sang où avait baigné Tolk ne formait pas seulement une mare, mais *un lac*.

Il regarda ses mains. Les anneaux avaient disparu.

4.
Las Vegas, Nevada

Le Texan au pantalon jaune fluo n'aurait certainement pas essayé de draguer Jorja Monatella s'il avait su qu'elle était prête à châtrer le premier venu.

Bien que ce fût l'après-midi du 24 décembre, Jorja n'était pas spécialement visitée par l'esprit de Noël. D'ordinaire assez calme et philosophe, elle était aujourd'hui d'une humeur massacrante.

Elle déambulait dans les allées du casino, faisant l'aller-retour entre les tables de blackjack et le bar, apportant aux joueurs leurs consommations.

Elle détestait son boulot. Serveuse dans un bar, ce n'était déjà pas formidable, mais dans une salle de jeux plus grande qu'un terrain de football, c'était vraiment la mort. Quand sa journée était achevée, ses pieds lui faisaient mal et elle avait les chevilles gonflées. Et puis, les horaires étaient très irréguliers — comment peut-on assurer une certaine stabilité à une gamine de sept ans quand on n'a pas des horaires normaux ?

Elle détestait aussi son costume, un petit rien du tout rouge, même pas la taille d'un maillot de bain, qui faisait ressortir le galbe des cuisses et la rondeur des seins chez la première venue et qui, chez une fille aussi bien roulée que Jorja, tournait à l'érotisme le plus torride.

Elle détestait enfin la façon dont les joueurs et les employés du casino la considéraient. Pour eux, une fille qui accepte de porter un costume aussi provocant ne pouvait être que facile. Ses refus polis n'y faisaient rien, les hommes la relançaient inlassablement, comme ç'avait été le cas une heure plus tôt. Un gros pétrolier de Houston en pantalon jaune, chemise bleue et cravate rouge — un des meilleurs clients de l'hôtel — s'était subitement amouraché d'elle et lui avait fait des avances. Son haleine était empestée par les burritos qu'il avait mangés à midi.

Ses chefs lui en voulaient d'avoir repoussé un client si intéressant. Rainy Tarnell, le responsable de jour du blackjack, lui avait dit de ne pas « faire sa mijaurée ». Comme si se laisser culbuter par un étranger de Houston avait aussi peu d'importance que mettre des chaussures blanches le jour de la fête nationale.

Elle haïssait son boulot de serveuse, mais elle ne pouvait malheureusement pas démissionner. Aucun autre travail ne rapportait autant. Divorcée, mère d'une petite fille, elle ne touchait aucune pension et allait jusqu'à payer les traites qu'Alan avait laissées à son départ — elle savait donc parfaitement ce que valait le moindre dollar. Son salaire n'était pas extraordinaire, mais les pourboires étaient très avantageux, surtout quand un des joueurs se mettait à gagner gros aux cartes ou aux dés.

Alan Rykoff. Plus que son travail, plus que toutes les autres choses qui l'irritaient, Alan était responsable de l'humeur exécrable de Jorja. Elle avait rejeté son nom quand leur mariage avait été défait et repris son nom de jeune fille, Monatella, mais elle ne pouvait se débarrasser aussi aisément du souvenir des ennuis qu'il leur avait causés, à elle et à Marcie.

Plus tard, alors qu'elle quittait le parking de l'hôtel, Jorja s'efforça de chasser Alan de ses pensées, mais il revenait toujours l'obséder. Avec sa petite amie du moment, une blonde décolorée surnommée Pepper, il était parti pour une semaine à Acapulco sans prendre la peine de leur envoyer un cadeau pour Noël. Le salaud...

L'été de l'année précédente, alors que leurs relations étaient déjà orageuses, elle avait essayé de sauver leur mariage en l'emmenant trois semaines en vacances. Elle croyait que leurs problèmes tenaient en partie à ce qu'ils ne passaient pas assez de temps ensemble et elle avait organisé un circuit en voiture rien que pour eux trois.

Malheureusement, son plan échoua. Après les vacances, à leur retour à Las Vegas, Alan s'était montré encore plus coureur qu'auparavant. Il semblait ne plus pouvoir se détacher de tout ce qui portait jupon. Ses escapades nocturnes devinrent systématiques. Trois mois plus tard, en octobre, il abandonna Jorja et Marcie.

Les vacances n'avaient servi à rien. Le seul souvenir agréable que Jorja en gardait, c'était cette rencontre avec un jeune médecin qui se rendait de Stanford à Boston et passait les premières vraies vacances de sa vie. Jorja se rappelait encore son nom : Ginger

Weiss. Elles ne s'étaient vues qu'une fois, pendant une heure tout au plus, mais Ginger Weiss avait sans le savoir changé la vie de Jorja. Ginger était si jeune, si frêle, si féminine qu'on avait du mal à voir en elle une représentante du corps médical, mais elle avait une assurance et une compétence hors du commun. Et Jorja s'était montrée extrêmement impressionnée par son exemple.

Cela faisait maintenant onze mois que Jorja suivait des cours de management à la UNLV. Quand elle aurait fini de payer les factures d'Alan, elle mettrait de l'argent de côté pour elle-même puis se jetterait à l'eau et ouvrirait une boutique de mode. Elle en avait déjà imaginé le moindre détail et savait qu'un jour, le rêve deviendrait réalité.

Elle quitta Desert Inn Road pour Pawnee Drive, rue bordée de maisons confortables, juste derrière Boulevard Mall. Elle s'arrêta devant le domicile de Kara Persaghian et descendit de voiture. La porte de la maison s'ouvrit au même instant et Marcie bondit, les bras écartés : « Maman ! Maman ! » Et Jorja put enfin oublier son travail, son chef, ses factures. Elle s'accroupit et serra sa fille dans ses bras. Marcie était bien la seule à pouvoir lui redonner courage quand tout le reste n'allait pas.

Préjugés maternels mis à part, Jorja savait que Marcie était une petite fille adorable. Elle avait les cheveux bruns de sa mère, son teint mat, mais elle avait hérité les yeux bleus de son père. Et l'ensemble la rendait vraiment jolie.

Marcie écarquilla les yeux. « Hé, tu sais quel jour on est ?

— Bien sûr. C'est la veille de Noël.

— Tante Kara nous a fait des gâteaux pour qu'on les emmène à la maison. Tu sais, le Père Noël a quitté le pôle Nord et il descend déjà dans des cheminées, mais c'est dans d'autres pays, là où il fait déjà nuit, pas ici bien sûr. Tante Kara m'a dit que j'ai été si méchante pendant toute cette année que je n'aurai qu'un petit rien du tout tout neuf, mais je crois que c'est pour me faire enrager, hein, maman ?

— Oui, c'est pour te faire enrager, confirma Jorja.

— Pas du tout ! » s'écria Kara Persaghian en riant. Elle passa la porte et s'approcha de la mère et de la fille.

On aurait dit une grand-mère traditionnelle, avec sa robe à fleurs et son tablier. Kara n'était nullement la tante de Marcie, elle s'occupait seulement d'elle après l'école, mais la petite fille l'avait tout de suite aimée et l'avait baptisée « Tante Kara » deux semaines après leur première rencontre.

Elle apportait la veste de Marcie, un gros livre de contes de Noël et une assiettée de gâteaux. Jorja mit la veste à Marcie, lui donna son livre.

« Jorja, je pourrais vous parler deux minutes ? dit Kara. Rien que nous deux.

— Bien sûr. »

Jorja envoya Marcie s'installer dans la voiture.

« C'est à propos de Marcie ? Elle a fait des bêtises ?

— Oh, non, c'est un vrai petit ange ! Elle le voudrait qu'elle n'y arriverait même pas. Voilà... aujourd'hui, elle m'a encore parlé de ce qu'elle voudrait pour Noël. Ce qui lui ferait le plus plaisir, c'est une panoplie de docteur, « le Petit Chirurgien », ça s'appelle.

— Je sais, elle m'en parle à moi aussi tous les jours. C'est la première fois qu'elle tient tant à un jouet.

— Vous comptez la lui acheter ? »

Jorja se tourna vers la voiture et s'assura que Marcie ne les entendait pas. « Le Père Noël l'a déjà dans sa hotte.

— Bon. Elle serait très triste si elle ne l'avait pas. Mais c'est vraiment bizarre ce qu'elle m'a dit aujourd'hui et je me suis demandée si elle avait déjà été gravement malade.

— Elle ? Elle n'a jamais eu un rhume !

— Elle n'est jamais allée à l'hôpital ?

— Non, pourquoi ?

— Eh bien, aujourd'hui, elle m'a reparlé de la panoplie et elle m'a dit qu'elle voulait être docteur quand elle serait grande pour se soigner toute seule quand elle serait malade. Elle a dit qu'elle ne voulait plus jamais qu'un docteur la touche parce qu'une fois, de vrais docteurs lui ont fait très mal. Je lui ai demandé ce qu'elle voulait dire. Elle ne m'a pas répondu tout de suite et puis, elle m'a raconté d'une drôle de voix comment des docteurs l'avaient attachée sur un lit d'hôpital pour qu'elle ne se sauve pas ; ils lui avaient ensuite mis plein d'aiguilles et des lumières dans les yeux plus toutes sortes d'autres choses aussi horribles. Elle disait qu'ils lui avaient fait très mal et que c'était pour cela qu'elle serait son propre docteur.

— Elle vous a dit ça ? Mais c'est complètement faux ! fit Jorja. Je me demande pourquoi elle a inventé une histoire aussi extravagante.

— Ce n'est pas tout. Je me suis un peu étonnée que vous ne m'ayez pas prévenue, mais enfin... Je lui ai posé des questions, comme ça, et puis tout à coup, la pauvrette a éclaté en sanglots. Elle tremblait comme une feuille. J'ai essayé de la calmer, de la prendre dans mes bras, mais elle a hurlé de plus belle. Et alors, elle s'est sauvée dans le salon et s'est réfugiée derrière le canapé, comme si elle se cachait de quelqu'un.

— Seigneur... »

Sur le chemin du retour, Jorja demanda à Marcie : « Qu'est-ce que c'est que cette histoire que tu as racontée à Kara cet après-midi ?

— Ce n'est pas une histoire, dit Marcie. C'est vrai !

— Mais non, voyons.

— Si, c'est vrai, dit très doucement la petite fille.

— Le seul hôpital où tu sois jamais allée, c'est celui où tu es née et cela m'étonnerait que tu t'en souviennes, dit Jorja. Je t'ai déjà dit que ce n'était pas très beau de mentir.

— Surtout à son papa ou sa maman, dit Marcie avec beaucoup de sérieux.

— Ou aux gens qui s'occupent bien de toi. Raconter des histoires à Kara pour lui faire peur, c'est exactement comme mentir.

— Je n'ai pas dit ça pour lui faire peur, dit Marcie.

— C'est pour te faire plaindre, alors. Tu n'es jamais allée à l'hôpital.

— Si.

— Ah oui ? Et quand cela, s'il te plaît ?

— Je ne m'en rappelle plus.

— Ben voyons...

— Presque plus.

— Et où il était, cet hôpital ?

— Je ne sais plus trop. Des fois... je m'en rappelle mieux que d'autres. Des fois, je m'en rappelle plus du tout et des fois, je m'en rappelle très bien... et j'ai peur.

— Maintenant, tu t'en souviens bien ?

— Non, je ne vois rien du tout, mais aujourd'hui, c'était drôlement clair... et j'ai peur. »

Jorja conduisit quelques instants en silence. Elle ne savait pas trop comment affronter cette situation. Souvent, Marcie fabulait comme le font tous les enfants, et les histoires qu'elle racontait n'avaient rien que de très banal. Mais cette fois-ci...

Marcie était une gosse adorable et cette histoire de docteurs et d'hôpital était vraiment étonnante. Une imagination un peu trop délirante, peut-être. L'approche des fêtes de Noël devait bien en être la cause.

Dès qu'elle aurait reçu sa panoplie, tout serait oublié.

Du moins, Jorja l'espérait.

5.
Laguna Beach, Californie

Cet après-midi-là, Dominick Corvaisis relut une bonne centaine de fois le message dactylographié :

Le somnambule serait bien avisé de rechercher dans le passé la source de ses problèmes. C'est là que réside le secret.

Il n'y avait ni signature ni adresse d'expéditeur. De plus, le tampon de la poste était surchargé, flou, et il ne pouvait dire si la lettre avait été envoyée depuis Laguna Beach ou d'une autre ville.

Après avoir réglé son petit déjeuner et quitté le Cottage, il s'installa en voiture et posa son roman à côté de lui. Il parcourut une demi-douzaine de fois les deux phrases mystérieuses. Très énervé, il prit un comprimé de Valium dans la poche de sa veste et le déposa sur ses lèvres, prêt à l'avaler sans eau. Mais il hésita. Pour explorer toutes les ramifications de ce message, il lui fallait avoir l'esprit clair. Pour la première fois en plusieurs semaines, il s'interdit de recourir à la chimiothérapie et replaça le comprimé dans sa poche.

L'idée lui vint subitement que l'auteur de ces mots pouvait être Parker en personne, mais il la repoussa très vite. Le machiavélisme ne faisait pas partie des traits de caractère du peintre. C'était un être foncièrement droit et honnête.

Dom n'était plus qu'à quelques minutes de son domicile quand une nouvelle idée lui traversa l'esprit. Une idée si déconcertante qu'il dut s'arrêter le long de la route. Il relut le message, en caressa le papier. Il découvrit son reflet dans le rétroviseur intérieur et ce qu'il y vit lui déplut.

Aurait-il pu écrire lui-même ce texte ?

Il aurait pu le taper sur son traitement de texte pendant qu'il dormait. D'accord. Mais de là à s'habiller, sortir dans la rue, mettre la lettre dans une boîte, revenir à la maison et repasser son pyjama, il y avait tout un monde. Non, c'était vraiment impossible. *Impossible ?* S'il avait fait une telle chose, c'est que son déséquilibre mental était encore pire que tout ce qu'il croyait.

Ses mains étaient moites. Il les essuya sur son pantalon.

Trois personnes au monde étaient au courant de ses crises de somnambulisme : Parker Faine, le Dr Cobletz et lui-même. Il avait déjà éliminé Parker. Cobletz n'était vraiment pas le genre de type à agir de la sorte. Mais si Dom n'avait pas envoyé cette note, qui l'avait fait ?

Il reprit la route pour rentrer chez lui. Il se précipita dans son bureau, alluma le traitement de texte et tapa les deux phrases mystérieuses. Puis il connecta l'imprimante et tira plusieurs fois le message dans des corps et des polices de caractères différents.

Il arracha la feuille et la compara au message original. Une des polices correspondait, la New York corps 10, mais cela ne l'avançait pas. Il y avait des dizaines de milliers d'imprimantes et encore plus de machines à écrire possédant ce caractère.

Il compara le papier. C'était le même, à première vue, mais qu'est-ce que cela prouvait ? Rien, absolument rien.

Parker, Cobletz et moi, se dit-il. Plus une quatrième personne. Mais qui ?

Et puis, quel était le sens exact du message ? Quel secret était enfoui dans son passé ? Quel traumatisme gommé, quel événement oublié était à l'origine de ses crises de somnambulisme ?

Il déambula dans la maison jusqu'au moment où, s'approchant d'une fenêtre donnant sur la rue, il aperçut sa boîte aux lettres et se dit qu'il n'avait pas pris le courrier.

La majeure partie des magazines et lettres qu'il recevait arrivaient poste restante, mais il y avait tout de même quelques personnes à lui écrire à son adresse personnelle.

Il sortit de chez lui, tira une petite clef de sa poche et ouvrit la boîte en métal. Il y avait six publicités et catalogues, deux cartes de vœux... et une enveloppe blanche sans mention d'expéditeur.

Excité et paniqué tout à la fois, Dominick courut jusqu'à la maison et ouvrit si précipitamment l'enveloppe blanche qu'il faillit la déchirer. A l'intérieur, il n'y avait qu'une feuille de papier. Une feuille de papier avec deux mots :

La lune

Rien n'aurait pu lui faire si mal. Il avait l'impression d'être entraîné dans un formidable tourbillon, de sombrer dans un gouffre sans fond où ni la logique ni la raison n'avaient plus de valeur.

La lune. C'était *impossible*. Nul ne savait qu'il s'était réveillé en répétant d'un air paniqué : « La lune, la lune... » Et nul ne savait qu'il avait tapé ces mêmes mots sur son ordinateur.

La lune.

Personne n'était au courant. Personne... en dehors de lui, Dominick.

Il alluma la lampe de bureau pour mieux voir le cachet de la poste. Et il découvrit que l'origine de la lettre n'avait rien de mystérieux, ce qui était le cas pour l'autre lettre, celle qu'il avait récupérée à la poste. Le tampon était très lisible : NEW YORK, N.Y. La date était celle du 18 décembre. Soit mercredi de la semaine dernière.

Il éclata d'un rire nerveux, tonitruant. Il n'était pas fou. Il ne s'était pas envoyé tout seul ces messages incompréhensibles — pour la bonne raison qu'il n'avait pas quitté Laguna Beach. Cinq mille kilomètres le séparaient de la boîte où avait été déposé ce message. Celui-ci et, très certainement, l'autre lettre.

Mais qui était l'expéditeur ? Et quelles étaient ses intentions ?

Il se souvint du tout premier message, celui qu'il avait tapé des dizaines de fois sur son traitement de texte : *J'ai peur*. De quoi s'était-il caché en se réfugiant dans son placard ? De qui pensait-il se protéger en se barricadant chez lui ?

Dom comprit que son somnambulisme n'était pas causé par le stress. Il n'avait pas des crises d'angoisse parce qu'il redoutait le succès ou l'échec de ses entreprises. Ce n'était pas aussi simple que cela.

C'était quelque chose d'autre. Quelque chose d'étrange, de terrible.

Que savait-il, endormi, dont il ne se souvenait pas une fois éveillé ?

6.
New Haven County, Connecticut

La patrouille de Jack Twist — vingt Rangers surentraînés dirigés par le lieutenant Rafe Eikhorn, lui-même secondé par Jack — avait franchi illégalement la frontière et parcouru vingt-cinq kilomètres en territoire ennemi sans se faire surprendre. Leur présence aurait constitué un acte de guerre ; c'est pourquoi ils étaient camouflés et ne portaient ni insignes ni quoi que ce soit qui pût permettre de les identifier.

Leur objectif était un sale petit camp de « rééducation », cyniquement baptisé « institut de la Fraternité », où un millier d'Indiens Miskitos avaient été emprisonnés par l'Armée populaire. Deux semaines auparavant, de courageux prêtres catholiques avaient incité plusieurs autres centaines d'Indiens à s'enfuir dans la jungle et à quitter le pays avant d'être eux aussi emprisonnés. Les prêtres avaient fait savoir que les Indiens de l'institut seraient massacrés et leurs cadavres jetés à la fosse commune si personne ne les sauvait avant la fin du mois.

Les Miskitos étaient un peuple fier, riche d'une culture qu'ils refusaient de sacrifier à la philosophie anti-ethnique et collectiviste des nouveaux dirigeants du pays. La fidélité traditionnelle des Indiens à leurs traditions ne pouvait qu'entraîner leur perte, le régime en place n'hésitant pas à faire appel aux unités d'extermination pour renforcer sa position.

Cela n'était malheureusement pas suffisant pour envoyer vingt Rangers camouflés à la rescousse des Miskitos. Tous les régimes dictatoriaux de droite et de gauche massacrent régulièrement leurs opposants dans toutes les parties du monde et les États-Unis ne font rien pour empêcher ces meurtres légaux. Mais dans le cas présent, onze autres personnes se trouvaient mêlées aux Indiens de l'institut et c'était pour les libérer que l'opération avait été déclenchée.

Ces onze individus étaient d'anciens révolutionnaires qui venaient de se battre contre le dictateur de droite aujourd'hui renversé, mais qui avaient refusé de se taire quand leur révolution avait été trahie par des totalitaristes de gauche. Sans aucun doute, ces onze hommes détenaient des informations de grande valeur.

Leur libération était plus importante que la vie d'un millier d'Indiens — pour Washington, tout au moins.

La section de Jack arriva aux abords de l'institut de la Fraternité, à la lisière de la jungle. C'était un camp de concentration tout ce qu'il y a de plus classique, avec barbelés et miradors. Deux bâtiments se dressaient à l'extérieur du camp — une structure de béton de deux étages d'où le gouvernement administrait le district et un baraquement en piteux état abritant une soixantaine de soldats.

Peu après minuit, la section de Rangers s'établit sur ses positions et lança une attaque à la roquette sur le baraquement et la structure en béton. Le pilonnage initial fut suivi de combats rapprochés. Une demi-heure après le dernier coup de feu, les Indiens et les autres prisonniers formèrent une colonne et se dirigèrent vers la frontière, à vingt-cinq kilomètres de là.

Deux Rangers avaient été tués, trois autres, blessés.

En tant que commandant de la section, Rafe Eikhorn conduisit l'exode et assura la sécurité sur les flancs de la colonne ; Jack resta derrière avec trois hommes pour veiller à ce que tous les prisonniers sortent en bon ordre. Il avait aussi pour mission de récupérer tout document ayant trait à la torture, à l'interrogatoire et à l'assassinat des Indiens des districts ruraux. Quand les quatre hommes quittèrent l'institut, ils se trouvaient à plus de trois kilomètres du dernier des Miskitos.

Jack et ses compagnons ne traînèrent pas, mais ils ne firent jamais la jonction avec leur section. Ils se trouvaient encore à des kilomètres de la frontière du Honduras quand, à l'aube, des hélicoptères de l'armée survolèrent les arbres et débarquèrent des soldats partout où il y avait une clairière. Les Rangers de Rafe Eikhorn et les Indiens étaient sains et saufs, mais Jack et ses hommes furent faits prisonniers et transportés vers un camp semblable à l'institut de la Fraternité. Semblable mais pire, puisqu'il n'avait aucune existence officielle. Le nouveau gouvernement ne reconnaissait pas l'existence d'un tel cauchemar au sein du paradis des travailleurs. Dans la plus pure tradition orwellienne, les quatre étages du complexe de cellules et de salles de torture n'avaient pas de nom, ils n'existaient pas.

A l'intérieur de ces murs sans nom, de ces cellules sans numéro, Jack Twist et les trois autres Rangers furent soumis à la torture physique et psychologique, à l'humiliation et à la dégradation, à la famine et à des menaces d'exécution. Un des hommes mourut, un autre devint fou. Seul Jack et son ami le plus proche, Oscar Weston, s'accrochèrent à la vie et conservèrent leur équilibre mental durant les onze mois et demi de leur détention.

Et aujourd'hui, huit années plus tard, Jack était appuyé contre un rocher dressé sur un tertre en pleine campagne, dans le Connecticut, et attendait l'arrivée de la fourgonnette de transports de fonds Guardmaster.

Jack était rarement hanté par le souvenir de l'endroit sans nom. Il l'était plus par ce qui lui était arrivé *après* son évasion — et par ce que Jenny avait vécu pendant son absence. Ce n'étaient pas ses souffrances en Amérique centrale qui l'avaient amené à se révolter contre la société, mais des événements ultérieurs, plus amers encore.

Il vit des phares crever l'obscurité et prit ses jumelles. C'était bien la fourgonnette blindée.

Il consulta sa montre. Neuf heures trente-huit. Elle était parfaitement à l'heure, comme chaque soir depuis une semaine. La proximité des fêtes n'y changeait rien. La société Guardmaster était le plus fiable possible.

Un attaché-case était posé à même la terre. Jack l'entrouvrit. Les chiffres bleus d'un scanner numérique indiquaient la fréquence de la liaison radio reliant le véhicule au central de la société. Bien que disposant d'un équipement très sophistiqué, il lui avait fallu trois nuits pour découvrir la fréquence de la fourgonnette. Il tourna le bouton du volume de son propre récepteur. Il y eut des crachements d'électricité statique. Puis il fut récompensé par un échange de routine entre le conducteur et le responsable du central.

« Trois-zéro-un, dit l'homme du central.
— Renne, répondit le chauffeur.
— Rodolphe, reprit le responsable.
— Ramure », conclut le chauffeur.

Puis ce furent de nouveaux bruits d'électricité statique.

Le responsable avait entamé le dialogue en donnant le numéro du véhicule ; les trois autres phrases étaient une confirmation du code de la journée. Tout était en ordre.

Jack coupa le récepteur. Le cadran s'éteignit.

La fourgonnette blindée passa à moins de soixante mètres de Jack.

Il était certain de l'emploi du temps, à présent, et il ne reviendrait plus ici avant le grand soir, fixé au samedi 11 janvier. En attendant, il y avait beaucoup à faire.

D'habitude, la préparation d'un coup était aussi excitante, aussi satisfaisante que l'exécution proprement dite. Mais en quittant le tertre et en se dirigeant vers les premières maisons non loin desquelles il avait garé sa voiture, il n'éprouva pas la moindre émotion, le plus petit plaisir. Il perdait la capacité à jouir de la seule contemplation de son forfait.

Il n'était plus le même. Et il ne savait pas pourquoi.

Il se trouvait tout près des premières maisons quand il prit conscience de ce que la nuit était moins sombre. Il leva les yeux. La lune était énorme à l'horizon, si grosse qu'elle semblait vouloir écraser la terre — illusion produite par les premières phases de l'ascension du satellite. Il s'arrêta sur place et rejeta la tête en arrière, les yeux fixés sur la face brillante de l'astre. Un frisson le parcourut, qui n'avait rien à voir avec la température hivernale.

« La lune », dit-il d'une voix assez forte.

Jack se surprit lui-même à parler tout haut. Une peur inexplicable s'empara de lui. Il se trouva en proie au besoin irrationnel de fuir devant la lune, de s'en cacher, comme si son éclat avait quelque chose de corrosif, tel un acide qui le rongerait s'il ne s'en éloignait.

L'envie de s'enfuir passa en une minute. Il ne comprit alors pas pourquoi la lune l'avait tant effrayé. Ce n'était rien de plus que la lune des poètes et des astronomes. Curieuse réaction...

Il posa la main sur la poignée de sa voiture. La face de la lune le mettait encore mal à l'aise et il la contempla plusieurs fois, perplexe.

Puis il démarra, gagna New Haven et la route 95. Il ne pensait déjà plus à cet étrange incident. Son esprit n'était plus habité que par Jenny, son épouse plongée dans le coma, elle dont l'état le préoccupait encore plus au moment des fêtes de Noël.

Plus tard, dans son appartement, debout près de la fenêtre, une bouteille de bière à la main, il était certain d'une chose : de la 261e Rue à Park Street, de Bensonhurst à Little Neck, nul n'était plus seul que lui en cette soirée de réveillon.

7.
Jour de Noël

Elko County, Nevada

Sandy Sarver s'éveilla peu après le lever du jour sur les hautes plaines. Elle s'étira comme un chat sous les couvertures. Elle aurait voulu que Ned ouvre les yeux, qu'il l'embrasse, qu'il l'attire contre lui. Mais elle ne fit rien pour le réveiller, bien qu'elle le désirât. Ils auraient toute la journée pour faire l'amour.

Elle se glissa en silence hors du lit et gagna la salle de bains pour prendre une douche.

Pendant des années, le sexe ne l'avait pas intéressée. Elle était frigide, tout simplement. Il n'y a pas si longtemps, la vue de sa propre nudité l'embarrassait et la remplissait de honte. Et puis, elle avait changé, sans savoir pourquoi, du reste. L'été de l'année précédente, le sexe lui avait soudain semblé... agréable, intéressant, oui, c'est le mot. Cela paraissait un peu bête de dire cela, maintenant. Bien sûr que la sexualité était une chose agréable. Mais avant l'été en question, faire l'amour lui avait toujours été une sorte de corvée. Son épanouissement érotique tardif était une surprise délicieuse et un inexplicable mystère.

Nue, elle revint dans la chambre, prit un jean et un pull dans le placard et s'habilla.

Dans la petite cuisine, elle commença à se verser du jus d'orange et s'arrêta subitement, en proie au désir de conduire. Elle griffonna un mot pour Ned, enfila une veste fourrée et gagna la Ford.

Faire l'amour et conduire une voiture étaient ses deux nouvelles passions, aussi dévorantes l'une que l'autre. Jusqu'à l'année dernière, jusqu'à l'été exactement, conduire était une chose qu'elle détestait et elle ne prenait la Ford que pour se rendre au motel. Maintenant, elle adorait littéralement se mettre au volant et rouler droit devant elle, sans destination précise.

Elle avait toujours su pourquoi la sexualité la répugnait — cela n'avait rien de mystérieux. Son propre père, Horton Purney, était seul responsable de sa frigidité. Elle n'avait jamais connu sa mère, morte à sa naissance, mais elle n'avait que trop bien connu son père. Sandy et lui avaient vécu dans une baraque des environs de Barstow, à la limite du désert de Californie, tous les deux, *rien qu'eux deux*, et les plus anciens souvenirs de Sandy étaient des souvenirs de sévices sexuels. Horton Purney était un individu infect, qui n'avait vu dans sa fille qu'un objet érotique jusqu'au jour où elle s'était enfuie pour toujours, à l'âge de quatorze ans.

Ce n'est que récemment qu'elle s'était rendu compte que son aversion pour les longs trajets en voiture était également liée à son père. Horton Purney tenait un atelier de réparation de motos au rez-de-chaussée de la baraque qui lui servait d'habitation, mais cette occupation ne lui avait jamais vraiment rapporté. C'est pour cela que, deux fois par an, il mettait Sandy en voiture et l'emmenait jusqu'à Las Vegas — plus de deux heures et demie de traversée du désert — où il connaissait un maquereau du nom de Samson Cherrick. Cherrick avait une liste de vicieux particulièrement intéressés par les jeunes enfants et il était toujours heureux de voir Sandy. Au bout de quelques semaines, Horton Purney remettait sa fille en voiture et s'en revenait à Barstow, les poches bourrées de dollars. Pour Sandy, le voyage vers Las Vegas était un véritable cauchemar, car elle savait ce qui l'attendait une fois arrivée à destination. Le retour vers Barstow était encore pire, car ce n'était pas une fuite loin de Las Vegas mais une retombée dans la grisaille et le sordide quotidiens. Où qu'elle menât, la route allait vers l'enfer et elle avait appris à haïr le grondement de tout moteur de véhicule.

C'est pourquoi le plaisir que lui procuraient aujourd'hui l'amour et la conduite lui paraissait miraculeux. Elle ne comprenait pas d'où elle tirait la force et la volonté de prendre une revanche sur son horrible passé. Depuis l'été de l'année dernière, *elle avait changé*, tout simplement, et elle continuait de changer. Quel bonheur de se sentir enfin libre, libre...

Elle monta dans la Ford et lança le moteur. Leur caravane était installée sur un lot d'un demi-arpent à la lisière sud de la minuscule, quasiment inexistante ville de Beowave, le long de la nationale 21. Sandy s'éloigna de la caravane. Il semblait n'y avoir que plaines désolées, collines, chaos rocheux, herbes maigres, broussailles et lits asséchés sur des dizaines de kilomètres, dans quelque direction que ce fût. Le ciel matinal était d'un bleu intense.

Au bout d'une quinzaine de minutes, la nationale déboucha au sud sur une route pierreuse qui, pendant près de cent quarante kilomètres, traversait des territoires inhabités. Sandy lui préféra une piste encore plus poussiéreuse qui partait vers l'est.

Sandy roulait très vite et la Ford était suivie d'un nuage de poussière. A un moment donné, elle quitta la piste pour couper en direction du nord puis de l'ouest, vers un endroit familier — bien qu'elle n'eût pas cette destination en tête au moment de son départ. Pour des raisons qu'elle-même ignorait, son inconscient la guidait souvent vers cet endroit lors de ses promenades solitaires, rarement en ligne directe, de sorte que son arrivée ici la surprenait. Elle s'arrêta, mit le frein à main.

Elle venait ici parce qu'elle s'y sentait bien. Les pentes, les rochers acérés, les broussailles constituaient un décor qui lui était agréable, bien que peu différent des environs. Malgré tout, elle ressentait ici une paix sublime qu'elle ne connaissait nulle part ailleurs.

Elle coupa le moteur et descendit de la Ford avant de marcher en tous sens, les mains dans les poches, sans se préoccuper de la température. Son trajet fantasque l'avait ramenée vers la civilisation — la nationale 80 n'était qu'à quelques centaines de mètres, au nord. Un peu plus loin, c'était le Tranquility Motel, mais Sandy ne regarda qu'à une seule reprise dans cette direction. Elle était plus intéressée par son environnement immédiat, lequel exerçait sur elle une attirance aussi puissante que mystérieuse. Et toute tentative de comprendre cette attirance serait aussi futile que de tenter d'analyser la beauté d'un coucher de soleil ou l'attrait d'une fleur préférée.

En ce matin de Noël, Sandy ne savait pas encore que, le 10 décembre, Ernie Block avait été attiré en ce même lieu, comme possédé, alors qu'il revenait à toute allure d'Elko.

Des semaines s'écouleraient avant qu'elle n'apprenne que ce coin de campagne privilégié exerçait une attirance sur d'autres personnes en dehors d'elle-même — des personnes qui étaient à la fois des étrangères et des amies.

Chicago, Illinois

Pour le père Wycazik, ce fut la matinée de Noël la plus agitée qu'il eût jamais connue. Et au fur et à mesure que la journée se déroula, ce fut de loin le Noël le plus important de toute sa vie.

Il célébra la deuxième messe à l'église Sainte-Bernadette, reçut pendant une heure des paroissiens qui lui firent offrande de fruits et de gâteaux maison, puis alla à l'hôpital universitaire pour rendre visite à Winton Tolk, le policier qui, la veille, s'était fait tirer dessus lors d'un cambriolage. Winton Tolk avait passé plusieurs heures dans une unité de soins intensifs ; le matin même, on l'avait transféré dans une chambre individuelle. Il n'était plus dans un état critique, mais devait rester sous monitoring permanent.

Quand le père Wycazik arriva, Raynella Tolk, la femme de Winton, se trouvait auprès de son mari. Elle avait beaucoup de charme avec ses cheveux coupés à la mode et ses grands yeux sombres. « Madame Tolk ? Je suis le père Stefan Wycazik.

— Mais...

— Je ne suis pas là pour lui donner l'extrême-onction, dit-il en riant.

— Tant mieux, fit Winton, parce que je n'ai pas l'intention de mourir. »

Le policier blessé était non seulement pleinement conscient, mais alerte et, apparemment, il ne souffrait pas. Bien que sa poitrine fût bandée et qu'un appareillage de télémétrie cardiaque fût suspendu à son cou, malgré aussi la perfusion plantée dans son bras gauche qui lui apportait glucose et antibiotiques, il avait l'air étonnamment en forme pour quelqu'un ayant vécu semblable aventure.

Le père Wycazik se tenait au pied du lit et tournait nerveusement son chapeau entre ses doigts. Quand il s'en aperçut, il le déposa sur une chaise.

« Monsieur Tolk, si vous le permettez, je voudrais vous poser quelques questions à propos de ce qui s'est passé hier. »

Tolk et sa femme eurent l'air surpris par la curiosité du prêtre. Il leur expliqua alors en partie — en partie seulement — pourquoi il s'intéressait tant à eux. « Le gars qui vous accompagne depuis une semaine, Brendan Cronin, travaillait pour moi. » Il voulait continuer à faire croire que Cronin était un laïc engagé par l'Église.

« Oh, j'aimerais *beaucoup* le rencontrer ! s'écria Raynella Tolk.

— Il m'a sauvé la vie, dit Tolk. Il a fait un truc complètement dingue, ça c'est sûr, mais je ne l'en remercierai jamais assez.

— M. Cronin est entré dans la boutique sans même savoir s'il n'y avait pas d'autres gangsters. Il aurait pu se faire tuer, dit Raynella.

— C'est tout à fait contraire à la procédure réglementaire, voyez-vous, mon père, dit Winton. Mais je lui dois la vie.

— Très étonnant », dit Wycazik, comme s'il venait tout juste de découvrir la bravoure de Brendan Cronin. En fait, il avait longuement bavardé la veille avec le supérieur de Winton Tolk, un vieil ami à lui qui avait loué le courage de Brendan Cronin et critiqué sévèrement son inconscience. « J'ai toujours su qu'on pouvait compter sur Brendan. Il vous a prodigué les premiers soins ?

— Peut-être, fit Winton. Je n'en sais trop rien. Je me souviens que je suis revenu à moi... il était là... penché au-dessus de moi... il m'appelait par mon nom... Mais j'étais dans une sorte de brouillard, voyez-vous. »

Le père Wycazik hésita un instant. Il se demandait comment parvenir à découvrir ce qu'il voulait savoir sans révéler l'extraordinaire possibilité qui motivait sa visite. « Je sais que vos souvenirs sont plutôt flous mais... est-ce que vous avez senti quelque chose de particulier quand il vous a touché ?

— Non, pourquoi ? Il a pris mon pouls, il m'a palpé pour voir d'où venait l'hémorragie...

— Ses mains, elles n'avaient rien de spécial ? Vous êtes sûr de n'avoir rien remarqué ? Un contact inhabituel, peut-être...

— Pardonnez-moi, mon père, mais je ne vous suis pas très bien.

— Ce n'est pas grave, fit le prêtre en secouant la tête. Ce qui importe, c'est que vous soyez tiré d'affaire. » Il jeta un coup d'œil à sa montre et, feignant la surprise, dit : « Seigneur, je vais être en retard. » Avant même qu'ils répondent, il prit son chapeau, leur dit au revoir et quitta la chambre, les laissant sans aucun doute très étonnés par son comportement.

Le père Wycazik s'engagea dans le couloir de l'hôpital, franchit plusieurs séries de portes battantes et arriva bientôt aux soins intensifs, où le policier blessé se trouvait encore quelques heures plus tôt. Il demanda à parler au responsable, le Dr Royce Albright. Souhaitant ardemment que Dieu lui pardonne les quelques mensonges qu'il proférait pour la bonne cause, Stefan Wycazik se présenta comme le curé de la famille Tolk et fit comprendre que Raynella Tolk l'avait envoyé pour connaître toute la vérité sur l'état de son mari.

Albright ne s'occupait pas personnellement de Winton Tolk, mais son cas l'intéressait. « Vous pouvez assurer Mme Tolk qu'il n'y a pratiquement plus aucun danger. Il se remet merveilleusement bien. Deux balles dans la poitrine à bout portant avec un calibre .38. Jusqu'à hier, personne ici n'aurait voulu croire qu'on puisse recevoir deux balles en pleine poitrine et ne passer que quelques heures en soins intensifs. M. Tolk a une chance pas croyable !

— La balle a raté le cœur, mais les autres organes vitaux ?

— Intacts, dit Albright, mais ce n'est pas tout. Les veines et les artères n'ont pratiquement pas souffert. Une balle de .38 est redoutable, mon père, elle vous réduit en bouillie, surtout à aussi courte distance. Dans le cas de Tolk, il n'y a eu qu'une veine et une artère de touchées, mais elles n'ont pas été sectionnées. Il a vraiment eu de la chance.

— C'est que les balles auront été arrêtées par les os.

— Détournées, mais pas arrêtées. On les a retrouvées toutes les deux dans des tissus mous. Ce qui est étonnant aussi, c'est qu'il n'a pas eu la moindre fracture, pas même d'esquilles. Je n'ai jamais vu ça, vous pouvez me croire.

— Quand les deux balles ont été extraites, est-ce qu'on leur a trouvé quelque chose de particulier ? Je veux dire, est-ce qu'elles étaient d'un poids normal, par exemple ? Des balles de .38 trop légères feraient dans ce cas moins de dégâts que des balles de 22.

— Je n'en sais rien, fit Albright en fronçant les sourcils. Peut-être. Il faudrait demander à la police. Ou à Sonneford. C'est le chirurgien qui a opéré votre ami.

— J'ai cru comprendre que Winton Tolk a perdu beaucoup de sang.

— Il doit y avoir une erreur sur sa fiche, dit Albright en faisant la grimace. Je n'ai pas eu l'occasion d'en discuter avec Sonneford, il n'est pas de service aujourd'hui, mais on a inscrit sur la fiche que Tolk a reçu plus de quatre litres de sang au cours de l'opération. C'est bien entendu impossible.

— Ah ? Pourquoi ?

— Mon père, si Tolk avait vraiment perdu quatre litres avant d'arriver à l'hôpital, il n'aurait plus eu assez de sang dans les veines pour assurer une circulation minimale. Il serait mort, vous comprenez ? Mort. »

Las Vegas, Nevada

Mary et Pete Monatella, les parents de Jorja, arrivèrent chez elle à six heures du matin en ce jour de Noël, les yeux mi-clos, les traits tirés de ne pas avoir assez dormi, mais bien décidés à se trouver à côté du sapin quand Marcie se réveillerait. Aussi grande que Jorja, Mary avait jadis possédé des formes aussi pulpeuses que celles de sa fille aujourd'hui, mais elle était à présent empâtée, presque obèse. Pete était plus petit que sa femme ; sa poitrine puissante lui donnait l'air arrogant d'un coq, mais il n'y avait en fait pas d'homme plus effacé que lui. Ils étaient arrivés chargés de cadeaux pour leur unique petite-fille.

L'esprit de Noël avait plutôt eu du mal à visiter Jorja cette année — les inévitables remarques de ses parents y étaient bien entendu pour quelque chose. Mais tout alla mieux quand, vers six heures et demie du matin, juste après qu'elle eut mis au four une superbe dinde de près de sept kilos, Marcie arriva en pyjama dans la salle de séjour.

« Est-ce que le Père Noël m'a apporté ma panoplie du Petit Chirurgien ?

— Il t'a apporté bien plus que cela, dit Pete. Regarde, regarde tout ce que le Père Noël a déposé pour toi ! »

Marcie se retourna, découvrit l'arbre — dressé par le Père Noël pendant la nuit — et la montagne de cadeaux. « Ouah ! » fit-elle.

La joie de l'enfant se transmit instantanément à ses grands-parents et, pendant quelques instants, la maison fut pleine de cris et de rires.

L'atmosphère commença cependant de changer quand Marcie eut ouvert la moitié des paquets qui lui étaient destinés. D'une voix un peu geignarde, elle dit que le Père Noël n'avait pas pensé à la panoplie du Petit Chirurgien. Elle regarda à peine une poupée qu'elle avait pourtant beaucoup désirée, passa au paquet suivant, arracha le papier. Il y avait quelque chose dans son comportement, dans son regard aussi, qui inquiétait Jorja. Pete et Mary ne tardèrent pas à s'en rendre compte à leur tour.

Jorja n'avait pas déposé la panoplie sous le sapin — elle était cachée dans un placard afin de constituer la surprise finale. Il ne restait plus que trois paquets-cadeaux et Marcie, soudain très pâle, tremblait littéralement d'excitation.

Quand le dernier paquet fut mis en pièces, Marcie s'écria d'une voix déchirante : « Le Père Noël m'a oubliée ! Il a oublié ma panoplie... »

Jorja était extrêmement gênée de voir sa fille se comporter ainsi. Ses grands-parents l'avaient gâtée comme jamais ils ne l'avaient fait, et elle se moquait bien de tout ce qu'ils avaient pu lui offrir.

Terrorisée à l'idée de voir la fête de Noël tourner au cauchemar, Jorja courut jusqu'au placard de la chambre, tira la boîte contenant la panoplie de derrière les chaussures et revint dans la salle de séjour.

Marcie lui arracha littéralement le paquet.

« Qu'est-ce qui lui prend ? dit Mary.

— Je me demande ce que cette panoplie peut avoir de si intéressant », surenchérit Pete.

Marcie déchira le papier et se calma instantanément quand elle vit la boîte du Petit Chirurgien. « Ma panoplie ! Le père Noël ne m'a pas oubliée !

— Ce n'est peut-être pas lui qui l'a apportée, dit Jorja, soulagée. Regarde un peu la petite carte... »

Marcie prit la carte, déchiffra les mots et tourna vers sa mère un visage incrédule : « C'est de papa... »

Jorja sentit ses parents la regarder, mais elle ne broncha pas. Ils savaient qu'Alan était parti à Acapulco avec sa dernière conquête, la blonde décolorée, et qu'il n'avait même pas laissé un mot pour sa fille. Sans aucun doute, ils désapprouvaient le subterfuge de Jorja.

Mary et Jorja se rendirent dans la cuisine pour vérifier la cuisson de la dinde. Marcie et son grand-père restèrent dans la salle de séjour pour jouer avec les cadeaux.

Tout à coup, Marcie poussa un cri strident.

Qu'est-ce qu'il y a encore ? se demanda Jorja.

Elle vit Pete en train d'essayer de persuader Marcie de s'intéresser à une poupée. « Regarde, Marcie, disait le grand-père, elle pleure quand tu la bouges comme ça et elle rit quand tu la secoues comme ça !

— Je n'en veux pas, de ta poupée... et puis d'abord, elle est moche ! »

Marcie tenait une petite seringue en plastique qui faisait partie de la panoplie du Petit Chirurgien. « Je veux te faire *une autre piqûre*.

— Voyons, dit Pete, j'en ai déjà eu une vingtaine...

— Je m'en fiche. Je veux m'entraîner pour quand je serai grande et que je serai mon propre docteur. »

Pete se tourna vers Jorja, l'air exaspéré.

Mary dit : « Qu'est-ce qu'elle a *tout le temps* avec sa panoplie ? Ça devient bête, à la fin !

— Si je le savais... », soupira Jorja.

Marcie enfonça le piston de la seringue en plastique. Son front était couvert de sueur.

Boston, Massachusetts

Ginger Weiss n'avait jamais connu pire Noël de toute sa vie. Bien que juif, son père avait toujours fêté Noël parce qu'il aimait l'harmonie et l'esprit de bonne volonté qui régnaient en ce moment unique. Après sa mort, Ginger avait continué à voir dans le 25 décembre un jour consacré à la joie. Jusqu'à cette année, Noël ne l'avait jamais déprimée.

George et Rita firent tout leur possible pour que Ginger participe pleinement à la fête, mais elle se rendait bien compte qu'elle était une pièce rapportée. Les trois fils des Hannaby vinrent avec femmes et enfants passer plusieurs jours à Baywatch. La maison fut emplie de rires et de cris. Chacun s'efforça d'associer Ginger aux traditions familiales — batailles de pop-corn ou chants avec les voisins.

Le matin de Noël, elle vit les enfants s'attaquer aux montagnes de cadeaux et aida les plus petits à ouvrir les paquets qui leur étaient destinés. Elle joua avec eux et, pendant plusieurs heures, son désespoir fut oublié.

Au déjeuner, cependant, Ginger sentit qu'elle n'avait pas sa place ici. La plupart des conversations tournaient autour de souvenirs de famille, de gens qu'elle ne connaissait pas. Alors qu'elle ne pensait qu'à Pablo : peut-être l'appellerait-il pour lui dire qu'il s'était penché plus attentivement sur son cas et qu'il était prêt à l'hypnotiser à nouveau. Si au moins il pouvait lui téléphoner... Au dessert, elle prétexta une migraine et se retira dans sa chambre.

Elle eut la surprise de découvrir deux livres sur sa table de nuit. Un roman de Tim Powers, auteur qu'elle avait déjà lu, et un exemplaire de *Crépuscule à Babylone*, œuvre d'un parfait inconnu. Il en dépassait un petit morceau de papier et elle constata qu'il s'agissait d'un exemplaire destiné à la critique.

L'un des amis de Rita s'occupait de la section critique littéraire au *Boston Globe* et lui faisait parfois parvenir des ouvrages avant même leur diffusion en librairie. Mis au courant des goûts de Ginger pour les romans policiers et la science-fiction, il lui avait donné ces deux livres pour la jeune femme qu'elle hébergeait momentanément.

Ginger mit de côté le roman de Powers et feuilleta *Crépuscule à Babylone*. Elle n'avait jamais entendu parler de l'auteur, Dominick Corvaisis, mais le résumé de l'histoire l'intriguait beaucoup. Elle fut accrochée dès la première page. Toutefois, avant de poursuivre, elle s'installa dans un fauteuil profond. Ce n'est que là qu'elle jeta un coup d'œil à la photographie de l'auteur, au dos du livre.

Elle eut la respiration coupée. Un sentiment de terreur la submergea instantanément.

Elle crut un instant que cette photographie allait déclencher une nouvelle crise.

Elle savait qu'elle avait déjà vu cet homme, qu'elle l'avait rencontré quelque part — bien que ce ne fût pas dans les circonstances les plus agréables — mais elle ne savait ni où ni quand cela s'était passé. La brève biographie imprimée sur le rabat lui apprit qu'il avait vécu à Portland, dans l'Oregon, et qu'il résidait à présent à Laguna Beach, en Californie. N'ayant jamais visité l'une ou l'autre de ces villes, elle ne voyait pas comment leurs chemins auraient pu se croiser. Le regard de l'auteur avait quelque chose de fascinant, mais elle ne savait quoi.

Elle regarda longuement la photographie de Corvaisis, espérant qu'un déclic se produirait dans sa mémoire. Puis, comme si elle sentait que la lecture de *Crépuscule à Babylone* allait d'une manière ou d'une autre modifier son existence, elle ouvrit le roman et se mit à lire.

New York

Jack Twist passa Noël à la clinique, dans la chambre de Jenny, son épouse depuis treize ans. Un jour de fête en sa compagnie était déprimant, mais être loin d'elle en la sachant là, toute seule, était encore plus déprimant.

Bien que Jenny Twist eût passé les deux tiers de leur mariage plongée dans le coma, les années de communion perdue n'avaient en rien diminué l'amour que Jack lui portait. Plus de huit années s'étaient écoulées depuis qu'elle lui avait souri pour la dernière fois, mais le temps s'était arrêté et elle était toujours pour lui la charmante Jenny Mae Alexander, la jeune femme au sourire radieux.

Dans sa prison d'Amérique centrale, il avait tenu bon parce qu'il savait que Jenny l'attendait à la maison, qu'elle pensait à lui tout le temps et priait pour lui chaque soir. Il avait connu la torture et la famine, mais il s'était raccroché à l'espoir de pouvoir sentir à nouveau les bras de Jenny autour de son cou, d'entendre encore son rire sonore et gai. Cet espoir lui avait permis de rester en vie et de conserver toute sa tête.

Au bout de onze mois, Jack et son ami Oscar Wenton étaient parvenus à s'échapper miraculeusement de leur prison. Pour cela, ils avaient tué, ils avaient volé, mais qu'importe, la liberté était au bout. Pendant une semaine, sans boussole et ne se fiant qu'aux étoiles, ils avaient marché dans la jungle tropicale en direction du nord. La frontière était à plus de cent trente kilomètres. Et pendant tout ce cauchemar, Jack n'avait eu qu'une seule pensée : Jenny. Quand Oscar et lui étaient enfin arrivés en territoire ami, il avait compris que son succès était autant dû à Jenny qu'à son entraînement de Ranger.

Il avait alors cru que le pire était derrière lui. Il se trompait.

Et à présent, assis à côté du lit de sa femme tandis qu'une bande enregistrée diffusait des chants de Noël, Jack Twist se sentit soudain écrasé par la tristesse et le chagrin. Les fêtes de Noël étaient toujours pénibles parce qu'il ne pouvait s'empêcher de se rappeler à quel point l'image de Jenny l'avait aidé quand il avait passé Noël en prison — Jenny qui, en fait, était déjà dans le coma et perdue pour lui à tout jamais.

Drôles de fêtes en vérité...

Chicago, Illinois

Le père Stefan Wycazik parcourut à toute allure les couloirs et les salles de l'hôpital pour enfants Saint-Joseph. Il se trouvait dans un état d'excitation peu commun pour avoir, tout de suite après sa visite à Winton Tolk, appelé un inspecteur de ses amis qui travaillait à la section de la police scientifique de Chicago. Ce que lui avait appris l'inspecteur ne l'avait pas étonné — en fait, il le savait déjà : les balles de calibre .38 extraites de la poitrine du policier blessé étaient *absolument normales*.

L'hôpital était bondé de visiteurs et les haut-parleurs diffusaient en sourdine des cantiques de Noël. Les pères, les mères, les frères, les sœurs, les grands-parents et tous les autres parents et amis des petits malades étaient là, les bras chargés de cadeaux. On parlait haut dans les couloirs, on riait fort, et nul ne semblait s'en soucier. C'était Noël et, ce jour-là, tout est permis.

Il ne pouvait cependant y avoir plus de joie et de gaieté que dans la chambre d'une petite fille de dix ans, Emmeline Halbourg. Quand le père Wycazik se présenta, il fut chaleureusement accueilli par toute la famille d'Emmeline qui, bien entendu, le prit pour l'un des aumôniers de l'hôpital.

D'après ce que lui avait dit hier Brendan Cronin, Stefan Wycazik s'attendait à trouver une petite fille en assez bonne condition, mais ce qu'il vit le surprit positivement : Emmy était resplendissante. Deux semaines plus tôt, toujours selon Brendan, elle était très atteinte par le mal, pour ne pas dire mourante. Mais aujourd'hui, ses yeux sombres brillaient et la pâleur maladive de sa peau avait disparu. Ses articulations n'étaient plus gonflées et elle paraissait ne plus éprouver la moindre douleur. Ce n'était plus une gamine malade luttant vaillamment pour recouvrer la santé, mais une petite fille qui semblait en *parfaite santé*.

Le plus étonnant, c'est qu'Emmeline n'était pas couchée mais marchait dans sa chambre, soutenue par deux béquilles et faisant l'admiration des membres de sa famille. Le fauteuil roulant avait été enlevé.

« Voilà, dit le père Wycazik, je voulais seulement te souhaiter un joyeux Noël de la part d'un de tes amis : Brendan Cronin.

— Bouboule ! s'écria Emmy. Pourquoi ne vient-il plus nous voir ? Nous le regrettons tous !

— Je n'ai jamais rencontré ce monsieur Bouboule, dit la mère d'Emmeline, mais à la façon dont les enfants en parlent, il vaut tous les docteurs.

— Il n'a travaillé ici qu'une semaine, dit Emmy, mais il revient de temps en temps. J'aurais bien voulu qu'il vienne aujourd'hui pour lui faire un gros bisou.

— Il a dû passer Noël avec sa famille, expliqua Wycazik.

— Je comprends. »

Si Stefan Wycazik avait pu rester seul avec la fillette, il lui aurait posé des questions sur l'après-midi du 11 décembre. Ce jour-là, Brendan Cronin lui avait brossé les cheveux alors qu'elle se trouvait dans son fauteuil roulant. Il l'aurait interrogée sur les mystérieux cercles apparus sur les mains de Brendan, ces cercles qu'elle avait été la première à remarquer, et il lui aurait demandé si elle avait ressenti quelque chose de particulier quand il l'avait touchée. Mais il y avait trop d'adultes dans cette chambre et Stefan n'était pas encore prêt à révéler les raisons de sa curiosité.

Las Vegas, Nevada

Dans l'appartement de Jorja Monatella, la fête de Noël, qui avait débuté dans une atmosphère plutôt tendue à cause des remarques que Mary n'avait cessé de faire à sa fille, se déroulait maintenant tout à fait normalement.

Le déjeuner fut servi à midi vingt. La dinde était délicieuse. Marcie avait passé la matinée à jouer avec son Petit Chirurgien et semblait ne plus y penser. Elle mangea lentement, racontant à ses grands-parents ce qu'elle faisait à l'école, riant pour un rien. Le sapin clignotait de mille feux, la joie et la bonne humeur régnaient autour de la table. Un vrai Noël.

La crise éclata au dessert avec une fulgurance étonnante quand Pete dit à Marcie : « Je me demande comment un petit bout comme toi peut manger autant.

— Oh, grand-père !

— Je t'assure, tu as mangé plus que nous tous réunis. Encore une bouchée de tarte à la citrouille et tu vas exploser. Il va falloir qu'on t'emmène à l'hôpital.

— Pas à l'hôpital, dit Marcie à voix basse.

— Mais si, reprit Pete. Tu es toute gonflée et on va t'emmener à l'hôpital pour qu'ils te dégonflent.

— Pas à l'hôpital », répéta Marcie avec plus de force.

Jorja se rendit compte que la voix de sa fille avait changé, que la petite fille ne jouait plus et commençait à avoir *vraiment* peur de ce que son grand-père lui disait.

« Pas à l'hôpital, dit encore Marcie, les yeux brillants.

— Mais si, dit Pete qui ne s'apercevait de rien.

— Papa, fit Jorja, je crois que nous...

— Bien sûr, on ne pourra pas t'y emmener en ambulance, dit Pete en riant, tu es trop grosse pour ça. On va te mettre dans un camion et...

— Je ne veux pas aller à l'hôpital, je ne veux pas que les docteurs me touchent ! commença à crier Marcie.

— Voyons, ma chérie, fit Jorja, grand-père dit ça pour te taquiner, tu sais bien qu'il est taquin.

— Les docteurs vont me faire du mal, dit Marcie d'une voix forte, ils m'en ont déjà fait et je ne veux pas y retourner ! »

Mary se tourna vers Jorja. « Quand est-elle allée à l'hôpital ?

— Jamais, dit Jorja, je ne comprends pas pourquoi...

— Si, j'y suis allée, hurla Marcie. Ils m'ont attachée sur un lit, ils m'ont mis des aiguilles partout et j'avais peur, je ne veux plus qu'ils me touchent. »

Jorja se souvint de ce que lui avait raconté Kara Persaghian. Elle posa une main sur l'épaule de Marcie. « Mon chou, tu n'as jamais...

— Si ! hurla la petite fille en jetant sa fourchette en direction de Pete.

— Marcie ! » s'écria Jorja.

La petite fille quitta la table, livide, les yeux fous. « Quand je serai grande, je serai mon propre docteur, et personne d'autre ne me fera des piqûres... » Elle poussa un long gémissement.

Jorja s'avança vers elle, les mains tendues. « Ma chérie, je t'en prie... »

Marcie recula comme si ce n'était pas sa mère qu'elle avait devant elle, comme si elle redoutait d'être agressée. Elle semblait voir *à travers* Jorja. L'objet de sa frayeur était peut-être imaginaire mais sa terreur, elle, était bien réelle.

« Marcie, qu'est-ce que tu as ? »

La petite fille s'écroula dans un coin de la pièce en tremblant.

Jorja prit sa fille par la main. « Marcie, dis-moi quelque chose... » C'est alors qu'une odeur d'urine s'éleva dans l'air. Une tache sombre se dessina sur le pantalon de Marcie. « Marcie ! »

La fillette essayait de hurler, mais en vain.

« Qu'est-ce qui se passe ? demanda Mary. Qu'est-ce qui ne va pas ?

— Je n'en sais rien, fit Jorja, je n'en sais rien. »

Les yeux toujours braqués sur une forme ou un objet qu'elle était seule à voir, Marcie entama une lente mélopée sans paroles.

New York

La bande magnétique continuait à déverser des chants de Noël et Jenny Twist demeurait insensible, immobile, mais Jack n'avait plus la force de se consacrer au monologue ininterrompu qui l'avait occupé pendant les premières heures de sa visite. Il était silencieux, à présent, et ses pensées le ramenaient irrésistiblement vers les mois passés en Amérique centrale.

A son retour aux États-Unis, il avait découvert que le sauvetage des Indiens de l'institut de la Fraternité avait été présenté dans certains milieux comme un acte de terrorisme, une sorte de kidnapping de masse, une véritable provocation. Les Rangers y ayant participé étaient dépeints comme des criminels en uniforme.

Pris de panique, le Congrès avait décidé de plonger dans l'oubli toutes les activités secrètes en Amérique centrale, y compris le projet de sauvetage des quatre Rangers prisonniers. Leur libération s'effectuerait uniquement par la voie diplomatique.

C'était donc pour cela qu'ils avaient attendu si longtemps. Leur pays les avait abandonnés. Jack eut beaucoup de mal à y croire dans un premier temps. Quand il accepta la terrible vérité, ce fut le deuxième plus grand choc de sa vie.

Le premier choc, c'est ce qui était arrivé à Jenny alors qu'il croupissait dans sa prison. Un individu l'avait abordée dans le couloir de son immeuble alors qu'elle revenait du travail. Il lui avait posé un revolver sur la tempe, l'avait entraînée dans son appartement et, là, il l'avait violée et sodomisée avant de l'assommer, la laissant pour morte.

Quand Jack était revenu au pays, il avait trouvé Jenny dans une institution publique, plongée dans le coma. Les soins qu'elle recevait étaient abominables.

Norman Hazzurt, le violeur, qui avait laissé des empreintes et avait été reconnu par des voisins, avait été arrêté, mais son avocat avait réussi à reculer la date du procès et à le faire mettre en liberté provisoire. De son côté, Jack avait entrepris sa propre enquête. Le passé d'obsédé sexuel de Hazzurt était flagrant. Pour lui, il était coupable et devait par conséquent être puni.

Grâce à l'habileté de son avocat, Hazzurt s'en tirerait certainement sans la moindre condamnation. Ça, Jack ne pouvait l'accepter.

Norman Hazzurt mourut dans une explosion de gaz « accidentelle » survenue à son domicile deux mois après le retour de Jack aux États-Unis. Deux semaines plus tard, Jenny fut transférée dans une clinique privée grâce au magot récolté lors d'un hold-up exécuté avec une précision toute militaire.

Le meurtre de Hazzurt ne satisfit pas Jack. Il n'en fut que plus déprimé. Tuer quand on est à la guerre, ce n'est pas du tout la même chose que tuer en temps de paix.

Le vol était la seule chose qui lui plût. Une attaque de fourgon ou un braquage audacieux avait sur Jack Twist des vertus médicinales. Ses crimes étaient sa raison de vivre. A l'époque, tout au moins.

Car maintenant, assis à côté de Jenny, Jack se demandait ce qui pourrait le motiver, jour après jour. Le vol ne l'intéressait plus. Il n'avait même plus besoin d'argent. Il en avait mis suffisamment de côté pour Jenny. Il n'avait plus qu'à venir de temps en temps passer quelques heures avec elle, contempler son visage serein, lui tenir la main — et prier pour que survienne un miracle.

Voilà quelles étaient ses réflexions quand il entendit Jenny émettre une sorte de bruit de gorge. Elle prit deux profondes inspirations avant de souffler longuement. Jack se leva avec l'espoir fou de la trouver les yeux grands ouverts, consciente à nouveau après plus de huit ans. Le miracle était peut-être là. Mais ses yeux étaient clos, son visage impassible. Il lui posa une main sur la joue, descendit vers la gorge. Ce qui était arrivé n'avait en fait rien de miraculeux. C'était même la chose la plus banale qu'on pût imaginer, la plus inévitable aussi : Jenny Twist venait de mourir.

Chicago, Illinois

Les médecins de service n'étaient pas très nombreux ce jour-là à l'hôpital Saint-Joseph, mais il s'en trouva pourtant deux, un spécialiste nommé Jarvil et un interne du nom de Klinet, pour bavarder avec le père Wycazik de l'étonnante rémission d'Emmeline Halbourg.

Klinet était jeune et fougueux, avec des cheveux très bouclés. Il entraîna Wycazik dans une salle de consultation afin de reprendre le dossier et les radiographies d'Emmy. « Il y a cinq semaines, on a commencé à lui donner de la namiloxiprine — c'est un tout nouveau médicament qui vient seulement d'être autorisé. »

Jarvil avait un air très calme, presque endormi, mais quand il les rejoignit dans la salle, il se montra lui aussi visiblement passionné par l'évolution de la santé d'Emmeline.

« La namiloxiprine agit de façons diverses sur les maladies osseuses, dit Jarvil. Dans de nombreux cas, elle stoppe la destruction du périoste, favorise le développement des ostéocytes sains et entraîne d'une certaine façon l'accumulation du calcium intercellulaire. Chez Emmy, par exemple, où la moelle osseuse constitue l'objectif principal de la maladie, la namiloxiprine encourage la croissance des globules blancs, la production de globules rouges et la formation d'hémoglobine.

— Elle n'est cependant pas censée agir *aussi vite*, dit Klinet.

— C'est principalement un médicament qui arrête la progression d'une maladie, reprit Jarvil, sans rendre cependant possible la régénération. Bien sûr, il favorise une certaine reconstitution, mais pas du type observé chez Emmy. »

Ils montrèrent à Stefan une série de radios prises au cours des six dernières semaines. L'évolution des os et des articulations d'Emmy était évidente.

Klinet dit : « Elle a été sous namiloxiprine pendant trois semaines sans qu'il y ait d'effet notable. Et soudain, il y a quinze jours, son corps ne s'est pas seulement engagé sur la voie de la rémission, il s'est aussi mis à reconstituer les tissus endommagés. »

La date donnée par le médecin correspondait parfaitement à la première apparition des étranges anneaux dans les mains de Brendan Cronin. Mais Wycazik ne voulut pas faire état de cette coïncidence.

Jarvil présenta d'autres radios et des résultats d'examens témoignant de la remarquable amélioration des canaux de Havers de l'enfant — ce réseau complexe qui permet aux petits vaisseaux sanguins et lymphatiques de parcourir la substance osseuse dans un but d'entretien et de réparation. Nombre des canaux avaient été obstrués par une sorte de substance semblable à la plaque dentaire ; au cours des deux dernières semaines, la plaque avait pratiquement disparu, permettant la circulation normale sans laquelle il ne pouvait y avoir ni guérison ni régénération.

« Nul ne savait que la namiloxiprine pouvait avoir une telle action sur les canaux, dit Jarvil. C'est vraiment étonnant.

— Si la régénération se poursuit au même rythme, dit Klinet, Emmy pourrait être totalement guérie dans trois mois. C'est vraiment phénoménal. »

Les deux hommes sourirent à Stefan Wycazik, qui n'avait pas le cran de leur avouer que ni leurs efforts ni leur nouveau médicament n'étaient responsables de la guérison d'Emmeline Halbourg. Ils étaient euphoriques et Stefan garda pour lui la possibilité que la guérison d'Emmy fût due à une force bien plus mystérieuse que la médecine moderne.

Milwaukee, Wisconsin

La journée de Noël passée en compagnie de Frank, de Lucy et des petits-enfants fut extrêmement agréable et eut un véritable effet thérapeutique sur Ernie et Faye Block. Ils ne s'étaient pas sentis aussi bien depuis plusieurs mois et, en fin d'après-midi, ils firent un tour, rien qu'eux deux.

Le temps était idéal, froid, sec, sans un souffle de vent. Bien protégés par leurs manteaux, Ernie et Faye marchaient bras dessus bras dessous en discutant des événements de la journée.

Dès leur arrivée à Milwaukee le 15 décembre dernier, dix jours plus tôt, Faye avait eu des raisons d'espérer que la situation s'améliorerait. Ernie semblait aller mieux — une démarche plus rapide, un sourire plus franc. L'amour de sa fille, de son gendre et de ses petits-enfants suffisait à faire reculer la peur.

Les séances de thérapie avec le Dr Fontelaine, six jusqu'à aujourd'hui, avaient également été très bénéfiques. Ernie avait encore peur du noir, mais bien moins qu'à leur départ du Nevada. Les phobies étaient, selon le médecin, faciles à traiter en comparaison de nombreux autres désordres psychiatriques. Ces dernières années, les thérapeutes avaient découvert que, dans la plupart des cas, les symptômes *étaient* eux-mêmes la maladie, plutôt que l'ombre projetée sur l'inconscient du patient par des conflits non résolus. Il n'était donc plus nécessaire — ni même possible, voire désirable — de rechercher les causes psychologiques de la maladie afin de la traiter. Les traitements au long cours avaient été abandonnés en faveur de l'enseignement aux patients de techniques de désensibilisation susceptibles de faire disparaître les symptômes en quelques mois, pour ne pas dire quelques semaines.

Un tiers environ de toutes les personnes atteintes de phobies ne pouvaient bénéficier de ces méthodes et avaient besoin de traitements très longs ou de substances médicamenteuses inhibant la panique telles que l'alprazolam. L'état d'Ernie s'était amélioré si rapidement que le Dr Fontelaine, pourtant optimiste par nature, trouvait cela étonnant.

Faye avait beaucoup lu sur les phobies et découvert qu'elle pouvait aider Ernie en lui racontant des anecdotes amusantes ou curieuses lui permettant de voir son état sous un angle différent — peut-être même moins terrible. Il appréciait surtout qu'elle lui cite des phobies à côté desquelles sa terreur de la nuit paraissait très raisonnable. Qu'était donc sa nyctophobie comparée à la ptéronophobie (peur des plumes), à la pédiophobie (peur des poupées) ou, pis encore, à la coïtophobie (peur du sexe) ou à l'autophobie (peur de soi-même) ?

C'était le crépuscule et Faye s'efforçait d'occuper l'esprit d'Ernie en lui parlant d'un écrivain, John Cheever, qui souffrait de géphyrophobie : Cheever ne pouvait, en effet, franchir un pont.

Ernie l'écoutait, fasciné, mais n'en avait pas moins conscience de la nuit qui tombait. Les ombres s'allongeaient sur la neige et ses doigts se crispaient sur le bras de sa femme. Il lui aurait fait mal si elle n'avait porté un pull-over épais et un chaud manteau.

Ils avaient dépassé le septième pâté de maisons. Ils étaient donc allés trop loin pour être revenus avant la nuit noire. Les deux tiers du ciel étaient déjà très sombres, le troisième n'était encore que violet foncé.

Faye s'arrêta sous le cône de lumière d'un lampadaire afin de donner un peu de répit à Ernie. Il avait les yeux fous et sa respiration était haletante. Il était au bord de la peur panique.

« N'oublie pas de contrôler ton souffle », dit-elle.

Il hocha la tête et s'efforça de respirer lentement, plus profondément.

Quand toute lueur eut disparu dans le ciel, elle dit : « Tu es prêt à rentrer ?

— Prêt », fit-il d'une voix caverneuse.

Ils quittèrent la zone éclairée pour l'obscurité et prirent la direction de la maison. Ernie serrait les dents.

Ce qu'ils entreprenaient pour la troisième fois, c'était une technique thérapeutique radicale appelée « flooding », au cours de laquelle le sujet atteint de phobie est encouragé à confronter l'objet de sa terreur et à tenir jusqu'à ce que celui-ci relâche son emprise. Le flooding repose sur le fait que les crises paniques sont autolimitées. Le corps humain ne peut accepter indéfiniment un taux panique très élevé, il ne peut produire très longtemps de l'adrénaline, de sorte que l'esprit doit s'adapter et faire la paix — tout au moins la trêve — avec ce qu'il redoute.

Dans le cas d'Ernie, la première étape du traitement consistait à rester quinze minutes dans le noir, Faye à ses côtés pour le soutenir et une zone éclairée à proximité. Chaque fois qu'ils approchaient d'un lampadaire, elle le laissait reprendre courage puis ils repartaient.

Avec la deuxième étape, qu'ils n'entameraient que dans une ou deux semaines après de nouvelles séances avec le Dr Fontelaine, ils se rendraient en voiture dans un endroit obscur et marcheraient dans le noir absolu jusqu'à ce qu'Ernie n'en puisse plus. Faye allumerait alors une torche pour lui permettre de se ressaisir.

Au cours de la troisième et ultime étape, Ernie irait se promener seul dans un endroit totalement obscur. Après quelques tentatives de ce genre, il serait certainement guéri.

Faye Block était femme à toujours penser de manière positive. Mais là, quelque chose qu'elle ne pouvait définir lui disait que les progrès d'Ernie étaient trop rapides et que tout cela allait se terminer mal. Très mal.

Boston, Massachusetts

Pablo Jackson avait beaucoup de succès dans les réceptions mondaines. Filleul de Picasso et artiste de music-hall pendant de nombreuses années, il avait aussi servi d'agent de liaison entre la Résistance française et l'espionnage britannique pendant la Seconde Guerre mondiale. Sa récente collaboration avec la police ne pouvait qu'ajouter à sa renommée. Il ne ratait jamais une invitation.

Le soir de Noël, Pablo assista donc à une soirée très chic donnée à partir de vingt-deux heures au domicile de M. et Mme Ira Hergensheimer, à Brookline. C'était une splendide demeure de style géorgien, aussi élégante et chaleureuse que les Hergensheimer eux-mêmes. Un barman officiait dans la bibliothèque, des serveurs en frac exécutaient un véritable ballet parmi les invités auxquels ils apportaient champagne et petits fours et un quatuor à cordes jouait dans le vestibule.

Parmi tous les invités, l'homme qui intéressait le plus Pablo était Alexander Christophson, ancien ambassadeur à la cour de St. James, ancien sénateur du Massachusetts et ancien directeur de la CIA. Retiré du monde de la politique depuis une dizaine d'années, il avait maintenant soixante-seize ans. Pablo le connaissait depuis un demi-siècle. Il était grand, distingué, avec très peu de rides sur son noble visage. Son esprit était plus vif que jamais. La véritable durée de son séjour terrestre ne se trahissait qu'à un début de maladie de Parkinson qui, malgré les traitements, lui causait parfois des tremblements dans la main droite.

Une demi-heure avant que le dîner ne fût servi, Pablo entraîna Alex loin des autres invités et le conduisit dans la bibliothèque d'Ira Hergensheimer afin d'avoir avec lui une conversation privée. Le vieux magicien referma la porte derrière eux et ils portèrent leurs flûtes de champagne jusqu'à une petite table flanquée de deux fauteuils de cuir.

« Alex, j'ai besoin de tes lumières, dit Pablo. Hier, une jeune femme est venue me trouver. C'est une femme extrêmement charmante et intelligente qui a l'habitude de résoudre seule ses problèmes, mais qui se heurte aujourd'hui à quelque chose de très étrange. Elle a vraiment besoin d'aide.

— Ainsi donc, les charmantes jeunes femmes viennent encore te solliciter, à quatre-vingt-un ans ? J'avoue que je suis à la fois impressionné... et envieux, dit en riant Alex Christophson.

— Quel vieil obsédé tu fais, il ne s'agit pas d'un coup de foudre ! »

Sans révéler le nom et la profession de Ginger Weiss, Pablo exposa le problème — les fugues inexplicables — et raconta par le menu la séance d'hypnose à laquelle il s'était empressé de mettre un terme. « Elle semblait vraiment se retirer dans un coma très profond, peut-être même dans la mort, pour échapper à mes questions. Naturellement, j'ai refusé de l'hypnotiser à nouveau et de risquer une autre crise, mais je lui ai promis d'effectuer des recherches pour tenter de découvrir un cas semblable. J'ai passé une grande partie de la nuit à feuilleter des bouquins où l'on parlerait de blocages mnémoniques associés à une autodestruction. J'ai finalement trouvé un exemple... dans un de tes livres. Bien sûr, tu parlais d'une condition psychologique *imposée* résultant d'un lavage de cerveau, alors que cette jeune femme a créé son propre blocage. Mais il y a tout de même des ressemblances. »

Alex Christophson avait écrit plusieurs ouvrages, dont deux traitant du lavage de cerveau. Il décrivait dans l'un d'eux une technique baptisée du nom de « blocage d'Azraël » (du nom d'un des Anges de la Mort) et ressemblant étonnamment à la barrière entourant le souvenir que Ginger Weiss pouvait avoir d'un événement traumatisant de son passé.

Alex reposa la flûte de champagne. Sa main tremblait un peu plus que d'habitude. « Le plus sage serait de ne pas te mêler de tout ça, mais je suppose que tu n'en feras rien, dit-il d'un ton un peu sentencieux.

— J'ai promis de l'aider, dit Pablo.

— Je suis à la retraite depuis pas mal d'années déjà et mon flair n'est plus ce qu'il était, mais j'ai une sorte de pressentiment. Laisse-la tomber, Pablo. Ne la revois plus. Ne cherche pas à l'aider.

— Mais Alex, je lui ai promis !

— Dans ce cas... Tu veux que je te parle de la technique Azraël ? Bien. Ce n'est pas une méthode à laquelle les services occidentaux ont très souvent recours, mais les Soviétiques lui accordent beaucoup d'intérêt. Imaginons par exemple un agent russe nommé Ivan, un type qui aurait trente ans de service au KGB. Il y a dans la mémoire d'Ivan une quantité incroyable d'informations de la plus grande valeur qui, s'il se faisait piéger par les Occidentaux, porteraient un coup terrible au réseau d'espionnage soviétique. Les supérieurs d'Ivan redoutent en permanence qu'il ne soit identifié et arrêté au cours d'un de ses séjours à l'étranger.

— Avec les techniques et les drogues modernes, personne ne peut résister à un interrogatoire, fit Pablo.

— Exact. Ivan racontera tout ce qu'il sait sans même être torturé. Imaginons à présent que, parmi toutes les choses sensibles dont il a connaissance, il y en ait deux ou trois qui soient *extrêmement* sensibles, si explosives même que leur révélation pourrait détruire son pays. Ces souvenirs particuliers, moins d'un pour cent de toutes ses connaissances, pourraient être supprimés sans que cela affecte pour autant ses performances. S'il tombait entre des mains ennemies, il serait incapable de révéler ces souvenirs d'une importance cruciale.

— C'est là qu'intervient la technique Azraël, dit Pablo. Les camarades d'Ivan utilisent les drogues et l'hypnose pour sceller certaines parties de son passé avant de l'envoyer en mission à l'étranger.

— Ce blocage est parfait. Quand le sujet est questionné sur le sujet tabou, il est programmé pour sombrer dans un coma profond dans lequel il n'entend même plus la voix de celui qui l'interroge. Même dans la mort ! En fait, on devrait parler de

" détente d'Azraël " plutôt que de " blocage d'Azraël ". Quand l'interrogateur évoque les souvenirs bloqués, il appuie sur la détente et plonge Ivan dans le coma ; s'il continue à jouer avec cette détente, le sujet risque bien d'y laisser sa peau.

— L'instinct de survie n'est pas assez puissant pour passer outre ? demanda Pablo, fasciné. Quand Ivan est sur le point de mourir ou de révéler tout ce qu'il sait... eh bien, les souvenirs interdits remontent certainement à la surface.

— Non. »

Le visage de Christophson avait pris une teinte blafarde. « Pas avec les drogues et les techniques hypnotiques en usage aujourd'hui. Le contrôle de l'esprit est une science qui a fait des progrès effrayants. L'instinct de survie est le plus fort que nous possédions, mais même lui ne peut rien contre cette technique. Ivan peut être programmé pour s'autodétruire. »

Pablo s'aperçut que sa flûte était vide. « Ma jeune amie se serait donc dotée d'une sorte de blocage d'Azraël pour s'isoler d'une partie terriblement effrayante de son passé.

— Non, fit Alex, elle ne l'a pas créé toute seule. » Alex se leva, mit ses mains dans ses poches et marcha jusqu'à la fenêtre pour admirer la pelouse couverte de neige. « Un blocage naturel, qu'on s'imposerait à soi ? L'esprit humain ne peut, de son propre chef, risquer la mort rien que pour dissimuler une chose. Le blocage d'Azraël est *toujours* un moyen de contrôle venu de l'extérieur. Si tu t'es heurté à une telle barrière, c'est que quelqu'un l'a implantée dans son esprit.

— Tu veux dire qu'on lui a fait un lavage de cerveau ? C'est ridicule, elle n'a rien d'une espionne.

— J'en suis persuadé.

— Elle n'est pas russe. Pourquoi lui aurait-on fait un lavage de cerveau ? Les citoyens ordinaires ne sont pas exposés à ce genre de chose.

— Ce n'est qu'une hypothèse, fit Alex en se retournant brusquement, mais peut-être a-t-elle vu accidentellement une chose qu'elle n'aurait pas dû voir. Quelque chose d'extrêmement important, un secret peut-être. Ensuite, on l'a soumise à un processus sophistiqué de répression mnémonique pour s'assurer qu'elle n'en parlerait à personne.

— Mais enfin, qu'aurait-elle pu voir de si important ? »

Alex haussa les épaules.

« Qui aurait pu effacer ses souvenirs ?
— Les Russes, la CIA, le Mossad israélien, le M16 britannique... n'importe quelle organisation au fait des techniques les plus évoluées.
— Je ne crois pas qu'elle soit jamais allée à l'étranger, il ne reste donc plus que la CIA.
— Pas nécessairement. Tous les autres services opèrent chez nous pour leur propre compte. Et puis, il n'y a pas que les services de renseignements. Il y a aussi des sectes religieuses, des groupes politiques extrémistes, je ne sais quoi encore... Les connaissances vont vite à notre époque, surtout quand elles sont dangereuses. Si des gens comme ça veulent qu'elle oublie quelque chose, il vaut mieux que tu ne cherches pas à l'aider. Ce ne serait très bon ni pour toi ni pour elle, Pablo.
— Je n'arrive pas à croire que...
— C'est pourtant ainsi.
— Mais enfin, ces fugues, cette frayeur soudaine des casques de moto, des gants noirs. Cela voudrait dire que ses barrières mentales menacent de s'effondrer. Les gens dont tu parles n'auraient pas bâclé leur travail, n'est-ce pas ? S'ils avaient érigé un blocage mental, celui-ci serait parfait.
— C'est ce qui m'inquiète le plus, dit Alex en regagnant son fauteuil. Normalement, une barrière mentale ne peut s'affaisser d'elle-même. Ses problèmes récents, son état psychologique qui se détériore, tout cela ne peut vouloir dire qu'une chose...
— Oui ?
— Les souvenirs interdits, les secrets dissimulés par le blocage d'Azraël sont apparemment si explosifs, si effrayants, si traumatisants que la barrière la plus solide ne peut les contenir. Les objets qui causent ses fugues — les gants, l'évier, etc. — sont très probablement des éléments de ces souvenirs réprimés. Quand ses yeux se posent sur l'un de ces objets, elle est sur le point de se souvenir. C'est alors que son programme se déclenche et qu'elle fait le black-out.
— Dans ce cas, fit Pablo, le cœur battant, on pourrait utiliser la régression hypnotique pour sonder ce blocage, en élargir les failles, sans la plonger pour autant dans le coma. Il faudrait être extrêmement prudent, certes, mais avec...
— Tu ne m'as pas écouté ! »
Alex se leva brusquement et pointa un doigt menaçant vers son

ami : « C'est terriblement dangereux. Tu as eu par hasard connaissance d'une chose qui te dépasse à un point que tu ne peux imaginer. Si tu t'obstines, tu vas te faire des ennemis, Pablo.

— C'est une gentille fille et sa vie est gâchée par toute cette histoire.

— Tu ne peux pas l'aider. Tu es trop âgé et puis, tu es seul.

— Écoute, fit Pablo, je ne t'ai peut-être pas assez parlé d'elle. Je ne t'ai dit ni son nom ni sa profession, mais maintenant, je vais te...

— Je ne veux pas savoir qui elle est ! s'écria Alex.

— Elle est médecin, insista Pablo, chirurgien même. Elle a passé des années et des années à étudier la médecine et voici qu'elle perd tout. C'est tragique.

— Peut-être, mais elle découvrira très vite que la connaissance est encore pire que l'ignorance.

— Peut-être, reconnut Pablo, mais n'est-ce pas à elle de décider s'il faut ou non chercher la vérité ?

— Je vais te parler très franchement, Pablo. Si ses souvenirs eux-mêmes ne la détruisent pas, elle se fera probablement tuer par ceux qui lui ont implanté ce blocage. Je suis d'ailleurs surpris qu'ils ne l'aient pas fait tout de suite. S'il y a derrière tout cela un service de renseignements, le nôtre ou un service étranger, sache que pour eux la vie du citoyen lambda n'a aucune importance. Elle a eu beaucoup de chance de subir un lavage de cerveau, une balle de revolver est plus rapide et bien moins onéreuse. Ils ne lui donneront pas une seconde chance. S'ils apprennent que le blocage d'Azraël s'est effrité et qu'elle connaît le secret qu'ils ont effacé de sa mémoire, je ne donne pas cher de sa peau ! Et de la tienne non plus, d'ailleurs !

— A quatre-vingt-un ans, dit Pablo d'une voix douce, la vie n'apporte plus grand-chose. On ne peut refuser l'aventure quand elle se présente. Alors, vogue la galère !

— Tu commets une erreur terrible, Pablo.

— Peut-être, mon ami. Mais dans ce cas, pourquoi devrais-je me sentir aussi bien ? »

Chicago, Illinois

Le Dr Bennet Sonneford, qui avait opéré la veille Winton Tolk à la suite de la fusillade, conduisit le père Wycazik dans un bureau spacieux aux murs décorés de trophées de pêche. Des médailles et des coupes d'or et d'argent étaient exposées sur la cheminée. Le médecin prit place derrière un bureau de pin dans l'ombre d'un requin-marteau de taille impressionnante et Stefan s'assit dans un fauteuil.

Stefan était arrivé à sept heures et demie du soir à l'appartement privé du Dr Sonneford et s'était excusé de le soustraire un instant à ses obligations familiales.

« Brendon travaille avec moi à la paroisse Sainte-Bernadette, dit le père Wycazik. Je l'estime beaucoup et je ne voudrais pas qu'il ait des problèmes.

— Des problèmes ? Comment cela ? fit le médecin en manipulant un moulinet.

— Pour s'être mêlé de ce qui ne le regardait pas en ne suivant pas la procédure officielle.

— C'est ridicule, voyons, s'il ne s'était pas occupé de Tolk, l'autre serait mort avant même l'arrivée des infirmiers. Nous lui avons donné plus de quatre litres et demi de sang.

— Vraiment ? Je croyais qu'ils avaient fait une erreur en remplissant sa carte.

— Non. » Sonneford prit un petit tournevis et démonta méticuleusement le moulinet sans cesser de parler. « Un adulte possède soixante-dix millilitres de sang par kilogramme de poids. Tolk est un individu très robuste, il doit peser dans les cent kilos. Il doit donc avoir dans les sept litres de sang. Aux urgences, j'ai constaté qu'il avait perdu soixante pour cent de son sang. Et on lui en avait déjà donné un demi-litre dans l'ambulance.

— Vous voulez dire qu'il a perdu soixante-quinze pour cent de son sang avant l'arrivée de l'ambulance ? Est-ce qu'on peut perdre autant de sang et... survivre ?

— Non », dit Sonneford d'une voix calme.

Un frisson de plaisir parcourut Wycazik. « Les deux balles se sont fichées dans des tissus mous et n'ont détérioré aucun organe. Elles ont été détournées par les côtes, par d'autres os ?

— Si ces balles, de calibre .38 me semble-t-il, avaient atteint un os, il y aurait eu des éclats multiples. Je n'ai rien trouvé de tel. En revanche, elles auraient traversé le corps si elles n'avaient pas été déviées. Il y aurait eu des traces de leur sortie. Mais je les ai trouvées logées dans des tissus mous. Ce qui est étonnant, c'est que les balles se trouvaient là où elles auraient dû être après avoir frappé l'os. Leur ultime énergie aurait été absorbée par le muscle. Mais il n'y avait pas de tissus endommagés entre l'impact et les balles. C'est tout à fait impossible, comprenez-vous ? Une balle ne peut pas traverser une poitrine sans laisser de traces !

— On dirait que nous avons affaire à un petit miracle, dit Stefan avec un sourire.

— A un énorme miracle, oui !

— Si une veine et une artère seulement ont été touchées sans être sectionnées, comment cela se fait-il que Winton Tolk ait perdu autant de sang ? Les entailles sur les vaisseaux pourraient expliquer cela ?

— Non, ces blessures n'auraient pas provoqué une telle hémorragie. »

Le chirurgien se tut. Il semblait en proie à quelque terreur à laquelle Stefan ne comprenait rien. Qu'avait-il à redouter ? S'il croyait avoir assisté à un miracle, ne devrait-il pas s'en réjouir ?

« Docteur, je sais qu'il est difficile pour un homme de science d'admettre qu'il a vu une chose que son éducation ne peut expliquer, une chose contraire à ce en quoi il a cru jusqu'ici. Mais je vous supplie de tout me raconter. Comment Tolk a-t-il perdu tant de sang si ses blessures sont si minimes ? »

Sonneford se cala dans son fauteuil. « En chirurgie, après le début des transfusions, j'ai localisé les balles sur des radiographies et pratiqué les incisions nécessaires pour les extraire. Ce faisant, j'ai découvert un trou minuscule dans l'artère mésentérique supérieure et une autre petite déchirure dans l'une des veines intercostales supérieures. J'étais certain que d'autres vaisseaux étaient endommagés mais, comme je ne les trouvais pas tout de suite, j'ai posé des clamps sur la mésentérique supérieure et l'intercostale. Je m'occuperais des autres vaisseaux plus tard. Cela ne prendrait que quelques minutes, c'était un travail facile. J'ai recousu l'artère en premier parce que l'effusion de sang était plus importante. Ensuite...

— Ensuite ? le pressa le père Wycazik.

— J'ai voulu me consacrer à la veine intercostale mais la blessure avait disparu. »

Le prêtre sursauta. C'était là les paroles qu'il attendait — bien que ce fût aussi une révélation d'une importance capitale.

« Disparu », répéta Sonneford. Ses yeux rencontrèrent ceux du père Wycazik. Une ombre les recouvrait d'un voile grisâtre, l'ombre de la peur. Pour quelle inexplicable raison ce miracle emplissait-il le praticien de frayeur ? « La veine s'est cicatrisée d'elle-même, mon père. Je suis persuadé qu'il y avait une déchirure puisque j'y ai mis moi-même un clamp. Mes assistants m'ont vu faire. Quand j'ai enlevé le clamp, il n'y avait plus de déchirure et le sang circulait librement dans la veine. Plus tard encore... quand j'ai voulu extraire les balles, le tissu musculaire s'est reconstitué sous mes yeux. C'est incroyable, mais je l'ai vu. Je ne peux rien prouver, mon père, mais je sais que les deux balles ont endommagé le sternum de Tolk et projeté des esquilles dans tout son thorax. Cela fait des dégâts terribles. Pourtant, quand il était sur la table d'opération, son corps avait pratiquement fini d'autocicatriser. Les os brisés s'étaient... reformés. Je suis même sûr que je n'aurais pas eu besoin d'intervenir pour les deux vaisseaux, ils se seraient réparés d'eux-mêmes.

— Qu'ont pensé vos assitants de tout cela ? demanda Wycazik.

— Nous n'en avons même pas discuté. Curieux, non ? Peut-être parce que nous vivons à une époque rationnelle où ce qui est miraculeux est inacceptable.

— Ce serait bien triste. »

La peur était toujours tapie au fond des yeux du chirurgien. Il hésita un instant et dit : « Mon père, s'il y a un Dieu — ce que, personnellement, je ne crois pas — pourquoi aurait-il sauvé cet homme plutôt qu'un autre ? »

Stefan tira son fauteuil pour se rapprocher du bureau. « Vous avez été franc avec moi, docteur, et je le serai aussi avec vous. Je sens derrière ces événements une force plus qu'humaine. Une présence. Et cette présence ne s'intéresse pas à Winton Tolk au premier chef, mais à Brendan, l'homme qui... *le prêtre* qui est entré le premier dans la boutique.

— Vous ne pouvez pas affirmer cela si...

— Si Brendan n'était lié à un autre événement miraculeux. »

Sans prononcer le nom d'Emmeline, le père Stefan Wycazik

raconta comment les membres douloureux de la petite fille avaient été guéris au contact des mains de Brendan Cronin.

Au lieu de retrouver confiance en entendant un tel récit, le Dr Sonneford parut s'enfoncer un peu plus dans son étrange désespoir.

« Docteur, je ne comprends peut-être pas tout, mais il me semble que tout cela devrait vous emplir de joie. Vous avez eu le privilège de voir — et je pèse mes mots — l'œuvre divine en action. » Il tendit à Sonneford une main que l'autre saisit frénétiquement, comme un noyé qui cherche à se rattraper. « Bennet, pourquoi vous montrez-vous si abattu ?

— J'ai reçu une éducation luthérienne, mais je suis athée depuis vingt-cinq ans. Et aujourd'hui...

— Je vois, fit Stefan, je vois... »

La joie au cœur, il se mit à sonder l'âme du Dr Sonneford. Il ne soupçonnait pas alors que son euphorie ne serait bientôt plus de mise.

Reno, Nevada

Zeb Lomack n'avait jamais imaginé que sa vie s'achèverait dans le sang un soir de Noël, mais il était tombé si bas qu'il ne pensait plus qu'à mettre un terme à ses jours. Il chargea son fusil, le déposa sur la table de cuisine encombrée et se promit de l'utiliser s'il ne parvenait pas à se débarrasser avant minuit de tout ce qui concernait la lune.

Son étrange fascination pour la lune avait commencé l'été de l'année dernière, bien qu'elle fût plutôt innocente dans un premier temps. Vers la fin du mois d'août, il était sorti sur la terrasse de sa maison pour regarder la lune et les étoiles tout en buvant une bière. Vers la mi-septembre, il s'était offert un télescope Tasco IOVR ainsi que quelques livres traitant de l'astronomie d'amateur.

Zebediah fut surpris par son intérêt soudain pour la contemplation des étoiles. Pendant près de cinquante années, Zeb Lomack, joueur professionnel, ne s'était pratiquement intéressé qu'aux cartes. Il officiait à Reno, Lake Tahoe, Las Vegas, parfois même dans des localités de moindre importance telles qu'Elko ou

Bullhead City, et jouait au poker avec les touristes ou les champions locaux. Il n'était pas seulement bon aux cartes, il les *aimait*, bien plus que les femmes, l'alcool et la bonne chère.

Tout cela jusqu'au jour où il acheta son télescope.

Pendant quelques mois, il ne l'utilisa qu'occasionnellement et ne se procura que quelques ouvrages d'astronomie. Mais à Noël de l'année dernière, il commença à délaisser les étoiles pour la lune et un étrange changement se produisit en lui. Son nouveau hobby devint rapidement aussi passionnant que les jeux de cartes et il se mit à annuler des visites au casino pour étudier la surface lunaire. Vers février, il se colla à l'oculaire du Tasco toutes les nuits où la lune était visible. Vers avril, sa collection de livres consacrés à la lune dépassait la centaine de titres et il ne joua plus aux cartes que deux ou trois fois par semaine. Fin juin, il en était à quelque cinq cents livres et avait de plus entrepris de recouvrir les murs et le plafond de sa chambre de photos de la lune découpées dans de vieux magazines. Il ne jouait plus aux cartes et vivait de ses économies. Son intérêt pour notre satellite n'avait plus rien d'un passe-temps, mais avait tout de l'obsession.

Vers septembre, quinze cents livres étaient entassés dans la petite maison. Le jour, il lisait ou, le plus souvent, regardait des clichés de la lune, incapable de comprendre ou de résister à l'attrait qu'elle exerçait sur lui, jusqu'à ce que cratères, monts et mers n'aient plus aucun secret pour lui.

Avant cette passion maladive, Zeb Lomack était un homme assez svelte. Maintenant, il ne faisait plus de sport et mangeait n'importe quoi — sandwiches, pizzas froides, gâteaux — parce qu'il n'avait plus le temps de se préparer de bons petits plats. La lune ne faisait pas que le fasciner, elle le dérangeait aussi. Il l'observait avec émerveillement et terreur, de sorte qu'il avait tout le temps les nerfs à vif et que seule la nourriture pouvait l'apaiser.

Au début du mois d'octobre, il pensait à la lune à chaque instant de la journée, il en rêvait et en voyait l'image exposée à des centaines d'exemplaires dans chaque recoin de sa maison. Un jour, il avait trouvé dans une boutique un grand poster en couleurs de la lune, une photo prise par des astronautes, et il en avait acheté cinquante exemplaires, les agrafant aux murs et au plafond de la salle de séjour, les scotchant même sur les fenêtres. Il ôta les meubles de la pièce et se mit à passer des heures entières couché sur le dos, ne voyant plus que les cinquante lunes qui l'émerveillaient et le terrorisaient à la fois, toujours sans qu'il pût savoir pourquoi.

La nuit de Noël, alors que Zeb était étendu sur le dos, il remarqua soudain que quelque chose était inscrit sur l'un des posters, vierges de toute inscription jusqu'ici. Un mot au marqueur était venu polluer la surface de l'astre : *Dominick*. Il reconnut sa propre écriture, mais ne se souvint pas d'avoir écrit quoi que ce soit. Son regard fut alors attiré par un autre nom, sur un autre poster : *Ginger*. Puis par un troisième : *Faye*. Et un quatrième : *Ernie*. En proie à une angoisse subite, Zeb regarda toutes les affiches. Elles étaient intactes.

Il ne se rappelait pas avoir écrit ces noms, mais surtout il ne connaissait aucun Dominick, aucune Ginger, aucune Faye. Il connaissait bien quelques Ernie, mais ce n'étaient pas des amis intimes et l'apparition de ce nom sur la surface lunaire n'était pas moins mystérieuse que celle des trois autres prénoms. Il ne pouvait cependant détacher ses yeux de ces noms car il avait l'étrange sentiment de les *connaître*, comme si ces gens avaient joué un rôle particulièrement important dans sa propre vie et que sa santé mentale et sa survie dépendaient du souvenir qu'il pouvait en avoir.

Il se détourna des posters et rampa vers la cuisine, poussé par cette faim qui le prenait chaque fois qu'une pensée le rendait nerveux. Il ouvrit la porte du réfrigérateur et constata qu'il était pratiquement vide. Il n'y avait que des bols sales et des boîtes en plastique ayant contenu des aliments, deux cartons de lait vides et une boîte d'œufs avec un œuf cassé et un autre collé au carton. Il regarda dans le freezer, où il n'y avait qu'une épaisse couche de givre.

Zeb essaya de se rappeler quand il était allé au supermarché pour la dernière fois. Des jours, peut-être même des semaines s'étaient écoulées depuis les dernières commissions. Dans son univers où seule la lune existait, le temps n'avait plus sa place. Quand avait-il pris son dernier repas ? Cela non plus, il ne le savait pas. Il avait mangé un peu de riz au lait en boîte, mais était-ce ce matin, hier ou il y a deux jours ?

Zebediah Lomack fut si choqué du tour que prenaient les choses que son esprit se désembruma pour la première fois depuis des semaines. Pour la première fois, il vit — il vit *vraiment* — dans quelle pagaille il vivait. Les détritus jonchaient le plancher :

canettes de jus de fruits gluantes, cartons de céréales vides, une vingtaine de briques de lait, plusieurs dizaines de sacs de chips ou de bonbons froissés. Sans parler des cafards. Ils grouillaient littéralement, grimpaient sur les ordures, couraient sur le carrelage et sur les murs, se promenaient dans l'évier.

« Mon Dieu, dit Zeb d'une voix mourante, qu'est-ce qui se passe, qu'est-ce qui m'arrive ? »

Il se prit la tête dans les mains et sursauta en constatant qu'il était barbu. Lui qui était toujours impeccable. Il était pourtant persuadé de s'être rasé le matin même. Paniqué, il courut vers la salle de bains pour se regarder dans la glace. Il découvrit un étranger sale, les cheveux gras et emmêlés, une barbe de quinze jours collée par les restes de repas, les yeux fous. Il prit conscience de son odeur corporelle, si forte qu'il faillit en vomir. Il n'avait pas dû prendre un bain depuis plusieurs semaines.

Il avait besoin d'aide. Il était malade. Dans son corps et son esprit. Il ne comprenait pas ce qui lui était arrivé, mais il savait qu'il devait décrocher le téléphone et appeler au secours.

Mais il ne le fit pas tout de suite parce qu'il avait peur qu'on le prenne pour un fou et qu'on l'enferme à tout jamais. Comme on avait enfermé son père. Zebediah avait huit ans à l'époque. Son père poussait des hurlements affreux, disait que des lézards lui grimpaient dessus. Les médecins s'étaient efforcés de le désintoxiquer à l'hôpital. Les lézards s'étaient enfuis, la folie était restée. Depuis ce jour, Zeb avait eu peur de subir le même sort. Il se regarda une fois de plus dans le miroir et sut qu'il ne pourrait demander de l'aide qu'une fois présentable, une fois la maison rangée et nettoyée.

N'ayant pas la force de soutenir son propre regard plus longtemps, il décida de commencer par la maison. La tête baissée pour ne pas voir les lunes qui exerçaient sur lui la même attraction que sur les océans terrestres, il fonça dans la chambre, ouvrit le placard, repoussa les vêtements et se saisit d'une carabine Remington ainsi que d'une boîte de cartouches de calibre 12. Sans relever la tête, il revint dans la cuisine, chargea l'arme et la déposa sur la table. A haute voix, il passa un contrat avec lui-même :

« Tu vas balancer tous tes bouquins sur la lune et arracher les posters pour que cette maison ait l'air à nouveau vivable, ensuite, tu prendras un bain, tu te coifferas et tu te raseras. Comme ça, tu auras peut-être les idées assez claires pour savoir ce qui t'arrive et aller demander de l'aide. »

Le fusil de chasse était tacitement inclus dans le contrat. S'il ne pouvait résister au chant de sirène de la lune, il prendrait son arme, placerait le canon dans sa bouche et appuierait sur la détente.

La mort valait mieux que cette décrépitude.

Elle valait aussi mieux que l'enfermement à vie, comme son père.

De retour dans le living, les yeux baissés, il ramassa des livres. Leurs jaquettes avaient jadis comporté des photographies, mais il les avait découpées pour les mettre au mur. Il en prit une pleine brassée et alla la porter dans la cour où un barbecue était installé entre des parpaings. Après quelques voyages, il avait déjà entassé deux cents ouvrages.

Dominick, Ginger, Faye, Ernie... Les noms de ces gens qu'il savait connaître et dont il ignorait pourtant tout revinrent brusquement le hanter. Si au moins il avait pu dire qui ils étaient...

La neige qui recouvrait son jardin brillait d'une étrange lueur. Zeb se mit à grelotter. Malgré lui, il leva la tête. Le ciel était pratiquement sans nuages. Une face livide l'observait, terrible, impitoyable.

Il dit : « La lune. »

Il comprit alors qu'il était déjà mort.

Laguna Beach, Californie

Pour Dominick Corvaisis, Noël ne différait pas vraiment des autres jours. Il n'avait ni femme ni enfants. Ayant été élevé dans des foyers multiples, il n'avait pas de parents avec qui manger la dinde et la tarte à la citrouille. Quelques amis, dont Parker Faine, l'invitaient à se joindre à eux pour les fêtes, mais il refusait toujours leur offre. Il savait qu'en leur compagnie, il aurait l'impression d'être la cinquième roue du carrosse. Le jour de Noël n'avait cependant rien de triste. Il aimait bien être seul et lire un bon livre en écoutant de la musique.

Mais ce Noël-là, Dom se montra bien incapable de se tenir à un roman. Il était préoccupé par le mystérieux courrier de la veille et par la nécessité de résister à l'envie de prendre un Valium. Bien que craignant de rêver et de déambuler en dormant, il n'avait pas pris de Valium la veille ni de Dalmane la nuit dernière. Il était bel et bien décidé à faire cesser cette stupide dépendance. D'ailleurs, il avait jeté les comprimés dans les toilettes et tiré la chasse d'eau. Mais les heures s'écoulaient et l'angoisse renaissait en lui, presque aussi forte qu'avant le début de la chimiothérapie.

A sept heures du soir en ce jour de Noël, Dom arriva chez Parker Faine et accepta le verre de grog à la cannelle qu'on lui offrit. Ils s'installèrent devant l'immense baie vitrée donnant sur la mer et Dom dit : « Je vais partir en voyage. Un long voyage. Je vais prendre l'avion jusqu'à Portland et, une fois là-bas, je louerai une voiture. Je vais suivre le même itinéraire que l'été de l'année dernière, je traverserai le Nevada et une partie de l'Utah par la nationale 80 et j'irai jusqu'à Mountainview.

— Que se passe-t-il ? demanda Parker d'une voix tendue. Tu fais à nouveau des crises de somnambulisme ? Sûrement, oui. Ce n'est pas une route qu'on emprunte pour son plaisir. Il a dû t'arriver quelque chose pour que tu penses que ton état a un quelconque rapport avec la façon dont tu as changé l'année dernière.

— Je n'ai pas eu de nouvelle crise, mais ça ne saurait tarder, j'ai balancé tous mes médicaments. Tiens, voilà pourquoi j'ai envie de partir. » Il sortit de sa poche les deux feuilles de papier reçues la veille. « Le problème n'est pas seulement en moi, il n'est pas seulement d'ordre psychologique. Il se passe quelque chose de bien plus étrange. » Il tendit l'un des messages au peintre qui le lut, abasourdi.

Dom dit : « C'est arrivé par la poste, sans adresse d'expéditeur. » Il lui raconta avoir tapé plusieurs centaines de fois les mots « la lune » sur son traitement de texte. Il lui dit aussi s'être réveillé d'un rêve en prononçant ces mêmes mots, puis il tendit la deuxième feuille à Parker.

« Si je suis le premier à qui tu racontes tout cela, comment a-t-on pu t'adresser une telle lettre ?

— Je ne sais pas de qui il s'agit, dit Dom, mais il est au courant de mes crises de somnambulisme, peut-être parce que je suis allé chez un médecin pour...

— Tu veux dire qu'on te surveille ?

— D'une certaine façon, oui. Je ne crois pas qu'on m'observe en permanence, de temps à autre seulement. Celui qui me surveille sait que je suis somnambule, mais il ne sait probablement pas que j'ai tapé ces mots sur mon ordinateur ou que je les ai répétés à haute voix en pleine nuit. A moins de se trouver dans ma chambre, ce qui n'est pas le cas. Cependant, il sait de manière indiscutable que je réagirai aux mots « la lune », que cela me fera peur. Il doit donc savoir tout ce qui se cache derrière cette histoire.

— Trouve-le et on connaîtra la vérité.

— New York est une grande ville, dit Dom, et je ne dispose d'aucun autre élément. En tout cas, quand j'ai reçu la première lettre, j'ai compris que tu devais avoir raison en disant que j'avais changé de personnalité. Pour moi, le trajet Portland-Mountainview y est pour quelque chose. Si je suis le même itinéraire, si je m'arrête dans les mêmes motels, les mêmes restaurants, il se passera peut-être quelque chose en moi, un déclic en quelque sorte.

— Mais enfin, si cet événement est si important, comment aurais-tu pu l'oublier ?

— Peut-être que je ne l'ai pas oublié. Peut-être que ce souvenir m'a été *ôté*.

— Quoi qu'il en soit, dit Parker après un instant de réflexion, quelles raisons aurait-on de t'envoyer ces mots ? Tu t'es créé toute une histoire où c'est toi contre *Eux*, des individus mystérieux pour le moins, et ton type est de leur côté, pas du tien.

— Peut-être qu'il n'est pas d'accord avec ce qu'on m'a fait — même si j'ignore tout ce que j'ai subi.

— Ce qu'on t'a fait ? Qu'est-ce que tu me chantes maintenant ?

— Je n'en sais rien, dit Dom en serrant nerveusement son verre de grog, mais ce correspondant... il tient visiblement à ce que je sache que mon problème n'est pas psychologique, qu'il y a autre chose derrière. Je crois qu'il veut m'aider à trouver la vérité.

— Dans ce cas, il n'a qu'à t'appeler au téléphone et tout te raconter.

— Il fait partie de la conspiration, Dieu sait laquelle d'ailleurs. S'il prend directement contact avec moi, les autres le sauront et c'est lui qui sera dans la merde.

— A t'entendre, on croirait que c'est les rose-croix, la CIA et les francs-maçons réunis en une seule et même organisation ! dit Parker Faine en se passant la main dans les cheveux. Tu crois vraiment qu'on t'a fait un lavage de cerveau ?

— Appelons cela comme ça. J'ai oublié un épisode traumatisant de mon existence, mais je ne l'ai pas oublié *seul*. Ce que j'ai vu ou vécu était apparemment si énorme que cela reste gravé dans mon inconscient et que cela remonte parfois à la surface, quand je me balade la nuit ou que je tape sur mon traitement de texte. Oui, un truc si énorme que le lavage de cerveau n'a pas pu tout effacer et qu'un des conspirateurs prend des risques pour m'envoyer des messages. »

Parker relut les deux lettres et les rendit à Dom, puis il but son grog. « Je crois que tu as raison, mais merde ! je me dis que tu es en train de te faire du cinéma, que c'est ton imagination de romancier qui reprend le dessus. Le problème, c'est que je ne vois pas de solution en dehors de ce que tu proposes. »

Dom serrait si fort son verre que ses mains se mirent à trembler et qu'il renversa une partie du liquide. Il reposa le verre et s'essuya les doigts sur son pantalon.

« Moi non plus. Il n'y a rien d'autre qui explique à la fois mes crises de somnambulisme, mon changement de personnalité entre Portland et Mountainview et ces deux messages.

— Qu'est-ce que ça pouvait bien être, Dom ? dit Parker, les sourcils froncés. Qu'est-ce que tu as vu sur la route ?

— Je n'en ai pas la moindre idée.

— Est-ce que tu t'es dit que ce pourrait être si... si terrible qu'il vaudrait mieux ne pas connaître la vérité ?

— Oui, mais si je reste dans l'ignorance, je ne pourrai plus mettre un terme à mon somnambulisme et je deviendrai vraiment dingue. Ça fait peut-être un peu mélo, mais c'est comme ça. Si je ne découvre pas la vérité, ce que je redoute dans mon sommeil va se mettre aussi à me hanter quand je suis éveillé, je n'aurai plus une seconde de tranquillité. Et alors... je n'aurai plus qu'une solution, me tirer une balle dans la tête.

— Seigneur !

— Je le pense vraiment, tu sais.

— Oui, et c'est ça qui me fait peur. »

Reno, Nevada

Un nuage sauva Zeb Lomack. Il passa sur la lune avant que son obsession ne le reprenne complètement. Zeb se rendit soudain compte qu'il était là, dehors, sans vêtements, et les yeux braqués sur la lune. Si le nuage ne l'avait pas tiré de sa transe hypnotique, il serait resté sur place pendant des heures, exposé au froid et au vent, et il serait mort dans son jardin, debout comme une statue de givre.

Il poussa un cri sauvage et rentra dans la maison. Mais là non plus, il ne trouverait pas de salut. Il ferma les yeux et, à tâtons, arracha frénétiquement les posters et les photos agrafés avant de les jeter en tas sur le carrelage de la cuisine. Il ne les voyait plus, mais il les *sentait* sous ses pieds, sous ses mains. Il ouvrit alors les yeux et retomba instantanément sous l'emprise du corps céleste.

Bon pour l'asile. Tout comme son père.

Avec le sursaut du désespoir, il rampa jusqu'à la table, prit le fusil parmi les détritus et plaça le canon entre ses dents. Il s'aperçut qu'il n'avait pas les bras assez longs pour déclencher la détente. Il s'effondra alors sur une chaise, ôta sa chaussure droite puis sa chaussette et coinça son gros orteil dans la gâchette. Tout autour de la cuisine, les lunes le contemplaient fixement et, le canon dans la bouche, il poussa un cri de bête traquée. Son orteil commença à faire se mouvoir la détente. En un millième de seconde, les souvenirs éclatèrent comme des bulles à la surface de sa mémoire et il se rappela toutes ces choses dont il avait été privé : l'été de l'année dernière, Dominick, Ginger, Faye, Ernie, le jeune prêtre, les autres, la nationale 80, le Tranquility Motel, oh mon Dieu, le motel, oui, et la lune, la lune !

La balle lui fit éclater la boîte crânienne. Pour lui, au moins, l'horreur avait pris fin.

Boston, Massachusetts

Ginger Weiss lut *Crépuscule à Babylone* tout l'après-midi et, à sept heures du soir, quand le moment fut venu de rejoindre les membres de la famille Hannaby, elle posa le livre avec regret. L'histoire la passionnait, certes, mais elle se sentait surtout fascinée par l'auteur dont la photographie ornait la jaquette. Son regard avait quelque chose d'attirant, d'inquiétant aussi, et elle ne pouvait s'empêcher de penser, bien que ce fût absurde, qu'elle connaissait cet homme.

Le dîner en compagnie de tous les membres du clan Hannaby aurait été très agréable si l'esprit de Ginger n'avait pas été obsédé par la photo de Dominick Corvaisis. A dix heures, quand elle put enfin se retirer sans offenser ses hôtes, elle regagna sa chambre.

Elle termina le roman vers quatre heures moins le quart du matin. La maison était silencieuse. Ginger était allongée sur son lit, le livre posé sur sa poitrine. Elle ne pouvait détacher ses yeux de la photographie. Elle connaissait cet homme, elle en était persuadée maintenant, et surtout, elle était intimement *convaincue* qu'il avait quelque chose à voir avec les troubles qui l'agitaient depuis plusieurs semaines.

Sans faire de bruit, elle descendit le grand escalier et alla dans la cuisine. Elle alluma la lumière et décrocha le téléphone mural pour composer le numéro des renseignements. Il était une heure du matin en Californie, ce n'était pas vraiment le moment idéal pour appeler Dominick Corvaisis. Non, elle ne le contacterait pas, mais elle dormirait mieux en sachant qu'elle pourrait le joindre à son réveil. Elle fut à la fois peinée et surprise d'apprendre que son numéro n'était pas dans l'annuaire.

Ginger revint dans sa chambre et décida de lui écrire par l'intermédiaire de son éditeur. Elle enverrait la lettre en exprès et supplierait qu'on lui réponde par retour du courrier.

Laguna Beach, Californie

Dom resta chez Parker Faine jusqu'à minuit, discutant inlassablement de la conspiration dont il pensait être la victime.

Ils se mirent d'accord sur le fait que Dom ne devait pas prendre l'avion pour Portland et entamer son odyssée avant de voir comment évoluerait son somnambulisme maintenant qu'il s'était débarrassé des médicaments. Peut-être les crises ne reviendraient-elles pas, ce qu'il espérait, et il pourrait alors voyager sans craindre de perdre toute maîtrise de lui-même en un endroit inconnu. Si, en revanche, il reprenait ses déambulations nocturnes, il lui faudrait attendre plusieurs semaines avant d'aller à Portland.

Et puis, de nouveaux messages arriveraient peut-être pendant cette attente, postés par son mystérieux correspondant. Ces indices rendraient peut-être superflu le trajet de Portland à

Mountainview, à moins qu'ils n'indiquent plus précisément un lieu géographique, celui-là même où Dom aurait vécu une expérience cruciale.

Dom prit congé vers minuit. Le peintre était de plus en plus intéressé et préoccupé par la situation de son ami. « Tu crois que tu pourras rester seul cette nuit ?

— Peut-être pas, mais c'est la seule solution.

— Tu m'appelleras si tu as besoin d'aide ?

— Oui.

— Et pense aux précautions dont nous avons parlé. »

Dom prit ces fameuses précautions dès qu'il eut regagné son domicile. Il ôta le pistolet de la table de nuit, le rangea dans un tiroir du bureau qu'il ferma à clef et rangea la clef dans le réfrigérateur. Mieux vaut affronter un cambrioleur que tirer un coup de feu tout endormi. Il prit ensuite trois bons mètres de corde dans le garage. Après s'être brossé les dents et dévêtu, il noua la corde autour de son poignet droit de telle sorte qu'il lui faudrait défaire quatre nœuds avant de se sauver. Il attacha l'autre extrémité au montant du lit. Il lui restait ainsi près de trois mètres, assez pour bouger librement et se lever.

Lors de ses précédentes crises de somnambulisme, il avait exécuté des travaux complexes nécessitant une certaine concentration, mais jamais rien d'aussi difficile que de défaire des nœuds bien faits. C'était une chose déjà délicate quand il était éveillé ; endormi, il n'aurait pas la coordination et la concentration nécessaires. Les efforts déployés seraient tels qu'il se réveillerait sûrement.

Il éteignit la lampe de chevet et se glissa sous la couverture, la corde au bout du bras. Il était une heure moins deux. Les yeux tournés vers le plafond, il se demanda une dernière fois ce qui avait bien pu se passer sur cette route, l'été de l'année dernière, et attendit que le sommeil s'empare de lui.

Sur la table de nuit, le téléphone était silencieux. Si son numéro n'avait pas été mis sur la liste rouge, il aurait pu recevoir le coup de fil d'une jeune femme de Boston, une jeune femme qui avait peur et qui était seule. Et cette conversation entre deux inconnus aurait pu changer radicalement le cours des semaines à venir et sauver la vie de plus d'un être humain...

Milwaukee, Wisconsin

Dans la chambre d'hôte de la maison de leur fille unique, où une veilleuse avait été allumée vu l'état d'Ernie, Faye Block écoutait son mari qui, profondément endormi, parlait la bouche collée à l'oreiller. Quelques minutes plus tôt, elle s'était réveillée quand il avait poussé une sorte de cri et s'était agité dans les draps. Maintenant, appuyé sur un coude, elle tendait l'oreille pour déchiffrer ses moindres paroles. Inlassablement, il répétait la même chose de la voix de quelqu'un qui est en proie à la panique. Faye était tendue. Elle se rapprocha un peu plus de son visage.

Et soudain, il bougea la tête, juste assez pour que sa bouche se dégage de l'oreiller et que les mots deviennent compréhensibles, bien que tout aussi mystérieux : « La lune, la lune, la lune, la lune... »

Las Vegas, Nevada

Jorja prit Marcie dans sa propre chambre cette nuit-là parce qu'il ne lui semblait pas très judicieux de la laisser seule après ce qui s'était passé pendant la journée. Elle ne se reposa pas vraiment : Marcie ne cessait de tirer sur les draps, de se retourner, de parler tout en dormant de docteurs et de piqûres. Sa voix donnait la chair de poule à sa mère.

Le lendemain matin, elle conduirait Marcie chez le médecin. Ce qui ne serait certainement pas facile, vu la terreur que le corps médical semblait inspirer à la fillette.

L'ambiance s'était dégradée après que le grand-père eut fait cette plaisanterie relative à l'hôpital. Marcie avait eu si peur qu'elle s'était souillée et que, pendant près d'un quart d'heure, elle avait résisté à tous les efforts de Jorja pour la changer. Elle poussait des hurlements, griffait, donnait des coups de pied. Finalement, elle accepta de prendre un bain. Mais elle ressemblait alors à un petit zombie, livide, les yeux hagards, comme si toute force, toute vie l'avait abandonnée.

Peu à peu, Marcie sortit de son brouillard. Elle répondit à Mary et Pete, par monosyllabes prononcées d'une voix morne, dépourvue de toute émotion. Aussi troublante que les cris poussés tout à l'heure.

Vers quatre heures et demie de l'après-midi, elle redevint sociable. Elle avait recouvré sa bonne humeur, à un tel point que son éclat à table pouvait presque passer, avec le recul, pour un caprice d'enfant gâté, rien de plus.

Jorja savait que le problème était tout autre. Bien pire. Quelque chose la dévorait de l'intérieur, quelque chose d'extraordinairement irrationnel et dont Jorja avait peur.

A présent, une partie de la panoplie du Petit Chirurgien gisait à terre, une autre sur la table de nuit. Et dans le noir, l'enfant parlait tout haut de piqûres, d'infirmières, de grandes lumières aveuglantes.

Jorja écoutait attentivement la moindre parole de sa fille, espérant que cela l'aiderait à la comprendre ou permettrait au médecin de mieux cerner son cas. Il était plus de deux heures du matin quand Marcie murmura quelque chose de différent, quelque chose qui n'avait plus rien à voir avec les docteurs et les piqûres. Elle donna de violents coups de pied dans les draps et se retourna brusquement sur le dos, le corps tendu, immobile. « La lune, la lune, la lune, la lune », dit-elle d'une voix qui reflétait à la fois la peur et l'émerveillement. « La lune... », fit-elle encore, d'une voix telle que Jorja sut que ce n'était pas des paroles vaines. « La lune, la lune, la lune, *la luuuuuune...* »

Chicago, Illinois

Brendan Cronin dormait paisiblement sous sa couverture en patchwork. Il souriait. Dehors, le vent gémissait dans les arbres, faisait ployer leurs branches chargées de neige, caressait la fenêtre de la chambre du prêtre selon une sorte de rythme mystérieux, comme une grande respiration. Bien que perdu dans son rêve, Brendan dut prendre conscience de la lente pulsation du vent car, quand il se mit à parler dans son sommeil, les mots s'élevèrent sur le rythme même de la nature : « La lune... la lune... la lune... la lune... »

Laguna Beach, Californie

« La lune ! La lune ! »

Dominick Corvaisis fut réveillé par ses propres cris et une douleur cuisante au poignet droit. Il était à quatre pattes dans l'obscurité, à côté de son lit, tirant frénétiquement sur ce qui tenait son poignet prisonnier. Il lutta encore quelques secondes jusqu'à ce que son esprit se désembrume. Il se souvint alors de la corde nouée.

Le souffle rauque, le cœur battant à cent à l'heure, il chercha à tâtons l'interrupteur. La lumière le fit cligner des yeux. Il découvrit qu'il avait réussi, dans le noir et en dormant, à défaire le premier nœud et à s'attaquer au deuxième nœud avant de perdre patience et de se débattre frénétiquement.

Dom se releva, rejeta draps et couvertures et s'assit sur le lit.

Il avait rêvé, mais il ne se rappelait plus quoi. Cependant, il était sûr que ce n'était pas le cauchemar qu'il avait fait à plusieurs reprises pendant ces quatre derniers mois, car il n'avait rien à voir avec la lune. C'était un autre rêve, tout aussi terrifiant bien que très différent.

La lune.

Qu'est-ce que cela pouvait bien vouloir dire ?

Boston, Massachusetts

Ginger se redressa dans son lit en poussant un cri strident.

Lavinia, la domestique des Hannaby, dit : « Oh, je vous demande pardon, docteur Weiss, je ne voulais pas vous faire peur. Vous faisiez un cauchemar.

— Un cauchemar ? » Elle ne se souvenait de rien.

« Oh si, fit Lavinia, quelque chose de terrible, assurément. Je passais dans le couloir quand je vous ai entendue. Je suis entrée dans la chambre et là, j'ai compris que vous rêviez. J'ai hésité, mais vous vous êtes remise à hurler, à répéter toujours la même chose, et je me suis dit qu'il valait mieux vous réveiller.

— Je hurlais ? dit Ginger en clignant des yeux. Qu'est-ce que je disais ?

— Oh, c'était toujours pareil, dit la domestique. " La lune, la lune, la lune... " Vous aviez l'air terrorisée.

— Je ne me souviens de rien.

— " La lune, la lune, la lune ", reprit Lavinia, d'une voix telle que j'ai cru que quelqu'un vous assassinait. »

DEUXIÈME PARTIE

Les jours de la découverte

Le courage est la résistance à la peur, la maîtrise de la peur, pas l'absence de peur.

MARK TWAIN

Y a-t-il un sens à cette vie ?
A quoi servent ces épreuves ?
D'où venons-nous, où allons-nous ?
Ces questions glacées se font écho et résonnent chaque jour, chaque nuit de solitude.
Nous ne songeons qu'à découvrir la lumière splendide qui révélera enfin la signification du rêve de l'homme.

INVENTAIRE DES PEINES ET AFFLICTIONS

On peut affirmer qu'un ami est un chef-d'œuvre de la Nature.

RALPH WALDO EMERSON

IV
26 décembre-11 janvier

1.
Boston, Massachusetts

Entre le 27 décembre et le 5 janvier, Ginger Weiss se rendit à six reprises chez Pablo Jackson. Et chaque fois, il eut recours à l'hypnose pour sonder patiemment et précautionneusement le blocage d'Azraël qui interdisait l'accès à une partie de sa mémoire.

Pour le vieux magicien, elle était plus belle à chaque visite — plus intelligente, plus charmante et plus décidée aussi. Pablo voyait en elle le type de femme qu'il aurait aimé avoir pour fille. Ginger avait éveillé en lui un comportement et des sentiments paternels qu'il ne soupçonnait même pas.

Il lui raconta pratiquement tout ce qu'il avait appris d'Alex Christophson lors de la soirée chez les Hergensheimer. Elle ne pouvait accepter l'idée que son blocage ne se fût pas développé naturellement et qu'il eût été implanté en elle par des inconnus. « Non, c'est trop bizarre. Ce genre de chose n'arrive pas aux gens ordinaires comme moi. Je ne suis qu'une *farmishteh* de Brooklyn, je ne sais rien des intrigues internationales. »

La seule chose qu'il lui avait cachée, c'est que l'officier en retraite l'avait prévenu de ne pas s'occuper de ses problèmes.

Le 27 décembre, lors de leur première réunion, ils commencèrent par déjeuner ensemble. Ginger dit : « Je n'ai jamais traîné autour d'une installation militaire, je n'ai jamais été impliquée dans un programme de recherche pour la Défense, je ne me suis jamais associée à quelqu'un susceptible de jouer les espions. C'est ridicule !

— Si vous êtes tombée par hasard sur une chose que vous ne deviez pas voir, c'était dans une zone non protégée. Un endroit où vous aviez parfaitement le droit de vous trouver... sauf que vous y étiez au mauvais moment.

— Mais enfin, Pablo, s'ils m'avaient fait un lavage de cerveau, cela aurait pris du temps, non ? Ils auraient dû m'enfermer dans un cachot, je ne sais pas, moi.

— J'imagine que cela doit prendre quelques jours.

— Donc, vous vous trompez. Bien sûr, je me doute qu'en me forçant à oublier ce que j'ai vu accidentellement, ils doivent aussi effacer le souvenir de l'endroit. Malheureusement, il n'y a pas de blanc dans mon passé, aucun jour pour lequel je n'aurais aucun souvenir de ce que j'ai vu ou fait.

— Erreur, ils peuvent implanter de faux souvenirs et vous ne pourriez pas faire la différence.

— Seigneur, ils peuvent vraiment faire ça ?

— J'espère quant à moi pouvoir localiser ces faux souvenirs, expliqua Pablo en finissant de manger. Cela sera long, vous devrez remonter le temps semaine après semaine, mais quand je les trouverai, je les reconnaîtrai *instantanément* parce qu'ils n'auront pas la consistance des vrais souvenirs. Des images sans épaisseur, rien de plus. Si nous découvrons deux ou trois jours où vos souvenirs sont inconsistants, nous aurons mis le doigt sur l'origine de vos problèmes parce que ce sera à cette date que vous étiez entre les mains des inconnus... quels qu'ils soient.

— Oui, je comprends ! fit-elle, subitement enthousiasmée. Et si quelqu'un m'a vraiment implanté ce blocage mnémonique, si tous mes symptômes — mes fugues — ne sont que la conséquence de souvenirs réprimés remontant à la surface, c'est que mon problème n'a rien de psychologique. Je pourrai à nouveau pratiquer la médecine.

— Je crois qu'il y a un réel espoir, dit Pablo en lui serrant la main. Mais ce ne sera pas facile. Chaque fois que je sonde votre blocage, je risque de vous plonger dans le coma... ou pire encore. Je ferai très attention, vous vous en doutez, mais le danger persiste. »

Les deux premières séances d'hypnose profonde se déroulèrent le 27 décembre et le dimanche 29 décembre ; elles durèrent quatre heures chacune. Pablo la fit remonter les neuf derniers mois, jour après jour, mais ne trouva aucun faux souvenir.

Le dimanche, Ginger lui suggéra aussi de l'interroger à propos de Dominick Corvaisis, le romancier dont la photographie l'avait tant troublée. Quand Pablo l'eut hypnotisée et constaté qu'il parlait à son inconscient, il lui demanda si elle avait déjà rencontré Corvaisis. Après un court moment d'hésitation, elle dit : « Oui. » Pablo la questionna à nouveau, mais il n'en tira pas grand-chose. Finalement, un souvenir fugace lui échappa : « Il m'a jeté du sel au visage.

— Corvaisis vous a jeté du sel ? demanda Pablo, surpris. Pourquoi cela ?

— Je... je ne m'en souviens... pas très bien.

— Où cela s'est-il passé ? »

Le visage de la jeune femme se crispa et, voyant qu'elle risquait de retomber dans le coma, Pablo battit en retraite.

En tout cas, Ginger avait rencontré Corvaisis. Et cet événement était associé aux souvenirs dont elle avait été dépossédée.

Lors des deux séances suivantes — le lundi 30 décembre et le mercredi 1er janvier — Pablo la fit reculer de huit autres mois, jusqu'à la fin du mois de juillet, deux étés auparavant, sans mettre le doigt sur des souvenirs inconsistants, donc artificiels.

Puis le jeudi 2 janvier, Ginger lui demanda de l'interroger sur le rêve étrange qu'elle avait fait à plusieurs reprises et dont elle ne se rappelait absolument pas au réveil. Pour la quatrième fois depuis Noël, elle avait crié dans son sommeil, toujours les mêmes mots — « La lune » —, avec une telle force qu'elle avait réveillé les autres habitants de Baywatch. « Je crois que ce rêve a trait au lieu et aux heures qui m'ont été volés. Endormez-moi et nous apprendrons sûrement quelque chose. »

Mais une fois hypnotisée et ramenée au rêve des précédentes nuits, elle refusa de répondre aux questions et plongea dans un sommeil bien plus profond que toute transe hypnotique. Il avait une fois de plus mis le doigt sur la « détente d'Azraël », ce qui prouvait bien que ses rêves étaient en relation avec les souvenirs interdits.

Ils ne se virent pas le vendredi. Pablo voulait continuer de se documenter sur les blocages mnémoniques de tout type et établir la meilleure procédure possible.

De plus, il avait enregistré les cinq séances postérieures à Noël et il en écouta attentivement certains passages, à la recherche d'un mot particulier ou d'un changement d'intonation qui aurait pu lui échapper. Cela dura plusieurs heures, jusqu'à ce qu'il distingue une note d'angoisse dans la voix de Ginger. Sa régression temporelle l'avait alors fait remonter au 31 août de l'année précédente. Ils étaient certainement tout proches de l'événement dissimulé derrière le blocage d'Azraël.

Pablo ne fut donc pas surpris quand il toucha au but le samedi 4 janvier, au cours de la sixième séance. Comme d'habitude, Ginger était assise dans l'un des fauteuils près de la fenêtre. La neige tombait doucement. Les cheveux blond argenté de la jeune femme lui faisaient comme une aura. Il lui fit revivre le mois de juillet de l'année précédente et constata que ses traits se tiraient, que sa voix se faisait plus tendue.

Les souvenirs de Ginger étaient des plus précis en ce qui concernaient le dimanche 29 juillet, jour de son installation dans son nouvel appartement. 28, 27, 26, 25, 24 juillet... elle défaisait ses affaires et achetait des meubles... Rien de spécial les 21, 20 et 19 juillet... Le 18 juillet, la camionnette de déménagement venait de Palo Alto, en Californie, où Ginger avait consacré deux années à se spécialiser dans la chirurgie cardio-vasculaire.

Le 17 juillet, elle arrivait en voiture à Boston et prenait une chambre pour la nuit à l'hôtel Holiday Inn de Government Center, aussi près que possible de Beacon Hill.

« En voiture ? Vous avez traversé tout le pays ?

— C'étaient mes premières vraies vacances. J'aime bien conduire. Comme ça, j'ai pu visiter un peu le pays », dit Ginger, mais sa voix était si bizarre qu'on eût dit qu'elle avait fait une excursion en enfer.

Pablo entreprit de lui faire revivre les derniers jours de ses vacances. L'itinéraire se déroula à rebours et elle se retrouva dans le Midwest, puis dans les Rocheuses, dans l'Utah et le Nevada. Elle s'arrêta au mardi 10 juillet au matin. Elle avait passé la nuit précédente dans un motel. Pablo lui en demanda le nom et elle frissonna.

« Le... le Tranquility.
— Le Tranquility Motel ? A quel endroit exactement ?
— A une cinquantaine de kilomètres à l'ouest d'Elko, dit-elle en serrant plus fort les bras du fauteuil, sur la nationale 80. » Comme à regret, elle décrivit très précisément le motel et le Tranquility Grille. Il y avait quelque chose dans cet endroit qui la terrorisait. Chaque muscle de son corps était bandé.

Pablo dit : « Ainsi, vous avez passé la nuit dans ce motel. Nous sommes donc le lundi 9 juillet. Vous venez d'arriver au motel. Quelle heure est-il ? »

Elle resta muette, mais le tremblement qui commençait à l'agiter se fit plus violent. Il lui reposa la question et elle répondit : « Je ne suis pas arrivée le lundi... C'était un vendredi.

— Le vendredi précédent ? fit Pablo, étonné. Vous avez passé quatre nuits là-bas, du vendredi 6 juillet au mardi 10 ? Pourquoi ?

— C'était un endroit paisible, dit-elle d'une voix quelque peu pâteuse. J'étais en vacances. J'avais besoin de me reposer, c'était vraiment l'endroit idéal. »

Le vieux magicien réfléchit à la question suivante. « Vous m'avez dit qu'il n'y avait pas de piscine et que les chambres n'avaient rien de luxueux. Ginger, répondez-moi, qu'est-ce que vous avez bien pu faire pendant quatre jours dans ce trou perdu ?

— Je me suis relaxée, j'ai dormi. J'ai lu quelques livres, j'ai regardé la télévision. Ils ne devaient pas avoir une bonne réception, mais ils avaient posé une antenne parabolique sur le toit. » Son élocution n'était plus du tout la même et elle donnait l'impression de lire un texte écrit pour la circonstance. « Après deux ans passés à Stanford, j'avais besoin de décompresser pendant quelques jours.

— Quels livres avez-vous lus ?
— Je... je ne m'en souviens pas. » Elle serrait les poings et des gouttelettes de sueur coulaient sur ses tempes.

« Ginger, vous êtes dans votre chambre et vous êtes en train de lire, d'accord ? Regardez la couverture de votre livre et dites-moi quel en est le titre.

— Je... il... il n'y en a pas.
— Tous les livres ont un titre.
— Il n'y en a pas.

— Parce que ce livre n'existe pas vraiment, hein, c'est cela ? dit-il.
— Oui. Je me suis reposée, c'est tout. J'ai dormi. J'ai lu quelques livres. J'ai regardé la télévision, dit-elle d'une voix plate. Ils ne devaient pas avoir une bonne réception, mais ils avaient posé une antenne parabolique sur le toit.
— Quelles émissions avez-vous regardées ? demanda Pablo.
— Les actualités. Des films.
— Quels films ?
— Je... je ne m'en souviens pas.
— Où dîniez-vous le soir ?
— Au Tranquility Grille. C'est un petit restaurant, il n'y a pas de vrai menu mais on y mange assez bien. » A nouveau, sa réponse ressemblait à la lecture d'un communiqué.
« Qu'avez-vous mangé au Tranquility Grille ? demanda Pablo.
— Je... je ne m'en souviens pas.
— Vous m'avez dit qu'on y mangeait bien. Comment pouvez-vous affirmer cela si vous ne vous rappelez pas ce que vous y avez mangé ?
— Euh... C'est un petit restaurant, il n'y a pas de vrai menu mais on y mange assez bien. »

Plus il insistait pour connaître des détails, plus elle se tendait. D'une voix égale, elle débitait des réponses programmées, mais son visage était déformé par l'angoisse.

Pablo aurait pu lui dire que ses souvenirs apparents des quatre journées passées au motel étaient faux, mais il était encore trop tôt pour cela. Il préféra la ramener au vendredi 6 juillet et il lui demanda à quelle heure exacte elle avait signé le registre du motel.

« Peu après huit heures du soir. » Sa voix était redevenue normale, parce qu'il s'agissait de vrais souvenirs. « Le soleil ne devait se coucher qu'une heure plus tard, mais j'étais très fatiguée. Tout ce que je demandais, c'était de manger, prendre une douche et aller me coucher. » Elle décrivit l'homme et la femme derrière le comptoir. Elle se souvenait même de leurs noms, Ernie et Faye.

« Vous avez signé le registre et vous êtes allée dîner au Tranquility Grille. Décrivez-moi cet endroit. »

Ce qu'elle fit, de manière très convaincante.

« Racontez-moi ce qui s'est passé dès l'instant où vous êtes entrée dans le restaurant, minute après minute. »

Ginger se redressa. Ses paupières étaient toujours closes, mais ses yeux bougeaient de droite à gauche, comme si elle regardait autour d'elle. Elle était parfaitement calme.

« Mmmm... ça sent bon... les oignons, les frites... les épices aussi.

— Il y a combien de personnes présentes ?

— Il y a un cuisinier et une serveuse, dit-elle en tournant la tête de tous côtés. Trois hommes... des routiers, certainement... assis sur des tabourets au comptoir... Trois autres à table... Un prêtre un peu obèse... Un homme seul à une table... Cela fait onze avec moi, je crois.

— Parfait, dit Pablo. A présent, installez-vous et...

— Oh ! fit-elle en se protégeant le visage.

— Qu'est-ce qui se passe, Ginger, qu'est-ce qu'il y a ? »

Elle cligna des yeux avant de sourire et de parler à l'un des convives du Tranquility Grille. « Non, ça va, je l'ai déjà enlevé. » Elle s'essuya les joues du revers de la main. « Mais enfin, quand vous jetez du sel par-dessus votre épaule, n'en prenez pas une poignée.

— Attendez, Ginger, l'homme qui a jeté du sel, décrivez-le.

— Jeune, fit-elle. Trente-deux ou trente-trois ans. Grand, mince, brun, les yeux sombres. Pas mal. Un peu timide, semble-t-il. »

Dominick Corvaisis, se dit Pablo, pas le moindre doute possible.

Elle se tourna vers la fenêtre pour admirer le paysage du Nevada au couchant. Pablo l'écouta passer sa commande à la serveuse. On lui servit sa bière et Ginger la but lentement. Plusieurs minutes s'écoulèrent, mais Pablo ne voulait pas accélérer le processus parce qu'il savait qu'il approchait du moment crucial, celui où les vrais souvenirs allaient être remplacés par des souvenirs artificiels. L'événement — cette chose qu'elle avait vue et n'aurait pas dû voir — allait bientôt se produire et Pablo voulait tout savoir des minutes précédentes.

Ce fut le crépuscule.

La serveuse revint et Ginger commanda un potage maison et un cheeseburger garni.

La nuit tombait sur le Nevada.

Tout à coup, avant que son repas lui fût servi, Ginger fronça les sourcils et dit : « Qu'est-ce qui se passe ? » Elle regarda par la fenêtre imaginaire.

« Que voyez-vous ? » lui demanda Pablo.

Elle eut l'air soucieux et se leva. « Qu'est-ce que c'est que ce bruit ? » Elle se tourna vers les autres convives et leur parla : « Je n'en sais rien. Je ne sais pas ce que c'est. » Elle vacilla et faillit tomber à la renverse. « *Gevalt !* » Elle se raccrocha au bord de la table. « Ça bouge. Pourquoi est-ce que tout bouge ? Ma bière s'est renversée. C'est un tremblement de terre ou quoi ? Et ce bruit ? » Elle tituba à nouveau, effrayée à présent. « La porte ! La porte ! s'écria-t-elle en tombant sur les genoux.

— Ginger, qu'est-ce qui se passe ?

— Rien. » Elle avait changé en un instant.

« Quel est ce bruit ?

— Quel bruit ? dit-elle d'une voix mécanique.

— Ginger, bon sang, répondez-moi ! Qu'est-ce qui se passe au Tranquility Grille ? »

Le visage crispé, mais la voix calme, elle dit : « Je suis en train de dîner.

— C'est un faux souvenir !

— Je suis en train de dîner », répéta-t-elle.

Enfin, il touchait au but. Enfin, il savait que le soir du vendredi 6 juillet de cette année-là, Ginger avait vu quelque chose qu'elle n'aurait pas dû voir. Après quoi, elle avait certainement été retenue dans sa chambre de motel par des individus qui avaient employé avec elle des techniques de lavage de cerveau sophistiquées pour lui ôter tout souvenir de cet événement et, par là même, l'empêcher de le raconter à quiconque. Trois jours durant, du samedi au lundi, ils avaient travaillé sur son esprit et l'avaient libérée, avec des souvenirs artificiels, le mardi.

Mais pour l'amour du ciel, qui pouvaient bien être ces étrangers tout-puissants et qu'avait-elle donc vu de si terrible ?

2.
Portland, Oregon

Le dimanche 5 janvier, Dominick Corvaisis prit l'avion pour Portland et choisit un hôtel tout proche de l'appartement où il avait jadis habité. La pluie tombait dru et il faisait froid.

Il n'en sortit que pour dîner. Le reste du temps, il étudia la carte routière et reconstitua le périple qu'il avait entrepris l'été de l'année dernière — et qu'il referait dès le lendemain matin.

Deux jours plus tôt, il avait reçu une troisième enveloppe sans nom d'expéditeur. Elle avait été postée à New York. Il n'y avait pas de message, cette fois-ci, rien que deux photographies prises au Polaroïd.

La première photo le surprit sans vraiment l'affecter. Après tout, elle représentait quelqu'un qu'il ne connaissait pas, un jeune prêtre un peu obèse, aux yeux verts et aux cheveux auburn. Il faisait face à l'objectif. Il était assis sur une chaise tout près d'un bureau, une valise posée à terre à côté de lui. Il se tenait très raide, les épaules carrées, les genoux serrés. Ce cliché étonna Dom parce que l'expression du visage du prêtre n'était pas loin de celle d'un cadavre. L'homme était cependant vivant, il se tenait trop droit, mais son regard semblait vide, glacé.

La seconde photographie lui fit beaucoup plus d'effet. Elle montrait une jeune femme qui, d'une certaine façon, ne lui était pas étrangère. Bien que Dom ne pût se rappeler où il l'avait rencontrée, il était persuadé qu'ils se connaissaient. Elle avait près de trente ans. Des yeux bleus, des cheveux blond argenté. Un visage agréablement proportionné. Elle aurait été exceptionnellement belle si elle n'avait eu la même expression que le prêtre : regard vide, comme mort. On ne la voyait que jusqu'à la taille. Elle était couchée sur un lit et les draps remontaient pudiquement jusqu'à son cou. Des courroies la maintenaient. Un bras était partiellement dénudé et une aiguille enfoncée dans la veine du poignet.

Cette photographie lui rappela instantanément le cauchemar où des hommes qu'il ne pouvait voir lui criaient après et lui enfonçaient la tête dans une cuvette de lavabo. A plusieurs reprises, le rêve n'avait pas commencé par l'épisode du lavabo mais dans un lit, dans une chambre étrange, où sa vision était troublée par une brume couleur de safran. En observant la jeune femme, Dom fut convaincu qu'il existait quelque part une photo de lui prise dans des circonstances semblables : attaché sur un lit, une aiguille dans le bras, les yeux morts.

Quand, le vendredi, il eut montré les deux clichés à son ami Parker Faine, le peintre arriva à la même conclusion que lui : « Si je me trompe, que j'aille rôtir en enfer et que je serve à faire des sandwiches au diable, mais je jurerais que c'est là la photo d'une femme qu'on a droguée et à qui on fait subir le même lavage de cerveau qu'à toi. Seigneur, cela devient de plus en plus dingue de jour en jour ! Normalement, tu devrais tout raconter aux flics — mais c'est impossible, parce qu'on ne sait pas avec qui ils sont. Malgré toi, tu t'es peut-être fourré dans les affaires d'une agence gouvernementale. En tout cas, tu n'es pas le seul à être dans de beaux draps. Le prêtre et la jeune femme y sont aussi. Le coup est encore plus gros que je ne l'imaginais. »

A présent, assis dans sa chambre d'hôtel, Dom tenait une photo dans chaque main et contemplait alternativement le prêtre et la jeune femme. « Qui êtes-vous ? demanda-t-il tout haut. Comment vous appelez-vous ? Qu'est-ce qui nous est arrivé ? »

Un peu plus tard, Dom s'attacha au lit avec une de ces cordes dont les montagnards se servent pour escalader des parois à pic. Il entoura d'abord son poignet de gaze qu'il fixa à l'aide d'adhésif, puis il noua la corde qui, avec ses six ou sept millimètres de diamètre, devait résister à une traction de plus de mille deux cents kilos.

Une corde aussi robuste n'avait rien d'inutile. La nuit du 28 décembre, il avait sectionné la première corde en la mâchonnant et en la tranchant brin après brin. La corde de montagne n'avait donc rien d'exagéré.

Cette nuit-là, à Portland, il s'éveilla à trois reprises, luttant furieusement pour se débarrasser du lien qui le retenait prisonnier, transpirant, haletant, le cœur battant la chamade et répétant inlassablement : « La lune ! La lune ! La lune ! »

3.
Las Vegas, Nevada

Le lendemain de Noël, Jorja Monatella conduisit Marcie chez le Dr Louis Besancourt. L'examen tourna à l'épreuve de force, ce qui réussit à la fois à frustrer le praticien, à effrayer Jorja et à les gêner tous les deux. Dès l'instant où Jorja la fit entrer dans la salle d'attente, la petite fille se mit à pousser des hurlements stridents et à sangloter. « Non, pas de docteurs, ils vont me faire du mal ! »

Sa terreur connut son apogée quand le médecin voulut lui examiner les yeux à l'aide d'un ophtalmoscope. Elle urina sous elle comme elle l'avait fait la veille.

Cette miction soudaine fut accompagnée d'une brusque modification de comportement. Marcie se renferma tout à coup sur elle-même, ainsi qu'elle l'avait fait brièvement la veille. Elle était extraordinairement pâle et tremblait sans pouvoir s'arrêter. Elle affichait cette sorte de curieux détachement qui, pour Jorja, évoquait l'autisme.

Le Dr Besancourt n'avait aucun diagnostic simple à proposer à Jorja. Il parla de troubles neurologiques ou cérébraux, de maladie de nature psychologique. Il voulait que Marcie passe quelques jours au Sunrise Hospital pour y subir un certain nombre d'examens.

Ce qui survint dans le cabinet du Dr Besancourt ne fut rien à côté de ce qui arriva à l'hôpital. La simple vue des médecins et des infirmières déclenchait chez Marcie une panique démesurée, laquelle se transformait bientôt en hystérie pure et simple et finissait par laisser la pauvre enfant dans un état de transe quasi catatonique dont il lui fallait plusieurs heures pour se remettre.

Jorja se fit mettre en arrêt de travail pour une semaine et séjourna pratiquement quatre jours entiers au Sunrise Hospital, dormant dans un lit d'appoint installé dans la chambre de Marcie. Elle ne se reposa pas vraiment. Même plongée dans le sommeil artificiel le plus profond, la fillette se tordait en tous sens, donnait des coups de pied et de poing et hurlait : « La lune, la lune... » De telle sorte que la quatrième nuit, celle du dimanche 29 décembre, ce fut Jorja qui eut besoin du secours des médecins.

Le lundi matin, les frayeurs irrationnelles de Marcie disparurent comme par enchantement. Elle n'aimait pas l'hôpital et demandait sans cesse à rentrer chez elle, mais elle ne semblait plus redouter que les murs se referment sur elle pour la broyer. La compagnie des médecins et des infirmières ne lui plaisait pas, mais elle ne reculait pas horrifiée devant eux et n'essayait pas de les frapper quand ils voulaient la toucher. Elle était toujours pâle, nerveuse, tendue mais, pour la première fois en plusieurs jours, son appétit fut normal et elle mangea tout ce qu'on lui apporta pour le petit déjeuner.

Un peu plus tard ce même jour, après que le dernier examen fut effectué et alors que Marcie déjeunait au lit, le Dr Besancourt parla à Jorja. Il avait une tête de bon gros chien, avec des yeux humides et sympathiques. « Négatifs, Jorja, tous les tests sont négatifs. Pas de tumeur, pas de lésion cérébrale, pas le moindre dysfonctionnement neurologique.

— Merci, mon Dieu, dit Jorja qui faillit fondre en larmes.

— Je vais envoyer Marcie chez un confrère, dit Besancourt. Ted Coverly. C'est un pédopsychiatre très qualifié. Je suis certain qu'il trouvera la cause de tout cela. Curieusement... j'ai l'impression que nous avons *peut-être* guéri Marcie sans même le savoir.

— Guéri ? Qu'est-ce que vous voulez dire ?

— Rétrospectivement, il m'apparaît que son comportement avait toutes les caractéristiques d'une phobie. Peur irrationnelle, crises de panique... Je suppose qu'elle s'est mise à développer une grave aversion phobique à l'égard de tout ce qui concerne la médecine. Il y a un traitement qui porte le nom de « flooding », dans lequel le patient atteint de phobie est volontairement, je dirais même impitoyablement, exposé aux choses qu'il redoute. Une sorte d'immersion totale pendant des heures, disons. C'est peut-être ce à quoi nous avons soumis Marcie en la faisant hospitaliser.

— Pourquoi aurait-elle une telle phobie ? demanda Jorja. D'où viendrait-elle ? Elle n'a jamais eu d'expérience traumatisante avec un docteur, elle n'a jamais été vraiment malade. »

Le Dr Besancourt s'écarta pour laisser passer un opéré. « Nous ignorons ce qui provoque les phobies. Il n'est pas nécessaire d'avoir eu un accident d'avion pour avoir peur de tout ce qui vole. Les phobies apparaissent comme ça, spontanément. Même si nous l'avons guéri accidentellement, il y aura toujours une appréhension résiduelle que Ted Coverly pourra identifier. Allez, Jorja, ne vous en faites pas. »

Marcie sortit de l'hôpital le lundi 30 décembre dans l'après-midi. Dans la voiture qui la ramenait chez elle, elle était pratiquement redevenue elle-même et devinait des formes d'animaux dissimulées dans les nuages.

Les trois nuits suivantes, Marcie dormit dans le lit de Jorja au cas où elle aurait des crises d'angoisse. Les cauchemars furent moins fréquents, moins forts aussi qu'auparavant. Marcie parla dans son sommeil, mais cela ne réveilla Jorja que trois fois en deux nuits. « La lune, la lune, la lune ! » Mais cette fois-ci, c'était plus un appel désespéré qu'un cri.

C'est jeudi que Marcie vit pour la première fois le Dr Coverly. Il lui fit bonne impression. Si elle avait encore une peur irraisonnée des médecins, elle le cachait bien.

Cette nuit-là, Marcie coucha dans son propre lit avec pour seule compagnie un ours en peluche nommé Chocolat. Jorja se leva trois fois entre minuit et l'aube pour aller voir sa fille. Une fois, elle entendit la litanie désormais familière — « la lune, la lune, la lune » —, murmurée de telle façon que ce curieux mélange de peur et de plaisir la fit frissonner.

Le vendredi, alors que Marcie avait encore trois jours de vacances scolaires devant elle, sa mère la plaça chez Kara Persaghian afin de retourner travailler au casino. Ce fut pour elle presque un soulagement que de retrouver le tumulte et la fumée des tables de jeux. Les cigarettes, l'odeur de la bière et la mauvaise haleine des parieurs lui parurent agréables à côté des vapeurs d'éther planant en permanence sur les couloirs de l'hôpital.

Le soir, elle reprit Marcie chez Kara. Pendant le trajet, la petite fille lui montra tout excitée ce qu'elle avait dessiné pendant la journée : des dizaines de lunes de toutes les couleurs possibles.

Le dimanche 5 janvier au matin, Jorja se leva pour préparer le café et trouva Marcie installée à la table de salle à manger. Elle ôtait toutes les photographies de l'album de famille et les empilait sur la table.

« Je vais les ranger dans un carton à chaussures parce que j'ai besoin de l'album, dit-elle avec infiniment de sérieux. Il me le faut pour ma collection de lunes. » Elle lui montra une image découpée dans un magazine. « Je vais avoir une super collection. »

C'est ainsi que la phobie des docteurs a commencé, se dit Jorja avec une certaine appréhension. Tout doucement, innocemment. Est-ce que Marcie aurait troqué une phobie contre une autre ?

Elle observa sa fille pendant quelques instants et se dit qu'elle se faisait des idées. Marcie n'avait pas modifié l'objet de sa phobie. Elle n'avait pas *peur* de la lune. Ce n'était rien de plus qu'une fascination, un enthousiasme temporaire. Tous les parents d'enfants du même âge ont eu à subir ces marottes qui disparaissent aussi vite qu'elles apparaissent.

Malgré tout, elle en parlerait au Dr Coverly lors de leur deuxième rendez-vous, mardi prochain.

A minuit vingt, juste avant d'aller se coucher, Jorja alla voir si Marcie dormait paisiblement. La petite fille n'était pas dans son lit. La chambre était plongée dans l'obscurité. Marcie avait tiré une chaise près de la fenêtre et regardait au-dehors.

« Qu'est-ce qu'il y a, ma chérie ?

— Rien, maman. Viens voir. » Elle avait une voix très douce, comme si elle parlait dans un rêve.

Jorja s'approcha de sa fille. « Qu'est-ce que tu veux me montrer ?

— La lune », dit Marcie. Un croissant argenté se découpait sur un ciel d'un noir très profond. « La lune. »

4.
Boston, Massachusetts

Le lundi 6 janvier, un vent froid et mordant souffla en permanence de l'Atlantique. Il était tombé de la neige fondue la nuit précédente. Les arbres dénudés étaient recouverts d'une couche blanchâtre ; parfois, des branches noirâtres pointaient sous le givre comme des doigts.

Herbert, le majordome qui régentait tout dans la maison des Hannaby, emmena Ginger Weiss à son septième rendez-vous avec Pablo Jackson. Le mauvais temps avait coupé des lignes électriques et la moitié des feux ne fonctionnaient plus. On roulait très mal dans les rues et ils arrivèrent dans Newbury Street à onze heures cinq, c'est-à-dire avec cinq minutes de retard.

De grands progrès avaient été effectués lors de la précédente séance et Ginger voulait entrer en contact avec les hôtes du Tranquility Motel. Si eux aussi avaient été soumis au lavage de cerveau, peut-être connaissaient-ils le même type d'angoisse irraisonnée.

Pablo était fermement opposé à une confrontation immédiate. Pour lui, les risques étaient trop importants. Qu'est-ce qui se passerait si les propriétaires du motel n'étaient pas des victimes mais des complices ? « Il faut que vous ayez de la patience. Avant de les approcher, réunissez sur eux le maximum d'informations possible. »

Ginger avait donc accepté de poursuivre le programme proposé par Pablo. Il voulait être seul dimanche pour étudier la dernière bande magnétique ; il lui avait aussi dit qu'il ne pourrait pas la recevoir avant une heure de l'après-midi, il lui fallait en effet voir un ami à l'hôpital dans la matinée.

Le matin, il l'avait appelée pour dire que son ami était sorti bien plus tôt que prévu et qu'ils pourraient travailler ensemble à partir de onze heures. « Comme ça, vous m'aiderez à préparer le déjeuner. »

Ginger sortit de l'ascenseur et s'engagea dans le couloir menant à l'appartement de Pablo. Elle décida de maîtriser son impatience naturelle et de progresser en douceur, « en pantoufles », comme aimait le répéter le vieux magicien.

La porte était entrebâillée. Pensant que c'était volontaire, elle entra et referma la porte. « Pablo ? »

Quelqu'un émit un grognement dans une autre pièce. Il y eut un bruit de chute.

« Pablo ? appela-t-elle en arrivant dans la salle de séjour. Pablo ? »

Pas de réponse.

Un des battants de la porte de la bibliothèque était ouvert. La lumière était allumée. Ginger avança. Pablo était couché à terre, le visage sur le tapis, tout près de son bureau. Il n'avait pas eu le temps d'ôter ses après-ski et son manteau.

Elle se précipita vers lui, envisageant déjà toutes les possibilités — hémorragie cérébrale, thrombose, embolie, infarctus, etc. Elle le retourna sur le dos et constata avec stupéfaction que Pablo avait reçu une balle en pleine poitrine et qu'un sang rouge foncé s'écoulait par la blessure.

Il cligna des yeux et sembla la reconnaître. Il y avait du sang sur sa lèvre inférieure. Il ne prononça qu'un seul mot à voix basse : « Partez. »

Ginger se rendit compte qu'elle n'avait pas entendu de coup de feu. Son assaillant n'avait rien d'un cambrioleur ordinaire puisque son arme était équipée d'un silencieux. Il était donc très dangereux. Toutes ces considérations ne lui prirent pas un dixième de seconde.

Le cœur battant, elle se releva et se retourna vers la porte. Grand, large d'épaules, vêtu d'une veste de cuir serrée à la taille, l'agresseur se tenait dans l'encadrement de la porte, revolver à silencieux à la main. Malgré sa carrure, il avait l'air moins menaçant qu'elle ne l'avait redouté. Il avait à peu près son âge, ses yeux étaient bleu clair et son visage n'avait rien de dur.

Quand il parla, la disparité entre son allure et le geste qu'il venait de commettre fut encore plus grande car ses premières paroles furent une sorte de balbutiement d'excuse. « Je ne voulais pas ça... Je vous le jure, je ne voulais pas ça, j'étais seulement venu copier les bandes sur un magnéto à grande vitesse. C'est tout ce que je voulais, un double des bandes... »

Il désigna le bureau et Ginger vit un attaché-case ouvert. A l'intérieur, une double platine-cassette et des manettes. Des bandes magnétiques étaient posées à côté et Ginger comprit tout de suite ce qu'elles contenaient.

« Il faut appeler une ambulance », dit-elle. Elle se dirigea vers le téléphone, mais il l'arrêta en brandissant vers elle son revolver.

« Je voulais seulement faire des doubles, répéta-t-il au bord des larmes. J'aurais pu recopier vos six séances et filer. Il ne devait pas rentrer avant au moins une heure ! »

Ginger prit un coussin et le mit sous la tête de Pablo pour qu'il ne s'étouffe pas avec son propre sang.

Visiblement choqué par ce qui venait de se passer, l'homme dit : « Il est rentré sans faire de bruit, comme un fantôme... »

Ginger se souvint des gestes élégants du vieux magicien, comme si chacun d'eux était le prélude à un tour de prestidigitation.

Pablo toussa, ferma les yeux. Il n'y avait pas beaucoup de solutions en dehors d'une intervention chirurgicale immédiate, mais Ginger ne pouvait que lui poser la main sur l'épaule pour le réconforter.

Elle leva les yeux d'un air suppliant, mais l'homme ne put que dire : « Franchement, qu'est-ce qu'il faisait avec une arme, un type de son âge... comme s'il savait s'en servir... »

C'est alors que Ginger remarqua le pistolet sur le tapis à moins d'un mètre de la main de Pablo. Elle frissonna et comprit que Pablo avait toujours su qu'il risquait beaucoup en essayant de la secourir.

Ils la surveillaient. Dès la minute où elle l'avait contacté pour la première fois, elle lui avait fait courir un grand danger. Et lui-même le savait puisqu'il s'était armé. Ginger se sentait responsable.

« Pour l'amour du ciel, dit Ginger, laissez-moi appeler une ambulance. Vous dites que vous ne vouliez pas lui faire du mal, alors prouvez-le.

— Il est mort, je crois. »

Elle chercha le pouls du vieil homme, ne le trouva pas. Ses doigts montèrent jusqu'à la carotide. Rien. « Oh ! non, fit-elle, non...

— Je suis désolé, fit l'inconnu. Sincèrement. S'il n'avait pas tenté de m'empêcher de partir, je serais sorti sans problème. Et maintenant, j'ai tué quelqu'un... Et vous, vous avez vu mon visage. »

Refoulant ses larmes parce que se rendant compte que ce n'était pas le moment de céder au chagrin, Ginger se redressa lentement et lui fit face.

Comme s'il pensait tout haut, l'autre dit : « Il va aussi falloir que je m'occupe de vous. Je vais devoir renverser des meubles, ouvrir des tiroirs, emporter quelques objets de valeur, comme si vous étiez rentrés tous les deux ensemble et aviez surpris un cambrioleur. D'ailleurs, au lieu de copier les bandes, je vais les prendre avec moi, elles ne seront plus là pour éveiller les soupçons. » Il s'avança vers Ginger. « Je devrais peut-être aussi vous violer. Je veux dire, est-ce qu'un cambrioleur se contenterait d'assommer une fille comme vous ? Si je vous violais, cela ferait peut-être plus vrai. » Il s'approcha un peu plus et elle recula. « Bon sang, cela m'étonnerait que j'arrive à... à bander... surtout s'il faut que je vous descende après. » Elle se colla à la bibliothèque. « Toute cette histoire ne me plaît pas, croyez-moi, les choses ont vraiment mal tourné, mais maintenant... »

L'arme dans la main droite, il se servit de sa main gauche

pour caresser la poitrine de Ginger à travers son sweater. Elle ne réagit pas. Peut-être serait-il moins dangereux une fois excité. Ginger était certaine qu'il arriverait à ses fins malgré les doutes qu'il avait. Sa voix était câline, mais la violence transparaissait derrière chacune de ses paroles.

« Très mignonne, oui, très mignonne, bien roulée surtout... » dit-il. Il passa la main sous le sweater, saisit une bretelle du soutien-gorge, tira dessus. Elle se brisa. L'attache métallique entra dans le dos de Ginger. Elle grimaça. « Je vous ai fait mal ? Excusez-moi. Je devrais être plus doux. » Il repoussa les bonnets et posa la main sur ses seins nus.

Emplie d'horreur et de terreur, Ginger se plaqua encore plus fort contre la bibliothèque. L'homme n'était plus qu'à une vingtaine de centimètres d'elle. Seule son arme les séparait. Il la gardait pointée sur son ventre. Ginger ne pouvait faire le moindre geste sous peine de recevoir une balle.

Tout en la caressant, il continua de dire à quel point il était désolé de devoir la violer avant de la tuer. Elle secoua la tête comme pour nier la réalité de l'agression qu'elle subissait.

Les sens éveillés par la détresse de la jeune femme, il la caressa avec plus de vigueur. « Je vais y arriver, tu vas voir. Oui, je vais y arriver, tu ne me sens pas contre toi ? »

Il éloigna l'arme, s'écrasa sur elle et elle sentit son sexe dur contre son ventre.

C'était maintenant ou jamais. Simultanément, elle le mordit violemment à la pomme d'Adam, lui envoya son genou dans le bas-ventre et écarta la main qui tenait l'arme.

Il para à demi le coup au bas-ventre, mais ne put rien contre la terrible morsure. Poussant un hurlement de douleur, il la repoussa sur le côté et recula de deux pas.

Ginger avait du sang plein la bouche, mais elle ne céda pas au dégoût et se jeta sur le bras droit de son agresseur pour lui enfoncer les dents dans le poignet.

Il lâcha le revolver, mais eut le réflexe de lui administrer un solide coup de poing dans le dos. Elle tomba à genoux et crut un instant qu'il lui avait brisé une vertèbre. Sa vision se troubla. Elle le vit se pencher pour ramasser son revolver et bondit sur lui sans hésiter. Il fit un pas pour l'éviter, perdit l'équilibre et s'écroula sur le cadavre de Pablo Jackson.

Le souffle court, le regard fixe, ils restèrent un instant tous deux pétrifiés, chacun à un bout de la pièce, recroquevillés sur eux-mêmes.

Ginger vit les yeux ronds de l'homme, elle sut qu'il se croyait sur le point de mourir. La morsure ne le tuerait cependant pas. Elle n'avait tranché ni la carotide ni la jugulaire, elle n'avait fait que percer le cartilage thyroïdien, broyant des tissus et sectionnant quelques vaisseaux mineurs. Il n'était cependant pas difficile de comprendre pourquoi il se croyait blessé à mort : la douleur était fulgurante. Il posa la main intacte sur sa gorge, l'enleva et contempla, horrifié, son propre sang.

L'arme gisait à terre, un peu plus près de l'agresseur que de Ginger. Il se mit à ramper sur le tapis. Ginger n'avait pas le choix, il lui fallait s'enfuir à toute allure.

Elle s'élança dans la salle de séjour malgré la douleur qui lui ravageait le dos. Elle voulait quitter l'appartement par l'entrée principale, mais elle comprit que cela lui était impossible. Elle ne pouvait se permettre d'attendre l'ascenseur et la cage d'escalier pouvait se révéler un piège fatal.

Courbée en deux par la souffrance, elle s'engagea dans un long couloir et entra dans la cuisine, refermant derrière elle la porte battante. Des ustensiles étaient accrochés au mur à côté de la cuisinière et elle prit un grand couteau de boucher.

Sans bruit, elle alla se poster derrière la porte. Son dos lui faisait encore mal, mais c'était à présent assez supportable. Ses doigts étaient crispés sur le couteau, prêts à frapper.

Cinq secondes s'écoulèrent. Dix. Vingt.

Que pouvait-il bien faire ?

Ginger hésita, retint son souffle, tendit l'oreille.

Le silence.

Le manche du couteau était trempé de sueur. Elle entrouvrit la porte battante, jeta un coup d'œil. L'homme n'était pas là, comme elle l'avait craint, mais tout au bout du couloir, à la hauteur de l'entrée. Il l'avait cherchée dans l'ascenseur et la cage d'escalier et, ne l'ayant pas trouvée, il avait fait demi-tour. A la façon dont il fermait la porte et mettait la chaîne, il était évident qu'il était persuadé qu'elle se trouvait à l'intérieur de l'appartement.

Il tenait sa main blessée sur sa gorge. Elle pouvait l'entendre respirer bruyamment. Il n'était plus affolé. Il souffrait beaucoup, certainement, mais il savait qu'il survivrait.

Une fois dans l'entrée, il regarda en direction de la salle de séjour, puis de la chambre. Quand il aurait fini de fouiller les placards de la chambre, il aurait recouvré tout son sang-froid et ne se laisserait plus surprendre.

Il fallait qu'elle quitte l'appartement. Au plus vite.

Elle n'avait aucun espoir d'atteindre la porte. Peut-être en avait-il déjà terminé avec la chambre et revenait-il dans l'entrée.

Ginger déposa le couteau. Son soutien-gorge la gênait, elle l'ôta rapidement. En silence, elle fit le tour de la table de cuisine, écarta les rideaux et regarda l'escalier de secours. Elle débloqua le verrou, souleva le panneau supérieur de la fenêtre à guillotine. Le bois grinça, puis céda avec un bruit sourd. Elle sut que l'homme l'avait entendue. Et qu'il arrivait dans le couloir.

Elle enjamba la fenêtre, posa le pied sur la plate-forme métallique et descendit les premières marches. Le vent la fouetta au visage et le froid la pénétra aussitôt jusqu'à l'os. Les marches de métal étaient couvertes de glace. Mettre le pied dessus relevait de l'exploit, mais elle devait descendre à toute allure pour ne pas prendre une balle en pleine tête. A plusieurs reprises, elle dérapa, mais se rattrapa à la rampe, s'arrachant la peau des doigts sur le métal glacé.

Elle n'était plus qu'à quatre marches du palier inférieur quand elle entendit jurer au-dessus d'elle. L'assassin de Pablo Jackson avait à son tour enjambé la fenêtre de cuisine.

Ginger voulut aller trop vite. L'escalier se déroba et elle dévala les trois dernières marches pour atterrir lourdement sur le dos. Des étincelles jaillirent de la rambarde et elle comprit que l'homme venait de tirer. Il l'avait manquée de peu. Elle leva les yeux pour le voir la viser à nouveau — et tomber à son tour dans l'escalier, dévaler plusieurs marches et finir sur le dos tout près d'elle, une jambe et un bras dans le vide.

Ginger se releva pour s'enfuir le plus vite possible. Mais en jetant un furtif coup d'œil au tueur, elle fut arrêtée par les boutons de sa veste de cuir, seuls objets de couleur dans la grisaille. Des boutons de cuivre bien astiqués, décorés chacun d'un lion passant, symbole revenant souvent dans l'héraldique anglaise. Ils n'avaient rien de bien original — des milliers de vestes de sport ou de manteaux étaient ornés de ce genre de boutons. Mais les yeux de Ginger ne pouvaient plus s'en détacher et tout le reste devenait flou, disparaissait. Comme si seuls ces boutons étaient réels. Même le vent glacial ne put la ramener à la conscience. Les boutons. Eux seuls retenaient son attention, engendrant chez elle une terreur bien supérieure à la crainte qu'elle avait eue de son agresseur.

« Non », fit-elle comme pour refuser ce qui lui arrivait. Ce n'était ni le moment ni le lieu pour perdre le contrôle de soi. Les boutons. *Les boutons.*

Le noir.

Le froid.

Quand elle revint à elle, Ginger était accroupie dans la neige et les feuilles mortes, à côté d'un petit escalier menant au sous-sol d'un bâtiment communal, à une distance indéterminée de la maison de Pablo Jackson. Son dos lui faisait très mal, de même que son côté droit. La paume de sa main gauche la brûlait. Mais le pire était le froid qui la pénétrait et la glaçait jusqu'aux entrailles.

Ginger se releva lentement. La petite cour était déserte, de même que les cours des maisons voisines. De la neige verglacée. Quelques arbres dénudés. Rien de menaçant. Toute tremblante, elle essuya ses yeux humides et chercha à sortir de la cour.

Elle voulait regagner Newbury Street, trouver un téléphone pour appeler la police mais, en atteignant la grille du bâtiment communal, ses projets tombèrent soudain à l'eau. De part et d'autre de la grille était accrochée une vieille lampe de fiacre aux plaques de verre couleur d'ambre. Une petite ampoule émettait une lueur vacillante, semblable à celle d'une bougie. Cette lueur jaunâtre, sautillante, plongea instantanément Ginger dans une panique irraisonnée.

« Non ! Assez ! »

Et à nouveau, ce fut le brouillard, puis les ténèbres. Le néant.

Plus froid encore.

Ses pieds et ses mains étaient comme paralysés.

Visiblement, elle se trouvait dans Newbury Street. Elle s'était glissée sous un camion en stationnement.

« Mademoiselle ? Hé, mademoiselle ? »

Ginger cligna des yeux. La voix venait de l'arrière du camion.

Elle vit un homme à quatre pattes et crut un instant que c'était le tueur.

« Dites, ça ne va pas, mademoiselle ? »

Ce n'était pas lui. Il avait dû abandonner et préférer prendre la fuite. Non, c'était quelqu'un qu'elle ne connaissait pas. Pour une fois, le visage d'un étranger était le bienvenu.

« Qu'est-ce que vous fichez là-dessous ? »

Elle rampa jusqu'à lui, accepta la main gantée qu'il lui tendit et sortit de dessous le camion.

« Vous étiez cachée ? Y a quelqu'un qui vous voulait du mal ? »

C'est alors qu'elle aperçut un policier faisant la circulation au carrefour. Sans prendre la peine de répondre au camionneur, elle courut vers lui. Tout son corps lui faisait mal, mais cela n'avait pas d'importance. Évitant les quelques voitures qui roulaient à cette heure, Ginger cria pour attirer l'attention du policier : « Vite, un homme a été assassiné, il faut que vous veniez ! » L'agent de la circulation se tourna lentement vers elle et elle découvrit les boutons en cuivre de son uniforme. Ils n'étaient pas tout à fait semblables à ceux de la veste en cuir de l'assassin, ils n'étaient pas décorés d'un lion passant. Mais cela suffit pour lui faire penser aux boutons qu'elle avait *vus* au Tranquility Motel. Des souvenirs interdits voulurent crever la surface. Assez pour activer le blocage d'Azraël.

Dans un cri de désespoir, elle perdit à nouveau conscience et sombra dans le néant.

Plus froid encore.

Cette fois-ci, elle s'était réfugiée dans l'espace très restreint qui séparait des haies artistiquement taillées du mur de brique d'une belle bâtisse. L'ancien hôtel Agassiz. L'immeuble même de Pablo, là où il avait été tué. La boucle était bouclée.

Elle entendit quelqu'un s'approcher.

Les bottes du policier firent crisser la neige. Il s'arrêta devant elle et écarta les haies. « Mademoiselle ? Ça ne va pas ? Vous disiez que quelqu'un s'était fait assassiner. »

Peut-être ferait-elle une nouvelle fugue, peut-être n'en sortirait-elle *jamais* ?

Le policier tendit la main vers elle et dit doucement : « Qu'est-ce qui se passe ? Dites-le-moi, je ne peux pas vous aider si vous ne me dites rien. »

Elle ouvrit les yeux, vit le bouton supérieur de sa veste. Il ne se passa rien. Mais cela ne voulait pas dire grand-chose : l'ophtalmoscope, les gants noirs et les autres objets l'avaient laissée parfaitement indifférente quand elle s'était forcée à les regarder bien en face.

Le policier l'aida à sortir de la haie.

Elle dit : « Ils ont tué Pablo, il a été assassiné. »

Et au moment même où elle prononça ces paroles, elle se sentit submergée par le remords. Le 6 janvier serait à tout jamais un jour maudit. Pablo était mort. Parce qu'il avait voulu la secourir.

5.
Sur la route

Le lundi 6 janvier au matin, Dom Corvaisis parcourut les faubourgs de Portland dans sa chevrolet de louage. La pluie, la plus drue qu'il eût jamais vue, avait cessé avant l'aube. Mais le ciel était encore nuageux, de la teinte grisâtre d'un champ incendié, comme si un incendie allumé derrière les nuages en avait extirpé toute l'humidité. Il traversa le campus universitaire, s'arrêtant de temps à autre pour se replonger dans le passé. Il se gara en face de l'appartement où il avait vécu et, les yeux levés vers les fenêtres, tenta de se souvenir de l'homme qu'il avait été.

Il était persuadé d'avoir vu quelque chose de terrible sur la route, l'été de l'année dernière, et aussi qu'on lui avait fait subir quelque chose de monstrueux. Mais cette conviction engendrait à la fois un mystère et une contradiction. Le mystère, c'est que cet événement avait suscité en lui un changement indéniablement positif. La contradiction, que l'événement en question avait peuplé ses rêves de cauchemars tout en faisant s'épanouir sa personnalité. Comment la même chose pouvait-elle être à la fois terrifiante et positive, horrible et enthousiasmante ?

La réponse, si réponse il y avait, ne résidait pas ici, à Portland, mais quelque part sur la route. Il lança le moteur, passa une vitesse et s'éloigna de l'immeuble qu'il avait jadis habité.

Pour se rendre de Portland à Mountainview, la route la plus directe était la nationale 80, en direction du nord. Mais, ainsi qu'il l'avait fait dix-huit mois plus tôt, Dom préféra faire un tour vers le sud en choisissant la nationale 5. Et comme il l'avait déjà fait, il s'arrêta pour déjeuner à Eugene.

Dans l'espoir de découvrir un élément qui réveillerait sa mémoire et lui fournirait un lien avec le mystérieux événement, Dom observa attentivement toutes les petites villes qu'il traversa. Il ne vit cependant rien qui le mît mal à l'aise et arriva comme prévu peu avant six heures du soir à Grants Pass.

Il séjourna dans le même motel qu'un an et demi auparavant. Il se souvint du numéro de la chambre — la 10 — parce qu'elle se trouvait juste à côté du distributeur de boissons et que le moteur de la machine l'avait indisposé toute la nuit. Elle était inoccupée et il la prit, expliquant à l'employé qu'il y avait laissé de charmants souvenirs.

Il dîna au même restaurant, de l'autre côté de la route.

Toute la journée, il avait surveillé son rétroviseur. Et maintenant, il dévisageait tous les autres clients de l'établissement. S'il était suivi, ce devait être par un homme invisible.

A neuf heures du soir, au lieu d'utiliser le poste de sa chambre, il se rendit dans une cabine publique, se servit de sa carte de crédit et appela une cabine de Laguna Beach. De la prudence avant tout. Parker Faine attendait son coup de fil et lui fit la description du courrier reçu dans la journée.

« Des factures, dit Parker, des publicités. Ni messages ni photos. Ça va de ton côté ?

— Oui. Toujours rien. J'ai mal dormi cette nuit. J'ai fait un cauchemar. La lune, une fois de plus.

— Tu sais que tu peux m'appeler si tu as besoin d'aide, je te rejoindrai le plus rapidement possible.

— Je sais », dit Dom.

Il rentra au motel. Cette nuit-là, il se réveilla trois fois d'un cauchemar dont il ne se souvint pas, criant toujours : « La lune, la lune, la lune... »

Mardi 7 janvier. Dom se leva tôt et partit pour Sacramento, puis emprunta la nationale 80 en direction de Reno. La pluie tomba, glacée, pendant la quasi-totalité du parcours. Il se mit à neiger quand il parvint au pied des Sierras. Il s'arrêta dans une station-service, acheta des chaînes et les fixa aux roues de la Chevrolet avant de s'engager dans la montagne.

L'été de l'année dernière, il lui avait fallu plus de dix heures pour relier Grants Pass à Reno ; cette fois-ci, il lui fallut encore plus de temps. Quand il fut enfin arrivé au Harrah's Hotel où il avait déjà séjourné, eut appelé Parker d'une cabine et dîné sur le pouce à la cafétéria, il était trop fatigué pour faire quoi que ce soit et prit un exemplaire du journal de Reno pour le feuilleter dans sa chambre. C'est ainsi qu'à huit heures et demie du soir, allongé sur son lit, il découvrit l'histoire de Zeb Lomack.

LE FOU DE LUNE :
UN HÉRITAGE D'UN DEMI-MILLION DE DOLLARS

RENO — Zebediah Harold Lomack, 50 ans, dont le suicide le jour de Noël a révélé une étrange fascination pour la lune, a laissé des biens estimés à plus de 500 000 dollars. Selon des documents confiés à un notaire par Eleanor Wolsey, sœur du défunt et son exécutrice testamentaire, la majeure partie de cette somme a été déposée sur divers comptes d'épargne ou transformée en obligations au porteur. La modeste maison du 1420 Wass Valley Road où vivait Lomack n'a une valeur estimée que de 35 000 dollars.

Joueur professionnel, Lomack aurait gagné toute cette fortune au poker. « C'est l'un des meilleurs joueurs que j'aie connus », nous a déclaré Sidney Garfork, autre joueur professionnel et vainqueur du championnat mondial de poker qui s'est déroulé l'année dernière au Horseshoe Casino de Las Vegas. « Il s'est mis aux cartes quand il était encore tout gosse, il avait un don pour ça comme d'autres pour la physique ou le base-ball. » Selon Garfork et d'autres amis de Lomack, ses revenus auraient été encore plus élevés s'il n'avait eu une faiblesse pour les dés. « Il y perdait plus de la moitié de ses gains, sans parler des impôts qui lui en piquaient une bonne partie », a ajouté Garfork.

La nuit de Noël, suite à l'appel d'un voisin ayant entendu un coup de feu, les policiers ont découvert le corps de Lomack gisant dans sa cuisine. La pièce était jonchée d'ordures. En visitant le reste de la maison, ils eurent la surprise de trouver des milliers de photographies de la lune collées sur les murs, les plafonds et les meubles.

Cet accident vieux d'une quinzaine de jours avait visiblement suscité l'émotion de la population locale. Dom lut l'article avec une fascination mêlée de gêne. Il reposa le journal, le reprit, relut plusieurs fois l'article. Et à neuf heures et quart, il décida d'aller jeter un coup d'œil à la maison de Lomack.

Il demanda à un employé du motel comment gagner Wass Valley Road et prit sa voiture. La route était sèche, Reno ayant été épargné par la neige. Dom s'arrêta dans un drugstore ouvert toute la nuit pour acheter une torche électrique. Il arriva au 1420 Wass Valley Road peu après dix heures et demie et se gara de l'autre côté de la rue.

Cinq minutes plus tard, sur la terrasse de la maison, il se rendit compte que la serrure de la porte était trop compliquée pour être forcée. Il essaya les fenêtres. Celle donnant sur la paillasse de la cuisine n'était pas bloquée. Il l'ouvrit facilement et se glissa à l'intérieur.

Masquant d'une main le faisceau lumineux pour ne pas être vu de l'extérieur, il balaya de sa torche la cuisine, laquelle n'était plus dans l'état lamentable dans lequel l'avait découverte la police de Reno. La sœur de Lomack avait entrepris de remettre la maison en état dans le but de la vendre. Visiblement, elle avait commencé par la cuisine. Tout était immaculé. Dans l'air régnait une odeur de désinfectant. De la poudre contre les insectes était répandue le long des murs. Un unique cafard se réfugia derrière le réfrigérateur. Il n'y avait pas la moindre photographie de la lune.

Dom se dit que toutes les traces de l'obsession de Zeb Lomack avaient peut-être déjà disparu, mais il fut rassuré en entrant dans la salle de séjour et quand le faisceau de la lampe éclaira les murs. La pièce tout entière était tapissée de posters de la lune. Dom eut l'impression de se trouver dans l'espace, quelque part entre Mars et Jupiter, entouré de centaines d'astéroïdes se ressemblant tous par leurs surfaces criblées de cratères. Ce spectacle troublant le mit mal à l'aise.

Il quitta la salle de séjour pour un couloir aux murs recouverts de photos de la lune, en noir et blanc ou en couleurs, scotchées, collées ou agrafées aux murs. Les chambres à coucher étaient pareillement décorées et les lunes omniprésentes ressemblaient à de gros champignons qui auraient envahi le moindre recoin de la maison.

Selon les journaux, les voisins disaient que le joueur s'était rapidement changé de noctambule en reclus. Apparemment, sa fascination pour la lune avait débuté l'été de l'année dernière.

L'été de l'année dernière... Les changements survenus dans la vie de Dom coïncidaient mystérieusement. Il se sentit de plus en plus mal à l'aise. Les lunes ne l'hypnotisaient pas, ainsi qu'elles l'avaient fait avec Lomack, mais il ressentit une sorte de picotement dans la nuque. En les contemplant, il comprit que ce qui avait poussé Lomack à tapisser sa maison de clichés de la lune était cette même chose qui l'avait contraint, lui, Dom, à rêver à l'astre des nuits.

Lomack et lui-même avaient partagé une même expérience dans laquelle la lune tenait une part importante ou dont elle était le symbole parfait. L'été de l'année dernière, ils s'étaient trouvés au même moment au même endroit.

Lomack avait été rendu fou par la pression de souvenirs réprimés.

Et moi, vais-je aussi devenir fou ? se demanda Dom qui, debout au milieu de la chambre principale, tournait sur lui-même, les yeux rivés au plafond.

Une pensée nouvelle et sinistre s'imposa à lui. Supposons que Lomack ne se soit pas tué par désespoir de ne pouvoir se débarrasser de son obsession. Supposons qu'il ait mis le canon de l'arme dans sa bouche *pour s'être enfin souvenu de ce qui lui était arrivé l'été de l'année dernière*. Peut-être le souvenir était-il bien pire que le mystère. Peut-être, si la vérité lui était révélée, les crises de somnambulisme et les cauchemars lui paraîtraient-ils moins terrifiants que ce qui était advenu sur la route, quelque part entre Portland et Mountainview.

La lune... la lune... la lune... L'oppression de ces formes flottant aux murs augmentait de seconde en seconde. La décoration murale rendait Dom claustrophobe. Les lunes semblaient être le signe encore incompréhensible du terrible destin qui l'attendait. N'en pouvant plus, il quitta la chambre en titubant.

Il courut dans le couloir pour rejoindre la salle de séjour, trébucha sur une pile de livres, tomba à terre. Il ne lui fallut que quelques secondes pour recouvrer ses esprits. Et là, il découvrit le nom « Dominick » écrit au marqueur sur un poster. Il ne l'avait pas remarqué en sortant de la cuisine mais, à présent, sa torche était pointée directement dessus.

Dom frissonna. Les journaux n'en avaient pas parlé, mais il s'agissait certainement de l'écriture de Lomack. Il était certain de ne pas connaître le joueur, mais ce serait une formidable coïncidence s'il s'agissait d'un autre Dominick que lui-même.

Il se releva, dirigea sa torche vers les autres posters. Des noms étaient écrits sur trois autres affiches : GINGER, FAYE, ERNIE. Si son nom était là parce qu'il avait partagé une expérience oubliée avec Lomack, il devait en être de même pour les trois autres personnes.

Il pensa au prêtre sur la photo qu'il avait reçue. Était-ce lui, Ernie ?

Et la jeune femme couchée sur le lit, était-ce Ginger ou Faye ?

Un souvenir terrible frémit en lui, mais trop profondément, au plus secret de son inconscient, comme une créature marine vivant dans la vase et que ne révèlent que quelques bulles venues crever à la surface.

Et tout à coup, bien qu'il ne le touchât pas, bien que sa main en fût éloignée de plus d'un mètre, le poster portant son nom se détacha du mur. Il était fixé par quatre morceaux de ruban adhésif, mais ceux-ci se déchirèrent avec un bruit de fermeture à glissière et le poster bondit littéralement loin du mur, comme si une saute de vent soudaine avait traversé la brique et le plâtre.

Lentement, il retomba en ondulant comme un tapis volant.

Une hallucination, se dit-il, il ne manquait plus que ça.

Mais c'était bel et bien la réalité. Et il le savait.

Sa main se mit à trembler. La lampe vacillait, son faisceau éclairant par saccades les lunes innombrables.

Puis après un instant indéfini, d'autres bruits retentirent à chaque coin de la pièce. Le son bien reconnaissable d'un morceau de ruban adhésif qu'on arrache. Les autres posters se dégageaient à leur tour des murs, du plafond, des fenêtres. Et une cinquantaine d'affiches foncèrent en même temps vers Dom, qui poussa un cri de surprise et de frayeur.

Elles s'immobilisèrent alors à près d'un mètre du sol, toutes frissonnantes, avant de commencer à tournoyer dans la pièce comme les chevaux d'un manège.

Curieusement, Dom ne s'affola pas. Émerveillé, il contempla l'étrange spectacle de ces cinquante lunes virevoltant avec grâce dans la salle de séjour. Et comme il commençait à y trouver un certain plaisir, le manège s'immobilisa. Dans une cacophonie de battements d'ailes, les posters s'élancèrent à nouveau vers Dom comme des chauves-souris géantes, effleurant son visage, se prenant à ses cheveux, frappant son dos.

Dom tomba à quatre pattes et chercha à fuir cet enfer, mais toute issue lui était interdite. Il ne voyait plus ni portes ni fenêtres, rien que des formes mouvantes qui se jetaient sur lui.

Le vacarme empira lorsque, dans les autres pièces et dans le couloir, des milliers de formes lunaires se détachèrent des murs, déchiquetant les bandes adhésives, faisant sauter les agrafes, arrachant le plâtre. Elles s'introduisirent en file dans la cuisine et se joignirent au manège infernal, se mettant en orbite autour de Dom, sifflant et grondant comme les flammes d'un brasier.

Dom se boucha les oreilles, ferma les yeux. « Assez ! Assez ! » Son cœur battait à tout rompre. « Assez ! » Ses cris lui déchiraient la gorge. « *Assez, je vous en supplie !* »

Le tumulte cessa d'un seul coup, comme si les milliers de photos de la lune lui avaient obéi.

Il dégagea ses oreilles, ouvrit les yeux.

Une galaxie de lunes tournait toujours autour de sa tête, dans le silence le plus absolu.

« Comment faites-vous ? dit-il, comme si les lunes capables de l'éviter pouvaient aussi lui répondre. Comment faites-vous ? Comment ? Pourquoi ? »

Les lunes s'affalèrent toutes ensemble comme si un charme venait de se rompre. Les bottes de Dom furent recouvertes d'un tas de papiers inertes.

Abasourdi, Dom se traîna vers la porte donnant sur le couloir. Sous ses pas, les lunes crissaient comme des feuilles mortes. Il ne restait plus une seule photo au mur.

Faisant demi-tour, il revint dans la salle de séjour et s'agenouilla parmi les débris. Il posa sa lampe et prit des feuilles de papier entre ses doigts, cherchant à comprendre ce qui avait pu se passer.

La peur et l'émerveillement, la terreur et l'étonnement cherchaient à s'assurer la domination de son esprit. Mais en vérité, il ne savait quel sentiment éprouver car ce qu'il venait de vivre n'avait aucun précédent.

Il ne savait qu'une chose : ce qui s'était passé l'été de l'année dernière était encore plus étrange que tout ce qu'il avait pu imaginer jusqu'ici.

Il continua pendant plusieurs minutes de froisser des photos de la lune. Jusqu'au moment où il remarqua quelque chose de curieux quand les paumes de ses mains entrèrent par hasard dans le faisceau lumineux. Des cercles. Au beau milieu de chaque paume, se dessinait un cercle de chair rouge, gonflée, aussi parfait que s'il avait été dessiné au compas.

Et sous ses yeux, les stigmates disparurent quasi instantanément.

C'était le mardi 7 janvier.

6.
Chicago, Illinois

Dans sa chambre au deuxième étage du rectorat Sainte-Bernadette, le père Stefan Wycazik fut tiré de son sommeil par un rythme martelé, des notes aussi basses que celle d'une grosse caisse, aussi sonores que celles de timbales. On aurait dit les pulsations d'un gigantesque cœur, bien que le rythme martelé ici fût à trois temps : *LEUB-DEUB-deub... LEUB-DEUB-deub... LEUB-DEUB-deub...*

Étonné, mal réveillé, Wycazik alluma sa lampe de chevet, cligna des yeux et regarda l'heure. Deux heures sept du matin. Pas vraiment l'heure pour organiser une parade dans la rue. *LEUB-DEUB-deub... LEUB-DEUB-deub...*

Après chaque groupe de trois notes, il y avait trois secondes de silence, puis à nouveau les trois notes et ainsi de suite. L'extrême précision du rythme faisait moins penser à l'œuvre d'un percussionniste qu'au laborieux travail de pistons d'une énorme machine.

Le père Wycazik rejeta ses couvertures et marcha pieds nus vers la fenêtre donnant sur la cour séparant le rectorat de l'église. Il ne vit que la neige et les arbres dénudés qu'éclairait faiblement la lampe allumée en permanence au-dessus de la porte de la sacristie.

Les coups frappés se firent plus sourds, l'intervalle de silence fut réduit à deux secondes. Le prêtre enfila une robe de chambre sur son pyjama. Le martèlement était si bruyant à présent que ce n'était plus ni une curiosité ni une nuisance. Wycazik commençait à avoir peur. Chaque coup secouait les portes et faisait vibrer les fenêtres.

Il sortit dans le couloir, chercha l'interrupteur à tâtons. Un peu plus loin, une autre porte s'ouvrit et le père Michael Gerrano, l'autre curé de Sainte-Bernadette, se précipita hors de sa chambre. « Qu'est-ce qui se passe ?

— Je n'en sais rien », dit Stefan.

Les trois coups suivants furent deux fois plus forts que les précédents et toute la maison trembla comme sous l'effet d'un marteau-pilon. Les lumières vacillèrent. Il n'y avait maintenant plus qu'une seconde de silence entre chaque groupe de trois notes, pas assez pour que s'évanouisse l'écho des coups précédents. Et chaque fois, la maison frémissait et les lumières menaçaient de s'éteindre.

Les pères Wycazik et Gerrano identifièrent simultanément l'origine du vacarme : la chambre de Brendan Cronin. Ils ouvrirent la porte.

Brendan Cronin dormait à poings fermés. Malgré les formidables explosions qui rappelaient au père Wycazik le bruit des mortiers pendant la guerre du Viêt-nam, Brendan était profondément endormi. Mieux encore, il souriait dans son sommeil.

Stefan s'approcha du lit, se pencha sur le prêtre et l'appela par son nom. Voyant que cela ne servait à rien, il le saisit par les épaules et le secoua sans ménagement.

Brendan cligna des yeux, les ouvrit.

Le bruit cessa instantanément.

Ce silence brutal fit sursauter le père Wycazik, qui regarda tout autour de lui, incrédule.

« J'étais si près, dit Brendan d'une voix lointaine. Quel dommage que vous m'ayez réveillé, j'étais si près. »

Stefan rejeta les couvertures, prit les mains de Brendan, les retourna paumes en l'air. Des cercles rouges. Stefan les regarda avec fascination car c'était la première fois qu'il contemplait lui-même les stigmates.

Seigneur, qu'est-ce que tout cela veut dire ? se demanda-t-il.

Le souffle court, le père Gerrano s'approcha à son tour du lit. Découvrant les cercles, il dit : « Qu'est-ce que c'est que ça ? »

Ignorant la question, le père Wycazik questionna Brendan : « Qu'est-ce que c'était que ce bruit ? D'où venait-il ?

— On m'appelait, dit Brendan d'une voix ensommeillée bien que teintée de plaisir. On m'appelait.
— Qui vous appelait ? » demanda Wycazik.
Brendan s'assit dans le lit, cligna des yeux et vit distinctement le père Wycazik. « Qu'est-ce qui s'est passé ? Vous l'avez entendu, vous aussi ?
— Oui, cela ébranlait toute la maison. Qu'est-ce que c'était, Brendan ?
— Un appel. On m'appelait et je répondais à cet appel. J'étais si près... La prochaine fois peut-être, j'en saurai plus...
— Vous croyez qu'on vous appellera à nouveau ? demanda Wycazik.
— Oui, dit Brendan, j'en suis sûr. »
C'était le jeudi 9 janvier.

7.
Las Vegas, Nevada

Le vendredi après-midi, Jorja travaillait au casino quand elle apprit le suicide de son ex-mari, Alan Rykoff.

Elle s'occupait des joueurs d'une table de blackjack quand elle reçut un coup de fil de Pepper, la blonde avec qui Alan était parti. La nouvelle de la mort d'Alan lui causa un grand choc, mais elle ne se sentit pas triste. Alan s'était montré si égoïste, si cruel qu'elle n'avait aucune raison de le pleurer. Elle éprouvait de la pitié, c'est tout.

« Il s'est tué ce matin, il y a deux heures, expliqua Pepper. La police est ici. Il faut que vous veniez.
— La police veut me voir ? Pourquoi ?
— Non, ce n'est pas cela, je veux que vous veniez pour reprendre ses affaires. Le plus vite possible. »

Alan avait vécu avec Pepper Carrafield dans un building de Flamingo Road, le Pinnacle, où la call-girl possédait son propre appartement.

Deux voitures de police et une ambulance étaient garées devant l'immeuble, mais il n'y avait pas un seul policier dans le hall, rien qu'une jeune femme assise sur un canapé mauve près des ascenseurs et, à côté de la porte, un homme en costume gris, le concierge de l'immeuble sans aucun doute. Le dallage de marbre, les chandeliers de cristal, les meubles précieux et les poignées de porte en cuivre étaient là pour donner de la classe à cet endroit, mais en vain.

Jorja demandait au concierge de l'annoncer quand la jeune femme se leva et dit : « Madame Rykoff ? Je suis Pepper Carrafield. »

Comme l'immeuble qu'elle habitait, Pepper prenait des airs de grande dame, mais ses efforts étaient encore plus voués à l'échec que ceux des décorateurs du Pinnacle. Elle portait un chemisier de soie un peu trop ouvert, un pantalon de flanelle grise un peu trop serré, une montre en or ornée de trop de brillants.

« Je ne supportais plus de rester à l'appartement, dit Pepper en invitant Jorja à s'asseoir à côté d'elle. Je n'y remonterai pas tant qu'ils n'auront pas enlevé le corps. Nous pouvons bavarder ici.

— Qu'est-ce qui s'est passé ? demanda Jorja. Je n'aurais jamais cru Alan capable de se... de se supprimer. »

Après avoir jeté un coup d'œil en direction du concierge pour s'assurer qu'il ne les écoutait pas, Pepper dit : « Moi non plus, voyez-vous. Ce n'était vraiment pas le genre, c'était plutôt un macho. C'est pour ça que je voulais qu'il se mette en ménage avec moi, pour me protéger, quoi. C'était un type solide. D'accord, il a eu quelques problèmes et il s'est comporté plutôt bizarrement il y a quelques mois. Au point que je me suis demandée si je n'allais pas changer d'ami.

— Est-ce que je dois comprendre qu'Alan était aussi votre... protecteur ? demanda Jorja.

— Je n'en ai pas besoin, figurez-vous, dit Pepper en fronçant les sourcils. Je travaille toute seule, moi, je ne suis pas du genre à avoir dix ou quinze types dans la journée. Je ne sors qu'avec des messieurs, ils m'emmènent au restaurant, ils passent toute la nuit avec moi et ils me laissent parfois plusieurs centaines de dollars. Ça vous en bouche un coin, hein ? Et tout cet argent, je l'investis dans des affaires et Alan était mon conseiller fiscal, comme qui dirait — pas mon mac.

— Il ne vous prenait même pas un petit pourcentage ? dit Jorja, une pointe d'ironie dans la voix.

— Non, on s'était arrangés comme ça dès le début. Tout son argent, il le gagnait aux cartes. Et puis, ça lui faisait des contacts, des gens qu'il pouvait m'adresser. Le fric, ça ne l'intéressait pas. Il ne pensait qu'à une chose, s'envoyer en l'air, c'était devenu une véritable obsession ces derniers mois, il n'aurait pas arrêté de me grimper dessus... »

Jorja détourna la tête. Elle en voulut subitement à Alan d'avoir fait d'elle son exécutrice testamentaire, ce qui l'obligeait à rencontrer cette fille et à l'entendre déballer ses turpitudes sans la moindre pudeur.

Les portes d'un des ascenseurs s'ouvrirent. Des policiers en sortirent, ainsi que des ambulanciers transportant un grand sac en plastique. Ils le déposèrent sur un chariot et le roulèrent jusqu'à l'ambulance.

« Allons chez moi », dit Pepper.

Les deux femmes montèrent jusqu'au quatorzième étage et s'engagèrent dans un interminable couloir. Pendant tout ce temps, Pepper ne cessa de raconter par le menu les obsessions sexuelles du défunt, ses visites chez les prostituées, ses achats de matériel pornographique dans des boutiques spécialisées.

« Ça suffit ! s'écria Jorja. Il est mort, tout de même, un peu de respect !

— Je croyais que vous voudriez savoir où est passé son argent. C'est vous son exécutrice testamentaire, après tout... »

Les dernières volontés et le testament d'Alan Rykoff tenaient en une seule et unique page, un de ces formulaires qu'on peut se procurer dans toutes les papeteries.

Le plus étonnant n'était pas qu'Alan eût fait de Jorja son exécutrice, mais qu'il eût légué tous ses biens à Marcie dont il était pratiquement prêt à renier la paternité.

Jorja remarqua qu'Alan avait fait officialiser son acte devant notaire quatre jours plus tôt. « Il devait déjà penser au suicide, fit Jorja en frissonnant.

— Sûrement, oui.

— Vous ne vous êtes rendu compte de rien ? Vous n'avez pas vu qu'il était sur le point de craquer ?

— Je vous ai déjà dit qu'il était bizarre depuis plusieurs mois.

Et puis, zut ! Je ne suis pas psychologue, moi. Ses affaires sont dans la chambre. » Elle poussa Jorja dans la pièce voisine. « Le tiroir du bas de la commode, la partie gauche de la coiffeuse et la moitié de l'armoire. Attendez, je vais vous aider. »

Elle ouvrit le tiroir de la commode.

Jorja eut soudain l'impression que cette chambre était aussi étrange, aussi irréelle qu'un décor onirique. La peur s'empara d'elle, son cœur se mit à battre très fort et elle fit le tour du lit pour découvrir le contenu du tiroir. Des livres. Une demi-douzaine de livres y étaient rangés. Le mot « lune » s'inscrivait sur la tranche de chacun d'eux. C'étaient tous des ouvrages d'astronomie.

« Ça ne va pas ? » demanda Pepper.

Jorja ouvrit la porte de l'armoire et trouva un globe de la taille d'un ballon de basket. Elle tira sur une petite cordelette et le globe s'alluma. Il ne représentait pas la terre, mais la lune avec toutes ses caractéristiques géologiques — ses cratères, ses montagnes, ses plaines immenses.

Elle vit alors un télescope sur son trépied, tout près de la fenêtre.

« Il s'intéressait à l'astronomie ? s'enquit Jorja. Depuis quand ?

— Cela faisait plusieurs mois. »

L'évolution parallèle d'Alan et de Marcie jeta le trouble dans l'esprit de Jorja. Elle se souvint des cauchemars de la petite fille, cauchemars où la lune revenait sans cesse.

« Vous savez s'il faisait des rêves bizarres ? Est-ce qu'il rêvait de la lune ? demanda-t-elle.

— Comment vous l'avez deviné ? Oui, il rêvait de drôles de trucs, mais il ne s'en souvenait pas le lendemain. Ça a dû commencer vers la fin octobre, oui, quelque chose comme cela. Pourquoi, c'est important ?

— Ses rêves, c'était des cauchemars, n'est-ce pas ?

— Pas exactement, fit Pepper en secouant la tête. Je l'ai entendu parler dans son sommeil. Des fois, il avait l'air d'avoir peur, mais le plus souvent, il souriait. »

Jorja se sentait glacée jusqu'à l'os. Elle se tourna vers le globe lumineux.

Un rêve commun ? Était-ce possible ? Mais comment ? Pourquoi ?

Derrière elle, Pepper dit doucement : « Ça va, Jorja ? »

Quelque chose avait poussé Alan au suicide.

Qu'allait-il arriver à Marcie ?

8.
Samedi 11 janvier

Boston, Massachusetts

Le service funèbre de Pablo Jackson eut lieu à onze heures du matin dans une petite chapelle érigée dans le cimetière où il devait être inhumé. Le coroner et les médecins légistes n'achevèrent leur travail que le jeudi, de sorte que cinq jours s'écoulèrent entre la mort de Pablo et son enterrement.

Ginger pleura pendant l'éloge funèbre puis sur le trajet menant de la chapelle à la sépulture, mais jamais elle ne s'écroula. Elle était bien décidée à ne pas se donner en spectacle et à offrir sa dignité en cadeau d'adieu à Pablo.

Et puis, elle se trouvait également là pour entrer en contact avec un homme qui, elle en était persuadée, ne manquerait pas de venir : Alexander Christophson, ancien ambassadeur en Grande-Bretagne, ancien sénateur des États-Unis et, surtout, ancien directeur de la CIA. C'était à Christophson que Pablo avait parlé le soir de Noël, et c'était Christophson qui lui avait révélé ce qu'était le blocage d'Azraël. Elle avait une question très importante à poser à cet homme — bien qu'elle en redoutât par avance la réponse.

Christophson était effectivement là. Elle le reconnut pour l'avoir souvent vu à la télévision ou en photo, dans le journal. Ils se tenaient à présent de part et d'autre de la fosse. Seul le cercueil recouvert du drapeau les séparait.

Le ministre du culte prononça une dernière prière. La cérémonie était terminée. Certaines personnes se mirent à bavarder entre elles ; d'autres, comme Christophson, se dirigèrent vers le parking.

Ginger rattrapa Christophson au pied d'un immense chêne dont l'écorce d'un noir profond était constellée de neige. Elle l'appela par son nom et il se retourna. Il avait des yeux gris perçants, qui s'ouvrirent tout grands quand elle se présenta.

« Je ne peux rien pour vous », dit-il en s'éloignant.

Elle marcha derrière lui.

« Monsieur Christophson, pour l'amour du ciel...

— Je ne suis plus dans les services secrets depuis longtemps, dit-il nerveusement. Je n'ai plus aucun contact. Je ne sais absolument pas qui est responsable de votre blocage, ni pourquoi. Je suis désolé. »

Il pressa le pas puis se reprit. « Docteur, je voudrais que vous me compreniez bien. J'ai fait la guerre où j'ai reçu un certain nombre de décorations. J'ai été un bon ambassadeur, je le pense sincèrement. En tant que sénateur et chef de la CIA, j'ai pris de nombreuses décisions très délicates, parfois même au péril de ma vie. Je n'ai jamais reculé devant le risque. Mais aujourd'hui, j'ai soixante-seize ans et je me sens encore plus vieux. Une maladie de Parkinson, un cœur défaillant, de l'hypertension. J'ai une femme que j'aime beaucoup et elle restera seule s'il m'arrive quelque chose.

— Vous n'avez pas besoin de vous justifier », dit Ginger. Elle se rendit compte à quel point les rôles s'étaient renversés en si peu de temps. Au début, il s'était montré plein d'assurance et c'était maintenant elle qui, pour ainsi dire, devait le comprendre. Jacob lui avait souvent dit que la pitié était la plus grande vertu de l'homme et qu'il se formait un lien indissoluble entre celui qui accordait sa pitié et celui à qui elle s'adressait.

Ce lien, Christophson le sentit apparemment et il se laissa aller à des confidences d'ordre plus intime. « Je vais vous parler en toute franchise, docteur. Si je ne veux pas être impliqué dans cette histoire, ce n'est pas que je trouve la vie précieuse mais parce que j'ai de plus en plus peur de la mort. » Tout en parlant, il sortit un bloc et un crayon de la poche de son manteau. « Ma vie durant, j'ai fait beaucoup de choses dont je ne suis pas particulièrement fier. » Il se mit à écrire. « Certes, la plupart de ces actes étaient commandés par la raison d'État. Le gouvernement et l'espionnage sont nécessaires, mais ni l'un ni l'autre ne sont très propres. A cette époque, je ne croyais ni en Dieu ni à la vie après la mort. Aujourd'hui, je m'interroge... je ne cesse de m'interroger. » Il arracha une page du carnet. « J'ai peur de ce qui peut m'attendre après la mort, voyez-vous. C'est pour ça que je m'accroche le plus possible à la vie. Voilà aussi, docteur, pourquoi je suis devenu un lâche. »

Christophson plia en quatre la feuille de papier et la lui tendit.

Ginger remarqua alors qu'il s'était arrangé pour tourner le dos aux autres invités.

Il dit : « Je vous ai seulement communiqué le numéro de téléphone d'un magasin d'antiquités de Greenwich, dans le Connecticut. C'est mon frère Philip qui le tient. Vous ne pouvez pas m'appeler chez moi, nous sommes peut-être surveillés et il se peut que mon téléphone soit sur écoute. Je ne veux pas prendre le risque de m'associer avec vous, docteur Weiss. Cependant, j'ai une grande expérience de ce genre de choses et elle vous servira peut-être en temps utile. Je pourrais vous conseiller utilement. Appelez Philip et laissez-lui votre numéro. Il me contactera immédiatement à mon domicile selon un code préétabli. Je me rendrai ensuite dans une cabine publique, le rappellerai, noterai votre numéro et vous joindrai le plus rapidement possible. Mon expérience est tout ce que je puis vous offrir, docteur.

— C'est déjà beaucoup. Après tout, rien ne vous oblige à m'aider.

— Bonne chance. » Il s'éloigna rapidement dans la neige.

Ginger revint vers la fosse. Elle s'inclina devant le cercueil de Pablo, lança une fleur dans le trou béant. « *Alav ha-sholem*. Puisse ce sommeil n'être qu'un peu de rêve entre ce monde et quelque chose de meilleur. *Baruch ha-Shem*. »

Les fossoyeurs jetèrent les premières pelletées de terre.

Elko County, Nevada

Le jeudi, le Dr Fontelaine fut satisfait de voir Ernie Block débarrassé de sa nyctaphobie. « Je n'ai jamais constaté de guérison aussi rapide, fit-il. Les Marines ne sont décidément pas des hommes comme les autres. »

Le samedi 11 janvier, après seulement quatre semaines passées à Milwaukee, Ernie et Faye regagnèrent leur domicile. Ils prirent deux avions et arrivèrent à Elko à onze heures vingt-sept du matin.

Sandy Sarver vint les accueillir à l'aéroport. Ernie ne la reconnut pas tout de suite. Elle n'avait plus ce visage triste et ces épaules voûtées qu'il lui avait toujours connus. Pour la première fois, Sandy avait mis un peu d'ombre à paupières et de rouge à lèvres.

Elle ne se rongeait plus les ongles. Ses cheveux, toujours ternes dans le passé, étaient à présent brillants et gonflés. Elle avait pris quatre ou cinq kilos. Elle qui avait toujours eu l'air plus vieille que son âge faisait aujourd'hui plus jeune.

Elle rougit quand Ernie et Faye la plaisantèrent sur sa « métamorphose ». Elle dit que ce n'était rien, mais apprécia tout de même les compliments qu'ils lui prodiguèrent.

Le changement ne s'arrêtait pas là. Elle qui avait toujours été timide et réservée, voici qu'elle posait toutes sortes de questions à propos de Lucy, de Frank et des petits-enfants. Elle s'installa au volant de la camionnette. Sur la route qui les menait vers Elko et la nationale, Sandy parla abondamment des fêtes et du travail au Tranquility Grille.

Ce fut surtout la façon de conduire de Sandy qui surprit Ernie. Il lui connaissait une véritable aversion pour les 4 × 4, mais elle roulait maintenant à vive allure, maniant le véhicule avec grâce et audace.

Survint alors un incident.

A un kilomètre du motel, l'intérêt d'Ernie pour la métamorphose de Sandy fut soudain remplacé par l'étrange sensation qui, le 10 décembre, lors de son retour d'Elko, s'était emparée de lui pour la première fois : la sensation d'être *appelé* par une parcelle de terrain située très précisément à huit cents mètres de là. Le sentiment que quelque chose d'étrange était arrivé à cet endroit.

Faye était en train de raconter à Sandy comment la matinée de Noël s'était déroulée en compagnie des petits-enfants et Sandy riait beaucoup, mais pour Ernie, les rires et les paroles n'existaient plus. Ils se rapprochaient du lieu qui exerçait une véritable attraction sur lui. Il jeta un coup d'œil rapide à travers le pare-brise éclaboussé de soleil. Un événement d'une importance phénoménale allait survenir et il était empli à la fois d'émerveillement et d'effroi.

Sandy ne roulait plus qu'à quarante à l'heure alors qu'elle avait toujours tenu les quatre-vingts depuis Elko. La camionnette reprit de la vitesse au moment même où Ernie se rendit compte qu'ils avaient ralenti. Il se tourna vers Sandy, trop tard pour être vraiment certain qu'elle aussi avait été momentanément envoûtée par le paysage. A nouveau, elle riait en écoutant les bavardages de Faye. Il lui trouva un regard étrange, se demandant comment elle pouvait partager avec lui cette fascination mystérieuse, irrationnelle, pour un bout de terrain sans caractéristique particulière.

« C'est bon de rentrer chez soi », dit Faye quand Sandy prit la bretelle de sortie.

Ernie regarda sa montre. Non qu'il voulût connaître l'heure. Mais pour savoir combien de temps il restait avant le coucher du soleil. Cinq heures environ.

Et si ce n'était pas la nuit en général qu'il redoutait, mais une nuit bien spécifique ? Peut-être s'était-il rapidement débarrassé de sa phobie à Milwaukee parce que la nuit là-bas ne lui causait aucune frayeur. Peut-être sa véritable peur, sa terreur profonde, n'avait-elle pour objet que la nuit sur les plaines du Nevada. Une phobie pouvait-elle être localisée avec autant de précision ?

Certainement pas. Il jeta pourtant un nouveau coup d'œil à sa montre.

Sandy se gara devant la réception du motel. Quand ils furent descendus, elle les serra dans ses bras. « Je suis bien contente de vous revoir. Vous me manquez, vous savez. Mais il faut que j'aille aider Ned à préparer le déjeuner. Il va être l'heure. »

Ernie et Faye la suivirent du regard et Faye dit : « Je me demande ce qui a bien pu lui arriver.

— Si je le savais...

— Dans un premier temps, je me suis demandée si elle n'était pas enceinte, mais je ne le pense pas, non. Elle nous l'aurait certainement dit. Je crois que c'est... autre chose. »

Ernie tira les deux grosses valises de l'arrière du véhicule et en profita pour consulter une nouvelle fois sa montre. Cinq minutes de jour en moins.

Faye soupira : « En tout cas, je suis contente pour elle.

— Moi aussi, dit Ernie en sortant les deux sacs de voyage.

— Moi aussi, fit-elle sur le même ton. Tu ne me la feras pas à moi. Je sais, tu t'en fais pour elle presque autant que pour Lucy. Je t'ai observé à l'aéroport quand tu as vu Sandy, j'ai cru que ton cœur allait fondre.

— Tu ne crois pas qu'il y a un terme médical pour cela ?

— Oui, la cardioliquéfaction », dit-elle en riant.

Il rit lui aussi malgré la tension qui lui nouait l'estomac. Faye parvenait toujours à le faire rire — surtout quand il en avait le plus besoin.

Elle déposa les deux sacs près de la porte, chercha ses clefs.

Dès qu'ils avaient été certains qu'Ernie guérirait rapidement, Faye avait décidé de ne pas prendre de gérant et de laisser le motel fermé. Il fallait maintenant aérer les pièces, dépoussiérer, remettre le thermostat en marche.

Ernie se tenait derrière Faye quand elle ouvrit la porte. Elle ne le vit pas sursauter quand le jour s'assombrit brusquement. Un énorme nuage venait de passer devant le soleil et la luminosité avait diminué de plus de vingt pour cent. Cela suffisait toutefois à le rendre nerveux.

Un nouveau coup d'œil à sa montre.

Il se tourna vers l'est, d'où surgirait la nuit.

Tout va bien, se dit-il. Je suis guéri.

Sur la route de Reno à Elko County

Après la curieuse expérience qu'il avait vécue dans la maison de Lomack, expérience au cours de laquelle des milliers de lunes en papier s'étaient mises à tournoyer autour de lui, Dominick Corvaisis resta quelques jours à Reno. Lors de son précédent voyage, il y avait séjourné quelque temps pour se documenter sur les jeux de cartes et de dés. Recréant son itinéraire, il passa donc le mercredi, le jeudi et le vendredi dans « la plus grande petite ville du monde », comme l'affirment les dépliants publicitaires.

Dom alla de casino en casino et observa les joueurs. Il y avait là de jeunes couples, des retraités, de jeunes femmes charmantes, des femmes plus mûres en pantalon serré et cardigan, des cowboys au visage buriné, des secrétaires et des camionneurs, des cadres dynamiques et des médecins, d'anciens taulards et des flics, des représentants de toutes les classes sociales attirés ici par les jeux de hasard qui sont, somme toute, l'industrie la plus démocratique qui soit sur terre.

Comme lors de sa précédente visite, Dom paria juste ce qu'il faut pour participer. Après la sarabande des lunes en papier, il avait des raisons de croire que c'était à Reno que sa vie avait été bouleversée à tout jamais et qu'il y découvrirait la clef qui libérerait ses souvenirs captifs. Autour de lui, on riait, poussait des cris, lançait les dés, retournait des cartes, mais Dom resta sur le qui-vive, à l'écart de l'agitation et à l'affût de tout indice révélateur.

Mais aucun indice ne lui fut révélé.

Chaque soir, il appela Parker Faine à Laguna Beach, espérant que son mystérieux correspondant lui aurait envoyé un nouveau message.

Rien.

Chaque soir avant que ne vînt le sommeil, il tenta de trouver une explication à l'extraordinaire danse des lunes. Une explication aussi aux anneaux de chair qui étaient apparus dans ses paumes et qui avaient disparu sous ses yeux. Mais il n'en trouva pas la moindre.

Jour après jour, ses besoins en Valium et en Dalmane diminuaient, mais les cauchemars qu'il ne se rappelait pas allaient en empirant. Chaque nuit, il luttait pour se débarrasser du lien qui le maintenait au lit.

Le samedi, Dom croyait toujours que la réponse à ses terreurs nocturnes et à ses crises de somnambulisme résidait à Reno. Mais il décida de ne rien changer à ses plans et de gagner Mountainview. Si son périple s'achevait sans qu'il eût la moindre révélation, il pourrait toujours revenir à Reno.

L'été de l'année dernière, il était parti à dix heures et demie du matin, le vendredi 6 juillet, après un petit déjeuner rapide. En ce samedi 11 janvier, fidèle à son emploi du temps, il s'engagea sur la nationale 80 à onze heures moins vingt et prit la direction du nord-est, roulant au milieu des paysages désolés du Nevada vers la lointaine ville de Winnemucca où, en d'autres temps, Butch Cassidy et le Kid avaient pillé une banque.

Ces territoires immenses, pratiquement sans aucune population, étaient quasiment les mêmes depuis des millénaires. Les routes goudronnées et les câbles électriques étaient bien souvent les seules marques de la civilisation, tout au long de ce qui, à l'époque de la conquête de l'Ouest, s'appelait la piste Humboldt. Dom traversa des plaines nues bordées de collines recouvertes d'une végétation chétive, il longea des lacs asséchés et des coulées de lave durcie, aperçut au loin des colonnes de cristal et des montagnes aux crêtes acérées. Des monolithes de soufre et de sel se dressaient parfois, ainsi que des buttes rocheuses grisâtres, ocre ou couleur d'ambre. Et puis le paysage changeait, et le désert était remplacé par des vallées fertiles à la végétation luxuriante, aux arbres innombrables.

Comme toujours, Dom se sentait écrasé par la majesté de l'Ouest mais, cette fois-ci, les paysages suscitaient en lui de nouveaux sentiments : l'étrange conscience de possibilités illimitées. Dans un monde aussi irréel, il n'était pas difficile de croire que quelque chose d'effrayant avait pu se produire.

A trois heures moins le quart, il fit une halte pour prendre de l'essence et manger un sandwich à Winnemucca, petite ville de cinq mille âmes, la plus grande de toute la région pourtant. Puis la nationale 80 bifurqua vers l'est. La route grimpa vers la bordure du Grand Bassin. A l'horizon, s'élevaient des cimes enneigées.

Au crépuscule, Dom quitta la nationale pour s'engager sur la bretelle conduisant au Tranquility Motel. Il se gara près de la réception, sortit de voiture et fut surpris par la fraîcheur du vent. La traversée du désert avait été si longue qu'il était psychologiquement préparé pour la chaleur, bien qu'il sût que l'hiver régnait en maître sur les hautes plaines. Il ouvrit la portière, prit une veste de daim fourrée qu'il enfila et se dirigea vers le motel. Il s'arrêta subitement, plein d'appréhension.

C'était *là*.

Il ne savait pas comment il pouvait en être si sûr. Il le savait, c'est tout.

C'était là que quelque chose d'étrange était survenu.

Il avait fait étape ici, le vendredi 6 juillet, l'été de l'année dernière. Cet établissement perdu dans un paysage aussi magnifique lui avait immédiatement plu. Il s'était dit qu'un tel environnement ne pourrait que l'inspirer et il avait décidé de passer plusieurs jours ici afin de se familiariser avec le lieu et de recueillir des anecdotes propres à étayer un texte littéraire. Il n'arriverait à Moutainview que le 10 juillet au matin.

Pivotant lentement sur lui-même, il observa attentivement le paysage dans l'espoir de réveiller ses souvenirs. Et, ce faisant, il fut convaincu que ce qui lui était arrivé était infiniment plus important que tout ce qu'il pourrait jamais connaître, dut-il vivre cinq cents ans.

Le petit restaurant, avec ses grandes fenêtres et ses néons bleus, se situait à l'extrémité occidentale du complexe, un peu à l'écart du motel, au milieu d'un vaste parking où stationnaient trois semi-remorques. L'aile ouest du motel comportait dix chambres aux portes peintes en vert. Elle était séparée de l'aile est par un bâtiment abritant la réception et les appartements des propriétaires du lieu. L'aile est n'était pas rectiligne, elle avait la forme d'un L majuscule, avec six chambres d'un côté et quatre de l'autre. Dom vit le ciel sombre à l'est, la nationale qui se fondait dans les ténèbres, le paysage immense et inhabité au sud. Des nuages écarlates flottaient à l'ouest au-dessus des plaines et des montagnes.

L'appréhension de Dom s'accrut de seconde en seconde jusqu'à ce qu'il eût achevé le tour complet sur lui-même. Il se retrouva face au Tranquility Grille. Comme dans un rêve, il marcha vers le petit restaurant. Son cœur battait à tout rompre quand il poussa la porte. Il aurait voulu fuir à toutes jambes.

Prenant sur lui-même, il entra.

C'était un endroit agréable, chaud et bien éclairé. Une bonne odeur de cuisine flottait dans l'air. Des saucisses frémissaient sur le gril.

Il traversa la salle, s'installa à une petite table. Une bouteille de ketchup, un pot de moutarde, un sucrier, une salière et une poivrière étaient rassemblés au centre de la table. Il s'empara de la salière, sans même savoir pourquoi.

Et soudain, il se rappela s'être assis à cette même table l'été de l'année dernière, le soir de son arrivée au Tranquility Motel. Il avait renversé la salière sur la table et, par réflexe, jeté une pincée de sel par-dessus son épaule. Une jeune femme en avait reçu au visage.

Son cœur s'accéléra un peu plus. La terrible révélation n'était plus très loin.

Il reposa la salière. Toujours comme dans un rêve, il se leva et s'approcha de la table près de la fenêtre. Elle était inoccupée. Dom était certain que, *cet autre soir*, c'était là que la jeune femme avait pris place après avoir ôté le sel de son visage.

« Bonsoir, vous désirez ? »

Dom savait qu'une serveuse en pull-over jaune se tenait à côté de lui, qu'elle lui avait parlé, mais il était toujours paralysé par le souvenir formidable qui remontait à la surface de son esprit. Il était encore insaisissable, certes, mais il était là, à portée de la main.

« Ça ne va pas, monsieur ? »

Comme s'il refusait brusquement de se rappeler, Dom poussa un cri inarticulé, bouscula la serveuse et partit en courant. Il avait bien conscience que tout le monde le regardait, mais il s'en moquait éperdument. Tout ce qu'il voulait, c'était sortir d'ici. Il ouvrit toute grande la porte et se retrouva dehors sous un ciel allant du pourpre au noir le plus profond en passant par l'écarlate.

Il avait peur. Peur de son passé. Peur de son avenir. Peur surtout de ne pas savoir *pourquoi* il avait peur.

Chicago, Illinois

Brendan Cronin avait décidé d'annoncer la grande nouvelle après dîner, quand Stefan Wycazik, le ventre plein et un verre de brandy à la main, serait d'excellente humeur. En attendant, il prit son repas en compagnie des pères Wycazik et Gerrano, reprenant deux fois du jambon et des légumes et mangeant à lui seul un tiers de la miche de pain maison.

Il avait retrouvé l'appétit, mais pas la foi. Il ne connaissait cependant plus le désespoir, et le vide qui s'était installé en lui se comblait peu à peu. Il commençait à se dire qu'un jour, il mènerait une vie pleine de sens *qui n'avait rien à voir avec l'Église*. Pour Brendan, pour qui aucun plaisir matériel n'avait pu égaler le bonheur spirituel de dire la messe, le simple fait d'envisager de mener une existence séculière était déjà une révolution.

Le père Gerrano gagna sa chambre tout de suite après dîner. Wycazik et Brendan Cronin s'installèrent dans des fauteuils après que le recteur eut versé les alcools.

Brendan but un peu de schnaps et dit sans ambages : « Si vous n'y voyez pas d'inconvénients, mon père, j'aimerais partir lundi prochain. Pour le Nevada.

— Pour le Nevada ? » s'écria Wycazik. Ce n'aurait pas été pire si Brendan avait parlé de Bangkok ou de Tombouctou. « Mais pourquoi donc ?

— C'est là que je suis appelé. La nuit dernière, dans mon rêve, je n'ai vu qu'une lumière très vive, mais j'ai su tout à coup où je me trouvais. A Elko County, dans le Nevada. J'ai su aussi que je devais y retourner pour y trouver l'explication de la guérison d'Emmy et de la résurrection de Winton Tolk.

— Y retourner ? Vous y êtes donc déjà allé ?

— Oui, l'été de l'année dernière, avant d'arriver ici, à Sainte-Bernadette. »

Après son assignation auprès de Mgr Orbella, à Rome, Brendan avait pris l'avion pour San Francisco. Il passa deux semaines aux côtés de l'évêque John Santefiore, vieil ami d'Orbella. Santefiore écrivait un livre sur l'histoire des élections papales et Brendan lui avait apporté des documents collectés dans la Ville Sainte.

Brendan devait ensuite se mettre à la disposition de ses supérieurs, à Chicago. C'était sa ville natale et il devait y être nommé curé. Comme il disposait encore de deux semaines, il passa quelques jours près de Monterey puis décida de faire un peu de tourisme, loua une voiture et prit la direction de l'est.

Le père Wycazik entourait son verre de brandy de ses deux mains. « Je me souviens de votre séjour chez l'évêque Santefiore, mais je ne me rappelais plus que vous aviez traversé le pays en voiture. Vous êtes donc passé par Elko County ?

— Oui, j'ai séjourné dans un motel perdu en pleine nature, le Tranquility Motel. Je ne voulais y passer qu'une nuit, mais c'était un endroit si agréable que j'y suis resté plusieurs jours. Il faut maintenant que j'y retourne.

— Pourquoi ? Qu'est-ce qui s'est passé là-bas ?

— Rien, fit Brendan en haussant les épaules. Je me suis reposé, c'est tout. J'ai dormi. J'ai lu quelques livres. J'ai regardé la télévision. Ils ne devaient pas avoir une bonne réception, mais ils avaient posé une antenne parabolique sur le toit.

— Qu'est-ce qu'il y a ? fit Wycazik. Vous paraissez bizarre. On dirait que vous... que vous répétez une leçon bien apprise.

— Je vous explique seulement ce que j'y ai fait.

— Pourquoi cet endroit est-il si important s'il ne vous y est rien arrivé ? Qu'est-ce qui se passera quand vous y reviendrez ?

— Je n'en suis pas certain, mais ce sera quelque chose... d'incroyable. »

Ne pouvant plus dissimuler sa frustration devant l'entêtement de son curé, le père Wycazik lui posa la question qui lui brûlait les lèvres : « Est-ce *Dieu* qui vous appelle ?

— Je ne le pense pas. Mais c'est possible. A moins que ce ne soit le Malin. Mon père, je veux votre permission d'y aller. Mais je vous préviens, je partirai même si vous ne me donnez pas votre bénédiction. »

Elko County, Nevada

Après sa sortie précipitée du Tranquility Grille, Dom se rendit directement à la réception du motel. Quand il eut poussé la porte, il arriva au beau milieu d'une scène qu'il prit tout d'abord pour une querelle de ménage, mais qui lui apparut rapidement bien plus étrange que cela.

Un homme à la charpente robuste, portant pantalon et pull-over, se tenait derrière le comptoir. Il ne mesurait que quatre ou cinq centimètres de plus que Dom, mais était bien plus large que lui. Il paraissait taillé dans le chêne. Ses cheveux grisonnants coupés très court et les rides de son visage indiquaient qu'il avait la cinquantaine, bien qu'une certaine vigueur se dégageât de toute sa personne.

L'homme tremblait de fureur. A ses côtés, une femme le regardait d'un air inquiet. Blonde aux yeux bleus, elle était plus jeune que lui, bien que son âge fût incertain. Le visage livide de l'homme était inondé de sueur. Dom franchit le seuil et comprit que sa première impression était fausse : l'homme n'était pas furieux, mais terrorisé.

« Détends-toi, dit la femme, essaie de contrôler ta respiration. »

L'homme haletait. Les épaules voûtées, la tête baissée, les yeux rivés au sol, il respirait bruyamment, par saccades, en proie à une peur panique croissante.

« Respire bien à fond, dit la femme. Souviens-toi de ce que t'a dit le Dr Fontelaine. Quand tu seras calmé, nous irons faire un tour.

— Non ! s'écria l'homme en secouant la tête.

— Mais si, Ernie, dit-elle en lui posant la main sur l'épaule. Nous irons faire un tour et tu verras que la nuit n'est pas plus terrible ici qu'à Milwaukee. »

Ernie. Le nom frappa Dom et lui rappela instantanément les posters de la lune qu'il avait vus dans la maison de Zebediah Lomack, à Reno.

La femme aperçut Dom, qui dit : « Je voudrais une chambre

— C'est complet, répondit-elle.

— L'enseigne est allumée.

— Bon, fit-elle, mais pas tout de suite. Plus tard. Allez vous balader, aller dîner, faites ce que vous voulez mais revenez plus tard. Dans une demi-heure. *Je vous en prie.* »

Avant cette brève conversation, Ernie n'avait pas eu conscience de la présence de Dom. Il releva la tête et poussa un gémissement désespéré. « La porte. Fermez-la vite, ne laissez pas entrer la nuit !

— Mais non, lui dit la femme, la nuit ne viendra pas. Tu ne risques rien.

— Si, elle va venir ici », insista-t-il misérablement.

Dom se rendit compte que l'éclairage de la réception était extraordinairement puissant. Appliques, lampes de chevet, lampadaires, toutes les lampes de la pièce étaient allumées.

La femme s'adressa à nouveau à Dom : « Pour l'amour du ciel, fermez la porte ! »

Il obtempéra.

Le visage d'Ernie exprimait à la fois la peur et la honte. Ses yeux allaient de Dom à la fenêtre. « Elle est là, collée aux carreaux, elle veut entrer... » Il coula un regard misérable à Dom puis se mit à trembler et ferma les yeux.

Dom était abasourdi. La peur irrationnelle d'Ernie était très proche de ce qui avait poussé Dom à marcher en dormant et à trouver refuge dans un placard.

Luttant pour ne pas pleurer, la femme dit avec plus de véhémence : « Pourquoi vous ne partez pas ? Il est nyctaphobe, il a peur de la nuit parfois, et quand il a une attaque, il faut que nous restions seuls. »

Dom se souvint des prénoms écrits sur les posters de Lomack — Ginger, Faye — et il en choisit un par instinct. « Ne vous inquiétez pas, Faye, je crois que je comprends ce qui arrive à votre mari.

— Est-ce que je vous connais ? fit-elle, étonnée.

— Je m'appelle Dominick Corvaisis.

— Ça ne me dit rien. »

Sans ouvrir les yeux, l'homme voulut s'éloigner. « Je vais monter, tirer les rideaux, empêcher la nuit d'entrer...

— Non, Ernie, ne fuis pas, tu dois l'affronter. »

Dom s'interposa alors entre le mari et la femme et, posant une main sur la poitrine d'Ernie, il dit : « Vous faites des cauchemars. Quand vous vous réveillez, vous ne vous souvenez de rien, sinon qu'ils ont trait à la lune. »

Faye poussa un cri de surprise et Ernie ouvrit tout grands les yeux. « Comment vous savez cela ?

— Moi aussi, j'ai des cauchemars depuis plus d'un mois, dit Dom. Toutes les nuits. Et je connais un homme qui a fini par se suicider. »

Le couple était muet d'étonnement.

« Il vaut mieux monter, vous pourrez tirer les rideaux, dit Dom. Je vous raconterai tout ce que je sais. Ce qui est important, c'est que vous n'êtes pas seuls. Vous n'êtes plus seuls, comprenez-vous ? Et grâce à Dieu, moi aussi, je ne suis plus seul. »

New Haven County, Connecticut

Une précision d'horloge. Les coups montés par Jack Twist avaient toujours une précision d'horloge. Et celui contre la fourgonnette blindée ne faisait pas exception à la règle.

La nuit était profonde, le ciel très sombre, sans lune ni étoiles. Il ne neigeait pas. Un vent humide soufflait du sud-ouest.

La fourgonnette roulait dans la campagne, elle venait du nord-est et se dirigeait vers le tertre que Jack Twist avait repéré la veille de Noël. Ses phares crevaient de minces couches de brouillard. La route ressemblait à un ruban de satin noir déroulé dans la neige.

Vêtu d'une combinaison de ski à capuche, Jack était couché dans la neige au sud du tertre. De l'autre côté de la route, se trouvait le deuxième membre de l'équipe, Chad Zepp.

Le troisième homme, Branch Pollard, était un peu plus bas avec un Heckler et un gros fusil d'assaut Koch HK91.

La fourgonnette était à deux cents mètres. Soudain, la gueule du HK91 cracha. Une détonation retentit, couvrant le bruit du moteur.

Le HK91, peut-être le plus beau fusil d'assaut jamais conçu, pouvait tirer des centaines de balles sans bouger d'un cheveu. Extrêmement précis, efficace à un kilomètre de distance, il pouvait, avec une cartouche Nato de calibre 7,62, perforer un arbre ou un mur de béton et avoir encore assez de puissance pour tuer quelqu'un situé de l'autre côté.

Les trois hommes n'avaient toutefois pas l'intention de tuer qui que ce soit. Équipé d'un viseur télescopique à infrarouges, Pollard plaça la première balle à l'endroit désiré, faisant éclater le pneu avant droit de la fourgonnette Guardmaster.

Le véhicule fit un écart. Il rencontra une plaque de verglas et commença à déraper.

Aussitôt, Jack Twist se mit à courir, franchissant un fossé et sautant sur la route devant la fourgonnette qui fonçait sur lui comme un tank. Au tout dernier instant, le chauffeur freina à mort, évita le bas-côté et s'arrêta à moins de dix mètres de Jack.

Il vit l'un des convoyeurs l'oreille collée à un émetteur récepteur. Sa demande d'assistance était inutile. A la seconde même où Pollard avait fait usage de son arme, Chad Zepp, toujours caché dans la neige au nord de la route, avait branché un émetteur portatif qui brouillait irrémédiablement la radio du véhicule.

Le vent se leva, des nappes de brouillard se déchirèrent. Jack Twist était debout au beau milieu de la route, dans la lumière des phares, et il prit tout son temps pour viser la calandre avec son fusil à gaz lacrymogène. C'était une arme de facture britannique, très prisée des brigades antiterroristes. Les autres armes du même type tiraient des grenades qui explosaient au contact avec le métal, diffusant leurs vapeurs toxiques et obligeant les tireurs à viser les vitres. Ce fusil britannique que Jack s'était procuré chez un trafiquant de Miami pouvait balancer des cartouches lacrymogènes blindées hyper-rapides capables de pénétrer dans leurs objectifs avant d'y libérer des gaz asphyxiants. Quand Jack tira, la balle déchiqueta la grille de la calandre et se ficha dans le moteur. Grâce au système de ventilation, une vapeur jaune nocive s'éleva presque aussitôt dans la cabine.

Les gardes savaient qu'ils ne devaient pas quitter le fourgon en cas d'attaque surprise. A l'intérieur, ils ne risquaient absolument rien. En théorie. Car là, ils se trouvaient bel et bien prisonniers. Ils ouvrirent précipitamment les portières et sortirent dans le froid et la nuit, toussant et éternuant comme des malheureux.

Malgré le gaz qui le suffoquait et l'aveuglait, le chauffeur avait saisi son revolver. Tombé à genoux, il cherchait désespérément sur qui tirer.

Jack fit voler l'arme d'un coup de pied, releva l'homme et l'attacha prestement au pare-chocs avec des menottes.

Branch Pollard avait abandonné sa planque tout de suite après que le coup de feu eut déséquilibré le véhicule. Il se jeta sur l'autre convoyeur et l'immobilisa également avec des menottes.

Les deux hommes enchaînés faisaient des efforts désespérés pour entrevoir le visage de leurs agresseurs, mais ces derniers portaient des lunettes de ski.

Jack et Pollard se dirigèrent en toute hâte vers l'arrière du fourgon, sans craindre toutefois d'être dérangés dans leur besogne. Aucune voiture n'emprunterait cette route. Dès l'instant où le fourgnon s'était engagé dans la campagne, les deux derniers membres de l'équipe, Hart et Dodd, avaient bouclé la route avec des véhicules volés, repeints et équipés de panneaux routiers. Des batteries de projecteurs et des chevaux de frise avaient été placés sur la route, dissuadant qui que ce soit de passer. Dodd et Hart expliqueraient aux éventuels conducteurs qu'un camion-citerne s'était renversé.

Une précision d'horloge.

Chad Zepp fixa un projecteur aimanté sur la paroi du véhicule et entreprit de dévisser la plaque dissimulant le mécanisme de blocage des portes.

Ils avaient apporté des explosifs mais, quand on essaie d'ouvrir un fourgon aussi bien conçu que le Guardmaster, ceux-ci risquent de faire fondre les pièces de métal au lieu de les disloquer. Il valait mieux démonter la serrure et n'utiliser les explosifs qu'en dernier ressort.

Les véhicules blindés de la génération précédente possédaient des serrures qu'on ouvrait avec une ou deux clefs ; d'autres avaient des cadrans à combinaison, mais on avait affaire ici à un engin ultramoderne, du dernier cri en matière de technologie. La serrure fonctionnait quand on composait un nombre sur un cadran à touches semblable à ceux des téléphones. Pour activer la serrure, les gardes fermaient les portes et appuyaient sur le chiffre du milieu d'un nombre en comportant trois. Pour l'ouvrir, il fallait composer les trois chiffres dans le bon ordre. Le numéro de code changeait tous les matins et, des deux hommes à bord de la fourgonnette, seul le chauffeur le connaissait.

Il y avait donc mille combinaisons possibles. Étant donné qu'il leur faudrait bien quatre ou cinq secondes pour taper une seule combinaison et pour qu'elle soit acceptée ou rejetée, ils mettraient au moins une heure et quart pour trouver le nombre correct. C'était bien trop long, bien trop risqué aussi.

Chad Zepp termina de dévisser la plaque de protection. Les touches des chiffres tenaient toujours, mais il était désormais possible de voir une partie du mécanisme secret.

Zepp portait à l'épaule un sac de cuir contenant un ordinateur fonctionnant sur piles, capable de déchiffrer et de court-circuiter les circuits des alarmes et des serrures électroniques. Cet appareil, portant le nom de Dimess (dispositif d'intervention et de mise en échec des systèmes de sécurité), était utilisé par l'armée et les services d'espionnage ; le grand public ne pouvait se le procurer et sa détention illégale était réprimée par les lois sur la défense nationale. Pour s'offrir un Dimess, Jack Twist était allé à Mexico et avait déboursé quelque vingt-cinq mille dollars à un trafiquant ayant un contact à l'intérieur même de la firme fabriquant cette petite merveille.

Zepp posa l'ordinateur à terre de sorte que Jack et Pollard purent voir le petit moniteur vidéo d'une dizaine de centimètres carrés de surface. L'écran était noir. Trois sondes mobiles étaient fixées au Dimess. Jack en tira une de sa niche. Elle ressemblait à un thermomètre à extrémité de cuivre relié à un cordon ombilical d'une soixantaine de centimètres de long. Jack étudia attentivement les entrailles de la serrure électronique et plaça délicatement la sonde entre les deux premières touches. Il effleura la base du 1. L'écran resta noir. Il déplaça la sonde vers le 2, puis le 3. Toujours rien. Mais quand il effleura le 4, un mot s'inscrivit en vert pâle sur l'écran — CONTACT — ainsi que des chiffres mesurant le flux électrique.

Cela signifiait que le chiffre du milieu du code était un 4. Après avoir chargé les sacs bourrés de billets et de chèques dans la soute de la fourgonnette, le chauffeur avait pressé la touche 4 pour activer la serrure.

Seuls deux chiffres étaient encore inconnus ; il ne restait donc plus que cent combinaisons.

Sans s'occuper du vent qui commençait à souffler en rafales, Jack sortit un autre cordon dont l'extrémité, semblable à celle d'un pinceau très fin, se caractérisait par un point lumineux. Jack inséra le cordon entre les touches, entra en contact avec le 1. Il n'y eut pas de résultat. Il alla de touche en touche jusqu'à ce que l'écran de contrôle révèle le schéma partiel d'un circuit imprimé.

Le cordon était en réalité la fibre optique d'un laser, cousin lointain des appareils couplés aux caisses-enregistreuses des supermarchés et capables de déchiffrer les codes-barres des denrées alimentaires. Le Dimess n'était pas programmé pour lire des codes-barres, mais pour reconnaître les circuits électroniques et en afficher l'image sur un écran.

Jack mit l'image partielle en mémoire, continua de déplacer la fibre et obtint bientôt les trois éléments constituant l'image intégrale du circuit imprimé. L'ordinateur entoura deux parties du diagramme afin d'indiquer les points d'entrée du circuit. Il superposa alors l'image du cadran à touches afin de montrer la relation existant entre les points faibles et la partie du mécanisme de fermeture accessible à Jack.

« On peut intervenir sous le 4, dit Jack.

— Tu veux que je fraise ? demanda Pollard.

— Ce ne sera pas la peine. »

Jack rangea la fibre optique et prit un troisième cordonnet, terminé celui-ci par une tête d'allure spongieuse. Il l'inséra dans le trou minuscule à la base de la touche 4, le bougea doucement de haut en bas et de droite à gauche, jusqu'à ce que l'ordinateur affiche le mot INTERVENTION.

Jack maintint la sonde bien en place et Chad Zepp redressa le Dimess, ce qui permit à Pollard d'utiliser le petit clavier de programmation de l'ordinateur pour taper des instructions. Le mot INTERVENTION disparut et fut remplacé sur l'écran par SYSTÈME DE CONTRÔLE ÉTABLI. L'ordinateur pouvait maintenant adresser directement des commandes à la micropuce traitant les codes de la serrure et déverrouillant la porte.

Pollard enfonça deux touches et le Dimess se mit à envoyer des séquences de trois chiffres à la micropuce à raison d'une combinaison tous les six centièmes de seconde. Chacune d'elles comportait le chiffre 4 à la deuxième position. Il ne fallut que quelques secondes au Dimess pour trouver la solution, le nombre 545.

Les verrous se débloquèrent instantanément.

Jack rangea la sonde et éteignit l'ordinateur. Il ne s'était écoulé que quatre minutes depuis que le coup de fusil avait crevé la calandre du fourgon.

Une précision d'horloge.

Zepp remit l'ordinateur dans sa housse et Pollard ouvrit les portes arrière de la fourgonnette. L'argent était là, qui les attendait.

Zepp poussa un petit cri de plaisir. Pollard rit aux éclats et sauta dans le véhicule avant de pousser les sacs de toile vers l'extérieur.

Jack n'éprouva aucun plaisir à un tel spectacle.

Elko County, Nevada

Faye Block avait éteint l'enseigne lumineuse CHAMBRES À LOUER pour qu'ils ne soient pas dérangés.

Assis autour de la table de cuisine, les volets bien clos pour les protéger de la nuit, les Block buvaient du café en écoutant, fascinés, Dom leur raconter son histoire.

Ils firent preuve d'une certaine incrédulité quand il évoqua devant eux l'incroyable danse des lunes en papier dans la maison de Zebediah Lomack. Mais il relata cet épisode avec tant de réalisme qu'il en eut lui-même la chair de poule et que son étonnement doublé d'effroi se communiqua à Faye et Ernie.

Ils parurent surtout impressionnés quand il exhiba les deux photographies arrivées par la poste deux jours avant son départ pour Portland. Ils observèrent attentivement le cliché sur lequel un prêtre était installé à un bureau et furent certains qu'il avait été fait dans une des chambres du motel. La photo de la femme blonde avec une aiguille enfoncée dans le poignet était prise de si près qu'on ne voyait pas l'ameublement, mais ils reconnurent tout de même les motifs du papier mural, celui qui décorait certaines chambres et avait été changé dix mois plus tôt.

Dom fut surpris d'apprendre qu'ils possédaient également une photo prise au Polaroïd. Ernie se souvint de l'avoir reçue le 10 décembre, soit cinq jours avant son départ pour Milwaukee. Faye alla la chercher dans le tiroir du bureau, au rez-de-chaussée. Elle représentait trois personnes — un homme, une femme et une petite fille — plissant un peu les yeux à cause du soleil devant la chambre numéro 9. Les trois personnages portaient des tee-shirts, des shorts et des sandales.

« Vous les reconnaissez ? dit Dom.

— Non, répondit Faye.

— Moi, j'ai l'impression que je *devrais* m'en souvenir, dit Ernie.

— Des vêtements légers, dit Dom, le soleil... nous sommes pratiquement sûrs que cette photo date de l'été de l'année dernière, pendant le week-end, entre le vendredi 6 juillet et le mardi suivant. Ces trois personnes ont participé à l'événement, quel qu'il soit. Ce sont peut-être des victimes innocentes comme nous. Et notre mystérieux correspondant veut que nous pensions à eux, que nous nous les rappelions.

— Celui qui envoie les photos doit être l'un de ceux qui nous ont gommé la mémoire, dit Faye. Je ne vois pas pourquoi il veut nous intriguer maintenant après tout le mal qu'ils se sont donné à l'époque.

— Il n'était peut-être pas d'accord avec les autres. Sa conscience lui a peut-être dicté de réagir. En tout cas, il a peur de nous contacter directement, c'est évident.

— J'y pense, s'écria Faye en se levant brusquement, nous n'avons pas dépouillé le courrier. Il doit y en avoir une belle pile depuis cinq semaines. »

Elle s'absenta pour revenir quelques minutes plus tard avec deux enveloppes blanches. Ils ouvrirent la première, qui contenait une photo, prise au Polaroïd, d'un homme couché dans un lit, une aiguille dans le bras. Il avait une cinquantaine d'années, des cheveux sombres et clairsemés, un visage jovial à la W. C. Fields. Mais c'étaient des yeux sans vie qu'il présentait à l'objectif.

« Bon sang, c'est Calvin ! s'écria Faye.

— Mais oui, c'est bien lui ! reprit Ernie. Cal Sharkle. C'est un routier qui fait Chicago-San Francisco.

— Il s'arrête au restaurant toutes les fois qu'il vient dans le coin. Des fois, il est tellement fatigué qu'il prend une chambre. C'est un brave type, vous savez.

— Pour qui travaille-t-il ? demanda Dom.

— Il est indépendant, fit Ernie, il est son propre patron.

— Vous pourriez entrer en contact avec lui ?

— Normalement, oui, dit Ernie. Il signe le registre toutes les fois qu'il couche ici. Il y a son adresse. C'est quelque part aux environs de Chicago, je crois.

— Nous vérifierons plus tard. L'autre enveloppe... »

Faye la décacheta et en sortit une autre Polaroïd. C'était encore une fois l'image d'un homme couché sur un lit, une aiguille dans le poignet. Comme tous les autres, son visage n'affichait pas la moindre expression. Ses yeux sans âme rappelaient ceux des morts vivants dans les films d'épouvante.

Il était cependant parfaitement reconnaissable.

C'était Dom.

Las Vegas, Nevada

Il allait être l'heure d'aller au lit. Marcie était assise à son petit bureau, occupée à feuilleter sa collection de lunes.

Jorja la regardait depuis la porte. La fillette était si profondément absorbée qu'elle ne remarqua même pas la présence de sa mère.

Une boîte de crayons de couleur était posée à côté de l'album. Marcie coloriait soigneusement une des photos de la lune. C'était un fait nouveau et Jorja se demandait ce que cela pouvait bien signifier.

Elle était inquiète parce que Alan s'était suicidé la veille et qu'elle n'en avait encore rien dit à Marcie. En sortant de l'appartement de Pepper, elle avait appelé Coverly, le psychologue qui s'occupait de Marcie, afin de prendre conseil. Il fut étonné d'apprendre qu'Alan rêvait également de la lune et qu'il avait développé en toute indépendance sa propre fascination pour l'astre des nuits. Cela méritait réflexion mais, en attendant, Coverly dit qu'il lui semblait plus sage de ne pas annoncer la mauvaise nouvelle avant lundi. « Venez avec elle au rendez-vous, nous la lui annoncerons ensemble. » Jorja avait peur que Marcie fût terriblement ébranlée par sa mort, en dépit du peu d'intérêt qu'il lui portait.

Elle la regarda crayonner encore quelques instants, puis dit : « Chérie, il est temps que tu te mettes en pyjama et que tu te brosses les dents. » Sa voix tremblait un peu et elle n'y pouvait rien.

La petite fille parut affolée, comme si elle ne savait plus où elle était, puis elle vit sa mère et sourit. « Je suis en train de colorier des lunes.

— Il est l'heure d'aller au lit.

— Encore un petit peu, s'il te plaît. » Marcie paraissait très calme, mais ses doigts se crispaient nerveusement sur le crayon. « Je veux en colorier encore quelques-unes. »

Jorja aurait voulu détruire cet album qu'elle détestait, mais le Dr Coverly lui avait expliqué que toute discussion à propos de la lune ou toute interdiction de réunir des photographies ne pourrait que renforcer l'obsession de Marcie.

« Tu auras tout le temps demain, tu sais. »

A regret, Marcie referma son album, rangea les crayons et se rendit dans la salle de bains.

Jorja s'appuya au petit bureau, accablée par la fatigue. En plus de sa journée de travail, elle avait dû contacter les pompes funèbres, commander des fleurs et régler les ultimes détails avec le cimetière pour le convoi d'Alan. Elle avait aussi appelé le père d'Alan à Miami pour lui apprendre la mauvaise nouvelle. Elle était épuisée. Machinalement, elle ouvrit l'album.

En rouge. Marcie coloriait toutes les lunes en rouge, celles qu'elle dessinait elle-même et celles qu'elle découpait dans les magazines. Elle en avait déjà rougi une cinquantaine.

L'utilisation de la couleur rouge — de la *seule* couleur rouge — troubla profondément Jorja. Comme si Marcie entrevoyait déjà un avenir de terreur. Comme si elle avait la prémonition du sang.

Elko County, Nevada

Faye Block alla chercher le registre correspondant à l'été de l'année dernière, le déposa sur la table de cuisine et l'ouvrit à la page du vendredi 6 juillet.

« C'est bien ce que je pensais, dit-elle. C'est ce jour-là qu'ils ont barré la nationale à la suite d'une fuite de produits toxiques. Une colonne de camions se dirigeait vers Shenkfield, une base militaire à une trentaine de kilomètres au sud-ouest. Il a fallu fermer le motel jusqu'au mardi, le temps qu'ils reprennent la situation en main.

— Shenkfield sert de terrain d'essais aux armes chimiques et biologiques, ajouta Ernie. Les produits transportés devaient être terriblement dangereux. »

Faye poursuivit, d'une voix étrangement mécanique, comme si elle récitait une leçon : « Ils ont dressé des barrages et nous ont fait évacuer la zone sensible. Les clients sont partis dans leurs propres véhicules. » Son visage était inexpressif. « Ned et Sandy Sarver ont eu le droit de rejoindre leur caravane près de Beowave parce qu'elle était située en dehors de la zone interdite.

— Impossible, fit Dom. Je ne me rappelle pas la moindre évacuation. J'étais *là*. Je me souviens d'avoir lu, d'avoir fait des recherches en vue d'écrire des nouvelles… mais ces souvenirs sont si ténus que je doute de leur réalité. Ils n'ont pas d'épaisseur. Pourtant, j'étais ici et nulle part ailleurs, et il m'est arrivé quelque chose d'étrange. Cette photo de moi en est la preuve. »

Dom trouva alors un air étrange à Faye. Elle avait les yeux fixes et se tenait plus raide que d'ordinaire. « Tant que la route n'a pas été déblayée, Ernie et moi sommes restés chez des amis qui ont un petit ranch dans la montagne, à une quinzaine de kilomètres d'ici. Elroy et Nancy Jamison, qu'ils s'appellent. Les travaux sur la route ont été très longs, l'armée avait besoin de plus de trois jours. Ils ne nous ont laissés rentrer que mardi matin.

— Qu'est-ce que vous avez, Faye ?

— Quoi ? Qu'est-ce que vous voulez dire ?

— On dirait que vous avez été… programmée pour me réciter ce petit discours.

— Mais enfin, de quoi parlez-vous ? dit-elle, surprise.

— C'est vrai, Faye, ta voix était… plate, ajouta Ernie, l'air soucieux.

— Je n'ai fait qu'expliquer ce qui s'est passé. » Elle posa un doigt sur la page réservée au vendredi 6 juillet. « Tenez, nous avions loué onze chambres avant qu'ils ne ferment la nationale. Mais personne n'a réglé sa note. Tout le monde a été évacué avant.

— Voici votre nom, dit Ernie. Vous êtes le septième. »

Dom regarda sa signature, l'adresse de Mountainview qu'il avait donnée. Il se rappelait bien son arrivée au motel, mais il n'avait pas le moindre souvenir d'un départ précipité en pleine nuit. « Vous avez vu l'accident, la citerne renversée ?

— Non, ça s'est passé à plusieurs kilomètres d'ici, dit Ernie du même ton mécanique que Faye. Les experts de l'armée de la base de Shenkfield craignaient que les produits chimiques ne soient dispersés par le vent et ils ont délimité très largement la zone interdite. »

Dom se tourna vers Faye et constata qu'elle aussi était étonnée par le ton inhabituel de son mari. « C'est comme ça que vous parliez il y a un instant, Faye, dit Dom. Vous aussi, Ernie, vous avez été programmé.

— Vous voulez peut-être dire que l'accident n'a jamais eu lieu ? fit remarquer Faye.

— La citerne s'est bel et bien renversée, reprit Ernie. Pendant un certain temps, nous avons conservé les articles du journal local, le *Sentinel*. Nous avons dû le jeter depuis. En tout cas, les gens d'ici se demandent toujours ce qui leur serait arrivé si cette saloperie s'était répandue dans l'air avant l'ordre d'évacuation. Non, Faye et moi n'avons pas rêvé.

— Vous pouvez demander à Elroy et Nancy Jamison, surenchérit Faye. Ils étaient ici, en visite, et quand l'ordre est tombé, ils nous ont tout de suite offert l'hospitalité. »

Dom eut un sourire désabusé. « Je ne ferais pas très confiance à leurs témoignages. S'ils étaient ici, ils ont vu ce que nous avons tous vu et ce souvenir a été gommé de leur esprit. Ils se souviennent de vous avoir emmenés chez eux parce que c'est ce qu'on leur a dit de se rappeler. En fait, ils ont dû rester ici et subir un lavage de cerveau, comme tout le monde.

— Mais bon sang, cette fuite de gaz toxiques a bien eu lieu, tout de même ! dit Ernie. C'était dans le journal ! » Il changea alors brusquement de sujet, se faisant l'avocat du diable. « Peut-être que nous sommes contaminés et que nous pourrissons tous déjà à l'intérieur de nous-mêmes, mais je ne le crois pas. Après tout, ils testent des armes potentielles à Shenkfield. Et à quoi serviraient des armes incapables de tuer ceux qui sont en contact avec elles depuis des années ?

— Pratiquement à rien, dut reconnaître Dom.

— Et puis, poursuivit Ernie, comment une contamination chimique pourrait-elle expliquer l'expérience étrange que vous avez vécue dans la maison de Lomack, à Reno ?

— Je n'en ai pas la moindre idée. Maintenant que nous savons que cette région a été bouclée à la suite d'un accident — réel ou inventé —, la théorie du lavage de cerveau est un peu plus crédible. Parce que avant, je ne comprenais pas comment on aurait pu nous retenir assez longtemps pour nous faire oublier ce que nous avons vu. Le délai de quarantaine leur a ainsi donné tout le temps nécessaire, tout en éloignant les curieux. Nous avons à présent une petite idée de ce à quoi nous nous heurtons. L'armée, peut-être seule, peut-être en intelligence avec le gouvernement, a voulu cacher quelque chose, je ne sais pas, moi, une opération qu'elle a montée sans autorisation par exemple. Je ne sais pas ce que vous en pensez, mais l'idée d'affronter un ennemi aussi redoutable m'emplit d'effroi.

— En tant que Marine, je connais la puissance de l'armée, dit Ernie, mais ce ne sont pas des sauvages. Nous ne pouvons pas conclure de tout ça que nous sommes victimes d'une odieuse conspiration montée par l'extrême droite. Ce genre de délire, c'est bon pour les romanciers paranoïaques et les scénaristes d'Hollywood, mais dans la réalité, le mal est plus subtil, il est moins facile à identifier. Si l'armée et le gouvernement sont derrière cette histoire, leurs mobiles ne sont pas nécessairement immoraux. Ils pensent probablement avoir fait ce qui convient en pareilles circonstances.

— En tout cas, nous devons en savoir plus, l'interrompit Faye. Sinon, la nyctaphobie d'Ernie ne fera qu'empirer. De même que vos crises de somnambulisme. Quant aux autres... »

Ils savaient tous ce que ce « quant aux autres » signifiait déjà. Un canon de fusil dans la bouche pour Zebediah Lomack, par exemple.

Dom se pencha sur le registre. Quatre lignes au-dessus de son propre nom, il lut une inscription qui le fit sursauter. *Dr Ginger Weiss. Adresse, Boston.*

« Ginger, dit-il. Le quatrième nom sur les posters. »

De plus, Cal Sharkle, l'ami camionneur des Block, celui qui ressemblait à un zombie sur la photo, était arrivé au motel juste avant Ginger Weiss. Les premiers clients de ce jour étaient M. et Mme Alan Rykoff, de Las Vegas, accompagnés de leur fille. Dom aurait parié que c'était les trois personnes photographiées devant la chambre numéro 9. Le nom de Zeb Lomack ne figurait pas sur le registre. Il avait seulement dû s'arrêter dîner au Tranquility Grille. Un des autres noms était peut-être celui du prêtre. Si oui, il n'avait pas fait mention de son état.

« Nous allons devoir rencontrer tous ces gens, dit Dom, très excité. Nous les appellerons dès demain matin et nous verrons bien de quoi ils se souviennent. »

Chicago, Illinois

C'est en se montrant parfaitement résolu et en ne laissant aucune équivoque planer sur son projet que Brendan Cronin parvint à obtenir du père Wycazik l'autorisation de quitter la paroisse pour le Nevada.

Il était environ dix heures du soir. Couché sur le côté dans la pénombre, il avait les yeux tournés vers la fenêtre. La couche de givre brillait d'une lueur pâle. La fenêtre donnait sur la cour où aucune lampe n'était allumée à cette heure et Brendan savait que ce qu'il voyait n'était rien d'autre que les rayons de lune emprisonnés dans les cristaux de givre.

Le sommeil ne venait pas. Il ne pouvait détacher son regard du jeu subtil des cristaux, dans lesquels chaque rai de lumière se diffusait et se multipliait.

« La lune, murmura-t-il, surpris par sa propre voix. La lune. »

Peu à peu, Brendan comprit qu'il se déroulait quelque chose d'inhabituel.

Dans un premier temps, il ne fut que fasciné par l'harmonieuse interaction du givre et de la lumière lunaire ; puis cette fascination se changea en une attirance autrement plus intense. Il ne pouvait détacher ses yeux de la fenêtre nacrée. Elle lui apportait une promesse indéfinissable et il se sentait attiré par elle comme un marin par le chant des sirènes. Sans même savoir ce qu'il allait faire, il sortit un bras de sous les couvertures et tendit la main vers la fenêtre, bien que celle-ci fût éloignée de plus de trois mètres.

« La lune », répéta-t-il, étonné à nouveau de s'entendre.

Son cœur s'accéléra. Il se mit à trembler.

Soudain, la couche de givre fut l'objet d'un inexplicable changement. Elle commença à fondre à partir des bords de la fenêtre et, au bout de quelques secondes, il ne resta plus au centre du panneau qu'un cercle parfait de quelque vingt-cinq centimètres de diamètre, cercle de glace bizarrement lumineux au beau milieu d'un rectangle d'un noir profond.

La lune.

Brendan savait que c'était un signe, mais de qui ou de quoi, il n'aurait pu le dire, car lui-même ne comprenait rien à ce qui lui arrivait.

Le cœur battant la chamade, certain de bientôt assister à une apparition extraordinaire, Brendan continua de tendre la main vers la fenêtre. Il poussa un petit cri quand un faisceau de lumière jaillit de la lune de givre et tomba sur le lit, semblable en tout point au faisceau d'un projecteur. Il se demandait comment une lumière aussi vive pouvait émaner d'une simple couche de givre quand la lumière blanche devint rouge clair, puis rouge foncé, cramoisi et enfin, écarlate. Tout autour de lui, les couvertures prenaient l'allure d'acier en fusion et sa main tendue semblait ensanglantée.

Il éprouva alors un vif sentiment de déjà-vu, certain d'avoir été jadis inondé par la lumière rouge sang d'une lune écarlate.

Il désirait ardemment comprendre le rapport que cette fantastique lumière rouge pouvait entretenir avec les illuminations de ses rêves. Il se sentait irrésistiblement attiré par l'élément inconnu dissimulé au cœur du rayonnement. Et puis, tout à coup, il prit peur. Les rayons écarlates s'intensifièrent, sa chambre se transforma en une fournaise rougeoyante et froide, sa peur céda très vite la place à une terreur sans nom qui le fit trembler des pieds à la tête.

Il retira la main et le rayon écarlate devint presque argenté. Puis l'argent disparut à son tour et il n'y eut plus rien que le cercle de givre et le reflet parfaitement naturel de la lune de janvier.

La chambre retomba dans la pénombre. Brendan se redressa et alluma la lampe de chevet.

Il sursauta au contact de l'interrupteur. Un anneau de chair gonflée marquait sa paume.

Le temps qu'il lève la main devant ses yeux, l'anneau avait disparu.

Appuyé au dosseret du lit, Brendan attendit longtemps, yeux ouverts et lumière allumée, d'avoir le courage d'affronter l'obscurité.

Elko County, Nevada

Debout contre la baignoire, Ernie s'efforçait de se rappeler très précisément ce qu'il avait éprouvé le samedi 14 décembre quand une étrange impulsion lui avait commandé d'ouvrir la fenêtre et qu'il avait eu cette hallucination. Dominick Corvaisis l'observait, appuyé au lavabo. Faye se tenait dans l'encadrement de la porte.

« De la lumière. Oui, c'est ça, je suis venu ici chercher de la lumière. Ma peur du noir était à son comble et je voulais la cacher à Faye. Je ne pouvais pas dormir, je me suis relevé, je suis venu jusqu'ici, j'ai fermé la porte et je me suis... *délecté* de la lumière. » Il raconta comment son regard avait été attiré par le vasistas placé au-dessus de la baignoire, comment le besoin irrationnel de s'enfuir s'était emparé de lui. « C'est difficile à expliquer, mais tout à coup, des pensées insensées se sont mises à... à *tournoyer* dans ma tête. Je ne sais pas pourquoi, mais j'ai été pris de panique. Et je me suis dit que j'avais là une occasion inespérée de fuir, que je ne pouvais pas la laisser passer parce qu'il n'y en aurait pas d'autres, que j'allais sortir par le vasistas, courir dans la campagne jusqu'au prochain ranch... y demander de l'aide.

— Pourquoi ? demanda Corvaisis. Pourquoi aviez-vous besoin d'aide ? Pourquoi vouliez-vous fuir votre propre maison ?

— Je n'en ai pas la moindre idée », dit Ernie, le front plissé. Il se rappela ce qu'il avait ressenti cette nuit-là et indiqua la petite fenêtre. « J'ai tiré le loquet, j'ai ouvert le panneau. J'aurais pu me glisser au-dehors. Seulement, j'ai vu quelqu'un. Sur le toit de l'appentis.

— Qui était-ce ? demanda Corvaisis.

— Cela va vous paraître absurde, mais c'était un type vêtu d'une combinaison de motard. Il avait un casque blanc avec une visière fumée qui dissimulait son visage. Des gants noirs. En fait, il a tendu la main comme pour m'attraper et je me suis rejeté en arrière. Je suis tombé sur le rebord de la baignoire.

— C'est à ce moment que je suis arrivée, dit Faye.

— Je me suis relevé, reprit Ernie, j'ai regardé par le vasistas. Il n'y avait personne sur le toit. »

Dom avait les yeux rivés au panneau de verre opaque. « Je crois savoir ce qui s'est passé, Ernie. Vous avez eu... appelons ça un flash de mémoire. Un souvenir fugace de l'été de l'année dernière, de ces jours où vous étiez *réellement* prisonnier dans votre propre maison et où vous vouliez vraiment vous enfuir.

— J'en aurais été empêché par un type monté sur le toit de l'appentis ? Admettons, mais qu'est-ce qu'il faisait là habillé en motard ?

— Et si c'était un homme portant un scaphandre de décontamination et ayant pour mission de lutter contre une fuite de produits toxiques chimiques ou biologiques ? »

Du Connecticut à New York

Quand tout l'argent eut été sorti de la fourgonnette blindée, Jack et ses compagnons en firent rapidement cinq tas, chacun de trois cent cinquante mille dollars environ en billets usagés impossibles à identifier.

Jack n'éprouvait pas le moindre frisson d'orgueil, pas le plus petit sentiment de triomphe. Rien.

En cinq minutes, la bande se dispersa comme du duvet de pissenlit sous la brise. Une précision d'horloge.

Jack reprit la route vers Manhattan. La neige se mit à tomber par rafales, pas assez toutefois pour interdire la circulation.

Et tandis qu'il quittait le Connecticut, se produisit en lui un curieux changement qu'il n'aurait jamais cru possible. Minute après minute, kilomètre après kilomètre, l'ennui céda la place à une sensation tout à fait étonnante. Car c'était de la *culpabilité* qu'il éprouvait. L'argent volé et rangé dans le coffre de sa voiture commençait à peser aussi lourdement sur sa conscience que si c'était les premières choses acquises de façon malhonnête qu'il possédât.

En huit années de vols préparés avec méticulosité et exécutés avec maestria, souvent à une échelle bien supérieure que l'attaque du fourgon blindé, il n'avait jamais été effleuré par la notion de culpabilité. Jusqu'à aujourd'hui. Il s'était toujours considéré comme une sorte de vengeur. Jusqu'à aujourd'hui.

Sur la route qui menait à Manhattan, il commença à voir en lui-même autre chose qu'un prince des voleurs. La culpabilité lui collait à la peau comme du papier tue-mouches. Plus il cherchait à s'en débarrasser, plus elle se plaquait à lui.

Ce sentiment soudain était en fait en sommeil depuis très longtemps. Il fouilla dans sa mémoire, s'efforça de remonter au dernier larcin lui ayant procuré un réel plaisir et découvrit qu'il s'agissait du cambriolage de la riche propriété d'Avril McAllister, quelque part au nord de San Francisco, l'été de l'année dernière.

Leur forfait commis, Jack et Branch avaient profité pendant deux jours du soleil de Californie. Puis, sur un coup de tête, Jack avait décidé de mettre vingt mille dollars sur les tapis verts de

Reno. Vingt-quatre heures plus tard, c'étaient plus de cent sept mille dollars qui gonflaient ses poches. Décidant alors de prolonger ses vacances, il avait loué une voiture et traversé tout le pays avant de retrouver New York. Et Jenny.

Aujourd'hui, plus de dix-huit mois après cette affaire, jack se rendait compte que ce cambriolage était le dernier dont il eut tiré une réelle satisfaction. Du jour au lendemain, il avait entrepris un long périple spirituel, partant de l'amoralité la plus absolue et découvrant tout le spectre des sentiments pour aboutir ce soir à la culpabilité.

Mais *pourquoi*? Qu'est-ce qui avait bien pu déclencher en lui une telle métamorphose et, surtout, la mener à son aboutissement ? Autant de questions dont il ne connaissait pas les réponses.

Tout ce qu'il savait, c'est qu'il ne se prenait plus pour un bandit romantique ayant pour mission de redresser les torts infligés à lui-même et à l'élue de son cœur. Il n'était qu'un voleur, un criminel. Depuis huit ans, il portait des œillères. Et voici que la vérité lui sautait brutalement au visage.

Il entra dans Manhattan et roula sans but dans les rues, retardant le plus possible le moment de regagner son appartement.

Il se retrouva ainsi dans la Cinquième Avenue et, au moment où il passait devant Saint-Patrick, il freina à mort et se gara en stationnement interdit juste devant le portail de la cathédrale. Il sortit de la voiture, ouvrit le coffre et tira d'un sac poubelle une demi-douzaine de liasses de billets de vingt dollars.

C'était de la folie que de laisser sa voiture dans un tel endroit quand le coffre renfermait plus d'un tiers de million de dollars, des armes et un Dimess dont la détention était interdite au simple citoyen. Si un flic l'avait arrêté pour lui mettre une contravention et, par routine, lui avait demandé d'ouvrir le coffre, tout aurait été fini pour lui. Mais Jack s'en fichait. D'une certaine façon, il n'était plus qu'un mort qui marche, de même que Jenny avait été pendant des années une morte qui respire.

Bien qu'il ne fût pas catholique, il poussa une des portes de bronze sculptée et entra dans la nef, où une poignée de fidèles agenouillés priait malgré l'heure tardive. Jack observa un instant une vieille femme qui déposait un cierge, puis il se dirigea vers le tronc des pauvres et fourra dedans les liasses de billets.

Il reprit sa voiture, roula encore quelques minutes et s'arrêta à nouveau. Devant l'église presbytérienne de la Cinquième Avenue, cette fois-ci. Comme tout à l'heure, il ouvrit le coffre de la Camaro et plongea la main dans le sac poubelle.

Il n'y avait pas de tronc pour les pauvres de la paroisse, mais Jack aperçut un jeune ministre du culte qui s'apprêtait à fermer l'église. Il s'approcha du pasteur, bredouilla de vagues paroles à propos d'une fortune gagnée dans les casinos d'Atlantic City et lui mit dans les mains plusieurs liasses de billets de dix et de vingt dollars.

En deux fois, il avait distribué quelque trente mille dollars. Ce n'était même pas le dixième de ce qu'il avait dérobé dans le Connecticut et ces dons n'allégeaient en rien sa culpabilité. Bien au contraire, sa honte se renforçait de minute en minute.

Il lui restait plus de trois cent mille dollars. Pour quelques habitants de New York, le Père Noël allait venir avec plus de deux semaines de retard.

Elko County, Nevada

L'été de l'année dernière, Dom Corvaisis avait séjourné dans la chambre numéro 20. Il s'en souvenait bien parce que c'était la dernière de l'aile est du motel.

La curiosité d'Ernie Block étant plus forte que sa peur de la nuit, il décida d'aller avec Dom et Faye jusqu'à cette chambre.

Faye entra la première, alluma les lumières et tira les rideaux. Dom la suivit en compagnie d'Ernie, qui n'ouvrit les yeux qu'une fois arrivé.

Dom se souvenait du moindre détail de la pièce et il eut l'impression qu'une horde de spectres moqueurs le guettait, tapis derrière chaque meuble. En vérité, ces spectres n'étaient que de mauvais souvenirs, et ce n'était pas la chambre qu'ils hantaient mais les recoins les plus obscurs de sa mémoire.

« Vous vous rappelez quelque chose ? demanda Ernie. Ça vous revient ?

— Je voudrais voir la salle de bains », dit Dom.

Assez petite, elle ne comportait qu'un lavabo, une douche et quelques tablettes de formica. Le sol était carrelé.

« Ce n'est pas le même, dit Dom. L'ancien lavabo était assez vieux, un bouchon accroché à une chaînette pendait au robinet d'eau froide.

— Nous faisons de notre mieux pour moderniser, dit Ernie depuis la porte.

— Nous avons changé le lavabo il y a huit ou neuf mois, ajouta Faye. Ainsi que les tablettes de formica, bien que nous ayons gardé la même couleur. »

Dom était déçu. Il avait cru que quelques souvenirs lui seraient revenus en mémoire au contact du lavabo. Il posa à nouveau les mains dessus, mais ne sentit que le contact froid de la porcelaine.

« Quelque chose ? répéta Ernie.

— Non, fit Dom. Rien... si ce n'est de mauvaises vibrations. Je crois que la nuit pourrait renverser toutes les barrières. Je vais dormir ici ce soir... si cela ne vous dérange pas.

— Aucun problème, dit Faye. Cette chambre est à vous.

— Merci, dit Dom, mais j'ai dans l'idée que mes cauchemars seront encore pires ici. »

Laguna Beach, Californie

Bien qu'il fût l'un des artistes américains contemporains les plus respectés, Parker Faine n'était pas assez âgé et encore moins assez grave pour mourir de peur en rendant à son ami Dom Corvaisis les services que celui-ci lui avait demandés. En fait, c'était plutôt dans un esprit d'aventure qu'il jouait le rôle que Dom lui avait assigné.

Chaque jour, quand il prenait le courrier de Dom, Parker faisait celui qui vaque à ses affaires en toute quiétude mais, en réalité, il surveillait son environnement avec une attention extrême, à l'affût de tous ceux qui auraient pu le surveiller — espions, flics ou Dieu sait qui encore. Il ne constata jamais la présence de qui que ce soit et ne se sentit jamais traqué.

Chaque soir, après être sorti de chez lui pour gagner une cabine publique désignée d'avance par Dom, il parcourait des kilomètres en voiture, rebroussait chemin ou bifurquait brusquement jusqu'à ce qu'il fût certain de ne pas être suivi.

Ce samedi soir-là, il entra quelques minutes avant neuf heures dans la cabine téléphonique jouxtant un arrêt d'autocar. La pluie tombait dru sur les parois de plexiglas, déformant le monde extérieur et mettant Parker Faine à l'abri des regards indiscrets.

Il portait un trench-coat et un chapeau de pluie kaki au bord baissé. Il avait l'impression d'être un personnage de John Le Carré.

Le téléphone sonna à neuf heures précises. C'était Dom. « Je suis au Tranquility Motel, Parker. C'est le bon endroit. »

Dom avait beaucoup de choses à raconter : la curieuse expérience du Tranquility Grille, la nyctaphobie d'Ernie Block... A mots couverts, il mentionna aussi les photographies que le couple avait reçues.

La discrétion était de mise. Si c'était bien là que s'étaient déroulés les formidables événements de l'été de l'année dernière, les téléphones des Block devaient être sur écoute. Si leurs auditeurs entendaient parler des photos, ils sauraient qu'il y avait un traître dans leurs rangs et parviendraient certainement à mettre la main dessus. C'en serait alors fini des photographies mystérieuses et des messages cryptés.

« Moi aussi, j'ai des nouvelles, dit Parker. Tu as reçu une lettre du Dr Weiss. Elle l'a envoyée chez ton éditeur le 26 décembre, mais il l'avait égarée dans sa paperasse. Elle a lu ton livre et, en voyant ta photo, elle a eu le sentiment de t'avoir déjà rencontré. Elle croit aussi que tu es impliqué dans ce qui lui arrive.

— Tu as la lettre sur toi ? » demanda Dom, tout excité.

Parker l'avait à la main. Il la lui lut, jetant de temps à autre des coups d'œil furtifs à l'extérieur de la cabine.

« Je l'appelle tout de suite, dit Dom quand il eut achevé la lettre. Je ne peux pas attendre demain. Je te recontacterai demain soir, à neuf heures pile.

— Si tu le fais du motel où les lignes doivent être surveillées, ce n'est pas la peine que j'aille dans une cabine publique.

— Tu as raison. Je t'appellerai chez toi. Fais attention tout de même, dit Dom.

— Toi aussi. » Avec des sentiments mêlés, Parker reposa le combiné. Il était heureux de ne plus avoir à effectuer ces expéditions nocturnes vers des cabines publiques installées dans tous les coins de la ville, mais il était un peu triste de ne plus vraiment prendre part à l'action.

Il poussa la porte et sortit sous la pluie battante, presque déçu qu'un tueur embusqué ne lui tire pas dessus.

Boston, Massachusetts

Pablo Jackson avait été enterré le matin même, mais il demeura avec Ginger Weiss tout l'après-midi et toute la soirée. Tel un spectre, son souvenir hanta la jeune femme, revenant aimable, tapi dans un coin de son esprit.

Elle alla se coucher à minuit et quart et, au moment précis où elle allait éteindre, Rita Hannaby vint la prévenir qu'un certain Dominick Corvaisis la demandait au téléphone. Elle pourrait le prendre dans le bureau de George. Fébrile, elle passa une robe de chambre et sortit dans le couloir.

Elle s'installa au bureau de George Hannaby. Tremblante, elle se saisit du combiné. « Allô ? Monsieur Corvaisis ?

— Docteur Weiss ? » Il avait une voix puissante et mélodieuse. « Vous avez eu raison de m'écrire, c'était en fait la meilleure chose que vous puissiez faire. Non, je ne crois pas que vous soyez folle. Ce que je peux vous dire, c'est que vous n'êtes pas seule. Nous sommes plusieurs dans votre cas. »

Ginger voulut répondre, mais l'émotion la submergea. Elle toussa pour s'éclaircir la voix. « Pardonnez-moi... je... je n'ai pas l'habitude de... de pleurer.

— Ne parlez pas tant que vous n'en êtes pas capable. Je vais vous raconter mon histoire en attendant. Les crises de somnambulisme. Les rêves où la lune revient sans cesse...

— La lune, répéta-t-elle. Je ne me souviens jamais de mes rêves, mais je crois que la lune y est pour quelque chose parce que c'est toujours ce mot que je crie en me réveillant. »

Il lui parla d'un homme nommé Lomack, un joueur de Reno que l'obsession de la lune avait conduit au suicide.

Ginger sentit un gouffre s'ouvrir sous elle, un terrible inconnu.

« On nous a fait un lavage de cerveau, bredouilla-t-elle. Tous nos problèmes sont dus à des souvenirs réprimés qui tentent de remonter à la surface de notre conscience. »

Il y eut un long moment de silence, puis l'écrivain dit : « C'est aussi ma théorie. Pour vous, il semble que ce soit une certitude.

— Oui. J'ai entrepris une thérapie de régression par l'hypnose après vous avoir écrit et nous avons eu la preuve d'une répression mnémonique systématique.
— D'une chose qui se serait passée l'été de l'année dernière, dit-il.
— Oui, l'été de l'année dernière, dans le Nevada. Au Tranquility Motel, très exactement.
— C'est de là que je vous appelle.
— Vous y êtes *en ce moment ?* s'écria-t-elle.
— Oui, et l'idéal serait que vous m'y rejoigniez. Il est arrivé beaucoup de choses dont je ne peux pas vous parler par téléphone. »

New York

Jack Twist fit une nouvelle halte à quelques pâtés de maisons de l'église presbytérienne de la Cinquième Avenue. Devant l'église épiscopale Saint-Thomas, cette fois-ci. Il déposa vingt mille dollars dans le tronc des pauvres.

Il ne désirait plus cet argent. Il n'en avait pas besoin, mais il ne voulait pas non plus le jeter à la poubelle et tout distribuer était pour lui la seule façon d'agir.

Il descendit vers le quartier de la Bowery et fit halte dans plusieurs autres églises avant de donner quelque quarante mille dollars au gardien de nuit de l'Armée du Salut.

Dans Bayard Street, non loin de Chinatown, Jack vit au premier étage d'une maison une pancarte rédigée en anglais et en chinois : ALLIANCE CONTRE L'OPPRESSION DES MINORITÉS CHINOISES. Il y avait au rez-de-chaussée une sorte de boutique d'apothicaire. La vitrine poussiéreuse était encombrée de pots d'onguents et d'herbes séchées, remèdes traditionnels de la médecine orientale. Une statuette de Bouddha trônait entre des bâtonnets d'encens. Jack sonna à la porte d'entrée. Nul ne lui répondit. Il attendit quelques secondes, sonna avec plus d'insistance. Toujours rien. Une grande boîte aux lettres était fixée à la porte. Jack y glissa vingt mille dollars.

Il reprit sa voiture, remonta Bayard Street et s'engagea dans Mott Street. Il lui fallut alors s'arrêter au bord du trottoir. Un flot de larmes lui brouillait la vue.

Il ne se rappelait pas avoir jamais été aussi bouleversé qu'en cet instant. Il pleurait sous le poids de la culpabilité qui écrasait son âme, mais c'étaient aussi des larmes de joie qu'il versait car il se sentait envahi par un sentiment fraternel. Depuis près de dix ans, il était en dehors de la société, spirituellement et mentalement, sinon physiquement. Mais ce soir, pour la première fois depuis son séjour en Amérique centrale, Jack Twist avait le besoin, le désir, la *capacité* d'entrer en contact avec la société qui l'entourait, d'y trouver des amis, des frères.

C'en était fini de l'amertume. Ces dernières années, il avait souvent pleuré sur le sort de Jenny. Mais ces larmes-ci étaient différentes car elles avaient une fonction purificatrice et chassaient la colère et le ressentiment qui s'étaient accumulés en lui.

Il ne comprenait toujours pas la cause des bouleversements rapides et radicaux survenus en lui mais il sentait que cette évolution n'était pas achevée et qu'elle lui procurerait d'autres surprises avant de connaître son terme. Il se demanda à quoi il était destiné et par quel moyen il y parviendrait.

Ce soir-là, à Chinatown, l'espoir renaquit comme la nature après un hiver qu'on eût cru éternel.

Elko County, Nevada

Ned Sarver faisait griller des hamburgers et rissoler des frites tout en observant Sandy du coin de l'œil. Il ne réussissait pas à s'habituer à sa métamorphose, à son épanouissement.

Il faut dire qu'il n'était pas le seul à regarder la nouvelle Sandy. Quelques-uns des routiers admiraient son balancement des hanches quand elle traversait le petit restaurant, les bras chargés d'assiettes ou de bouteilles de bière.

Sandy s'était toujours montrée très aimable à l'égard des clients, mais elle n'avait jamais été très bavarde. Ce n'était plus le cas. Elle affichait toujours une certaine timidité, mais répondait aux plaisanteries des camionneurs et n'hésitait pas à faire de bons mots.

Pour la première fois en huit années de mariage, Ned craignait de perdre Sandy. Il savait qu'elle l'aimait et il se dit que les transformations de son aspect et de sa personnalité ne modifieraient en rien la nature de leurs relations. Pourtant, c'est ce qu'il redoutait.

A neuf heures et demie, quand il n'y eut plus que sept clients, Faye et Ernie arrivèrent en compagnie de l'étrange individu qui, un peu plus tôt dans la soirée, avait créé un incident dans le restaurant en s'enfuyant à toutes jambes comme s'il avait l'enfer aux trousses. Ned se demanda qui pouvait bien être ce type, comment il connaissait Faye et Ernie Block et s'ils savaient que leur nouvel ami était un peu bizarre.

Ernie était pâle, nerveux, et Ned eut l'impression que son patron prenait garde de tourner le dos aux fenêtres. Il adressa un signe à Ned. Sa main tremblait un peu.

Faye et l'étranger étaient installés de part et d'autre d'une table. A la façon dont ils regardaient Ernie, on voyait qu'ils s'en faisaient pour lui. Eux-mêmes n'avaient pas l'air particulièrement brillants.

Il se passait quelque chose d'anormal. Intrigué par l'état d'Ernie, Ned oublia pendant quelques instants que Sandy pouvait le quitter.

Mais quand Sandy s'arrêta à leur table, elle mit tant de temps à prendre leur commande que les inquiétudes de Ned resurgirent. Posté derrière le comptoir, une grande fourchette à la main, il n'entendait pas ce qu'ils disaient, mais avait l'impression que l'étranger s'intéressait un peu trop à Sandy et que celle-ci écoutait volontiers ses boniments.

Finalement, Sandy quitta la table de l'étranger et revint vers le comptoir. Elle avait l'air troublée. Elle lui tendit la commande et dit : « On ferme à quelle heure, à dix heures ou à la demie ?

— A dix heures, fit Ned en désignant les rares clients. Ce n'est pas ce soir qu'on va s'enrichir. »

Elle hocha la tête et s'en alla retrouver Faye, Ernie — et l'étranger. La promptitude de sa réaction ne fit qu'aggraver les inquiétudes de Ned.

Tout en préparant le dîner de Faye, d'Ernie et de l'étranger, Ned observa plusieur fois Sandy et fut étonné quand Faye et elle se levèrent pour fermer les stores de toutes les fenêtres du restaurant.

Il se passait des choses anormales. Sandy revint à la table d'Ernie et reprit sa conversation avec l'étranger.

Sa crainte de perdre Sandy était assez paradoxale car c'était son propre talent de magicien qui était responsable d'avoir changé en cygne le vilain petit canard. Quand Ned l'avait rencontrée dans un restaurant de Tucson, elle était timide, craintive, coincée. Elle travaillait dur et était toujours prête à donner un coup de main à une autre serveuse, mais elle était incapable de nouer des relations vraiment personnelles avec quiconque. Cette pâle jeune femme de vingt-trois ans qui avait tout d'une petite fille refusait d'ouvrir sa porte à l'amitié de peur de laisser entrer quelqu'un qui pût la faire souffrir. Elle était fatiguée, accablée par la vie, battue d'avance — mais dès l'instant où il l'avait vue, Ned avait éprouvé le besoin de changer tout cela. Faisant preuve d'une patience étonnante, il agit sur elle avec tant de subtilité qu'elle ne s'en rendit même pas compte dans les premiers temps.

Ils se marièrent neuf mois plus tard bien que son travail de magicien fût loin d'être achevé. Elle était dans un état infiniment plus pitoyable que tous les êtres qu'il avait pu rencontrer jusqu'ici et il lui arrivait d'avoir des périodes de découragement pendant lesquelles il se disait qu'il n'arriverait à rien et qu'il passerait le restant de ses jours à déployer de vains efforts.

Les six premières années de leur mariage, Ned avait toutefois constaté une très légère amélioration. Sandy avait un esprit très vif, mais elle était retardée du point de vue émotionnel. Ce n'est qu'avec beaucoup d'efforts qu'elle apprit à recevoir et à donner de l'affection.

Des changements majeurs se produisirent toutefois chez la jeune femme, se traduisant par une étonnante augmentation de ses appétits sexuels. Ned put le constater vers la fin du mois d'août, l'été de l'année dernière.

Elle n'avait jamais été timide au lit. C'était une experte, mais elle faisait l'amour plus comme une machine que comme une femme, avec technique mais sans joie. Il n'avait jamais connu une femme aussi discrète au lit que Sandy. Il pensait qu'un épisode de son enfance avait apposé sur son esprit une marque indélébile. Il voulait qu'elle en parle, mais elle ne voulait pas réveiller le passé. Eût-il insisté un peu trop qu'elle l'aurait quitté. Il ne lui posa donc plus de questions, même s'il est difficile de réparer une chose dont l'origine de la panne vous est inconnue.

Et puis, l'été de l'année dernière, il y eut des changements notoires dans son comportement conjugal. Rien d'extraordinaire dans un premier temps. Pas de déchaînement amoureux après des années de retenue. Une attitude plus détendue pendant l'acte d'amour, c'est tout. Parfois, elle souriait ou murmurait son nom.

Lentement, lentement, elle s'épanouit. Vers Noël, quatre mois après le début des changements, elle ne restait plus allongée, impassible. Elle répondait à son rythme et recherchait cet accomplissement qu'elle n'avait jamais éprouvé.

Les puissances érotiques qu'elle tenait enchaînées se libérèrent peu à peu. Jusqu'à cette nuit du 7 avril, une nuit que Ned n'oublierait jamais, où Sandy connut pour la première fois l'orgasme, avec une intensité telle que Ned s'en effraya. Après, elle pleura de bonheur et l'enlaça avec tant de gratitude, d'amour et de confiance que lui aussi se mit à pleurer.

Il crut que cette libération orgasmique lui permettrait enfin d'évoquer l'origine de ses problèmes. Mais quand il l'interrogea, elle lui lança : « Le passé est passé, Ned. Ça ne sert à rien d'en parler, je ne pourrais que retomber dedans. »

Pendant tout le printemps, l'été et le début de l'automne, Sandy connut de plus en plus souvent le plaisir pour y parvenir pratiquement chaque fois en septembre. Vers Noël, moins de trois semaines auparavant, il fut clair que sa métamorphose ne se limitait pas à un épanouissement sexuel et qu'elle se traduisait aussi par un nouveau respect de soi-même, une nouvelle fierté.

Parallèlement à son développement sexuel, Sandy apprit à aimer conduire, activité qu'elle avait jadis trouvée encore moins agréable que l'amour. Elle avait d'abord manifesté le désir de se rendre à son travail en voiture. Avant peu, elle partit sur les routes pour de longs périples en solitaire. Et chaque fois, quand il regardait s'envoler l'oiseau enfin débarrassé de sa cage, Ned éprouvait de la satisfaction, mais aussi une inexplicable gêne.

Au nouvel an, la gêne se changea en frayeur et ne le quitta plus de la journée. C'est alors qu'il comprit qu'il redoutait de voir Sandy partir à tout jamais.

Peut-être avec l'étranger arrivé en compagnie de Faye et d'Ernie.

Ma réaction est démesurée, se dit Ned en déposant trois hamburgers sur le gril. Ma réaction est démesurée et je le sais bien.

Cela ne l'empêchait pas de s'inquiéter.

Les rares clients étaient partis. Quand les trois hamburgers garnis furent prêts, Sandy fit le service et Faye en profita pour allumer l'enseigne FERMÉ visible depuis la nationale 80. Il n'était même pas dix heures du soir.

Ned rejoignit Sandy afin de mieux voir à quoi ressemblait l'étranger, mais aussi pour se placer entre eux deux. Il fut surpris de voir que Sandy avait décapsulé deux bouteilles de bière, une pour lui et une autre pour elle-même — il ne buvait pratiquement pas et elle, encore moins que lui.

« Tu en auras besoin quand tu auras entendu ce qu'ils ont à nous dire, expliqua Sandy. Je crois même que ça ne te suffira pas. »

L'étranger s'appelait Dominik Corvaisis et il raconta une histoire fantastique qui chassa de l'esprit de Ned toute inquiétude à propos de l'infidélité de sa femme. Quand Corvaisis eut fini, Ernie et Faye racontèrent leur propre histoire, tout aussi étonnante. C'est ainsi que Ned apprit que l'ancien Marine avait peur de l'obscurité.

« Je me rappelle bien avoir été évacué, dit Ned. On n'a pas passé ces trois jours au motel. En fait, on était à la maison à regarder la télé, à lire des policiers.

— Je pense que c'est ce qu'on vous a *dit* de vous souvenir, rectifia Corvaisis. Vous vous trouviez tous les deux ici le soir où cela s'est produit. Je ne sais pas ce que c'était, mais ça a commencé pendant que je dînais. Vous ne pouvez donc qu'en faire partie vous aussi. Seulement, le souvenir de cet événement vous a été retiré. »

Ned frissonna à l'idée que des étrangers aient pu jouer avec son esprit. Mal à l'aise, il étudia les cinq photographies que Faye avait étalées sur la table — plus particulièrement celle où Dom présentait à l'objectif des yeux de mort-vivant.

Faye dit à Sandy : « Honnêtement, il aurait fallu être aveugle pour ne pas remarquer la façon dont vous avez changé depuis quelque temps. Je ne voudrais pas vous gêner ni me mêler de ce qui ne me regarde pas, mais si ces changements ont un quelconque rapport avec ce qui nous est arrivé, vous devriez nous en parler. »

Sandy prit la main de Ned et la serra très fort. L'amour qu'elle lui portait était si visible qu'il eut honte des idées de trahison qui l'assaillaient depuis quelque temps.

Les yeux fixés sur sa bière, elle dit : « Toute ma vie, enfin presque, j'ai eu de moi-même une opinion exécrable. C'est Ned qui le premier a cru en moi et m'a aidée à me relever, c'est lui qui m'a donné la chance d'être enfin quelqu'un. Je l'ai rencontré il y a près de neuf ans et c'était la première personne qui me traitait comme une femme. Il m'a épousée tout en sachant qu'il y avait en moi des nœuds inextricables et il a passé huit années à faire de son mieux pour les dénouer. Il pense que je ne me rends pas compte de tous les efforts qu'il a déployés, mais j'en suis parfaitement consciente, croyez-moi. »

Sa voix était brisée par l'émotion. Elle but un peu de bière.

Ned était incapable de parler.

Sandy reprit : « Il y a... enfin... je voudrais que tout le monde sache que ce qui s'est peut-être passé l'été de l'année dernière, cette chose dont personne ne se souvient... eh bien, elle a eu sur moi des conséquences étonnantes. Mais si Ned ne m'avait pas prise sous son aile pendant toutes ces années, je ne serais toujours rien. »

Elle coula un regard à Ned, puis entreprit de raconter son enfance en enfer. Elle passa sur les détails les plus sordides, mais expliqua tout de même comment son père la louait à un mac de Las Vegas. Chacun écouta en silence, non pas tant par surprise que par admiration pour son courage.

Quand Sandy eut achevé son récit, Ned la serra contre lui. Sa force d'âme l'émerveillait. Il avait toujours su qu'elle était spéciale et ce qu'elle avait dit ce soir ne pouvait que renforcer l'amour et l'admiration qu'il avait pour elle.

Tout le monde avait besoin d'une autre bière. Ned alla chercher cinq Dos Equis dans la glacière et les déposa sur la table.

Corvaisis, qui n'apparaissait plus comme l'ennemi de Ned, secoua la tête et ferma les yeux comme si le récit de Sandy l'avait littéralement plongé dans l'horreur : « Je suis vraiment retourné. Ce que je veux dire, c'est que si cette expérience dont nous n'avons aucun souvenir nous a apporté *une chose*, c'est la terreur. Certes, j'en ai tiré profit parce que, moi aussi, je suis sorti de ma coquille. Ça, je le partage avec Sandy. Mais Ernie, le Dr Weiss, Lomack et moi, nous avons toujours conservé un résidu de peur. Sandy nous dit que l'effet sur elle a été exclusivement bénéfique. Comment pouvons-nous être affectés aussi différemment ? Sandy, vous n'avez jamais peur ?

— Jamais. »

Depuis l'instant où il avait tiré une chaise pour s'installer à table, Ernie se tenait les épaules voûtées, la tête baissée, comme s'il se protégeait. Soudain, il se redressa et parut se détendre. Il but un peu de bière. « Oui, la peur est au cœur de tout ça. Vous vous souvenez de l'endroit dont je vous ai parlé, le long de la nationale, à quelques centaines de mètres d'ici ? Je suis sûr qu'il s'y est passé quelque chose de bizarre et que cela a un rapport avec notre lavage de cerveau. Quand je suis là-bas, j'éprouve autre chose que de la peur. Mon cœur se met à battre... je suis nerveux, mais ce n'est pas négatif. Il y a de la peur, c'est certain, c'est même cela qui est le plus important, mais il y a tout un tas d'autres émotions.

— Je crois que l'endroit dont parle Ernie est le même où je me rends souvent quand je prends la camionnette, dit Sandy. Je me sens comme... *attirée*.

— Je m'en doutais ! s'écria Ernie. Quand on est revenus de l'aéroport, vous avez ralenti en passant devant et je me suis dit à moi-même : " Sandy le sent aussi. "

— Qu'est-ce que vous éprouvez au juste quand vous allez là-bas ? demanda Faye.

— La paix, dit-elle avec un sourire chaleureux. Je me sens en paix. C'est difficile à expliquer, mais c'est comme si les rochers, la terre, les arbres, tout irradiait l'harmonie, le calme.

— Moi, je ne m'y sens pas en paix, la coupa Ernie. Une drôle d'excitation, oui. Le sentiment curieux que quelque chose de... de bouleversant va arriver. Et je l'attends, oh oui, je l'attends, bien que j'en crève littéralement de trouille.

— Je ne ressens rien de tout cela, dit Sandy.

— Nous devrions aller là-bas, suggéra Ned. Pour voir si cet endroit nous fait aussi quelque chose.

— Nous irons demain, dit Corvaisis. Quand il fera jour.

— Je me rends bien compte que nous ne réagissons pas tous de la même façon, dit Faye. Mais pourquoi est-ce que cela a modifié la vie de Dom, de Sandy et d'Ernie — sans parler du Dr Weiss et de ce Lomack, à Reno —, et que Ned et moi ne sentons pas la différence ? Comment se fait-il que nous n'ayons aucun problème ?

— Il se peut que le lavage de cerveau ait mieux pris sur Ned et vous-même », dit Corvaisis.

Ned frissonna à nouveau à cette idée.

Ils discutèrent un instant de leur situation, puis Ned proposa à Corvaisis de reconstituer ses faits et gestes du vendredi 6 juillet jusqu'au moment où ses souvenirs avaient disparu. « Vous vous souvenez mieux que nous du début de la soirée. Quand vous êtes

arrivé ici ce soir pour la première fois, vous étiez sur le point de vous rappeler un détail important.
— Et ce coup-ci, vous aurez notre soutien moral », dit Faye.
L'écrivain se leva, prit son verre de bière et marcha jusqu'à la porte du restaurant. Il tourna le dos à la porte, but une longue rasade de Dos Equis et observa la salle afin d'y retrouver les personnages d'une autre époque.
« Il y avait trois ou quatre types installés au comptoir. Peut-être une douzaine de clients en tout. Je ne me souviens pas de leurs visages. » S'éloignant de la porte, il passa devant Ned et les autres et s'installa à la table voisine. Il tira une chaise et leur tourna partiellement le dos. « J'étais assis là. Sandy est venue prendre la commande. J'ai bu une bouteille de Coors pendant que je consultais le menu. J'ai pris un sandwich au jambon, des frites. En salant les frites, la salière m'a échappé et s'est renversée. J'ai jeté une pincée de sel par-dessus mon épaule. Un peu loin, peut-être. Le Dr Weiss ! Ginger Weiss, c'est sur elle que j'ai lancé du sel. Je ne m'en souvenais pas, mais j'en suis sûr maintenant. C'est la blonde de la photo. »
Faye désigna la Polaroïd posée sur la table.
Toujours à la table voisine, Corvaisis poursuivit : « Une belle fille, oui, je ne pouvais pas m'empêcher de la regarder. » D'une voix soudain étrange, comme si elle venait de son passé, il dit : « Elle est assise dans le coin tout près de la fenêtre. Le soleil va se coucher, on dirait une grosse boule de feu à l'horizon et la salle est emplie d'une lumière orangée. On dirait presque un incendie. C'est le crépuscule maintenant. Je reprends une bière. » Il but un peu de Dos Equis. Sa voix était un peu plus douce : « La plaine est écarlate... noire... c'est la nuit. »
Ned commençait à se remémorer cette soirée si particulière. Les personnages se matérialisaient devant ses yeux. Le jeune prêtre. La petite fille avec ses parents...
Corvaisis se tourna à gauche, à droite, porta la main à son oreille. « Un bruit étrange. Je m'en souviens. Comme un grondement lointain... de plus en plus fort. » Il se tut un instant. « Après, je ne sais plus. Il y a quelque chose... quelque chose... mais je ne sais pas quoi. »
Quand l'écrivain évoqua le grondement, Ned Sarver eut un souvenir extrêmement lointain de ce bruit formidable, mais rien de plus. Le cœur battant, il dit : « Concentrez-vous sur ce

bruit, ce bruit *exact*, et peut-être que nous pourrons prendre la relève.

— Un grondement..., dit Corvaisis en repoussant sa chaise et en se levant. Comme un roulement de tonnerre dans le lointain... mais qui se rapproche. » Appuyé à la table, il cherchait d'où le son avait bien pu venir.

Et tout à coup, Ned entendit aussi le bruit, pas dans ses souvenirs, mais dans la réalité, pas dans le passé, mais *maintenant*. Le roulement sourd d'un coup de tonnerre très éloigné. Un roulement qui ne cessait pas et qui s'amplifiait, qui devenait de plus en plus sonore...

Ned se tourna vers ses compagnons. Eux aussi l'avaient entendu.

Plus fort. Plus fort encore. Il sentait les vibrations dans ses os.

Il se mit brusquement debout. La peur l'envahissait et il fit des efforts terribles pour ne pas s'enfuir en courant.

Sandy se leva à son tour. La terreur était aussi sur son visage. Bien que l'événement inconnu n'eût sur elle que des effets positifs, voici qu'elle aussi avait peur. Elle posa une main sur le bras de Ned pour le rassurer.

Ernie et Faye cherchaient l'origine du bruit, mais ne semblaient pas particulièrement épouvantés.

Un autre son se manifesta alors, sous-jacent au grondement : un sifflement étrange, comme un ululement, autre souvenir déplaisant pour Ned.

Cela recommençait.

« Non, non, dit doucement Ned, *non !* »

Corvaisis recula de quelques pas, se tourna vers les autres. Il était livide.

Le grondement se mit à résonner dans les vitres du restaurant, derrière les stores baissés. Un panneau mal fermé commença à vibrer, bientôt suivi des lamelles des stores.

Sandy serra plus fort le bras de Ned.

Ernie et Faye s'étaient également levés. Ils n'étaient plus seulement étonnés, mais effrayés comme tous les autres.

Le ululement avait augmenté de volume en même temps que le grondement. Il était maintenant strident comme le son d'une alarme électronique.

« Qu'est-ce que c'est ? » cria Sandy, et le vacarme prit une telle ampleur que les murs du Tranquility Grille vibrèrent à leur tour.

La bouteille de bière de Corvaisis se renversa sur la table et roula à terre, éclatant sous le choc.

Dans toute la salle, les objets tombèrent des tables. La pendule murale se décrocha et s'écrasa à terre.

C'était exactement cela qui s'était passé en juillet, Ned s'en rappelait parfaitement. Mais il était incapable de dire ce qui s'était produit par la suite.

« Assez ! » cria Ernie avec toute l'autorité et la conviction d'un Marine, mais cela ne servit à rien.

Un tremblement de terre ? se demanda Ned. Cela ne pouvait expliquer le sifflement électronique qui accompagnait le grondement.

Les chaises se renversèrent les unes sur les autres. L'une d'elles heurta Corvaisis, qui poussa un cri de surprise.

Ned pouvait sentir le sol trembler sous ses pieds.

Le grondement et le sifflement augmentèrent encore, puis les fenêtres implosèrent littéralement dans une formidable déflagration. Faye cria et se protégea le visage de ses mains, Ernie tituba et faillit tomber à la renverse. Sandy se cacha contre la poitrine de Ned.

Ils auraient pu être grièvement blessés par les éclats de verre si les stores n'avaient été baissés. Les lamelles volaient dans la pièce et seuls quelques morceaux de verre jonchaient le sol.

L'implosion des fenêtres fut suivie d'un profond silence, troublé seulement par la chute de quelques parcelles de verre.

Le vendredi de juillet, l'été de l'année dernière, l'incident n'en était pas resté là. Il s'était passé bien d'autres choses encore, bien que Ned ne pût se rappeler quoi. Mais pour ce soir, c'en était fini.

La lune se levait lentement à l'horizon.

V
12-14 janvier

1.
Dimanche 12 janvier

L'air, épais comme du plomb en fusion.
Dans son cauchemar, Dom ne pouvait reprendre sa respiration. Une formidable pression l'écrasait. Il toussait, il hoquetait. Il allait mourir.
Il ne voyait pas grand-chose, sa vision était trouble. Puis deux hommes s'approchèrent. Ils portaient des scaphandres de décontamination en vinyle blanc avec des casques à visière fumée, semblables à ceux des astronautes. Celui qui se tenait à droite de Dom lui ôtait sa perfusion ainsi que l'aiguille de son bras ; l'autre déchiffrait les données affichées sur le moniteur de l'ECG. On défit des sangles et on enleva les électrodes reliant Dom à l'ECG ; on le redressa pour le mettre en position assise. Quelqu'un pressa un verre contre ses lèvres, mais il était incapable de boire. On lui renversa la tête pour l'obliger à avaler un peu de liquide.
Les hommes communiquaient entre eux par des radios incorporées à leurs casques, mais ils étaient si près de Dom qu'il pouvait entendre clairement leurs voix malgré le plexiglas de leurs visières. L'un d'eux dit : « Combien de détenus ont été empoisonnés ? » Et l'autre répondit : « On ne sait pas encore, au moins une douzaine en tout cas. » Le premier dit : « Qui a pu avoir une telle idée ? » Et le second : « A ton avis ? » Le premier : « Je ne vois que le colonel Falkirk, cette ordure de Falkirk. » Le second : « Oui, mais on n'aura jamais de preuve pour le coincer. »
Autre séquence. La salle de bains du motel. Les hommes tenaient Dom et l'obligeaient à fixer les yeux sur la cuvette du lavabo. Cette fois-ci, il comprit ce qu'on lui disait. Ils insistaient pour qu'il vomisse. Cette ordure de colonel Falkirk l'avait fait

empoisonner et ces types lui avaient fait boire un émétique puissant. Il était censé rejeter tout le poison ingurgité. Il avait des nausées terribles, mais ne vomissait pas. Son estomac se nouait, la sueur coulait sur lui comme la graisse d'un poulet que l'on flambe, mais il ne pouvait chasser le poison. Le premier homme dit : « Il nous faut une pompe stomacale. » Et le second répondit : « Oui, mais nous n'en avons pas. » Ils lui appuyèrent très fort sur la nuque, lui écrasant la bouche sur l'émail du lavabo. Il ne pouvait plus respirer, il suffoquait, il se débattait. Il était trempé de sueur. Des nausées encore plus violentes le ravagèrent. Et enfin, il vomit.

Nouvelle séquence. Le lit. Faible, très faible. Mais pouvant respirer, grâce à Dieu. Les hommes en scaphandre l'avaient nettoyé et rattaché avec des sangles. Celui de droite préparait une piqûre. Il enfonça l'aiguille et lui injecta un liquide ayant apparemment pour but de dissiper les derniers effets du poison. Celui de gauche rebranchait la perfusion par laquelle il recevait des médicaments, pas de la nourriture. Dom avait la tête qui tournait, il faisait des efforts surhumains pour rester conscient. Ils remirent en marche l'ECG et parlèrent tout en travaillant. « Falkirk est un imbécile. On peut facilement garder le secret là-dessus. » « Il a peur que le blocage ne lâche et que l'un d'eux ne se rappelle un jour ce qu'ils ont vu. » « Il a peut-être raison, mais si ce salaud les tue tous, comment va-t-il expliquer les corps ? Cela va ameuter les journalistes, ils sont pires que des chacals et on ne pourra plus rien cacher. Un bon lavage de cerveau, c'est la seule solution valable, crois-moi. » « Tu me dis ça, mais ce n'est pas moi qu'il faut convaincre. »

Les silhouettes s'éloignèrent, les voix perdirent de leur intensité. Et Dom se retrouva dans un autre cauchemar. Il ne se sentait plus ni faible ni malade, mais sa peur s'était changée en une terreur sans nom et il se mit à courir avec ce terrible mouvement de ralenti propre à tous les cauchemars. Il ne savait pas pourquoi il s'enfuyait, mais il était certain que quelque chose le poursuivait, quelque chose de menaçant et d'inhumain, il pouvait le sentir derrière lui, très près, plus près encore, et finalement il sut qu'il ne pourrait lui échapper et il s'arrêta sur place, se retournant lentement, levant les yeux et poussant un cri de surprise : « *La lune !* »

Dom fut réveillé par son propre cri. Il se trouvait dans la chambre 20, à même le sol. Il se releva et s'assit sur le lit.

Un coup d'œil à la pendulette de voyage. Il était trois heures sept du matin.

Tremblant, il essuya ses paumes humides sur le drap.

La chambre numéro 20 avait eu sur lui l'effet escompté. Les mauvaises vibrations de l'endroit stimulaient sa mémoire, elles rendaient les cauchemars plus vivants et plus détaillés que jamais.

Ces rêves étaient radicalement différents de tous ceux qui avaient pu le visiter jusqu'ici car ce n'étaient pas des bribes du passé vues à travers des verres déformants, des souvenirs interdits qui avaient été engloutis au plus profond de la mer de son inconscient.

Il avait *vraiment* été emprisonné ici. Il y avait été drogué, il y avait subi un lavage de cerveau. Et pendant cette épreuve, un individu portant le nom de colonel Falkirk l'avait empoisonné pour l'empêcher de faire état de ce dont il avait été témoin.

Falkirk avait raison, se dit Dom. Nous avons mis en échec le lavage de cerveau, nous nous rappelons la réalité. *Il aurait dû tous nous tuer.*

Le dimanche matin, Ernie acheta des panneaux de contre-plaqué chez un ami qui tenait un bazar à Elko. Il les scia à la bonne dimension, puis Ned et Dom l'aidèrent à les placer devant les fenêtres. Ils eurent fini sur le coup de midi.

Le Tranquility Grille resterait fermé tant qu'ils n'auraient pas découvert l'origine du grondement et des vibrations.

Le motel serait également fermé. Ernie ne voulait pas que ses affaires l'empêchent de se pencher avec Dom et les autres sur le mystère de la prétendue fuite de gaz toxiques. Quand le dernier client serait parti, le motel n'abriterait plus qu'Ernie, Faye, Dom et les autres victimes qui, une fois contactées, pourraient décider de venir participer à l'enquête. Ne sachant pas combien de chambres seraient nécessaires, il les réserva toutes les vingt. Pour l'heure, le Tranquility ressemblait moins à un motel qu'à une caserne où les hommes seraient consignés en attendant la fin de la guerre contre l'ennemi inconnu.

Quand le repas fut achevé, ils montèrent tous dans la Dodge et Faye les conduisit à quelques centaines de mètres de là. Elle se gara le long de la nationale, juste à hauteur de l'endroit qui attirait tant Ernie et Sandy. Appuyés au rail de sécurité, ils portaient leurs regards vers le sud et cherchaient à communier avec ce paysage susceptible de les éclairer sur leur passé.

Ned et Dom ne semblaient pas plus émus que Faye, mais celle-ci sentait bien qu'Ernie et Sandy recevaient des messages cryptés émanant du panorama. Sandy souriait d'un air béat, mais Ernie avait le même air que lorsque la nuit tombait : pâle, les traits tirés, les yeux fous.

« Allons plus près, dit Sandy. Allons voir ce qu'il y a. »

Ils enjambèrent le rail et s'engagèrent dans la campagne. Jusqu'à ce qu'ils s'arrêtent sur une parcelle de terrain qui ne différait pas vraiment des terres avoisinantes.

« C'est là », dit Ernie. Il frissonna, remonta son col de mouton et mit les mains dans ses poches.

Sandy sourit et dit : « Oui, c'est bien là. »

Ils se dispersèrent et arpentèrent en tous sens le terrain. Au bout d'une minute ou deux, Ned annonça qu'il se sentait également lié à cet endroit, mais qu'il n'éprouvait pas la même sérénité que sa femme. Ce qu'il ressentait, c'était de la peur, et celle-ci fut bientôt si vive qu'il dut s'éloigner. Sandy courut derrière lui. Dom avoua que lui aussi était curieusement affecté par le lieu.

Seule Faye demeurait impassible.

Debout au milieu de la parcelle de terrain, Dom décrivit lentement un cercle. « Qu'est-ce qui a bien pu se passer ici ? »

De retour au motel, dans l'appartement des Block, Ernie, Sandy et Ned s'installèrent autour de la table de cuisine tandis que Faye préparait du café et du chocolat chaud.

Dom était assis sur un tabouret à côté du téléphone mural. Devant lui, le registre correspondant à la période de l'été de l'année dernière. Patiemment, il joignit toutes les personnes qui devaient avoir partagé la formidable expérience de cette lointaine nuit d'été.

Cela faisait huit noms en plus de lui-même et de Ginger Weiss. L'un des clients, Herard Salcoe de Monterey, Californie, avait loué deux chambres pour lui, sa femme et leurs deux filles. Il avait inscrit son nom sur le registre, mais pas son numéro de téléphone. Dom appela les renseignements, qui lui apprirent que le numéro ne pouvait être communiqué.

Déçu, il passa à Carl Sharkle, l'ami routier des Block. Sa ligne était définitivement coupée et le nouveau numéro était indisponible.

« Il figure peut-être sur le nouveau registre, dit Ernie. On doit bien l'avoir quelque part. »

Faye apporta une tasse de café à Dom, puis rejoignit les autres à table.

Dom eut plus de chance lors de sa troisième tentative, quand il composa le numéro d'Alan Rykoff, à Las Vegas. Une femme lui répondit.

« Madame Rykoff ?

— Oui, hésita-t-elle. Enfin, j'étais Mme Rykoff, mais j'ai divorcé. J'ai repris mon nom de jeune fille, Monatella.

— Oh, je vois. Voici. Je m'appelle Dominick Corvaisis et je vous appelle du Tranquility Motel, non loin d'Elko. Vous avez bien passé quelques jours ici en compagnie de votre ex-mari et de votre fille, il y a un peu plus d'un an et demi ?

— Euh... oui, effectivement.

— Pardonnez-moi, mais est-ce que vous-même, votre ex-mari ou votre fille avez des... difficultés... des problèmes extraordinaires ?

— Si c'est une blague, je la trouve plutôt de mauvais goût, dit-elle. Vous savez sûrement ce qui est arrivé à Alan.

— Non, madame, je ne sais pas ce qui lui est arrivé, je vous le jure. Mais je sais qu'il y a de grandes chances que l'un de vous trois — ou même vous trois — ait des problèmes psychologiques inexplicables, des frayeurs, des cauchemars à répétition dont vous ne vous souvenez pas au réveil, et que la lune joue un rôle dans certains de ces cauchemars. »

Elle poussa un petit cri de surprise et ne parvint pas à formuler une réponse cohérente.

Sentant qu'elle était au bord des larmes, il l'interrompit. « Madame Monatella, je ne sais pas ce qui vous est arrivé, à vous et à votre famille, mais le pire est passé. Je ne sais pas ce que l'avenir nous réserve, mais vous n'êtes plus seule désormais. »

A quelque quatre mille kilomètres de là, à Manhattan, Jack Twist passa son dimanche après-midi à distribuer de l'argent.

Après l'attaque du fourgon blindé dans le Connecticut, il avait roulé sans but dans la ville, à la recherche de tous ceux qui lui paraissaient méritants ou dans le besoin, et il ne s'était débarrassé de toutes ses liquidités que vers cinq heures et demie du matin. A la limite de l'effondrement tant physique qu'émotionnel, il avait regagné son appartement de la Cinquième Avenue pour aussitôt sombrer dans le sommeil.

Il rêva à nouveau de cette route déserte éclairée par la lune, de cet étranger en casque à visière qui le poursuivait. Les rayons de la lune prirent une teinte rouge sang et il se réveilla en sursaut à une heure de l'après-midi. Une lune rouge sang. Cela n'avait pas de sens.

Il se doucha, se rasa, se vêtit et prit un petit déjeuner rapide.

Il ouvrit le placard de la chambre et ôta le panneau pour faire l'inventaire de ses trésors. Les bijoux volés en octobre avaient finalement été écoulés et la majeure partie de l'argent dérobé dans l'entrepôt de la *fratellanza* début décembre avait été adressée sous forme de chèques aux différents comptes en Suisse de Jack. Il ne lui restait donc plus que cent vingt-cinq mille dollars en liquide, son fonds de secours en quelque sorte.

Il transféra presque toute cette somme dans une mallette.

Bien qu'ayant l'intention de se séparer d'une grande partie de cette fortune malhonnêtement gagnée, Jack n'avait en aucun cas l'intention de tout donner et de se retrouver sans le sou. Ce serait peut-être excellent pour son âme, mais très mauvais pour son avenir personnel. Néanmoins, il avait onze coffres répartis dans onze banques de la ville — au cas où il devrait s'enfuir sans pouvoir plonger la main dans le compartiment secret du placard — et tous ces coffres abritaient quelque deux cent cinquante mille dollars. Les comptes en Suisse étaient créditeurs de plus de quatre millions de dollars. C'était bien plus qu'il n'en avait besoin. Il envisageait donc de se débarrasser de la moitié de sa fortune au cours des semaines à venir. Il ferait alors une pause pour décider de la suite des opérations. Rien n'interdisait qu'il poursuive encore quelque temps sa distribution.

A trois heures et demie de l'après-midi, il quitta son appartement et partit en ville, la mallette bourrée de billets à la main.

La cuisine des Block embaumait le café et le chocolat, ce à quoi vint s'ajouter l'agréable odeur de la tarte aux pommes et à la cannelle que Faye avait retirée du congélateur et mise directement dans le four.

Dom continua d'appeler ceux qui avaient passé la soirée au motel le vendredi 6 juillet de l'année d'avant.

Il contacta un certain Jim Gestron, qui s'avéra être un photographe de Los Angeles. Gestron avait parcouru tout l'ouest du pays cet été-là afin de faire des photos pour *Sunset* et d'autres magazines. Il se montra tout d'abord très aimable, puis son attitude changea quand Dom lui eut raconté son aventure. Si Gestron avait subi un lavage de cerveau, il était clair que les experts avaient aussi bien réussi avec lui qu'avec Faye Block. Les histoires de lavage de cerveau, de somnambulisme, de nyctaphobie, d'obsessions de la lune, de suicide et d'expériences paranormales lui firent l'effet de propos délirants émis par un individu en pleine crise de démence. Il ne se gêna pas pour le faire savoir à Dom et coupa net la communication.

Ensuite, Dom téléphona à une certaine Harriet Bellot de Sacramento, laquelle n'était pas plus perturbée que Gestron. Elle aussi lui raccrocha au nez quand il évoqua les phénomènes extraordinaires auxquels il avait été confronté.

Il était près de quatre heures et demie quand Dominick Corvaisis appela le rectorat de la paroisse Sainte-Bernadette. Le père Wycazik était dans son bureau en compagnie des membres d'une société chargée d'organiser le grand carnaval de printemps.

Trois minutes plus tard, le père Michael Gerrano arriva de la cuisine et l'interrompit pour lui dire que son « cousin » d'Elko était au téléphone. Quelques heures auparavant, soit un jour plus tôt que prévu, Brendan Cronin avait pris un appareil de l'United Airlines pour Reno, profitant de désistements de dernière minute ; de là, un autre avion l'emmènerait vers Elko. Pour l'heure, Brendan était encore dans l'avion d'United, donc incapable de joindre qui que ce soit. Le message du père Gerrano intrigua beaucoup Wycazik.

Laissant le jeune prêtre débattre à sa place de l'organisation du carnaval, Wycazik alla dans la cuisine et prit l'appel destiné à Brendan. Dominick Corvaisis, écrivain sachant apprécier le fantastique, et Stefan Wycazik, prêtre en contact avec le mystère et le mysticisme, prirent énormément de plaisir à la conversation qui s'ensuivit. Stefan échangea sa connaissance des problèmes et des mésaventures de Brendan — la perte de sa foi, ses guérisons miraculeuses, ses rêves étranges — contre les histoires extraordinaires de Dominick.

« Le père Cronin va arriver demain, dit Dominick. S'il est aussi ouvert que vous, ce sera un plaisir que de l'avoir avec nous, mon père.

— Moi aussi, je suis avec vous, dit Wycazik. Et si je peux faire quoi que ce soit pour vous aider dans votre enquête, n'hésitez pas à m'appeler. Je n'ai pas l'intention de rester sur la touche s'il y a dans ces événements la plus infime trace de la présence divine. »

Les noms suivants étaient ceux de Bruce et Janet Cable de Philadelphie. Ni l'un ni l'autre n'étaient accablés par les problèmes évoqués par Dom. Ils se montrèrent très aimables et firent semblant de s'intéresser, mais la conversation n'alla pas plus loin.

Le dernier nom était celui de Thornton Wainwright, qui avait donné une adresse et un numéro de téléphone à New York. Dom composa le numéro et tomba sur une certaine Neil Karpoly, qui lui dit que ce numéro était le sien depuis plus de quatorze ans et qu'elle n'avait jamais entendu parler de Wainwright. Dom lui lut alors l'adresse de Lexington Avenue portée sur le registre et lui demanda si c'était bien là qu'elle vivait. Neil Karpoly le fit répéter avant d'éclater de rire. « Non, monsieur, ce n'est pas là que j'habite et votre monsieur Wainwright n'est qu'un plaisantin s'il vous a dit que c'était ça, son adresse. Personne ne vit là-bas, mais je suis persuadée que cela plairait beaucoup à des milliers de personnes. Moi-même, j'ai eu plaisir à y travailler pendant de nombreuses années. C'est l'adresse du grand magasin Bloomingdale. »

Sandy fut étonnée quand Dom rapporta sa conversation

téléphonique : « Un faux nom et une fausse adresse ? Qu'est-ce que cela signifie ? C'est vraiment un client... ou bien, est-ce un nom qu'on a rajouté au registre pour nous mettre des bâtons dans les roues ? »

Jack Twist détenait des jeux très complets de fausses pièces d'identité — permis de conduire, passeports, extraits de naissance, cartes de crédit, cartes de bibliothèques, etc. Il utilisait régulièrement huit faux noms, dont celui de Thornton B. Wainwright, et prenait toujours un pseudonyme quand il préparait un coup.

C'est pourtant de la façon la plus anonyme qu'il œuvra en ce dimanche après-midi, distribuant plus de cent mille dollars à divers individus de Manhattan. Le plus gros don, de quinze mille dollars, fut celui que reçurent un jeune marin et sa fiancée d'un jour, dont la Plymouth toute rafistolée avait finalement rendu l'âme vers Central Park, non loin de la statue de Simon Bolivar. « Achetez-vous-en une nouvelle, dit Jack en lui mettant une poignée de billets dans son bob. Et n'allez surtout pas dire d'où vous vient cet argent, le fisc vous tomberait sur le dos et vous tondrait encore plus que vous ne l'êtes. Ce n'est pas la peine de me remercier, amusez-vous bien tous les deux, c'est tout. »

En moins d'une heure, Jack se débarrassa de la somme prise dans le placard de sa chambre. Comme il avait tout son temps, il acheta une gerbe de roses corail et se rendit en voiture à Westchester, à une heure de là, pour fleurir la tombe dans laquelle Jenny reposait depuis plus de deux semaines.

Jack s'assit dans la neige sans se préoccuper de l'humidité et il parla à Jenny comme il lui avait parlé tout au long de ces huit années passées dans le coma. Il lui raconta l'attaque du Guardmaster, comment il avait décidé de donner son argent. « Je suis en train de changer, Jenny, et je ne sais pas trop pourquoi. Cela n'a rien de désagréable, c'est étrange, rien de plus. » Ce qu'il dit ensuite le surprit lui-même : « Il va se passer quelque chose de très important, Jenny. Je ne sais pas quoi, mais quelque chose de capital va m'arriver. Oh, Jenny, j'aurais tellement aimé que tu sois avec moi... »

Le ciel bleu du Nevada se couvrait de nuages d'orage depuis qu'Ernie, Dom et Ned avaient entrepris de remplacer les vitres brisées par du contre-plaqué. Quelques heures plus tard, quand Dom prit sa voiture de louage pour aller chercher Ginger Weiss à l'aéroport d'Elko, une lumière fantomatique projeta sur le monde un éclairage grisâtre.

Dom était trop impatient pour attendre dans la petite aérogare. Il préféra arpenter le tarmac, bien au chaud dans son blouson fourré.

L'avion s'immobilisa à une trentaine de mètres des bâtiments et Ginger fut la quatrième à descendre. Les vêtements douillets et volumineux qu'elle portait n'enlevaient rien à sa grâce naturelle. Le vent faisait virevolter ses cheveux blonds.

Dom courut vers elle et Ginger s'arrêta pour poser ses sacs. Ils hésitèrent, se regardant longuement sans rien dire dans un surprenant mélange d'émerveillement, de plaisir et d'appréhension. Puis ils se jetèrent dans les bras l'un de l'autre comme de vieux amis à l'instant de leurs retrouvailles. Leurs deux cœurs battaient avec la même force.

Seigneur, mais qu'est-ce qui se passe ici ? se demanda Corvaisis.

Dans la voiture arrêtée, alors que le moteur tournait et que la ventilation leur soufflait de l'air chaud au visage, Ginger dit : « Qu'est-ce qui nous a pris ? C'était comme si nous nous connaissions bien mieux, plus intimement que n'importe qui d'autre, comme si nous partagions quelque formidable secret que tout le monde voudrait connaître et que nous seuls détenons. C'est dingue, non ?

— Pas du tout, fit-il en secouant la tête. Vous avez trouvé les mots pour décrire ce que moi-même je ressentais... dans la mesure où de simples mots peuvent traduire une réalité aussi étrange.

— Vous en connaissez quelques-uns parmi les autres, dit Ginger. Vous avez éprouvé la même chose avec eux ?

— Non. J'ai tout de suite éprouvé une certaine... chaleur à leur égard, un fort sentiment de communauté, mais rien d'aussi puissant que ce que j'ai ressenti en vous voyant descendre de l'avion. Nous avons tous vécu une aventure extraordinaire qui nous a unis pour la vie, mais il est évident que vous et moi avons partagé quelque chose qui nous a encore plus affectés. Bon sang, c'est bien compliqué tout ça. Chaque mystère en recouvre un autre, comme les pelures d'un oignon. »

Ils passèrent une demi-heure à bavarder dans la voiture en stationnement sur le parking de l'aéroport. Dehors, camions, cars et voitures roulaient bruyamment ; le vent froid de janvier faisait trembler la Chevrolet et gémir les vitres. Mais ils semblaient n'avoir conscience de rien en dehors d'eux-mêmes.

Elle lui parlait de ses fugues, des séances de régression hypnotique avec Pablo Jackson, de la technique de contrôle de l'esprit connue sous le nom de blocage d'Azraël. Elle lui raconta la mort de Pablo et comment elle-même avait failli se faire tuer.

Dom lui relata les événements survenus depuis vingt-quatre heures et Ginger parut éprouver un immense soulagement quand il lui décrivit le rêve de la nuit dernière et les souvenirs qui étaient remontés à la surface. Le rêve de Dom vérifiait la théorie de Pablo Jackson : les fugues de Ginger étaient déclenchées par des objets associés à sa détention dans le motel — la cuvette de lavabo où elle aussi avait dû vomir, l'ophtalmoscope avec lequel on avait étudié son fond d'œil, et ainsi de suite.

« D'accord, dit-elle, mais comment expliquez-vous ma réaction devant les boutons de la veste de l'assassin de Pablo ? Et ceux de l'uniforme de l'agent de police ? Qu'est-ce qu'ils avaient de si terrifiant ?

— Nous savons que l'armée est dans le coup et les uniformes des officiers ont des boutons de ce type, même s'ils sont frappés d'un aigle plutôt que d'un lion. Il y avait tout simplement une ressemblance entre les boutons de la veste du tueur, ceux du policier et ceux des hommes en uniforme qui nous ont retenus prisonniers.

— Admettons, mais c'étaient des scaphandres de décontamination qu'ils portaient, pas des uniformes, lui fit-elle remarquer. En tout cas, c'est ce que vous m'avez dit.

— Ils ont peut-être ôté leurs scaphandres au bout d'un certain temps, dit Dominick, quand ils se sont rendu compte qu'il n'y avait pas de risque.

« Ainsi, chacun de mes trous noirs serait dû à la vision d'un objet rappelant l'époque où j'ai subi un lavage de cerveau ? »

Dom hésita un instant avant de lui montrer la photographie la représentant.

Elle pâlit et frissonna en se voyant elle-même le regard mort. « *Gevalt !* » Elle se détourna de la photo.

Dom lui donna le temps de se remettre de cette vision.

« C'est *meshugge*, dit-elle en regardant à nouveau le cliché, c'est complètement dingue. Qu'est-ce qui a pu nous arriver qui justifierait une telle conspiration ? Qu'est-ce que nous avons vu de si diablement important ?

— Nous parviendrons à le découvrir.

— Nous ? Pourquoi nous laisseraient-ils en vie ? Ils ont tué Pablo et ils feront tout le nécessaire pour dissimuler la vérité.

— Je crois pour ma part qu'il y a deux factions parmi les conspirateurs. Les durs, représentés par le colonel Falkirk et ses hommes. Et les autres — je ne peux tout de même pas dire les bons —, dont font partie celui qui nous envoie ces photos et les deux types en scaphandre de décontamination dont j'ai rêvé cette nuit. Les durs voulaient nous descendre sans plus attendre, pour que le secret soit définitivement gardé. Les autres ont préféré gommer nos mémoires, contrôler notre esprit plutôt que de faire usage de la violence et nous laisser vivre. Apparemment, ce clan était plus fort que l'autre puisqu'ils ont finalement abouti à ce qu'ils voulaient.

— Le tueur qui a descendu Pablo faisait partie des durs.

— Oui, il travaillait pour Falkirk. Il est évident que le colonel veut toujours *éliminer* tous ceux qui mettent en danger le secret, ce qui signifie qu'aucun d'entre nous n'est en sûreté. Quant aux autres, je crois qu'ils cherchent à nous protéger et c'est là notre chance. De toute façon, nous ne pouvons pas éviter l'affrontement. Il nous est désormais impossible de rentrer chez nous et de continuer à vivre comme avant.

— Je suis d'accord, fit Ginger. Jusqu'à ce que nous découvrions la vérité, notre vie ne nous appartiendra pas. »

Le vent souffla des feuilles mortes sur le pare-brise. Ginger contempla longuement les voitures garées sur le parking.

« Ils doivent savoir que nous nous retrouvons au motel, que nous sommes enfin réunis. Vous croyez qu'ils nous observent ?

— Il y a de fortes chances pour que le motel soit surveillé, dit Dom. En tout cas, je n'ai pas été suivi jusqu'ici.

— Cela ne servirait à rien puisqu'ils savent qui vous venez chercher et où nous allons revenir. »

Dom poussa un profond soupir. « Dans ce cas... Allons, je vais vous présenter aux autres.
— Je meurs d'envie de les connaître. »

Moins d'une heure avant la tombée de la nuit, les ombres s'allongeaient déjà sur les plaines et la lumière grisâtre du crépuscule donnait un air mystérieux à des objets aussi ordinaires qu'un bouquet de broussailles ou une formation rocheuse.

Avant de la conduire au motel, Dom avait emmené Ginger voir ce qu'il appelait désormais « l'endroit », un peu au sud de la nationale 80.

L'écrivain se tint un peu en retrait, silencieux, les mains enfoncées dans les poches de son blouson. Il avait dit à Ginger qu'il ne voulait pas influencer sa première réaction ou déformer ses premiers sentiments en lui faisant part des siens.

Ginger marchait lentement de long en large. Une étrange sensation de gêne naissait en elle et elle se surprit à rester à l'écart des coins les plus ombreux, comme si quelque chose d'hostile y était tapi. Son cœur se mit à battre. La gêne se changea en peur et elle entendit le rythme de sa respiration s'accélérer.

« *C'est en moi. C'est en moi.* »

Elle se retourna vers cette voix. C'était celle de Dom, mais elle ne venait pas de lui. Les mots avaient été prononcés dans son dos. Mais il n'y avait personne derrière elle, rien que quelques bouquets de sauge et un peu de neige faisant une tache de lumière dans un coin d'ombre.

« Qu'est-ce qui se passe ? » demanda Dom en marchant vers elle.

Elle s'était trompée. L'autre voix de Dom, la voix spectrale, ne s'était pas élevée *derrière* elle, mais *en elle*. Elle entendit à nouveau l'autre Dom et comprit que c'était un fragment de souvenir, un écho du passé, quelque chose qu'il lui avait dit le vendredi 6 juillet, peut-être bien en ce même lieu. Ce n'était que trois mots infiniment pressants, répétés à deux reprises : « *C'est en moi. C'est en moi.* »

Brusquement, la frayeur qui frémissait en elle explosa littéralement. Le paysage parut se métamorphoser en une menace monstrueuse à laquelle elle ne pouvait donner de nom. Elle revint vers la route d'un pas rapide. Dom l'appela et elle se mit à courir.

Elle ne put parler qu'une fois dans la voiture, les portières bien fermées et le ventilateur soufflant de l'air chaud sur son visage glacé. D'une voix brisée, elle lui parla de la menace sans nom qu'elle avait ressentie sur cette parcelle de terrain d'apparence si ordinaire et du souvenir des trois mots prononcés avec insistance.

« " C'est en moi ", dit-il d'un air pensif. Vous êtes certaine que c'est bien une chose que je vous ai dite ce soir-là ?
— Oui, fit-elle en frissonnant.
— C'est en moi... Qu'est-ce que cela pouvait bien vouloir dire ?
— Je n'en sais rien, mais ça me fait peur. »
Il demeura un instant silencieux.
« Oui, moi aussi, ça me fait peur. »

Le soir, au motel, Ginger eut l'impression de participer à une réunion familiale organisée à l'occasion de Thanksgiving, par exemple. Malgré leurs difficultés évidentes, ils étaient tous de bonne humeur car, à l'instar de ce que devrait être une vraie famille, chacun puisait sa force dans l'autre. Ils se réunirent tous les six dans la cuisine et préparèrent ensemble à dîner, ce qui permit à Ginger de mieux connaître ses nouveaux amis.

Ned Sarver, cuisinier professionnel, se chargea de la préparation du plat de résistance, du poulet à la tomate et à la crème aigre. Ginger le prit tout d'abord pour un individu renfermé, peu aimable, mais elle changea bien vite d'opinion à son sujet. La taciturnité pouvait parfois être le signe d'un ego sain ne réclamant pas constamment des marques de gratification — ce qui était le cas pour Ned.

Sandy et Ginger préparèrent des hors-d'œuvre et des légumes et elles ne furent pas longues à se sentir comme deux sœurs.

Faye Block s'occupa du dessert, un gâteau au chocolat qu'elle mit à décongeler. Ginger apprécia tout de suite Faye, qui lui rappelait Rita Hannaby. La femme de la grande bourgeoisie bostonienne était, bien sûr, très différente de Faye par son physique et son comportement, mais elle partageait avec elle des qualités fondamentales : efficacité, responsabilité, force de caractère et douceur.

Ernie Block et Dom Corvaisis mirent la table. Ernie avait d'abord donné à Ginger l'impression d'être un peu ours, mais il lui inspirait maintenant une grande affection avec sa peur du noir qui le rendait comme un petit enfant.

Des cinq personnes en compagnie de qui Ginger se trouvait, seul Dominick Corvaisis suscitait en elle des sentiments auxquels elle ne comprenait rien.

Elle réalisait qu'un lien particulier les unissait et qu'il était en rapport avec une expérience qu'ils avaient été les seuls à vivre. Mais elle avait aussi pour lui une certaine attirance sexuelle. Lasse de ses propres aspirations romantiques, Ginger brida ses émotions et fit de son mieux pour se convaincre que les sentiments de Dom à son égard n'étaient en rien réciproques — bien que le contraire fût flagrant.

Pendant le dîner, ils continuèrent à discuter tous les six de leur étrange situation et d'indices qui auraient pu leur échapper jusqu'ici.

Comme Dom, Ginger n'avait aucun souvenir d'une fuite de gaz toxiques, dont les Block et les Sarver se rappelaient en revanche parfaitement. La nationale 80 avait bel et bien été neutralisée et l'état d'urgence déclaré dans les environs. La veille, cependant, Dom avait convaincu les Block que leurs souvenirs d'évacuation dans le ranch de leurs amis Elroy et Nancy Jamison étaient artificiels et que les Jamison et eux-mêmes avaient certainement été retenus au motel. (Selon Faye et Ernie, les Jamison n'avaient pas fait état de cauchemars ou de problèmes psychologiques. Leur lavage de cerveau avait mieux réussi, mais il serait tout de même nécessaire de leur parler bientôt.) Ned et Sandy en avaient alors conclu, un peu à contrecœur toutefois, que le souvenir de leur séjour forcé dans leur caravane était également faux et qu'ils avaient dû, comme les quatre autres, être détenus dans une chambre du motel pour être drogués et subir un lavage de cerveau.

Faye dit : « Il faudrait tout de même savoir si cette fuite de gaz toxiques a vraiment eu lieu ou si ce n'est qu'un prétexte à la fermeture de la nationale, une manière de nous empêcher de parler de ce que nous avons vu ce vendredi soir-là.

— Je crois qu'il y a vraiment eu contamination, dit Ginger. Dans le cauchemar de Dom — qui, nous le savons, est plus un souvenir qu'un rêve véritable —, les deux hommes portaient des scaphandres de décontamination. Dans la zone interdite, ils pourraient revêtir ce genre de costume pour donner le change aux journalistes ou à quelques curieux, mais pas dans un lieu clos, où nul ne les voit. S'ils ont gardé leurs scaphandres, c'est qu'ils en avaient absolument besoin. »

Ernie toussota pour s'éclaircir la voix et dit : « Dans ce cas, euh... qu'est-ce que c'était, à votre avis ? C'est un peu votre partie, non ? Vous croyez que c'est chimique ou biologique ? Ils ont raconté aux journaux qu'il y avait eu un problème avec des produits chimiques livrés au centre d'essais de Shenkfield. »

C'était un problème auquel Ginger réfléchissait depuis pas mal de temps déjà, bien avant qu'Ernie ne formulât sa question. Une contamination chimique ou biologique ? Elle était parvenue à une conclusion qui la remuait profondément. « Dom a décrit des scaphandres assez lourds, faits de vinyle, des gants tout d'une pièce avec les manches et des casques parfaitement étanches à l'air puisque scellés au niveau du cou. C'est sans le moindre doute possible des scaphandres conçus pour prévenir toute exposition à des agents biologiques dangereux, à des microbes pathogènes. »

Nul ne parla pendant quelques instants, réfléchissant à ce qu'elle venait de déclarer.

Puis Ned but quelques gorgées de bière, comme pour se donner du courage, et dit : « Si je comprends bien, nous avons été infectés par quelque chose.

— Un virus qu'ils auraient créé pour la guerre bactériologique, ajouta Faye.

— Ça ne peut pas être autre chose s'il était destiné à Shenkfield, dit Ernie. Une saloperie...

— Pourtant, nous sommes bien vivants, dit Sandy.

— Parce qu'ils ont pu immédiatement nous mettre en quarantaine et nous soigner, dit Ginger. S'ils nous ont contaminés, ils nous ont aussi guéris.

— Peut-être que toute leur machination commence à se désagréger, dit Ernie.

— Je ne suis pas tout à fait d'accord, dit Dom. Cela n'explique pas ce qui a fait trembler le restaurant et exploser les vitres, que ce soit la première fois ou à nouveau hier soir.

— Ça n'explique pas non plus tout le reste, dit Faye. Comme ces lunes de papier qui tournaient autour de Dom dans la maison de Lomack. Ou ce que le père Wycazik a raconté à propos des guérisons miraculeuses opérées par le jeune prêtre. »

Ils s'observèrent longuement, attendant que l'un d'eux propose une explication établissant un lien logique entre la contamination biologique et les expériences paranormales. Mais personne ne prit la parole.

A quelque cinq cents kilomètres à l'ouest du Tranquility Motel, dans un autre motel, à Reno, Brendan Cronin était allé se coucher et avait éteint la lumière. Bien qu'il ne fût qu'un peu plus de neuf heures, il fonctionnait encore à l'heure de Chicago et, pour lui, il était onze heures du soir.

Le sommeil, cependant, ne venait pas. Il avait appelé le rectorat Sainte-Bernadette et avait parlé au père Wycazik, lequel l'avait mis au courant du coup de fil de Dominick Corvaisis. Brendan était stupéfait de savoir qu'il n'était pas le seul à baigner en plein mystère. Il pensa un instant appeler le Tranquility Motel, mais les autres le savaient déjà en route et quoi qu'il eût pu leur dire au téléphone, il le dirait encore mieux de vive voix. Il pensait au lendemain et à ce qui pourrait arriver, et cela l'empêchait de s'endormir.

Il était ainsi allongé depuis une petite heure et ses pensées étaient tout naturellement revenues vers l'étrange lueur qui avait empli sa chambre, deux jours plus tôt, quand un phénomène identique se manifesta soudain. Cette fois-ci, la lumière n'avait pas de source visible, pas même une source aussi improbable que la lune de givre sur le carreau de la fenêtre. Non, la lueur se manifestait au-dessus de lui, de tous côtés, comme si les molécules de l'air s'illuminaient. Ce fut tout d'abord une sorte de chatoiement nacré, qui devint très rapidement beaucoup plus vif, jusqu'à ce que Brendan eût l'impression de se trouver en pleine nature sous les rayons pénétrants de la pleine lune.

C'était très différent de la lumière dorée qui apparaissait dans son rêve récurrent. Exactement comme deux jours plus tôt, il se sentit éprouver au même instant les émotions les plus diverses — l'horreur et le ravissement, la peur et l'excitation la plus sauvage.

Et comme dans sa chambre au rectorat, la lueur lactée changea de couleur, s'assombrissant rapidement pour devenir écarlate. Il lui semblait être en suspens dans une immense bulle de sang.

C'est en moi, pensa-t-il en se demandant ce que cela pouvait bien vouloir dire. *C'est en moi.* Cette réflexion ne pouvait plus quitter son esprit. Et tout à coup, il fut glacé de peur.

Son cœur battait à tout rompre. Il était étendu sur le dos, raide comme un cadavre. Dans les paumes de ses mains, les cercles étaient revenus, anneaux de chair palpitants.

2.
Lundi 13 janvier

Quand ils se retrouvèrent le lendemain matin pour prendre le petit déjeuner dans la cuisine des Block, Dom ne fut absolument pas surpris d'apprendre que la plupart d'entre eux avaient passé une nuit très difficile. « C'est exactement ce que j'escomptais, dit-il. En nous rassemblant ici, nous exerçons une pression constante sur les blocages mnémoniques implantés en nous. Les barrières s'effondrent un peu plus chaque jour. »

Dom, Ginger, Ernie et Ned avaient fait des cauchemars extrêmement précis et si semblables qu'il ne pouvait s'agir que de fragments de souvenirs remontant à la surface. Dans chaque cas, ils s'étaient vus maintenus par des sangles à un des lits du motel et surveillés par des hommes vêtus de scaphandres de décontamination. Sandy avait rêvé des choses assez agréables, bien qu'assez floues par rapport aux cauchemars de ses compagnons. Faye avait été la seule à ne rien rêver du tout.

Ned était si troublé qu'en arrivant en compagnie de Sandy, il déclara qu'ils allaient abandonner provisoirement Beowave et emménager au motel. « Peut-être que ce colonel Falkirk décidera de nous tuer comme il en avait l'intention. Si cela doit arriver, je ne veux pas que Sandy et moi restions seuls dans la caravane. »

Dom comprenait parfaitement l'attitude du cuisinier, pour qui ce genre de cauchemar était absolument nouveau. Il ne croyait cependant pas que Falkirk tenterait quoi que ce soit tant que Brendan Cronin, Jorja Monatella et peut-être d'autres victimes ne seraient pas au motel. Mais une fois que tout le monde serait réuni, il en irait autrement et il leur faudrait faire front.

Ned Sarver prit son petit déjeuner sans appétit tout en évoquant les images qui avaient perturbé son sommeil. Au tout début de son rêve, il était prisonnier d'hommes portant des scaphandres de décontamination, mais ceux qui l'entouraient étaient par la suite vêtus de blouses blanches ou d'uniformes militaires, signe que le danger biologique était éloigné. Un des hommes en uniforme était le colonel Falkirk et Ned put en faire une description détaillée : la cinquantaine, les cheveux bruns grisonnant aux tempes, des yeux gris comme des cercles d'acier poli, un nez busqué, des lèvres minces.

Ernie put confirmer le portrait tracé par Ned, car Falkirk intervenait également dans son cauchemar.

« Dans mon rêve, un officier appelait Falkirk par son prénom. Leland. Le colonel Leland Falkirk.

— Il est probablement en poste à Shenkfield, dit Ginger.

— Nous essaierons de vérifier cela plus tard », fit Dom.

Les barrières de leurs mémoires s'effondraient, c'était une certitude, et cette perspective mettait du baume au cœur de Dom.

A son tour, Ginger raconta son cauchemar. Elle n'était pas la seule personne à qui l'on faisait subir un lavage de cerveau dans la chambre numéro 5, celle qu'elle avait occupée un an et demi plus tôt et qu'elle occupait de nouveau à présent. « Il y avait un lit d'appoint dans un coin et une femme rousse que je ne connaissais pas. Elle devait avoir quarante ans. Elle aussi, elle avait une perfusion et des électrodes reliées à un ECG. Ses yeux étaient... vides... »

De même qu'Ernie et Ned avaient partagé un nouvel élément — la présence du colonel Falkirk —, de même Dom et Ginger avaient en commun une découverte nouvelle : dans le rêve de Dom, il y avait aussi un lit d'appoint flanqué d'une perfusion et d'un ECG, et, sur le lit, un jeune homme d'une vingtaine d'années, livide, la moustache en broussaille, les yeux morts.

« Qu'est-ce que cela signifie ? demanda Faye. Est-ce que nous étions si nombreux que les vingt lits ne suffisaient pas ?

— Le registre n'indique que onze chambres de louées, dit Sandy.

— Ce devaient être des gens qui roulaient sur la nationale et qui ont vu la même chose que nous, dit Ginger. L'armée a réussi à les intercepter et à les amener ici. C'est normal que leurs noms ne figurent pas à côté des autres. »

Avec le temps, ils apprendraient toute la vérité — à moins que le colonel Falkirk ne lance avant contre eux son artillerie lourde.

Le lundi matin, tandis que le petit groupe prenait son petit déjeuner au Tranquility Motel, Jack Twist se faisait accompagner dans la salle des coffres d'une agence de la City Bank, sur la Cinquième Avenue. L'employée, jeune femme séduisante, ne cessait de l'appeler « monsieur Farnham », car telle était la fausse identité sous laquelle il avait loué son coffre.

Après que chacun d'eux eut introduit sa propre clef afin de dégager le coffre, Jack Twist resta seul dans une petite pièce éclairée au néon. Il posa le coffre sur une table, souleva le couvercle et contempla avec effroi le contenu de la boîte de métal. Elle renfermait un objet qu'il n'y avait pas déposé, ce qui était tout bonnement impossible puisqu'il était le seul au courant de l'existence de ce coffre, le seul aussi à en posséder la clef.

Le coffre aurait dû contenir cinq enveloppes blanches, chacune gonflée de billets de cent et de vingt dollars. Apparemment, on n'avait pas touché à l'argent. C'était la première des onze planques réparties dans toute la ville. Il avait entrepris ce matin de retirer quinze mille dollars dans chacune d'elles, soit un total de cent soixante-cinq mille dollars qu'il avait l'intention de distribuer autour de lui. Les mains tremblantes, il ouvrit les cinq enveloppes. Pas un billet ne manquait.

Jack ne se sentit pas soulagé pour autant. Bien que l'argent fût intact, la présence de l'autre objet était la preuve que sa fausse identité était percée à jour, donc que sa liberté était en danger. Quelqu'un savait qui était vraiment « Gregory Farnham ».

L'objet en question était une carte postale. Il n'y avait pas de message au dos, rien. La photographie représentait le Tranquility Motel.

L'été de l'année dernière, après qu'il eut en compagnie de Branch Pollard et d'un troisième homme cambriolé la propriété de McAllister au nord de San Francisco, Jack était allé faire un tour à Reno, puis il avait loué une voiture et avait roulé en direction de l'est. Le premier soir, il avait fait étape au Tranquility Motel, tout près de la nationale 80. Il n'avait jamais repensé à cet endroit depuis, mais maintenant, il le reconnaissait parfaitement.

Qui donc pouvait être au courant de son séjour au motel ? Ce n'était pas Branch Pollard. Il ne lui avait jamais rien dit de sa décision de passer par Reno et de revenir en voiture à New York. Ce n'était pas non plus le troisième larron, un certain Sal Finrow, de Los Angeles : Jack ne l'avait jamais revu après le partage du butin.

Jack Twist se rendit alors compte qu'au moins *trois* de ses fausses identités étaient éventées. Il avait loué le coffre sous le nom de Farnham, mais il s'était inscrit au motel sous celui de Wainwright. Ses deux noms de guerre étaient maintenant connus et la seule façon de les relier avait été de les associer à celui de Philippe Delon, identité sous laquelle il résidait dans son appartement de la Cinquième Avenue.

Jack eut l'impression que les murs de la petite pièce se refermaient sur lui. Il se sentait claustrophobe et vulnérable. Il rangea les vingt-cinq mille dollars dans la poche intérieure de son imperméable. Plus question de distribuer son argent : il en avait besoin pour prendre la fuite. Il rangea la carte postale dans son portefeuille, remit le coffre à sa place et sonna pour appeler l'employée.

Deux minutes plus tard, il était dans la rue. Respirant à pleins poumons l'air frais de janvier, il observa les badauds. Personne ne semblait le suivre.

Immobile comme un rocher parmi le flot des passants, il se demanda qui pouvait s'opposer ainsi à lui, comment on avait fait pour dévoiler ses différentes identités, mais aussi ce qu'on attendait de lui.

Jack prit un taxi devant l'agence et se rendit à l'angle de Wall Street et de William Street, au cœur du quartier de la finance, où il avait loué six coffres dans six banques différentes. Il se rendit dans cinq d'entre elles, prenant chaque fois vingt-cinq mille dollars et une carte postale du Tranquility Motel.

Il décida de s'arrêter à la cinquième agence. Les poches de son imperméable abritaient cent vingt-cinq mille dollars, ce qui lui suffisait largement pour voyager. Il ne se souciait pas vraiment de laisser de l'argent dans les autres coffres. Parce qu'il avait placé quatre millions sur ses comptes en Suisse. Et aussi parce que celui qui déposait les cartes postales se serait déjà servi si telle avait été son intention.

Jack avait eu largement le temps de penser au motel perdu en plein Nevada et il commençait à trouver bizarre d'être resté si longtemps dans un tel endroit. Il y avait en effet passé trois jours à lire et à admirer le paysage. Pour la première fois, il lui semblait que c'était impossible, pas avec tant d'argent caché dans le coffre de sa voiture de louage. Pas quand cela faisait deux semaines qu'il se trouvait loin de New York — et de Jenny. Il aurait dû rentrer d'une seule traite depuis Reno. Ce séjour de trois jours au Tranquility Motel était inexplicable.

Un autre taxi le conduisit à son appartement de la Cinquième Avenue, où il arriva peu avant onze heures. Il appela tout de suite la compagnie Elite Flights, qui louait de petits avions à réaction et à qui il avait déjà eu affaire. Un Lear lui fut immédiatement réservé.

Il ôta les vingt-cinq mille dollars du compartiment secret. Cela lui faisait maintenant cent cinquante mille dollars, de quoi parer à toute éventualité.

Il prit trois valises dans lesquelles il répartit quelques vêtements. Il y avait beaucoup de place libre pour ce qu'il comptait emporter d'autre. Il rangea deux armes de poing : un Smith & Wesson Magnum calibre 19, capable de tirer les cartouches du 357 Magnum, mais aussi celles du .38 Special, avec bien moins de recul, cependant ; et un Beretta calibre 32 modèle 70 au canon duquel pouvait s'adapter un silencieux. Il prit aussi une petite mitraillette Uzi, illégalement modifiée pour le tir automatique exclusif, et des munitions en abondance.

Sa détermination d'être un citoyen honnête n'interféra en rien avec son instinct de conservation. Et vu son passé, personne n'était mieux préparé à se préserver que Jack Twist.

Il rangea également le Dimess, le petit ordinateur portatif qui lui avait permis de percer à jour le chiffre de la porte de la fourgonnette blindée. Il décida qu'il pourrait aussi avoir besoin d'un passe-partout hyper-sophistiqué, capable de s'adapter immédiatement à toute serrure sans endommager le mécanisme et, bien entendu, réservé aux seuls organismes gouvernementaux ; d'un Star Tron MK 202A, viseur compact destiné à la vision nocturne et susceptible d'être adapté sur un fusil ; et de plusieurs autres choses.

Il prit un taxi jusqu'à l'aéroport de La Guardia.

Le Lear l'emmènerait à Salt Lake City, dans l'Utah. C'était le grand aéroport, plus proche d'Elko, plus proche même que Reno — et bien plus pratique, car après s'être posé à Reno, il lui aurait fallu prendre une correspondance commerciale, ce qui risquait de lui faire perdre pas mal de temps. L'employé d'Elite Flights lui avait dit qu'une tempête était annoncée sur Reno et que les appareils risquaient d'être cloués au sol ; en revanche, les prévisions météo étaient bonnes pour Salt Lake City. A la demande de Jack, Elite lui organisa un vol privé entre Salt Lake City et le petit aéroport d'Elko. Bien que situé tout à l'est du Nevada, Elko se trouvait encore dans le fuseau horaire du Pacifique et Jack gagnerait trois heures sur un itinéraire normal — même s'il ne pensait pas arriver à Elko longtemps avant la tombée de la nuit.

C'était parfait. La nuit entrait dans ses projets.

Pour Jack, les cartes postales découvertes dans les coffres signifiaient qu'il y avait au Nevada des gens qui connaissaient tout de sa vie criminelle. Elles semblaient vouloir dire qu'il pourrait rentrer facilement en contact avec eux par l'intermédiaire du Tranquility Motel, ou peut-être les trouver directement là-bas. Ces cartes postales étaient des invitations. Ou des convocations. Quoi qu'il en soit, il ne pouvait les ignorer qu'à ses risques et périls.

Il ne sut pas si quelqu'un le suivit jusqu'à La Guardia. D'ailleurs, il s'en moquait. Il voulait qu'ils le voient venir de loin. Et ainsi, ils ne seraient peut-être plus sur le qui-vive quand, une fois à Elko, il disparaîtrait soudainement.

Après le petit déjeuner, Ginger et Dom se rendirent à Elko, plus précisément aux bureaux du *Sentinel*, le seul journal des environs.

Ensemble, ils parcoururent les collections à la recherche des numéros qui les intéressaient. Ils n'eurent pas besoin de consulter les microfilms, les journaux n'étant transférés sur microfiches transparentes qu'au bout de deux ans. Ils choisirent plusieurs numéros à partir du samedi 7 juillet et les déposèrent sur une longue table.

Ils tirèrent des chaises et se mirent à les dépouiller. Bien que l'événement auquel ils avaient assisté, la possible contamination et la fermeture de la route, se fût produit le vendredi soir, le journal du samedi ne mentionnait aucune fuite de gaz toxiques. Le *Sentinel* donnait principalement des nouvelles locales, au niveau du comté ou de l'État ; il publiait parfois des textes concernant la situation nationale ou internationale, mais ne tombait jamais dans le sensationnalisme. Comme il n'y avait pas d'édition le dimanche, les premiers articles traitant de la fuite de gaz toxiques et de la fermeture de la nationale 80 ne furent publiés que le lundi 8 juillet au matin.

Les premières pages des éditions du lundi et du mardi se couvraient de titres énormes : FUITE DE GAZ TOXIQUES SUR LA NATIONALE 80 ; L'ARMÉE ÉTABLIT UNE ZONE DE QUARANTAINE ; LE CAMION ACCIDENTÉ TRANSPORTAIT-IL DU GAZ PARALYSANT ? LES RESPONSABLES DE L'ARMÉE DISENT QUE TOUT LE MONDE A ÉTÉ ÉVACUÉ, MAIS OÙ SONT LES RÉFUGIÉS ? LE CENTRE D'ESSAIS DE SHENKFIELD : QUE S'Y PASSE-T-IL VRAIMENT ? NATIONALE 80 : QUATRIÈME JOUR DE FERMETURE ; LE NETTOYAGE EST PRATIQUEMENT ACHEVÉ : RÉOUVERTURE VERS MIDI.

Dom lut patiemment tous les articles concernant la crise et fut convaincu de la justesse de la théorie de Ginger : il semblait évident que les psychotechniciens auraient eu besoin d'une ou deux semaines supplémentaires pour faire entrer cette histoire de fuite de gaz toxiques dans les esprits des habitants d'Elko et des environs, ainsi que des gens de passage, et il leur aurait été impossible de fermer aussi longtemps une route assurant le trafic d'un État à l'autre.

L'édition du mercredi 11 juillet continuait sur le même ton que les précédentes : LA NATIONALE 80 ROUVERTE ! ABOLITION DE LA QUARANTAINE : PLUS DE CONTAMINATION EN PERSPECTIVE ; LES PREMIERS ÉVACUÉS RETROUVÉS : ILS N'ONT RIEN VU.

Les numéros du *Sentinel* avaient tous entre seize et trente-deux pages. Ces jours-là, la quasi-totalité des articles était consacrée aux conséquences de la fuite de gaz toxiques. Des journalistes étaient accourus de tout le pays et la feuille de chou qu'était le *Sentinel* s'était trouvée projetée en pleine lumière. En dépouillant les journaux, Dom et Ginger relevèrent un certain nombre de détails fort utiles à leur enquête et qui leur permettraient de planifier leur prochaine action.

Bien que cela ne relevât pas vraiment de leur pouvoir, les unités de l'armée en faction à Shenkfield avaient dressé des barrages routiers et fermé la nationale 80 sur une bonne quinzaine de kilomètres. Le shérif d'Elko County et la police de l'État du Nevada n'avaient même pas été prévenus, ce qui allait à l'encontre des procédures habituelles. Il était évident que les militaires ne comptaient que sur eux-mêmes pour garder le secret sur ce qui se déroulait dans la zone mise en quarantaine.

Après deux jours de frustration, Foster Hanks, le shérif d'Elko

County, s'était plaint à un journaliste du *Sentinel* : « C'est *ma* juridiction et les gens m'ont élu pour que je fasse respecter l'ordre et la loi. Pas question que l'armée se mette à commander. Si les gradés refusent de coopérer avec moi, j'irai voir un juge pour qu'il fasse appliquer les textes et on verra qui a raison. » Dans le numéro du mardi, on indiquait que Hanks était bien allé rendre visite à un juge mais que la crise fut terminée avant que l'homme de loi ne trouvât une solution ; c'était, par la même occasion, la fin de toute procédure.

Penché au-dessus de la table, Ginger dit : « Au moins, les autorités ne sont pas toutes contre nous. La police d'État et la police locale n'ont pas été impliquées. Notre seule adversaire est...

— L'armée des États-Unis, rien de moins. » Dom ne put s'empêcher de rire, tellement cette affirmation était énorme. Ginger n'eut qu'un sourire. « Nous contre l'armée, même si la police et le shérif sont de notre côté, cela ne nous donne pas beaucoup de chances, hein ? »

Le samedi 7 juillet, soit moins d'un jour après la fermeture de la nationale, un journaliste de la radio avait remarqué que les uniformes de la plupart des militaires responsables de la mise en quarantaine présentaient, en plus des barrettes et des étoiles habituelles, un écusson inconnu : un cercle noir frappé d'une étoile vert émeraude. Ils différaient de ceux des hommes du centre d'essais de Shenkfield. Parmi ceux arborant l'étoile verte, le nombre des officiers était assez élevé, un pour quatre hommes du rang environ. Un porte-parole de l'armée à qui la question fut posée expliqua que les soldats à l'étoile émeraude appartenaient à un petit groupe d'élite fort peu connu, le Groupement d'intervention spécial de l'armée des États-Unis, en abrégé, le Gisa. Dixit le porte-parole : « Les gars du Gisa [prononcez " Guiza ", *NdlR*] sont magnifiquement entraînés, ils ont une expérience maximale de toutes les situations — attentats, accidents nucléaires, pollution industrielle, etc. — et, surtout, on a en eux une confiance absolue, ce qui est essentiel parce qu'il leur arrive d'intervenir dans des zones classées top-secret. »

Pour Dom, cela voulait surtout dire qu'il s'agissait de durs à cuire à qui l'on ne risquait pas d'arracher deux mots.

Ginger fit la grimace et dit : « *Shmontses !*
— Pardon ?

— Toute cette histoire, dit-elle en se renversant sur sa chaise, c'est *shmontses*.

— Désolé, mais je ne comprends pas...

— Oh, excusez-moi, c'est du yiddish. Une des expressions préférées de mon père. Cela désigne une chose sans valeur, une absurdité, une idiotie. On pourrait traduire ça par " foutaises ". » Elle montra du doigt le journal comportant l'interview du porte-parole. « Ainsi, ce détachement du Gisa se serait trouvé là, en pleine campagne, quand l'accident est arrivé ? A qui va-t-on faire croire ça ?

— Ce n'est pas lui qui a établi les barrages routiers, ce sont les hommes de la base de Shenkfield. Le Gisa n'est intervenu qu'au bout d'une petite heure et, pour être sur place aussi rapidement, il fallait qu'il soit en route avant même que l'incident ne survienne.

— Exact.

— Vous voulez donc dire qu'on savait à l'avance qu'il y aurait une fuite de gaz toxiques ? »

Elle soupira. « Je veux bien admettre qu'une équipe du Gisa puisse être basée dans l'une des bases militaires voisines... à l'ouest de l'Utah ou au sud de l'Idaho, par exemple. Mais cela ne suffit pas. Même s'ils avaient tout laissé tomber et sauté dans un avion dès l'annonce d'une fuite de gaz toxiques, les types du Gisa n'auraient pu reprendre la situation en main aussi rapidement. Pour moi, ils savaient bien à l'avance ce qui allait se passer par ici. Je ne veux pas dire qu'ils étaient au courant depuis plusieurs jours, mais deux ou trois heures, oui...

— Ce qui signifie que cette fuite de gaz toxiques ne serait pas vraiment un accident. Qu'il pourrait même n'y avoir eu aucune pollution, ni chimique ni biologique. Mais dans ce cas, pourquoi avaient-ils besoin de scaphandres de décontamination pour nous soigner ? »

Il y avait dans la voix de Ginger une note de frustration qui faisait écho à celle de Dom. « Il n'y a qu'une raison pour laquelle l'armée a demandé à une brigade du Gisa de renforcer la quarantaine, c'est que ces types allaient circuler dans une zone totalement interdite, qu'ils allaient voir des choses classées top secret. L'armée pensait qu'on ne pouvait se fier à des soldats ordinaires, c'est pour cela qu'on a fait appel au Gisa.

— Parce qu'on sait qu'ils ne parlent jamais.

— Oui. Il n'y aurait pas eu besoin du Gisa s'il n'y avait eu qu'une fuite de produits toxiques sur la nationale. Qu'y aurait-il eu à voir en dehors d'un camion renversé, d'une citerne crevée ? »

Ils se replongèrent dans les journaux et découvrirent de nouveaux indices les confirmant dans l'opinion que l'armée savait qu'une chose inhabituelle allait se dérouler dans les environs d'Elko par cette chaude soirée d'été. Dom et Ginger se rappelaient parfaitement qu'un bruit étrange avait résonné dans le Tranquility Grille et que le restaurant avait été ébranlé par une sorte de tremblement de terre une demi-heure environ après la tombée de la nuit. Le soleil se couchant assez tard à cette époque (même par 41 ° de latitude nord), l'incident avait dû débuter vers huit heures dix. Leurs blocages mnémoniques partaient de cet instant-là. Cependant, Dom trouva dans le *Sentinel* un passage où l'on disait que les barrages sur la nationale 80 avaient été dressés à huit heures.

Ginger dit : « Vous voulez dire que l'armée a fait fermer la route cinq ou dix minutes avant la fuite de gaz toxiques " accidentelle " ?
— Oui. A moins que nous ne nous trompions sur l'heure. »

Ils lurent la chronique météo du journal du 6 juillet. La tombée de la nuit était prévue pour sept heures trente et une minutes.

« Le crépuscule n'est pas très long par ici, dit Dom. Quinze minutes maximum. Il faisait donc nuit noire à huit heures moins le quart. Même si les ennuis n'ont pas commencé une demi-heure, mais seulement quinze minutes plus tard, cela veut tout de même dire que l'armée avait déjà établi des barrages.
— Ils savaient donc que quelque chose allait se produire.
— Mais ils ne pouvaient pas l'empêcher. »

Ginger tourna les pages du *Sentinel* du 11 juillet et poussa un petit cri de surprise en découvrant la photo en buste d'un officier en casquette et uniforme. Bien que le colonel Leland Falkirk n'eût été présent ni dans le rêve de Ginger ni dans celui de Dom, ils le reconnurent instantanément grâce à la description qu'en avaient faite Ernie et Ned.

Dom lut la légende de la photo : *Le colonel Leland Falkirk, officier responsable de la brigade du Gisa chargée des opérations de quarantaine, s'est montré très discret devant les journalistes. Ce portrait, le premier qu'on ait de lui, est dû à notre photographe, Greg Lunde. Surpris par notre collaborateur, le colonel Falkirk a manifesté son déplaisir et n'a répondu que par le traditionnel « sans commentaires » à toutes les questions qui lui ont été posées.*

Dom ne put que sourire devant l'humour involontaire de cette dernière phrase, mais le visage hiératique de Falkirk le glaçait. Il y avait dans son regard de prédateur une férocité effrayante : l'homme était habitué à obtenir tout ce qu'il voulait. Être à sa merci constituait une perspective peu agréable.

Ginger observa la photo de Falkirk et dit à voix basse : « *Kayn aynhoreh.* » Devant l'étonnement de Dom, elle précisa : « Ça aussi, c'est du yiddish. *Kayn aynhoreh,* c'est une expression pour écarter le mauvais œil. C'est de circonstance, non ? »

Tandis que Ginger et Dom lisaient les vieux numéros du journal local, Ernie et Faye Block tentaient de contacter ceux qui avaient inscrit leur nom sur le registre en cette soirée du 6 juillet et qu'ils n'avaient encore pu joindre. C'était le cas de Gérard Salcoe, l'homme qui avait pris deux chambres pour sa famille, et de Cal Sharkle, leur ami routier. De leur côté, Ned et Sandy Sarver élaboraient le dîner dans la cuisine du premier étage du motel. Ce soir, après l'arrivée de Brendan Cronin ainsi que de Jorja Monatella et de sa petite fille, ils seraient neuf à table et Ned ne voulait pas avoir tout à faire à la dernière minute. Ned et Sandy avaient décidé que le repas de ce soir devrait ressembler à celui de la traditionnelle fête de Thanksgiving. Ils préparèrent donc une énorme dinde de près de seize livres ainsi que tous les légumes habituellement servis avec.

Après avoir passé trois heures dans les bureaux du *Sentinel*, Ginger et Dom prirent un repas léger dans un snack d'Idaho Street, puis regagnèrent le Tranquility Motel vers deux heures et demie de l'après-midi. Faye et Ernie étaient toujours à la réception. Il flottait dans l'air une agréable odeur de pain au four et de légumes.

« Vous ne pouvez pas encore sentir la dinde, dit Faye. Ned ne l'a mise à cuire qu'il y a une demi-heure.

— Il dit qu'on passera à table à huit heures, mais cela ne m'étonnerait pas qu'on prenne d'assaut la cuisine un peu plus tôt », fit Ernie en riant.

Faye demanda : « Vous avez appris quelque chose au journal ? »

Ginger et Dom n'eurent pas le temps de lui répondre. La porte du motel s'ouvrit et un homme un peu obèse bien qu'encore assez jeune entra en trombe. Il était descendu de voiture sans prendre la peine de passer un manteau. Bien qu'il portât un pantalon de flanelle grise, un veston bleu, une chemise claire et un pull plutôt qu'un costume noir et un col romain, on ne pouvait avoir aucun doute sur son identité. C'était le prêtre aux cheveux auburn, au visage rond et aux yeux verts dont le mystérieux correspondant avait adressé une photo à Dom.

« Père Cronin », dit Ginger.

Elle se sentit attirée par lui, aussi immédiatement et aussi intensément qu'elle l'avait été par Dom Corvaisis. Ginger courut jusqu'à lui et le serra dans ses bras.

De toute évidence, le père Cronin ressentait les mêmes choses qu'elle. Sans hésitation, il l'embrassa et ils restèrent un moment enlacés, non pas comme des étrangers, mais comme un frère et une sœur qui se retrouvent après une longue séparation.

Puis Ginger s'écarta et Dom dit : « Mon père », s'avançant à son tour pour serrer le prêtre contre lui.

« Inutile de m'appeler ainsi. Pour l'heure, je ne veux ni ne mérite d'être considéré comme un prêtre. Appelez-moi Brendan, tout simplement. »

Ernie appela Ned et Sandy, puis il vint saluer Brendan en compagnie de Faye. Brendan serra la main d'Ernie et embrassa Faye. Il était clair qu'il avait beaucoup d'affection pour eux, mais qu'il n'éprouvait pas ce formidable et inexplicable magnétisme qui l'avait attiré vers Ginger et Dom. Quand Ned et Sandy furent descendus, il se comporta avec eux comme avec Ernie et Faye.

Brendan dit : « J'ai vraiment l'impression... de me retrouver en famille. Vous aussi, n'est-ce pas ? Comme si nous avions vécu ensemble les moments les plus importants de notre vie... vécu quelque chose qui nous rend à tout jamais différents des autres. »

Bien qu'il répétât qu'il n'était pas digne de la déférence accordée habituellement aux prêtres, Brendan Cronin respirait la spiritualité. Son visage un peu trop rond, ses taches de rousseur et son sourire étaient synonymes de béatitude. Il se déplaçait parmi ses nouveaux amis, les touchait et leur parlait avec un entrain quasi contagieux qui mettait Ginger en joie.

Brendan dit : « Ce que j'éprouve ici me dit que j'avais raison de vouloir venir. Il fallait que je sois avec vous. Appelé, oui c'est cela, j'ai été appelé. Nous avons tous été appelés.

— *Regardez !* » s'écria Dom. Il tendit les mains et présenta ses paumes pour montrer à tous les anneaux de chair rouge qui venaient d'y apparaître.

Surpris, Brendan présenta également ses paumes, marquées du même stigmate.

« Nous avons été appelés », répéta Brendan.

Ginger était tendue. Elle se tourna vers Ernie, qui avait posé les mains sur les épaules de sa femme. Leurs visages étaient graves. Près du tourniquet de cartes postales, Ned et Sandy se tenaient par la main.

Ginger éprouva un picotement dans la nuque. *Il va arriver quelque chose,* pensa-t-elle.

Toutes les lampes de l'hôtel étaient allumées à cause de la peur de l'obscurité d'Ernie mais, tout à coup, la lumière se fit plus vive. Une lueur laiteuse envahit la réception, née de chaque molécule d'air, et planant au-dessus d'eux, semblable à une brume d'argent. Ginger sut que c'était cette même lueur qui se manifestait dans tous ces rêves de lune dont elle n'avait aucun souvenir. Elle tourna lentement sur elle-même, non pas pour tenter de découvrir la source de cette lumière magique, mais dans l'espoir de se rappeler ses rêves ainsi que les événements lointains qui les inspiraient.

Ginger vit Sandy refermer ses doigts sur l'air comme pour emprisonner les molécules merveilleuses. Un sourire se dessina sur les lèvres de Ned, sur celles de Faye aussi, et un air enfantin se plaqua sur les traits pourtant virils d'Ernie.

« La lune, dit Ernie.

— La lune », répéta Dom, dont les mains portaient toujours les stigmates.

Un instant, un instant seulement, Ginger fut sur le point de tout comprendre. La membrane sombre qui canalisait ses souvenirs fut sur le point de se rompre, les souvenirs enfouis semblaient devoir se déverser en un torrent impétueux.

Puis la lumière passa du blanc crémeux au rouge sang et l'esprit de chacun passa de l'émerveillement et du plaisir à la peur. Ginger ne désirait plus la révélation, elle la redoutait et battait en retraite devant elle, terrorisée, révulsée.

Elle recula, se cogna à la porte. De l'autre côté de la pièce, derrière Dom et Brendan, Sandy Sarver avait cessé de saisir la lumière à pleines mains. Elle s'accrochait désespérément à Ned, dont le sourire s'était changé en un rictus de dégoût. Faye et Ernie semblaient plaqués au comptoir.

Ginger sursauta quand un bruit sourd retentit, ébranlant l'air ensanglanté, un bruit qui se répéta avec l'insistance d'un cœur qui bat — un cœur gigantesque n'offrant pas deux, mais trois monstrueuses pulsations : *LEUB-DEUB-deub, LEUB-DEUB-deub, LEUB-DEUB-deub...* Elle sut instantanément que c'était là le bruit que le père Wycazik avait évoqué au cours de sa conversation téléphonique avec Dominick, le rythme ternaire qui avait surgi dans la chambre de Brendan Cronin et secoué tout le rectorat Sainte-Bernadette.

LEUB-DEUB-deub... LEUB-DEUB-deub...

Les vitres se mirent à vaciller, les murs à trembler. La lueur rouge sang et les lampes commencèrent à pulser au même rythme que le battement.

LEUB-DEUB-deub... LEUB-DEUB-deub...

A nouveau, Ginger se sentit sur le point de rassembler ses souvenirs. A chaque pulsation, le barrage s'affaiblissait un peu plus, les événements enfouis remontaient à la surface.

Cependant, sa peur panique s'amplifiait et une formidable vague de terreur s'abattit sur elle. Le monde alentour perdait de sa consistance, des ténèbres gluantes se matérialisaient à la périphérie de son champ de vision.

S'enfuir ou périr.

Ginger tourna le dos à ces phénomènes et referma ses deux mains sur le cadre de la porte comme pour se cramponner au réel, au conscient, et résister à la vague noire qui menaçait de la submerger. Tremblant de tous ses membres, le souffle court, elle crispa ses doigts sur le bois. Et soudain, le rythme ternaire s'éloigna, la lumière rougeâtre pâlit et le silence retomba sur la pièce.

Elle n'allait pas s'évanouir. Il n'y avait pas eu de fugue et ses blocages mnémoniques étaient sur le point de céder. Et la crainte de découvrir ce qui s'était passé le soir du 6 juillet était désormais supplantée par l'angoisse de ne jamais connaître la vérité.

Très ébranlée, Ginger se retourna vers ses compagnons.

Brendan Cronin se dirigea vers le canapé et s'assit. Ses mains tremblaient. Les cercles avaient disparu de ses paumes ainsi que de celles de Dom.

Ernie dit au prêtre : « Vous avez bien dit que cette même lueur s'était déjà manifestée dans votre chambre ?
— Oui, reconnut Brendan, à deux reprises.
— Mais enfin, vous parliez d'une lumière pleine de douceur, dit Faye.
— C'est vrai, acquiesça Ned, c'était merveilleux selon vous.
— Oui, dit Brendan, mais en partie seulement. Quand elle vire au rouge, je suis épouvanté, je le reconnais, mais quand elle naît... je me sens habité par la joie la plus étrange qui soit. »
Dom se frotta les mains sur sa chemise comme si les cercles de chair y avaient laissé quelque trace. « Il y avait un élément bon et un autre mauvais dans ce qui s'est passé ce soir. Nous souhaitons ardemment revivre ce que nous avons connu, mais en même temps, nous...
— Nous crevons de trouille », dit Ernie.

L'enterrement d'Alan Rykoff, l'ex-mari de Jorja Monatella, eut lieu à onze heures du matin. Le soleil de Las Vegas semblait vouloir percer les nuages de ses rayons.

Il n'y avait que cinq personnes en plus de Jorja et de Paul Rykoff, le père d'Alan arrivé le matin de Floride.

Quand la cérémonie fut achevée, Jorja prit sa voiture, mais elle ne parcourut qu'un kilomètre avant de s'arrêter sur le bas-côté et de se mettre à pleurer. Ce n'était ni sur les souffrances d'Alan ni sur sa disparition qu'elle versait des larmes, mais sur la destruction finale de tous les espoirs qui avaient accompagné leur relation naissante, toutes ces espérances d'amour, de vie familiale, d'amitié, d'objectifs mutuels et de vie partagée à jamais envolées.

La nuit précédente, Jorja avait annoncé à Marcie que son père était mort, mais elle avait bien pris soin de ne pas parler de suicide. Au début, elle ne pensait lui dire la vérité que cet après-midi, dans le cabinet du Dr Coverly. Mais le rendez-vous avec Coverly avait dû être annulé : en effet, Jorja et Marcie devaient prendre l'avion à peu près à la même heure pour rejoindre Dominick Corvaisis, Ginger Weiss et les autres. Curieusement, Marcie reçut assez bien la nouvelle. Certes, elle pleura, mais ni beaucoup ni très longtemps. A sept ans, elle était assez âgée pour comprendre ce qu'était la mort, mais pas encore assez vieille pour en saisir toute la cruelle finalité. Et puis, en abandonnant sa fille à Jorja, Alan avait fait un cadeau inespéré à Marcie : pour elle, il était sorti de sa vie depuis un an et les lamentations n'étaient plus de mise.

Un autre élément avait permis à Marcie de surmonter son chagrin : la passion qu'elle mettait à collectionner des dessins représentants la lune. Moins d'une heure après avoir appris la terrible nouvelle, elle était installée à la table de la salle à manger, les yeux secs, la langue tirée dans l'effort, un crayon à la main.

L'obsession de Marcie aurait inquiété Jorja même sans savoir que d'autres personnes la partageaient et que deux d'entre elles en étaient déjà mortes. La lune n'occupait pas encore chaque heure de la journée de la petite fille. Il n'était malgré tout pas difficile de deviner que l'évolution de cette passion dévastatrice risquait de plonger irrémédiablement Marcie dans les abîmes de la folie.

L'avion avait décollé depuis vingt minutes de Las Vegas quand Marcie referma son album et sombra dans le sommeil, bercée par le ronronnement des moteurs de l'appareil.

A quatre heures et demie, une trentaine de minutes avant le crépuscule, des nuages sombres couvraient le ciel d'Elko. A l'horizon, les Ruby Mountains se paraient de noir et de pourpre. Un vent frais particulièrement mordant soufflait de l'ouest.

Dominick Corvaisis et Ginger Weiss attendaient sur la piste, non loin du petit aérogare. Dès l'instant où elle les vit, Jorja éprouva le sentiment étrange et rassurant de se retrouver en famille.

Même Marcie — emmitouflée dans son manteau et son écharpe, les yeux bouffis par le sommeil, l'album serré contre la poitrine — fut tirée de sa torpeur par la vision de l'écrivain et du médecin. Elle sourit et répondit à leurs questions avec plus d'enthousiasme qu'elle n'en manifestait depuis quelques jours. Elle proposa de leur montrer son album et poussa des gloussements joyeux quand Dom la porta dans ses bras jusqu'à la voiture.

Nous avons bien fait de venir, se dit Jorja. Oui, nous avons bien fait.

Dom et Marcie ouvraient la marche, suivis des deux femmes.

« Vous ne vous en souvenez peut-être pas, dit Jorja, mais vous avez prodigué les premiers soins à Marcie ce vendredi de juillet, avant même notre arrivée au motel.

— Ainsi, c'était vous avec votre mari et Marcie ? Mais oui, je m'en souviens, à présent !

— Nous étions garés le long de la nationale 80, à huit kilomètres environ du motel, dit Jorja. Le paysage était si splendide que nous voulions faire quelques photos.

— Moi, j'arrivais juste derrière vous. Je vous ai vus vous arrêter et descendre de voiture. Vous teniez l'appareil photo. Votre mari et Marcie avaient enjambé le rail de sécurité et fait quelques mètres de l'autre côté. »

Avant même que Jorja eût appuyé sur le déclencheur, Marcie avait glissé dans le fossé profond d'une bonne douzaine de mètres. Jorja avait poussé un cri — « Marcie ! » — et sauté par-dessus le rail avant de se précipiter vers sa fille. Il y avait alors eu un crissement de pneu, quelqu'un qui criait : « Ne la touchez pas, je suis médecin ! » C'était Ginger Weiss. Elle dévala la pente aux côtés d'Alan. La petite fille ne disait rien, mais elle n'était pas inconsciente, un peu étourdie, c'est tout, et Ginger vit tout de suite qu'elle n'avait rien de grave. Marcie se mit à pleurer. Sa jambe était coincée sous elle et Jorja crut qu'elle s'était cassé la cheville. Ginger la rassura. Les broussailles avaient amorti la chute et la fillette s'en tirait avec quelques égratignures sans gravité.

« Vous m'avez beaucoup impressionnée, dit Jorja.

— Moi ? » Ginger parut surprise. Un monomoteur passa au-dessus d'eux dans un bruit assourdissant. « Je n'ai rien fait de bien spectaculaire, vous savez. J'ai examiné Marcie, je lui ai mis du mercurochrome et deux ou trois sparadraps, rien de plus.

— Oui, mais tout de même... », dit Marcie.

Ils quittèrent la petite ville d'Elko et prirent la route du motel, situé à une cinquantaine de kilomètres de là. A l'est, le crépuscule cédait la place à la nuit. Dom et Ginger racontèrent à Jorja ce qui s'était passé avant son arrivée. La jeune femme avait de plus en plus de mal à conserver la bonne humeur qui était la sienne en descendant d'avion. Et tandis que la voiture roulait dans la campagne désolée, Jorja se demanda si ce lieu était bien, comme elle l'avait d'abord cru, le seuil d'une nouvelle vie... ou la porte ouverte sur le tombeau.

Dès que le Lear se fut posé à Salt Lake City, dans l'Utah, Jack Twist monta à bord d'un Cessana de louage piloté par une sorte de colosse affable au visage barré d'une énorme moustache noire. Ils arrivèrent à Elko, dans le Nevada, à quatre heures cinquante-trois de l'après-midi, aux derniers rayons du jour.

L'aérogare était trop petit pour qu'il y ait des représentants des organismes de location de voiture, mais il y avait en revanche une petite compagnie de taxis. Jack demanda à un chauffeur de l'emmener — lui et ses trois grosses valises — chez un concessionnaire Jeep, où il stupéfia le vendeur en payant comptant et en espèces une Cherokee à quatre roues motrices.

Jack s'éloigna dans son véhicule et, pour la première fois, chercha à savoir s'il était suivi. A plusieurs reprises, il lança des regards en direction des rétroviseurs, mais il ne vit rien de suspect.

Il s'arrêta à proximité d'un petit supermarché, tout au bout du parking, loin des néons tapageurs, et observa la rue plongée dans la pénombre.

Il ne vit personne.

Ce qui ne voulait pas dire qu'*ils* n'étaient pas là.

Il entra dans le supermarché et acheta une carte des environs, une lampe de poche, une brique d'un demi-litre de lait, deux paquets de bœuf séché, un paquet de gâteaux au chocolat et, sans trop savoir pourquoi, une chose portant le nom de « Hamwich », sorte de barre faite de pâté de jambon, de viande séchée, d'épices et de vitamines — « l'aliment idéal pour les campeurs et les sportifs », comme le disait la publicité. A l'intérieur du sachet translucide était tassée une sorte de pâte brunâtre portant la mention VIANDE VÉRITABLE . C'était à la fois à hurler de rire et triste à pleurer, parce que c'était là le fin du fin d'un pays pour la défense duquel il était allé se battre en Amérique centrale...

En sortant du supermarché, il observa les environs, mais à nouveau, il ne vit rien de suspect.

Il marcha vers la Cherokee, souleva le hayon. Il ouvrit une valise et en sortit un sac à dos en nylon, le Beretta, un chargeur plein, une boîte de munitions calibre 32 et un silencieux. Il rangea dans le sac à dos les marchandises qu'il venait d'acheter, vissa le silencieux, enclencha le chargeur. Quand il eut réparti toutes les cartouches dans les poches de sa veste de cuir, il referma le hayon.

Une fois au volant, il posa le Beretta sur le siège de droite, le dissimula sous le sac en papier qui avait contenu les provisions, alluma la torche et passa quelques minutes à étudier la carte des environs. Puis il éteignit la lampe et repoussa la carte. Il était prêt à affronter l'ennemi.

Pendant cinq minutes, il sillonna les rues d'Elko afin de semer d'éventuels poursuivants. Mais il n'y avait toujours personne.

Il s'arrêta tout au fond d'une impasse et tira d'une valise un récepteur de contrôle à bande large. Cet appareil gros comme deux paquets de cigarettes possédait une antenne télescopique et recevait toutes les bandes radio possibles, du 30 au 120 MHz, ce qui incluait donc la FM comprise entre 88 et 108 MHz. Si un émetteur de surveillance à distance avait été fixé sur la Jeep pendant qu'il faisait ses courses, son récepteur ne manquerait pas de le lui signaler. Grâce à un système de boucle en feed-back, le récepteur adresserait alors des signaux extrêmement perçants aux oreilles indiscrètes.

Jack sortit l'antenne, fit le tour du véhicule.

Rien. La Cherokee n'était pas sur écoute.

Personne ne le surveillait. Et cela lui donna la chair de poule.

L'inexplicable lui donnait toujours la chair de poule.

Quand on ne comprend pas une situation, cela veut dire habituellement qu'on passe à côté de quelque chose d'important. Pour passer à côté de quelque chose d'important, il faut avoir un « angle mort ». Et quand on a un « angle mort », on a toutes les chances de se faire avoir au moment où l'on s'y attend le moins.

En alerte, Jack Twist quitta Elko par la route 51 et prit la direction du nord. Puis il tourna vers l'ouest, s'engagea sur des sentiers et des pistes à peine praticables et se retrouva derrière le Tranquility Motel au lieu d'emprunter directement la nationale 80.

Il coupa ensuite à travers les broussailles.

A ce moment, les nuages s'écartèrent pour révéler une lune presque pleine ; il put éteindre les phares et continuer à avancer.

La Cherokee aborda le flanc d'une petite colline et s'arrêta quasiment au sommet. Le Tranquility Motel était à deux kilomètres de là, en contrebas. Seules quelques fenêtres étaient allumées. Ou l'établissement était fermé, ou il y avait très peu de clients. Jack ne voulait pas qu'on l'entende arriver. Il coupa le contact et sauta à bas de la Cherokee.

Il laissa le Beretta et ne prit avec lui que sa mitraillette Uzi. Il n'envisageait pas un affrontement en règle. Pas encore, du moins. Malgré tout, il était prêt à répliquer au moindre accès de violence.

En plus de l'Uzi — et d'un chargeur de rechange — il prit le sac à dos plein de provisions, un micro directionnel fonctionnant sur piles et le viseur Star Tron, destiné à la vision nocturne. Il enfila des gants et un passe-montagne.

Jack trouva la promenade revigorante. La nuit était fraîche et la brise vivifiante.

Il s'était habillé chaudement et confortablement dès son départ de New York. Avec sa veste de cuir fourrée, son gros pull, ses chaussures de marche et son pantalon de toile épaisse, c'était un individu vêtu comme un trappeur que les pilotes avaient dû conduire à Salt Lake City, puis à Elko. Mais ils n'avaient pas émis la moindre remarque. Quand on peut s'offrir sans sourciller la location d'un jet, on a bien le droit de porter les vêtements de son choix.

Jack marcha donc jusqu'à ce qu'il trouve un poste d'observation convenable sur la pente sud d'une colline, à quatre cents mètres environ derrière le motel. Il s'assit dans l'herbe et posa à côté de lui la mitraillette et le sac à dos.

Le Star Tron était capable de capter la moindre luminosité — lumière émise par les étoiles, phosphorescence naturelle de la neige et de certaines plantes, traces d'électricité — et de l'amplifier quatre-vingt-cinq mille fois, transformant ainsi la nuit la plus noire en un jour grisâtre.

Plaçant ses coudes sur le sol, il braqua le Star Tron sur le motel. L'arrière du bâtiment apparaissait si distinctement qu'il constata tout de suite qu'il n'y avait personne de caché. Les chambres ne donnaient que sur le devant. La partie centrale, un peu surélevée, était toutefois équipée de fenêtres — les appartements des propriétaires, très certainement —, mais des stores et des rideaux l'empêchaient de voir à l'intérieur.

Il rangea le Star Tron dans le sac à dos et prit le micro directionnel, semblable à une arme du futur. Un tel appareil pouvait enregistrer une conversation à quelque cinq cents mètres, plus encore quand les conditions étaient optimales. Il ôta son passe-montagne et plaça l'écouteur sur ses oreilles avant de diriger le micro vers la fenêtre masquée par des doubles rideaux. Aussitôt, il saisit des bribes de conversation, des mots épars qui ne voulaient rien dire. La fenêtre était masquée, le vent soufflait trop fort et il était trop loin. Il décida de se rapprocher.

Reprenant l'Uzi, il marcha en silence parmi les broussailles jusqu'à un second poste d'observation, situé celui-ci à moins de cent mètres de la bâtisse. Il pointa à nouveau le micro-fusil vers la fenêtre et entendit immédiatement tout ce qui se disait derrière les vitres et les tentures. Il perçut au moins six voix. Ces gens étaient en train de dîner et faisaient des compliments au cuisinier (un certain Ned) et à son aide (nommée Sandy) pour la magnifique dinde qu'ils avaient préparée.

Ce n'est pas un simple dîner, se dit Jack avec envie, mais un véritable festin.

Il avait pris un frugal repas à bord du Lear, mais rien depuis. Sa montre était toujours réglée sur l'heure de New York. Pour lui, il était presque onze heures du soir. Il allait probablement passer pas mal de temps à espionner ces gens afin de percer leurs identités et de déterminer s'ils étaient ou non ses ennemis. Il avait trop faim pour attendre d'aller dans un snack ou un restaurant.

Il coinça le micro directionnel entre de petits rochers, toujours pointé vers la fenêtre, et prit le paquet de Hamwich acheté au supermarché. Très circonspect, il l'ouvrit et mâchonna la fameuse « viande véritable ». Un goût de sciure de bois dans la bouche, il avala d'un seul coup le demi-litre de lait et mangea plusieurs gâteaux au chocolat.

Tout cela sans cesser d'épier les conversations des dîneurs.

Il ne fallut pas très longtemps à Jack pour comprendre que ces gens n'étaient pas ses ennemis. Inexplicablement, d'une manière ou d'une autre, ils avaient été attirés ici — tout comme lui, d'ailleurs. Leurs voix lui étaient étrangement familières et il eut la curieuse sensation d'appartenir à leur groupe, comme si c'était sa famille.

Une femme nommée Ginger et un homme — Don ou Dom, il n'avait pas très bien saisi — racontèrent aux autres les recherches effectuées auprès du journal local. Jack eut l'appétit coupé quand il les entendit évoquer une fuite de gaz toxiques, des barrages routiers, l'intervention des hommes du Gisa. Le Gisa ! Il savait pertinemment de quoi il s'agissait, même si cette unité spéciale avait été formée après qu'il se fut retiré du service actif. Il était impliqué dans une affaire bien plus dangereuse qu'une revanche de la *fratellanza* ou tout ce qu'il avait pu imaginer depuis son départ de New York.

Bien que le portrait sonore qui se composait devant lui fût plein de lacunes, Jack comprit que tous ces gens s'étaient réunis pour découvrir ce qui leur était arrivé l'été de l'année dernière, ce même week-end où il avait lui-même séjourné au motel. Leur enquête était déjà très avancée et Jack serra les dents en les entendant discuter si ouvertement de leurs progrès. Ils étaient si naïfs qu'ils croyaient que des fenêtres fermées et des rideaux tirés pouvaient les mettre à l'abri des oreilles indiscrètes. Il aurait voulu leur crier : *Pour l'amour du ciel, fermez-la ! Si moi je vous entends, eux aussi peuvent vous entendre !*

Le Gisa. C'était encore plus dur à avaler que le Hamwich.

Mais ils continuaient de bavarder en toute insouciance, dévoilant leur stratégie à l'ennemi au fur et à mesure qu'ils l'élaboraient. Jack Twist arracha son écouteur, rangea à la hâte son équipement et descendit à pied vers le motel.

L'appartement des Block n'avait pas de salle à manger, rien qu'un coin-repas dans la cuisine, trop petit pour abriter neuf personnes. Ils avaient donc repoussé les meubles du living et apporté la table de cuisine ainsi que des rallonges pour asseoir tout le monde. Pour Dom, cette installation improvisée contribuait largement à l'esprit familial qui animait la soirée.

Désireux de ne pas se répéter, Ginger et Dom avait attendu d'être à table pour exposer leurs recherches auprès du *Sentinel*. Et maintenant, voici qu'ils révélaient que l'armée avait barré la nationale 80 plusieurs minutes avant la fuite de gaz toxiques. Ce qui voulait dire que des hélicos bourrés de militaires étaient partis de Shenkfield au moins une demi-heure plus tôt, donc que l'armée savait à l'avance que l' « accident » allait se produire.

Dom dit : « Si Falkirk et une brigade du Gisa ont pris les choses en main si peu de temps après l'incident, c'est que l'armée avait été prévenue bien plus tôt.

— Pourquoi est-ce qu'ils n'ont rien fait pour empêcher l'accident ? demanda Jorja Monatella tout en découpant le morceau de dinde de sa fille.

— Apparemment, ils ne *pouvaient* pas l'arrêter. »

Dom leur parla alors de ce que Ginger et lui-même avaient découvert dans les numéros du *Sentinel* publiés au cours des semaines suivant la fuite de gaz toxiques. Un lieu était mentionné de telle manière qu'il pouvait bien avoir un rapport avec la fermeture de la nationale 80.

« Thunder Hill, la colline du Tonnerre, dit Dom. Nous croyons que c'est là que tout a commencé. Shenkfield n'était qu'une ruse, une fausse piste destinée à détourner notre attention de la *véritable* source de la crise : Thunder Hill. »

Faye et Ernie s'arrêtèrent de manger, surpris. Faye dit : « Thunder Hill est à dix-sept ou dix-huit kilomètres d'ici en direction du nord-nord-est, quelque part dans les montagnes. L'armée y a aussi une base, ou plutôt un entrepôt. Il y a des cavernes naturelles où les militaires conservent des copies de toutes les notes de service et de tous les documents importants. Ainsi, tout ne serait pas perdu au cas où une guerre atomique ravagerait d'autres parties du pays, par exemple.

— L'entrepôt existait déjà avant que Faye et moi on ne s'installe par ici, dit Ernie. La rumeur dit qu'il n'y a pas que de la paperasse, des photos et des bandes magnétiques. Certains croient qu'ils planquent aussi des médicaments, de la nourriture, des armes et des munitions.

— Vous croyez que ce lieu pourrait servir à autre chose qu'à entreposer des documents ou du matériel ? demanda Sandy. Peut-être qu'ils y font aussi des expériences.

— Quel genre d'expériences ? demanda Brendan qui, assis à côté de Ned, dut se pencher pour mieux voir Sandy.

— N'importe quel genre, fit Sandy en haussant les épaules.

— C'est possible, dit Dom, qui avait eu la même idée.

— Mais s'il ne s'est rien passé sur la nationale 80 et que l'accident est survenu à Thunder Hill, fit remarquer Ginger, en quoi est-ce que cela a pu nous affecter, nous qui étions à plus de quinze kilomètres de là ? »

Personne ne put lui fournir de réponse.

Marcie, qui avait joué avec sa collection de lunes pendant toute la soirée et n'avait rien dit de tout le repas, demanda subitement : « Pourquoi est-ce que ça s'appelle Thunder Hill ?

— Là, mon chou, je peux te répondre, dit Faye. Thunder Hill est un ensemble de grands pâturages de montagne reliés les uns aux autres. Ils sont entourés de montagnes très hautes et quand il y a de l'orage, cela fait une sorte de grand entonnoir où s'engouffre le son. Les Indiens lui ont donné ce nom il y a plusieurs siècles parce que le tonnerre roule entre les montagnes et descend le long de leurs flancs. On a alors l'impression que le roulement ne vient pas du ciel, mais de la terre.

— Ouh là là ! s'écria Marcie, qu'est-ce que j'aurais la trouille ! »
Tout le monde éclata de rire.

Ernie dit à Dom : « Vous ne nous avez pas encore dit ce que vous avez trouvé dans le journal qui vous fait croire que Thunder Hill plutôt que Shenkfield serait à l'origine de tout. »

Dans le numéro du *Sentinel* en date du vendredi 13 juillet, soit une semaine exactement après la fermeture de la nationale 80 et trois jours après sa réouverture, un article évoquait les problèmes que deux éleveurs du coin — Norvil Brust et Jake Dirkson — avaient avec le Bureau fédéral d'exploitation des zones rurales, le « Bufézor ». Les litiges opposant les fermiers et le Bufézor n'étaient pas rares. Le gouvernement possédait la moitié du Nevada, non seulement les déserts, mais aussi une part assez élevée des terres arables et des pâturages dont il acceptait de louer une partie aux exploitants agricoles. Ces derniers disaient toujours que le Bufézor n'exploitait pas d'innombrables hectares de bonnes terres, que le gouvernement devrait céder un peu de ses biens à des intérêts privés, que les loyers étaient trop chers, etc. Mais Brust et Dirkson avaient une revendication d'un type nouveau. Depuis des années, ils louaient au Bufézor des terres situées autour d'une installation militaire de cent cinquante hectares de superficie, l'entrepôt de Thunder Hill. Brust détenait quatre cents hectares à l'ouest et au sud de Thunder Hill, Dirkson un peu plus de trois cent cinquante. Soudain, le samedi 7 juillet au matin, alors que le bail des deux hommes n'expirait que quatre ans plus tard, le Bufézor retira deux cent cinquante hectares à Brust et cent cinquante à Dirkson ; à la demande de l'armée, ces quatre cents hectares furent intégrés au terrain abritant l'entrepôt de Thunder Hill.

« Cela s'est passé le lendemain de la fuite de gaz toxiques et de la fermeture de la nationale 80, fit remarquer Faye.

— Brust et Dirkson sont arrivés le samedi matin pour jeter un coup d'œil à leurs troupeaux, un travail de routine en quelque sorte, dit Dom, et ils ont découvert que les bêtes avaient été regroupées dans un coin. Des barbelés provisoires avaient été édifiés afin de définir le nouveau périmètre de l'entrepôt de Thunder Hill. »

Ginger repoussa son assiette et dit : « Le Bufézor s'est contenté de faire savoir à Brust et Dirkson qu'il abrogeait unilatéralement la location des terres sans leur accorder de compensation. Ils n'ont cependant reçu de confirmation officielle par écrit que le mercredi suivant, ce qui est très étonnant puisqu'un avis d'expulsion arrive normalement soixante jours avant terme.

— Ce genre de procédure, c'est légal ? demanda Brendan Cronin.

— C'est tout le problème quand on fait des affaires avec le gouvernement, lui expliqua Ernie. On traite avec des gens qui décident de ce qui est légal et de ce qui ne l'est pas. C'est comme jouer au poker avec Dieu.

— Le Bufézor n'est pas très aimé par ici, dit Faye. Il fait vraiment la pluie et le beau temps.

— C'est ce que nous avions compris en lisant l'article du *Sentinel,* dit Dom. Quand les fermiers ont pris des avocats et que l'histoire de l'annulation du bail est venue aux oreilles de la presse, les responsables du Bufézor ont soudain fait volte-face et proposé des dédommagements.

— Cela ne leur ressemble pas ! s'exclama Ernie. Ils font toujours traîner les choses jusqu'à ce que vous en ayez assez des procès interminables et que vous cédiez.

— Combien ont-ils offert aux fermiers ? demanda Faye.

— La somme n'a pas été révélée, expliqua Ginger, mais elle devait être impressionnante pour que Brust et Dirkson acceptent immédiatement.

— En un mot, le Bufézor a acheté leur silence, dit Jorja.

— Je crois que l'armée a manipulé le Bufézor, dit Dom.

— Donc, dit Brendan Cronin, s'il y a une réponse à notre problème, c'est certainement à l'entrepôt de Thunder Hill qu'elle se trouve.

— Nous doutions déjà de la véracité de cette histoire de fuite toxique, dit Dom. Il se peut même qu'elle ait été inventée de toutes pièces. Peut-être que la crise n'a aucun rapport avec Shenkfield. Si la source véritable est Thunder Hill, tout le reste n'est que poudre aux yeux.

— Il y a de grandes chances que oui », dit Ernie. Lui aussi avait fini de manger la dinde. Ses couverts étaient bien rangés de part et d'autre d'une assiette impeccable — signe que le sens de l'ordre et de la discipline militaire ne s'était pas émoussé après toutes ces années.

Lentement, Dom dit : « Je pense donc que, si nous voulons

réellement savoir ce qui nous est arrivé — ce qui nous arrive aujourd'hui —, nous allons devoir nous intéresser de très près à ce qui se passe là-bas, à Thunder Hill. »

Personne ne parla. Bien que chacun eût terminé sa part de dinde, aucun des convives ne pensait au dessert. Marcie se servait de sa cuiller pour dessiner des cercles dans la sauce restant au fond de son assiette, donnant ainsi une vie éphémère à des lunes brunâtres et semi-liquides. Personne ne souhaitait débarrasser la table, car ç'aurait été abandonner momentanément la conversation. Ils étaient au cœur du problème : comment agir en face d'ennemis aussi puissants que l'armée et le gouvernement des États-Unis ? Comment pourraient-ils franchir un rideau de fer de secret tiré au nom de la sécurité du pays et protégé par l'État et la juridiction ?

« Nous en savons assez pour tout déballer sur la place publique, dit Jorja Monatella. La mort de Zebediah Lomack, celle d'Alan, le meurtre de Pablo Jackson. Les cauchemars que la plupart d'entre vous font pratiquement chaque nuit. Les photos. C'est le genre de matière à sensation dont se repaissent les médias. Si nous faisons savoir au monde ce qui nous arrive, nous aurons la presse et l'opinion publique avec nous. Nous ne serons plus seuls.

— Impossible, trancha Ernie. Cela ne fera que renforcer l'attitude de l'armée. Elle fournira une version des faits encore plus impénétrable. Croyez-moi, je connais les militaires, ils ne sont pas du genre à céder aux pressions comme les politiciens. En revanche, ils ne bougeront pas tant qu'ils croiront que nous tournons en rond — et cela nous donnera du temps pour découvrir leurs points faibles.

— N'oubliez pas que Falkirk était partisan de l'élimination plutôt que du lavage de cerveau, rappela Ginger. S'il s'est radouci depuis, c'est qu'il a reçu des ordres de ses supérieurs et qu'il a dû obtempérer. Mais si nous racontons tout à la presse, il pourrait bien réussir à convaincre ses chefs du bien-fondé de la solution finale.

— Même si c'est dangereux, nous devrions peut-être contacter la presse, dit Sandy. Je ne vois pas comment nous pourrions entrer dans l'entrepôt de Thunder Hill pour voir ce qui s'y passe. Il doit y avoir des systèmes de sécurité, des portes blindées...

— C'est Ernie qui a raison, dit Dom. Nous devons rester discrets et tenter de découvrir leurs points faibles.

— Il y a combien d'hommes à Thunder Hill ? » demanda soudain Jorja.

Avant même que Ginger ou Dom aient pu donner les informations glanées dans le *Sentinel,* un étranger apparut dans l'encadrement de la porte. Mince, d'allure rude, il approchait de la quarantaine. La porte du rez-de-chaussée était fermée à clef, les marches de l'escalier n'avaient pas grincé sous son poids et il arrivait dans un silence quasi magique, comme un fantôme.

« Pour l'amour du ciel, fermez-la ! s'écria-t-il d'une voix forte qui le rendit soudain aussi réel que tous les autres membres de l'assemblée. Vous vous croyez peut-être bien à l'abri pour comploter ? »

A une petite trentaine de kilomètres au sud-ouest du Tranquility Motel, au centre d'essais de l'armée de Shenkfield, toutes les unités étaient sous terre — qu'il s'agisse des laboratoires, des bureaux, du poste de commandement, de la cafétéria, du centre de loisirs ou des quartiers d'habitation.

Assis seul à une table métallique dans le bureau qui lui était assigné à titre temporaire, le colonel Leland Falkirk attendait non sans impatience que le téléphone se mette à sonner. *Bon Dieu, ce que je peux détester cet endroit !* pensait-il.

Le souffle incessant de l'air conditionné lui donnait des migraines. Depuis son arrivée le samedi, Falkirk avait consommé de l'aspirine comme si c'était du sucre candi. Il prit deux comprimés dans un petit flacon et versa dans un verre un peu d'eau glacée, mais ne s'en servit pas pour diluer les comprimés. Il préféra les placer dans sa bouche et les croquer.

C'était amer, écœurant, et il faillit s'étouffer.

Mais il ne but pas d'eau pour autant.

Il ne recracha pas non plus l'aspirine.

Il persévéra.

Une enfance solitaire et misérable pleine d'incertitude et de tristesse, suivie d'une adolescence encore pire, avait appris à Leland Falkirk que la vie était dure, cruelle, parfaitement injuste, que seuls les imbéciles croyaient à l'espoir ou au salut et que seuls survivaient les plus aguerris. Dès son plus jeune âge, il s'était obligé à faire des choses pénibles, tant du point de vue émotionnel que mental ou physique, car il avait décidé que la douleur ne pourrait que l'endurcir et le rendre moins vulnérable. Régulièrement, il se lançait à soi-même des défis : ce pouvait être mâcher des comprimés d'aspirine, mais aussi entreprendre ce qu'il appelait une « expédition de survie ». Une telle expédition durait deux ou trois semaines et le plaçait face à face avec la mort. Il se faisait parachuter dans une jungle ou un lieu sauvage loin de tout comptoir, sans équipements, sans montre ni boussole. Ses seules armes étaient ses mains nues et ce qu'elles lui permettaient de fabriquer. Son but : rejoindre la civilisation sain et sauf.

A présent, il mâchonnait de l'aspirine. Les comprimés broyés transformaient sa salive en une pâte acide.

« Sonne, bon sang », dit-il à l'adresse du téléphone. Il attendait des nouvelles qui pourraient le faire sortir de cette taupinière.

Pour le Gisa, le Groupement d'intervention spécial de l'armée des États-Unis, plus que pour toute autre branche de l'armée, un colonel était d'abord un homme de terrain et non un bureaucrate. Falkirk était basé à Grand Junction, dans le Colorado, pas à Shenkfield, mais même là-bas, il ne passait que fort peu de temps dans son bureau. Les exigences physiques de son métier lui manquaient et il étouffait dans les pièces froides et aveugles du complexe souterrain de Shenkfield.

L'aspirine était broyée depuis longtemps et il s'était habitué à son amertume. Il n'était plus écœuré, il avait donc le droit de boire le verre d'eau. Ce qu'il fit.

Leland Falkirk se demanda soudain s'il n'avait pas franchi la frontière séparant l'usage constructif de la douleur du plaisir qu'elle peut procurer. La question contenait la réponse : oui, il était devenu, en quelque sorte, masochiste. Un masochiste parfaitement discipliné, qui tirait profit de la douleur qu'il s'infligeait, qui contrôlait cette douleur au lieu de la laisser avoir le pas sur lui, mais un masochiste tout de même.

Il y avait seulement un an, Leland Falkirk n'aurait pas été capable de se juger avec autant de lucidité. Depuis quelque temps, il ne se contentait pas de remarquer — et d'apprécier — des traits de son caractère qu'il n'avait jamais décelés auparavant, il prenait également conscience de pouvoir modifier quelques-unes de ses habitudes et de ses attitudes. Il savait qu'il pouvait devenir meilleur et plus heureux sans perdre pour autant cette fierté à laquelle il accordait tant de prix. Cet état d'esprit lui paraissait un peu étrange, mais il en connaissait la cause. Après ce qui lui était arrivé deux étés plus tôt, après tout ce qu'il avait vu et considérant ce qui se passait en cet instant précis à Thunder Hill, il ne pouvait décemment pas continuer à vivre comme il l'avait toujours fait.

Le téléphone sonna. Il décrocha en toute hâte, espérant avoir des nouvelles de Chicago. Mais c'était Henderson qui l'appelait de Monterey, en Californie, pour dire que tout allait bien chez les Salcoe.

L'été de l'année dernière, Gerard Salcoe avait loué pour lui-même, sa femme et ses deux filles deux chambres au Tranquility Motel. Le jour fatidique. Récemment, tous les membres de la famille Salcoe avaient présenté une détérioration certaine de leurs blocages mnémoniques.

Des experts en lavage de cerveau de la CIA — qui ne participaient d'ordinaire qu'à des opérations ultra-secrètes à l'étranger — avaient été engagés cet été-là et avaient promis de supprimer jusqu'au dernier tous les souvenirs des témoins. Et voici qu'ils étaient très embarrassés par le nombre de sujets dont le conditionnement psychique s'effilochait. Tout en déclarant qu'une *nouvelle* séance de trois jours garantirait le silence éternel et absolu.

A l'heure qu'il était, le FBI et la CIA opéraient conjointement en détenant en toute illégalité la famille Salcoe dans sa maison de Monterey et en la soumettant à un programme fort complexe de répression et d'altération de la mémoire. Bien que Cory Henderson, l'agent du FBI au téléphone, prétendît que tout se passait bien, Falkirk jugeait que c'était une cause perdue. Le secret ne serait jamais vraiment gardé.

Et puis, il y avait trop de monde dans le coup : la CIA, le FBI, une brigade du Gisa, d'autres personnes encore.

Mais Falkirk était un soldat exemplaire. Chargé de l'aspect militaire de l'opération, il remplirait sa mission même si elle était désespérée.

A Monterey, Henderson dit : « Quand est-ce que vous vous occupez des autres témoins, ceux qui sont au motel ? »

Des témoins, c'est ainsi qu'ils appelaient tous ceux qui avaient subi un lavage de cerveau cet été-là.

« On est prêts, dit le colonel, le motel peut être bloqué dans l'heure. Mais je ne donnerai pas l'assaut tant que le problème

Calvin Sharkle n'aura pas été réglé à Chicago. Je ne sais pas ce qu'ils foutent en Illinois !

— Je ne comprends pas comment vous avez pu laisser la situation se détériorer à ce point. On aurait dû se saisir de lui et entamer un nouveau programme de répression, comme ici avec les Salcoe.

— Je ne suis pas responsable du contrôle des témoins, je me permets de vous le signaler, dit Leland. Et puis, j'ai toujours été partisan d'un autre type d'action.

— Quoi, les tuer tous ? Tuer de sang-froid trente et un de nos concitoyens parce qu'ils se trouvaient là où ils n'auraient pas dû ?

— Je plaisantais. Il n'empêche que l'on n'aurait pas dû essayer de contenir le secret. »

Le silence d'Henderson était significatif : il ne croyait absolument pas au démenti du colonel. Il dit tout de même : « Vous encerclerez le motel ce soir ?

— Si la situation s'améliore à Chicago, nous interviendrons. Mais il y a tout de même des questions dont je voudrais bien connaître les réponses. Ces phénomènes... paranormaux, qu'est-ce que cela signifie ? Vous et moi, on a notre petite idée, hein ? Et ça nous fait crever de trouille ! Non, je n'investirai pas le motel et je ne mettrai pas mes hommes en danger tant que je ne comprendrai pas ce qui se passe. »

Falkirk raccrocha.

Thunder Hill. Il voulait croire que ce qui se déroulait dans ces collines apporterait à l'humanité un avenir meilleur que ce qu'il pouvait actuellement espérer. Mais dans son cœur, il redoutait que ce fût tout le contraire... la fin du monde.

Quand Jack entra dans le living et adressa la parole au groupe, certains poussèrent un cri de surprise et se levèrent, bousculant la table et renversant les verres. D'autres cherchèrent à se cacher, pensant qu'ils allaient être tués. Seule la petite fille n'afficha pas la moindre réaction et continua de dessiner des lunes dans la sauce de la dinde.

« Calmez-vous, dit Jack, reprenez vos places, vous n'avez rien à craindre. Je suis l'un des vôtres. Ce soir-là, je me suis inscrit sous le nom de Thornton Wainwright, ce n'est donc pas étonnant si vous ne m'avez pas retrouvé. Ce n'est pas mon vrai nom, mais je reviendrai là-dessus plus tard. Le lieu est mal choisi pour discuter de ce genre de choses. Tout le monde peut vous entendre, surtout ceux contre qui nous luttons. Moi-même, cela fait près d'une heure que je vous épie. »

Ils le regardèrent en silence, abasourdis d'apprendre que leur intimité n'était qu'une illusion. Un homme aux cheveux gris coupés très court prit la parole : « Vous voulez dire que cette maison est sur écoute ? Cela m'étonnerait. J'ai moi-même fouillé toutes les pièces, je n'ai pas trouvé le moindre micro. Et croyez-moi, j'ai de l'expérience en ce domaine.

— Vous êtes Ernie, n'est-ce pas ? » dit Jack d'un ton tranchant. Il fallait qu'ils comprennent tout de suite que leurs conversations devaient être bien plus secrètes et, pour les impressionner, il se lança dans un véritable numéro. « Vous n'avez pas entendu parler des progrès de la technologie ? Ceux qui vous espionnent n'ont pas eu besoin de venir jouer les plombiers. Les micro-fusils d'aujourd'hui sont bien supérieurs à tous ceux que vous avez pu manipuler. Et les mouchards téléphoniques, ça ne vous dit rien ? » Il passa devant Ernie sans même s'excuser et désigna le poste posé sur une petite table, à côté du canapé. « Il existe un petit appareil, un oscillateur électrique, qui coupe la sonnerie quand on vous appelle, mais qui ouvre le micro du combiné. Vous ne savez même pas qu'on vous a téléphoné, pourtant vous êtes surveillé. Ici, à la réception, dans n'importe quelle chambre où il y a un poste. » Il décrocha le combiné et le lui tendit d'un air théâtral. « Voici votre espion, c'est vous-même qui l'avez fait installer. » Il le reposa violemment. « Vous pouvez parier qu'ils vous écoutent attentivement depuis quelque temps. Toute votre conversation pendant le dîner, par exemple. Maintenant, si vous voulez signer votre arrêt de mort, allez-y, continuez à déballer toutes vos découvertes. » Seul un silence de mort lui répondit. Il avait fait son effet et n'en était pas mécontent. « Bien. Est-ce qu'il y a une pièce dépourvue de fenêtres et assez grande pour abriter un conseil de guerre ? Peu importe s'il y a le téléphone, on le débranchera. »

Une femme d'âge moyen — très certainement la femme d'Ernie, Jack se souvenait vaguement de l'avoir vue à la réception l'été de l'année dernière — dit au bout d'un instant de réflexion : « Il y a bien le restaurant...

— Votre restaurant n'a pas de fenêtres ? demanda Jack.

— Les vitres ont été... brisées, dit Ernie. On a mis du contre-plaqué.
— Parfait. Allons là-bas discuter tranquillement de notre stratégie. Ensuite, nous reviendrons manger le dessert. Je vous ai entendu parler d'une tarte à la citrouille qui m'a mis l'eau à la bouche. »
Jack descendit tranquillement l'escalier, certain que tous le suivraient.

Ernie eut horreur pendant cinq minutes de cet individu prétentieux arrivé sans crier gare. Puis, peu à peu, le dégoût se changea en respect.
En premier lieu, Ernie appréciait la façon dont il était apparu au Tranquility Motel. Il n'était pas venu les mains vides, comme les autres. Il avait apporté une mitraillette.
Pourtant, quand il vit celui qui se faisait appeler Thornton Wainwright passer à l'épaule la bretelle de son Uzi et marcher d'un pas décidé vers la porte d'entrée de la réception, Ernie se souvint des vives critiques dont il venait de faire l'objet. Et sa colère fut si grande qu'il sortit de la réception et se dirigea vers le restaurant en oubliant de revêtir son manteau. Il pressa le pas et, une fois à hauteur de l'étranger, il jeta entre ses dents : « A quoi ça vous sert de jouer les caïds comme vous faites ? Vous auriez pu nous mettre au courant sans vous montrer aussi méprisant.
— Oui, mais cela aurait pris plus de temps. »
Ernie se préparait à rétorquer quand il se rendit compte qu'il était dehors, la nuit, dans l'obscurité, donc vulnérable. A mi-chemin du motel et du restaurant. Ses poumons allaient s'effondrer sur eux-mêmes, le moindre souffle d'air lui était interdit. Il émit un son pitoyable.
A la grande surprise d'Ernie, l'étranger le prit immédiatement par le bras pour le soutenir sans afficher l'air supérieur qui ne l'avait pas quitté depuis son arrivée. « Allons, Ernie, nous y sommes presque. Appuyez-vous sur moi, nous y sommes presque. »
Furieux contre lui-même de permettre à cet inconnu d'être le témoin de sa déchéance, humilié, Ernie repoussa la main secourable.
« Écoutez, Ernie, dit le nouveau venu, en vous épiant, j'ai su de

quoi vous souffriez. Je ne trouve pas cela risible. D'accord ? Si votre peur du noir a quelque rapport avec la situation où nous nous trouvons tous, ce n'est pas votre faute. Ce sont ces salauds qui sont responsables. Nous avons besoin les uns des autres pour nous en tirer. Appuyez-vous sur moi. Je vais vous aider à marcher jusqu'au restaurant et là, nous allumerons la lumière. »

Quand l'étranger commença à parler, Ernie était incapable de respirer, mais son problème était exactement l'inverse quand l'homme eut fini son petit discours : il respirait maintenant à pleins poumons. Comme attiré par une force magnétique, il s'immobilisa et se tourna vers le sud-est, les yeux rivés sur les solitudes immenses et terrifiantes des montagnes. Et soudain, il *sut* que ce n'était pas l'obscurité proprement dite qu'il redoutait, mais quelque chose qui s'y était tapi en ce soir maudit du 6 juillet. Il regardait en direction de la parcelle de terrain située non loin de la route, cet endroit mystérieux où ils s'étaient rendus la veille pour communier avec le paysage dans l'espoir d'y découvrir un quelconque indice.

Faye était arrivée à sa hauteur et Ernie ne l'avait pas repoussée quand elle lui avait posé la main sur l'épaule. Mais voici que l'étranger revenait le prendre par le bras et il avait encore suffisamment de colère en lui pour rejeter cette aide-là.

« D'accord, fit l'inconnu, vous êtes un vieux baroudeur et votre fierté va devoir en prendre un sacré coup si vous voulez guérir. Si vous voulez jouez les têtes de mule, allez-y, faites-moi la gueule. Mais c'est seulement votre rage qui vous a permis d'avancer jusqu'ici, pas votre passé de Marine. Rien que votre fureur. Alors, continuez à me détester et vous arriverez peut-être jusqu'au restaurant. »

Ernie sut que ce type dont il ne savait rien faisait tout pour l'inciter à marcher jusqu'au restaurant et que son comportement n'avait rien de cruel. *Détestez-moi assez,* lui disait-il, *et vous aurez moins peur du noir. Ne pensez qu'à moi, Ernie, et mettez un pied devant l'autre.*

Ne songeant plus qu'à sa colère, Ernie progressa lentement et poussa un soupir de soulagement quand il entra dans la salle à la suite de l'inconnu. Les lumières s'allumèrent.

« On gèle ici », dit Faye, qui alla régler le thermostat.

Assis sur une chaise au milieu de la pièce, le dos tourné à la porte, Ernie récupéra tandis que les autres arrivaient. Il observa le nouveau venu aller d'une fenêtre à l'autre, vérifier la solidité des plaques de bois apposées en remplacement des vitres brisées. Ce fut alors qu'il se rendit compte, à sa grande surprise, qu'il ne haïssait plus du tout l'inconnu.

Ce dernier examina le téléphone public installé près de la porte. Il était impossible de le débrancher. Il prit donc le combiné, en arracha le fil et le reposa sur son berceau.

« Il y a un poste privé derrière le comptoir », dit Ned.

L'autre lui dit de le débrancher et Ned s'exécuta.

Puis il commanda à Brendan et Ginger de réunir trois tables et demanda des chaises pour tout le monde.

Le nouveau venu semblait très préoccupé par la porte d'entrée du petit restaurant. En effet, sa vitre d'un verre bien plus épais ne s'était pas brisée au cours de l'étrange incident du samedi soir. Elle n'était pas recouverte de contre-plaqué et présentait donc un point faible pouvant être mis à profit par quiconque voudrait les espionner avec un micro directionnel. Il voulut savoir s'il restait du bois, Dom lui répondit que oui, et il envoya Ned et Dom en chercher une plaque dans l'appentis. Ils revinrent peu de temps après et l'homme appliqua le contre-plaqué devant la porte avant de le coincer avec une table. « Ce n'est pas formidable, dit-il, mais cela devrait suffire pour un micro-fusil. » Il alla ensuite jeter un coup d'œil dans l'arrière-salle et, sur le chemin, demanda à Sandy de brancher le juke-box et de sélectionner plusieurs disques. « Le bruit de fond est très gênant quand on veut épier quelqu'un. » Avant même qu'il eût fini sa phrase, Sandy enfonçait des touches sur le clavier du juke-box, désireuse de lui obéir.

Tout à coup, Ernie comprit pourquoi cet inconnu le fascinait. La rapidité de ses réflexions, la précision de ses mouvements, sa capacité à commander, tout indiquait qu'il était — ou avait été — un militaire de carrière, un officier, de qualité de surcroît. Sa voix pouvait être très dure quand il le fallait, devenir enjôleuse quand c'était nécessaire.

Mais bien sûr, se dit Ernie, ce type me fascine parce qu'il me fait penser à moi !

C'était aussi pour cela que l'étranger avait pu s'adresser aussi durement à Ernie dans l'appartement. Il savait pertinemment où darder ses traits parce que lui et Ernie étaient, d'une certaine façon, de la même trempe et qu'il connaissait ses points faibles.

Ernie se prit à rire. Moi aussi, quand je m'y mets, je peux me montrer vraiment salaud.

L'homme revint de l'arrière-salle et eut un sourire de satisfaction lorsqu'il vit tout le monde attablé. Il s'approcha d'Ernie et dit : « Vous ne m'en voulez plus ?

— Non, fit Ernie. Et puis, merci... merci beaucoup. »

Le nouveau venu s'installa au bout de la longue table, où une chaise lui avait été réservée. Un disque de Kenny Rogers était descendu sur le plateau du juke-box et commençait à jouer. « Je m'appelle Jack Twist et je n'en sais pas plus que vous sur ce qui se passe ici, j'en sais même encore moins, je crois. Toute cette histoire me donne la chair de poule, mais je dois aussi vous avouer que c'est la première fois en huit ans que je me sens sincèrement et véritablement du côté du bon droit. Et le ciel m'est témoin, c'est une chose que j'attendais depuis longtemps. »

Le lieutenant Tom Horner, l'aide de camp du colonel Leland Falkirk, avait des mains énormes. Le petit magnétophone disparaissait totalement dans sa main droite. Ses doigts étaient si épais qu'il aurait dû avoir du mal à enfoncer les minuscules touches, mais il était en fait remarquablement adroit. Il posa le magnéto sur le bureau, l'alluma et le laissa tourner.

La bande avait été recopiée sur le gros magnétophone à bande servant à enregistrer toutes les conversations transmises par les micros des combinés téléphoniques. C'était un extrait d'un dialogue qui s'était déroulé quelques minutes auparavant au Tranquility Motel. La première partie de la bande avait trait à la découverte des témoins et au fait que c'était Thunder Hill et non pas Shenkfield la cause de tous leurs maux. Leland écoutait, consterné. Il n'avait pas imaginé qu'ils puissent entrevoir aussi vite la vérité. Leur intelligence l'émerveillait et l'inquiétait.

Sur la bande : « *Pour l'amour du ciel, fermez-la ! Vous vous croyez peut-être bien à l'abri pour comploter ?* »

« C'est Twist », dit le lieutenant Horner. Sa voix était aussi impressionnante que ses mains, mais il savait parfaitement la maîtriser et n'émettait qu'un grondement sourd et velouté. Il arrêta le magnétophone. « Nous savions qu'il allait venir. Et nous savons qu'il est dangereux. Nous pensions qu'il prendrait plus de précautions que les autres, mais de là à se conduire comme en pleine guérilla... »

Ils savaient aussi que le blocage mnémonique de Jack Twist ne s'était pas détérioré. Il n'avait ni phobies ni obsessions et ne redoutait ni les fugues ni les crises de somnambulisme. Une seule chose l'avait incité à quitter New York et à prendre l'avion pour Elko : les photos déposées dans ses coffres de banque par le même traître qui avait envoyé des Polaroïd aux autres témoins.

Leland Falkirk était furieux qu'une personne impliquée dans le programme de couverture, probablement quelqu'un de Thunder Hill, fût en train de saboter toute l'opération. C'était une chose qu'il n'avait découverte que samedi soir, quand Dominick Corvaisis et les Block avaient abordé autour de la table de cuisine le problème des mystérieuses photographies. Leland avait demandé une enquête immédiate et un passage au crible de tout le personnel de l'entrepôt, mais cela prenait bien plus de temps qu'il ne l'avait escompté.

« Ce n'est pas tout », dit Horner en remettant en marche le magnéto.

Leland écouta Twist parler aux autres des micros-fusils et des mouchards téléphoniques. Puis leur proposer de se rendre tous au restaurant où leurs conversations resteraient enfin dans l'intimité.

« Ils sont au restau, à présent, dit Horner en coupant le magnétophone. Ils ont débranché les téléphones. J'ai contacté par radio les observateurs postés au sud de la 80. Ils ont vu les témoins entrer dans la salle, mais ils n'ont rien obtenu avec leurs micros-fusils.

— Ce n'est pas étonnant, dit le colonel. Twist sait ce qu'il fait.

— Maintenant qu'ils sont au courant pour Thunder Hill, il va falloir les circonscrire le plus rapidement possible.

— J'attends un appel de Chicago.

— Sharkle est toujours coincé chez lui ?

— Aux dernières nouvelles, oui. Je veux savoir si son blocage s'est complètement effondré. Si c'est le cas et s'il a la possibilité de raconter au premier venu ce qu'il a vu cet été-là, toute l'opération tombe à l'eau et ce serait une erreur de nous en prendre aux témoins réunis dans le motel. Il faudra trouver autre chose. »

Sous le lampadaire du restaurant, Marcie dormait à poings fermés, confortablement installée sur la poitrine de sa mère. Malgré le somme qu'elle avait fait dans l'avion, des cercles sombres entouraient ses yeux et ses veines saillaient sous sa peau d'une blancheur laiteuse.

Jorja aussi était fatiguée, mais l'arrivée imprévue de Jack Twist avait fait disparaître les effets soporifiques du dîner. Elle était donc parfaitement éveillée et désireuse de l'entendre raconter ses tribulations.

Il commença par mentionner brièvement l'emprisonnement en Amérique centrale qui mit un terme à sa carrière militaire. Selon lui, cette expérience avait été plus frustrante et ennuyeuse que réellement éprouvante pour les nerfs, mais Jorja sentait bien qu'il avait dû subir des épreuves très dures. Le ton anodin qui était le sien composait pour Jorja le portrait d'un homme si sûr de sa propre image, si certain de sa force émotionnelle, physique et intellectuelle qu'il n'éprouvait jamais le besoin d'en rajouter ou de quémander l'admiration d'autrui.

Il eut du mal à afficher le même détachement quand il évoqua Jenny, sa femme aujourd'hui décédée. Il parla si bien de leur longue passion que Jorja tenta d'imaginer à quoi pouvait ressembler une telle union. Puis elle comprit que le couple formé par Jack et Jenny, aussi exceptionnel fût-il, l'était encore moins que l'homme qui, ce soir, dévoilait ses secrets les plus intimes.

Il demeura toutefois assez vague quand il s'agit d'expliquer comment il avait financé le long séjour de Jenny en clinique privée. Il dit seulement que ce qu'il avait fait était illégal, qu'il n'en tirait aucune fierté et que cette période de sa vie était désormais révolue.

Ernie Block prit la parole : « Je crois que vous venez de nous faire comprendre que vous étiez voleur professionnel. » Jack Twist ne répondit pas et Ernie poursuivit : « Il me semble que vous avez dû être contraint de révéler votre vie criminelle à ceux qui ont pratiqué sur nous des lavages de cerveau. En fait, je déduis du peu que vous nous avez dit que les coffres-forts où vous avez retrouvé les photos étaient ouverts sous de fausses identités, celles que vous empruntiez pour commettre vos forfaits. Ce qui fait que, depuis plus d'un an et demi, l'armée et le gouvernement doivent être au courant de vos activités. »

Le silence de Jack était éloquent.

Ernie reprit : « Dès l'instant où ils ont réprimé en vous le souvenir de ce qui s'est vraiment passé l'été de l'année dernière, ils vous ont libéré et vous ont permis de continuer à vivre comme avant. Pourquoi ? On peut comprendre que l'armée et le gouvernement détournent — ou violent — la loi pour dissimuler ce qui s'est passé à Thunder Hill si cela risque de porter atteinte à la sécurité du pays. Mais autrement, vous les voyez s'amuser à ce petit jeu ? Qu'est-ce qui les empêchait d'avertir discrètement la police de New York ou de vous faire prendre la main dans le sac ?

— Parce que dès le début, ils n'étaient pas certains de la solidité de nos blocages, dit Jorja. Ils nous ont suivis et nous ont testés de temps à autre pour être sûrs que nous n'avions pas besoin d'une nouvelle séance. Ce qui est arrivé à Ginger et Pablo Jackson prouve bien qu'ils nous surveillaient. Imaginez qu'ils trouvent nécessaire d'arrêter Jack — ou n'importe qui — et de lui faire subir un nouveau lavage de cerveau, eh bien ce serait plus facile de l'enlever chez lui ou dans sa voiture que de le faire s'évader de prison.

— Seigneur, dit Jack en lui souriant, je crois que vous avez mis le doigt dessus. »

Jorja s'était sentie légèrement glacée par son sourire la première fois qu'elle l'avait vu, mais elle le trouvait à présent plus chaleureux, plus sympathique.

Marcie prononça en dormant des paroles incompréhensibles. Soudain gênée par le regard de Jack Twist, Jorja profita des balbutiements de sa fille pour détourner les yeux.

Jack dit : « Le secret qu'ils protègent est donc si important qu'ils m'ont volontairement laissé accomplir tous les forfaits que je pouvais envisager. »

Il se leva, sélectionna quelques chansons dans le juke-box et revint s'asseoir avant de poser une multitude de questions à ses compagnons, ce qui lui permit de brosser un tableau complet et détaillé de l'aventure de chacun. Cela fait, il déclara qu'il était temps d'élaborer une stratégie et de passer à l'action dès le lendemain matin.

Jorja était littéralement fascinée par les talents de chef de Jack. Elle comprit qu'elle voyait en lui le type d'homme qu'Alan n'aurait jamais pu être.

Le grand danger auquel le groupe était exposé était celui d'une attaque par les hommes de Falkirk. Maintenant qu'il y avait de fortes chances pour que leurs blocages se détériorent un peu plus, voire complètement, dans un avenir proche, la menace qu'ils représentaient pour leurs ennemis était supérieure à tout ce qu'elle avait jamais pu être depuis l'été de l'année dernière. Le lendemain, ils seraient séparés pendant plusieurs heures pour mener à bien leurs tâches respectives, mais ce soir, il serait extrêmement dangereux de rester tous à l'hôtel car ils constitueraient une proie de premier choix. Ils décidèrent donc que la plupart d'entre eux iraient tout de suite se coucher tandis que deux ou trois autres prendraient la voiture pour Elko et rouleraient en ville pendant plusieurs heures, toujours sur le qui-vive. A quatre heures du matin, un deuxième groupe viendrait les relever et leur permettre de regagner le motel pour prendre un peu de repos. Ainsi, l'ennemi ne pourrait anéantir tout le monde d'un seul coup.

« Je me porte volontaire pour la première équipe, dit Jack Twist. Il faut que j'aille récupérer ma Cherokee dans les collines. Qui vient avec moi ?

— Moi, dit immédiatement Jorja. Si quelqu'un veut bien s'occuper de Marcie...

— Pas de problème, dit Faye, elle dormira avec Ernie et moi. »

Jack dit qu'il fallait une troisième personne et Brendan Cronin leva la main.

La deuxième équipe ne comprendrait que Ned et Sandy. Le rendez-vous fut fixé à quatre heures du matin devant le super-marché d'Elko.

« Si vous arrivez les premiers, dit Jack en riant, pour l'amour du ciel, n'achetez pas de Hamwich, c'est une horreur ! Bien, je crois qu'on peut y aller.

— Un instant », fit Ginger. Elle parut plongée dans ses pensées. « Depuis cet après-midi, depuis le moment où Brendan est arrivé, que les anneaux sont apparus sur ses mains et sur celles de Dom et qu'il y a eu ce bruit, cette lumière... je réfléchis à tout ce que nous avons pu apprendre et j'essaie d'intégrer ces phénomènes à notre puzzle. Je crois détenir une explication pour certains d'entre eux, mais pas pour tous. »

Chacun se montra désireux de connaître sa théorie, aussi parcellaire fût-elle.

Elle dit : « Même si nos rêves sont tous différents, ils ont au moins un élément commun : la lune. Les autres rêves — les scaphandres de décontamination, les piqûres, les sangles, etc. —

s'appuient sur des expériences vécues, des menaces bien réelles. En fait, ce ne sont pas des rêves mais plutôt des souvenirs qui remontent à la surface. Il me paraît donc raisonnable de supposer que la lune a elle aussi tenu un rôle primordial dans ce qui nous est arrivé. Je veux dire par là que la lune est un souvenir qui resurgit dans nos rêves. D'accord ?

— D'accord, dit Dom et tous les autres hochèrent la tête.

— Nous avons vu comment l'obsession de la lune s'est changée chez Marcie en une véritable fascination pour une lune *écarlate*, poursuivit Ginger. Jack nous a raconté que la lumière de la lune entrevue dans un cauchemar avait pris depuis quelques jours une teinte rouge sang. Nous autres n'avons pas encore rêvé de lune rouge, mais je crois que la manifestation de cette lune sanglante dans les rêves de Jack et de Marcie démontre qu'il s'agit, là encore, d'un souvenir. En d'autres termes, nous avons vu le 6 juillet au soir quelque chose qui a donné à la lune une coloration rougeâtre. L'apparition lumineuse, celle qui s'est manifestée dans la chambre de Brendan et que nous avons vue aujourd'hui à la réception, est une sorte de répétition de ce qui est arrivé à la vraie lune cette nuit de juillet. Ce phénomène est un message qui a pour but de nous rafraîchir la mémoire.

— Un message, dit Jack. Admettons. Mais qui diable peut nous envoyer un tel message ? D'où vient cette lumière ? Comment est-elle générée ?

— J'ai ma petite idée à ce sujet, dit Ginger, mais chaque chose à la fois. Réfléchissons tout d'abord à ce qui a pu arriver ce soir-là pour que la lune devienne rouge. »

Avec intérêt, puis avec un sentiment de malaise de plus en plus grand, Jorja et ses compagnons écoutèrent Ginger leur exposer son explication des événements.

C'était une théorie plutôt étrange et elle s'inquiétait de la façon dont ses compagnons la recevraient. Très nerveuse, elle ne cessa de marcher du juke-box à la table, du comptoir à la porte d'entrée.

« Vous allez devoir faire travailler votre imagination, dit-elle. Nous avons pris comme point de départ le fait que les guérisons miraculeuses et certainement les phénomènes paranormaux ont une origine extérieure mystérieuse. Le père Wycazik, le recteur de

Brendan, pense que cette source extérieure n'est autre que Dieu. La plupart d'entre nous ne le croient pas. Nous ne savons pas de quoi il s'agit, mais nous sommes certains d'une chose : il y a une puissance extérieure, une chose qui se joue de nous, nous menace ou nous envoie un message. Bien. Mais si ces miracles avaient une origine *intérieure* ? Imaginons que Brendan et Dom possèdent vraiment des pouvoirs et que ces pouvoirs soient *la conséquence de ce qui s'est passé pendant la nuit de la lune rouge*. Supposons qu'ils soient doués de télékinésie — c'est la faculté de déplacer les objets sans les toucher. Cela expliquerait le manège des lunes et la destruction survenue dans cette même salle. »

Chacun se tourna vers Dom ou vers Brendan, très étonné mais pas autant que les deux hommes qui regardaient Ginger, bouche bée.

« C'est ridicule ! dit enfin Dom. Je ne suis ni un magicien ni un sorcier !

— Moi non plus, fit Brendan.

— Pas consciemment, bien sûr, dit Ginger. Ce que je veux dire, c'est que ce pouvoir est peut-être en vous et que vous ne le savez pas. Écoutez-moi. La première fois que les anneaux sont apparus sur les mains de Brendan, la première fois qu'il a exercé son pouvoir de guérison, c'était quand il coiffait la petite fille de l'hôpital. Il a dit qu'il éprouvait pour elle une immense pitié, qu'il était à la fois frustré et furieux de son impuissance à l'aider. C'est peut-être sa frustration et sa colère intérieures qui ont libéré son pouvoir, même s'il n'en avait pas conscience. Et s'il ne pouvait en avoir conscience, c'est parce que l'acquisition de ce pouvoir touche aux choses qu'on lui a fait oublier. La deuxième fois, avec le policier blessé, Brendan se trouvait en état de crise extrême, ce qui a pu aussi réveiller son pouvoir. » Elle marchait de long en large de plus en plus rapidement, désireuse d'achever avant que chacun ne prenne la parole. « Pensez aux expériences de Dom maintenant. La première fois, à Reno, dans la maison de Lomack. Dom, vous nous avez dit vous-même que vous vous sentiez si frustré par la nature insondable du mystère que vous vouliez arracher toutes ces lunes des murs. Et bien entendu, c'est ce qui s'est passé. Vous avez arraché les lunes, pas avec vos mains mais grâce à votre pouvoir. Et quand vous leur avez crié de s'arrêter de tournoyer, elles ont obéi immédiatement. Pas parce qu'elles vous ont entendu, mais parce que vous les avez vous-même immobilisées. »

Brendan, Dom et deux ou trois autres restaient sceptiques.

Ginger était cependant parvenue à convaincre Sandy. « Ça se tient, dit-elle, surtout si l'on pense à ce qui est arrivé ici même samedi soir. Dom essayait de se souvenir de ce qui s'était passé ce vendredi de juillet jusqu'à la seconde précise où son blocage mental avait commencé à faire effet. Et pendant qu'il s'efforçait de se rappeler... il y avait eu ce bruit, ce grondement qui avait ébranlé tout le restaurant. Inconsciemment, il avait dû utiliser son pouvoir pour recréer les *effets* de ce qui s'était réellement passé ce soir-là.

— Excellent ! s'écria Ginger. Vous voyez ? Plus on y réfléchit et plus ça se tient.

— Mais la lumière ? dit Dom. Vous voulez dire que c'est Brendan et moi qui l'avons créée de toutes pièces ?

— C'est bien possible, oui, fit Ginger en reprenant sa place à table. C'est ce qu'on appelle la pyrokinésie, la faculté de faire naître la chaleur ou le feu par la seule force de l'esprit.

— Ce n'était pas du feu, dit Dom, mais de la lumière.

— Dans ce cas, parlons de... photokinésie. Je crois que, quand Brendan et vous vous êtes rencontrés, vous avez inconsciemment reconnu vos pouvoirs réciproques. Au plus profond de vous-mêmes, vous vous rappeliez tous deux ce qui s'était passé ce soir de juillet, cette chose qu'on vous avait forcé à oublier. Et tous les deux, vous avez voulu matérialiser vos souvenirs. Sans le vouloir, vous avez généré cette étrange lumière, qui ne faisait que recréer la façon dont la lune s'était modifiée ce soir-là. »

Ginger reprit sa respiration. Elle allait aborder le cœur de sa théorie. « Et si... et si nous étions contaminés par une sorte de virus ou de bactérie qui a pour effet secondaire de modifier profondément la structure chimique, génétique ou hormonale de son hôte... du cerveau de son hôte ? Et si ces changements laissaient des traces sous forme de pouvoirs psychiques, même une fois l'infection disparue ? »

Ses compagnons étaient visiblement impressionnés par la logique implacable de sa théorie, bien que la conclusion leur parût extraordinaire

« Seigneur, s'écria Dom, je ne sais pas si c'est la vérité, mais c'est certainement la théorie la mieux bâtie que j'aie jamais entendue. Ça ferait un formidable sujet de roman !

— Si Ginger a raison, dit Jack Twist, si nous avons été contaminés par un virus de ce type, cela veut dire que nous possédons tous des pouvoirs psychiques, n'est-ce pas ?

— Eh bien, fit Ginger, nous n'avons peut-être pas tous été contaminés. Il se peut aussi que nous ayons tous été contaminés, mais que le virus n'ait pu se développer chez tout le monde.

— Ou encore que cet effet secondaire plutôt particulier n'apparaisse pas chez toutes les personnes contaminées, dit Faye.

— Exact », dit Ginger, qui se remit à faire les cent pas dans la salle du restaurant.

Ned Sarver se passa la main dans les cheveux. « Vous pensez que les militaires connaissaient les effets secondaires du virus et savaient que cela pourrait provoquer des changements en nous.

— Je n'en sais rien, dit Ginger. Peut-être bien que oui, peut-être bien que non. »

Jack, Jorja, Ned et Faye se mirent alors à parler tous en même temps, si fort que la petite Marcie geignit dans son sommeil. Ginger dit alors : « Attendez une minute. Ça ne sert à rien de discuter de tout ça. On ne peut pas prouver que le virus existe, de même qu'on ne peut pas prouver le contraire. Pas encore, du moins. En revanche, on peut prouver l'autre partie de ma théorie.

— C'est-à-dire ? fit Sandy.

— Que Dom et Brendan ont des pouvoirs. Cela ne nous dira pas comment ils les ont acquis, certes, mais nous aurons la preuve formelle qu'ils en ont.

— Et comment comptez-vous vous y prendre ? fit Dom, incrédule.

— Nous allons faire une expérience... »

Dom était absolument certain que cela ne donnerait rien, qu'ils perdaient leur temps, que toute cette théorie était ridicule.

Malgré tout, il craignait, si l'expérience réussissait, que la preuve de ses pouvoirs le relègue à la condition de phénomène de foire, ou du moins l'oblige à mener désormais une vie coupée des relations humaines ordinaires.

L'expérience. Dom espérait de toutes ses forces qu'elle rate.

Brendan Cronin et lui-même étaient assis aux deux extrémités de la longue table. Jorja Monatella avait couché Marcie dans un coin de la salle, à même le sol, et la petite fille ne s'était pas réveillée. Les adultes — sept personnes, y compris Jorja — formaient un demi-cercle à quelques pas de la table, assez loin pour que Brendan et Dom puissent se concentrer sans être dérangés.

Une salière était posée juste devant Dom. L'expérience de Ginger était simple : il devait la faire bouger sans la toucher. « Deux ou trois centimètres, cela suffira. Si vous parvenez à imprimer le moindre mouvement à cette salière, nous saurons que vous possédez des pouvoirs. »

De l'autre côté de la table, une poivrière était placée devant Brendan Cronin et le prêtre la contemplait avec la même intensité que Dom. Celui-ci accordait toute son attention à la salière — humble cylindre de verre surmonté d'un bouchon de métal et empli de grains blanchâtres — comme si c'était la chose la plus importante au monde. Il dirigeait vers elle toute sa volonté et désirait ardemment la voir avancer sur la table, puis il s'arrêta quand il se rendit compte qu'il grinçait des dents et serrait nerveusement les poings.

Il changea de tactique. Au lieu de s'attaquer mentalement à la salière comme à une forteresse sur laquelle on tire au canon, il se détendit et étudia l'objet afin d'avoir une connaissance plus intime de ses dimensions, de sa forme, de sa texture.

Toujours rien. La salière semblait ne devoir jamais bouger, soudée à tout jamais à la table.

Soudain, Dom se sentit ébranlé de l'intérieur, comme si c'était lui que quelque force mystérieuse cherchait à mouvoir.

Et la salière bougea.

Dom était si concentré sur ce simple objet domestique qu'il en avait oublié Ginger et les autres ; il ne se rappela leur présence qu'en les entendant pousser un cri étouffé. La salière ne s'était pas contentée de parcourir quelques centimètres sur la table. Elle s'était élevée, comme si la gravité n'avait plus de prise sur elle. Tel un petit ballon de verre, elle se mit à flotter à une vingtaine, puis à une cinquantaine de centimètres et enfin à un bon mètre au-dessus de la surface à laquelle, quelques secondes plus tôt, elle paraissait irrémédiablement scellée. Et tous la regardaient avec un émerveillement mêlé de crainte.

De l'autre côté de la table, la poivrière de Brendan se souleva à son tour. Les yeux et la bouche grands ouverts, Brendan constata l'ascension du cylindre et ce n'est que lorsqu'il se trouva exactement à la même hauteur que la salière qu'il osa détourner les yeux. Il lança un regard enfiévré à Dom, certain que la poivrière allait retomber violemment, puis il comprit que le contact des yeux n'était pas nécessaire à la lévitation. Plusieurs sentiments se devinaient sur son visage : l'étonnement, l'émerveillement, la peur, mais aussi une reconnaissance émotionnelle de la profonde fraternité qui liait les deux hommes.

Dom était intrigué par le fait de ne pas avoir à faire d'efforts pour maintenir la salière en l'air. En fait, il avait même du mal à croire qu'il était le véritable responsable de ce tour de magie. Il n'avait pas conscience de détenir ou d'exercer une quelconque force sur cet objet. Il ne ressentait rien. Ce qui était normal puisque son don de télékinésie était naturel comme la respiration ou les battements du cœur.

Brendan leva les mains. Les cercles rouges étaient réapparus.

Dom regarda ses propres mains et y découvrit les mêmes stigmates.

Que pouvaient-ils bien signifier ?

A un mètre au-dessus de la table, la poivrière et la salière suscitèrent chez Dom un intérêt bien supérieur à ce qu'il avait pu éprouver au début de l'expérience. Apparemment, les autres ressentaient la même chose que lui car voici qu'ils demandaient à Brendan et à Dom d'accomplir de nouveaux exploits.

« C'est incroyable, fit Ginger, le souffle coupé. Vous avez obtenu des mouvements verticaux, vous avez réussi la lévitation. Mais est-ce que vous pouvez les faire se déplacer à l'horizontale ?

— Vous ne pouvez pas essayer avec quelque chose de plus lourd ? demanda Sandy.

— Et la lumière ? fit Ernie. Vous ne pouvez pas faire apparaître la lumière rouge ? »

Cherchant d'abord à accomplir un exploit plus modeste que tout ce qu'on lui suggérait, Dom pensa à donner une légère impulsion à la salière. Immédiatement, celle-ci se mit à tournoyer sur elle-même, tirant un nouveau cri de surprise des spectateurs. Un instant plus tard, elle fut imitée par la poivrière de Brendan. Les lumières du lampadaire se reflétaient sur les couvercles de métal, sur le verre du cylindre, et les deux petits ustensiles paraissaient briller de mille feux comme des sapins de Noël.

Simultanément, ils se dirigèrent l'un vers l'autre, se déplaçant à l'horizontale ainsi que Ginger l'avait demandé — bien que Dom n'eût absolument pas l'impression de déplacer consciemment la salière. Il supposa que la suggestion de Ginger avait été acceptée par son inconscient, qui utilisait maintenant son énergie psychique sans attendre les efforts conscients de Dom. C'était vraiment curieux, cette façon de contrôler les mouvements de la salière sans même savoir comment ce contrôle pouvait s'exercer.

Juste au-dessus du milieu de la table, la salière et la poivrière cessèrent leur progression horizontale et s'immobilisèrent à quelque vingt-cinq centimètres l'une de l'autre. Elles se mirent à tourner plus rapidement sur elles-mêmes, projetant leurs lumières réfléchies en tous sens, puis elles entreprirent de graviter l'une autour de l'autre. Elles décrivirent ainsi des orbites parfaitement synchronisées, mais cela ne dura que quelques secondes : tout à coup, les deux objets furent pris de tremblements, tournoyèrent à toute allure sur eux-mêmes et se lancèrent dans des orbites paraboliques d'une complexité extrême.

Fascinés, les spectateurs applaudirent. Dom se tourna vers Ginger. Son visage radieux affichait une expression de spiritualité absolue qui la rendait plus belle que jamais. Elle quitta des yeux les ustensiles, sourit à Dom et lui adressa un signe de tête appréciateur. Ernie Block et Jack Twist semblaient hypnotisés par les acrobaties ; leurs yeux écarquillés et leurs bouches grandes ouvertes leur donnaient l'air non pas d'anciens militaires prêts à tout, mais de petits enfants assistant pour la première fois à un feu d'artifice. Faye tendait les mains vers les deux objets virevoltants, comme pour s'imprégner du champ miraculeux où ils évoluaient. Ned Sarver riait, mais Sandy pleurait doucement. Dom s'en étonna, puis se rendit compte qu'elle souriait et que c'était des larmes de joie.

« Faites autre chose, demanda Ginger.
— Oh oui ! s'écria Sandy. Montrez-nous autre chose ! »

Dans le restaurant, les salières posées sur les autres tables s'élevèrent à leur tour, une dizaine en tout. Elles demeurèrent un instant immobiles dans l'air, puis se mirent elles aussi à tournoyer.

Quelques secondes plus tard, elles furent imitées par les poivrières.

Dom ne savait pas comment il parvenait à un tel résultat. Il ne faisait pas le moindre effort, ses pensées se matérialisaient soudain, et il imagina que Brendan était tout aussi surpris que lui.

Le juke-box était silencieux depuis quelque temps, quand un disque de Dolly Parton descendit sur le plateau, bien que nul n'en eût assuré la programmation. La musique retentit aussitôt.

Est-ce moi qui ai fait cela, se demanda Dom, ou bien Brendan ?

Les onze salières décrivaient des orbites compliquées autour des onze poivrières quand, tout à coup, les vingt-deux ustensiles se mirent à tourner autour de la salle, lentement, puis un peu plus vite, puis à toute allure, sifflant dans l'air et projetant leurs feux tout autour d'eux.

Brusquement, une douzaine de chaises quittèrent le sol, non pas à la manière douce et poétique des salières, mais avec une telle violence qu'elles heurtèrent le plafond. L'une d'elles percuta le lampadaire central, faisant exploser deux ampoules et déséquilibrant la suspension qui s'écrasa juste derrière Dom. Les chaises restaient collées au plafond, vibrant comme un vol de chauves-souris grotesques. La plupart des salières et des poivrières continuaient leur ronde insensée, mais voici qu'elles échappaient l'une après l'autre à leur orbite et se propulsaient sur les murs, sur les tables, sur le sol. L'une d'elles frappa à l'épaule Ernie, qui poussa un cri de douleur.

Dom et Brendan avaient perdu tout contrôle. Et ils étaient incapables de se ressaisir, ne sachant pas exactement comment ils avaient pu maîtriser tous ces objets dans un premier temps.

En une seconde, la joie se changea en panique. Les spectateurs cherchaient à se réfugier sous les tables, conscients que les chaises en lévitation constituaient des armes bien plus redoutables que les salières ou les poivrières. Le vacarme réveilla Marcie. Elle regarda autour d'elle, se mit à pleurer et appela sa mère qui la prit dans ses bras et l'entraîna sous une table.

Tout le monde était à l'abri à l'exception de Brendan et de Dom. Ce dernier ne savait pas s'il devait lui aussi s'abriter ou tenter de reprendre contrôle. Il jeta un regard interrogateur à Brendan, aussi paralysé que lui.

Les lampadaires qui restaient se balançaient au bout de leurs chaînes, créant dans le restaurant un fantomatique jeu d'ombres et de lumières.

Se souvenant du carrousel des lunes en papier dans la maison de Lomack, six jours plus tôt, Dom tendit les mains vers les chaises et les ustensiles en folie. Serrant les poings pour dissimuler aux regards les stigmates en forme d'anneau, il ordonna d'une voix forte : « Assez maintenant, assez, *assez !* »

Les chaises cessèrent de vibrer. Les salières et les poivrières s'immobilisèrent dans la seconde qui suivit.

La pièce fut plongée pendant quelques instants dans un silence surnaturel.

Puis la gravité reprit ses droits et tout retomba violemment sur le sol. La salle ressemblait à un champ de bataille. Dom se tourna vers le prêtre. C'était autour d'eux un chaos indescriptible. Il régnait un silence pesant, comme si le temps s'était lui-même arrêté. Jusqu'à ce que les plaintes de Marcie et les paroles douces de sa mère ramènent tout le monde à la réalité.

Ernie se frottait l'épaule à l'endroit où la salière l'avait heurté, mais sa blessure n'était que superficielle. Les autres n'avaient rien, mais tout le monde était très ébranlé.

Ginger paraissait être la seule à ne pas s'émouvoir. Elle s'élança vers Dom et l'enlaça. « Je ne sais pas ce que c'est, mais ce pouvoir, vous l'avez. Et quand vous saurez parfaitement le maîtriser, ce sera fabuleux !

— Je n'en suis pas si sûr, dit Jack Twist en contemplant les chaises brisées, les tables renversées.

— Quelqu'un aurait pu être blessé, dit Dom, ou même...

— Personne ne l'a été », dit Ginger.

Dom ne se sentait pas pour autant rassuré. Il avait peur.

Il regarda tous ceux qui faisaient cercle autour de lui. Certains détournèrent les yeux, comme s'il était devenu dangereux. D'autres — principalement Jack Twist, Ernie et Jorja — soutinrent son regard, sans pour autant parvenir à dissimuler leur gêne ou leur appréhension.

« Bien, dit Jack en rompant le charme. Je crois qu'il est l'heure de nous séparer. Nous avons beaucoup à faire demain.

— Demain, dit Ginger, nous dévoilerons une autre partie du mystère. Nous progressons à pas de géant. »

Demain, se dit Dom, nous serons peut-être tous morts. Ou pire encore.

Le colonel Leland Falkirk avait une migraine atroce. Grâce à son nouveau don d'introspection — acquis progressivement depuis sa participation aux événements survenus deux étés auparavant —, il se rendait parfaitement compte qu'il trouvait un certain plaisir à ce que l'aspirine n'eût pas fait effet. Il profitait de sa migraine comme de tout ce qui pouvait le faire souffrir et tirait une force et une énergie, non dénuées de perversité, des élancements incessants dont étaient l'objet ses tempes et son front.

Le lieutenant Horner était parti. Falkirk se retrouvait seul dans ce bureau qu'on lui avait assigné sous le centre d'essais de Shenkfield, mais il n'attendait plus de nouvelles de Chicago. Elles étaient arrivées peu après le départ du lieutenant, et elles étaient loin d'être bonnes.

Le siège de la maison de Calvin Sharkle, à Evanston, avait débuté le matin même et se poursuivait encore ; il durerait encore au moins une bonne douzaine d'heures. Dans la mesure du possible, le colonel ne voulait pas lancer ses hommes dans un nouveau barrage de la nationale 80 et une nouvelle mise en quarantaine du Tranquility Motel tant qu'il ne serait pas certain de la mise en échec de l'opération à la suite de révélations faites par Sharkle aux autorités ou aux médias de l'Illinois. Ce retard rendait Falkirk nerveux. Il se disait qu'il pouvait se permettre de patienter un jour de plus. Cependant si le siège de la maison de l'Illinois n'était pas terminé le lendemain soir au coucher du soleil, il donnerait l'ordre d'encercler le motel — malgré tous les risques que cela comportait.

Le colonel avait également appris de son correspondant à Chicago que des agents avaient discrètement approché Emmeline Halbourg et Winton Tolk et qu'ils avaient de bonnes raisons de croire que leurs guérisons miraculeuses ne pouvaient s'expliquer par les seuls progrès de la médecine. La reconstitution des faits et gestes du père Wycazik le jour de Noël — y compris ses visites à Emmy, au policier blessé et aux médecins de l'hôpital — confirmait que le prêtre était convaincu de la responsabilité bénéfique de Brendan Cronin.

Ce n'est que la veille, dimanche, que le colonel avait été mis au courant des dons de guérisseur du jeune prêtre. Il avait capté une conversation téléphonique entre Dominick Corvaisis, au motel, et le père Wycazik, dans son rectorat de Chicago. Cette conversation l'aurait littéralement ébranlé si les événements du samedi soir ne l'avaient préparé à l'inattendu.

Samedi soir, quand Corvaisis était arrivé au Tranquility Motel,

Leland Falkirk et ses experts avaient écouté, incrédules, les premières conversations entre les Block et l'écrivain. La description de la sarabande des lunes en papier dans la maison de Zeb Lomack semblait le fruit de l'imagination délirante d'un individu passablement déséquilibré.

Un peu plus tard, l'écrivain avait tenté de reconstituer les minutes précédant l'événement du 6 juillet au soir. Ce qui était advenu alors était étonnant, mais avait été confirmé par l'équipe de surveillance placée au sud du motel ainsi que par le mouchard du téléphone public du restaurant. Dans la salle, tout s'était mis à trembler ; un grondement étrange s'était élevé, suivi d'un hurlement électronique qui avait culminé avec l'implosion des fenêtres.

Ces phénomènes constituaient une surprise totale — et très désagréable — pour Falkirk ainsi que pour tous ceux travaillant sur cette opération, principalement les scientifiques. Le lendemain, la découverte du pouvoir de guérison de Cronin n'avait fait que renforcer leur excitation. Dans un premier temps, tout cela leur avait paru inexplicable. Puis, après y avoir réfléchi, Leland avait imaginé une théorie qui lui glaçait le sang dans les veines. Les scientifiques parvenaient aux mêmes conclusions et nombreux étaient ceux que la peur paralysait autant que le colonel.

Tout était possible à présent et l'on ne savait plus ce qui pouvait survenir.

Unique consolation, pour l'instant seuls Corvaisis et le prêtre semblaient être... infectés. Peut-être « infectés » n'était-il pas le terme exact. Peut-être aurait-il fallu dire « possédés ».

Même si le siège de la maison de Sharkle s'achevait demain, même si la possibilité d'un contact avec les médias n'était plus à redouter, Leland Falkirk ne pourrait attaquer le motel en toute sérénité. Corvaisis et Cronin — pourquoi pas les autres témoins ? — seraient peut-être plus difficiles à intercepter qu'il y a deux étés. Si Corvaisis et Cronin n'étaient plus entièrement eux-mêmes, s'il y avait maintenant en eux quelqu'un d'autre — *quelque chose d'autre* —, il pourrait même être totalement impossible de les arrêter.

Falkirk quitta le bureau et traversa plusieurs pièces aveugles avant de parvenir au centre de communication, où le lieutenant Horner et le sergent Fixx étaient assis à une table. « Dites aux hommes qu'ils peuvent se détendre, lança le colonel. Il n'y aura rien ce soir. Je vais attendre un jour de plus pour voir si ça s'arrange du côté de Chicago.

— Justement, j'allais venir vous voir, dit Horner. Il y a du nouveau au motel. Ils sont enfin sortis du restaurant. Twist a ramené une jeep Cherokee qu'il avait dissimulée dans les collines. Il a pris Jorja Monatella et le prêtre et ils sont partis tous les trois pour Elko.

— Qu'est-ce qu'ils vont faire là-bas à cette heure-ci ? » dit Falkirk.

Horner fit un signe à Fixx qui, des écouteurs sur la tête, écoutait ce qui se passait au motel. « D'après ce que nous avons entendu, les autres sont allés se coucher. Twist, Monatella et Cronin se sont éloignés pour que nous ne puissions prendre tout le monde d'un seul coup de filet. C'est l'idée de Twist, bien entendu.

— Il ne manquait plus que ça, dit Falkirk en massant ses tempes douloureuses. Bon, on laisse quand même tomber pour ce soir.

— Et demain ? Qu'est-ce qu'on fera s'ils se séparent aussi ?

— Nous les ferons suivre dans la matinée, dit Falkirk.

— Cela va poser de gros problèmes s'il faut les coincer autre part que dans le motel, dit Horner. A Elko, par exemple.

— Si nous ne pouvons les arrêter, il faudra les descendre. C'est aussi simple que cela. » Le colonel Falkirk tira une chaise et s'installa à la table. « Voyons à présent les détails si nous voulons que nos agents soient en place avant l'aube... »

3.
Mardi 14 janvier

Il était sept heures et demie du matin. Le père Stefan Wycazik avait reçu, tard dans la nuit, un appel téléphonique de Brendan Cronin et voici qu'il se préparait à partir pour Evanston, dernier domicile connu de Calvin Sharkle, le routier qui avait séjourné au Tranquility Motel l'été de l'année dernière, mais dont le téléphone était maintenant coupé. Debout dans la cuisine du rectorat, Wycazik boutonna son manteau et mit sa capuche.

Le père Michael Cerrano avait célébré la première messe et prenait maintenant son petit déjeuner quand le téléphone retentit.

« Si c'est pour moi, je suis parti », dit Wycazik.

Il enfila ses gants et se dirigea vers la porte, mais Michael Cerrano lui tendit le combiné.

« C'est Winton Tolk, dit Michael. Le policier à qui Brendan a sauvé la vie. Il dit qu'il veut parler à Brendan, il a l'air complètement hystérique. »

Stefan prit le combiné et se présenta.

La voix du policier était tendue, au bord de la panique. « Mon père, il faut que je parle tout de suite à Brendan Cronin, ça ne peut pas attendre.

— Désolé, dit Wycazik, mais il n'est pas là. Il est même très loin d'ici. Qu'est-ce qui se passe ? Je peux peut-être vous aider.

— Cronin, répéta Tolk d'une voix balbutiante. Il... il s'est passé quelque chose. Seigneur, je ne comprends rien du tout à tout ça mais je suis sûr que... que Brendan a quelque chose à voir là-dedans.

— D'où appelez-vous ?

— Je suis dans le quartier d'Uptown. Il y a eu une bagarre, des coups de couteau, des coups de feu... C'est horrible. Écoutez, je veux que Brendan vienne ici, il pourra tout m'expliquer... Il faut qu'il vienne absolument ! »

Wycazik parvint à obtenir de Winton Tolk l'adresse exacte où il se trouvait. Il quitta le rectorat à toute allure, roula un peu trop vite et arriva moins d'une demi-heure plus tard non loin d'un pâté de maisons toutes identiques, des bâtisses de six étages aux façades de brique. Des voitures de police barraient la rue, côte à côte avec des véhicules banalisés et des ambulances. Des gyrophares tournaient en silence, des radios crépitaient. Deux officiers empêchaient les badauds de passer. Le père Wycazik se présenta et l'un des deux hommes lui dit que le drame s'était déroulé au troisième étage, appartement 3 B, celui de la famille Mendoza.

La porte de l'appartement était grande ouverte. Wycazik entra et découvrit tout de suite un canapé beige couvert de sang à tel point que, par endroits, les coussins paraissaient noirs. Il y avait aussi du sang sur la lampe de chevet, la table basse, les étagères et une partie du tapis.

Wycazik déboutonna son manteau et fit deux pas dans le living. La pièce était bondée d'inspecteurs, de policiers en uniforme, de spécialistes envoyés par le laboratoire central — une douzaine d'hommes, en tout et pour tout. Apparemment, les spécialistes avaient terminé leur travail.

Un inspecteur était assis à table en compagnie d'une femme d'une quarantaine d'années de type sud-américain. Il lui posait des questions — le père Wycazik l'entendit l'appeler madame Mendoza — et notait ses réponses sur des formulaires. Elle semblait désireuse de coopérer, mais était distraite par les allées et venues d'un homme de son âge, son mari probablement, qui portait un enfant dans les bras. Le gosse ne devait pas avoir plus de six ans. Mendoza ne cessait de lui parler à voix basse, de lui caresser les joues. Visiblement, cet homme avait failli perdre son fils et il avait besoin de ce contact physique pour s'assurer que le pire n'était pas arrivé.

Un des policiers remarqua le prêtre et dit : « Vous êtes le père Wycazik ? »

Chacun se tut en entendant mentionner ce nom.

Que se passe-t-il ici ? se demanda Wycazik, mal à l'aise.

« Suivez-moi, je vous prie », dit le policier.

Le prêtre ôta ses gants. Tout le monde s'écarta pour les laisser passer. Ils entrèrent dans une chambre, où Winton Tolk et un autre policier étaient assis au bord du lit. « Le père Wycazik est ici », dit le guide de Stefan, puis il se retira.

Tolk était penché en avant, les coudes sur les genoux, le visage caché dans les mains. Il ne bougea pas.

L'autre policier se leva et se présenta. « Paul Armes, l'associé de Winton. Je crois que... enfin, il vaudrait mieux que vous parliez avec Win. Je vais vous laisser. » Il s'éclipsa et referma la porte derrière lui.

C'était une pièce assez petite. Il n'y avait de place que pour le lit, une table de nuit, une minuscule coiffeuse et une chaise. Wycazik tourna la chaise et s'installa juste devant Winton Tolk. Leurs genoux se touchaient presque.

« Winton, que s'est-il passé ? »

Tolk releva la tête et le prêtre fut surpris par l'expression de son visage. Sur ses traits transparaissait une excitation formidable qu'il semblait ne pas pouvoir contenir, mais aussi un sentiment indéfinissable, quelque chose qui l'empêchait de s'abandonner pleinement au plaisir.

« Mon père, qui est Brendan Cronin ? Comment a-t-il pu me guérir quand j'ai été blessé ? Comment a-t-il accompli ce... miracle ? *Comment ?*

— Pourquoi parlez-vous de miracle ?

— J'ai reçu deux balles en pleine poitrine, à bout portant. Trois jours plus tard, je sortais de l'hôpital ! Trois jours ! » Winton déboutonna sa chemise et souleva son tricot de corps pour dévoiler sa poitrine. « Les cicatrices... »

Le père Wycazik frissonna. Bien qu'il fût déjà près de Winton, il se rapprocha pour mieux voir. La poitrine du policier ne portait pas la moindre cicatrice. Rien que deux points de la taille d'un gros grain de beauté.

« Quand êtes-vous allé voir votre médecin pour la dernière fois ? demanda Wycazik. Il a vu cela ? »

Tolk se reboutonna, les mains tremblantes. « J'ai vu Sonneford il y a une semaine. Les fils avaient été enlevés peu de temps auparavant et l'ensemble n'était pas très beau à voir. Ce n'est que depuis quatre jours que les cicatrices disparaissent. Je vous jure, mon père, si je reste assez longtemps devant un miroir, je peux les voir diminuer de diamètre. »

Le policier remit sa chemise en place dans son pantalon. « Je repense souvent à la visite que vous m'avez rendue à l'hôpital, le jour de Noël. Et plus j'y réfléchis, plus je trouve votre comportement bizarre. Je me souviens de ce que vous m'avez dit, des questions que vous m'avez posées à propos de Brendan. Et je me demande... oui, je me demande s'il a guéri quelqu'un d'autre.

— Oui, Winton, mais pardonnez-moi, je ne peux rien vous dire de plus. Mais vous, dites-moi plutôt ce qui se passe ici ? Pourquoi la police se trouve-t-elle dans cet appartement ? »

Le visage de Winton Tolk parut s'illuminer un instant, puis la peur se manifesta dans ses yeux. Sa voix vibrait sous le coup de l'émotion. « On était en patrouille, Paul et moi. On a eu un appel. A cette adresse. On est arrivés, il y avait un gosse de seize ans complètement défoncé à la PCP.

— C'est une drogue ?

— Oui, on appelle ça la " poussière d'ange ". Elle rend dingue. Ça bouffe littéralement les cellules nerveuses. Donc, on a trouvé ce gosse. On a su par la suite qu'il s'appelait Ernesto, c'est le neveu de Mme Mendoza. Il a affaire à la justice depuis l'âge de onze ans. Six inculpations, dont deux plutôt sérieuses. Quand on est arrivés, il était nu comme un ver, il poussait des hurlements et les yeux lui sortaient de la tête. »

Winton parlait de façon plus mécanique, comme s'il revivait vraiment la scène.

« Ernesto a pris Hector — c'est le petit que vous avez dû voir en entrant — et il l'a traîné sur le sofa avant de lui coller une lame d'au moins quinze centimètres sur la gorge. M. Mendoza... il est devenu complètement fou, il voulait arracher Hector à Ernesto mais en même temps, il avait peur que l'autre ne l'égorge. C'était impossible de le raisonner, il ne comprenait rien du tout, il était sous l'effet de la PCP. Nous, on a dégainé, parce qu'on ne peut pas rester les mains nues devant un type qui a un couteau de cette taille. On a essayé de le calmer, d'éloigner Hector. Et puis tout à coup, il a tranché la gorge du gamin d'une oreille à l'autre et il a levé son couteau tout dégoulinant de sang comme pour le poignarder. C'est alors qu'on a tiré. Il s'est écroulé sur Hector et on a dégagé le gamin qui hurlait. Il avait plaqué ses mains sur sa gorge, le sang bouillonnait entre ses doigts, il allait se vider complètement... »

Le policier reprit son souffle et secoua la tête, comme pour échapper à la vision d'horreur qu'il venait d'évoquer. D'une voix tremblotante, il dit : « Il n'y a rien à faire dans ces cas-là, mon père. Les artères sont sectionnées, on se vide en moins d'une minute... Je suis tombé à genoux à côté du sofa, j'ai vu que le petit Hector allait mourir. Je savais que ça ne servait à rien, mais j'ai posé mes mains sur son cou comme si cela allait pouvoir empêcher l'hémorragie, retenir la vie. C'était si injuste, un petit gosse de cet âge-là, il allait mourir devant moi et...

— Et vous l'avez guéri, dit le père Wycazik d'une voix douce.

— Oui, mon père, dit Winton Tolk. Le sang a cessé de couler. Je ne sais pas comment cela s'est produit, je n'ai rien compris, tout ce que je sais, c'est qu'il ne saignait plus. Il a ouvert les yeux, il m'a regardé. Lentement, j'ai ôté mes mains de sa gorge et quand j'ai regardé, la... la blessure était refermée... »

Le policier s'arrêta de parler, des sanglots dans la voix, les yeux embués de larmes.

Très ému lui-même, le père Wycazik lui tendit les deux mains. Le policier les prit et les serra très fort. « Paul, mon associé, a vu tout ce qui s'est passé. Ainsi que les Mendoza. Et deux collègues qui nous ont rejoints tout de suite après qu'on a tiré sur Ernesto. Eux aussi, ils ont tout vu. Quand j'ai découvert la cicatrice, j'ai reposé mes mains dessus, c'était quelque chose qu'il fallait que je fasse. Et je souhaitais tant qu'il vive... Au bout d'une ou deux minutes, il m'a souri, vous auriez dû voir son sourire, mon père. J'ai à nouveau enlevé les mains, la cicatrice était plus discrète. Et puis, le gosse a appelé sa mère et... c'est là que j'ai craqué. » Winton fit une nouvelle pause, reprit sa respiration. « Mme Mendoza a emmené Hector dans la salle de bains, elle l'a déshabillé et l'a lavé, il était tout couvert de sang. Pendant ce temps, les gars du labo sont arrivés. Heureusement qu'il n'y avait pas de journalistes dans le coin. »

Les deux hommes restèrent un instant silencieux, les mains jointes. Puis Stefan Wycazik dit : « Avez-vous essayé de guérir Ernesto ?

— Oui, mon père, j'ai mis les mains sur ses blessures, mais ça n'a servi à rien. Peut-être parce qu'il était déjà mort... »

Un nouveau silence. Puis : « Brendan... c'est une sorte de saint ?

— Non, dit Wycazik avec un sourire. C'est un homme très bon, mais ce n'est pas un saint.

— Dans ce cas, comment a-t-il fait pour me guérir ?

— Je ne peux pas vous répondre de façon précise. Mais je crois que c'est une manifestation de la puissance divine.

— Comment Brendan a-t-il pu me transmettre ce pouvoir ?

— Là non plus, je ne peux pas vous répondre. Il se peut que ce pouvoir ne soit pas le vôtre, que ce ne soit que la volonté de Dieu agissant en vous après avoir agi en Brendan. »

Winton Tolk lâcha les mains du prêtre. Il lui présenta ses paumes ouvertes. « Non, le pouvoir est toujours là, il est toujours en moi. Je le sais. Je le sens. Pas seulement le pouvoir de guérir. Il y a autre chose... autre chose...

— Que voulez-vous dire ?

— Je n'en sais encore rien, dit Winton d'une voix grave. Tout cela est si nouveau, si étrange. Je crois qu'il faudra du temps... pour que cela se développe... »

Wycazik quitta la chambre, laissant le policier seul avec ses pensées. En le voyant passer, les hommes en uniforme et les spécialistes se turent. Toutefois, certains s'avancèrent pour l'effleurer, lui serrer la main, non pas par ferveur religieuse mais par camaraderie. Et le prêtre éprouva lui-même le besoin de toucher ces hommes, de partager leur humanité, de communier avec eux dans l'espoir de quelque grandiose destinée.

Boston, dix heures du matin. Ancien ambassadeur des États-Unis en Grande-Bretagne, ancien sénateur et ancien directeur de la CIA à la retraite depuis une dizaine d'années, Alexander Christophson lisait les journaux du matin quand il reçut un coup de téléphone de son frère Philip, l'antiquaire installé à Greenwich, dans le Connecticut. Pendant cinq minutes, ils ne parlèrent de rien de bien important, comme deux frères qui s'appellent régulièrement. Mais leur conversation avait un but secret. Finalement, Philip dit : « Tiens, à propos, j'ai vu Diana ce matin. Tu te souviens d'elle, j'espère. »

— Mais bien sûr, fit Alex. Comment va-t-elle ?

— Oh, elle a de petits ennuis, toujours le même genre, mais à part ça, ça va. Elle t'envoie ses amitiés. » Puis il changea de sujet, recommandant à son frère deux livres qu'il venait de lire, comme si Diana n'avait pas vraiment d'importance.

« Diana » était le code indiquant que Ginger Weiss avait joint Philip et qu'elle désirait qu'Alex Christophson entre en contact avec elle.

Après avoir dit au revoir à son frère, Christophson appela sa femme : « Je vais faire un tour à la librairie pour trouver deux romans dont Philip m'a parlé. »

Il se rendit effectivement à la librairie la plus proche mais, avant cela, il entra dans une cabine téléphonique et utilisa sa carte de crédit pour appeler son frère et lui demander le numéro de Ginger Weiss.

« Elle m'a dit que c'était une cabine publique à Elko, dans le Nevada », expliqua Philip.

Christophson raccrocha et composa le numéro de Ginger. Elle lui apprit avec le minimum de détails qu'elle avait rencontré d'autres personnes souffrant du même blocage qu'elle-même et ayant aussi des faux souvenirs correspondant à la même période. Alex étant expert en lavages de cerveau, Ginger voulait savoir si l'implantation de faux souvenirs mêlés de quelques traces de réalité était plus délicate que celle de faux souvenirs intégraux. Il lui répondit que oui.

« C'est ce que nous pensions, fit Ginger, mais je suis heureuse de vous l'entendre dire. Ça prouve qu'on est sur la bonne piste. Bien, autre chose : j'aimerais que vous nous trouviez un certain nombre d'informations. Nous voudrions en savoir le maximum sur le colonel Leland Falkirk. Il est affecté à une brigade du Gisa. J'ai aussi besoin...

— Attendez, attendez, dit Alex. Au cimetière, je vous ai dit que je vous donnerais des conseils et je vous ai mise en garde contre une curiosité excessive. De plus, je vous ai expliqué ma position.

— Il n'est pas question de secret d'État, dit-elle, loin de là. Nous voulons seulement connaître le profil et le passé de Falkirk pour nous faire une idée de ce que nous pouvons attendre de lui.

— Je vous en prie, il est...

— Je veux aussi des renseignements sur l'entrepôt de Thunder Hill, insista-t-elle. C'est une base de l'armée, pas très loin d'Elko.

— Pas question.

— C'est censé être un lieu de stockage d'archives. Peut-être que cela a toujours été le cas, peut-être pas, je n'en sais rien. Tout ce que je sais, c'est qu'il s'y passe autre chose en ce moment.

— Docteur, je refuse de vous aider.

— Le colonel Leland Falkirk et l'entrepôt de Thunder Hill, rien de plus. Pas de renseignements classés top-secret, rien que des petits détails. Vous vous adresserez à George Hannaby, à Boston, ou au père Stefan Wycazik, c'est un prêtre qui vit à Chicago. » Elle lui communiqua les deux numéros de téléphone. « Je peux entrer en contact avec eux, ils ne feront pas état de vous quand ils me transmettront vos renseignements.

— Je vous ai déjà dit que je ne vous apporterais pas ce type d'aide. »

Elle fit celle qui ne l'entendait pas et ajouta d'une voix enjouée : « L'idéal serait qu'on se recontacte dans six ou huit heures. J'ai l'air de vous presser mais je le répète, pas de secrets d'État, rien que des petits détails sans importance.

— Au revoir, docteur.

— J'attends votre coup de fil.

— Je ne vous appellerai pas. »

Elle raccrocha la première.

Christophson raccrocha à son tour et, en soupirant, rangea dans sa poche le papier sur lequel il avait noté les deux numéros de téléphone.

Dom et Ernie se mirent en route assez tôt pour reconnaître au moins une partie du périmètre de l'entrepôt de Thunder Hill. Ils avaient emprunté la jeep Cherokee de Jack Twist, lequel dormait dans une chambre du motel après avoir passé plusieurs heures à tourner dans les rues d'Elko en compagnie de Brendan Cronin et de Jorja Monatella. Le Dodge du motel et la Cherokee étaient tous deux des véhicules à quatre roues motrices, mais la jeep était plus robuste, plus manœuvrable aussi. Les routes de montagne conduisant à Thunder Hill risquaient d'être verglacées, voire couvertes de neige, et il n'était pas question qu'ils tombent en panne en pleine campagne.

La météo annonçait les premières grandes tempêtes de neige de l'année — près de trentre-cinq centimètres par endroits — mais on n'avait pas encore vu le moindre seul flocon.

Dom et Ernie se sentaient d'excellente humeur. Enfin, ils agissaient au lieu de discuter interminablement autour d'une table. Et puis, la nuit précédente avait été paisible. Pour la première fois depuis plusieurs semaines, Dom n'avait pas fait de cauchemar et n'avait pas été victime d'une crise de somnambulisme. Tous les autres avaient également très bien dormi.

Ernie prit la direction du nord et s'engagea sur une route de campagne à deux voies, laissant derrière lui le motel et la nationale. La Cherokee gravit ces mêmes collines que Jack avait franchies la nuit précédente — en coupant à travers les broussailles, il est vrai — et Dom observa avec intérêt l'évolution du terrain. Plus ils grimpaient et plus le sol se dénudait, les bouquets sauvages cédant la place aux rochers.

Ils ne parcoururent que cinq kilomètres avant d'atteindre la limite des neiges. Ce ne fut tout d'abord qu'un fin manteau qui recouvrait les bords de la route, puis une couche de près de vingt centimètres au bout de trois kilomètres.

Malgré quelques plaques verglacées éparses, la route était parfaitement dégagée. « Elle est toujours bien dégagée jusqu'à Thunder Hill, dit Ernie, même quand il fait un froid sibérien. Au-delà de l'entrepôt, c'est une autre paire de manches. »

Ils dépassèrent plusieurs sentiers menant à des fermettes isolées puis, au bout d'un certain temps, ils aperçurent sur la droite le chemin privé permettant d'accéder à Thunder Hill. Une route se perdait dans la montagne.

Ernie ralentit. « Ça fait longtemps que je ne suis pas monté jusqu'ici. Ils ont fait des travaux, dirait-on. Ce n'était pas aussi bien entretenu dans le temps. »

Une pancarte annonçait l'entrepôt. Au-delà, une autre route, pavée celle-ci, serpentait entre les pins. A cinq mètres de la route de campagne, la route pavée se hérissait de pointes disposées selon un angle tel qu'elles ne pouvaient que faire éclater les pneus de tout véhicule s'aventurant par ici. Quelques mètres plus loin, se dressait une porte d'acier massive, peinte en rouge et surmontée de pointes acérées. Un poste de garde en béton était installé au milieu du portail.

Ernie se rapprocha du bord de la route et ralentit au maximum en passant devant la voie menant à Thunder Hill. Il montra une sorte de boîte montée sur un poteau, de ce côté-ci des pieux. « C'est une sorte d'interphone, expliqua-t-il. Enfin, quelque chose de plus perfectionné. Il doit y avoir une caméra qui regarde à l'intérieur de votre voiture. Si les gardes reconnaissent le visiteur, les piques s'abaissent et le portail s'ouvre. J'imagine qu'il y a aussi une mitrailleuse au cas où les gardes se rendraient compte au dernier moment qu'ils ont été floués. »

De chaque côté du portail, une barrière métallique de plus de deux mètres cinquante de haut terminée par des rouleaux de barbelé disparaissaient dans les arbres. Dom aperçut un panneau rectangulaire blanc portant une inscription à la peinture rouge : DANGER-CLÔTURE ÉLECTRIQUE.

« Les piques de la route ne sont pas là depuis longtemps, dit Ernie. Quant au portail qui était là il y a quelques années, c'était de la rigolade à côté de celui-ci. La clôture a toujours existé, mais elle n'était pas électrifiée.

— Si je comprends bien, il n'est pas question de jeter un coup d'œil à l'intérieur. »

Dom n'avait jamais *vraiment* imaginé se promener dans les salles souterraines de l'entrepôt de Thunder Hill, mais il ne lui avait pas paru impossible de fureter dans le coin et de glaner quelques renseignements intéressants. Tout espoir s'envolait à présent.

« On va essayer de faire le tour du périmètre », dit Ernie. Il appuya doucement sur la pédale d'accélérateur. Après un regard au rétroviseur, il ajouta : « A propos, on a été suivis. »

Étonné, Dom se retourna et regarda par la vitre arrière de la Cherokee. Moins de cent mètres derrière, roulait un petit camion tout-terrain perché sur des pneus gigantesques. Des phares longue-portée étaient montés sur le toit de la cabine et la lame d'un chasse-neige, relevée pour l'instant, précédait le véhicule. Bien que Dom fût certain que tous les gens vivant dans ce coin perdu possédaient ce genre d'engin, ce camion avait l'allure d'un véhicule de l'armée. Le pare-brise était fumé, ce qui interdisait de distinguer le visage du conducteur.

Il dit : « Vous êtes sûr qu'il nous suit ? Il est là depuis combien de temps ?

— Je l'ai remarqué à moins d'un kilomètre du motel, dit Ernie. Quand nous ralentissons, il ralentit. Quand nous accélérons, il accélère.

— Vous croyez que ça va mal tourner ?

— Si c'est ce qu'ils cherchent, oui... »

La route se fit subitement plus abrupte. Ernie écrasa l'accélérateur.

Derrière eux, le camion prit également de la vitesse.

Mme Halbourg, la mère d'Emmy, répondit aux coups frappés à la porte et laissa s'échapper une bouffée tiède dans l'air glacial de Chicago.

Le père Wycazik dit : « Je suis désolé de venir à l'improviste, mais il est arrivé une chose extraordinaire et je voudrais savoir si Emmy... »

Il s'arrêta au beau milieu de sa phrase quand il se rendit compte que Mme Halbourg était totalement désemparée. Elle écarquillait les yeux de surprise — de peur aussi.

Avant même qu'il ait pu lui demander ce qui n'allait pas, elle dit : « C'est vous, mon père ? Je me souviens de vous, à l'hôpital. Comment êtes-vous au courant ? nous n'avons encore appelé personne.

— Que se passe-t-il ? »

Au lieu de lui répondre, elle le prit par le bras et l'entraîna dans la maison, dans l'escalier. « Par ici, vite. »

Arrivé directement de l'appartement des Mendoza, il s'attendait à quelque chose d'étrange chez les Halbourg, mais pas à un spectacle semblable. M. Halbourg se tenait sur le palier du premier en compagnie d'une de ses filles. Ils avaient les yeux tournés vers l'intérieur d'une chambre et ce qu'ils voyaient semblait à la fois les attirer et les repousser. Dans la pièce, on entendit un bruit sourd suivi de grattements, puis un autre coup sourd et enfin un éclat de rire enfantin.

Livide, les traits tendus, M. Halbourg fit face au prêtre. « Mon père, vous voici, grâce au ciel. Nous ne savions pas quoi faire, nous ne voulions pas passer pour des dingues en appelant n'importe qui. Et puis, tout serait peut-être fini en attendant. Mais maintenant que vous êtes là, je me sens soulagé. »

Wycazik s'approcha de la porte et découvrit la décoration habituelle de la chambre d'une petite fille de dix ou onze ans — cet âge de transition entre l'enfance et l'adolescence : une demi-douzaine d'ours en peluche ; des posters de chanteurs ou de vedettes de cinéma, idoles des adolescents totalement inconnues du prêtre ; un portemanteau perroquet couvert de chapeaux plus extravagants les uns que les autres, probablement dénichés chez des fripiers ; des patins à roulettes ; un petit magnétophone ; une flûte dans son étui entrouvert. L'autre sœur d'Emmy — pull blanc, jupe écossaise et chaussettes montantes — était au milieu de la pièce, pâle et visiblement incapable de bouger. Emmy était debout sur son lit et semblait en bien meilleure santé que le jour de Noël. Elle serrait contre elle son oreiller et riait aux éclats devant le spectacle qui effrayait tant le reste de sa famille.

Au moment où le père Wycazik entra dans la chambre, deux ours en peluche exécutaient à un mètre du sol un lent mouvement de valse, avec des gestes aussi précis que ceux de danseurs de chair et d'os.

Les ours n'étaient cependant pas les seuls objets animés comme par enchantement. Les patins à roulettes se promenaient dans la chambre, roulant parfois de concert et parfois se séparant, décrivant des arabesques autour des pieds du lit. Les chapeaux frémissaient sur le portemanteau. Sur une étagère, un Bisounours sautillait sur place.

Stefan se dirigea vers le lit en prenant bien soin de ne pas se faire percuter par les patins à roulettes. « Emmy ? »

La petite fille le dévisagea. « C'est l'ami de Bouboule ! Bonjour, mon père. Regardez, c'est super, non ?

— Emmy, c'est toi qui fais cela ? dit-il en désignant les objets animés.

— Moi ? S'étonna-t-elle. Non, ce n'est pas moi. »

Il remarqua que les ours valseurs ne dansaient plus aussi bien quand elle en détournait les yeux. Ils continuaient de tournoyer, certes, mais de façon assez désordonnée, sans la moindre grâce.

Il comprit aussi que les phénomènes précédents n'avaient pas été aussi paisibles. Une lampe de céramique gisait cassée à terre. Un des posters était déchiré, le miroir de la coiffeuse brisé.

Suivant la direction de son regard, Emmy dit : « Ça faisait peur, au début, mais ça s'est calmé. Maintenant, c'est drôle... Vous ne trouvez pas ça drôle ? »

Alors même qu'elle parlait, la flûte quitta son étui et monta à près de deux mètres du sol, non loin du couple d'ours. Du coin de l'œil, la petite fille vit l'instrument s'élever. Elle tourna la tête pour bien le fixer des yeux et un air champêtre sortit de l'instrument — pas des notes exécutées au hasard mais une mélodie douce et agréable. Emmy trépignait de joie sur son lit. « Ça s'appelle " la Chanson d'Annie ", c'est ce que je jouais tout le temps.

— Tu la joues à nouveau, tu vois, dit Wycazik.

— Oh non, dit-elle en regardant la flûte. Je suis guérie, mais mes doigts ne sont pas redevenus assez souples.

— C'est pourtant toi qui joues, Emmy, même si ce n'est pas avec tes doigts. »

Elle comprit enfin ce qu'il voulait dire. « C'est moi ? »

La flûte émit encore deux ou trois notes, puis s'arrêta de jouer et commença à dériver dans l'air, comme un objet en apesanteur. Emmy la fixa du regard. Elle s'immobilisa et reprit la même mélodie.

« C'est moi », dit-elle avec étonnement. Puis elle se tourna vers ses parents, debout dans l'encadrement de la porte. « C'est moi. C'est moi ! »

Stefan Wycazik comprenait parfaitement tout ce que l'enfant pouvait ressentir. Il avait la gorge nouée par l'émotion. Il y a un mois, Emmy n'était qu'une pauvre paralytique, incapable de s'habiller, avec pour unique avenir la perspective d'une plus grande détérioration, tout cela pour finir par des souffrances atroces. A présent, elle était non seulement guérie, mais aussi en possession de ce don spectaculaire.

Emmy regarda alors les ours, qui exécutèrent aussitôt leur impeccable chorégraphie. Elle éclata de rire.

Stefan repensa à ce que Winton Tolk lui avait dit, très peu de temps auparavant : *Le pouvoir est toujours là, il est toujours en moi. Je le sais. Je le sens. Pas seulement le pouvoir de guérir. Il y a autre chose... autre chose...*

Les parents d'Emmy et son autre sœur entrèrent dans la chambre, fascinés mais circonspects.

Le père Wycazik partageait leur prudence. Tout semblait pour le mieux et le pouvoir d'Emmy était des plus bénins. Mais la situation était si formidable, si brutale au niveau le plus primitif de l'être, que même un optimiste à tout crin comme le père Wycazik ne pouvait s'empêcher d'avoir peur.

Après avoir appelé Christophson d'une station-service d'Elko, Ginger accompagna Faye au ranch d'Elroy et Nancy Jamison, dans la vallée de la Lemoille, à une trentaine de kilomètres d'Elko. Les Jamison étaient le couple d'amis qui avait rendu visite aux Block le 6 juillet, l'été de l'année dernière. Ils avaient certainement été pris dans le tourbillon des événements de ce soir-là et retenus au motel pour y subir un lavage de cerveau comme tous les autres. Leurs souvenirs étaient, bien entendu, sensiblement différents : selon le programme qui leur avait été appliqué, ils avaient été évacués de la zone interdite avant d'accueillir les Block dans leur ranch. C'était également ce que croyaient Faye et Ernie — ou du moins, ce qu'ils avaient cru.

Ginger et Faye allaient donc chez les Jamison pour savoir, de la manière la plus discrète possible, s'ils connaissaient les mêmes troubles que Dom, Ginger, Ernie et quelques autres. Dans l'affirmative, ils seraient intégrés dans la communauté du motel - dans « la Famille », puisque telle était l'expression qu'ils commençaient à employer entre eux — et travailleraient avec leurs nouveaux compagnons à la quête de la vérité.

En revanche, dans le cas où le lavage de cerveau des Jamison serait toujours efficace, les deux femmes ne diraient rien à Elroy et Nancy. Leur parler reviendrait à les mettre en danger.

Et puis, étant donné la stratégie d'urgence développée la nuit dernière par Jack Twist, il ne servait à rien de perdre son temps à tenter de les convaincre s'ils ne souffraient aucunement. Le temps était une chose précieuse et chaque heure mettait la Famille un peu plus en péril. Jack pensait — et Ginger le croyait aussi — que l'ennemi passerait bientôt à l'action.

La route était des plus pittoresques. Entre le fond de la vallée et les montagnes, s'étendaient à perte de vue des pâturages, et c'était là que les Jamison avaient construit leur ranch. Ils avaient la soixantaine et étaient retraités ; ils possédaient quelque vingt-cinq hectares dans les collines, n'avaient pas d'employés et ne gardaient que trois chevaux et quelques poulets.

Faye quitta la route principale pour un chemin de traverse conduisant à une zone plus montagneuse. « Je crois qu'on est suivis », dit-elle. Les portes arrière du Dodge n'avaient pas de vitres et Ginger jeta un coup d'œil dans le rétroviseur latéral. Une voiture tout à fait banale roulait à une centaine de mètres en retrait.

« Peut-être que vous vous trompez, fit Ginger.

— Je l'ai repérée en ville.

— C'est certainement une coïncidence. »

Après avoir parcouru la moitié environ du chemin de traverse, elles atteignirent l'allée privée menant au ranch des Jamison, bordée de pins très touffus dont les cimes se rejoignaient presque. Faye s'engagea dans l'allée et s'arrêta pour voir ce que ferait l'autre voiture. Au lieu de poursuivre sur la route principale, elle s'immobilisa juste devant l'entrée de l'allée.

Ginger vit alors dans le rétroviseur qu'il s'agissait d'une Plymouth d'un modèle assez ancien, à la carrosserie brun verdâtre.

« C'est une bagnole du gouvernement, ça se voit, dit Faye.

— Plutôt culottés, non ?

— Bah, s'ils nous espionnent comme Jack le prétend, ils savent maintenant que nous sommes au courant de leur présence et ils n'ont plus de raisons de se cacher. » Faye releva le pied du frein et fonça vers le ranch.

Dans le rétroviseur, la Plymouth diminuait à vue d'œil. « A moins qu'ils ne se mettent en position pour nous intercepter. Nous sommes peut-être tous suivis, peut-être qu'ils attendent des ordres pour nous arrêter tous en même temps. »

Au-dessus de l'allée privée, les cimes des arbres formaient une voûte plus sombre que la nuit.

Dans le petit véhicule qui franchissait la prairie couverte de neige et l'emmenait vers les énormes portes blindées, le colonel Falkirk ne cessait de réfléchir à la catastrophe que déclencherait la révélation du secret de Thunder Hill.

Du point de vue politique, la nouvelle reléguerait le scandale du

Watergate au rang d'aimable plaisanterie. Un nombre incroyable d'institutions gouvernementales étaient cette fois-ci impliquées dans la couverture — F.B.I., C.I.A., National Security Agency, armée des États-Unis, armée de l'air, autant d'organisations ayant eu tout au long de l'histoire l'occasion d'opérer dans la plus grande défiance réciproque. Le fait que tous ces groupes aient pu œuvrer de concert depuis dix-huit mois et, de surcroît, sans le moindre accident, prouvait bien la gravité de la situation. Bien sûr, très peu d'hommes de chaque organisation savaient ce qui était vraiment arrivé — pas plus de six au F.B.I., un peu moins à la C.I.A. ; la plupart des agents impliqués dans les opérations de couverture ne savaient même pas ce qu'ils couvraient, et c'était pour cela qu'il n'y avait pas eu de fuite. En revanche, les « numéro un » de chaque organisation — le directeur du F.B.I., celui de la C.I.A., le chef d'état-major de l'armée de terre — étaient au cœur du secret. Au même titre, cela va de soi, que le président du groupe inter-armées, le secrétaire d'État, le vice-président, le président des États-Unis et ses plus proches conseillers. Nombre de personnages importants pourraient se retrouver dans les oubliettes de l'histoire si cette affaire n'était pas maîtrisée avec la plus extrême fermeté.

La destruction politique entraînée par la divulgation du secret ne serait toutefois qu'une infime partie du désastre. Le Cérire — groupe de réflexion au sein duquel se trouvaient pêle-mêle physiciens, biologistes, anthropologues, sociologues, théologiens, économistes, éducateurs et autres spécialistes — avait longuement réfléchi sur ce type de crise, plusieurs années avant qu'elle n'éclatât au Nevada. Le Cérire avait publié un rapport top-secret sur ses conclusions, document de douze cents pages dont la lecture était plutôt troublante. Falkirk le connaissait par cœur : il était en effet représentant de l'armée au sein du Cérire et avait participé à la rédaction d'un certain nombre de textes. Pour le Cérire, l'opinion était unanime : le monde ne serait plus jamais le même si un tel événement devait se produire. Toutes les sociétés, toutes les cultures seraient radicalement bouleversées à tout jamais. Les décès prévus pour les deux premières années se chiffraient par millions.

Le lieutenant Horner freina à une vingtaine de mètres des gigantesques portes blindées installées dans la paroi montagneuse. Il n'attendit pas l'ouverture des barrières, sa destination n'étant pas l'entrepôt de Thunder Hill. Il tourna à droite et se gara sur une aire de stationnement.

Les portes mesuraient chacune plus de dix mètres de haut et sept de large ; elles étaient si épaisses qu'on ne pouvait les manœuvrer que très lentement, créant ainsi un grondement qu'on pouvait entendre à plus d'un kilomètre et sentir sous ses pieds à plusieurs centaines de mètres. Quand un camion chargé de munitions, d'armes ou de documents se présentait devant les portes, celles-ci mettaient plus de cinq minutes à s'écarter. C'est pourquoi il y avait une autre porte, de dimensions plus humaines bien que tout aussi solide, à une douzaine de mètres de là.

Il n'y avait pas au monde de meilleur endroit que Thunder Hill pour abriter le mystère du 6 juillet. C'était une forteresse inexpugnable.

Falkirk et le lieutenant Horner descendirent de voiture et se dirigèrent à la hâte vers la petite porte d'acier. Presque aussi résistante que l'énorme portail, elle était pourvue d'une serrure électronique qui ne s'ouvrait que lorsque quatre chiffres donnés étaient composés sur un clavier. Le code changeait toutes les deux semaines et ceux qui le détenaient ne devaient faire appel qu'à leur seule mémoire. Leland Falkirk tapa le code et la porte glissa en une seconde sur le côté malgré son poids énorme et ses trente-cinq centimètres d'épaisseur.

Ils pénétrèrent dans un tunnel de béton de quatre mètres de long et de trois mètres de diamètre. Violemment éclairé, il faisait un coude à gauche et aboutissait à une porte identique à la précédente. L'une ne pouvait s'ouvrir que quand l'autre était refermée. Falkirk effleura une plaque thermosensible placée juste à l'entrée du tunnel et la porte extérieure se referma derrière le lieutenant et lui-même.

Immédiatement, une paire de caméras vidéo fixées au plafond suivirent la progression des deux hommes.

Aucun œil humain ne surveillait le colonel et le lieutenant sur un quelconque moniteur : le système tout entier était confié au Vigilant, puissant ordinateur chargé de la sécurité des lieux. La possibilité qu'il y eût un traître tout disposé à faire entrer des éléments étrangers était ainsi écartée. Le Vigilant ne dépendait pas de l'ordinateur central de l'installation et n'était pas davantage relié au monde extérieur. Il ne craignait donc absolument rien des saboteurs désireux d'intervenir à coups de modems ou d'autres gadgets électroniques.

Le garde en faction à l'extérieur du camp avait prévenu le Vigilant de l'arrivée des deux hommes. Et maintenant, alors qu'ils s'approchaient de la porte intérieure, toujours sous le regard des caméras vidéo, l'ordinateur comparait leur image aux hologrammes qu'il conservait en mémoire et passait à toute allure en revue les quarante-deux points décisifs de ressemblance faciale. Il était impossible de tromper le Vigilant soit en se maquillant, soit en portant le masque d'un visiteur autorisé. Si Falkirk ou Horner avaient été des imposteurs, le Vigilant aurait déclenché le signal d'alarme tout en emplissant le tunnel de gaz soporifique.

La serrure de la porte intérieure n'avait pas de clavier ; aucun code ne permettait de l'ouvrir. Une plaque de verre dépoli était encastrée dans le mur. Falkirk tendit la main droite, hésita, puis pressa la paume de sa main gauche sur le verre, qui s'illumina. Il y eut un bourdonnement. Le Vigilant comparait ses empreintes à celles répertoriées dans ses fichiers.

La lumière s'éteignit. Falkirk ôta la main et la porte s'ouvrit.

Ils entrèrent dans un immense tunnel d'origine naturelle, remanié par la main de l'homme. Les camions y roulaient sur un sol bétonné et déchargeaient leurs marchandises à côté d'énormes ascenseurs s'enfonçant dans les entrailles de la terre.

Un garde était assis à une table non loin de la porte par où Falkirk et Horner venaient d'arriver. L'éloignement de Thunder Hill, la sophistication du système de défense et la perspicacité avec laquelle le Vigilant scrutait tous les visiteurs étaient tels que cette sentinelle solitaire parut superflue à Falkirk.

Bien entendu, le garde était du même avis, n'étant absolument pas prêt à réagir en cas de danger. Son arme était rangée dans son étui. Il mâchonnait une confiserie et, à contrecœur, il leva les yeux du roman qu'il lisait.

Il salua. « Colonel Falkirk, lieutenant Horner, vous avez l'autorisation de voir le Dr Bennell. Vous savez où le trouver, je pense.

— Vous pensez juste », fit Falkirk.

Sur la gauche, à quelques mètres de là, les deux battants de l'énorme portail d'acier se dressaient dans la lumière fluorescente et ressemblaient à la coulée d'un glacier. Falkirk et Horner prirent sur la droite en direction des ascenseurs.

L'entrepôt de Thunder Hill était équipé d'ascenseurs hydrauliques de trois tailles différentes, les plus grands pouvant aisément rivaliser avec les monte-charges des porte-avions. En plus des deux milliards et demi d'équipement et de matériel divers — aliments congelés, médicaments, matériel d'hôpital de campagne, vêtements, couvertures, tentes, armes de poing, fusils, mortiers, artillerie légère, munitions, véhicules légers, petits blindés et missiles à tête nucléaire — plusieurs dizaines d'hélicoptères et de chasseurs étaient basés ici, au cœur de la montagne.

Les deux hommes prirent un ascenseur de taille plus modeste.

Les médicaments, les armes, les munitions et la nourriture étaient stockés au troisième niveau, le plus bas de tous, dans un véritable dédale de chambres fortes bien isolées les unes des autres. Au deuxième niveau — l'étage intermédiaire — se trouvaient les véhicules terrestres et aériens, parfaitement alignés dans d'immenses cavernes. C'était également là que le personnel vivait et travaillait.

Leland Falkirk et le lieutenant Horner descendirent au deuxième niveau et débouchèrent dans une vaste salle creusée dans la roche et mesurant près d'une centaine de mètres de diamètre. Tout le monde l'appelait « le Noyau » car c'était de là qu'irradiaient, ainsi que les rayons d'une roue, quatre autres cavernes — elles-mêmes suivies d'autres grottes plus petites. La plus grande des quatre salles abritait entre autres choses les avions et les véhicules terrestres.

Trois des quatre cavernes donnant sur le Noyau étaient dépourvues de porte parce qu'il n'y avait pas vraiment de risque d'incendie ou d'explosion à ce niveau. Mais il en allait autrement avec la quatrième chambre, réceptacle de ce secret fabuleux que Falkirk et bien d'autres avaient contribué à dissimuler. Il s'arrêta à quelques mètres de l'ascenseur et ne put s'empêcher d'admirer les énormes battants de six mètres de haut et de quinze mètres de large. Ils étaient constitués de madriers entrecroisés, assemblés à la hâte vu l'urgence de la situation — le temps avait manqué pour fabriquer une véritable porte.

Le lieutenant Horner dit : « Ça vous fait toujours aussi froid dans le dos, mon colonel ?

— Pourquoi, vous vous y êtes habitué, vous ?

— Oh non, mon colonel, j'en suis encore loin. »

Dans l'un des deux battants de bois avait été pratiquée une

ouverture de taille plus humaine. C'était par là qu'entraient et sortaient les chercheurs. Un garde armé n'autorisait le passage qu'aux personnes munies de laissez-passer. Les activités qui se déroulaient dans cette chambre interdite n'avaient rien à voir avec les autres fonctions de l'entrepôt et quatre-vingt-dix pour cent des membres du personnel n'avaient pas le droit d'en approcher. Autrement dit, neuf personnes sur dix ignoraient ce qui se passait dans cette caverne.

Tout autour du Noyau, entre les quatre cavernes rayonnantes, des bâtiments avaient été érigés contre la paroi. Ces structures dataient des origines de l'entrepôt, soit du début des années soixante. Ils avaient ensuite servi de bureaux aux ingénieurs, aux surveillants et aux officiers. Au fil des ans, toute une ville souterraine s'était développée dans les autres cavernes — chambrées, cafétéria, garages, salles de loisirs, laboratoires, ateliers, même une poste. Cette ville en miniature était désormais réservée aux militaires et aux fonctionnaires vivant une ou deux années dans l'entrepôt de Thunder Hill. Les appartements avaient le chauffage central, le téléphone, des cuisines et des salles de bains parfaitement équipées, en un mot tout le confort domestique.

Falkirk détacha son regard de la grande porte de bois et traversa le Noyau en direction d'une structure métallique de couleur blanche — les bureaux du Dr Miles Bennell. Le lieutenant Horner ne le quittait pas d'une semelle.

L'été de l'année dernière, Miles Bennell — que le colonel Falkirk détestait au plus haut point — était arrivé à Thunder Hill pour diriger l'enquête scientifique faisant suite aux événements du 6 juillet. Depuis, il n'était sorti qu'à trois reprises de l'entrepôt et ses absences n'avaient jamais dépassé deux semaines. Il était obsédé par sa mission. Mais peut-être existe-t-il un mot plus fort qu'obsédé...

Le Dr Miles Bennell avait l'air malade. Comme pratiquement tout le monde à Thunder Hill, il avait le teint grisâtre de ceux qui n'ont pas vu le soleil depuis longtemps. Sa barbe et ses cheveux bruns frisés faisaient ressortir un peu plus sa pâleur. Dans l'éclairage fluorescent de son bureau, il avait l'air d'un spectre. Il salua rapidement le colonel et le lieutenant, ne prenant pas la peine de leur serrer la main.

Cela convenait parfaitement à Falkirk. Une poignée de main lui aurait paru relever de la plus grande hypocrisie. Et puis, il craignait un peu que Miles Bennell eût été « compromis », qu'il ne fût plus ce qu'il semblait être... qu'il ne fût plus totalement humain. Et si cette hypothèse délirante et paranoïaque se révélait exacte, il ne voulait pas avoir le moindre contact physique avec lui, pas même une rapide poignée de main.

« Docteur Bennell. » Leland Falkirk avait cette intonation et cette détermination qui lui assuraient toujours la plus vive obéissance de la part d'autrui. « La façon dont vous vous êtes occupé de la sécurité est inepte et criminelle, à moins que vous ne soyez *vous-même* le traître que nous recherchons. Écoutez-moi bien : cette fois-ci, nous trouverons le fumier qui a posté les photographies — terminés, les interrogatoires sabotés et les détecteurs de mensonges en panne ! — et nous saurons si c'est lui qui a attiré Jack Twist. Et là, croyez-moi, nous lui ferons cracher le morceau et il en viendra à regretter le jour où sa mère s'est fait engrosser ! »

D'un calme étonnant, Bennell lui sourit et dit : « Ce n'est pas la peine de vous mettre dans tous ces états, colonel. Je désire autant que vous tirer cette affaire au clair. »

Falkirk aurait voulu lui envoyer son poing dans la figure. C'était là une des raisons pour lesquelles il haïssait Miles Bennell : rien ni personne ne parvenait à l'intimider.

Calvin Sharkle habitait l'avenue O'Bannon, dans l'agréable quartier résidentiel d'Evanston. Le père Wycazik dut stopper à deux reprises dans des stations-services pour demander son chemin. Quand il arriva au coin des avenues Scott et O'Bannon, à deux pâtés de maisons seulement de la villa de Sharkle, il fut arrêté par des policiers en faction devant une barricade improvisée, constituée de deux véhicules de patrouille et une ambulance. Des équipes de télévision dotées de caméras portables couraient un peu partout.

Wycazik comprit tout de suite qu'il se passait quelque chose de dramatique dans la maison de Sharkle.

Malgré la température plus que fraîche et les rafales de vent, une foule d'une centaine de personnes s'était rassemblée sur les pelouses et les trottoirs — des gens tout à fait ordinaires, semblables à ceux qu'on voit le dimanche dans les stades.

Seulement, ce n'était pas à un match de football qu'ils assistaient, mais à une véritable tragédie.

Le père Wycazik se trouvait là depuis moins d'une minute quand un individu moustachu au visage rougeaud se fit un plaisir de tout lui raconter. « Bon sang, on dirait que vous ne regardez pas la télé ! C'est Sharkle qu'est là-bas, mon vieux. Il est enfermé depuis hier dans sa maison. Il a déjà buté deux de ses voisins et un poulet. Il paraît qu'il a deux otages avec lui, eh bien, si vous voulez mon avis, ils ont pas plus de chance de s'en tirer qu'un matou dans un congrès de bergers allemands. »

Le mardi matin, Parker Faine prit un vol Pacific Southwest Airlines pour San Francisco, puis un appareil de la West Air pour Monterey. En tout et pour tout, il ne mit qu'un peu plus de deux heures et demie.

A la petite agence Hertz de l'aéroport de Monterey, il loua une Tempo dont la couleur caca d'oie était une insulte à son sens artistique.

La voiture n'était pas particulièrement nerveuse, surtout dans les montées. Il ne lui fallut pourtant pas plus de trente minutes pour localiser l'adresse que lui avait communiquée Dom — l'adresse de Gerard Salcoe, l'homme qui était arrivé le soir du 6 juillet au Tranquility Motel avec sa femme et ses deux filles.

C'était une grande demeure de style colonial qui se dressait au milieu d'un petit parc aux arbres soigneusement taillés.

Parker s'engagea dans l'allée et s'arrêta devant un portique aux colonnes de faux marbre. Les rideaux étaient tirés devant les fenêtres. Aucune pièce n'était éclairée. La maison semblait déserte.

Il sonna à six reprises, attendant une bonne minute entre chaque coup de sonnette. Personne ne vint lui ouvrir.

La nuit dernière, quand un certain Jack Twist l'avait appelé d'une cabine publique d'Elko et, prétendant avoir un message de Dom, lui avait demandé de se rendre à une cabine de Laguna Beach où on le contacterait vingt minutes plus tard, Parker avait abandonné la toile à laquelle il travaillait sans relâche depuis trois heures de l'après-midi. Il était allé à la cabine sans hésitation. De même, il avait pris l'avion pour Monterey. Le fait que son travail le passionnât ne l'empêchait pas de penser souvent à Dom et aux événements qui se déroulaient là-bas, à Elko. Comme il aurait aimé se trouver lui aussi en plein mystère ! Son excitation fut à son comble quand Twist lui parla de l'expérience réalisée par Dom et le prêtre avec les salières. Pour un peu, il serait parti en pleine nuit pour Monterey s'il y avait eu un avion.

Mais voici qu'il se heurtait à une maison vide.

Il remonta en voiture, et au moment de démarrer, crut voir un rideau bouger à l'une des fenêtres du rez-de-chaussée. Il fixa la fenêtre pendant plusieurs secondes avant de se dire que ce n'était qu'une illusion. Il accéléra et quitta la propriété, heureux de jouer une nouvelle fois les espions.

Ernie et Dom garèrent la Cherokee tout au bout de la route de campagne et le camion au pare-brise fumé s'arrêta deux cents mètres derrière. Le conducteur n'en descendit pas, pas plus que le passager, s'il y en avait un.

« Vous croyez que ça va chauffer ? demanda Dom en rejoignant Ernie au bord de la route.

— S'ils cherchaient la bagarre, ils n'auraient pas attendu si longtemps. Personnellement, ça ne me gêne pas qu'ils nous suivent toute la journée tant qu'ils s'en tiennent là. »

Ils prirent deux fusils de chasse à l'arrière de la jeep — une Winchester 94 acceptant des cartouches spéciales de calibre 32 et une Springfield — et les manipulèrent bien ostensiblement pour que les occupants du camion comprennent qu'ils n'hésiteraient pas à s'en servir.

La neige ne tombait pas encore, mais le vent pinçait fort. Dom ne regrettait pas les vêtements chauds achetés à Reno, mais il aurait préféré une combinaison de ski isolante comme celle d'Ernie. Ainsi que des bottes fourrées plutôt que des après-ski. Dans la journée, Ginger et Faye se rendraient dans une boutique d'articles de sport d'Elko avec la liste des choses nécessaires pour l'expédition de ce soir, y compris des vêtements convenables pour Dom et tout ce qui pouvait manquer aux autres membres de la Famille.

Dom et Ernie s'éloignèrent de la Cherokee et parcoururent les prés pour poursuivre à pied leur inspection du périmètre de Thunder Hill. Les clôtures électrifiées renforcées de fil de fer barbelé ne suivaient plus la route de campagne et bifurquaient en direction de l'est. Dans les pâturages, la neige avait une bonne vingtaine de centimètres d'épaisseur. Les deux hommes marchèrent pendant quelque deux cents mètres avant d'arriver à un point d'où ils pouvaient apercevoir, au loin, les portes géantes encastrées dans la montagne.

Rien n'indiquait qu'il y eût des gardes ou des chiens. De l'autre côté de la clôture, la neige n'était marquée d'aucune empreinte de pas, d'aucune trace de patte : il n'y avait donc pas de ronde régulière.

« D'habitude, ce genre d'endroit est plutôt bien protégé, dit Ernie. S'il n'y a pas de patrouilles à pied, cela signifie que les environs doivent être bourrés de gadgets électroniques. »

Dom jeta un coup d'œil vers le haut du pré, préoccupé à l'idée que les occupants du camion puissent trafiquer la Cherokee pendant leur absence. Il vit un individu dont les vêtements sombres se détachaient sur le blanc de la neige. Immobile, il observait Ernie et Dom.

Ernie le remarqua à son tour. Il cala la Winchester sous son bras droit et porta à ses yeux les grosses jumelles qu'il avait pris soin d'emporter. « C'est un type de l'armée. En tout cas, c'est une capote réglementaire qu'il a sur le dos.

— Je pensais qu'ils se seraient montrés plus discrets.

— Il veut que nous sachions ce qu'il transporte pour que nous comprenions que nos armes ne lui font pas peur.

— Qu'est-ce que vous voulez dire ? fit Dom. Il est armé ?

— Oui, il a une mitraillette FN de fabrication belge. Un petit bijou. Ça peut tirer jusqu'à six cents coups à la minute. »

Si le père Wycazik avait regardé la télévision la veille au soir, il aurait été au courant de l'aventure de Cal Sharkle. Depuis vingt-quatre heures, on n'entendait plus que ça aux informations locales.

Cela faisait des mois que Calvin Sharkle affichait un comportement qu'on ne pouvait que qualifier d'étrange. D'un naturel affable et serviable, ce célibataire qui vivait seul mais savait se faire apprécier de tous était devenu, au fil des semaines, sinistre, renfermé, grincheux. Il disait à ses voisins qu'il avait « un mauvais pressentiment », qu'il était persuadé que « des choses terribles allaient arriver ». Il lisait des livres et des magazines traitant de la survie et ne parlait que de l'Armageddon. Il était assailli par d'horribles cauchemars.

En décembre, il avait abandonné son travail, vendu son camion et déclaré à ses voisins que la fin était imminente. « Quelque chose de formidable et de terrible va se produire », avait-il dit à sa sœur, Mme Gilchrist. Celle-ci l'avait envoyé consulter un médecin, qui n'avait pu diagnostiquer qu'un stress d'origine professionnelle. Mais après Noël, le bavard impénitent qu'était Calvin Sharkle avait cédé la place à un individu taciturne et soupçonneux. La première semaine de janvier, il avait fait suspendre sa ligne téléphonique. Pour toute explication, il avait prononcé à voix basse : « Qui sait comment ils arriveront quand ils viendront nous prendre ? Peut-être qu'ils pourront faire ça par téléphone... » Naturellement, il ne pouvait — ni ne voulait — donner de précisions sur ces « ils » mystérieux.

Nul ne pensait que Cal pût devenir vraiment dangereux. Toute sa vie durant, il s'était montré paisible et bon. Son comportement récent était des plus excentriques, mais il n'avait aucune raison de sombrer dans la violence.

Et puis, hier matin, à huit heures trente très exactement, Cal était allé rendre visite aux Wilkerson, de l'autre côté de la rue. Il avait toujours été très proche de cette famille, mais s'en était quelque peu éloigné depuis un certain temps. Edward Wilkerson rapporta les paroles de Cal aux journalistes : « Voilà, je ne suis pas égoïste et ce n'est pas parce que je me suis préparé tout seul dans mon coin que je dois vous laisser tomber. Tu vas te planquer chez moi avec ta famille, Ed, comme ça vous ne craindrez rien le jour où ils viendront nous chercher. » Cal Skarkle lui avait soutenu qu'il possédait des armes et des munitions ; il n'hésiterait pas à transformer sa maison en forteresse.

Alarmé par cette histoire d'armes, Wilkerson avait pris les choses à la plaisanterie avec Cal mais, dès que celui-ci était parti, il avait contacté la sœur du routier, Nan Gilchrist. Elle était arrivée vers dix heures et demie en compagnie de son mari et avait rassuré Wilkerson en prétendant pouvoir ramener son frère à la raison et le conduire à l'hôpital le plus proche. Après que Mme Gilchrist et son mari furent entrés dans la maison, Ed Wilkerson s'était dit qu'ils auraient peut-être besoin d'un coup de main. Il était donc allé chercher un autre voisin, Frank Krelky, pour les aider au cas où Cal ferait des histoires.

Wilkerson avait pensé que Gilchrist ou sa femme ouvrirait la porte, mais ce fut Cal Sharkle en personne qui apparut. Il avait l'air très excité, au bord de l'hystérie — et il portait un fusil semi-automatique de calibre 20. « Vous avez *changé*, cria-t-il aux deux hommes. Quand est-ce que cela s'est passé ? Quand avez-vous cessé d'être humains ? Seigneur, je vois que vous voulez tous nous avoir ! » Il poussa un cri horrible et ouvrit le feu. La première balle atteignit Krelky en pleine gorge avec une telle violence qu'il fut à moitié décapité. Wilkerson s'enfuit en courant, reçut une balle dans la jambe, s'écroula sur la pelouse et fit le mort. Cette ruse lui sauva la vie.

Maintenant, Krelky était à la morgue et Wilkerson à l'hôpital, en assez bonne condition toutefois pour parler aux journalistes.

Le père Wycazik se trouvait à l'entrée de l'avenue O'Bannon, en compagnie d'un individu qui s'empressait de lui apprendre les derniers développements de l'affaire. « Les flics ont bloqué tout le quartier et ils ont fait évacuer les maisons. Ils ont essayé de parlementer avec Cal, mais il a pas le téléphone et quand ils se servent de leur mégaphone, il leur répond même pas. Les flics croyaient que la sœur et le beau-frère étaient encore en vie, c'est pourquoi ils voulaient pas attaquer. Mais hier soir, ils en ont eu assez et ils ont fait venir un détachement des unités anti-émeutes pour tenter de le sortir de là et de récupérer la famille. Ils ont balancé des grenades lacrymogènes et ils ont voulu donner l'assaut à la maison, mais là, ils sont tombés sur un os parce que Cal avait tendu des fils métalliques en travers de sa pelouse. Comme il faisait presque nuit, ils se sont tous foutus par terre. C'est alors qu'il a ouvert le feu sur eux. Il portait un masque à gaz, comme je vous le dis, il s'attendait à tout cela. Il a tiré dans le tas et puis, il a refermé la porte et il a foncé à la cave. Il a mis des plaques de métal devant les soupiraux et comme il y avait déjà du blindage à la porte de la cave, ça fait que plus personne ne peut rentrer maintenant ! »

Wycazik écoutait le récit un peu décousu sans quitter pour autant de vue la maison du forcené.

L'homme poursuivit, ravi d'avoir un tel auditeur : « Les flics, ils se sont tous repliés et ils ont décidé de laisser passer la nuit sans rien faire. Ce matin, Cal a écarté les volets de fer et il a tiré une fois ou deux, comme ça, en l'air, et puis il a aussi crié quelque chose.

— Qu'est-ce qu'il a dit ? demanda Wycazik.
— Attendez... »

Une rumeur circulait dans la foule. Quelques spectateurs cherchèrent à s'éloigner rapidement du cordon de police.

« Qu'est-ce qui se passe ?
— Il y a un type là-bas, il peut capter la fréquence de la police sur son autoradio, il dit que les flics vont attaquer la maison et faire la peau à Cal ! »

Il ne resta bientôt plus qu'une dizaine de curieux tout près du cordon de police. Tous les autres badauds s'étaient enfuis à l'annonce de l'assaut imminent.

Il allait y avoir de nouveaux morts, de nouveaux blessés. C'était inévitable. Jusqu'à présent, Wycazik n'avait vu que les aspects positifs de toute cette histoire, les guérisons miraculeuses, les phénomènes mystérieux dans lesquels il sentait la présence de Dieu. C'était maintenant les aspects les plus sombres qui se révélaient à lui et il en était ébranlé.

Le père Wycazik se hâta de rejoindre la foule, rassemblée autour d'un van Chevrolet bleu métallisé dont le conducteur avait monté au maximum le son de l'autoradio pour que chacun pût entendre les conversations des hommes de la police et des membres des unités anti-émeutes.

Les anti-émeutes étaient déjà entrés en action. Ils avaient investi le rez-de-chaussée de la maison de Cal. Ils allaient utiliser un pain de plastic pour faire sauter les gonds de la porte blindée de la cave. Simultanément, un autre groupe ferait sauter l'autre porte de la cave, celle qui donnait sur la pelouse arrière. Sharkle serait ainsi pris en tenailles. Cette stratégie était terriblement dangereuse pour les policiers et les otages, mais les autorités avaient pensé qu'il était encore plus risqué de pratiquer l'attentisme.

Deux petites explosions retentirent. La foule poussa un cri. Chacun savait que les portes de la cave venaient de voler en éclats. Et puis, alors que personne ne s'y attendait, une troisième explosion, infiniment plus violente, ébranla toutes les vitres du quartier. Des cris fusèrent d'un peu partout.

« Il avait des grenades, il s'est fait sauter avec ses otages ! »

Tout le monde mettrait ce pénible incident sur le compte de la démence. Le père Wycazik, lui, connaissait la vérité. Les délires de Sharkle s'expliquaient parfaitement pour qui savait ce qui s'était passé au Tranquility Motel. Et ses imprécations n'avaient rien d'étonnant quand on les plaçait dans le contexte de guérisons miraculeuses et de phénomènes de télékinésie. Ce que le malheureux avait confié à voix basse à son voisin, ce qu'il avait hurlé quand les deux hommes étaient venus à sa porte, c'était peut-être, tout simplement, *la réalité !*

Stefan Wycazik savait qu'il n'avait plus rien à faire ici.

Il ne retournerait pas au rectorat.

Avant même les événements dramatiques survenus chez les Mendoza, avant même la tragédie dont Cal Sharkle avait été l'acteur principal, il avait su que sa route le mènerait un jour ou l'autre dans un coin perdu du Nevada, au Tranquility Motel.

Ce jour était arrivé.

Il retrouva sa voiture, mit le moteur en marche et prit la direction de l'aéroport.

Ginger et Faye passèrent la plus grande partie de la matinée en compagnie d'Elroy et Nancy Jamison.

Le plus adroitement possible, elles recherchèrent tout détail susceptible de prouver que le couple souffrait des effets de l'effondrement de leur blocage mnémonique. Elles n'en décelèrent aucun. Les Jamison étaient parfaitement heureux. Le lavage de cerveau avait aussi bien réussi chez eux que chez Faye. Les faux souvenirs dont on les avait dotés étaient parfaitement ancrés. Les intégrer à la Famille ne servirait qu'à mettre leur vie en péril.

Ginger et Faye reprirent la camionnette. Sur le porche de leur maison, les Jamison leur lancèrent de joyeux au revoir. Ginger dit : « Ce sont vraiment de braves gens.

— Oui, et des amis sincères. J'aurais aimé qu'ils soient à nos côtés dans cette épreuve, mais je préfère autant les savoir en dehors de tout cela. »

Les deux femmes restèrent un instant silencieuses et Ginger se demanda si Faye pensait la même chose qu'elle : la voiture était-elle encore garée en face de l'allée menant au ranch et ses occupants allaient-ils se contenter de les suivre ?

Faye fit halte à l'ombre d'un arbre gigantesque. Elle déboutonna son manteau et glissa la main sous son pull. « Ils ne nous seront d'aucune utilité s'ils se mettent à nous canarder, dit-elle, mais tant pis. » Le sourire aux lèvres, elle exhiba deux grands couteaux de cuisine qu'elle déposa entre les deux sièges. « Je les ai affûtés moi-même. D'accord, c'est peut-être ridicule à côté d'une arme à feu, mais s'ils veulent nous attraper, je ne me gênerai pas pour le leur planter dans le ventre. »

Le véhicule redémarra et elles parvinrent au bout de l'allée. La voiture brun verdâtre était toujours là, avec ses deux occupants. Ginger leur adressa un signe de la main. Ils ne répondirent pas.

Faye redescendit vers le fond de la vallée.

Miles Bennell pouvait s'effondrer dans son fauteuil de bureau et prendre un air extrêmement las ; il pouvait aussi déambuler dans la pièce tout en répondant aux questions sur un ton tantôt ironique, tantôt indifférent ; mais jamais il ne se rebellait, ne se mettait en colère ou ne se montrait effrayé comme c'eût été le cas pour tout individu plongé dans la même situation.

Le colonel Leland Falkirk lui vouait une haine sans bornes.

Assis à une petite table dans un coin de la pièce, Falkirk compulsait méthodiquement les dossiers qu'il avait personnellement établis, un pour chacun des scientifiques civils chargés du bon déroulement des études et des expériences menées derrière les lourdes portes de bois de la caverne, là où était jalousement conservé le secret du 6 juillet. Il espérait restreindre le champ des traîtres possibles en déterminant quels hommes et quelles femmes auraient pu se trouver à New York à l'époque où les deux notes et les photographies avaient été envoyées à Dom Corvaisis, à Laguna Beach.

Falkirk se heurtait à de nombreux problèmes. En premier lieu, un nombre trop important de ces foutus civils avait eu vent de la conspiration au cours des dix-huit derniers mois. Trente-sept hommes et femmes appartenant à un éventail très large de disciplines scientifiques avaient des laissez-passer et des connaissances essentielles au programme de recherche élaboré par Bennell. Trente-huit civils, dont Bennell. C'était un miracle que trente-huit savants n'ayant pas la moindre notion de la discipline militaire eussent réussi à garder si longtemps un secret d'une telle envergure.

Ce n'était pas tout. Seuls Bennell et sept autres scientifiques se consacraient à la recherche à temps complet, à l'exclusion de toute autre occupation professionnelle, et vivaient en permanence à Thunder Hill. Les trente autres avaient des familles et des fonctions universitaires qu'ils ne pouvaient abandonner bien longtemps, de sorte qu'ils allaient et venaient en fonction des trous de leurs emplois du temps, séjournant parfois quelques jours et parfois plusieurs semaines, mais jamais plus de quelques mois. Ce serait par conséquent un travail long et ardu que d'interroger chacun d'eux pour savoir si et quand il — ou elle — s'était rendu à New York.

Pis encore, sur les huit personnes effectuant des recherches à temps complet, trois seulement, dont Miles Bennell, étaient allées à New York en décembre.

En bref, la liste des suspects regroupait pour l'heure trente-trois personnes parmi les seuls scientifiques.

Falkirk se montrait tout aussi soupçonneux à l'égard du personnel de sécurité de l'entrepôt, bien que le major Fugata et le lieutenant Helms, le responsable de la sécurité et son bras droit, fussent en théorie les seuls à savoir ce qui se passait vraiment dans la caverne interdite. Fugata avait découvert que le polygraphe était détérioré et ne pouvait fournir des résultats fiables. Hier, on avait fait venir une nouvelle machine de Shenkfield, mais elle s'était également révélée défectueuse. Selon Fugata, elle était arrivée dans cet état, mais Falkirk savait que ce n'était pas vrai.

Un des individus impliqués dans le projet avait su que les blocages mnémoniques des témoins étaient en train de craquer. Décidant de profiter de l'occasion, il avait expédié à certains d'entre eux des messages secrets et des Polaroïd volés dans les fichiers. Ce salaud avait failli réussir et, maintenant que la pression était sur lui, il sabotait les détecteurs de mensonges.

Le colonel cessa de compulser ses notes et leva les yeux vers Miles Bennell. « Docteur, faites-moi profiter de vos connaissances scientifiques.

— Mais très certainement, mon colonel.

— Tous ceux qui travaillent avec vous connaissent le rapport publié il y a sept ans par le Cérire. Ils savent quelles terribles conséquences résulteraient de la révélation de nos découvertes auprès du grand public. Pourquoi donc l'un d'entre eux se montrerait-il irresponsable au point de saper la sécurité du projet ? »

Le Dr Bennell avait l'air sincèrement désireux de l'aider, mais

Falkirk décelait aisément les intonations dédaigneuses de sa voix. « Certains ne sont pas d'accord avec les conclusions du Cérire. D'autres pensent que la publicité des découvertes n'entraînerait pas une catastrophe ; pour eux, le Cérire a fondamentalement tort et se montre trop élitiste.

— Je crois pour ma part que le Cérire a eu raison. Et vous, lieutenant Horner ?

— Je partage votre avis, mon colonel. Si les nouvelles doivent être divulguées au grand public, il faut que cela se fasse lentement, que cela s'étale sur une dizaine d'années. Même alors... »

Le colonel Falkirk hocha la tête. Il dit à Bennell : « J'ai une piètre opinion, quoique réaliste, de mes contemporains, docteur, et je sais très bien ce qui se passerait dans le monde après la révélation de ces découvertes. Ce serait le chaos. Une crise sociale et politique inimaginable. Exactement ce que le Cérire a prévu. »

Bennell haussa les épaules. « Vous avez parfaitement le droit de penser cela. » *Même si vous êtes arrogant, ignorant et borné*, aurait-il aimé ajouter.

Falkirk se pencha en avant et dit : « Et vous, docteur, vous croyez que le Cérire a raison ?

— Je ne suis pas votre homme, mon colonel, fit Bennell d'un ton évasif. Ce n'est pas moi qui ai envoyé les photos et les messages à Corvaisis ou aux Block.

— Très bien, docteur. Dans ce cas, vous me soutiendrez certainement dans mon dessein de soumettre à la question tous les membres du projet de recherche. Même si le polygraphe est réparé, les réponses qu'il nous fournira seront bien moins fiables que celles obtenues grâce au penthotal et aux autres substances du même type. »

Bennell croisa les mains derrière la nuque. « Il y en a certains qui n'apprécieront pas, vous savez. Ce sont des êtres d'une intelligence supérieure, mon colonel. Leur intellect est primordial pour eux et ils ne prendront pas le risque de se faire injecter des drogues dont les effets secondaires peuvent nuire, même de façon très passagère, à leurs fonctions mentales.

— Écoutez, docteur, je vais faire subir un interrogatoire sous drogue à tous ceux qui travaillent à Thunder Hill, qu'ils connaissent le secret ou non. Je vais demander son approbation au général Alvaro. » Alvaro était le grand responsable de l'entrepôt de Thunder Hill. En réalité, ce militaire n'avait jamais quitté son bureau et était tout juste bon à signer des papiers, et Falkirk le détestait tout autant qu'il haïssait Bennell. « Si le général me donne le feu vert et si des membres de votre équipe refusent d'obtempérer, je m'occuperai personnellement d'eux et je les briserai. Y compris vous. Est-ce que je suis assez clair ?

— Tout à fait », dit Bennell, impassible.

Le colonel repoussa ses fiches. « Ça ne va pas assez vite. Je veux ce traître tout de suite, pas dans un mois. Nous ferions mieux de réparer le polygraphe. » Il commença de se lever, puis se rassit comme si une idée venait de germer dans son esprit — alors qu'il l'avait en fait depuis son arrivée à l'entrepôt. « Dites-moi, docteur, qu'est-ce que vous pensez de l'évolution de Cronin et de Corvaisis ? Ces guérisons miraculeuses, tous ces phénomènes étranges... Comment interprétez-vous cela ? »

Bennell décroisa les mains. Dans ses yeux passait, enfin, une émotion sincère. « Je suis sûr que vous crevez de trouille, mon colonel, mais ce qui est plus grave, c'est que la peur soit votre seule réaction, alors que je pense quant à moi que c'est peut-être le plus grand moment de toute l'histoire de l'humanité. De toute façon, il faut absolument que nous parlions avec Cronin et Corvaisis. Il faut tout leur dire et obtenir leur coopération pour savoir très exactement comment ces pouvoirs sont apparus en eux. Nous ne pouvons nous contenter de les éliminer ou de leur faire subir un autre lavage de cerveau.

— Il sera impossible de préserver notre couverture si nous racontons tout aux témoins sans effacer leurs souvenirs.

— C'est vrai, reconnut Bennell. Dans ce cas, il faudra tout dévoiler au grand public. Mon colonel, vous n'avez pas l'air de vous rendre compte qu'avec l'évolution de ces derniers jours, Cronin et Corvaisis prennent le pas *sur tout le reste*, y compris notre couverture ! Nous devons absolument étudier ces deux hommes. Et pas seulement cela, mais leur donner aussi la possibilité de développer leurs étranges talents, quels qu'ils soient. Quand comptez-vous les arrêter ?

— Cet après-midi, au plus tard.

— Alors, nous pouvons espérer que vous nous les confierez ce soir ?

— Oui. » Falkirk se leva, pour de bon cette fois-ci. Il prit son manteau et se dirigea vers la porte du bureau, où l'attendait le lieutenant Horner. Il fit une pause et dit : « Docteur, comment saurez-vous si Cronin et Corvaisis ont changé ou pas ? Vous croyez qu'il n'y a pas de chance pour qu'ils soient... possédés. Mais si vous vous trompez, s'ils ne sont plus entièrement humains et s'ils vous dissimulent la vérité, comment réussirez-vous à le découvrir ? Il ne leur serait pas très difficile de se jouer du détecteur de mensonges ou des sérums de vérité ?

— C'est un problème, je le reconnais. » Miles Bennell se leva à son tour, enfonça les mains dans les poches de sa blouse et se remit à déambuler. « Nous y réfléchissons depuis que vous nous avez mis au courant, dimanche dernier. Nous sommes passés par toutes sortes d'états, mais je crois à présent que nous pourrons y arriver. Nous avons imaginé des tests médicaux et psychologiques, tout un arsenal plutôt sophistiqué, et l'ensemble de ces examens nous indiquera très précisément s'ils sont ou non infectés, s'ils sont encore humains... Je crois que vos craintes ne sont absolument pas fondées. Dans un premier temps, nous avons pensé que cette infection... cette *possession* constituait un danger, mais cela fait plus d'un an que nous savons qu'il n'en est rien. Je crois qu'ils peuvent être parfaitement humains et posséder ces pouvoirs... qu'ils *sont* entièrement humains.

— Je ne suis pas de votre avis. Et mes craintes sont fondées, croyez-le. S'ils ont changé, ils sont si supérieurs à vous que ce sera pour eux un jeu d'enfants que de vous abuser.

— Vous n'avez même pas entendu ce que nous avons...

— Autre chose, docteur. Une chose à laquelle vous n'avez pas pensé mais que je dois *pour ma part* prendre en considération. Cela vous aidera peut-être à saisir ma position, étant donné que vous n'avez pas jusqu'à présent fait montre de beaucoup de compréhension. Vous ne vous rendez pas compte qu'il n'y a pas que des personnes enfermées au motel dont je dois me méfier ? Depuis que nous avons eu vent de ces pouvoirs paranormaux, c'est de *vous* aussi que j'ai peur !

— De moi ? s'écria Bennell, abasourdi.

— Nous nous sommes même demandés si nous serions capables d'assurer notre propre sécurité, intervint le lieutenant Horner. Je ne vous ai pas quitté de l'œil une seule seconde, docteur. Vous n'avez pas remarqué que j'ai pratiquement toujours eu la main posée sur mon revolver ? »

Bennell était incapable de répliquer.

Falkirk dit : « Docteur, vous me prenez certainement pour un dingue de la gâchette, un fasciste xénophobe et dégénéré. Mais si l'on m'a confié la responsabilité de cette opération, c'est non seulement pour dissimuler la vérité au grand public, mais aussi pour le protéger. Et cela fait partie de mon boulot de prévoir le pire et d'agir en conséquence !

— Seigneur ! s'écria Bennell. Vous êtes complètement paranos, tous les deux !

— Je m'attendais à ce que vous réagissiez ainsi, dit Falkirk, que vous apparteniez encore ou non à la race humaine. » Il se tourna vers Horner. « Allons-y, il y a un polygraphe à réparer. »

Horner prit la direction du Noyau. Falkirk le regarda partir, puis se tourna vers le savant barbu, plus pâle que jamais.

« Si vous avez décidé de tout plaquer, il vaudrait mieux que vous y renonciez. Il y a dix-huit mois de cela, j'ai envisagé cette possibilité et j'ai secrètement introduit un programme spécial dans le Vigilant. Sur un ordre de moi, le Vigilant peut instituer une nouvelle politique qui interdit à quiconque de quitter Thunder Hill sans code spécial. Bien entendu, je suis le seul à connaître ce code. »

Miles Bennell était effondré d'indignation.

« Vous voulez dire que vous nous retiendriez prisonniers ? » Il s'interrompit. La vérité venait de s'imposer à lui dans toute sa cruauté. « Mon Dieu, vous ne me révéleriez pas cela si vous n'aviez déjà activé le nouveau programme du Vigilant...

— C'est exact, fit le colonel. En arrivant, je me suis fait reconnaître en présentant ma main gauche au lieu de ma main droite. C'était le signal qu'attendait le système pour instaurer l'ordre nouveau. Personne, en dehors du lieutenant Horner et de moi-même, ne pourra sortir de Thunder Hill tant que je n'aurai pas rétabli le code primitif. »

Le colonel Falkirk quitta le bureau et pénétra dans le Noyau, extrêmement satisfait de lui-même. Cela lui avait pris dix-huit mois, mais il avait enfin réussi à briser l'insupportable assurance de Miles Bennell.

S'il lui avait dévoilé un secret de plus, le savant se serait certainement jeté à ses pieds pour l'implorer. Mais ce secret, le colonel le gardait pour lui tout seul. Il avait conçu un plan pour tuer la totalité des occupants de Thunder Hill au cas où il déciderait qu'ils étaient infectés et se faisaient passer pour des humains. Il avait les moyens de réduire les installations à néant et d'étouffer l'épidémie dans son sein. Certes, il devrait mourir, lui aussi, mais c'était un sacrifice auquel il était préparé.

Après n'avoir dormi que cinq heures et demie, Jorja Monatella prit une douche, s'habilla et se rendit à l'appartement des Block, où elle trouva Marcie assise à la table de cuisine en compagnie de Jack Twist. Elle s'arrêta dans le living, juste avant l'encadrement de la porte, pour les observer discrètement un instant.

Ainsi donc, il était capable de converser librement avec un enfant, sans la moindre marque de condescendance ou d'ennui, ce qui n'était pas donné à la plupart des adultes. Il plaisantait avec Marcie, lui posait des questions sur ses chansons ou ses films préférés, lui demandait ce qu'elle aimait le mieux manger et l'aidait à colorier les dernières lunes de son album. Cependant, Marcie se trouvait dans un état plus inquiétant que la veille. Elle ne répondait pas à Jack et se contentait de lui adresser de temps à autre un regard vide. Mais Jack Twist ne perdait pas patience. Jorja se souvint qu'il avait passé huit ans à faire la conversation à une femme plongée dans le coma le plus profond et qu'il n'allait pas être découragé par l'indifférence d'une petite fille.

Jorja resta plusieurs minutes dans le living, partagée entre le plaisir de voir Jack se comporter de la sorte et la souffrance de constater que sa fille agissait de plus en plus comme une gosse atteinte d'autisme.

« Bonjour ! s'écria Jack en levant les yeux de l'album. Vous avez bien dormi ? Ça fait longtemps que vous êtes là ?

— Non, dit-elle en entrant dans la cuisine.

— Marcie, dis bonjour à ta mère. »

Mais Marcie n'abandonna pas une seule seconde son coloriage.

Jorja rencontra le regard de Jack et y lut de la sympathie mêlée d'inquiétude. « Il est déjà tard, fit Jorja. Il est presque midi. »

Elle s'approcha de Marcie, lui souleva le menton. Les yeux de la petite fille scrutèrent un instant ceux de sa mère. Puis elle eut un regard tourné vers l'intérieur, terrible et glacé. Jorja la lâcha et elle se remit aussitôt à frotter le papier de son dernier crayon rouge.

Jack repoussa sa chaise et marcha jusqu'au réfrigérateur. « Vous avez faim, Jorja ? Moi, je crève de faim. Marcie a mangé un peu plus tôt, mais je vous attendais pour le petit déjeuner. » Il ouvrit la porte du frigo. « Des œufs au bacon avec des toasts ? A moins que vous ne préfériez une omelette avec du fromage, des herbes, de l'oignon et une pointe de poivre vert.

— Vous savez aussi faire la cuisine ? demanda Jorja.

— Je ne tiendrai jamais de restaurant, dit-il. Mais d'habitude, c'est mangeable et, la plupart du temps, les gens devinent même ce qu'ils ont dans leurs assiettes. » Il jeta un coup d'œil dans le congélateur. « Il y a des gaufres surgelées. Je pourrais en réchauffer quelques-unes.

— Faites à votre idée. » Jorja ne réussissait pas à détacher ses yeux de Marcie et le peu d'appétit qu'elle avait s'amenuisait de seconde en seconde.

Les bras chargés d'ingrédients, Jack se dirigea vers le plan de travail près de l'évier pour préparer son omelette. Jorja le rejoignit et, dans un chuchotement — bien que Marcie ne l'eût pas entendue même si elle avait crié —, elle dit : « Elle a vraiment pris son petit déjeuner ?

— Oui, répondit-il sur le même ton. Des céréales. Un toast avec de la confiture et du beurre de cacahuète. Naturellement, je l'ai un peu aidée. »

Jorja s'efforçait de ne pas penser à ce que Dom avait raconté à propos de Zebediah Lomack, à la façon dont le sort tragique de Lomack était intimement lié à celui d'Alan. Deux adultes avaient été impuissants à lutter contre les obsessions maladives qui les assaillaient depuis le 6 juillet de l'année dernière et le lavage de cerveau qu'ils avaient subi. Quelles chances Marcie avait-elle de résister à ses frayeurs, de survivre... de vivre, tout simplement ?

« Allons, Jorja, fit Jack d'une voix très douce, vous n'allez pas vous mettre à pleurer. Ça ne sert à rien. » Il la prit dans ses bras. « Elle s'en tirera. Je vous le promets. Écoutez, ce matin même, les autres ont dit avoir passé une nuit formidable, sans le moindre cauchemar. Dom n'a pas eu de crise de somnambulisme et Ernie n'a presque pas eu peur du noir. Vous savez pourquoi ? Parce que être tous ensemble, comme les membres d'une vraie famille, ça soulage, ça fait craquer les blocages mentaux. D'accord, Marcie n'est pas très en forme ce matin, mais cela ne veut pas dire que son état empire. Bientôt, elle ira beaucoup mieux. Je le sais. »

Jorja ne s'attendait pas à ce que Jack l'enlace, mais elle

s'abandonna totalement contre lui. Et au lieu de se trouver faible, voir un peu ridicule, elle sentit une nouvelle vigueur monter en elle, une nouvelle force couler dans ses veines.

« Une omelette avec des herbes, du fromage, de l'oignon et du poivre vert, lui murmura-t-il à l'oreille comme s'il la sentait déjà reprendre pied. Ça ne vous dit rien ?

— Ça a l'air formidable », dit-elle en se dégageant à contre-cœur de son étreinte.

Impassible, Marcie continuait à colorier ses lunes tout en chantonnant à voix basse un air étrange, répétitif, hypnotique.

Parker Faine roula pendant près d'une demi-heure, se forçant à faire ce qui devait être accompli. Enfin, il reprit la direction de la maison des Salcoe et se gara à l'entrée de l'allée, sous un gros bouquet de pins. Il marcha jusqu'à la porte, sonna avec insistance pendant trois minutes. Une telle obstination était incompréhensible, même quand on ne veut recevoir personne, et s'il y avait eu quelqu'un, on serait finalement venu lui ouvrir — ne fût-ce que pour l'insulter. Mais personne ne se manifesta.

Parker fit lentement le tour du rez-de-chaussée, examinant discrètement les fenêtres et marchant comme si de rien n'était, comme s'il était le propriétaire des lieux, tout en sachant que personne ne pouvait l'apercevoir depuis la route.

Les rideaux étaient tirés, lui dissimulant l'intérieur. Il s'attendait à découvrir au bas des vitres le petit rectangle noir trahissant la présence d'une alarme électrique, mais il n'en vit pas.

Il essaya de forcer deux fenêtres. En vain.

A l'arrière de la maison, deux grandes portes-fenêtres donnaient sur une pelouse encombrée de meubles de jardin en rotin. D'un coup de coude, il brisa un petit carreau et, plongeant la main à l'intérieur, tourna la poignée.

Il pénétra dans une grande pièce au sol carrelé, le salon très certainement, et tendit l'oreille. La maison était silencieuse.

Il progressa à pas de loup entre les tables, le billard et le piano et se figea sur place en apercevant au mur le tableau de commande d'un système de sécurité sensible aux mouvements.

Il avait installé le même dans sa maison de Laguna Beach. La petite ampoule rouge aurait dû être allumée pendant l'absence des propriétaires. La lampe était bien là, mais éteinte. Apparemment, le système n'avait pas été activé.

Parker Faine s'engagea dans un couloir, débouchant bientôt dans la cuisine, puis dans la salle à manger. Il y faisait très sombre et il se risqua à allumer la lumière.

Une fois de plus, il écouta.

Rien. Le silence qui régnait dans la maison était aussi pesant que celui d'une tombe.

Quand Brendan Cronin entra dans la cuisine des Block après s'être levé tard et avoir pris une bonne douche, il trouva la petite Marcie en train de colorier des lunes et de chantonner à voix basse. Il pensa à la façon dont il avait guéri Emmeline Halbourg de ses propres mains et se demanda s'il pourrait utiliser son pouvoir psychique pour débarrasser Marcie de ses obsessions. Seulement, il n'osait pas. Incapable de se maîtriser, il pourrait causer chez la fillette des dommages irréparables.

Jack et Jorja finissaient leurs omelettes et leurs toasts. Ils accueillirent chaleureusement le prêtre. Jorja proposa de lui préparer un petit déjeuner, mais il déclina son invitation. Il ne désirait rien de plus qu'une tasse de café bien fort.

Tout en mangeant, Jack examina les quatre armes à feu posées sur la table à côté de son assiette. Deux d'entre elles appartenaient à Ernie. Jack avait apporté les deux autres de New York. Ni Brendan ni Jorja n'évoquèrent les armes parce qu'ils savaient qu'on pouvait les entendre. Il était inutile de révéler l'importance de leur arsenal.

Les armes rendaient Brendan nerveux. Peut-être parce qu'il avait le pressentiment qu'elles serviraient à plusieurs reprises avant la fin de la journée.

Son optimisme à tout crin l'avait abandonné, en grande partie parce qu'il n'avait pas rêvé la nuit dernière. C'était la première fois depuis des semaines qu'il dormait d'une seule traite mais, pour lui, cela n'avait rien de positif. Contrairement aux autres, Brendan faisait chaque nuit un rêve plaisant qui l'emplissait d'espoir. La disparition de ce rêve le rendait soucieux.

« Je croyais qu'il devait neiger ce matin, dit-il en prenant place à table.

— Ça ne devrait pas tarder », dit Jack.

Le ciel était aussi gris qu'une dalle de granit.

Dans la maison des Salcoe, à Monterey, Parker Faine recherchait principalement deux choses qui, l'une comme l'autre, lui auraient permis de remplir ses obligations envers Dom. Une adresse et un numéro de téléphone, une brochure d'hôtel, un dépliant touristique — n'importe quoi qui lui eût prouvé que les Salcoe étaient partis en vacances. Ou encore du sang sur les rideaux et les tapis, des meubles renversés, un mot griffonné à la hâte — en bref, quelque chose qui indiquât que les membres de la famille avaient été enlevés.

Certes, Dom ne lui avait demandé que de rencontrer ces gens, de bavarder un peu avec eux, mais Parker ne faisait jamais les choses à moitié. De plus, il prenait plaisir à ce qu'il faisait, même si son cœur commençait à battre la chamade et sa gorge à se serrer.

Il passa dans une bibliothèque, puis dans un petit salon de musique. Il y avait là un second piano, des clarinettes posées sur des chaises devant des pupitres, une barre pour les exercices. Les deux petites Salcoe devaient adorer la musique et la danse.

Parker ne découvrit rien au rez-de-chaussée et monta au premier étage, foulant lentement le tapis épais qui recouvrait les marches de chêne. Il fit halte à mi-étage, la main crispée sur la rampe.

Toujours le silence.

Il franchit les dernières marches et là, il entendit quelque chose. Un son curieux, à mi-chemin entre le *biiip* et le *blip*, qui venait des pièces situées de part et d'autre du palier. Il crut un instant que le système de sécurité s'était mis en marche, mais une alarme électronique aurait été des milliers de fois plus sonore que ces *biiip-blip*.

Il trouva un interrupteur, alluma la lumière. A nouveau, il tendit l'oreille, cherchant à déceler autre chose que les étranges *biiip-blip*. Il ne perçut rien d'autre. Ce son avait quelque chose de familier, mais il ne pouvait dire quoi.

Sa curiosité était plus grande que sa peur. Il choisit de prendre à droite et de marcher vers l'une des sources sonores.

Il perçut alors deux groupes de sons, très rapprochés mais tout de même distincts, émis sur des rythmes très légèrement différents et provenant d'une pièce sombre dont la porte était aux trois quarts fermée. Parker poussa la porte. Rien ne jaillit de l'obscurité pour l'agresser. Seuls les sons étranges se firent plus perçants.

Sur le mur d'en face, des rais blancs soulignaient le contour des rideaux tirés. Dans un coin de la pièce, une curieuse lueur verdâtre venait ajouter au mystère.

Parker entra, chercha l'interrupteur, alluma et vit aussitôt les deux petites Salcoe. Il crut qu'elles étaient mortes. Elles étaient allongées sur le dos dans un lit immense, dissimulées jusqu'aux épaules sous des couvertures, immobiles, les yeux grands ouverts. C'est alors que Parker comprit que les *biiip-blip* et les lueurs verdâtres jaillissaient des moniteurs d'EEG et d'ECG auxquels les deux petites filles étaient reliées. Il vit des perfusions et des tuyaux disparaissant sous les couvertures et sut qu'elles étaient en plein lavage de cerveau.

La pièce ne ressemblait absolument pas à une chambre d'adolescentes : il n'y avait ni posters ni animaux en peluche, rien qui témoignât de leurs goûts personnels. Ce n'était qu'une grande chambre d'amis, dans laquelle on les avait placées toutes les deux pour des raisons de facilité.

Mais où se trouvaient leurs gardiens ?

Parker s'approcha d'une des deux gamines, examina son visage. Ses yeux étaient vitreux. Il agita la main devant elle, mais elle ne réagit pas.

Il découvrit qu'elle portait des écouteurs raccordés à un petit magnétophone posé sur l'oreiller. Il se pencha davantage, souleva l'un des écouteurs et entendit une voix douce, mélodieuse, une voix de femme qui disait : « *Lundi matin, j'ai pu dormir tard. Cet hôtel est vraiment formidable quand on veut faire la grasse matinée. D'ailleurs, c'est plus un club qu'un hôtel, les employés sont très stylés et les femmes de chambre ne s'agitent pas dans les couloirs dès le lever du soleil. C'est un coin vraiment super ! J'aimerais bien y vivre quand je serai grande. Après notre petit déjeuner, Chrissie et moi, on s'est promenées dans la campagne en se disant qu'on rencontrerait peut-être des garçons, mais il n'y avait personne...* » Le rythme hypnotique de la voix féminine effraya Parker, qui remit l'écouteur en place.

Il était clair que le barrage mental d'au moins l'un des membres de la famille Salcoe s'était détérioré, qu'il se souvenait du Tranquility Motel et de ce qui s'y était passé l'été de l'année dernière. Les vrais souvenirs devaient une fois de plus être remplacés par de faux souvenirs et une nouvelle séance de lavage de cerveau était nécessaire.

Parker s'intéressa à l'autre fillette et l'observa. Il se demanda s'il ne risquait pas de la blesser physiquement ou mentalement en lui ôtant sa perfusion, en la sortant de la maison et en la mettant à l'abri autre part. Il valait peut-être mieux appeler la police...

Soudain, il prit conscience de ne pas être seul avec les fillettes endormies. Il fit volte-face pour se tourner vers la porte : deux hommes étaient entrés dans la chambre. Ils avaient des pantalons noirs et des chemises blanches aux manches relevées. Derrière eux, se tenait un troisième homme portant lunettes, costume sombre et cravate. Ce ne pouvaient être que des agents du gouvernement, car qui d'autre aurait pu s'habiller ainsi pour exécuter une telle besogne ?

L'un des hommes dit : « Qui êtes-vous ? Qu'est-ce que vous foutez là ? »

Parker ne prit même pas la peine de répondre. Il s'élança vers les rideaux en souhaitant que la vitre ne fût pas trop solide et, dans un fracas de verre brisé, se retrouva sur le balcon du premier étage. Le choc fut terrible. Une douleur cuisante lui déchirait la poitrine, mais il n'avait pas le temps de s'apitoyer sur son sort. Il se dégagea prestement des rideaux qui l'embarrassaient et enjamba le balcon pour se retrouver sur la pelouse, quelques mètres plus bas, où il effectua un roulé-boulé avant de s'enfuir à toutes jambes.

Soudain, il vit le tronc d'un arbuste voler en éclats et comprit qu'on lui tirait dessus. Il n'y avait pas de détonations. Ils devaient utiliser des silencieux. Il courut en zigzag vers la limite de la propriété, tomba dans un massif d'azalées, se releva, sauta par-dessus une haie.

Il décida d'abandonner la Tempo et fonça à toute allure vers un petit ruisseau, le franchit d'un bond, se fraya un passage entre des arbres, arriva dans le jardin d'une autre propriété, ne ralentissant que plusieurs minutes après avoir soigneusement brouillé les pistes.

Il ne lui restait plus qu'une chose à faire : se rendre à Elko County. Dom Corvaisis était son ami, peut-être même son meilleur ami, et ensemble, ils allaient affronter le danger.

Cette décision étant prise, il lui fallait rejoindre l'aéroport de Monterey, prendre un avion pour San Francisco et, ensuite, une correspondance pour le Nevada. Il n'avait pas à redouter que les types rencontrés dans la maison des Salcoe cherchent à le coincer à l'aéroport. « Qui êtes-vous ? Qu'est-ce que vous foutez là ? » C'était tout ce que l'un des agents du gouvernement avait dit, ce qui prouvait qu'ils ne le connaissaient pas. Ils avaient dû le prendre pour un voisin trop curieux. Le temps qu'ils retrouvent la Tempo et l'identifient, il serait loin.

Parker Faine marcha sur la route pendant plusieurs minutes. Parvenu dans une rue paisible aux résidences cossues, il vit un jeune homme de dix-neuf ou vingt ans qui astiquait méticuleusement les chromes d'une Plymouth Fury modèle 1958 couleur jaune banane. Parker s'approcha de lui et dit : « Écoutez, ma voiture est tombée en panne et je dois me rendre à l'aéroport. Je suis très pressé. Est-ce que vous m'y conduiriez pour cinquante dollars ? »

Le jeune homme ne se fit pas prier.

A l'aéroport, Parker trouva une place sur un appareil décollant pour San Francisco dix minutes plus tard. Il monta à bord de l'appareil, s'attendant à moitié à être intercepté par des agents fédéraux avant le départ. Mais l'avion quitta la piste et Parker n'eut plus qu'un souci en tête : trouver une correspondance pour Reno avant qu'on ne l'arrête.

Jack Twist parcourut tout l'appartement des Block, observant par chaque fenêtre le vaste paysage dans l'espoir d'y trouver quelque chose qui révélât la présence d'un poste d'observation ennemi. Il y avait certainement au moins une équipe de surveillance chargée du motel et du restaurant. Qu'elle fût bien ou mal cachée importait peu : il avait les moyens de la localiser à coup sûr.

Parmi l'imposant matériel qu'il avait apporté de New York, il y avait un instrument auquel les forces armées donnaient le nom de HS101 et qui n'était autre qu'un analyseur thermique. Il avait la forme aérodynamique d'un pistolet de science-fiction, à la différence près que le canon était remplacé par une lentille de cinq centimètres de diamètre. Il suffisait de le tenir par la crosse et de regarder dans l'oculaire comme s'il s'agissait d'un banal télescope.

En déplaçant le viseur, on pouvait voir deux choses : une image du terrain très agrandie, ce qui n'avait rien d'extraordinaire, et, superposée à elle, une représentation des sources de chaleur réparties sur ce même terrain. Les plantes, les animaux et les roches chauffées par le soleil émettent de la chaleur sous forme de rayonnement mais, grâce à la technologie de la micropuce, l'ordinateur du HS101 était capable de différencier les diverses sortes de rayonnement thermique et de distinguer la plupart des sources naturelles. L'appareil n'indiquait que les sources thermiques dont la taille était supérieure à vingt-cinq kilos, principalement les hommes et les chiens.

Jack consacra beaucoup de temps à l'étude des terres situées au nord du motel puis, ayant constaté qu'il n'y avait personne dans cette direction, il passa à l'ouest avant de s'intéresser aux fenêtres donnant au sud.

Marcie avait colorié la dernière lune de son album et elle se tint en permanence aux côtés de Jack quand celui-ci pointa son analyseur thermique vers la campagne. Peut-être avait-elle appris à l'aimer quand il avait continué à lui parler bien qu'elle demeurât muette. Mais peut-être aussi avait-elle peur de quelque chose et se sentait-elle rassurée en sa présence. A moins qu'il n'y eût quelque autre raison plus étrange.

Jorja resta avec eux. Bien qu'elle ne posât aucune question, elle était autrement plus dérangeante que sa fille. C'était une femme très attirante, certes, mais surtout, Jack *l'appréciait* beaucoup.

Par la fenêtre du living, il découvrit enfin ce qu'il cherchait : des points de chaleur corporelle perdus dans l'étendue désertique. Des indications numériques lui apprirent qu'il y avait deux sources de chaleur distinctes, à six cent cinquante mètres environ plein sud. Cette information fut suivie par une série de chiffres correspondant à une estimation de chaque surface irradiante. C'était bien de deux hommes qu'il s'agissait. Il coupa le mécanisme d'analyse thermique du HS101 et en augmenta le pouvoir d'agrandissement pour l'utiliser comme un simple télescope.

« Ça y est », dit-il simplement.

Les deux observateurs étaient installés à même la terre nue. Jack vit que l'un d'eux possédait des jumelles, mais il ne s'en servait pas pour l'instant et ne se savait donc pas observé.

Jack s'intéressa finalement au terrain s'étendant à l'est du motel, mais en vain. Ainsi, ils n'étaient surveillés qu'au sud : l'ennemi pensait que cela suffisait, la façade du motel et la petite route y conduisant étant parfaitement visibles de cet unique poste d'observation.

C'était sous-estimer Jack. L'ennemi connaissait son passé et ses qualités, mais ne savait pas à quel point celles-ci étaient développées.

A deux heures moins vingt, les premiers flocons se mirent à virevolter.

A deux heures, quand Dom et Ernie revinrent de leur tournée d'inspection du périmètre de l'entrepôt de Thunder Hill, Jack dit : « Vous savez, Ernie, quand la neige tombera dru, il y aura sûrement des conducteurs qui remarqueront nos voitures et qui voudront faire étape ici, même si nous éteignons toutes les lumières. Il vaudrait mieux garer derrière ma Cherokee, la camionnette des Sarver et les autres véhicules. Ce n'est pas la peine que tout le monde vienne demander pourquoi certains seulement ont des chambres. »

En fait, Jack était certain d'être espionné et prenait prétexte de la tempête de neige pour éloigner les voitures des observateurs tapis au sud de la nationale 80. Quand la couche de neige serait assez épaisse et qu'il ferait tout à fait nuit, toute la Famille pourrait sortir du motel par-derrière et utiliser la fourgonnette et la Cherokee pour s'enfoncer dans la montagne.

Ernie saisit tout de suite l'intention de Jack et c'est ainsi qu'il partit avec Dom pour déplacer les voitures.

Le lieutenant Horner était en train de réparer le polygraphe saboté ; pendant ce temps, Falkirk s'adressait au chef de la sécurité de l'entrepôt et à son assistant — le major Fugata et le lieutenant Helms — et leur faisait savoir qu'ils étaient sur sa liste de traîtres possibles. Naturellement, il se faisait ainsi deux ennemis, mais cela n'avait aucune importance. Il n'avait pas envie qu'on l'aime — il voulait seulement être craint et respecté.

Il n'en avait pas encore fini avec Fugata et Helms quand le général Alvarado arriva. Le général était une sorte de poussah obèse aux doigts boudinés. Il déboucha dans le bureau le visage empourpré. Le Dr Miles Bennell venait de lui apprendre la mauvaise nouvelle. « Colonel Falkirk, c'est vrai ce qu'on vient de me dire ? Vous avez pris le contrôle du Vigilant et vous nous avez tous faits prisonniers ? »

Lentement et d'une voix où ne perçait aucune trace d'irrespect, Falkirk informa le général qu'il avait la permission d'intégrer le programme secret à l'ordinateur de sécurité et de le déclencher quand bon lui semblait. Alvarado voulut savoir de qui il tenait cette étonnante autorisation et le colonel répondit : « Du général Maxwell D. Riddenhour, chef de l'état-major de l'armée de terre et président du groupe inter-armées. » Alvarado répliqua qu'il savait parfaitement qui était Riddenhour et qu'il ne croyait pas qu'il pût avoir donné une telle permission à Falkirk. « Dans ce cas, vous devriez l'appeler pour le lui demander vous-même, mon général », suggéra Falkirk. Il tira un bristol de son portefeuille et le tendit à son supérieur hiérarchique. « Voici son numéro de téléphone.

— Je connais par cœur le numéro de l'état-major, dit Alvarado d'un air dédaigneux.

— Il ne s'agit pas de cela, mon général, mais du numéro *personnel* du général Riddenhour. S'il n'est pas au bureau, vous pourrez le contacter chez lui. Après tout, c'est une affaire d'une extrême gravité. »

Écarlate à présent, Alvarado prit le bristol du bout des doigts, comme s'il s'agissait d'un serpent à sonnettes, et sortit du bureau. Il revint une quinzaine de minutes plus tard, plus blanc qu'un linge. « C'est parfait, colonel, vous avez l'autorisation dont vous vous réclamez. J'en déduis donc que c'est vous le nouveau responsable de Thunder Hill.

— Nullement, mon général, vous êtes toujours le chef d'opération.

— Peut-être, mais si je suis prisonnier...

— Mon général, vos ordres ont la préséance tant qu'ils ne s'opposent pas directement à ma mission qui consiste à veiller à ce qu'aucune personne... aucune créature dangereuse ne sorte d'ici.

— D'après Miles Bennell, vous avez dans l'idée que nous sommes tous devenus des sortes de... monstres. » Le général avait employé le mot le plus fort qui lui venait à l'esprit avec l'intention d'affaiblir la position de Falkirk.

« Comme vous le savez, mon général, un des membres au moins de cette base a cherché à faire revenir plusieurs témoins au Tranquility Motel, dans l'espoir évident que ceux-ci se souviennent de ce qu'ils devaient oublier et contactent les médias pour nous obliger à révéler ce que nous avons dissimulé. Il y a de fortes chances pour que ces traîtres, certainement des membres de l'équipe de Bennell, aient des intentions louables et croient que le grand public doit être informé. Mais il est tout aussi possible qu'ils aient des mobiles plus inquiétants. Me suis-je bien fait comprendre ?

— Des monstres... », répéta Alvarado d'un air sombre.

Quand le polygraphe fut réparé, Falkirk chargea le major Fugata et le lieutenant Helms d'interroger tous ceux qui avaient pu avoir connaissance du formidable secret jalousement gardé à Thunder Hill depuis plus de dix-huit mois. « La moindre entourloupe et j'aurai votre tête ! » les prévint le colonel. Si, une fois de plus, ils ne parvenaient pas à trouver le ou les individus qui avaient expédié les Polaroïd aux témoins, il verrait dans leur échec une preuve supplémentaire de la corruption qui se développait au sein de l'équipe de Thunder Hill, une corruption qui n'avait rien d'humain et était plutôt le résultat de quelque terrifiante infection. En échouant, ils signeraient leur arrêt de mort.

A deux heures moins le quart, Falkirk et le lieutenant Horner regagnèrent Shenkfield, laissant tout le personnel de Thunder Hill dans cette prison dont seul le colonel possédait la clef. Il retrouva son bureau aveugle et reçut presque instantanément toutes sortes de mauvaises nouvelles.

Foster Polnichev, responsable du FBI pour Chicago, était au téléphone.

En premier lieu, Sharkle était mort dans sa maison d'Evanston — ce qui aurait dû le réjouir — mais il avait entraîné dans la tombe sa sœur, son beau-frère et toute une section d'assaut. L'issue plus que violente du siège de la villa de Sharkle l'avait projeté au niveau national. Les médias assoiffés de sang s'intéresseraient à l'histoire de Cal Sharkle aussi longtemps qu'ils pourraient en tirer quelque chose. Le pire était que les délires de Sharkle risquaient de conduire un journaliste plus perspicace que les autres vers le Nevada, le Tranquility Motel, l'entrepôt de Thunder Hill.

Ce n'était pas tout. Foster Polnichev déclara que « quelque chose de quasi... enfin... surnaturel était en train de se passer ici ». Une rixe sanglante avait éclaté dans un quartier modeste de la ville, chez la famille Mendoza, plus précisément, et elle avait causé une telle émotion chez les policiers que les journalistes de la presse écrite et de la télévision campaient désormais sous les fenêtres des victimes. Winton Tolk, ce policier dont Brendan Cronin avait sauvé la vie à Noël, avait ramené à la vie un enfant égorgé par un dément.

C'était incroyable, mais il fallait pourtant se rendre à l'évidence : Brendan Cronin avait transmis à Tolk ses incroyables pouvoirs. Mais était-ce tout ? Ne lui avait-il pas donné *autre chose* en plus de son pouvoir de guérison ? Se pouvait-il que quelque chose de ténébreux, de sombre, d'inhumain fût désormais tapi au cœur du policier noir ?

La réalité semblait coller au scénario le plus alarmiste. Le souffle court, Falkirk écouta la suite du récit de Polnichev.

Selon l'agent du FBI, Tolk n'avait accordé aucune interview à la presse et restait cloîtré chez lui — sa propre maison étant également assiégée par les journalistes. Tôt ou tard, cependant, il révélerait la vérité ; il citerait le nom de Brendan Cronin et il ne serait pas ensuite très difficile de remonter jusqu'à Emmeline Halbourg.

Emmy Halbourg. Celle-là aussi posait un problème, et de taille. Dès qu'il avait été mis au courant des nouveaux pouvoirs de Tolk, Polnichev s'était rendu au domicile des Halbourg pour voir si la fillette n'avait pas acquis un talent nouveau au moment même où Brendan Cronin l'avait débarrassée de son mal. Ce qu'il avait vu dépassait tout ce qu'on pouvait imaginer et il avait immédiatement mis les Halbourg à l'écart de la presse et des voisins. Les cinq membres de la famille Halbourg se trouvaient actuellement dans une « résidence » du FBI, gardés par six agents qui ne savaient qu'une chose : ces personnes devaient être autant protégées que redoutées et aucun agent ne devait rester seul avec l'une d'elles. De plus, les Halbourg devaient être abattus comme des chiens au moindre geste suspect de leur part.

« Je crois que tout cela est désormais inutile, dit Polnichev. Nous ne contrôlons plus la situation. Les nouvelles se répandent très vite et nous n'y pouvons rien. Il me semble qu'il vaudrait mieux abandonner notre couverture et tout révéler au grand public.

— Vous êtes dingue ou quoi ? demanda Falkirk.

— S'il faut en arriver à supprimer des dizaines de personnes comme les Halbourg, les Tolk, les témoins et peut-être d'autres encore, pour continuer à garder cette histoire secrète, je pense que le prix à payer est bien trop élevé.

— Vous oubliez les enjeux ! hurla le colonel. Vous ne comprenez pas que notre rôle ne se borne plus à dissimuler le secret au grand public, mais à protéger l'espèce humaine tout entière ! Si nous racontons tout et si nous nous décidons à faire usage de la violence pour contenir l'infection, tous les politiciens et les bonnes âmes vont nous tomber dessus et nous aurons perdu la guerre avant même de nous être battus !

— Pardonnez-moi, mon colonel, mais il me semble que nous avons maintenant la preuve que le danger n'est pas aussi grand que nous le redoutions, dit Polnichev. D'accord, j'ai dit aux gardes chargés des Halbourg de faire très attention, mais je ne crois pas que ces gens soient dangereux. La petite Emmy… c'est une enfant adorable, pas un monstre. Je ne sais pas comment Cronin a acquis ce pouvoir, ni comment il l'a transmis à la gamine, mais je suis prêt à parier que c'est *la seule chose* qu'il lui a léguée. La seule chose qu'ils aient *tous* héritée. Ah, mon colonel, si vous pouviez voir la petite Emmy ! Elle est adorable ! Tout indique que nous devrions considérer ce qui arrive actuellement comme l'événement le plus important de l'histoire de l'humanité.

— Oui, fit Falkirk d'un ton sec, c'est exactement ce qu'un ennemi *de cette sorte* voudrait nous faire croire. Nous serons vaincus très facilement dès l'instant où nous croirons que ce qui nous arrive est une bénédiction du ciel.

— Mais enfin, mon colonel, si Cronin, Corvaisis, Tolk et Emmy ont vraiment été infectés, s'ils ne sont plus humains, ou du moins comme vous et moi, croyez-vous qu'ils le feraient savoir à tout le monde en réalisant des guérisons miraculeuses et des expériences de télékinésie ? Ils conserveraient jalousement leur secret afin d'infecter de nouveaux sujets de la manière la plus discrète qui soit. »

Cet argument n'ébranla pas Falkirk. « Nous ne connaissons pas excactement le déroulement du processus. Il se peut qu'une personne infectée s'abandonne totalement à son parasite, qu'elle en devienne l'esclave. Ou encore, si votre suggestion est fondée, peut-être la relation unissant l'hôte et le parasite est-elle bénigne, enrichissante pour l'un et pour l'autre. Peut-être même l'hôte ne sait-il pas que le parasite est en lui, ce qui expliquerait pourquoi Emmeline Halbourg et les autres sont incapables de dire d'où ils tirent leurs pouvoirs. Mais dans l'un et l'autre cas, ces personnes ne sont plus humaines, au sens strict du mot. Et à mon avis, on ne peut plus leur faire confiance. C'est pourquoi vous allez immédiatement coffrer toute la famille Tolk, les isoler du reste du monde !

— Comme je vous l'ai déjà dit, mon colonel, les journalistes sont agglutinés comme des mouches autour de leur maison. Toute notre couverture s'effondrera dès l'instant où nous chercherons à les embarquer. Même si je ne crois plus à notre couverture, je ne ferai rien pour la saboter. Je connais mon devoir.

— Vous avez posté des agents de surveillance autour de la maison, j'espère ?

— Oui.

— Et les Mendoza ? Si Tolk a infecté le garçon comme Cronin l'a apparemment infecté...

— Nous surveillons aussi les Mendoza, dit Polnichev. Mais là aussi, nous ne pouvons agir directement à cause des journalistes. »

Il y avait encore un autre problème. Stefan Wycazik. Le prêtre s'était rendu dans l'appartement des Mendoza, puis chez les Halbourg avant que Foster Polnichev ne sût ce qui se déroulait chez les uns comme chez les autres. Un peu plus tard, un agent du FBI avait repéré Wycazik dans la foule des badauds rassemblés devant la maison de Sharkle, au moment même où la bombe avait explosé. Mais nul ne savait où il était passé depuis ; on ne l'avait pas vu depuis près de six heures. « Il est clair qu'il est en train de reconstituer les morceaux du puzzle. Une raison de plus pour laisser tomber notre couverture et tout expliquer au grand public. »

Leland Falkirk sentit soudain que tout se désintégrait, que tout lui échappait, et il ressentit une vive douleur dans la poitrine car il avait consacré toute sa vie à la maîtrise des êtres et des choses. Péniblement, il reprit son souffle.

« Polnichev, dit-il, je vais raccrocher, mais restez près du téléphone. Je vais organiser une conférence téléphonique entre vous, moi-même, votre supérieur, le général Riddenhour à Washington et notre contact à la Maison-Blanche. Nous allons nous mettre d'accord sur un objectif et sur les moyens d'y parvenir. Nous garderons le contrôle des événements, vous comprenez ? Si c'est nécessaire, nous supprimerons tous ceux qui ont été infectés, même s'il y a parmi eux des curés et des petites filles. Nous allons sauver notre peau, Polnichev, ça, je peux vous le jurer ! »

Quand Faye et Ginger revinrent d'Elko à trois heures moins le quart dans la fourgonnette du motel, la voiture brun verdâtre les suivit sur la bretelle de sortie de la nationale 80, mais s'arrêta sur le bas-côté de la route, à une trentaine de mètres du Tranquility.

Faye se gara devant l'entrée principale. Dom et Ernie sortirent pour les aider à décharger ce qu'elles avaient acheté en ville : des combinaisons de ski, des cagoules, des bottes et des gants pour tous ceux qui étaient insuffisamment équipés ; deux fusils semi-automatiques de calibre 20 ; des munitions en quantité respectable ; des sacs à dos, des lampes de poche, deux boussoles, un petit chalumeau à acétylène ainsi que deux bonbonnes de gaz plus toutes sortes d'objets très divers.

Ernie serra Faye dans ses bras et Dom en fit autant avec Ginger. En même temps, les deux hommes dirent : « Je commençais à m'inquiéter, tu sais. » Et Ginger s'entendit répondre : « Moi aussi, j'étais inquiète pour toi », au moment où Faye prononçait les mêmes paroles. Ernie et Faye s'embrassèrent. Dom se pencha vers Ginger et l'embrassa aussi. Comme si, tels Faye et Ernie, ils partageaient depuis longtemps beaucoup de choses...

Quand tout eut été entassé dans l'appartement des Block, les dix membres de la Famille se dirigèrent vers le restaurant. Jack, Ernie, Dom, Ned et Faye avaient apporté des armes.

Ginger constata avec effroi que l'état de Marcie avait empiré depuis la nuit dernière. La fillette avait la tête penchée, le visage à demi dissimulé par ses cheveux, et elle regardait fixement ses mains tout en répétant d'une voix monocorde : « La lune, la lune, la lune... » Inlassablement, elle traquait les souvenirs du 6 juillet, mais ceux-ci s'accrochaient désespérément à la lisière de sa conscience et leur inaccessibilité entraînait la petite fille dans la contemplation obsessionnelle de leurs formes vagues.

« Elle s'en sortira », dit Ginger à Jorja. Elle savait ce que cette phrase pouvait avoir de creux et de stupide, mais elle ne trouvait rien d'autre à dire.

« Oui », fit Jorja. Apparemment, elle ne trouvait cela ni creux ni stupide, mais plutôt rassurant. « Il le faut. Oui, il le faut. »

Jack et Ned installèrent le panneau de contre-plaqué contre la porte et le calèrent à l'aide d'une table afin d'échapper aux oreilles indiscrètes.

Tout de suite, Ginger et Faye racontèrent leur visite au ranch des Jamison et parlèrent des deux hommes dans la Plymouth. Ernie et Dom dirent qu'eux aussi été suivis.

Ces nouvelles rendirent Jack soucieux. « S'ils se montrent à visage découvert, cela signifie qu'ils sont sur le point de nous tomber dessus. »

Ned Sarver dit : « Je ferais peut-être bien de monter la garde pour m'assurer qu'ils ne sont pas déjà là. » Jack hocha la tête et Ned colla son œil à l'interstice entre le contre-plaqué et la porte.

A la demande de Jack, Dom et Ernie décrivirent ce qu'ils avaient vu en faisant le tour de l'entrepôt de Thunder Hill.

Jack les écouta attentivement, posant un certain nombre de questions dont Ginger ne parvenait pas à saisir l'intérêt. Y avait-il des fils entre les mailles du grillage de la clôture ? A quoi ressemblaient les piquets ? Finalement, il dit : « Vous avez vu des hommes ou des chiens ?

— Non, dit Dom. Il n'y avait pas d'empreintes dans la neige. Ils doivent avoir un système électronique. J'aurais bien aimé jeter un coup d'œil à l'intérieur, mais c'est impossible.

— Oh, ne vous en faites pas pour ça, dit Jack, ce sera un jeu d'enfant. Le plus dur sera d'entrer dans l'entrepôt proprement dit. »

Dom et Ernie parurent si abasourdis que Ginger comprit soudain à quel point les installations de Thunder Hill devaient être impressionnantes.

« Vous voulez vraiment y entrer ? demanda Dom.

— Personne ne le peut, ajouta Ernie.

— Depuis huit ans, mon boulot consiste à pénétrer dans des endroits inviolables, dit Jack. C'est l'armée et le gouvernement qui m'ont appris ce que je sais, autant dire que je connais tous leurs trucs. Sans parler des miens propres », ajouta-t-il en clignant de l'œil.

Il avait tout prévu et Ginger l'écouta, incrédule d'abord, puis franchement admirative, exposer sa stratégie.

Le temps était compté. Dans l'heure suivante, tous — à l'exception de Dom, de Ned et de Jack lui-même — monteraient dans la Cherokee, couperaient par la campagne derrière le motel et gagneraient Elko par des chemins détournés, échappant ainsi à toute surveillance. Le groupe se scinderait à Elko. Ernie, Faye et Ginger partiraient en jeep vers Twin Falls, dans l'Idaho, puis vers

Pocatello. Là, ils prendraient un avion pour Boston, où ils séjourneraient chez les Hannaby, les amis de Ginger. Ils n'arriveraient à Boston que le jeudi soir ou le vendredi matin. Dès leur arrivée, ils raconteraient aux Hannaby absolument tout ce qu'ils avaient découvert. En une heure ou deux, Ginger réunirait un grand nombre de ses collègues du Memorial Hospital pour que les Block et elle-même dévoilent au corps médical ce que des victimes innocentes avaient subi, l'été de l'année dernière. Pendant ce temps, George et Rita Hannaby contacteraient des amis influents et organiseraient des réunions où Ginger et les Block pourraient une fois de plus révéler la vérité. C'est seulement après que Ginger, Ernie et Faye prendraient contact avec la presse. Ensuite, ils iraient à la police et contesteraient la version officielle de l'assassinat de Pablo Jackson par un rôdeur sans envergure.

« Le grand truc, dit Jack, c'est de faire circuler votre histoire parmi les gens influents. Même si vous aviez un " accident " avant de contacter la presse, toutes sortes de personnages importants demanderaient qui vous a tués et pourquoi. C'est là que nous comptons tout particulièrement sur vous, Ginger : vous êtes liée à des sommités d'une des plus grandes villes des États-Unis. Si vous pouvez galvaniser ces gens avec votre histoire, vous créerez autour de nous un véritable comité de défense. Mais souvenez-vous qu'il vous faudra agir très vite dès votre arrivée à Boston, avant que nos ennemis ne découvrent votre destination et ne décident de vous liquider. »

Dehors, le vent soufflait de plus en plus fort et la neige tombait dru. Plus la visibilité serait mauvaise, plus ils pourraient quitter discrètement le motel.

Jack reprit la parole d'une voix ferme, indiquant par là que les étapes de l'opération qu'il décrivait étaient des nécessités et non pas des suggestions. « Quand Ginger, Faye et Ernie seront partis pour Pocatello avec la Cherokee, vous autres — Brendan, Jorja, Marcie et Sandy — vous vous rendrez chez le concessionnaire jeep local et achèterez une voiture avec l'argent que je vous donnerai. Dès que vous aurez rempli les formalités, vous quitterez Elko par une autre route. Vous vous dirigerez vers l'est, vers Salt Lake City. Là, vous prendrez l'avion quand la tempête sera calmée et vous arriverez à Chicago jeudi dans la matinée ou la soirée. » Il se tourna vers le prêtre. « Brendan, en arrivant à l'aéroport, contactez votre recteur, ce père Wycazik dont vous nous avez parlé. Il devra vous avoir un rendez-vous immédiat avec l'archevêque de Chicago.

— C'est le cardinal Richard O'Callahan, dit Brendan, mais je ne sais pas si un tel entretien est possible.

— Il le faut, trancha Jack. Vous devrez faire vite, Brendan, aussi vite que Ginger à Boston. Nos ennemis vous repéreront dès votre arrivée à l'aéroport et il n'y aura plus de temps à perdre. Jorja et Sandy expliqueront ce qui s'est passé ici et vous-même pourrez faire au cardinal une petite démonstration de vos pouvoirs parapsychiques. Secouez-le, mon vieux, je veux qu'il comprenne que c'est l'événement le plus important depuis qu'on a roulé la pierre devant le tombeau, il y a deux mille ans de cela. Et ne croyez pas que je blasphème, Brendan, je pense vraiment que c'est *l'événement le plus important.*

— Moi aussi », dit Brendan. Bien qu'il se fût montré assez sombre toute la matinée, il semblait prendre goût à l'autorité et à l'excitation discrète de Jack Twist.

Le vent soufflait en force et mugissait en faisant vibrer les panneaux de contre-plaqué apposés devant les fenêtres.

« C'est le temps idéal », dit Ernie.

Jack ne souhaitait pas que le temps se dégradât trop vite. L'ennemi pourrait fort bien décider de passer plus rapidement à l'attaque pour ne pas être totalement paralysé par les conditions climatiques.

« Brendan, reprit Jack, vous allez convaincre le cardinal O'Callahan et obtenir de lui qu'il réunisse le maire, les conseillers municipaux, les responsables socio-économiques, enfin tout ce qui compte dans la ville. Vous ne disposerez pas de plus de vingt-quatre heures. Après, votre vie sera en danger. L'idéal serait d'agir dans les douze heures. Vous imaginez cette conférence de presse ? Toutes les huiles de la ville, les journalistes qui se demandent ce qui va se passer et tout à coup, vous qui vous mettez à faire virevolter une chaise dans la salle.

— Il est certain qu'ils auraient du mal à continuer à mentir après cela, dit Brendan avec un demi-sourire.

— Espérons-le. Parce que pendant ce temps, Ned, Dom et moi serons entrés dans l'entrepôt de Thunder Hill. Nous serons certainement arrêtés, au cachot peut-être, et nous n'en sortirons sains et saufs que si vous réussissez de votre côté.

— Je n'aime pas beaucoup cet aspect de la chose, dit Jorja. Il faut vraiment que vous pénétriez tous les trois au cœur de la montagne ? Franchement, je ne vois pas à quoi ça peut servir. Si nous parvenons à partir d'ici et à contacter les amis de Ginger à Boston et ceux de Brendan à Chicago, je ne vois pas l'intérêt qu'il y a à s'infiltrer dans l'entrepôt. Dès que la presse sera sur le coup, l'armée et les autres services gouvernementaux devront tout raconter. Ce qui s'est passé l'été de l'année dernière et ce qu'ils font aujourd'hui à Thunder Hill. »

Jack prit une profonde inspiration. C'était la partie du plan avec laquelle Ned et Dom auraient très bien pu ne pas être d'accord. « Désolé de dire ça, Jorja, mais cet argument est un peu trop naïf. Si nous nous séparons et déballons tous notre petite histoire, il y aura énormément de pression sur l'armée et le gouvernement, c'est certain, mais ils chercheront à gagner du temps. Ils traîneront les pieds pendant des semaines, voire des mois. Ils imagineront un scénario imparable qui expliquera tout et ne révélera rien. Notre seul espoir de faire éclater la vérité, c'est de les pousser à bout. Pour cela, il faut que vous disiez à la presse que trois de vos amis — Ned, Dom et moi-même — sont retenus contre leur volonté au cœur de la montagne. Que nous sommes en otage. Et que les terroristes sont des agents du gouvernement. Avec ça, croyez-moi, l'armée ne pourra pas tenir deux jours de plus. »

Il était évident que cette révélation bouleversait tout le monde. Ernie et Faye lui adressèrent un regard plein de tristesse, comme s'il était déjà mort — ou devenu fou.

Jorja dit : « Si vous tenez absolument à vous rendre là-bas, pourquoi ne resterions-nous pas le plus près possible ? Ce que je veux dire, c'est que nous pourrions aller tous les sept à Elko, raconter notre histoire aux journalistes du *Sentinel* et demander à Brendan de faire la démonstration de ses pouvoirs parapsychiques. »

— Non. » Jack était sensible à l'intérêt qu'elle leur portait, qu'elle *lui* portait. Mais il ne pouvait s'y arrêter. « Les médias nationaux ne prêteraient pas attention aux révélations d'un journal local. Il faut bien comprendre que le *Sentinel* n'est qu'une feuille de chou et que tout le monde rirait d'un article évoquant à la fois un homme capable de faire voler des salières et une conspiration gouvernementale. Il ne manquerait plus que l'abominable homme des neiges pour faire bonne mesure. Nos ennemis vous traqueraient et vous écraseraient — vous et les journalistes du coin —

avant même que les médias nationaux aient commencé à s'intéresser à notre histoire. Désolé, Jorja, mais il faut se séparer. C'est notre seul espoir. »

Elle ne répondit rien. Elle avait l'air effondrée.

« Dom, dit Jack, vous viendrez avec moi ?

— Je crois que oui », fit-il. Jack lui avait posé cette question tout en étant certain de la réponse. Corvaisis était un de ces types solides sur qui on pouvait compter, même si lui-même ne se voyait pas comme ça. Dom eut un sourire ironique : « Franchement, Jack, ça vous gênerait de me dire pourquoi un tel honneur m'échoit ?

— Pas du tout. Ernie n'est pas encore complètement guéri de sa nyctaphobie et ce sera déjà assez dur pour lui de se rendre à Pocatello. Je ne le vois pas attaquer l'entrepôt de nuit. Il ne reste donc plus que vous et Ned. Très honnêtement, Dom, cela ne nous fera pas de mal si l'un des otages de Thunder Hill est un romancier, une célébrité en quelque sorte. La presse adore le sensationnel, vous savez. »

Le front plissé, Ginger Weiss avait écouté attentivement Jack exposer son plan. Elle prit la parole : « Vous êtes un grand stratège, c'est certain, mais vous êtes aussi un chauviniste mâle. Vous n'avez pensé qu'à des hommes pour l'expédition à Thunder Hill. Je crois pour ma part que ceux qui devraient y aller, ce sont Dom, vous et moi.

— Mais...

— Écoutez-moi. » Elle se leva et alla se placer à l'extrémité du restaurant, où tout le monde pouvait la voir. Effectivement, chacun se détourna de Jack pour la regarder. « Ned et Sandy pourraient aller à Chicago, ce qui ferait deux adultes supplémentaires pour renforcer l'histoire de Brendan. Jorja et Marcie se rendraient en compagnie de Faye et d'Ernie chez les Hannaby. Je leur écrirai une lettre et soyez sûrs que George et Rita feront tout pour les aider. De plus, le contact s'établira immédiatement entre Rita et Faye, parce que ce sont des femmes de la même trempe. Ma présence à Boston n'est pas essentielle. En premier lieu, l'entrée dans l'entrepôt est une entreprise dangereuse. L'un de vous deux — Jack ou Dom — peut être blessé et avoir besoin d'être soigné. Nous ne savons pas si Dom possède les mêmes pouvoirs de guérison que Brendan ; et même s'il les a, il ne peut peut-être pas les contrôler. Un médecin me semble donc tout indiqué. Deuxièmement, si cela peut servir notre cause d'avoir avec soi un auteur célèbre — OK, Dom, mettons un auteur qui monte —, ce sera encore mieux s'il y a une femme parmi les otages. Conclusion, vous avez absolument besoin de moi.

— D'accord », dit immédiatement Jack. Il était clair qu'elle avait raison et qu'il était temps de cesser de discuter éternellement de ce genre de détail. « Ned, vous irez avec Sandy et Brendan à Chicago. Jorja, Marcie, Ernie et Faye iront à Boston. Maintenant que ce problème est réglé, il vaut mieux que nous déguerpissions d'ici si nous ne voulons pas retomber entre les pattes de ceux qui nous ont drogués. »

Ned tira la table et Ernie dégagea le panneau de contre-plaqué. Dehors, ce n'était que neige et tourbillons.

« Formidable, dit Jack. Le camouflage idéal. »

Ils sortirent du restaurant. La visibilité était réduite, mais ils purent tout de même constater que la Plymouth brun verdâtre n'était plus là. Jack se sentit mal à l'aise. Il préférait que les guetteurs soient à découvert — là où lui aussi pouvait les observer.

La conférence téléphonique ne se déroulait pas comme le colonel Leland Falkirk l'avait escompté. Il espérait que tout le monde reconnaîtrait que les témoins devaient être immédiatement arrêtés et conduits à l'entrepôt de Thunder Hill. Il pensait convaincre tout le monde de la réalité et de la gravité de l'infection et obtenir l'autorisation d'exterminer tous les témoins réunis au motel et tous les membres de l'équipe scientifique de Thunder Hill dès l'instant où il aurait la preuve de leur non-humanité. Hélas, tout se passa autrement dès qu'il décrocha le téléphone.

Emil Foxworth, le directeur du FBI, avait de mauvaises nouvelles. L'équipe chargée d'implanter des souvenirs à la famille Salcoe avait reçu la visite d'un individu barbu et corpulent, un curieux sans aucun doute. Les Salcoe avaient été immédiatement transférés dans un lieu secret pour qu'ils continuent à subir leur lavage de cerveau. La voiture de l'homme avait été retrouvée et identifiée. C'était un véhicule de louage, dont le conducteur n'était pas le premier venu : c'était Parker Faine, l'ami de

Dominick Corvaisis. « Ensuite, poursuivit le directeur du FBI, nous avons découvert que Faine a pris l'avion pour San Francisco, mais nous avons perdu sa trace dès l'instant où l'appareil a atterri. »

Foster Polnichev se trouvait dans les locaux du FBI à Chicago. La nouvelle de la disparition de Parker Faine le renforça dans son opinion : il fallait tout révéler avant que la vérité ne surgisse d'elle-même. C'était d'ailleurs l'avis de Foxworth et de James Herton, conseiller du Président pour la sécurité nationale.

Foster Polnichev expliqua avec tact et onctuosité que chaque nouveau développement — les guérisons miraculeuses réalisées par Cronin et Tolk, les étonnants pouvoirs télékinésiques de Corvaisis et d'Emmy Halbourg — montrait que les effets ultimes de l'événement du 6 juillet étaient des plus bénéfiques pour l'humanité. « Nous savons de plus que le Dr Bennell et la plupart de ses collaborateurs pensent qu'il n'y a aucune menace à redouter, qu'il n'y en a même jamais eu. Ils sont convaincus de cela depuis plusieurs mois et leurs arguments sont des plus solides. »

Falkirk objecta que Bennell et ses gens étaient peut-être déjà infectés, donc indignes de confiance. On ne pouvait plus faire confiance à qui que ce soit à l'intérieur de Thunder Hill. Mais il était un gradé, pas un orateur, et il savait que dans une discussion avec Foster Polnichev, il passerait pour un paranoïaque délirant.

Falkirk ne trouva pas beaucoup plus de soutien auprès de la personne sur laquelle il comptait *vraiment :* le général Maxwell Riddenhour. Le président du groupe inter-armées se contenta d'abord d'écouter attentivement le point de vue de chacun ; militaire de carrière, il dépendait aussi du pouvoir politique en place et se devait donc de jouer les médiateurs. Et il fut bientôt évident qu'il se rangeait davantage à l'avis de Polnichev, de Foxworth et de Herton qu'à celui de Falkirk.

« Je comprends parfaitement votre réserve, colonel, et je l'admire, dit le général Riddenhour, mais je crois que les choses sont allées trop loin pour que seuls les militaires prennent les choses en main. Il faut consulter des théologiens, des philosophes, des biologistes, que sais-je encore, avant de passer à l'action. Naturellement, je changerais d'avis si j'avais la preuve formelle d'un danger imminent ; je ferais arrêter les témoins du motel, je mettrais Thunder Hill en quarantaine pour une durée indéfinie, j'irais jusqu'à adopter les mesures extrêmes que vous préconisez. Mais pour l'heure, en l'absence d'une menace grave et évidente, je crois que nous devons faire preuve de circonspection et envisager de renoncer à notre couverture.

— Avec tout le respect que je vous dois, mon général, dit Leland qui parvenait difficilement à dissimuler sa fureur, la menace me paraît *personnellement* grave et évidente. Je ne crois pas qu'on ait le temps de se soucier des neuropsychiatres et des philosophes. Et encore moins de tous ces politicards plus ou moins véreux ! »

Cette dernière remarque déclencha une protestation indignée de la part de Foxworth et de Herton. Ils élevèrent le ton, Falkirk se mit à crier, et bientôt, ce ne fut plus qu'une épouvantable cacophonie. Riddenhour ne parvint qu'à grand-peine à rétablir le calme. Il proposa un compromis : on ne ferait rien contre les témoins mais on n'abandonnerait pas pour autant la couverture. « Je vais demander un entretien au Président, dit Riddenhour. Dans vingt-quatre heures, quarante-huit heures tout au plus, nous aurons un plan qui satisfera tout le monde, du commandant en chef à Bennell et ses collaborateurs. »

Comme si c'était possible, se dit Falkirk.

Il raccrocha. La conférence téléphonique s'était mal passée et il se sentait humilié. Mais il savait ce qu'il avait à faire.

Son devoir était parfaitement clair. Sinistre, terrible, mais limpide.

Il ferait fermer la nationale 80 en reprenant le prétexte d'une fuite de gaz toxiques et isolerait ainsi le Tranquility Motel. Il ferait arrêter les témoins et les conduirait directement à l'entrepôt de Thunder Hill. Quand ils seraient tous sous terre en compagnie du Dr Bennell et des autres suspects, séparés du reste du monde par les portes monumentales, Falkirk les anéantirait — et lui avec — en faisant sauter deux ogives nucléaires de cinq mégatonnes chacune. Cela suffirait largement à réduire en cendres les hommes et le matériel enfermés dans l'entrepôt de Thunder Hill.

Leland Falkirk tremblait. Non pas de peur, mais de fierté. Il se sentait immensément fier d'être celui qui mènerait à bien la plus grande bataille de tous les temps, celle dont dépendait le sort non pas d'une nation, mais de l'humanité tout entière — une humanité confrontée à la plus grande menace qu'on pût imaginer. Il se savait capable du sacrifice exigé. Il ne connaissait pas la peur.

Il était calme, à présent. Parfaitement calme. Serein.

Falkirk pensait avec délectation aux souffrances à venir. Cette brève agonie atomique serait d'une pureté si exquise qu'elle ne pourrait que lui ouvrir le chemin du ciel...

Dom Corvaisis quitta le restaurant derrière Ginger. Il leva les yeux, contempla les tourbillons de neige et, un instant, un instant seulement, il vit et entendit des choses qui n'existaient pas :

Derrière lui, c'est le bruit cristallin des morceaux de verre qui tombent à terre après l'explosion des fenêtres. Devant, les lueurs du parking qui crèvent les ténèbres estivales. Et partout, le grondement sourd, la vibration formidable de la source mystérieuse. Le cœur qui bat. La respiration haletante, la langue qui colle au palais. Il sort en courant du restaurant, il regarde tout autour de lui, au-dessus de lui...

« Qu'est-ce qui se passe ? » demanda Ginger.

Dom se rendit compte qu'il avait glissé à terre, non pas parce que le macadam était recouvert de neige, mais à cause d'un souvenir qui venait d'échapper à son barrage mental. Les autres membres de la Famille étaient là, qui le regardaient. « J'ai vu... c'était comme cela, cette nuit de juillet... » Deux soirs plus tôt, dans la petite salle du restaurant, il avait inconsciemment recréé le bruit assourdissant et les vibrations du 6 juillet. Cette fois-ci, il n'y avait plus de manifestation de ce genre, peut-être parce que le souvenir n'était plus réprimé et commençait à se manifester librement. Dom baissa la tête, fixa le blanc immaculé et...

Le rugissement est si violent qu'il lui déchire les tympans, les vibrations si fortes qu'il les ressent dans ses tempes et ses mâchoires et il tombe sur le macadam, la tête levée vers le ciel nocturne et là — là ! —, voici un avion qui passe à quelques centaines de pieds seulement au-dessus de la campagne, à une altitude si faible que la lumière du cockpit est visible du sol. C'est un jet, un chasseur, à en juger d'après le vrombissement de ses réacteurs, mais en voici un autre, encore plus bas, encore plus assourdissant, qui disparaît bientôt dans le ciel nocturne. Tout tremble autour de Dom, les vibrations qui ont désintégré les fenêtres et renversé tous les objets ne s'apaisent pas pour autant. Et Dom pousse un cri de terreur en découvrant qu'un troisième jet passe à moins de quarante pieds du restaurant, si près qu'il peut remarquer le drapeau américain et le numéro de série peints sur le fuselage. Cet avion est trop bas, il va s'écraser et Dom se jette à terre, instinctivement, s'attendant d'une seconde à l'autre à recevoir une pluie de kérosène enflammé...

« Dom ! »

Il se retrouva couché à plat ventre dans la neige, les doigts crispés comme ce soir du 6 juillet lorsqu'il crut que le chasseur allait s'écraser sur lui.

« Dom, ça ne va pas ? » lui demanda Sandy Sarver. Elle était agenouillée à côté de lui, une main posée sur son épaule.

Ginger se tenait de l'autre côté. « Tu n'as rien ? »

Les deux femmes l'aidèrent à se relever. « Mon blocage est en train de lâcher », balbutia-t-il. Il leva les yeux vers le ciel, espérant que le ciel enneigé céderait la place à un ciel nocturne et que les souvenirs continueraient à exploser comme des bulles à la surface de sa conscience. Mais en vain. Le vent lui cinglait le visage. Les autres l'observaient en silence. Il dit : « Je me suis souvenu d'avions à réaction, des appareils de l'armée... deux tout d'abord, assez bas, puis un troisième, juste au-dessus du toit du restaurant...

— Des avions ! » s'écria Marcie.

Chacun la regarda, éberlué. En dehors de « la lune », elle n'avait absolument rien dit depuis plusieurs heures. Elle était dans les bras de sa mère, blottie contre sa poitrine pour se protéger des intempéries. Elle avait tourné son petit visage vers le ciel. Elle aussi semblait chercher dans la bourrasque le souvenir des chasseurs de cet été-là.

« Des avions, dit Ernie en levant les yeux à son tour. Je ne me rappelle pas...

— Des avions ! Des avions ! » s'écria Marcie, une main tendue vers les nuages.

Dom se rendit compte qu'il faisait de même, comme s'il voulait arracher les souvenirs à la gangue du passé. Mais tous ses efforts restaient vains.

Les autres ne parvenaient pas à se souvenir de ce qu'il avait décrit et l'espérance formidable qui avait été la leur se changea soudain en frustration.

Marcie baissa la tête. Elle mit son pouce dans sa bouche. Son regard se fit lointain.

« Venez, dit Jack. Il faut décamper. » Ils se dirigèrent vers le motel afin de se vêtir et de s'armer en prévision des épreuves à venir. A contrecœur, alors que les parfums de juillet faisaient encore frémir ses narines et que le rugissement des jets se répercutait encore dans ses os, Dom les suivit.

TROISIÈME PARTIE

La nuit de Thunder Hill

*Le courage, l'amour, l'amitié,
la compassion et la communauté d'âme
nous placent au-dessus de l'animal
et définissent l'humanité.*

INVENTAIRE DES PEINES ET AFFLICTIONS

*Par des mains étrangères, ton humble tombeau est paré ;
Par des étrangers honoré, et par des étrangers pleuré.*

ALEXANDER POPE

VI
Mardi 14 janvier au soir

1.
Luttes

Le père Stefan Wycazik prit l'avion de Chicago à Salt Lake City, puis une correspondance pour Elko. Il arriva après que la neige se fut mise à tomber, mais avant que la visibilité de plus en plus mauvaise et le faux jour n'interdisent tout trafic aérien.

Une fois dans l'aérogare, il trouva une cabine publique, chercha dans l'annuaire le numéro du Tranquility Motel et le composa. Il n'obtint rien, pas même une sonnerie. Il recommença. La ligne était désespérément silencieuse.

Il se décida alors à appeler le rectorat de Sainte-Bernadette, à Chicago, où le père Michael Gerrano répondit pratiquement tout de suite. « Michael, je suis bien arrivé à Elko, mais je ne parviens pas à contacter Brendan. Leur téléphone est en panne.

— Oui, fit Gerrano, je sais.

— Vous savez ? Expliquez-vous, enfin.

— Il y a quelques minutes, j'ai reçu un coup de fil d'un homme qui a refusé de se présenter, mais qui a dit être un ami de Ginger Weiss. C'est l'une des personnes qui se trouvent actuellement avec Brendan. Il m'a dit qu'elle lui avait téléphoné ce matin pour lui demander un certain nombre d'informations. Il a trouvé ce qu'elle désirait savoir, mais lui aussi ne pouvait la joindre au motel. Apparemment, elle avait envisagé ce type de problème ; c'est pourquoi elle lui a donné notre numéro ainsi que celui d'amis vivant à Boston. Il devait donc nous communiquer les renseignements en sa possession et elle-même nous contacterait dès que possible.

— Il a refusé de décliner son identité, dites-vous ? fit le père Wycazik, étonné. Et elle lui aurait demandé des informations ?

— C'est cela, dit Michael Gerrano. A propos de deux choses. D'un endroit, l'entrepôt de Thunder Hill. Selon lui, cet entrepôt a toujours sa destination première : c'est un vaste lieu de stockage, parfaitement protégé, l'un des huit entrepôts répartis dans tout le pays. L'autre information concerne un officier, un certain colonel Leland Falkirk ; il dirige une section du Gisa, le Groupement d'intervention spécial de l'armée... »

Les yeux tournés vers la tempête qui faisait rage au-dehors, le père Wycazik écouta Michael lui étaler les états de service du colonel Falkirk. Il ne se souviendrait jamais de tous les détails ! C'est alors que son curé lui dit que tout cela n'avait aucune importance. « M. X croit que seul un événement bien précis de la vie du colonel Falkirk peut avoir une incidence sur le sort des clients du Tranquility Motel.

— M. X ? demanda Wycazik.

— Eh bien oui, mon mystérieux correspondant, je suis bien obligé de l'appeler M. X puisqu'il ne m'a pas dit son nom.

— Continuez.

— M. X croit que ce qui importe ici, c'est que le colonel Falkirk ait été le seul membre militaire d'une commission qui s'est réunie il y a neuf ans. C'est une sorte de groupe de réflexion qu'on appelle le Cérire. M. X pense que le Cérire tient ici un rôle capital : en furetant, il a découvert deux choses plutôt curieuses. Premièrement, un bon nombre de scientifiques ayant participé au Cérire ont pris — ou prennent encore — des vacances ou des congés de maladie exceptionnellement longs. Deuxièmement, des consignes de sécurité exceptionnelles entourent le rapport du Cérire depuis le 8 juillet de l'année dernière — deux jours exactement après que Brendan et les autres ont eu des problèmes dans le Nevada.

— Michael, à quoi correspondent ces initiales ? Qu'est-ce que ça veut dire, Cérire ? »

Le père Gerrano le lui dit.

« Seigneur, c'est ce que j'avais imaginé ! s'écria Wycazik. Michael, nous sommes peut-être à l'aube d'un monde nouveau. Vous croyez que vous serez prêt à l'affronter ?

— Je... je n'en sais rien, mon père, dit Michael. Et vous ?

— Oh oui ! dit Stefan. Oui, je suis prêt, mais je crois que le danger nous guette en chemin. »

Jack Twist veillait aux préparatifs du départ sans cesser pour autant de jeter des coups d'œil furtifs par les portes et les fenêtres, comme s'il s'attendait à tout moment à voir surgir quelqu'un.

A quatre heures dix, ils mirent la radio très fort, espérant ainsi dissimuler quelque temps leur absence, puis ils sortirent par la petite porte donnant sur l'arrière du motel. Debout dans la tourmente, ils passèrent de longues minutes à échanger des « au revoir » et des « faites bien attention », des « je prierai pour vous » et des « on les aura ». Ginger remarqua que Jack et Jorja restèrent longtemps enlacés, se parlant à voix basse, puis quand il l'embrassa et prit dans ses bras Marcie, ce fut comme s'il quittait sa propre femme, son propre enfant. Cette séparation était bien différente de la fin d'une réunion de famille : même s'ils ne se l'avouaient pas, la plupart des membres de ce petit groupe savaient qu'ils n'avaient peut-être plus que quelques heures à vivre.

Réprimant ses larmes, Ginger dit : « Allez, il faut nous séparer à présent. »

Ned se mit au volant de la Cherokee avec ceux qui devaient se rendre à Boston et à Chicago. La neige tombait si dru que la jeep se fondit dans le paysage au bout d'une cinquantaine de mètres seulement. La Cherokee s'engagea dans une ravine et le bruit du moteur fut étouffé par le souffle du vent.

Ginger, Dom et Jack montèrent dans la camionnette des Sarver et suivirent les traces de la jeep. Ils y parvinrent pendant quelques mètres, mais les flocons de neige, de plus en plus gros, ne tardèrent pas à recouvrir les empreintes. Les balais des essuie-glaces s'agitaient frénétiquement. Les yeux vagues, Ginger se demanda si elle reverrait un jour ses nouveaux amis.

Parker Faine craignait que le pilote du minuscule appareil ne pût se frayer un chemin parmi la tempête et renonçât à se poser à Elko, préférant un petit aéroport situé plus au sud du Nevada. Mais c'était à un véritable as de l'aviation qu'il avait affaire et, en moins de temps qu'il n'en faut pour le dire, l'avion roula sur la piste enneigée. Quelques instants plus tard, l'aéroport d'Elko serait fermé pour cause de mauvais temps.

Parker Faine parcourut tête baissée les quelques dizaines de mètres qui séparaient l'avion du petit aérogare.

A son arrivée à San Francisco, Faine s'était acheté des ciseaux et un rasoir électrique, puis s'était rendu dans les toilettes des hommes pour se couper les cheveux et la barbe. Cela faisait une bonne décennie qu'il ne s'était pas vu ainsi. Le résultat ne lui déplut pas.

Pour éviter de laisser des traces derrière lui en réglant par carte de crédit, il avait réglé en espèces un billet d'avion pour Reno. Après quarante-cinq minutes de vol au-dessus de la Sierra Nevada, il avait eu la chance de trouver une place dans un petit dix-places effectuant le trajet régulier Reno-Elko. Là encore, il avait payé cash. Il ne lui restait plus que vingt et un dollars dans son portefeuille. Pendant deux heures et quart, il avait subi les trépidations de l'avion qui l'emmenait vers cette partie du Nevada où, il en était persuadé, son ami courait un grand danger.

Dans l'aérogare, Parker Faine trouva deux cabines téléphoniques, dont une seule fonctionnait encore. Il chercha le numéro du Tranquility Motel, essaya d'appeler Dom, mais en vain. La ligne semblait coupée. Le mauvais temps y était peut-être pour quelque chose. A moins qu'il n'y eût une autre raison à cette panne.

En moins de deux minutes, il découvrit qu'il n'y avait plus de voitures à louer et que l'attente pour avoir un taxi était de plus d'une heure et demie.

D'un pas rapide, il se dirigea vers le bureau d'informations. Et là, il se cogna violemment à un individu qui, comme lui, paraissait affolé. L'homme était distingué ; il avait un certain âge, des cheveux gris. Sous son pull-over, on apercevait un col romain. Il dit à Parker : « Pardonnez-moi, mon ami, je suis prêtre et c'est une question de vie ou de mort. Vous n'auriez pas une voiture, par hasard ? Il faut absolument que je me rende au Tranquility Motel. »

Dom Corvaisis était assis sur la banquette de la camionnette des Sarver, coincé entre Ginger et la portière de droite, les yeux rivés sur les tourbillons de neige qui semblaient ne pas devoir cesser.

Au bout d'un certain temps, il comprit ce qu'il attendait avec tant d'intensité : le retour du souvenir qui s'était brutalement imposé à lui lors de sa sortie du petit restaurant. Des avions de chasse... Que s'était-il passé après le passage en rase-mottes du troisième jet ?

Le crépuscule officiel n'était prévu que dans trois quarts d'heure, mais la tempête obscurcissait le ciel, qui paraissait déjà plongé dans la pénombre. Parfois, des rochers ou des arbres surgissaient de la brume, tels des monstres préhistoriques dans le brouillard primitif. Conduire dans un tel paysage était extrêmement périlleux, mais Dom savait que Jack ne prendrait pas le risque d'allumer les phares.

Jack avait tout de même réussi à retrouver les traces de la jeep et, quand celles-ci obliquèrent vers l'est, il comprit que le moment était venu de se séparer définitivement. Il mit cap sur le nord, aidé en cela par la boussole que Dom tenait serrée dans sa main.

Une centaine de mètres plus loin, ils arrivèrent dans une impasse. C'était la fin du vallon. Devant eux, la pente était très escarpée. Jack changea de vitesse et le véhicule s'engagea péniblement dans les roches, brinquebalant en tous sens, envoyant Ginger buter contre Dom.

Pendant plusieurs minutes, ils roulèrent ainsi. Et puis, tout à coup, Jack écrasa la pédale de frein et s'écria : « Les chasseurs ! »

Dom poussa un cri de surprise. Il scruta la campagne environnante, s'attendant à voir un avion foncer sur eux, puis il comprit que Jack parlait des avions de l'été de l'année dernière. Il se rappelait la même chose que Dom une heure plus tôt. A en juger par son réflexe, le souvenir n'était pas aussi vif. Il se rappelait les avions, il ne les voyait pas.

« Les chasseurs », répéta Jack, les mains crispées sur le volant. Il contemplait la neige, mais ses yeux se perdaient dans le temps. « Deux jets qui passent assez bas, comme vous l'avez raconté, Dom, et puis un troisième, juste au-dessus du restaurant... et un quatrième...

— Je ne me souviens pas d'un quatrième appareil, dit Dom.

— Il est apparu juste au moment où je sortais du motel. Je ne me trouvais pas au restaurant avec vous. Il y a eu ce bruit formidable et ces vibrations et je me suis précipité hors de ma chambre pour voir le troisième chasseur — un F16, je crois. Son altitude ne devait pas dépasser les quarante ou cinquante pieds. Et puis, le quatrième chasseur est passé, encore plus bas que le précédent, et il a fait exploser la vitre de ma chambre...

— Et ensuite ? » demanda Ginger. Elle avait parlé très doucement, comme si le moindre éclat avait pu faire fuir les souvenirs.

« Les deux derniers jets, ceux qui faisaient du rase-mottes, ils ont foncé vers la nationale à six ou sept mètres au-dessus des lignes électriques ; ils se sont séparés, l'un vers l'est et l'autre vers l'ouest, puis ils sont revenus... Et moi, j'ai couru vers vous qui sortiez du restaurant, et je vous ai demandé ce qui se passait... peut-être que vous sauriez quelque chose... »

La neige s'accumulait sur le pare-brise.

« Je n'en sais pas plus », dit Jack Twist.

Il repassa la première, lâcha la pédale du frein. La fourgonnette repartit lentement en direction de Thunder Hill.

Le colonel Leland Falkirk et le lieutenant Horner, accompagnés par deux caporaux du Gisa armés jusqu'aux dents, prirent l'un des Wagoneer de la base de Shenkfield et se rendirent vers la section ouest de la zone de quarantaine. Deux énormes camions de l'armée avaient été garés en travers de la nationale 80. (La route était également barrée à une quinzaine de kilomètres de là.) Des faisceaux clignotants avaient été installés sur des chevaux de frise. Une demi-douzaine d'hommes du Gisa se tenaient là, porteurs de treillis blancs, comme des chasseurs alpins. Avec infiniment de courtoisie, trois d'entre eux mettaient les automobilistes arrêtés au courant de la situation.

Falkirk dit à Horner et aux deux caporaux de l'attendre en voiture. Il alla à pied vers le barrage afin d'échanger quelques mots avec le sergent Vince Bidakian, responsable de cet aspect de l'opération. « Ça va comme vous voulez ? demanda-t-il.

— Oui, mon colonel, dit Bidakian qui dut élever la voix pour se faire entendre. Il n'y a pas grand monde sur la route. La tempête a commencé vers l'ouest et la plupart des automobilistes ont fait halte assez loin d'ici, à Battle Mountain ou à Winnemucca. Il semble que les routiers aient fait de même. Il faudra plus d'une heure pour que nous ayons une file de deux cents voitures. »

Ils avaient décidé de ne pas détourner les véhicules vers Battle Mountain. Ils disaient à tout le monde que le barrage routier ne durerait pas plus d'une heure et que l'attente serait supportable.

Une durée plus longue aurait nécessité des moyens plus

importants. Et puis, Falkirk aurait dû prévenir la police du Nevada et le shérif du comté d'Elko. Ceux-ci se seraient adressés à ses supérieurs pour savoir s'il avait bien l'autorisation d'agir de la sorte, et ils auraient eu vite fait de comprendre qu'il agissait pour son propre compte. Une heure... il ne lui fallait pas plus pour arrêter les témoins et les emmener vers les cahots de Thunder Hill.

Falkirk dit à Bidakian : « Sergent, assurez-vous que les automobilistes ont assez d'essence. Dans le cas contraire, prenez-en dans nos propres citernes et faites remplir leurs réservoirs.

— Oui, mon colonel.

— Pas de police ni de chasse-neige en vue ?

— Pas encore, mon colonel, dit Bidakian. Mais ils ne devraient pas tarder.

— Vous savez quoi leur raconter ?

— Oui, mon colonel. Un petit camion s'est renversé. Il n'y a pas eu de fuite, mais comme il transportait à la fois des produits inoffensifs et des substances toxiques, nous avons préféré...

— Mon colonel ! » Le lieutenant Horner arrivait en courant. « J'ai reçu un message du sergent Fixx, à Shenkfield. La situation se détériore au motel. Il n'a pas entendu une seule voix depuis quinze minutes, rien que la radio qui marche à tue-tête. Il croit qu'il n'y a plus personne.

— Ils seraient retournés au restaurant ?

— Non, mon colonel. Fixx pense qu'ils sont... partis, tout simplement.

— Partis ? Mais où cela ? » hurla Falkirk, qui ne s'attendait d'ailleurs pas à ce qu'on lui réponde.

Le cœur battant, il regagna en toute hâte le Wagoneer.

Elle s'appelait Talia Ervy et c'était certainement la fille la plus charmante que Parker Faine ait vue depuis plus d'une semaine. Non seulement elle s'était proposée pour conduire Parker et le père Wycazik jusqu'au motel, mais encore elle avait refusé d'être dédommagée. « Je devais rentrer chez moi, dit-elle en guise d'explication, mais comme personne ne m'attend... »

Sa Cadillac avait une bonne dizaine d'années, mais elle était équipée de pneus neige et de chaînes. Talia prétendait que « Suzy », puisque tel était le nom qu'elle donnait à sa voiture, pouvait les emmener n'importe où, par n'importe quel temps. Parker s'assit à droite de la conductrice et Wycazik s'installa à l'arrière.

Ils n'avaient pas fait plus d'un kilomètre quand ils entendirent le commentateur de la radio locale annoncer qu'il y avait une fuite de produits toxiques sur la nationale 80 et que celle-ci était fermée un peu à l'ouest d'Elko.

« Les salauds ! s'écria Talia. Ils pourraient quand même faire gaffe avec toutes leurs saloperies. Vous vous rendez compte, c'est quand même la deuxième fois en moins de deux ans ! »

Ni Parker Faine ni le père Wycazik n'émirent la moindre remarque. Ils savaient que ce qu'ils redoutaient de pire pour leurs amis était en train d'arriver.

« Qu'est-ce qu'on fait maintenant ? demanda Talia Ervy.

— Il y a un endroit où on peut louer des voitures ? dit Parker. Il nous faudrait une 4 × 4. Une jeep, par exemple.

— Il y a un concessionnaire Jeep, dit la jeune femme.

— Vous pouvez nous y emmener ?

— Moi et Suzy, on passe partout, qu'il neige ou qu'il vente ! » dit-elle en riant.

Felix Schellenhof, le concessionnaire Jeep, était moins exubérant que Talia. Il était même du genre sinistre. Costume gris, cravate grise, cheveux gris, teint grisâtre. Il expliqua d'une voix lasse qu'il ne louait pas de véhicules, mais qu'il en avait un certain nombre de disponibles immédiatement. Cependant, l'autorisation de crédit prendrait au moins vingt-quatre heures. Parker dit qu'il réglait rubis sur l'ongle et sortit son carnet de chèques, mais Schellenhof refusa, Faine n'étant pas domicilié dans l'État du Nevada. Parker posa alors sur le bureau sa carte American Express, mais l'autre la repoussa avec un sourire dédaigneux. « C'est valable pour les réparations et les pièces détachées, monsieur, pas pour les gros achats. »

Parker Faine sentait la moutarde lui monter au nez. « Écoutez, mon vieux, l'intérêt de la carte American Express, c'est d'acheter n'importe quoi n'importe où. Quand j'étais à Paris, j'ai payé avec une toile de Salvador Dali qui coûtait plus de cinquante mille dollars ! Vous n'allez pas me dire que...

— Je n'y peux rien, monsieur, c'est le règlement.
— Cela suffit, s'écria alors le père Wycazik, c'est une question de vie ou de mort ! Vous allez nous vendre tout de suite une de vos bagnoles sinon... »

Le prêtre n'eut pas besoin de préciser ce qu'il comptait faire en cas de refus. Schellenhof remplit un formulaire de vente, passa un coup de fil pour obtenir l'autorisation auprès de l'American Express, et revint faire signer le coupon à Parker Faine.

« Je vais chercher les clefs », balbutia le vendeur.

Faine siffla d'admiration : « Eh bien, si vous vous y prenez comme ça pour convertir les païens, il doit y avoir foule dans votre église ! »

Wycazik baissa modestement la tête.

Felix Schellenhof leur présenta une Cherokee flambant neuve.

« Quelle semaine ! dit-il en secouant la tête. Lundi dernier, un client m'a réglé une Cherokee en espèces, il avait des paquets de billets plein ses poches. Certainement qu'il avait gagné au casino...

« Il y a des chances, oui, dit Parker.

— Dites-moi, monsieur, je pourrais téléphoner ? » demanda au vendeur le père Wycazik.

Il lui montra le téléphone et Wycazik appela Michael Gerrano à Chicago. Il lui parla de sa rencontre avec Parker Faine et de la fermeture de la nationale 80. Et tout à coup, il dit quelque chose qui étonna Parker : « Michael, il se peut qu'il nous arrive quelque chose. Dès que j'aurai raccroché, vous contacterez Simon Zoderman à la *Tribune*. Vous lui raconterez tout. *Tout*, vous comprenez ? Dites à Simon ce qui unit Brendan à Winton Tolk, à la petite Halbourg et à Calvin Sharkle. Dites-lui ce qui s'est passé ici, dans le Nevada, l'été de l'année dernière. *Dites-lui ce qu'ils ont vu.* Et s'il a encore des doutes, dites-lui que moi, j'y crois. Il me connaît, cela devrait le rassurer. »

Après qu'il eut raccroché, Parker dit : « Je vous ai bien compris ? Vous savez vraiment ce qui s'est passé cette nuit-là ?

— Je suis pratiquement persuadé de connaître toute la vérité. »

Ils montèrent dans la Cherokee sans se préoccuper du vendeur qui voulait leur prodiguer quelques conseils d'entretien. Wycazik s'installa au volant.

« Il va falloir tout me dire.

— Dès que nous serons sur la route », répondit le père Wycazik en mettant le contact.

Le Dr Miles Bennell était assis dans la pénombre de son bureau proche du Noyau, au cœur même de Thunder Hill. Les faibles lueurs qui pénétraient par les petites fenêtres donnant sur la caverne centrale du deuxième étage de l'entrepôt ne suffisaient pas à révéler les détails de la pièce.

Bennell était soucieux. Il avait devant lui six feuilles de papier, qu'il avait bien relues vingt ou trente fois au cours des quinze derniers mois. Il les connaissait par cœur, au mot près. Il s'agissait du rapport concernant le profil psychologique de Leland Falkirk — rapport obtenu dans la plus grande illégalité parce que dérobé aux archives secrètes du Groupement d'intervention spécial de l'armée.

Miles Bennell était, entre autres choses, un informaticien remarquable. Dix-huit mois auparavant, quand son travail sur le projet Thunder Hill l'avait obligé à rencontrer fréquemment le colonel Falkirk, Bennell avait tout de suite compris que Falkirk était un individu au psychisme perturbé, un type qui aurait normalement dû être déclaré inapte au service militaire. Seulement, il était apparemment l'un de ces rares paranoïaques qui ont appris à *utiliser* leur folie pour se couler dans le moule du bon serviteur, du robot humain qui fait et dit tout ce qu'on lui demande. Bennell avait voulu en savoir plus. Qu'est-ce qui pouvait faire craquer le vernis de Falkirk ? La réponse existait, mais elle se trouvait dans les archives du Gisa. Et Bennell avait donc dû bricoler son ordinateur personnel et y adapter un modem capable d'entrer en contact avec les dossiers secrets du Gisa à Washington.

Miles Bennell avait eu peur en découvrant le profil psychologique du militaire. Et aujourd'hui, il était totalement en son pouvoir. Prisonnier au centre de la terre, il attendait d'être jugé et condamné par un homme dont les notions de culpabilité et de châtiment étaient des plus particulières.

Miles Bennell était épouvanté.

Premièrement, Leland Falkirk redoutait et méprisait la religion. L'amour de Dieu et du pays représentant les valeurs suprêmes de l'armée, Falkirk avait fait taire ses sentiments antireligieux. Il était clair que cette attitude était la conséquence d'une enfance et d'une jeunesse passées dans une famille de fanatiques.

Deuxièmement, Leland Falkirk était obsédé par le contrôle, la maîtrise. Il avait *besoin* de dominer le moindre aspect de son environnement, chacune des personnes qu'il côtoyait. Ce besoin insatiable de contrôle du monde extérieur était le reflet des efforts constants qu'il devait déployer pour maîtriser sa rage et sa paranoïa.

Troisièmement, Leland Falkirk souffrait d'une claustrophobie assez bénigne, qui empirait, toutefois, quand il se trouvait dans un lieu souterrain.

Enfin — surtout —, Leland Falkirk était masochiste. Il se soumettait à toutes sortes d'expériences sur la douleur, prétendant que de telles épreuves lui étaient nécessaires pour conserver ses réflexes et rester digne d'être un officier du Gisa. La vérité était plus simple, bien qu'il ne la connût pas lui-même : il aimait la souffrance.

De là à aimer l'idée de mourir, il n'y avait qu'un pas.

Dans la pénombre, Miles Bennell pensait.

Ce n'était ni sa propre mort ni celle de ses collègues qu'il redoutait le plus. Ce qu'il craignait, c'était qu'en supprimant toutes les personnes impliquées dans le projet, Leland Falkirk ne détruisît le projet lui-même.

Le colonel Falkirk se trouvait dans la cuisine des Block. Il vit l'album posé sur la table et l'ouvrit. Sur les pages, il n'y avait rien d'autre que des photos et des dessins représentant la lune, tous coloriés en rouge.

Une douzaine d'hommes du Gisa fouillaient les lieux et s'interpellaient, leurs voix étouffées par le vent et la neige.

Les pas du lieutenant Horner résonnèrent dans l'escalier. Un instant plus tard, il traversa le living et entra dans la cuisine.

« Nous avons vérifié toutes les chambres du motel, mon colonel. Il n'y a plus personne. Ils sont partis par derrière, à travers champs. On a relevé deux séries d'empreintes dans la neige, mais c'est plutôt vague. Avec un temps pareil, ils ne pourront pas aller très loin.

— Vous avez lancé des hommes à leur poursuite ?

— Pas encore, mon colonel. J'ai fait amener le camion et le Wagoneer à l'arrière du motel.

— Dites-leur d'y aller, dit Falkirk.

— Ne vous inquiétez pas, mon colonel. On va les rattraper.

— J'en suis persuadé », dit Falkirk, parfaitement maître de lui.

Horner fit demi-tour et se prépara à partir, quand son supérieur lui dit : « Dès que vous aurez envoyé les hommes, rejoignez-moi en bas avec une carte détaillée des environs. Ils ont certainement l'intention de rejoindre une petite route. Nous anticiperons leur décision et nous les attendrons là-bas.

— A vos ordres, mon colonel. »

Seul, Falkirk tourna lentement les pages de l'album. Des lunes rouges.

Il entendit les pas de Horner au rez-de-chaussée.

Très calmement, il continua de feuilleter l'album.

Dehors, Horner cria des ordres aux hommes. Deux groupes de quatre partirent à la recherche des fugitifs.

Leland tourna encore quelques pages, puis soudain, il jeta l'album à travers la pièce. Il rebondit sur le réfrigérateur, tomba à terre. Des dizaines de photographies s'en détachèrent. Falkirk vit sur une étagère un pot en céramique représentant un ours assis sur son postérieur. Il le balaya du revers de la main. L'ours se brisa en mille morceaux et les pastilles au chocolat qu'il contenait se répandirent sur le carrelage. Ce fut ensuite le tour d'un poste de radio, d'un pot de confitures, d'une boîte remplie de farine. Puis d'une boîte à biscuits qui percuta la machine à café.

Falkirk reprit son souffle. Sans un regard pour les objets cassés, il sortit lentement de la cuisine et descendit l'escalier afin d'étudier la carte avec son lieutenant et de discuter calmement de la stratégie à adopter.

Jack prit vers l'est et rattrapa la route de campagne menant à Thunder Hill, un bon kilomètre environ au nord de l'endroit où Ned l'avait lui-même coupée dans la Cherokee. Il tourna à droite et se dirigea vers l'entrepôt, reprenant la route empruntée le matin même par Dom et Ernie.

Il n'avait jamais vu de tempête aussi mauvaise dans cette région. Plus ils grimpaient, plus la neige tombait dru, aussi dense qu'une pluie d'orage.

« L'entrée de l'entrepôt est à un kilomètre et demi d'ici », dit Jack.

Jack coupa les phares qu'il s'était pourtant résolu à allumer quelques minutes plus tôt et roula à une allure plus modérée.

Ginger se mordait nerveusement les lèvres.

« Là-bas, des lumières, dit Dom. C'est l'entrée de l'entrepôt. »

Deux lampes au mercure luisaient au sommet des poteaux flanquant le grillage électrifié. Une lueur ambrée éclairait le poste de garde.

Jack n'apercevait que très difficilement le contour du petit bâtiment. La neige masquait tous les détails. Ce qui signifiait que leur camionnette était elle-même invisible. De plus, le bruit du moteur était recouvert par le souffle du vent.

Ils continuèrent de grimper vers la nuit et la montagne. Les balais des essuie-glace fonctionnaient tant bien que mal, la neige ayant durci sur le pare-brise.

Quand ils eurent dépassé d'un bon kilomètre l'entrée de l'entrepôt de Thunder Hill, Ginger dit : « On pourrait peut-être remettre les phares.

— Non, fit Jack, penché sur le volant, on ira dans le noir jusqu'au bout. »

A la réception du motel, le colonel Falkirk et le lieutenant Horner déplièrent la carte sur le comptoir. Ils étaient toujours occupés à l'étudier quand les hommes chargés de traquer les fuyards revinrent au bout de quelques minutes. Ils avaient suivi les traces des véhicules pendant quelques centaines de mètres dans un vallon, puis la neige avait recouvert les empreintes. Il était cependant probable qu'au moins un des véhicules avait pris vers l'est ; les hommes en déduisirent que la camionnette et la Cherokee ne s'étaient pas séparées et que les deux véhicules roulaient dans cette direction.

Revenant à la carte, Falkirk dit : « Cela paraît logique. Ils ne peuvent aller vers l'ouest. Il n'y a rien là-bas en dehors de Battle Mountain, qui est à plus de soixante kilomètres, et Winnemucca, qui est encore plus loin. Ces villes ne sont pas assez importantes pour qu'ils s'y cachent très longtemps. De plus, ce ne sont pas des nœuds routiers. Ils ne peuvent donc qu'aller vers l'est, en direction d'Elko. »

Le lieutenant Horner posa un doigt sur la carte. « Voici la route

qui passe derrière le motel et monte vers Thunder Hill. Ils l'ont certainement coupée.
— Quelle est la prochaine route qui mène au sud ? »
Horner se pencha pour mieux lire ce qui était écrit sur la carte. « Celle de Vista Valley, à une dizaine de kilomètres environ à l'est de la route de Thunder Hill. »

On frappa à la porte et Miles Bennell dit : « Entrez. »
Le général Robert Alvarado, commandant en chef de Thunder Hill, entra dans le bureau, apportant avec lui un peu de la lumière nacrée dans laquelle baignait le Noyau. « Vous aimez méditer dans le noir, hein ? Le colonel Falkirk interpréterait cela plutôt mal.
— C'est un dingue.
— Il n'y a pas si longtemps de ça, dit le général, j'ai soutenu que c'était un excellent officier, un peu trop strict sur le règlement peut-être, mais excellent tout de même. Ce soir, je me vois obligé de me ranger à votre avis. Ce type est en train de perdre les pédales. Je me demande même s'il ne les a pas perdues complètement. Il y a quelques minutes, il m'a adressé une requête par téléphone. Enfin, c'était censé être une requête, bien que cela ressemblât plutôt à un ordre. Il voulait que tous les hommes, civils ou militaires, soient consignés dans leurs quartiers jusqu'à nouvel ordre. Mes consignes seront diffusées par haut-parleurs dans quelques minutes.
— Mais pourquoi veut-il faire cela ? » demanda Bennell.
Alvarado prit place sur une chaise tout près de la porte ouverte. La lumière extérieure éclairait son corps tout entier, à l'exception de son visage, qui demeurait dans la pénombre. « Falkirk va faire venir les témoins et il ne veut pas qu'ils soient vus par qui que ce soit, à l'exception de ceux qui les connaissent déjà. Enfin, c'est ce qu'il prétend.
— Si le moment est venu de leur faire subir un autre lavage de cerveau, demanda Bennell, pourquoi ne pas le faire au motel ? A ce que je sache, il n'a pas encore convoqué les spécialistes.
— Non, dit Alvarado. Il dit que la couverture ne tiendra peut-être plus très longtemps. Il veut que vous étudiiez les témoins, tout particulièrement Cronin et Corvaisis. Il croit qu'ils ne sont plus

tout à fait humains. Il m'a dit aussi qu'il avait réfléchi à la conversation que vous aviez eue tous les deux, qu'il s'était montré peut-être un peu trop soupçonneux. Il dit que, si vous reconnaissez qu'ils sont parfaitement humains, si vous prouvez que leurs dons ne sont pas la preuve d'une présence inhumaine en eux, il vous croira sur parole. Il les épargnera. Il décidera alors de ne plus recourir au lavage de cerveau et demandera même à ses supérieurs de révéler toute l'affaire au grand public. »

Miles Bennell resta un moment silencieux, puis il s'agita sur sa chaise. « On dirait qu'il a finalement recouvré ses esprits. Mais, je ne sais pas pourquoi, j'ai du mal à y croire. Qu'est-ce que vous en pensez, vous ? »

Alvarado se pencha de côté, referma la porte et replongea le bureau dans la pénombre. Miles voulut allumer la lampe de bureau, mais le général dit : « Restons ainsi, voulez-vous ? Il est peut-être plus facile de faire preuve de franchise quand on ne se voit pas. Miles, répondez-moi... Est-ce vous qui avez envoyé les photographies aux Block et à Corvaisis ? »

Bennell ne répondit pas.

« Miles, nous sommes amis. Je l'espère, tout au moins. Et je vais vous faire une confidence. C'est moi qui ai mis Jack Twist sur la piste du motel.

— Vous ? s'écria Miles, stupéfait. Mais comment ? Pourquoi ?

— Eh bien, je savais comme vous que le blocage mental de certains témoins était en train de se fissurer et que cela déclenchait chez eux un certain nombre de problèmes d'ordre psychologique. Avant que quelqu'un ne décide de les éliminer l'un après l'autre, j'ai pensé attirer leur attention sur ce motel. J'espérais faire assez de vagues pour ruiner tout notre projet de couverture.

— Mais enfin, pourquoi ? répéta Miles.

— Parce que j'ai réfléchi et que je me suis dit que notre attitude était mauvaise. Si je m'étais directement adressé au grand public, j'aurais désobéi aux ordres. J'aurais ruiné ma carrière, ma pension. Et puis... je craignais d'être tué par Falkirk. »

Les mêmes craintes avaient effleuré Bennell.

Alvarado reprit : « J'ai commencé par Twist parce que je pensais que son passé de Ranger et son inclination à défier l'autorité feraient de lui le chef idéal des autres témoins. C'est grâce aux informations qu'il a involontairement livrées lors des séances de lavage de cerveau que j'ai appris l'existence des coffres.

J'ai étudié les dossiers le concernant, j'ai eu le nom de ses banques, ses pseudonymes. Il y avait aussi des copies des clefs des coffres. J'ai donc fait des copies de ces copies. Fin décembre, j'ai eu dix jours de permission ; j'en ai profité pour me rendre à New York avec un paquet de cartes postales représentant le Tranquility Motel et j'en ai déposé une dans chacun de ses coffres. Cela n'a posé aucun problème. Twist n'allait à la banque qu'une fois par an et personne ne m'a questionné, même si je ne lui ressemble absolument pas. Ce fut vraiment très facile.

— Très ingénieux aussi, dit Miles. La découverte de ces cartes postales devait galvaniser Twist.

— J'avais pris toutes sortes de précautions, en manipulant les cartes avec des gants, par exemple. Je n'ai pas laissé la moindre empreinte. Je pensais revenir ici, donner un peu de temps à Twist. Ensuite, je serais allé à Elko, j'aurais adressé quelques coups de téléphone anonymes aux autres témoins, je leur aurais donné le numéro privé de Twist et leur aurais expliqué que lui seul pouvait résoudre leurs problèmes psychiques. Tout devait fonctionner comme une mécanique bien huilée. Mais les choses ne sont pas allées jusqu'à ce stade. Quelqu'un d'autre a envoyé des messages et des photos à Corvaisis et aux Block. »

Miles hésita. Il repensa aux feuillets posés sur son bureau : le profil psychologique de Falkirk. Il soupira et dit : « OK, c'est moi qui ai envoyé les Polaroïd. Les grands esprits se rencontrent, non ?

— Je vous ai raconté pourquoi j'avais choisis Twist. Je crois comprendre pourquoi vous avez sélectionné les Block : leur motel est au centre de toute l'affaire. Mais Corvaisis ? Pourquoi lui plutôt qu'un autre ?

— Il est écrivain, ce qui signifie qu'il a une imagination très fertile. Des messages anonymes et des photographies étranges devaient normalement l'intriguer plus que quiconque. Et puis, son premier roman reçoit beaucoup de critiques élogieuses, ce qui veut dire que les journalistes seraient plus enclins à l'écouter que n'importe qui. »

Les deux hommes restèrent un instant silencieux, puis Alvarado dit : « A votre avis, Miles, pourquoi suis-je venu vous raconter tout cela ?

— Vous avez besoin d'un allié contre le colonel. Parce que vous ne croyez pas un mot de ce qu'il vous a dit au téléphone.

Vous ne croyez pas qu'il soit devenu subitement raisonnable et qu'il se contentera d'étudier les témoins après les avoir conduits ici.

— A mon avis, il veut les tuer, dit Alvarado. Et nous aussi, il veut nous tuer. Jusqu'au dernier.

— Parce qu'il pense que nous sommes tous infectés. Ce type est fou à lier. »

Il y eut des crachotements dans les haut-parleurs, puis les ordres du général retentirent : tous les membres du personnel, civils ou militaires, devaient passer à l'armurerie pour y recevoir des armes de poing, puis gagner leurs quartiers en attendant de nouvelles instructions.

Alvarado se leva et dit : « Quand ils auront regagné leurs chambrées, je leur annoncerai que c'est Falkirk qui a voulu les boucler, mais que c'est moi qui ai décidé de les armer. Je leur dirai que, pour des raisons connues de quelques-uns mais inconnues de la plupart, nous sommes tous menacés par Falkirk et les hommes du Gisa. Par la suite, si le colonel les envoie pour tirer dans le tas, les autres sauront les accueillir. J'espère pouvoir l'arrêter avant qu'il n'aille trop loin.

— Est-ce que, moi aussi, je serai armé ? »

Alvarado se préparait à sortir. « Plus que quiconque. Vous cacherez votre revolver sous une blouse, comme ça, Falkirk n'en saura rien. Je ferai de même : je laisserai ma veste déboutonnée, mais je dissimulerai une arme dans mon dos. Si je vois que Falkirk veut ordonner notre destruction à tous, je tire mon arme et je le descends. Mais je vous le ferai d'abord savoir grâce à un code préétabli, pour que vous-même puissiez vous charger de Horner. Il faut que nous les ayons tous les deux, c'est bien compris ? Si Horner survit au colonel, il cherchera à m'éliminer. Ce n'est pas que je tienne vraiment à ma peau, mais je suis général, et moi seul peux reprendre la situation en main. Vous y arriverez, Miles ? Vous croyez que vous pourrez tuer un homme ?

— Oui. Je saurai appuyer sur la détente si cela peut nous débarrasser à tout jamais de Horner. »

Miles se leva et rejoignit le général dans l'encadrement de la porte. Il dit : « Vous vous rendez bien compte que Falkirk agit normalement au nom du chef d'état-major de l'armée de terre, sinon d'autorités supérieures. Quand vous l'aurez tué, vous aurez le général Riddenhour sur le dos et peut-être même le Président en personne. »

Alvarado ne répondit pas et se contenta de lui donner une tape amicale sur l'épaule.

Le père Stefan Wycazik était au volant de la Cherokee — c'était au Viêt-nam, en compagnie du père Bill Nader, qu'il avait pris l'habitude de conduire les 4 × 4.

La nationale 80 étant fermée, ils prirent vers le nord par la route 51, puis vers l'ouest par toute une série de petites routes de campagne dont l'aspect rappelait plutôt celui de chemins vicinaux. La visibilité était des plus mauvaises. Des Cataphotes étaient installés le long du bas-côté, et le reflet des phares sur ces petits morceaux de plastique était la seule chose qui empêchât Wycazik de faire une embardée dans le ravin ou de rentrer dans la montagne. Ils avaient acheté une boussole et une carte détaillée et, parfois, ils coupaient directement à travers champs. Leur route était longue et sinueuse, mais elle les menait tant bien que mal vers le Tranquility Motel.

Stefan parla à Parker du Cérire, cette organisation dont il avait appris l'existence par Michael Gerrano, lequel tenait ses informations du mystérieux M. X, l'ami de Ginger Weiss. « Le colonel Falkirk en était le seul membre militaire. Le Cérire a tout l'air d'un gouffre à finances, puisque c'est un groupe d'étude censé réfléchir sur un problème social qui n'a pratiquement aucune chance d'aboutir. Le comité était constitué de biologistes, de physiciens, d'anthropologues, de médecins, de sociologues, de psychologues, enfin de toutes sortes de spécialistes. Au fait, vous aimeriez certainement savoir ce que veut dire Cérire ? C'est l'acronyme du Comité d'étude et de réflexion sur l'impact d'une rencontre extraterrestre, ce qui signifie que toutes ces grosses têtes ont pour mission de tenter de déterminer l'impact positif et négatif sur la société humaine d'une rencontre avec une civilisation intelligente n'appartenant pas à notre planète. »

Wycazik fit une pause pour laisser à son compagnon le temps de digérer cette information. Le peintre siffla entre ses dents. « Vous ne voulez pas dire... ce n'est pas...

— Si, fit Stefan Wycazik. Quelque chose s'est produit cette nuit-là. Quelque chose est arrivé du ciel au soir du 6 juillet.
— Oh, nom de Dieu ! s'écria Parker Faine. Euh, pardonnez-moi, mon père, je ne voulais pas blasphémer, mais... Seigneur... »
Les yeux fixés sur les Cataphotes, Wycazik esquissa un sourire. « Vous savez, les conséquences sont telles que je ne crois pas que le Bon Dieu soit très à cheval sur les principes. »
Ils roulèrent en silence pendant quelques minutes, puis Parker Faine demanda après s'être raclé la gorge : « Mon père, est-ce que ce genre d'événement pourrait faire basculer votre foi ?
— Non, répondit aussitôt Wycazik. Ce serait plutôt même le contraire. Si ce formidable univers n'abritait pas d'autres formes de vie intelligente, si ces milliards de milliards d'étoiles et de planètes dispersées dans les galaxies n'étaient que des cailloux stériles, alors *là*, je pourrais croire que Dieu n'existe pas, que nous ne sommes rien de plus que le fruit du hasard et de l'évolution. Parce que, s'il y a un Dieu, il aime la vie, il chérit la vie et toutes les créatures qu'il a créées, et il ne laisserait jamais l'univers aussi vide.
— Beaucoup de gens, la plupart même, doivent penser la même chose, dit Faine.
— Et même si l'espèce que nous rencontrons était terriblement différente de nous par son apparence physique, cela ne m'ébranlerait pas. Quand Dieu nous a dit nous avoir créés à son image, il ne voulait pas dire que notre apparence physique était identique à la sienne, bien entendu. Il parlait de notre esprit, de notre âme, de notre capacité à raisonner, de notre communion d'esprit, de l'amour, de l'amitié : *tels* sont les aspects de l'humanité qui sont à son image. Je crois que la crise de Brendan était liée au souvenir d'une rencontre avec une race totalement différente de la nôtre, et surtout si supérieure à la nôtre qu'il croyait inconsciemment que l'Église mentait en disant que Dieu nous avait faits à son image. Je veux lui dire que ce n'est pas leur allure qui importe, ni leur degré de civilisation. Ce qui révèle la présence divine en eux, c'est leur capacité à aimer, à s'intéresser à autrui — et à utiliser l'intelligence que Dieu leur a donnée pour vaincre les défis de l'univers où lui-même les a placés.
— C'est ce qu'ils ont fait en venant de si loin, dit Parker.
— Exactement ! je suis sûr que Brendan tirera les mêmes conclusions que nous quand le lavage de cerveau qu'il a subi ne fera plus effet, quand il se souviendra de ce qui s'est passé et aura

le temps d'y réfléchir. En tout cas, je veux être à ses côtés pour l'aider et le guider.

— Vous l'aimez beaucoup », dit Parker Faine.

Pendant quelques secondes, le père Wycazik garda les yeux fixés sur les petits points lumineux bordant la route.

« Brendan... il est comme le fils que je n'ai jamais eu, que je n'aurai jamais. Je l'aime plus que tout, je crois... »

La Cherokee roula dans des caillasses pendant plusieurs minutes. Brinquebalés en tous sens, les deux hommes étaient incapables de parler, d'exprimer verbalement ce qu'ils éprouvaient maintenant qu'ils étaient confrontés à l'idée que l'homme n'était pas seul dans la création.

Parker Faine fut le premier à rompre le silence. Il toussota, vérifia la boussole et dit : « Nous sommes dans la bonne direction. On devrait tomber dans un kilomètre sur la route de Vista Valley. Moins que ça, peut-être... »

La neige continuait de tomber, brièvement éclairée par le double faisceau des phares. Parfois, un coup de vent la faisait virevolter, puis elle reprenait sa chute oblique.

Ils attaquèrent une pente assez douce. Parker dit : « Quelque chose est venu du ciel... Et si le gouvernement en savait assez pour fermer la nationale 80 avant l'atterrissage, c'est qu'il traquait le vaisseau depuis déjà longtemps. Je ne comprends toujours pas comment on pouvait être aussi sûr de l'emplacement géographique de l'impact. Les pilotes du vaisseau auraient pu changer de cap au dernier moment.

— Il était peut-être en chute libre, dit Wycazik. Cela devait faire des jours, des semaines que les satellites d'observation le pistaient dans l'espace. S'il suivait une trajectoire absolument stable, cela voulait dire qu'il ne répondait plus à aucun contrôle. Il avait donc le temps de calculer le point d'impact.

— Je ne veux pas croire qu'il s'est écrasé au sol, dit Parker.

— Moi non plus.

— Je veux croire qu'ils sont arrivés vivants... de si loin... »

Les roues de la Cherokee patinèrent sur une plaque verglacée, poussant les deux hommes l'un vers l'autre. Puis le véhicule repartit normalement.

Parker dit : « Je veux croire que Dom et les autres n'ont pas fait que voir un vaisseau spatial... Je souhaite qu'ils en aient rencontré les occupants. Imaginez un peu !

— Ce qui leur est advenu ce soir de juillet est extrêmement étrange, cela dépasse de loin le fait de voir un vaisseau venir d'un autre monde.

— Vous voulez dire que... vous pensez aux pouvoirs de Brendan et de Dom ?

— Oui. Il s'est passé autre chose qu'un simple contact. »

Ils atteignirent la crête de la colline et entreprirent de redescendre l'autre versant. Les rideaux de neige n'empêchèrent pas Stefan Wycazik de voir les phares de quatre véhicules sur la route de Vista Valley. Ils étaient stationnés et disposés de telle sorte que les faisceaux lumineux se croisaient au milieu de la chaussée.

Il comprit très vite qu'ils fonçaient tête la première vers les ennuis.

« Des mitraillettes ! » cria Parker.

Wycazik vit que deux hommes armés de mitraillettes tenaient en respect un groupe de sept individus — six adultes et un enfant — alignés le long d'une Cherokee ne différant que par la couleur de celle dont Parker venait de faire l'acquisition. Une dizaine d'hommes se tenaient alentour — des militaires, de toute évidence, parce qu'ils portaient des treillis blancs.

Ils avaient tourné leurs regards vers le flanc de la colline, étonnés d'être interrompus dans leur mission.

Le père Wycazik aurait voulu freiner à mort, faire demi-tour, repartir vers la crête. Mais ils n'auraient pas été longs à le rattraper.

Tout à coup, il reconnut un visage familier parmi les prisonniers. « C'est lui, Parker ! C'est Brendan, tout au bout à droite !

— Les autres doivent être les clients du motel, fit Parker qui se pencha pour mieux voir. Mais je ne distingue pas Dom. »

Wycazik avait vu Brendan. Et il lui était impossible de reculer. En revanche, il n'était pas armé. D'ailleurs, qu'aurait-il fait d'une arme, lui qui avait consacré sa vie à Dieu ? Il laissa donc la Cherokee descendre lentement la colline tout en réfléchissant à ce qu'il pourrait bien faire pour reprendre la situation en main.

« Qu'est-ce qu'on va dire ? » fit Parker, qui avait la même préoccupation.

Leur dilemme fut rapidement résolu. A la grande surprise de Stefan, un des soldats pointa sur eux sa mitraillette et ouvrit le feu.

Dom regarda Jack Twist braquer le faisceau de sa torche sur la clôture, puis sur les fils de fer barbelés.

« La clôture n'est pas électrifiée, dit Jack d'une voix assez forte pour se faire entendre malgré les mugissements du vent. Il n'y a pas de fil conducteur. Quant aux nœuds... ils sont trop légers, ils ne supporteraient pas le voltage. D'ailleurs, plusieurs brins ne sont même pas reliés les uns aux autres.

— Mais alors, pourquoi ces pancartes ? dit Ginger.

— Pour décourager les amateurs », expliqua Jack. Il braqua sa lampe sur les barbelés. « Il y a toutefois des fils qui passent là-dedans et celui qui voudrait escalader recevrait une sérieuse décharge. Nous passerons par en bas. »

Ginger tint la lampe pendant que Dom cherchait le chalumeau à acétylène dans l'un des sacs à dos. Il le tendit à Jack.

Après avoir enfilé des gants de ski très épais, Jack alluma la torche et entreprit de découper la clôture métallique.

A l'endroit où ils se trouvaient, ils ne risquaient pas d'être vus depuis l'entrepôt. Si Jack avait raison — si la surveillance était uniquement électronique —, le mauvais temps brouillait la visibilité des caméras vidéo. La chance leur souriait.

Ils désiraient entrer dans l'entrepôt de Thunder Hill et voir ce qui s'y passait mais cela n'aurait rien de dramatique s'ils se faisaient prendre dans la minute qui suivait. Être mis au cachot, cela faisait partie du plan de Jack pour attirer l'attention du grand public sur Thunder Hill.

Dom, Ginger et Jack n'étaient pas armés. Toutes les armes avaient été distribuées à leurs camarades, partis dans la Cherokee. Leur fuite était essentielle. S'ils se faisaient arrêter, le plan tout entier tombait à l'eau.

Au moment où Jack repoussa le grillage, la lueur du chalumeau à acétylène se fit soudain plus vive. Dom sursauta, poussa un cri étouffé, retomba une fois de plus dans le passé :

Le troisième chasseur fonça en hurlant au-dessus du toit du restaurant, si bas qu'il se jeta à plat ventre sur le macadam du parking, mais l'avion passa, laissant dans l'air une odeur d'essence chaude. Il voulut se relever, quand un quatrième appareil passa encore à plus faible altitude dans un rugissement d'enfer. Les avions disparurent à l'horizon, mais la terre continuait de trembler, et la nuit résonnait d'un grondement sourd tel celui d'une gigantesque et incessante explosion. Et il se dit que d'autres avions allaient venir, bien que le sifflement électronique commençât à prendre le dessus sur les rugissements. Péniblement, il se releva, et il vit les autres, Ginger Weiss et Jorja et Marcie, et plus loin, Jack qui courait hors du motel, et aussi Ernie et Faye qui sortaient de la réception, et tous les autres, tous les autres, Ned et Sandy... Le grondement était maintenant pareil au vacarme que font les chutes du Niagara, renforcé d'un sifflement électronique si puissant qu'il crut que ses tympans allaient éclater. L'air avait pris une teinte argentée. Il leva les yeux, loin des jets qui s'étaient enfuis à l'horizon, il vit la lumière, la source lumineuse, et il dit : « La lune ! La lune ! » Les autres se tournèrent vers le point qu'il leur désignait. Il se sentit empli d'une soudaine terreur et cria à nouveau : « La lune ! La lune ! » avant de reculer d'effroi. A côté de lui, une femme hurlait...

« La lune ! » dit-il d'une voix brisée par l'émotion.

Il était à genoux dans la neige, ébranlé par le souvenir qui avait explosé dans sa tête, et Ginger était à ses côtés, une main posée sur son épaule. « Dom ? Dom, est-ce que ça va ? »

« Je me suis souvenu, balbutia-t-il. Quelque chose... la lune... et puis c'est tout... »

Jack éteignit le chalumeau à acétylène. L'obscurité les enveloppa comme les ailes d'une chauve-souris géante.

« Venez, dit Jack. Il faut y aller.

— Ça ira ? redemanda Ginger à Dom.

— Oui », fit-il. Une douleur fulgurante lui déchirait les entrailles et la poitrine. « Mais j'ai peur...

— Nous avons tous peur, dit-elle.

— Ce n'est pas de me faire prendre dont j'ai peur... Non... C'est d'autre chose... d'une chose dont j'ai failli me souvenir... »

Brendan poussa un cri de surprise quand le colonel Falkirk donna à l'un de ses hommes l'ordre d'ouvrir le feu sur la jeep qui, venant des collines, approchait de la route de Vista Valley.

Le crépitement de l'arme automatique déchira la nuit, couvrant brièvement les ululements du vent. Les phares de la jeep s'éteignirent. Les deux cents balles surgies du canon de la mitrailleuse percèrent la carrosserie et s'écrasèrent sur le moteur. Le pare-brise explosa sous cette pluie de plomb et la jeep, qui avait ralenti au sommet de la colline puis descendu lentement l'autre versant, reprit de la vitesse et braqua brusquement à gauche quand ses roues rencontrèrent un rocher. Échappant à tout contrôle, elle ralentit à nouveau, heurta une nouvelle bosse, bascula, faillit se renverser et s'immobilisa enfin à une douzaine de mètres des soldats.

Cinq minutes plus tôt, lorsque Ned avait voulu couper la route de Vista Valley en arrivant par l'autre flanc et pris au sud, se heurtant quelques centaines de mètres plus loin au barrage du colonel Falkirk, il avait été tout de suite très clair que les armes emportées par le groupe — y compris l'Uzi fournie par Jack Twist — ne serviraient absolument à rien. Les membres de la Famille savaient que leur vie dépendait de leur fuite d'Elko County et ils auraient affronté sans problème celui qui se serait mis en travers de leur chemin. Mais les hommes de Falkirk étaient trop nombreux et trop bien armés. Résistance aurait été synonyme de folie.

Brendan était extrêmement frustré parce qu'il n'avait pas osé faire usage de ses pouvoirs pour s'assurer leur liberté. Ç'aurait été le moment ou jamais de prouver ses dons de télékinésie. En se concentrant assez, il aurait pu faire voler les armes des mains des soldats. Il sentait qu'il avait assez de pouvoir en lui pour cela — plus encore — mais il ne savait pas comment l'utiliser de manière efficace. Il ne pouvait oublier l'expérience réalisée dans le restaurant et la façon dont elle lui avait totalement échappé. Et qu'est-ce qu'un don que l'on ne maîtrise pas ?

La frustration de Brendan atteignit cependant son apogée quand il vit la voiture criblée de balles. Les occupants de la jeep avaient été touchés. Il pouvait les aider. De cela, au moins, il était sûr. C'est pourquoi il s'écarta de la Cherokee contre laquelle il était aligné avec les autres, bouscula le groupe de soldats dont l'attention avait été attirée par le drame se jouant au flanc de la colline et courut vers la jeep avant même qu'elle ne s'immobilise.

Des cris éclatèrent derrière lui. Il entendit distinctement Falkirk hurler qu'il allait se faire descendre.

Brendan ne l'écouta pas. Il glissa sur la chaussée, se releva, atteignit la jeep.

Les phares d'une voiture de l'armée éclairaient violemment le côté droit de la jeep et Brendan ouvrit la portière. Un homme d'une cinquantaine d'années s'écroula dans ses bras. Brendan vit du sang, mais pas beaucoup. L'inconnu était encore conscient, bien que sur le point de s'évanouir. Brendan le tira hors de la jeep et l'étendit doucement sur le dos dans la neige.

Un soldat posa une main sur l'épaule de Brendan, mais celui-ci se retourna brusquement, lui criant en plein visage : « Tire-toi d'ici, espèce d'ordure ! Je vais le guérir, tu entends, je vais le guérir ! » Puis il lâcha un juron si immonde qu'il s'en étonna lui-même. Le soldat leva son arme pour le frapper violemment au visage, mais il fut arrêté dans son geste.

« Attendez ! » cria Falkirk en le rattrapant par le bras. Le colonel fit face à Brendan et lui adressa un regard d'acier. « Allez-y, je voudrais bien voir ça. Vous allez pouvoir vous compromettre sous mes yeux.

— Me compromettre ? fit Brendan. De quoi parlez-vous ?

— Allez-y, je vous dis. »

Brendan s'agenouilla auprès de l'homme et écarta les pans de sa veste. Du sang sourdait par deux trous dans le pull-over. Un sous l'épaule gauche, l'autre à droite, à quelques centimètres au-dessus de la taille. Brendan roula le pull de la victime, déchira la chemise. Il commença par apposer les mains sur la blessure à l'abdomen, certainement la plus grave des deux. Il ignorait totalement ce qu'il allait faire ensuite. Il ne se rappelait pas ce qu'il avait pensé ou éprouvé quand il avait guéri Emmy et Winton. Qu'est-ce qui déclenchait son pouvoir de guérison ? Agenouillé dans la neige, il sentait le sang de cet inconnu poisser entre ses doigts, il savait que la vie quittait son corps, mais il était incapable de se concentrer sur les pouvoirs miraculeux qu'il était pourtant certain de détenir. La frustration s'empara à nouveau de lui, se changeant en colère puis en fureur devant sa propre stupidité, sa propre impuissance face à l'injustice de la mort, de cette mort en particulier et de la mort en général...

Il ressentit un picotement. Dans la paume de chaque main.

Il savait que les cercles rouges étaient revenus, mais il ne leva pas les mains pour les contempler.

Je vous en prie, faites que cela se produise, faites qu'il guérisse, je vous en supplie...

Curieusement, et pour la première fois, Brendan sentit *vraiment* la mystérieuse énergie passer de lui dans le corps du blessé. Elle prenait forme en lui et s'écoulait hors de lui, comme s'il était un rouet et que son pouvoir fût le fil qui s'en dévidait. Mais Brendan n'était pas seulement une machine donnant naissance à un fil unique ; il sentait en lui comme un milliard de roues tourner à toute allure en sifflant et en vrombissant, et c'était ce milliard de fils qui l'unissait à l'homme blessé.

A la différence des expériences avec le policier et la petite fille, expériences au cours desquelles il n'avait eu nullement le sentiment de réparer leurs chairs meurtries, Brendan avait à présent une conscience très vive des tissus déchirés qui se remettaient en place dans le corps de l'étranger.

L'homme cligna des yeux.

Brendan enleva les mains de la blessure et fut récompensé par une vision qui l'étonna lui-même tout en emplissant son cœur de joie : l'hémorragie était arrêtée. Il fut encore plus émerveillé en voyant la balle sortir du corps de l'inconnu, comme mue par quelque force intérieure. Doucement, avec un bruit de succion, elle apparut à la surface de la peau, puis roula sur le ventre dénudé. Et là, le trou se referma en quelques secondes, comme si Brendan assistait à la projection d'un film en accéléré.

Il toucha brièvement la seconde blessure. Et là encore, la balle ressortit de l'épaule avant que les lèvres de la cicatrice ne se rejoignent.

Un sentiment de triomphe envahit Brendan. Il éprouvait le besoin de hurler sa joie à la face du ciel et des hommes qui se tenaient non loin de là. Le chaos ultime, les ténèbres de la nuit étaient vaincus.

L'homme regarda Brendan avec étonnement. Il le reconnut bientôt et dit d'une voix effrayante : « Le père Wycazik... »

Un nom aussi familier sur les lèvres d'un homme dont il ignorait jusqu'à l'existence quelques minutes auparavant. Brendan sentit l'épouvante et l'angoisse monter en lui. « Quoi, le père Wycazik ?

— Il a plus besoin de vous que moi... Faites vite... »

Un instant, Brendan ne comprit rien aux propos de l'inconnu. Puis il se rendit compte avec horreur que le conducteur de la jeep mitraillée devait être son recteur. C'était impossible. Comment était-il arrivé ici ? Quand ? Pourquoi ? Les questions se bousculaient dans sa tête.

« Faites vite... », répéta l'inconnu.

Brendan se releva, bouscula le militaire et le colonel Falkirk, qui n'avaient rien manqué du spectacle, dérapa sur la neige, tomba contre le pare-choc. Il agrippa la poignée de la portière gauche.

Elle était bloquée. Comme verrouillée. Ou endommagée par les balles. Il tira plus fort. Toujours rien. Puis il *voulut* qu'elle s'ouvre, et elle céda dans un grincement de tôles déchirées. Un corps affalé sur le volant glissa doucement vers l'extérieur.

Brendan rattrapa dans ses bras le père Wycazik, le sortit du véhicule et le déposa sur la neige. Ce côté-ci de la jeep était moins bien éclairé, mais Brendan distingua tout de même les yeux de son recteur. Et comme si sa voix torturée venait de très loin, Brendan s'entendit murmurer : « Oh non, mon Dieu, ce n'est pas possible... » Le recteur de Sainte-Bernadette avait les yeux fixes et vitreux, ce qu'ils contemplaient n'était déjà plus de ce monde. Brendan vit aussi la trace de la balle qui était passée juste sous la peau entre le coin de l'œil droit et l'oreille. Cette blessure n'était pas mortelle, mais l'autre l'était : une déchirure horrible à la base de la gorge, pleine de sang noirâtre et de chairs déchiquetées.

Brendan appliqua ses mains tremblantes sur la gorge de Wycazik. Il sentit les milliards de roues se mettre à nouveau en mouvement, les milliards de fils se dévider pour s'unir et former le tissu même de la vie. Son esprit plongea dans celui de l'homme couché dans la neige.

Et c'est là qu'il comprit que le processus de la guérison miraculeuse exigeait une communion d'âme entre le guérisseur et le blessé. Qu'il n'y avait pas un individu actif et une victime passive. Il ne pouvait plus rien pour le père Wycazik, car celui-ci avait été tué sur le coup quand le soldat avait ouvert le feu sur la jeep. Il était mort bien avant que Brendan ne s'élançât vers le véhicule.

Brendan pouvait refermer les blessures, guérir les malades, mais il lui était impossible de faire ce que Jésus avait fait avec Lazare.

Un sanglot lui étreignit la gorge, puis un autre. Il secoua la tête en un ultime refus, réprima ses larmes et redoubla d'efforts, bien décider à ressusciter le prêtre tout en sachant que cela était impossible.

Il avait vaguement conscience de murmurer des mots, mais il lui fallut une minute ou deux avant de se rendre compte qu'il priait, ainsi qu'il l'avait fait si souvent dans le passé : « Sainte Marie, Mère de Dieu, priez pour nous ; Mère très pure, priez pour nous ; Mère très chaste, priez pour nous... »

Il priait, non par réflexe, non pas inconsciemment, mais ardemment, avec la conviction que la mère du Seigneur entendait ses cris désespérés et que l'intercession de la Vierge pourrait enfin tirer des morts le père Wycazik. S'il avait jamais perdu la foi, voici qu'il la recouvrait dans toute son intensité en cet instant terrible. De tout son cœur, de toute son âme, *il croyait*. Si le père Wycazik avait été rappelé prématurément et si la Vierge réussissait à obtenir de son fils ce qu'il ne pouvait lui refuser quand elle le lui demandait au nom de l'amour, les chairs déchirées se ressouderaient et le recteur reviendrait en ce monde pour y poursuivre sa mission.

Agenouillé, les mains posées sur l'atroce blessure, sans autre vêtement liturgique que la neige qui tombait sur ses épaules, Brendan psalmodiait les litanies de la Sainte Vierge. Il suppliait Marie — Reine des Anges, Reine des Apôtres, Reine des Martyrs. Mais son recteur, son ami, gisait toujours sur le sol. Il implora la pitié de la Vierge — Rose mystique, Étoile du matin, Tour d'ivoire, Santé des malades, Consolatrice des malheureux. Mais les yeux morts, jadis si pleins de chaleur, d'intelligence et de bonté, regardaient sans ciller les flocons de neige qui venaient les recouvrir. « Miroir de la Sainteté divine, priez pour nous ; Cause de notre joie, priez pour nous... »

Finalement, Brendan admit que telle était la volonté du Seigneur que le père Wycazik quitte à tout jamais cette terre des hommes.

Il conclut doucement les litanies d'une voix brisée. Il retira les mains de la blessure, puis serra entre ses doigts les mains glacées du père Wycazik et s'y accrocha comme un enfant perdu. Son cœur était une urne de chagrin.

Le colonel Leland Falkirk se pencha au-dessus de lui. « Ainsi donc, vous avez des limites à votre pouvoir... C'est bon à savoir. Bien, vous allez venir avec les autres. »

Brendan se tourna vers le visage immobile et les yeux vides. Il ne connaissait plus la peur que le colonel avait peu de temps auparavant suscitée en lui. Il dit calmement : « Il est mort sans pouvoir se confesser. Je suis prêtre et je resterai ici pour remplir mon devoir de prêtre. Quand j'aurai fini, je rejoindrai les autres. La seule façon de me faire bouger sera de m'abattre et de me traîner. » Il se détourna du colonel. Le visage humide de larmes et de neige, il prit une profonde inspiration et se rendit compte que les phrases revenaient naturellement sur ses lèvres.

L'ouverture pratiquée par Jack dans le grillage était assez petite, mais personne — ni Dom, ni Ginger, ni Jack — n'était très gros, et c'est ainsi qu'ils entrèrent sans difficulté sur le domaine de l'entrepôt de Thunder Hill après avoir poussé devant eux les sacs à dos contenant leur équipement.

Sur les conseils de Jack, Dom et Ginger restèrent tout près de la clôture jusqu'à ce qu'il eût la possibilité d'étudier les environs à l'aide du Star Tron. Il recherchait d'éventuels poteaux sur lesquels auraient été installés des caméras de surveillance et des systèmes d'alarme munis de cellules photoélectriques. La neige lui rendait la tâche quelque peu délicate, mais elle ne l'empêcha pas de localiser deux poteaux porteurs de caméras balayant sous différents angles cette portion du périmètre de Thunder Hill. Il pensait que les objectifs des caméras étaient recouverts de neige, mais il n'en était pas certain à cause de la tourmente. En tout cas, il ne vit pas de systèmes photoélectriques destinés à déceler le moindre mouvement.

Il ouvrit la fermeture à glissière d'une de ses poches et en sortit un petit appareil, cousin extrêmement sophistiqué du voltmètre. Il pouvait détecter la présence d'une ligne électrifiée sans entrer en contact avec elle, mais ne pouvait pas préciser la force du courant.

Le dos tourné à la clôture, il se mit à croupetons et tint l'appareil à bout de bras à une cinquantaine de centimètres du sol. Puis il avança lentement. Le détecteur de voltage signalerait tout courant passant dans un fil enfoui à cinquante centimètres de profondeur — à moins qu'il ne fût enfermé dans une gaine épaisse. Les lignes qu'il recherchait n'étaient normalement ni enfouies très profond ni gainées. Même l'épaisseur de la neige ne pouvait affecter les performances de l'appareil. Jack Twist n'avait pas parcouru trois mètres que le détecteur émit un bip sonore et que son ampoule s'alluma.

Il fit immédiatement halte et recula avant d'appeler Ginger et Dom. « Il y a une alarme sensible à la pression à quelques centimètres du sol. Elle a une certaine largeur et forme un réseau parallèle à la clôture ; je suis persuadé qu'elle fait tout le tour du périmètre. Une telle alarme réagit quand un certain poids — vingt-cinq kilos environ — vient peser sur elle. La masse neigeuse n'a aucun effet sur elle parce qu'elle est également répartie.

— Je sais que je ne suis pas très grosse, mais je pèse tout de même plus de vingt-cinq kilos, dit Ginger. Quelle est la largeur du réseau, à votre avis ?

— Entre deux mètres cinquante et trois mètres, dit Jack. Ils veulent être certains qu'un type immensément intelligent de mon genre ne pourra pas sauter par-dessus.

— Je ne sais pas pour vous, dit Dom, mais personnellement, je ne sais pas voler.

— Pas évident, dit Jack. Si vous aviez le temps d'explorer vos pouvoirs mentaux... Quand on peut soulever une chaise, on peut bien se soulever soi-même, non ? » Il vit que cette suggestion avait ébranlé Dom, mais il poursuivit : « Peu importe. Nous allons compter sur nos propres moyens.

— Comment cela ? fit Ginger.

— Nous allons faire le tour du périmètre en restant à distance raisonnable de l'alarme, jusqu'à ce que nous trouvions un gros arbre situé à une bonne dizaine de mètres à l'intérieur.

— Et alors ? dit Dom.

— Vous verrez.

— Et si on ne trouve pas d'arbre ? demanda Ginger.

— Écoutez, j'ai tout de suite vu que vous étiez une optimiste à tout crin. Si je dis que j'ai besoin d'un arbre, je suis sûr que vous me direz où il y a une forêt. Nous n'aurons plus alors que l'embarras du choix. »

Ils trouvèrent l'arbre trois cents mètres plus loin. C'était un pin très âgé, dont la morphologie correspondait exactement à ce que Jack désirait. Monolithe noir dressé dans la neige à une douzaine de mètres de la clôture, il mesurait plus de vingt-cinq mètres de haut.

Jack Twist reprit son Star Tron et étudia le pin massif jusqu'à ce qu'il trouvât la branche idéale. Elle devait être robuste, bien qu'à peine plus élevée que la clôture avec laquelle elle formerait les deux étançons d'un pont de corde.

Il sortit d'un des sacs à dos un grappin que Faye et Ginger avaient acheté le matin même à Elko. Il y avait fixé une corde de nylon de plus de trente mètres de long et d'un centimètre de diamètre — le genre de corde qu'utilisent les alpinistes chevronnés quand ils escaladent une paroi.

Il éprouva le nœud, ainsi qu'il l'avait déjà fait une douzaine de fois auparavant, puis enroula la corde sur le sol. « Écartez-vous », dit-il aux deux autres. Saisissant le grappin dans sa main droite et la corde dans la gauche, il fit tournoyer les crocs de fer. Et tout à coup, il lança le grappin en direction de l'arbre. Malheureusement — la faute au vent ou à la neige —, il tomba à trois mètres de l'arbre.

Jack tira sur la corde et ramena lentement le grappin. Le fait qu'il passât au-dessus du système de surveillance n'avait pas d'importance. Il était trop léger pour déclencher l'alarme. Sans que Jack ait eu besoin de le lui demander, Dom lova à nouveau la corde.

Le second lancer fut parfait. Les crocs mordirent dans la grosse branche.

Jack se saisit de l'extrémité libre de la corde et l'enroula solidement autour d'un des poteaux de la clôture, à un peu plus de deux mètres du sol. Exerçant une traction sur la corde, il la raidit et pria Dom et Ginger de la maintenir pendant qu'il la nouait fermement.

Ils disposaient donc d'un pont de corde très rudimentaire, parfaitement tendu et dont la hauteur au sol variait entre deux mètres au niveau de la clôture et trois mètres à l'autre bout.

Jack sauta en l'air, attrapa la corde à deux mains, effectua un rétablissement et croisa les chevilles au-dessus du nylon. Il montra aux deux autres comment avancer en exécutant de savants mouvements de reptation. Puis il se laissa retomber à terre.

Dom l'imita mais mit plus d'une minute à lancer ses jambes par-dessus la corde. Il n'était visiblement pas habitué à ce genre d'exercice.

Ce fut ensuite le tour de Ginger. Sa petite taille fit qu'il fallut l'aider à agripper la corde, mais ce fut ensuite pour elle un jeu d'enfant que de ramper sur le dos. Elle fut récompensée d'un sifflement admiratif de la part de Jack.

« Parfait, dit Jack. J'irai en premier avec les deux sacs les plus lourds. Ginger, vous passerez en deuxième pour que Dom vous aide à sauter et lui viendra en dernier. Prenez votre temps, ne paniquez pas. Si vous êtes fatigués, reposez-vous. Et surtout, ne lâchez jamais les deux mains en même temps, vous ne pourriez plus remonter.

— On y arrivera, dit Ginger. Ce n'est pas si long.

— Vous croyez ? dit Jack en s'équipant des deux gros sacs à dos. Dans trois mètres, vous aurez l'impression que vos épaules se déboîtent. Et dans cinq mètres, vous croirez qu'elles se sont *vraiment* déboîtées. »

La réaction de Brendan Cronin devant la mort de son recteur avait, d'une certaine façon, ébranlé les convictions du colonel Falkirk. Quand le jeune prêtre avait demandé du temps et de la solitude pour donner les derniers sacrements à Stefan Wycazik, il y avait eu dans ses yeux une flamme d'indignation et dans sa voix une douleur telles que son humanité ne pouvait plus être mise en doute.

La peur du colonel d'une possession *étrangère* était pareille à un parasite qui le dévorait de l'intérieur. Il avait vu d'étranges choses à l'intérieur de ce vaisseau spatial — assez pour justifier ses craintes, voire sa paranoïa. Mais là, lui-même avait du mal à croire que la douleur de Cronin pût être une comédie jouée par une intelligence non humaine.

Il n'empêchait que Cronin, avec ses pouvoirs bizarres, était l'un des deux principaux suspects, un des deux témoins les plus susceptibles d'avoir été possédés, l'autre étant bien entendu Dominick Corvaisis. D'où venaient donc ces facultés de guérison et de télékinésie sinon d'un maître marionnettiste vivant à l'intérieur du corps de ces deux hommes ?

Leland ne savait plus que penser.

Il s'éloigna du prêtre agenouillé, puis s'arrêta et secoua la tête pour chasser la neige qui collait à son visage, mais aussi pour tenter d'y voir plus clair. Il vit les six autres témoins tout près de la Cherokee de Jack Twist. Il vit ses hommes pris entre l'accomplissement de leur devoir et une confusion plus grande encore que la sienne propre. Il vit l'homme qui accompagnait Wycazik debout dans la neige, miraculeusement intact. Cette guérison semblait merveilleuse, c'était un événement qui appelait la réjouissance, pas la peur ; c'était une bénédiction pas une malédiction. *Mais Falkirk savait ce qu'il y avait à l'intérieur de l'entrepôt de Thunder Hill.* Et ce terrible secret plaçait toute chose sous une perspective différente. Cette guérison était une ruse destinée à lui faire croire que les avantages d'une coopération avec l'ennemi étaient trop grands pour justifier la résistance. Ils apportaient la fin des souffrances. Peut-être même la fin de toutes morts autres que celles trop brutales pour être évitées. Mais Falkirk savait que l'essence de la vie était la souffrance. Il était dangereux d'envisager la suppression de la douleur. Dangereux, parce que ce genre d'espoir est habituellement déçu. Et que la douleur qui survient après coup est encore pire que celle avec laquelle on a l'habitude de vivre. Leland Falkirk était persuadé que la souffrance — physique, mentale, émotionnelle — constituait le cœur même de la condition humaine, que la survie et la santé de l'esprit dépendaient de l'acceptation de la douleur, plutôt que de la résistance ou du désir de fuite devant elle. Il fallait se nourrir de la souffrance pour éviter d'être vaincu par elle, et quiconque venait avec une proposition de transcendance devait être accueilli avec défiance et mépris.

Leland Falkirk avait recouvré la fermeté de ses convictions.

L'intérieur du gros camion de l'armée était équipé de banquettes métalliques fixées de chaque côté ainsi qu'à la paroi séparant la cabine de l'arrière. Des courroies de cuir permettaient de se rattraper quand la route était raide ou difficile. Le corps du père Wycazik avait été déposé sur la banquette transversale et solidement sanglé pour ne pas rouler à terre. Les témoins — Jorja, Marcie, Brendan, Ernie, Faye, Ned et Sandy — et Parker Faine étaient assis sur les banquettes latérales. D'ordinaire, les portes arrière étaient fermées de l'intérieur par un simple loquet, ce qui permettait aux soldats de sortir très vite en cas d'urgence. Mais, cette fois-ci, le colonel Falkirk les avait personnellement verrouillées de l'extérieur. Ce bruit de serrure qui évoquait les donjons médiévaux emplit Jorja de désespoir. Le plafonnier n'était pas allumé sur ordre de Falkirk et les prisonniers voyagèrent dans le noir.

Bien qu'Ernie Block se fût remarquablement comporté malgré la nuit, chacun s'attendait à ce qu'il s'effondre lamentablement dans le noir absolu de cette cellule mouvante. Assis à côté de Faye, il lui prit la main. De soudaines bouffées d'angoisse se traduisaient par une respiration haletante, mais il en venait rapidement à bout. « Je commence à me souvenir des avions dont Dom a parlé, dit-il avant que le camion ne se mette en marche. Ils étaient au moins quatre, qui volaient à très basse altitude, deux surtout... et puis il y a eu autre chose que je n'arrive pas à me rappeler... Après cela, j'en suis sûr, j'ai sauté dans la camionnette du motel et j'ai conduit comme un fou sur la nationale 80 jusqu'à cet endroit où Sandy et moi avons ressenti tant de choses. Voilà, c'est tout... mais plus la mémoire me revient, moins j'ai peur du noir. »

Le colonel n'avait mis aucun garde avec eux. Il pensait qu'il était bien trop dangereux, même pour des hommes armés, de les côtoyer.

Avant le départ du camion militaire, Falkirk avait paru sur le point de les faire exécuter au bord du chemin. Jorja avait senti son estomac se tordre. Puis il s'était calmé et avait demandé où se trouvaient Ginger, Jack et Dominick.

Tout d'abord, personne ne lui avait répondu, ce qui l'avait rendu furieux. Une main sur la tête de Marcie, il avait laissé entendre quel serait le sort de la fillette si on ne lui disait pas tout de suite la vérité. Ernie avait pris la parole, lui faisant remarquer que son comportement était honteux et déshonorant pour l'uniforme qu'il portait, puis il avait révélé à contrecœur que Ginger, Jack et Dom étaient partis en direction de Battle Mountain, de Winnemucca et de Reno. « Nous craignions que toutes les routes ne soient surveillées, dit Ernie. Nous ne voulions pas placer tous nos œufs dans le même panier. » C'était un mensonge, bien sûr. Il s'en fallut de peu que Jorja ne le supplie de ne pas mettre la vie de sa fille en péril, mais elle comprit que Falkirk n'avait aucun moyen de vérifier ce qu'Ernie avançait. Ce dernier donna au colonel une profusion de détails sur le chemin que les trois fugitifs étaient censés suivre, et Falkirk ordonna à quatre hommes de partir à leur recherche.

Le camion s'était mis en route. Jorja se tenait à une sangle d'une main et, de l'autre, serrait contre elle sa fille. L'état semi-comateux de Marcie avait cédé la place à un désir d'affection et de contact. Bien qu'elle ne semblât toujours pas se rendre compte de ce qui se passait, ce besoin soudain était pour Jorja un signe extrêmement positif, indiquant qu'elle n'allait pas tarder à abandonner les ténèbres dans lesquelles elle s'était enfermée.

Jorja n'aurait jamais cru pouvoir être totalement distraite de l'inquiétude que lui causait sa fille. Pourtant, quelques minutes après le départ du camion, Parker Faine commença à raconter pourquoi le père Wycazik et lui-même avaient coupé à travers champs au lieu d'emprunter des routes normales. Son récit était si

étonnant qu'il chassa toute autre idée de l'esprit de Jorja. Il parla de Calvin Sharkle, de la façon dont Brendan Cronin avait transmis son pouvoir à Emmy Halbourg et à Winton Tolk. « Et maintenant... peut-être... *à moi aussi* », dit Parker d'une voix profonde qui donna la chair de poule à ses auditeurs. Parker parla du Cérire. Et il leur décrivit ce qu'ils avaient dû voir le soir du 6 juillet. Quelque chose était venu. Quelque chose était descendu du ciel et le monde ne serait plus jamais le même.
Quelque chose était venu du ciel.

Dès qu'il eut prononcé ces mots, les témoins, jusque-là silencieux, se mirent tous à parler en même temps, exprimant des réactions très différentes puisqu'elles allaient de l'incrédulité étonnée de Faye à l'acceptation immédiate de Sandy.

Sandy fit plus qu'accepter : elle se souvint instantanément de longs moments de cette nuit lointaine, comme si la révélation de Parker avait porté le coup fatal à son blocage mnémonique. « Les avions sont venus, et le quatrième est passé si bas que j'ai cru qu'il allait arracher le toit du motel. Nous sommes tous sortis du restaurant, des gens arrivaient du motel. Les vibrations continuaient, comme s'il y avait un tremblement de terre. L'air aussi vibrait. » Sa voix exprimait à la fois le plaisir et l'angoisse, l'espérance et la frayeur. Dans l'obscurité du camion, chacun se tut pour l'écouter. « Et puis Dom... je ne savais pas son nom, mais enfin c'était lui... Dom s'est détourné des avions, il a regardé par-dessus le toit du restaurant et il a crié : " La lune ! La lune ! " Nous nous sommes tous retournés... et il y avait une lune, plus brillante que d'ordinaire, à faire froid dans le dos, et j'ai cru un instant qu'elle allait nous tomber dessus. Vous ne vous rappelez pas ? Vous ne vous rappelez pas l'impression qu'on a tous eue que la lune nous tombait dessus ?

— Si, dit Ernie à voix basse, je me souviens.

— Moi aussi, je me souviens, fit Brendan. »

Et Jorja eut un éclair de mémoire : l'image d'une lune extraordinairement brillante qui descendait vers la terre.

« Des gens criaient, reprit Sandy, certains se sont mis à courir, nous étions terrorisés. Les grondements et les vibrations ont encore augmenté, je pouvais les sentir dans mes membres. Et puis il y avait aussi cet autre son, ce sifflement étrange, comme le son d'une flûte... peu à peu, il s'est intensifié, jusqu'à devenir plus fort que le grondement. La lune est devenue étincelante... des projecteurs en ont jailli, ils ont éclairé le parking d'une lumière blanche comme du givre. Et soudain, *tout a changé*, la lune est devenue rouge, rouge comme du sang ! C'est alors qu'on a compris que ce n'était pas la lune, mais autre chose... »

Jorja se remémora la forme lunaire passant du blanc neigeux à l'écarlate. Et les barrages établis par les spécialistes du lavage de cerveau commencèrent à s'effondrer comme des châteaux de sable sous les coups des vagues. Elle se demanda comment elle avait pu voir si longtemps l'album de Marcie sans faire le rapport avec l'événement fabuleux. A présent, les souvenirs affluaient et elle se mit à trembler devant la peur de l'inconnu.

« La chose est arrivée au-dessus du toit du restaurant. » La voix de Sandy était telle qu'elle paraissait décrire un fait actuel et non pas un souvenir vieux d'un an et demi. « Elle est passée aussi bas que l'avion, mais elle n'allait pas aussi vite... Non, elle allait lentement, très lentement... comme le dirigeable Goodyear. Cela paraissait impossible, vu que c'était *énorme*, bien plus gros qu'un dirigeable. Et alors, on a tous compris ce que c'était, parce que cela ne ressemblait à rien de ce qui existait en ce monde... »

Jorja tremblait de plus en plus. Elle se revit sur le parking du restaurant, elle tenait Marcie dans ses bras et avait les yeux levés vers l'engin fabuleux. Il glissait dans la nuit de juillet et c'eût été l'image même de la sérénité sans ces grondements et ces sifflements. Sandy avait dit vrai : dès l'instant où ils s'étaient rendu compte que la lune ne tombait pas vers la terre, ils avaient tous compris la nature de ce qu'ils contemplaient. Pourtant, ce vaisseau ne ressemblait en rien aux soucoupes volantes et aux fusées décrites dans des milliers de roman, de films et de feuilletons de télévision. Il n'avait rien de fantastique — en dehors de son existence ! — et ne présentait ni antennes hérissées, ni carapace faite de quelque métal inconnu, ni tuyères, ni architecture exubérante, ni armes effrayantes. La lueur écarlate qui l'enveloppait n'était apparemment rien d'autre qu'un champ d'énergie lui permettant de se mouvoir. Ce n'était qu'un cylindre d'une taille considérable, bien que plus petit que le fuselage d'un DC-3, par exemple. Il devait mesurer une bonne quinzaine de mètres de long, peut-être même vingt, et quatre ou cinq mètres de diamètre ; il était arrondi à chaque extrémité, comme un bâton de rouge à lèvres usé à chaque bout. Une coque était visible à travers le champ d'énergie : elle n'avait aucune caractéristique particulière, si ce n'est des marbrures certainement causées par le temps et d'incroyables tribulations.

Sandy continua : « Le vaisseau s'est posé dans la campagne non loin de la nationale 80, à cet endroit que nous trouvions si spécial sans même savoir pourquoi. Les avions tournaient autour. Tous les clients du motel et du restaurant voulaient aller voir, rien n'aurait pu les en empêcher. Nous nous sommes entassés dans les voitures et les camionnettes...

— Faye et moi avons pris la fourgonnette du motel », dit Ernie. Sa respiration était tout à fait normale, comme si la chaleur du souvenir avait consumé sa nyctaphobie. « Dom et Ginger sont montés avec nous. Ainsi que ce joueur professionnel de Reno, Zebediah Lomack. C'est pour cela qu'il a écrit nos noms sur les posters accrochés dans sa maison. Un vague souvenir de ce trajet en fourgonnette avait dû lui revenir.

— Jorja, son mari, Marcie et d'autres personnes sont venus avec nous, dit Sandy. Brendan, Jack et les autres sont partis avec des étrangers mais, d'une certaine façon, plus personne n'était vraiment étranger. Quand on s'est arrêtés sur la nationale, il y avait aussi des gens qui arrivaient d'Elko. Ils avaient garé leurs véhicules n'importe où, ils observaient le vaisseau. La lueur avait beaucoup diminué, elle n'était plus rouge sang mais couleur d'ambre. Des buissons avaient pris feu tout autour. C'est drôle... tout le monde regardait cela dans le plus grand silence, personne ne parlait ni ne criait. On n'osait pas avancer. Et moi... toute ma vie, j'avais cru que je n'étais rien, moins que rien, une chose qui servait peut-être à quelque chose, je ne sais pas, mais qui n'avait pas de dignité... Et là, tout à coup, j'ai compris que nous n'étions, tous autant que nous sommes, que des grains de sable sur une plage, qu'il n'y avait pas des êtres qui étaient importants et d'autres qui ne l'étaient pas... Oh, je voudrais pouvoir exprimer tout ce que je ressens !

— Nous te comprenons, dit Faye d'une voix très douce, je sais que, nous tous, nous te comprenons.

— Mais même si nous ne sommes que des grains de sable, nous appartenons à une race qui ira peut-être un jour là-bas, dans l'immensité de l'espace, dans cette contrée d'où sont venues ces créatures. Même si nous ne sommes rien, nous avons notre place dans le monde et il y a un sens à notre vie. Un jour, nous tous — les milliards d'hommes qui vivent sur cette planète — nous rejoindrons ceux qui nous ont rendu visite, *nous n'errerons plus dans les ténèbres,* et tout ce que nous avons enduré aura servi à quelque chose, à nous sortir de cette immense nuit... J'ai compris tout cela en une fraction de seconde et je me suis mise à rire et à pleurer en même temps...

— Moi aussi, je me souviens, dit Ned, je me souviens de tout. Nous étions l'un à côté de l'autre au bord de la route et tu m'as pris par la main, tu m'as attiré vers toi et tu m'as serré dans tes bras. Pour la première fois, tu m'as dit que tu m'aimais... pour la première fois, après si longtemps. » Sa voix se brisa et chacun devina qu'il enlaçait Sandy. « Ils m'ont pris tout ça, dit-il, avec leurs saloperies de drogues et de lavage de cerveau, ils m'ont volé cet instant où tu m'as dit que tu m'aimais. Mais je l'ai retrouvé, Sandy, et on ne me l'enlèvera plus jamais, je te le promets. »

D'une voix plaintive, Faye dit : « Je ne me souviens toujours de rien. Je voudrais tant... »

Jorja savait que les autres devaient se faire les mêmes réflexions qu'elle-même. Le seul fait qu'il existe une forme d'intelligence différente — et supérieure — plaçait les luttes humaines dans un contexte très différent. L'éternel désir, propre à l'humanité, de domination et d'asservissement, quand ce n'était pas d'extermination pure et simple, apparaissait totalement absurde. Toutes les philosophies étroites et totalitaristes ne pouvaient que s'effondrer. Les religions prêchant l'unité de la race humaine se développeraient, mais les autres, celles qui encourageaient la haine et la conversion par la violence, celles-là disparaîtraient. C'était une chose que Jorja, comme Sandy, ne pouvait exprimer, mais qu'elle ressentait au plus profond d'elle-même : elle avait conscience que ce contact extraterrestre pouvait transformer l'humanité en une nation unique, en une immense famille. Pour la première fois dans l'histoire, chaque individu jouirait du respect que seule une famille unie et aimante — pas un roi ni un gouvernement — peut accorder.

Quelque chose était descendu du ciel.

Et l'humanité tout entière allait se redresser.

« La lune, murmura Marcie dans le cou de sa mère, la lune... »

Brendan Cronin prit la parole : « J'ai un autre souvenir. Je me rappelle avoir quitté la route et être parti dans la campagne en direction du vaisseau. Il reposait, étincelant comme un bloc de quartz couleur d'ambre. Les avions tournaient toujours dans le ciel. J'ai marché lentement et il y avait d'autres personnes à mes côtés... dont vous, Faye... vous aussi, Ernie... ainsi que Dom et Ginger. Mais seuls Dom et Ginger sont allés jusqu'au bout avec moi... jusqu'au vaisseau. Quand nous y sommes parvenus, nous avons vu une sorte de porte ronde, ouverte... »

Jorja se souvenait d'être restée au bord de la nationale, redoutant de s'approcher du vaisseau et mettant son refus sur le compte de son désir de protéger Marcie. Elle avait vu Brendan, Dom et Ginger arriver tout près du vaisseau. Elle aurait voulu leur crier de continuer, de faire attention aussi. Tout le monde s'était mis à courir le long de la route pour mieux les voir. Jorja avait imité les automobilistes et elle aussi avait aperçu l'ouverture dans la coque.

« Nous étions tous les trois devant la porte », dit Brendan. Bien qu'il parlât doucement, sa voix était plus forte que le bruit de ferraille du camion. « Dom, Ginger et moi. Nous pensions... que quelqu'un, quelque chose allait sortir. Mais nous n'avons rien vu. Il n'y avait que cette lumière à l'intérieur du vaisseau... cette merveilleuse lumière dorée que j'ai vue en rêve... Cette chaleur réconfortante *qui nous attirait*. Nous étions effrayés, oh oui, nous étions effrayés, mais nous entendions des hélicoptères et nous savions que les militaires nous interdiraient tout mouvement dès qu'ils mettraient pied à terre. Nous voulions avancer, nous voulions participer... *et cette lumière !*

— Alors, vous êtes entrés dans le vaisseau, dit Jorja.

— Oui.

— Je m'en souviens, dit Sandy. Vous êtes entrés. Tous les trois. »

L'immensité du souvenir était écrasante. Cet instant où des représentants de la race humaine avaient mis pour la première fois le pied en un lieu édifié ni par la nature ni par d'autres hommes... Cet instant qui divisait à tout jamais l'histoire de l'humanité en Avant et en Après...

Les dernières traces des blocages mnémoniques s'effondrèrent définitivement.

Le camion roulait toujours vers sa destination inconnue.

A l'intérieur du véhicule, l'obscurité était plus profonde que jamais. Pourtant, les huit prisonniers étaient plus proches les uns des autres que quiconque depuis l'aurore de l'humanité.

Parker fut le premier à parler après un long moment de silence.

« Que s'est-il passé, Brendan ? Que s'est-il passé après votre entrée dans le vaisseau ? »

Le pont de corde leur permit de franchir le réseau d'alarme. S'arrêtant à plusieurs reprises pour utiliser quelques-uns des systèmes électroniques que Jack Twist avait rangés dans les sacs à dos, ils passèrent à travers le système de sécurité et atteignirent finalement l'entrée principale de l'entrepôt de Thunder Hill.

Ginger leva les yeux et contempla les immenses portes. La neige collée avait gelé par endroits et dessinait des formes étranges et peu rassurantes.

Une route longeait les portes. Il était clair que des systèmes de chauffage étaient incrustés dans le macadam, car la route était parfaitement dégagée. Une fine vapeur s'élevait au-dessus d'elle. La route se perdait à l'est et à l'ouest dans la campagne.

A quelques mètres sur la droite du portail gigantesque, une autre porte, de taille plus humaine, avait été installée dans la montagne. La neige amoncelée devant elle était immaculée. Pas la moindre trace de pas. Ils attendirent tout de même quelques instants, tapis dans la neige. Personne.

Bien que les dimensions de cette petite porte fussent moins impressionnantes, Jack Twist resta sur ses gardes. Il avait emporté avec lui un ordinateur portable de la taille d'un attaché-case. Jack appelait cet appareil un Dimess. Ginger ne se souvenait plus de la signification de cet acronyme, mais elle savait qu'il permettait d'ouvrir les serrures électroniques les plus sophistiquées et, surtout, qu'il était réservé à l'armée et aux services secrets. Elle ne lui demanda pas où il se l'était procuré.

Ils travaillèrent en silence. Ginger surveillait le portail au cas où les phares d'un véhicule crèveraient l'obscurité et la campagne s'étendant au-delà, bien qu'ils fussent certains qu'il n'y avait pas la moindre patrouille mobile. Dom dirigeait une lampe-torche sur le clavier à dix chiffres, équivalent électronique d'une serrure de porte classique, tandis que Jack manipulait les sondes du Dimess pour trouver la séquence de chiffres déclenchant l'ouverture.

A genoux dans la neige, attentive au moindre bruit suspect, Ginger se sentait vulnérable. Que faisait-elle là, à des milliers de kilomètres de Boston ? La neige s'accumulait dans ses cheveux, lui coulait dans les yeux. Quelle situation absurde. *Meshugge.* Pour qui se prenait-il, ce colonel Falkirk ? Et ceux qui lui donnaient des ordres, pour qui se prenaient-ils ? Ce n'étaient pas de vrais Américains. De vrais *momzers,* oui, c'est tout ce qu'ils étaient. Ginger se souvint de la photo de Falkirk dans le journal. Instantanément, elle avait su que c'était un *treyfnyak,* quelqu'un à qui on ne peut ni ne doit faire confiance.

Elle savait aussi que, pour employer subitement autant de mots de yiddish, il fallait qu'elle fût très effrayée ou en grand danger.

Moins de quatre minutes après que Jack se fut mis au travail, Ginger fut étonnée d'entendre un souffle d'air comprimé. Elle se retourna et vit la petite porte grande ouverte. Dom et Jack avaient été surpris par la soudaineté de l'ouverture. Au point qu'ils n'avaient pu retirer la sonde et que celle-ci avait été arrachée à l'ordinateur.

La porte était ouverte, mais aucune alarme ne résonnait. Ginger vit un tunnel de béton de quatre mètres de long et de près de trois mètres de diamètre. Il était éclairé par des ampoules fluorescentes. Il faisait un coude vers la gauche et aboutissait à une autre porte métallique.

« Restez là », dit Jack en entrant dans le tunnel.

Ginger resta aux côtés de Dom. Bien que sachant qu'une partie du plan consistait à faire d'eux des otages, elle savait aussi, par instinct, qu'elle s'enfuirait à toutes jambes au premier signe de danger. Apparemment, Dom devina ses pensées. Il la prit par les épaules, autant pour la serrer contre lui que pour la rassurer.

Après une ou deux minutes, alors qu'aucune sirène n'avait déchiré la nuit, Jack ressortit du tunnel et vint les rejoindre devant la paroi. « Il y a deux caméras de surveillance au plafond du tunnel...

— On vous a vu ? demanda Dom.

— Non, je ne crois pas. Je pense que la porte extérieure doit être close avant que les caméras ne fonctionnent. J'ai également repéré des tuyaux de gaz débouchant près des plafonniers. Selon moi, la porte extérieure se referme et les caméras se mettent en mouvement. Si vous n'êtes pas identifié immédiatement, on vous balance un jet de gaz soporifique.

— Nous voulons bien être capturés, mais pas gazés comme des taupes, dit Dom.

— Nous ne fermerons la porte extérieure qu'une fois la seconde porte ouverte.

— Vous venez de nous dire que c'était...

— Il y a peut-être une solution », dit Jack en clignant de l'œil.

Il fallait, en premier lieu, dissimuler les sacs à dos sous des tas de neige. L'équipement sophistiqué qu'ils abritaient ne leur servirait plus à rien, si ce n'est à les encombrer. Deuxièmement, après leur entrée dans le tunnel, Dom dut porter Ginger pour qu'elle sectionne, sur les instructions de Jack, les fils des caméras de surveillance et les mette hors d'usage. Elle s'attendait à chaque instant à entendre hurler une sirène, mais il n'y eut rien.

Laissant la porte extérieure ouverte, Jack les conduisit jusqu'à la seconde porte. « Celle-ci n'a pas de clavier électronique, le Dimess ne nous serait d'aucune utilité même s'il marchait encore.

— On peut parler ? dit Ginger, nerveuse. Il n'y a pas de micros ?

— Si, mais je doute que quelqu'un contrôle ce qu'on dit tant que la porte extérieure n'est pas fermée. C'est sa fermeture qui déclenche les caméras et tous les systèmes de monitoring. » Jack indiqua un panneau de verre fiché dans le roc, à droite de la porte. « Voilà la seule manière d'ouvrir. Ils commençaient à installer ce genre de truc quand j'ai quitté l'armée il y a huit ans. Vous apposez la paume de votre main sur la plaque, l'ordinateur lit vos empreintes et ouvre s'il vous reconnaît.

— Et si l'autorisation d'entrée vous est refusée ? demanda Dom dans un souffle.

— Vous avez droit aux gaz paralysants.

— Dans ce cas, comment faites-vous pour ouvrir ? dit Ginger.

— Je ne le peux pas, fit Jack.

— Mais vous venez de dire...

— J'ai dit qu'il n'y avait qu'une seule manière d'ouvrir, dit Jack en se tournant vers Dom. Et c'est *vous* qui l'ouvrirez.

— Moi ? Mais vous êtes devenu dingue ou quoi ? Je ne connais rien à l'électronique et...

— Non, mais vous avez le pouvoir de faire tournoyer des centaines de lunes en papier, de soulever des chaises, de faire danser des salières. Je ne vois donc pas pourquoi vous ne pourriez pas entrer en contact avec le mécanisme de cette porte et l'obliger à s'ouvrir.

— C'est vrai, mais je ne sais pas comment m'y prendre.

— Réfléchissez-y, concentrez-vous.

— Je n'arrive pas à maîtriser ce pouvoir, dit Dom en secouant la tête. Vous avez vu vous-même comment les objets m'ont échappé. Qu'est-ce qui se passera si cela recommence, si je déclenche par inadvertance les jets de gaz ? Non, c'est bien trop risqué.

— Dom, si vous n'essayez pas, la seule façon pour nous d'entrer sera de nous faire faire prisonniers. »

Il y eut un long moment de silence, puis Dom dit : « Écartez-vous. Jusqu'à la première porte. »

Jack approcha la main de la plaque thermosensible commandant la fermeture de la porte extérieure. « Si elle s'ouvre, foncez. Il y a certainement un garde de l'autre côté. Il sera surpris de voir la porte coulisser sans que l'autorisation d'entrer ait été donnée. Jetez-vous sur lui, je me charge de le réduire au silence pour un moment. »

Dom hocha la tête et se tourna vers la porte intérieure. Il observa l'encadrement, posa une main sur le métal, le caressa des doigts comme un perceur de coffre-fort qui cherche à déceler les vibrations des rouages. Puis il fixa son regard sur la plaque de verre capable de lire les empreintes.

Et, tout à coup, la porte intérieure s'ouvrit dans un sifflement. Dom en fut si surpris qu'il fit un saut en arrière au lieu de se précipiter en avant, ainsi que Jack le lui avait recommandé. Dès qu'il eut pris conscience de son erreur, il s'élança droit devant lui.

Jack effleura le bouton de fermeture de la porte extérieure avant même que Dom eût franchi le seuil de la seconde porte, puis il se mit à courir, entraînant Ginger avec lui.

Elle s'attendait à entendre des crépitements de mitraillette, des bruits de lutte. Rien. Quand elle eut quitté le tunnel de béton, elle se retrouva dans une sorte de hall immense, une gigantesque cavité naturelle éclairée par des projecteurs fixés à des échafaudages. L'endroit mesurait une vingtaine de mètres de diamètre ; cent mètres environ séparaient le portail massif de ce qui semblait être une batterie d'ascenseurs. A côté de la porte, une table était rivée au sol. Il y avait dessus des magazines, un écran vidéo, plusieurs cadrans. Mais aucun garde n'était visible.

En fait, le tunnel tout entier était désert. L'endroit était aussi calme, aussi silencieux qu'un mausolée. On n'entendait même pas le bruit d'une goutte d'eau tombant d'une stalactite.

« Il devrait y avoir des gardes », murmura Jack. Sa voix résonna curieusement sur les parois de pierre.

« Qu'est-ce qu'on fait ? » balbutia Dom. Visiblement, il avait été très étonné par sa capacité à maîtriser son pouvoir — surtout après ce qui s'était passé dans le restaurant la veille au soir.

« C'est bizarre, reprit Jack. Je ne sais pas pourquoi, mais... pas de garde... ça ne me plaît pas. » Il rejeta sa capuche et descendit à moitié la fermeture à glissière de sa veste. Les deux autres l'imitèrent. Jack dit à voix basse : « C'est la zone de réception des cargaisons. C'est ici que les camions viennent décharger. Les installations principales doivent se situer à un niveau inférieur. Je n'aime pas ce vide, ce calme... mais je suppose qu'on doit poursuivre.

— C'est pour ça qu'on est venus, non ? dit Ginger. Alors, assez tergiversé, allons-y. »

Elle se dirigea vers le fond du tunnel.

La porte intérieure se referma et ils pénétrèrent au cœur de Thunder Hill.

2.
Peur

Ils faisaient à peine plus de bruit que trois souris trottinant devant un matou endormi, pourtant leurs pas résonnaient sous la voûte de pierre. Pas très fort, en vérité. L'on eût dit l'écho de conversations chuchotées.

La gêne de Dom augmentait de seconde en seconde.

Ils passèrent devant des ascenseurs gigantesques. Chacun d'eux mesurait plus de vingt mètres de long et autant de large, leurs énormes systèmes hydrauliques devaient pouvoir soulever des charges de la taille d'un avion, sinon plus. Ils virent ensuite des ascenseurs légèrement plus petits, puis des cabines tout à fait ordinaires.

Avant que Jack eût le temps d'appuyer sur le bouton d'appel, Dom eut un autre flash de mémoire, assez vif pour prendre le dessus sur la réalité alentour. Cette fois-ci, il se rappela l'événement crucial du 6 juillet : la métamorphose de la lune qui passa du blanc à l'écarlate et qui se révéla soudain ne pas être la lune, mais la vue de face de la coque arrondie d'un vaisseau spatial. C'était un cylindre sans rien de bien remarquable ; il aurait même eu un petit air familier, si Dom n'avait tout de suite compris que l'interminable périple qui s'achevait ici n'avait pas commencé sur cette terre.

Quand le souvenir perdit de son intensité et céda à nouveau la place à la réalité, Dom se retrouva appuyé contre la porte de l'ascenseur, les bras ballants. Une main était posée sur son épaule. Celle de Ginger.

« Dom, qu'est-ce que tu as ? dit-elle.
— Je me suis... souvenu...
— De quoi ? » demanda Jack.

Dom leur raconta sa vision.

Il n'eut pas besoin de les convaincre que le contact avec un vaisseau extraterrestre avait été établi cette nuit-là. Au moment où il leur parla du cylindre de métal, leurs blocages mnémoniques s'effondrèrent totalement. Il découvrit sur leurs visages ce mélange singulier d'horreur et de joie, de terreur et d'espérance qu'il avait lui-même éprouvé le soir du 6 juillet.

« Nous sommes entrés dans le vaisseau, dit Ginger d'une voix émerveillée.
— Oui. Vous, Dom et Brendan.
— Seulement, reprit Ginger, je ne me souviens plus très bien de ce qui s'est passé... à l'intérieur.
— Moi non plus, dit Dom. Ce passage ne m'est pas encore revenu en mémoire. Je me souviens de tout jusqu'à la seconde où nous avons franchi l'écoutille, où nous nous sommes enfoncés dans cette lumière dorée. Ensuite, plus rien... »

Un instant, ils oublièrent les dangers qui les menaçaient de toutes parts.

Le visage délicat de Ginger était très pâle. La peur y était pour quelque chose, certes, mais ce n'était pas tout.

Dom et Ginger comprenaient à présent pourquoi ils s'étaient sentis si irrésistiblement attirés l'un vers l'autre quand elle était descendue d'avion. Cette nuit d'été, ils avaient pénétré ensemble dans le vaisseau et y avaient partagé une expérience qui avait forgé entre eux un lien indissoluble.

« Le vaisseau est ici, dit-elle. A Thunder Hill. Je le sens.
— C'est pour cela que le gouvernement a repris les terres aux fermiers, dit Dom. Ils ont augmenté la superficie des terrains

entourant Thunder Hill pour que personne ne voie le camion transportant le vaisseau.

— Ce devait être un drôle d'engin, dit Jack.

— Quelque chose comme les camions qui véhiculent les navettes spatiales, dit Dom.

— Bien, fit Jack, mais pourquoi ont-ils voulu dissimuler ce qui s'est passé ?

— Je n'en sais rien. » Il enfonça le bouton d'appel de l'ascenseur. « Mais nous le saurons peut-être bientôt. »

La cabine arriva sans faire de bruit et ils descendirent jusqu'au deuxième niveau. A en juger d'après le temps écoulé, les deux étages supérieurs de l'installation devaient être séparés par d'épaisses strates rocheuses.

La porte coulissa enfin et ils débouchèrent dans une immense caverne circulaire mesurant bien cent mètres de diamètre. Une architecture métallique se dressait à la périphérie, percée de fenêtres et abritant certainement des bureaux. Les pièces qu'on devinait derrière ces fenêtres étaient toutes plongées dans l'obscurité.

Quatre autres cavernes irradiaient à partir de cette cathédrale de pierre. L'une d'elles était fermée par d'immenses portes de bois dont l'aspect primitif surprenait dans une installation aussi moderne. Des ampoules brillaient dans les trois autres cavernes et Dom aperçut du matériel stocké — des jeeps, des camions, des hélicoptères, même des avions de chasse. Thunder Hill était un gigantesque arsenal doublé d'une cité souterraine pouvant vivre en parfaite autarcie. Dom le pensait depuis longtemps, mais il en avait enfin la preuve sous les yeux.

L'air d'abandon de l'entrepôt en était certainement la caractéristique la plus surprenante. Le deuxième étage était aussi désert, aussi silencieux que le premier. Il n'y avait ni gardes, ni manœuvres au travail, ni bruits de conversation. Rien. Il faisait assez frais et les membres du personnel devaient s'être retirés dans leurs quartiers, mais on aurait tout de même entendu des radios, de la musique...

D'une voix à peine audible, Ginger demanda : « Vous croyez qu'ils sont tous morts ?

— Je vous l'ai dit, répéta Jack, tout cela ne me plaît pas... »

Dom se sentit attiré vers l'immense portail de bois — haut de près de trois étages, il mesurait bien vingt mètres de large —, et il se laissa guider par ses sensations. Précédant Ginger et Jack, il se dirigea lentement vers une porte plus petite taillée dans l'un des deux grands battants. Elle était entrebâillée. Il se préparait à la pousser quand il perçut des voix provenant de l'autre côté. Il écouta jusqu'à ce qu'il fût certain qu'il n'y avait que deux interlocuteurs. Ils parlaient trop doucement pour qu'il pût suivre leur conversation. Dom pensa un instant faire demi-tour, puis il se dit que c'était l'occasion unique de regarder dans la caverne interdite avant qu'on ne l'arrête.

Il poussa la porte et entra.

Le vaisseau était là.

Ginger posa une main sur sa poitrine comme pour empêcher son cœur de battre trop fort.

La caverne qui s'étendait par-delà les portes de bois était vraiment immense : elle mesurait près de soixante-dix mètres de long et sa largeur variait entre vingt-cinq et quarante mètres. Le plafond était voûté. Le sol avait été érodé de main d'homme, puis aplani et bétonné. A en juger d'après les nombreuses taches de graisse, on avait dû jadis garer ou réparer ici des véhicules. Sur la droite, une douzaine de constructions métalliques semblables à des cabanes de chantier avaient été installées le long de la paroi. A une certaine époque, elles avaient certainement servi de bureaux ou de chambrées, mais elles étaient maintenant consacrées à la recherche. Des panneaux dont le lettrage avait été exécuté à la main étaient accrochés aux portes : CHIMIE, BIBLIOTHÈQUE DE CHIMIE, PATHOLOGIE, BIOLOGIE, BIBLIOTHÈQUE DE BIOLOGIE, PHYSIQUE 1, PHYSIQUE 2, ANTHROPOLOGIE, et bien d'autres encore, trop éloignés pour être visibles. De plus, des plans de travail et du gros matériel — un appareil de radiologie tout à fait classique, un spectrographe semblable à celui du Memorial Hospital de Boston et plusieurs autres machines que Ginger ne connaissait pas — étaient disposés devant les cabanes. Les recherches devaient être si importantes qu'il n'y avait pas assez de place pour tout abriter dans les labos.

Le vaisseau d'un autre monde se trouvait à gauche de l'entrée. Il était exactement tel que Ginger se l'était rappelé plusieurs minutes auparavant, quand les souvenirs censurés avaient fait voler en éclats les derniers vestiges de son blocage psychique : un cylindre de près de vingt mètres de long et de quatre ou cinq mètres de large, arrondi aux deux extrémités. Il avait été posé sur des tréteaux métalliques et ressemblait à un sous-marin en cale sèche. La seule différence avec son apparition dans la nuit du 6 juillet était l'absence de cette lumière étrange qui était si soudainement passée du blanc laiteux au rouge écarlate puis à l'ambre. Il ne possédait aucun système de propulsion visible, ni tuyères ni réacteurs. Cette conception qui n'avait rien de bien spectaculaire en faisait pourtant l'objet le plus étonnant que Ginger eût jamais vu.

Deux hommes étaient assis à la table disposée devant l'échelle métallique permettant d'accéder à l'écoutille du vaisseau. Le plus imposant des deux avait une quarantaine d'années. Il avait des cheveux et une barbe bruns bouclés et était vêtu d'une blouse blanche. L'autre portait un uniforme de l'armée dont la veste n'était pas boutonnée. Ils se turent en découvrant les trois visiteurs, puis ils se levèrent lentement. Ils n'appelèrent pas la garde, ne cherchèrent pas à déclencher un quelconque signal d'alarme. Ils se contentaient d'observer avec intérêt les réactions de Ginger, de Dom et de Jack devant l'engin d'un autre monde.

Ils nous attendaient, se dit Ginger.

Cette réflexion aurait dû l'emplir de panique, mais ce ne fut pas le cas. Seul le vaisseau l'intéressait.

Encadrée par Jack et Dom, elle s'avança vers l'extrémité la plus proche du cylindre. Les battements de son cœur, déjà forts quand elle avait franchi la porte, étaient devenus quasi frénétiques. Tous trois s'immobilisèrent quand l'engin fut à portée de main et ils le contemplèrent d'un air émerveillé empreint de vénération.

La coque était usée par endroits comme par un abrasif. Peut-être le vaisseau avait-il traversé des nuages de poussière cosmique ou de particules encore inconnues de l'homme. Çà et là, des marques un peu plus profondes avaient dû être imprimées par des éléments autrement plus hostiles que les vents et les tempêtes que devaient affronter les vaisseaux naviguant sur les mers ou dans le ciel de la terre. La coque était parsemée de taches grises, noires, brunes ou ambrées, comme si elle avait été baignée dans des centaines d'acides différents et soumise à l'épreuve de milliers de feux.

L'âge du vaisseau, en dehors de sa puissance, était ce qui

impressionnait le plus Ginger. Certes, il aurait pu n'avoir été construit que quelques années plus tôt et avoir foncé vers Elko County à une vitesse bien supérieure à celle de la lumière ; il serait ainsi arrivé à destination le 6 juillet après n'avoir passé que quelques mois dans l'espace. Mais Ginger ne croyait pas que ce fût le cas. Elle n'aurait pu dire d'où lui venait cette conviction — cette intuition —, mais elle était persuadée de se tenir à l'ombre d'un objet extrêmement ancien. Quand elle tendit la main et laissa ses doigts courir sur le métal froid légèrement usé, elle comprit au plus profond d'elle-même qu'elle se trouvait en présence d'une vénérable relique.

Ils avaient parcouru un long chemin, un si long chemin...

Suivant son exemple, Dom et Jack touchèrent la coque à leur tour. Et Jack poussa un profond soupir bien plus éloquent que tous les mots qu'il aurait pu prononcer.

« J'aurais tant aimé que mon père voie ça », dit Ginger. En cet instant unique, elle repensait à Jacob le rêveur, Jacob le *luftmensch*, qui avait toujours aimé les récits mettant en scène des mondes lointains et des civilisations d'un autre temps.

« Si Jenny avait pu vivre plus longtemps... rien que quelques semaines », dit à son tour Jack Twist.

Ginger sut immédiatement qu'il ne voulait pas dire la même chose qu'elle. Ce qu'il regrettait, ce n'était pas que Jenny eût raté l'occasion d'admirer le vaisseau de l'espace, mais qu'elle fût morte avant que Brendan et Dom eussent acquis leurs pouvoirs surnaturels. Si elle n'était pas morte le jour de Noël, ils auraient pu se rendre à son chevet, réparer son cerveau endommagé, la tirer du coma, la rendre à l'affection de son mari ! En comprenant cela, Ginger s'aperçut qu'elle ne faisait que commencer à saisir toutes les implications de cet incroyable événement.

Le militaire et l'homme à la blouse blanche s'étaient approchés. Le civil posa la main sur la coque que Ginger, Dom et Jack continuaient de palper. Il dit : « C'est un alliage inconnu. Plus résistant que tout acier jamais produit ici-bas. Plus dur que le diamant, mais aussi extrêmement léger et étonnamment souple. Vous êtes Dominick Corvaisis, n'est-ce pas ?

— Oui », dit Dom en tendant la main à l'étranger, qui la lui serra. Ce geste de courtoisie aurait surpris Ginger si elle n'avait senti que le savant barbu et le militaire n'étaient pas leurs ennemis.

« Je m'appelle Miles Bennell et je dirige l'équipe chargée

d'étudier ce... ce formidable événement. Et voici le général Alvarado, commandant en chef de Thunder Hill. Je ne parviens pas à exprimer mes regrets devant ce qui vous est arrivé. Un tel secret ne devrait pas être réservé à un petit nombre. Le monde entier devrait savoir. Et si j'en avais le pouvoir, je révélerais tout dès demain matin. »

Bennell échangea également une poignée de main avec Ginger et Jack.

Ginger dit : « Nous avons des questions...

— Et vous méritez des réponses, dit Bennell. Je vous dévoilerai tout ce que nous avons pu apprendre. Mais nous ferions peut-être mieux d'attendre que tout le monde soit là. Où sont les autres ?

— Quels autres ? demanda Dom.

— Vous parlez de ceux du motel ? dit Ginger. Ils ne sont pas avec nous. »

Bennell cligna des yeux d'étonnement. « Vous voulez dire que la plupart d'entre eux ont réussi à échapper au colonel Falkirk ?

— Falkirk ? fit Jack. Vous croyez que c'est lui qui nous a conduits ici ?

— Naturellement, dit Bennell. Sinon, qui d'autre ?

— Nous sommes venus par nos propres moyens », dit Dom.

Ginger constata le choc que cette révélation produisait sur Bennell et Alvarado. Ils se regardèrent, interloqués, puis une lueur d'espoir brilla dans leurs yeux.

« Vous voulez dire que vous avez réussi à forcer le dispositif de sécurité de Thunder Hill ? C'est impossible ! dit le général.

— Vous n'avez pas lu le dossier de Twist ? dit Bennell au militaire. Si ? Souvenez-vous de son entraînement chez les Rangers et de la façon dont il gagne sa vie depuis huit ans.

— Je ne suis pas seul en cause, dit Jack. C'est vrai, j'ai aidé à franchir la clôture, à éviter le réseau d'alarme et à ouvrir la première porte, mais c'est grâce à Dom que nous nous trouvons maintenant ici.

— Dom ? fit Bennell en se tournant vers l'écrivain. Mais vous ne connaissez rien aux systèmes de sécurité ! A moins que... bien sûr, oui... vos étranges pouvoirs ! Depuis l'expérience que vous avez eue dans la maison de Lomack et ce qui s'est passé au motel après l'arrivée de Cronin, vous savez que ces pouvoirs ne vous sont pas extérieurs, mais qu'ils sont bien en vous. »

Tout en parlant, Bennell leur avait involontairement révélé que leurs conversations au motel avaient été épiées, mais aussi qu'il ne connaissait rien du plan élaboré par Jack Twist.

« Oui, dit Dom, nous savons que ces pouvoirs sont en nous — je parle de Brendan et de moi-même. Mais d'où viennent-ils, docteur ?

— Vous ne le savez pas ?

— Ils ont certainement un rapport avec ce que nous avons vécu à l'intérieur du vaisseau, mais je ne me souviens de rien de bien précis. Vous ne pouvez pas nous aider ?

— Non, fit Bennell. Il était connu que trois d'entre vous avaient pénétré dans le vaisseau, mais nul ne savait que quelque chose de... particulier vous y était arrivé. Vous en êtes sortis au moment précis où les hélicoptères transportant les hommes du Gisa et les scientifiques se sont posés dans la campagne. Quand on vous a emmenés, vous vous êtes contentés de dire que vous aviez jeté un coup d'œil aux installations. On vous a drogués immédiatement après votre capture et on vous a conduits au Tranquility Motel. Même si vous aviez changé d'avis et décidé de tout dire, vous n'en auriez pas eu l'occasion. » Tout en parlant, le scientifique ne cessait de passer les doigts dans sa barbe et ses cheveux. « Quand la décision a été prise de tenir secret l'événement, de faire subir un lavage de cerveau à tous les civils qui y avaient assisté, il n'a pas été possible d'avoir un véritable entretien avec les témoins. En fait, vous avez toujours été sous tranquillisants ; après les sédatifs, on vous a immédiatement administré les substances médicamenteuses associées au lavage de cerveau. C'est là une des raisons pour lesquelles j'étais opposé au secret absolu. Je pensais que vous faire subir un lavage de cerveau sans vous avoir donné le temps de tout raconter... eh bien, c'était non seulement injuste et cruel à votre égard, mais c'était surtout se priver d'une fantastique source de renseignements. »

Ginger leva les yeux vers l'ouverture pratiquée dans le flanc du vaisseau. « Notre blocage mental disparaîtra peut-être complètement si nous nous y aventurons à nouveau...

— C'est possible, reconnut Bennell.

— Comment saviez-vous qu'il allait survoler la nationale 80 ? demanda Jack.

— Et pourquoi pensaient-*ils* qu'il fallait faire le silence sur cette affaire ? ajouta Dom.

— Et les créatures ? dit Jack.

— Oui, dit Ginger, à quoi ressemblent-elles ? Qu'est-ce qui leur est arrivé ? »

Le général Alvarado les interrompit d'un geste. « Comme Miles vous l'a dit, vous aurez toutes les réponses que vous méritez, mais il y a plus urgent. » Il s'adressa directement à Dom. « Je suppose que si vous pouvez soulever les objets et déjouer un système électronique, vous pouvez certainement tenir des gens à distance. Vous croyez que vous arriveriez à interdire un certain temps l'ouverture du portail d'entrée et de la petite porte adjacente ? »

Aussi étonné que Ginger par cette question, Dom balbutia : « Eh bien, euh... peut-être, je n'en sais rien. »

Bennell se tourna vers le général. « Vous allez mettre le feu aux poudres en laissant le colonel à l'extérieur. Il sait qu'il est le seul à contrôler le Vigilant. Si quelqu'un peut entrer... il prendra cela pour de la magie et sera *vraiment* persuadé que nous sommes tous infectés.

— Infectés ? » dit Ginger, mal à l'aise.

Le général lui répondit : « Le colonel est convaincu que nous — c'est-à-dire vous, moi, Miles, etc. — avons été d'une manière ou d'une autre *possédés* par des créatures étrangères, que nous ne sommes que des marionnettes entre leurs mains, que nous ne sommes plus humains, en un mot.

— C'est ridicule », dit Jack.

De plus en plus mal à l'aise, Ginger dit : « Nous savons qu'il n'en est rien, mais a-t-il de bonnes raisons pour croire une telle chose ?

— Au début, oui, fit Bennell, mais il avait tort. Le colonel pense cela parce que c'est un cerveau torturé qui interprète toujours tout de la pire façon possible... Je vous expliquerai cela plus tard. »

Ginger allait lui demander une explication immédiate, mais Alvarado la devança : « Patientez, je vous prie. Nous n'avons pas beaucoup de temps. Pour l'heure, je pense que Falkirk est sur le chemin du retour et qu'il a fait prisonniers vos amis.

— Non, dit Dom, ils se sont enfuis avant nous.

— Ne sous-estimez pas le colonel, dit Alvarado. Mais réfléchissons un peu. Si Dom ici présent pouvait se servir de ses pouvoirs pour... »

Des bruits les firent se retourner et Ginger poussa un cri de surprise en découvrant Jorja, Marcie, Brendan, puis tous les autres franchir un à un la petite porte.

« Trop tard, dit Miles Bennell, trop tard. »

A l'entrée de l'entrepôt de Thunder Hill, les sept témoins et Parker Faine furent tirés du camion et regroupés dans la neige devant la petite porte métallique. La mitraillette du lieutenant Horner était là pour décourager toute envie de fuite ou de résistance.

Falkirk ordonna aux autres hommes du Gisa de rentrer à Shenkfield, où ils devaient ensevelir Stefan Wycazik dans une tombe anonyme et attendre les ordres complémentaires. Ces ordres n'émaneraient pas du colonel, car il ne serait plus là pour les donner. Il n'était pas nécessaire de sacrifier la brigade tout entière et Falkirk n'avait besoin que d'un seul homme pour s'occuper des prisonniers et détruire toutes les installations : le hasard avait voulu que ce rôle ingrat échût au lieutenant Horner.

Falkirk posa la paume de sa main gauche sur la plaque de verre et le Vigilant le laissa passer sans problème. Lui, Horner et les huit prisonniers descendirent jusqu'au deuxième niveau et traversèrent le Noyau pour se rendre dans la caverne où se trouvaient Alvarado et Bennell.

Falkirk les vit franchir un à un la petite porte. Il vit surtout, auprès du savant et du général, les trois autres témoins — Ginger, Dom et Jack. Et bien que ne sachant absolument pas comment ils étaient arrivés jusqu'ici, il fut fou de joie de constater que, contrairement à toutes ses prévisions, le petit groupe était maintenant intégralement en son pouvoir.

Il laissa Horner avec les prisonniers et courut vers les ascenseurs. Il ne pouvait plus faire confiance au lieutenant, maintenant que celui-ci était resté seul avec des individus contaminés.

La mitraillette à la bretelle, Falkirk prit un petit ascenseur qui le conduisit au troisième niveau. Il avait l'intention de tuer tous ceux qui s'approcheraient de lui. Et s'ils étaient trop nombreux, il retournerait son arme et se suiciderait. Il ne voulait pas être *changé*.

L'étage inférieur de l'entrepôt de Thunder Hill était entièrement consacré au stockage des armes, des explosifs et des munitions. Normalement, des soldats y patrouillaient à toute heure du jour et de la nuit. Mais les ordres du général Alvarado avaient été respectés : l'endroit était désert.

Alvarado pensait probablement qu'en coopérant, il parviendrait à convaincre Falkirk que ses hommes et lui-même étaient indiscutablement humains. Mais le colonel n'était pas assez naïf pour tomber dans un panneau aussi grossier.

Il traversa la caverne et se rendit devant la grande porte de métal interdisant l'accès aux réserves de munitions. Là aussi, l'entrée était commandée par un système de lecture très sophistiqué. Falkirk apposa sa paume gauche. La porte coulissa. Des tubes au néon s'allumèrent automatiquement, révélant une immense pièce pleine jusqu'au plafond de caisses et de palettes bourrées de grenades, de mines, d'obus de mortier, de cartouches, en un mot d'instruments de destruction de toutes sortes.

Au bout de la salle se trouvait une pièce plus petite dans laquelle on ne pouvait, là encore, pénétrer qu'après avoir présenté sa main. Les armes qui y reposaient étaient si terribles que, sur les centaines de personnes travaillant à Thunder Hill, huit seulement pouvaient y avoir accès. Un homme seul ne pouvait pas entrer ; le système ne commandait l'ouverture qu'après avoir lu successivement trois paumes différentes. Mais, là aussi, le Vigilant avait été reprogrammé par Falkirk, désormais unique gardien de l'arsenal nucléaire de l'entrepôt.

Il plaqua sa paume gauche sur le verre. Moins de quinze secondes plus tard, la porte roulait sur le sol.

Sur le mur de droite étaient accrochés vingt sacs à dos qui, à première vue, n'avaient rien de bien impressionnant. Seulement, il s'agissait d'engins nucléaires portables, auxquels ne manquaient que le détonateur et la double charge explosive. Les détonateurs étaient rangés dans des tiroirs, au fond de la pièce. A gauche, dans des armoires métalliques, les doubles charges attendaient l'Armageddon.

L'entraînement des hommes du Gisa impliquait la familiarisation avec tous les types d'armes nucléaires que des terroristes pourraient déposer dans n'importe quelle ville américaine. Falkirk savait monter, armer et désarmer une bombe, sous quelque allure qu'elle se présentât.

Se retournant sans cesse vers la porte, il ne lui fallut que huit minutes pour assembler les deux bombes. Sa respiration ne se calma que lorsqu'il eut réglé les horloges sur quinze minutes et enclenché le mécanisme.

Il jeta sur ses épaules les deux gros sacs à dos. L'ensemble pesait plus de soixante kilos. C'est donc plié en deux sous le poids de sa charge apocalyptique qu'il traversa la chambre des munitions.

N'importe qui aurait fait deux ou trois pauses pour reprendre son souffle, pour poser les bombes, pour déplacer les courroies qui lui coupaient les épaules. Mais pas Leland Falkirk. La charge de mort lui tranchait les chairs et ankylosait ses bras, mais sa jubilation augmentait avec la douleur.

Il déposa l'un des sacs au milieu du sol de la caverne principale. Il contempla les parois de roc et le plafond de granit avec une certaine satisfaction. S'il y avait là la moindre faille — le contraire eût été étonnant —, tout l'édifice s'écroulerait comme un château de cartes. A supposer que les cavernes de pierre résistent au choc nucléaire, il n'y aurait aucun survivant parmi ceux qui tenteraient de se réfugier à cet étage. Même une forme de vie étrangère ne pourrait se reconstituer après avoir été pulvérisée par le feu nucléaire et réduite à l'état d'atomes disparates.

Falkirk contempla en souriant les chiffres qui défilaient sur l'écran de l'horloge. L'intérêt majeur de ce type de charge atomique, c'est qu'il était *impossible* de la désarmer. Même s'il était abattu dans la seconde qui suivait, personne ne pourrait saboter son travail.

Il prit l'ascenseur et se rendit au deuxième niveau.

Portant Marcie dans ses bras, Jorja alla se placer aux côtés de Jack Twist et leva la tête pour admirer le vaisseau reposant sur ses tréteaux. Bien que l'effondrement de son blocage mnémonique et l'afflux des souvenirs l'eussent plus ou moins préparée à cette vision, elle fut submergée par une sensation aussi violente que celle éprouvée dans le camion, quand la vérité lui avait été révélée. Elle tendit la main vers la coque mouchetée et un frisson — de peur, d'émerveillement et de plaisir — la parcourut quand ses doigts entrèrent en contact avec le métal usé.

Qu'elle imitât sa mère ou agît de son propre chef, la petite Marcie fit de même. « La lune, dit-elle, la lune.

— Oui, répondit Jorja, c'est cela que tu as vu dans le ciel. Tu ne te rappelles pas ? Ce n'était pas la lune qui tombait. C'était blanc comme la lune, et puis c'est devenu tout rouge.

— La lune », dit doucement l'enfant. Sa petite main caressait le flanc du vaisseau, cherchait à en ôter les impuretés accumulées au fil du temps — et par là même, la couche de faux souvenirs qui comprimait sa mémoire. « La lune est tombée.

— Ce n'était pas la lune, mon chou, mais un vaisseau spatial. Comme ceux de la télévision. »

Marcie se tourna vers sa mère et la regarda droit dans les yeux, enfin tirée de sa torpeur. « Comme celui du capitaine Kirk et de M. Spock ?

— Oui, fit Jorja en la serrant plus fort.

— Comme celui de Luke Skywalker, dit Jack en relevant une mèche qui barrait le front de la petite fille.

— Et de Han Solo », dit Marcie. Son regard se fit vide à nouveau. Elle se renfermait sur elle pour réfléchir à toutes ces étonnantes révélations.

Jack sourit à Jorja et lui dit : « Tout ira bien. Ça prendra peut-être du temps, mais elle guérira parce que ce qui l'obsédait, c'était son désir de se rappeler. Les souvenirs commencent à revenir et elle n'a plus besoin de lutter. »

Une fois de plus, Jorja se sentait rassurée par sa présence, par son calme et sa compétence. « Elle s'en tirera, mais il faudra d'abord que nous sortions d'ici vivants — et intacts.

— Nous y arriverons, dit Jack. Je te le promets. »

Dom sentit une bouffée de chaleur monter en lui quand il vit arriver son ami. Il serra longuement Parker dans ses bras. « Comment es-tu arrivé ici ?

— C'est une longue histoire. » Le ton de sa voix indiquait qu'une partie de cette histoire était loin d'être réjouissante.

« Je regrette de t'avoir entraîné dans cette affaire, dit Dom.

— Je n'aurais jamais voulu manquer cela pour rien au monde, répondit Parker en désignant le vaisseau spatial.

— Et ta barbe ? Qu'est-ce que tu en as fait ?

— Quand on reçoit des invités de marque, on se fait beau, non ? »

Ernie marchait lentement le long du vaisseau et ne cessait de l'admirer.

Faye était restée auprès de Brendan. Elle s'inquiétait beaucoup pour lui. Plusieurs mois auparavant, il avait perdu la foi — ou cru la perdre, ce qui revenait au même pour lui. Et ce soir, le père Wycazik, son ami, l'avait quitté et ce second coup lui avait été très rude.

« Faye, dit-il en regardant le vaisseau, c'est merveilleux, n'est-ce pas ?

— Oui, dit-elle. Je n'ai jamais été très amateur de science-fiction, je ne me posais même pas de questions. Mais c'est là la fin de tout, le début de quelque chose d'entièrement nouveau. Et c'est vraiment beau.

— Mais ce n'est pas Dieu. Et au plus profond de mon cœur, c'est ce que j'espérais.

— Vous vous rappelez le message que Parker vous a transmis de la part du père Wycazik ? dit-elle en lui prenant la main. Quand nous étions dans le camion... Le père Wycazik savait ce qui était arrivé cette nuit-là et c'était pour lui une réaffirmation de sa foi. »

Avec un pauvre sourire, Brendan répondit : « Pour lui, *tout* était une réaffirmation de sa foi.

— Ce le sera aussi pour vous. Il vous faut du temps pour réfléchir à tout ça. Ensuite, vous verrez les choses sous le même angle que le père Wycazik. Parce que vous êtes comme lui, même si vous ne vous en rendez pas compte.

— Non, ne dites pas cela. Vous ne le connaissiez pas. Je ne lui arrive pas à la cheville. »

Faye lui pinça la joue affectueusement comme s'il était un enfant. « Brendan, quand vous nous parliez de votre recteur, il était clair que vous l'admiriez. Mais aussi que vous lui ressembliez beaucoup. Vous êtes jeune, Brendan, vous avez encore beaucoup de choses à comprendre. Mais quand vous aurez l'âge du père Wycazik, vous serez l'homme *et* le prêtre qu'il était. Chaque jour de votre vie, vous témoignerez de ce qu'il était.

— Vous le croyez vraiment ?

— Je le sais », dit Faye. Et elle le serra contre lui.

Ned et Sandy se tenaient par la taille et contemplaient le vaisseau. S'ils ne parlaient pas, c'est parce qu'il n'y avait rien de bien original à dire. Du moins, c'est ce que Ned pensait.

Sandy éprouva toutefois le besoin de prononcer une parole : « Ned, si nous nous tirons de là vivants... j'irai voir un docteur, tu sais, un de ces spécialistes des problèmes de grossesse. Je ferai tout mon possible pour mettre un enfant au monde.

— Mais... tu as toujours... tu n'as jamais...

— Je n'aimais pas assez le monde avant, dit-elle à voix basse. Mais maintenant... je veux qu'une partie de nous soit là quand l'humanité sortira des ténèbres, qu'elle naviguera dans l'espace et y rencontrera peut-être les étrangers — les merveilleux étrangers — qui sont venus là-dedans. Je serai une bonne mère, Ned.

— Je le sais. »

Quand Miles Bennell vit le dernier témoin et Parker Faine franchir la porte, il abandonna tout espoir d'utiliser les talents paranormaux de Dom pour interdire à Falkirk l'entrée de Thunder Hill. Il ne devait plus compter que sur le 357 Magnum coincé dans sa ceinture. Bien dissimulée sous la blouse blanche, l'arme lui appuyait sur l'estomac.

Miles pensait que Falkirk entrerait à Thunder Hill avec trente ou quarante hommes. Il pensait aussi que le colonel arriverait dans la caverne accompagné de Horner et d'une demi-douzaine de soldats. Mais seul le lieutenant apparut à la porte, armé d'une mitraillette et l'air tout à fait disposé à en faire usage.

Horner dit : « Mon général, docteur Bennell, le colonel Falkirk sera ici dans un instant.

— Comment osez-vous vous présenter ici avec une arme dont vous avez ôté le cran de sûreté ! dit le général avec un aplomb qui étonna le savant. Il suffit que votre doigt dérape sur la détente pour que vous arrosiez les parois de cette caverne et qu'en faisant ricochet, les balles viennent tous nous toucher, y compris vous !

— Mon doigt ne dérape jamais, mon général, répondit le lieutenant, une pointe d'ironie dans la voix.

— Où est Falkirk ? demanda Alvarado.

— Le colonel Falkirk avait un problème à régler, mon géné ral. Il vous prie de bien vouloir l'excuser.
— Quel problème ?
— Désolé, mon général, mais le colonel ne me tient pas toujours au courant de ses projets. »

Miles craignit un instant que le colonel n'eût déjà ordonné aux hommes du Gisa de liquider le personnel de l'entrepôt. Mais il aurait entendu des bruits de fusillade, ce qui n'était pas le cas. Il entreprit donc d'agir le plus naturellement du monde en attendant le moment où il pourrait braquer son Magnum sur Horner et se mit à bavarder avec les témoins. Il découvrit que la plupart d'entre eux avait déjà entendu parler du Cérire ; pour les autres, il résuma brièvement les objectifs du Comité et expliqua pourquoi la couverture de l'événement avait été décidée.

Le vaisseau, expliqua Miles, avait été détecté pour la première fois par des satellites de défense placés en orbite terrestre à plus de 36 000 kilomètres d'altitude. Ils l'avaient vu passer non loin de la lune. Les Soviétiques, dont les satellites de défense étaient plus rudimentaires, n'avaient aperçu le visiteur que bien plus tard et n'avaient pas réussi à l'identifier correctement.

Dans un premier temps, les observateurs avaient pris le vaisseau étranger pour une grosse météorite ou un petit astéroïde suivant une trajectoire de collision avec la terre. Il brûlerait lors de l'entrée dans l'atmosphère s'il s'agissait d'une masse poreuse. Si la terre n'avait pas de chance et si l'objet était constitué de matières plus denses, il pourrait encore se fragmenter en plusieurs météorites relativement inoffensives. Si la terre n'avait *vraiment* pas de chance, c'est-à-dire si le corps étranger avait un taux élevé de nickel-fer supprimant toute possibilité de fragmentation, la menace serait bien réelle. Certes, le bolide risquait de tomber dans l'océan, les étendues liquides occupant près de soixante-dix pour cent de la surface terrestre. Un tel impact n'aurait pas de conséquences, à moins de se produire à proximité d'un littoral : il y aurait alors un formidable raz de marée.

L'hypothèse la plus terrible était celle de l'impact avec une zone urbaine à très forte densité de population.

« Imaginez un morceau de nickel et de fer de la taille d'un autocar s'écrasant sur Manhattan à la vitesse de plusieurs milliers de kilomètres à l'heure, dit Miles. Cette éventualité était assez horrible pour que nous envisagions de le détourner ou de le détruire. »

Moins de six mois auparavant, les premiers satellites du bouclier de l'Initiative de défense stratégique — l'IDS, ce que les médias appelaient la « guerre des étoiles » — avaient été mis secrètement en orbite. Ils constituaient moins de dix pour cent du système qui, un jour, devrait prévenir les États-Unis de toute agression nucléaire étrangère. Chaque satellite pouvait modifier son attitude et tourner ses armes vers le moindre objet suspect. Une théorie récente prétendait que des comètes ou des astéroïdes tombés sur la terre avaient exterminé les dinosaures il y a plus de soixante millions d'années. Prudents, les concepteurs de ce projet grandiose avaient jugé sage de permettre aux satellites du bouclier de l'IDS d'abattre non seulement les missiles soviétiques, mais aussi tout pseudo-missile venu des confins de l'espace. Par conséquent, un des satellites avait été repositionné alors que la météorite mystérieuse se rapprochait de plus en plus de la terre ; au moment voulu, il pourrait tirer tous ses missiles antimissiles sur l'intrus. Bien qu'aucune de ses charges ne fût nucléaire, l'action combinée de toutes ses ogives aurait dû suffire à fragmenter le bolide et à le rendre inoffensif.

« C'est alors, poursuivit Bennell, que plusieurs heures avant l'attaque prévue, une analyse des dernières photographies révéla une forme extraordinairement symétrique. L'étude spectrographique menée par le satellite confirma que les caractéristiques de l'objet ne correspondaient pas au profil standard des météorites. » Le scientifique n'avait cessé de faire les cent pas devant les témoins. Soudain, il s'immobilisa et posa la main sur le vaisseau. « De nouvelles photos furent prises toutes les dix minutes. Au bout d'une heure, il devint clair qu'il s'agissait bel et bien d'un vaisseau. Personne n'aurait alors pris le risque d'en ordonner la destruction. Nous n'avons pas mis les Soviétiques au courant de notre nouvelle décision — cela les aurait renseignés sur la position de nos satellites de défense. En revanche, nous avons entrepris de brouiller de façon aléatoire et indétectable les radars des Russes afin de garder le secret pour nous seuls. Quelques spécialistes pensaient que le vaisseau se placerait en orbite terrestre, mais il devint rapidement évident qu'il suivait la même trajectoire qu'une météorite classique, de manière contrôlée toutefois. Les ordinateurs de la Défense purent indiquer trente-huit minutes à l'avance que le point d'impact se situerait aux environs d'Elko.

— Juste assez pour faire fermer la nationale 80, dit Ernie Block, et appeler Falkirk et sa brigade du Gisa.

— Ils étaient en manœuvre tout près d'ici, au sud de l'Idaho. Un vrai coup de chance. Ou de malchance. Cela dépend de votre point de vue.

— *Votre* point de vue, je ne le connais que trop bien ! »

Le colonel Falkirk se tenait dans l'encadrement de la porte.

Découvrant Falkirk pour la première fois, Ginger se rendit compte à quel point la presse l'avait désavantagé. Il était plus beau, plus imposant — mais aussi plus effrayant — que sur la photo publiée par le *Sentinel*. Sa mitraillette n'était pas braquée sur le petit groupe, comme celle du lieutenant, mais son allure faussement décontractée était bien plus menaçante que la rigidité toute militaire de Horner. Ginger avait le sentiment qu'il voulait les inciter à tenter quelque chose contre lui pour mieux les abattre. Et quand Falkirk se rapprocha du groupe, elle crut déceler autour de lui une aura — pour ne pas dire une odeur pestilentielle — de haine et de folie.

Miles Bennell prit la parole : « Où sont donc vos hommes, colonel ?

— Il n'y a personne, dit Falkirk. Rien que le lieutenant Horner et moi-même. Je ne vois pas l'intérêt d'une démonstration de force. Je suis sûr qu'en discutant posément, nous aboutirons à une situation qui satisfera tout le monde. »

Ginger avait de plus en plus l'impression que le colonel se moquait d'eux. Il avait l'air d'un enfant qui, détenteur d'un secret, se réjouit de l'ignorance d'autrui. Elle vit que Bennell était tout aussi décontenancé par l'attitude détendue de Falkirk.

« Poursuivez votre discussion, dit le colonel en consultant sa montre. Pour l'amour du ciel, ne vous dérangez pas pour moi. Je suis certain que vous avez encore beaucoup de questions.

— Oui, dit Sandy. Docteur, où sont les... les gens qui conduisaient ce vaisseau ?

— Ils sont morts, dit Bennell. Ils étaient huit, mais ils sont tous morts avant d'arriver. »

Une pointe de regret perça le cœur de Ginger et elle vit qu'il en allait de même pour ses compagnons. Parker et Jorja émirent un petit cri de surprise, comme s'ils venaient d'apprendre le décès d'un ami.

« Comment sont-ils morts ? s'enquit Ned. De quoi ? »

Tout en lançant des coups d'œil inquiets en direction du colonel, Bennell expliqua : « Avant tout, vous devriez peut-être savoir d'où ils viennent. Nous avons trouvé dans leur vaisseau une sorte d'abrégé de leur culture enregistrée sur une chose ressemblant à un vidéodisque. Il nous a fallu plusieurs semaines pour trouver l'appareil de diffusion et un bon mois pour réussir à le faire marcher. Il fonctionnait toujours, ce qui est vraiment incroyable si l'on considère... ne mélangeons pas tout. L'encyclopédie visuelle est superbe et nous apprend beaucoup en dépit de la barrière de la langue. Cependant, nos spécialistes commencent à déchiffrer leur idiome et nous éprouvons même une sorte de... sentiment de fraternité avec le peuple qui a édifié ce vaisseau.

— Un sentiment de fraternité ! ricana Falkirk.

— Il me faudrait des semaines pour tout vous raconter, poursuivit Bennell sans se préoccuper du colonel. Mettons qu'il s'agisse d'une espèce voyageuse très ancienne qui, au moment où ce vaisseau a quitté son port d'attache, avait déjà localisé cinq espèces intelligentes dans d'autres systèmes solaires que le nôtre.

— Cinq ! s'écria Ginger. Mais... même si la galaxie abrite de nombreuses formes de vie, c'est vraiment incroyable. Il y a tant d'endroits à visiter, des distances si vastes à parcourir !

— C'est vrai, reconnut Miles Bennell, mais dès le jour où ils se sont dotés du moyen d'aller d'étoile en étoile, ils ont apparemment décidé que c'était pour eux un devoir sacré que de partir en quête des autres intelligences. C'était pour eux comme une religion. Nous avons du mal à les comprendre parfois, mais nous croyons qu'ils se considèrent comme les serviteurs de la force suprême qui a créé l'univers.

— Dieu ? l'interrompit Brendan. Vous voulez dire qu'ils voient en eux des serviteurs de Dieu ?

— En quelque sorte, oui. Bien qu'ils ne cherchent à diffuser aucun message religieux. Ils ont seulement le devoir d'aider les autres espèces intelligentes, de réunir les intelligences disséminées dans l'immensité de l'espace.

— Réunir les intelligences ! » dit Falkirk d'un air dédaigneux tout en consultant sa montre.

Le général Alvarado s'était discrètement déplacé sur la droite de Falkirk et se trouvait maintenant à la limite du champ visuel du colonel.

Ginger, quant à elle, éprouvait une sorte de malaise devant l'antagonisme qui opposait le colonel au savant et au général. Elle n'en comprenait cependant pas la raison. S'approchant de Dom, elle le prit par la taille.

« Ils nous ont apporté un autre cadeau, dit Bennell tout en regardant le colonel d'un air inquiet. C'est une espèce si ancienne qu'elle a développé des dons que nous qualifierions de paranormaux. La capacité à guérir, par exemple, ou la télékinésie. D'autres choses encore. Ces talents, ils les possèdent, mais ils savent aussi les... les insuffler aux espèces intelligentes qui en sont dépourvues.

— Les insuffler ? demanda Dom. Mais comment ?

— Je ne peux vous répondre de manière précise, mais il est clair que c'est ce qu'ils ont fait avec vous. Et vous-mêmes avez désormais la possibilité de transmettre vos dons.

— Quoi ? fit Jack. Vous voulez dire que Dom et Brendan pourraient nous faire bénéficier de... de leurs pouvoirs ?

— C'est déjà fait, dit Brendan. Ginger, Dom, Jack... vous ne savez pas ce que le père Wycazik a révélé à Parker. Les deux personnes que j'ai guéries à Chicago — Emmy et Winton —, eh bien, elles aussi ont ces pouvoirs.

— De nouvelles sources d'infection, fit Falkirk d'un air sombre.

— De sorte que je les aurais moi aussi, puisque Brendan m'a soigné, dit Parker.

— Je crois pour ma part que ce n'est pas la guérison qui importe, mais le contact intime entre deux esprits », dit Brendan.

Ginger avait la tête qui tournait. Cette révélation était aussi formidable que l'existence du vaisseau. « Vous voulez dire... mon Dieu... vous voulez dire qu'ils sont venus pour permettre à notre espèce d'accéder à un niveau de conscience supérieur ? Et que cette évolution est déjà commencée ?

— Il semble que oui », dit Bennell.

Leland Falkirk jeta un nouveau coup d'œil à sa montre. « Cela suffit, dit-il. Cette mascarade devient lassante.

— Quelle mascarade ? demanda Faye Block. De quoi parlez-vous ? On nous a dit que, pour vous, nous étions possédés, c'est bien cela ? D'où est-ce que vous sortez une idée aussi dingue ?

— Épargnez-moi ces simagrées, dit Falkirk d'un ton tranchant. Vous faites tous semblant de ne rien savoir. En réalité, vous savez tout. Vous n'êtes plus humains. Vous êtes tous... infectés et vous jouez les innocents pour que je vous épargne. Mais ça ne marchera pas. Il est trop tard. »

Surprise par le délire soudain de Falkirk, Ginger s'adressa à Bennell. « Qu'est-ce que c'est que ces histoires d'infection et de possession ?

— Une erreur », dit Bennell en faisant quelques pas vers la gauche.

Ginger comprit qu'il essayait d'attirer sur lui l'attention de Falkirk — pour permettre au général Alvarado de s'esquiver discrètement, peut-être.

« Une erreur, répéta Bennell. Ou plutôt... un bon exemple de la xénophobie typique de la race humaine — de la haine et de la suspicion qu'elle nourrit à l'égard de tout ce qui est différent d'elle. Quand nous avons visionné les vidéodisques pour la première fois, quand nous avons compris que les extraterrestres désiraient transmettre leurs pouvoirs aux espèces étrangères, nous avons apparemment mal interprété ce que nous voyions. Au début, nous croyions qu'ils prenaient possession de ceux qu'ils modifiaient, qu'ils inséraient une conscience parasite chez leurs hôtes. Ce type de crainte est assez compréhensible, après tous les romans fantastiques et les films d'horreur qu'on nous présente depuis des années. Cette mauvaise interprétation fut corrigée après la projection d'autres vidéodisques. Nous avons eu le temps d'entrer dans le détail. Nous savons aujourd'hui que nous avions tort.

— *Moi*, je ne le sais pas, dit Falkirk. Je pense que vous avez tous été infectés et que vous êtes tombés sous la coupe de ces créatures : c'est ce qui vous a fait minimiser le danger. A moins que... oui, à moins que tous ces disques ne soient que de la propagande, des mensonges.

— Non, dit Bennell. Premièrement, je ne crois pas ces êtres capables de mentir. Deuxièmement, ils n'auraient pas besoin de propagande s'ils voulaient vraiment nous asservir. Ils n'auraient pas emporté avec eux cette encyclopédie audiovisuelle dans laquelle ils expliquent eux-mêmes qu'ils vont nous changer. »

Ginger avait remarqué que Brendan Cronin s'intéressait plus que quiconque à la conversation. Il prit la parole : « Je me rends bien compte que la métaphore religieuse n'est peut-être pas très appropriée, mais s'ils ont l'impression d'être des serviteurs de Dieu... s'ils sont venus du ciel avec ces dons miraculeux, nous pourrions dire que ce sont des anges ou des archanges nous accordant une bénédiction toute particulière.

— Bravo, Cronin! dit Falkirk en éclatant de rire. La bigoterie, à présent! Vous croyez peut-être que vous allez m'avoir avec vos histoires de curé? Même si j'étais une grenouille de bénitier comme ma mère, je vois mal comment je pourrais qualifier d'anges des créatures dont la face ressemble plus à un baquet de vers grouillants!

— Des vers? De quoi parle-t-il? demanda Brendan à Bennell.

— Leur allure est très différente de la nôtre. Ce sont des bipèdes avec des membres supérieurs assez semblables aux nôtres, bien qu'ils possèdent six doigts et pas cinq. Mais c'est tout ce que nous avons en commun. Au début, ils paraissent répugnants. Et quand je parle de répulsion, je suis encore loin de la vérité. Et puis, avec le temps, on commence à comprendre qu'ils ont une certaine forme de beauté.

— Une certaine forme de beauté! répéta Falkirk d'un air méprisant. Des monstres, voilà ce qu'ils sont, oui. Et ils ne peuvent sembler beaux qu'aux yeux d'autres monstres. Vous vous êtes trahi, Bennell. »

La colère de Ginger la poussa à s'avancer vers le colonel en dépit de sa mitraillette. « Pauvre imbécile, dit-elle. Qu'est-ce qu'on en a à faire, de leur aspect? Ce qui compte, c'est ce qu'ils sont. De toute évidence, ce sont des créatures animées d'un noble idéal. Même s'ils sont aussi laids que vous le dites, ce que nous avons en commun avec eux est bien plus important que nos différences. Mon père disait toujours que ce qui nous sépare des bêtes, ce n'est pas seulement l'intelligence, mais aussi le courage, l'amour, l'amitié, la compassion, la communauté d'âme! Vous réalisez quel courage il leur a fallu pour venir de si loin? Le courage, voilà une chose que nous avons en commun. Et l'amour, l'amitié? Ces sentiments aussi, ils devaient les posséder. Sinon, comment auraient-ils édifié une civilisation capable d'atteindre les étoiles? Sans amour, sans amitié, on n'a aucune raison de construire quoi que ce soit. La compassion? Ils ont une mission sacrée, ils veulent permettre aux autres espèces d'accéder aux sommets de l'intelligence. Et la communion d'âme ? Vous n'en trouvez pas chez eux, peut-être ? Ils comprennent nos craintes et notre solitude à tel point qu'ils entreprennent des voyages extraordinaires dans le seul but de nous rencontrer et de nous dire que nous ne sommes pas seuls dans l'univers. »

Soudain, elle comprit que sa fureur ne s'adressait pas tant à Falkirk qu'à l'aveuglement dans lequel se complaît la race humaine, cet aveuglement qui la pousse si souvent dans la spirale infernale de l'autodestruction.

« Regardez-moi, dit-elle au colonel. Je suis juive. Certains vous diront que je ne suis pas comme les autres, que je ne suis pas bonne, voire dangereuse. Les histoires de juifs buvant le sang des enfants des chrétiens, voilà le genre d'horreurs qu'on colportait aux siècles passés. Mais y a-t-il une différence entre cet antisémitisme maladif et votre entêtement à croire, malgré tout ce qui prouve le contraire, que ces créatures sont venues ici pour boire *notre* sang ? Pour l'amour du ciel, arrêtez. C'en est fini de la haine. Nous avons désormais une destinée qui nous interdit de nous entre-déchirer.

— Bravo, dit Falkirk d'un ton acide. Voilà un superbe discours. » Tout en parlant, il pointa sa mitraillette sur le général Alvarado. « Laissez votre arme, mon général. Vous ne m'abattrez pas. Je mourrai comme vous tous dans les flammes de l'holocauste.

— L'holocauste ? dit Bennell.

— Oui, docteur, l'holocauste de feu qui nous consumera tous et purifiera le monde de l'infection.

— Bon sang ! s'écria Bennell. C'est pour ça que vous êtes venu seul. Vous ne vouliez pas sacrifier plus d'hommes qu'il n'était nécessaire. » Il se tourna vers Alvarado. « Ce dingue a eu accès aux armes tactiques.

— Deux charges individuelles, pour être précis, dit Falkirk. Il y en a une de l'autre côté de cette porte. La deuxième se trouve à l'étage inférieur. » Il consulta sa montre. « Dans moins de trois minutes, nous serons tous pulvérisés. Vous n'aurez même pas le temps de m'infecter. »

Et, tout à coup, la mitraillette jaillit des mains du colonel avec une telle force qu'elle lui coupa les doigts et lui arracha deux ongles. A la même seconde, le lieutenant Horner poussa un cri en voyant son arme lui échapper avec la même brutalité. Ginger vit les deux mitraillettes tournoyer un instant dans l'air, puis retomber aux pieds d'Ernie Block et de Jack Twist. En moins d'une seconde, les deux hommes les ramassèrent et les braquèrent sur Horner et Falkirk.

« C'est toi ? dit timidement Ginger en se tournant vers Dom.

— Eh bien, oui... Je ne pensais pas que je pourrais y arriver.

— Nous n'avons plus que trois minutes, leur rappela Bennell.

— Deux, rectifia Falkirk en frottant sa main ensanglantée. Deux minutes avant l'apocalypse.

— De toute façon, il est impossible de désarmer les charges nucléaires », dit Alvarado.

Dom partit en courant et cria : « Brendan, occupez-vous de celle-ci. Moi, je prends celle du troisième étage.

— On ne peut pas les désarmer ! » répéta le général Alvarado.

Brendan s'agenouilla à côté de l'arme nucléaire et cligna des yeux en voyant les chiffres affichés sur le cadran. Une minute trente-trois secondes.

Il ne savait pas quoi faire. Il avait guéri trois personnes, certes, il avait fait voler des poivrières. Il avait même généré d'étranges lumières. Mais les poivrières lui avaient échappé, les chaises s'étaient écrasées au plafond du restaurant. A la moindre fausse manœuvre sur le détonateur, ses pouvoirs paranormaux ne serviraient plus à rien.

Une minute vingt-six secondes.

Les autres étaient sortis de la caverne où reposait le vaisseau et s'étaient rassemblés autour de lui. Falkirk et Horner restaient sous surveillance, bien qu'ils n'eussent aucune raison de tenter de récupérer leurs armes : ils ne doutaient pas un instant de l'efficacité des bombes atomiques.

Une minute onze secondes.

« Si j'écrase le détonateur, dit Brendan, si je le réduis en poudre, est-ce que...

— Non, dit le général. Une fois armé, le détonateur déclenche automatiquement la bombe si l'on essaie de le détruire. »

Une minute trois secondes.
Faye s'agenouilla à côté de Brendan. « Faites-le jaillir hors de la bombe. Comme Dom a fait avec les mitraillettes. »
Brendan voyait les chiffres défiler sur le cadran de l'horlogerie. Il s'efforça d'imaginer le détonateur sautant au loin comme un bouchon de champagne.
Rien ne se produisit.
Cinquante-quatre secondes.

Furieux contre la lenteur de l'ascenseur, Dom s'élança dans la caverne dès que les portes s'ouvrirent. Ginger venait derrière lui. La charge nucléaire était déposée au milieu de la salle. Il s'accroupit devant la bombe et découvrit le cadran. « Seigneur... »
Cinquante secondes.
« Tu peux y arriver, dit Ginger en se plaçant de l'autre côté du sac. Tu as une destinée à remplir.
— Il est trop tard.
— Je t'aime, dit-elle.
— Je t'aime », dit-il à son tour, aussi surpris qu'elle par cette déclaration.
Quarante-deux secondes.
Il tendit les mains au-dessus de la charge nucléaire et sentit les cercles apparaître dans ses paumes.
Quarante secondes.

Brendan était en sueur.
Trente-neuf secondes.
Il faisait des efforts désespérés pour réveiller la magie qui était en lui. Mais bien que les stigmates lui brûlent les paumes et qu'il sente ses pouvoirs se réveiller, il ne réussissait pas à se concentrer. Il ne cessait de penser aux gestes maladroits qu'il pourrait avoir et, plus il y pensait, moins il parvenait à focaliser l'énergie prodigieuse qui l'habitait.
Trente-quatre secondes.
Parker Faine s'approcha de Brendan et s'agenouilla à son tour « Ne le prenez pas mal, mon père, mais vous êtes un jésuite et

vous avez peut-être un peu trop tendance à intellectualiser. Vous devriez y mettre toutes vos tripes. Ce qu'il faudrait, c'est la simplicité, la violence viscérale d'un artiste. » Il tendit les mains vers le détonateur et s'écria : « Allez, sors de là, espèce de saloperie ! »

Le détonateur jaillit de la bombe et atterrit devant Parker.

Il y eut des bravos, des cris de soulagement, mais Brendan désigna le cadran : « Le compte à rebours n'est pas arrêté. »

Onze secondes.

« Qu'est-ce que ça peut faire puisque le détonateur n'est plus connecté à la bombe ? dit Parker avec un large sourire.

— Il comporte une charge explosive conventionnelle », dit Alvarado.

Le détonateur fusa hors de la bombe et alla se poser dans la main de Dom. Il vit les chiffres continuer de défiler sur le cadran et *sentit* qu'il fallait qu'ils s'arrêtent, même si l'on ne risquait plus l'explosion nucléaire. C'est pourquoi il désira simplement qu'ils se figent. Ce qu'ils firent au bout de trois secondes.

Cinq secondes.

Parker, tout étonné par ce qu'il venait d'accomplir, fut pris de panique. Persuadé que ses pouvoirs étaient taris, il opta pour un type d'action tout à fait dans son caractère. Poussant un cri de guerre à la John Wayne, il projeta le détonateur tout au bout de la caverne comme s'il s'agissait d'une grenade et se jeta à terre, imité en cela par ses compagnons.

Dom embrassait Ginger quand l'explosion retentit à l'étage supérieur. Ils sursautèrent et crurent un instant que Brendan avait échoué, mais une explosion nucléaire aurait fait s'effondrer sur eux le plafond de la caverne.

« Le détonateur, dit-elle.

— Viens, dit-il, allons voir si personne n'est blessé. »

L'ascenseur les ramena au deuxième niveau. Le Noyau était rempli d'hommes en armes qu'avait attirés la détonation.

Tenant Ginger par la main, Dom se fraya un chemin parmi la foule. Il vit Faye, Sandy, Ned. Brendan — vivant, sans la moindre égratignure. Jorja, Marcie.

Parker apparut à droite et les serra tous les deux dans ses bras. « Ah, les enfants, si vous m'aviez vu ! Avec Eddy Murphy et moi, la Seconde Guerre mondiale n'aurait pas duré plus de six mois !

— Je commence à comprendre pourquoi Dom vous admire tant », dit Ginger.

Un cri retentit. Dom se retourna et vit que Falkirk avait échappé à la surveillance de Jack et d'Ernie. Il s'était emparé du revolver d'un des militaires.

« Arrêtez, pour l'amour du ciel ! lui cria Jack. C'est fini, maintenant, vous ne pouvez plus rien faire. »

Falkirk n'avait pas l'intention de poursuivre la guerre. Ses yeux gris lançaient des éclairs de folie. « Oui, c'est fini, dit-il, mais je ne me laisserai pas infecter comme vous autres. *Vous ne m'aurez pas !* » Avant que quelqu'un pût tenter quoi que ce soit, il enfonça le canon du revolver dans sa bouche et appuya sur la détente.

Avec un cri d'horreur, Ginger se détourna du cadavre à moitié décapité. Dom tourna également la tête. Ce n'était pas la vision de la mort qui les horrifiait, mais cette obstination stupide d'un être humain qui avait pourtant à portée de main le secret de l'immortalité.

3.
Transcendance

Le personnel de Thunder Hill continuait de se regrouper dans la caverne, puis autour de l'engin étrange que la grande majorité des hommes découvrait pour la première fois. Ginger, Dom et les autres témoins suivirent Miles Bennell au cœur du vaisseau.

L'intérieur n'avait rien de très extraordinaire, il était même aussi banal que la coque, il n'y avait en tout cas aucun de ces appareils hyper-sophistiqués que l'on s'attend normalement à trouver dans ce type d'engin. Miles Bennell expliqua que les constructeurs bénéficiaient d'une technologie dépassant largement tout ce que l'homme pouvait imaginer, pour ne pas dire les lois de la physique telles que nous les concevons. Il n'y avait qu'une longue chambre grisâtre, sans rien de particulier. La chaude lumière dorée qui avait inondée le vaisseau au soir du 6 juillet — et dont Brendan s'était souvenu dans ses rêves — était invisible. Il n'y avait que de simples ampoules électriques installées là par les scientifiques.

Malgré sa rigueur, la chambre avait quelque chose de chaud, de magique et d'attirant qui, curieusement, rappelait à Ginger le bureau de son père, dans sa première bijouterie. Seul un calendrier ornait les murs de ce saint des saints. Les meubles étaient bon marché, vieux et usés. C'était une pièce austère, pour ne pas dire sinistre. Mais pour Ginger, ç'avait toujours été un lieu magique parce que c'était là que Jacob se retirait souvent avec un livre dont il lui lisait quelques pages. Parfois, c'était un roman d'aventure, une sombre histoire d'espions, ou un conte de gnomes et de sorcières, ou encore, pourquoi pas, un récit évoquant les autres mondes. La réalité s'évanouissait et, des heures durant, Ginger se voyait enquêter aux côtés de Sherlock Holmes sur des landes brumeuses, s'amuser avec Bilbo le Hobbit ou visiter la foire aux ténèbres en compagnie de Jim et de Will, les deux héros du beau livre de Bradbury. Le bureau de Jacob n'était pas seulement ce qu'il paraissait être. Et bien que ce vaisseau ne lui ressemblât en rien, il lui était tout à fait semblable : sous une apparence un peu triste se dissimulaient des trésors inestimables.

De chaque côté se trouvaient quatre alvéoles vaguement translucides, taillées dans une substance blanc bleuté ressemblant à du quartz. C'était, selon Miles Bennell, les lits que les visiteurs avaient occupés pendant leur long périple. Leur existence était ralentie et ils ne vieillissaient que d'une année terrestre tous les cinquante ans. Pendant qu'ils rêvaient, le vaisseau, entièrement automatique, franchissait le vide interstellaire, équipé de toutes sortes de sondes et de capteurs cherchant la moindre trace de vie sur les centaines de milliers de systèmes solaires qu'il traversait.

Ginger remarqua tout de suite que le sommet de chaque alvéole était marqué de deux cercles ayant exactement la taille de ceux qui étaient apparus dans les paumes de Dom et de Brendan.

« Vous nous avez dit qu'ils étaient morts en arrivant, dit Ned, mais vous n'avez pas répondu à ma question. De quoi sont-ils morts ?

— Du temps, dit Bennell. Le vaisseau et tous ses appareils ont continué à fonctionner parfaitement pendant la descente vers la terre, mais ses occupants étaient déjà morts de vieillesse.

— Attendez, fit Faye. Vous nous avez dit qu'ils ne vieillissaient que d'un an toutes les cinquante années.

— C'est vrai, répondit Bennell. Et d'après ce que nous savons, leur durée de vie avoisine les cinq cents ans.

— Cela veut donc dire qu'ils étaient là-dedans depuis vingt-cinq mille ans ! s'écria Jack, qui tenait Marcie dans ses bras.

— Plus encore, poursuivit Bennell. Leurs connaissances étaient immenses, mais ils n'ont jamais réussi à dépasser la vitesse de la lumière, qui est approximativement de 300 000 kilomètres-seconde. En fait, leur vaisseau naviguait à quelque quatre-vingt-dix-huit pour cent de cette vitesse, soit 294 000 kilomètres-seconde. C'est rapide, oui, mais pas assez si l'on considère les distances à parcourir. Notre propre galaxie — dans laquelle nous sommes voisins — a un diamètre de 80 000 années-lumières, ce qui fait dans les huit cents millions de milliards de kilomètres ! Ils ont essayé de nous indiquer sur des diagrammes tridimensionnels leur système d'origine. Nous pensons que leur monde se trouve à 31 000 années-lumières d'ici. Ils ont donc quitté leur planète il y a trente-deux mille ans. Même en vivant au ralenti, ils ont dû mourir il y a dix mille ans. »

Ginger posa la main sur l'une des couches blanc bleuté. C'était pour elle un témoignage de compassion et de communion d'âme dépassant largement tout ce qu'un esprit humain pouvait concevoir, l'incarnation d'un sacrifice si grand que la raison ne pouvait que vaciller. Ils avaient abandonné de leur plein gré le monde où ils vivaient et tous ceux de leur espèce pour se lancer dans l'univers avec pour tout bagage l'espoir d'aider une race intelligente à se développer un peu plus...

Bennell parlait d'une voix grave, très doucement, comme s'il se trouvait dans la nef d'une cathédrale. « Ils ont péri à 25 000 années-lumière de chez eux. Ils étaient déjà morts quand l'humanité vivait encore dans des grottes et commençait tout juste à apprendre les rudiments de l'agriculture. Quand ces voyageurs sont morts, la population globale de la terre n'était que de cinq millions d'habitants — un peu moins qu'à Manhattan aujourd'hui. Depuis dix mille ans, l'humanité a péniblement édifié une civilisation qui est aujourd'hui capable de s'autodétruire. Et pendant ce temps, le vaisseau fonçait vers nous avec son équipage défunt. »

Ginger vit Brendan effleurer de la main la couche qu'elle-même avait palpée. Il avait les larmes aux yeux. Elle savait ce qu'il ressentait. En tant que prêtre, il avait fait vœu de pauvreté et de célibat, offrant ainsi à Dieu tous les plaisirs séculiers auxquels il renonçait. Le sacrifice n'était pas un vain mot pour lui, mais ce n'était rien à côté de ce que ces êtres avaient accepté au nom de leur cause.

Parker dit : « Pour identifier cinq espèces intelligentes quand les distances sont si grandes et les chances si petites, ils ont dû envoyer toute une flottille.

— Nous croyons qu'ils ont lancé des centaines, voire des milliers de vaisseaux semblables à celui-ci chaque année. Les autres espèces se trouvaient à moins de 15 000 années-lumières de leur planète d'origine. Mais souvenez-vous : quand ils localisent une espèce intelligente à cette distance, cela signifie qu'ils doivent encore attendre plus de quinze mille ans avant d'apprendre la bonne nouvelle. Est-ce que vous commencez à ressentir l'ampleur de leur engagement ?

— La plupart des vaisseaux doivent partir et ne jamais revenir, dit Ernie. Rares sont ceux qui découvrent quelque chose. Les autres doivent dériver à tout jamais dans l'espace sans équipage pour les guider.

— Oui, dit Bennell.

— Et pourtant, ils continuent, dit Dom.

— Oui, ils continuent.

— Nous n'aurons peut-être plus jamais la chance de les rencontrer, dit Dom.

— Donnez à l'humanité une centaine d'années pour comprendre et appliquer la technologie qu'ils nous ont offerte, dit Bennell. Donnez-nous ensuite... un bon millier d'années pour évoluer jusqu'au point où nous serons capables d'un tel engagement. Nous lancerons alors un vaisseau dans lequel un équipage humain vivra au ralenti. Si nous pouvons améliorer la technique, ces voyageurs vieilliront peut-être encore plus lentement, voire pas du tout. Ni vous ni moi n'assisterons à cet événement, mais cela se fera. Je le sais, au plus profond de mon cœur. Et puis, dans trente-deux mille ans, nos lointains descendants iront rendre visite à ces créatures, reprenant un contact qu'elles ne sauront même pas avoir établi. »

Ils restèrent silencieux devant l'immensité de la vision de Bennell.

« Tout cela est à l'échelle de Dieu, dit enfin Brendan. Nous parlons ici de projets et d'actions qui ne sont pas à l'échelle humaine.

— Désormais, je crois que j'aurai du mal à me passionner pour le résultat des matchs de foot », dit Parker pour détendre un peu l'atmosphère.

Dom apposa ses mains sur les deux cercles gravés au sommet de la couche. Il dit : « Je crois que six seulement des membres de l'équipage étaient morts, je veux dire totalement morts au soir du 6 juillet. Je commence à me rappeler ce qui s'est produit quand nous sommes entrés dans le vaisseau. Nous avons été attirés vers deux de ces couches par une chose qui y vivait encore. Qui vivait à peine, mais qui n'était pas complètement morte.

— Oui, dit Brendan en essuyant les larmes qui coulaient sur ses joues. En fait, je me souviens que la lumière dorée provenait de ces deux couches. Elle nous appelait sans même que nous le sachions. J'éprouvais le besoin de placer mes mains sur les cercles. Et là, j'ai senti quelque chose, quelqu'un, qui s'accrochait désespérément à la vie, non pas pour lui-même, mais pour transmettre son héritage le plus précieux. J'ai plaqué mes paumes sur les deux cercles et j'ai reçu ce que cet être voulait me donner. Et puis, il est mort. J'ignorais ce qu'il y avait en moi. Je suppose qu'il m'aurait fallu du temps pour comprendre, pour apprendre à utiliser ces dons. Mais avant même d'en avoir la possibilité, on m'a arrêté.

— Vivants, dit Bennell, fasciné. En fait, sur les huit corps... deux étaient pratiquement réduits en poussière... deux autres étaient dans un état de décomposition avancée. Les quatre autres étaient en meilleur état, dont deux surtout, qui semblaient vraiment bien conservés. Mais je n'aurais jamais osé imaginer...

— Oui, dit Dom, en qui les souvenirs continuaient d'affluer. Ils étaient à peine vivants, mais encore assez pour transmettre le flambeau. Je croyais que je pourrais tout raconter, mais on m'a drogué avant...

— Bientôt, nous pourrons révéler la vérité à l'humanité tout entière, dit Bennell.
— Et changer le monde », ajouta Brendan.

Ginger se tourna vers les membres de la Famille ainsi que vers Parker et Bennell, et elle ressentit au plus profond d'elle-même le lien qui unirait désormais chaque homme et chaque femme de cette planète. Cette incroyable communion serait pour la race humaine comme une échelle qui lui permettrait de monter toujours plus haut. Jusque-là, les hommes avaient vécu dans les ténèbres, mais voici que s'offrait à eux une aube resplendissante.

Elle contempla ses deux petites mains, des mains de chirurgien, et elle pensa aux interminables études qu'elle avait suivies dans l'espoir de sauver des vies. Ces années de dur labeur n'avaient plus de sens, mais elle s'en moquait éperdument. Elle était emplie de joie à l'idée d'un monde qui n'aurait plus besoin de la médecine ou de la chirurgie. Bientôt, quand Dom lui aurait transmis le don, ainsi qu'elle le lui demanderait, elle pourrait guérir par simple effleurement. Mieux encore, ce geste donnerait aux autres le pouvoir de se guérir eux-mêmes. Pratiquement du jour au lendemain, la durée de la vie humaine augmenterait dans des proportions formidables. Les hommes vivraient trois cents ans, quatre cents ans, plus encore. Exception faite des accidents, le spectre de la mort serait repoussé toujours plus loin. Et l'on ne verrait plus jamais des Jacob ou des Anna arrachés à l'affection de leurs enfants. Ni des maris pleurer au chevet de leurs épouses défuntes. *Baruch ha-Shem.* Plus jamais, non, plus jamais.

« SPÉCIAL SUSPENSE »

RICHARD BACHMAN
La Peau sur les os
Chantier

CLIVE BARKER
Le Jeu de la Damnation

GERALD A. BROWNE
19 Purchase Street
Stone 588

JEAN-FRANÇOIS COATMEUR
La Nuit rouge
Yesterday
Narcose

CAROLINE B. COONEY
Une femme traquée

PHILIPPE COUSIN
Le Pacte Prétorius

JAMES CRUMLEY
La Danse de l'ours

JACK CURTIS
Le Parlement des corbeaux

ROBERT DALEY
La nuit tombe sur Manhattan
L'Année du Dragon (hors série)

WILLIAM DICKINSON
Des diamants pour Mrs Clark
Mrs Clark et les enfants du diable
De l'autre côté de la nuit

FRÉDÉRIC H. FAJARDIE
Le Loup d'écume

CHRISTIAN GERNIGON
La Queue du Scorpion
(Grand Prix de littérature policière 1985)

JEAN-CLAUDE HÉBERLÉ
La Deuxième Vie de Ray Sullivan

JACK HIGGINS
Confessionnal
L'Irlandais (hors série)

MARY HIGGINS CLARK
La Nuit du renard
(Grand Prix de littérature policière 1980)
La Clinique du Docteur H
Un cri dans la nuit
La Maison du Guet
Le Démon du passé
Ne pleure pas, ma belle

STEPHEN KING
Cujo
Charlie
Simetierre (hors série)
Différentes saisons (hors série)
Brume (hors série)
Running man (hors série)
Ça (hors série)

DEAN R. KOONTZ
Chasse à mort

FROMENTAL/LANDON
Le Système de l'homme-mort

PATRICIA J. MACDONALD
Un étranger dans la maison
Petite Sœur

LAURENCE ORIOL
Le tueur est parmi nous

ALAIN PARIS
Impact
Opération Gomorrhe

RICHARD NORTH PATTERSON
Projection privée

STEPHEN PETERS
Central Park

FRANCIS RYCK
Le Nuage et la Foudre
Le Piège

BROOKS STANWOOD
Jogging

« SPÉCIAL POLICE »

PATRICK RAYNAL
Fenêtre sur femmes

ANDREW VACHSS
La Sorcière de Brooklyn

LAWRENCE SANDERS
Le Privé de Wall Street

WILLIAM BAYER
Voir Jérusalem et mourir

« SPÉCIAL FANTASTIQUE »

CLIVE BARKER
Livre de Sang
Une course d'enfer

JAMES HERBERT
Pierre de Lune

ANNE RICE
Lestat le Vampire

*La composition de ce livre
a été effectuée par Bussière à Saint-Amand,
l'impression et le brochage ont été effectués
sur presse CAMERON
dans les ateliers de la S.E.P.C. à Saint-Amand-Montrond (Cher)
pour les Éditions Albin Michel*

AM

*Achevé d'imprimer en décembre 1988.
N° d'édition : 10486. N° d'impression : 6419-2213.
Dépôt légal : février 1989.*

Imprimé en France